Rainer Castor · Der Blutvogt

# RAINER CASTOR

# *Der Blutvogt*

ROMAN
AUS
DEM MITTELALTERLICHEN
BERLIN

NACH EINEM STOFF
VON KLAUS GENSICKE

HERAUSGEGEBEN
VON HANNS KNEIFEL

HAFFMANS VERLAG

Anmerkungen und Stadtplan am Schluß des Bandes

*Für Fraser Gunn*

*Erstausgabe*

Umschlag unter Verwendung eines
Kupferstichs von Pieter Bruegel

Satz: Fotosatz Amann, Aichstetten
Herstellung: Ebner, Ulm
ISBN 3 251 00330 5

# Inhalt

## PRIMUM: ANTE PESTIS

## SECUNDUM: INTRICARE

## TERTIUM: TEMPUS PESTIS

## QUARTUM: POST PESTIS

## EPILOG

# PRIMUM:
# ANTE PESTIS

*Im Jahre 1348 erhob sich mit Hilfe und Rat einiger Fürsten jemand und sagte, er sei der Markgraf Woldemar von Brandenburg, der vor 29 Jahren gestorben und im Kloster Chorin begraben war, wie viele Leute bekundeten, die dabeigewesen waren. Er aber und diejenigen, die auf seine Seite traten, wie der Herzog Rudolf der Ältere von Sachsen sowie die Grafen von Anhalt und der Erzbischof Otto von Magdeburg, der ihm auf Anweisung der anderen beistand, sagten, er sei heimlich davongegangen und habe einen Toten in sein Bett gelegt, und dieser sei für ihn begraben worden. Hierüber entstand im Volke viel Gerede. Die vorher genannten Fürsten führten ihn in die Mark; viele Städte nahmen ihn auf, die Geistlichkeit ging ihm mit Kreuzen und Fahnen entgegen. Markgraf Ludwig widersetzte sich diesem mit Fürsten und Herren, die ihm halfen, und mit Städten, die bei ihm blieben. Da entstand ein großer Krieg in der Mark. Viele Städte, Burgen und Dörfer wurden verheert und verbrannt, und einige wurden mit Gewalt, andere durch Verrat auf die Seite des Markgrafen Woldemar gebracht. Die Bürger in einzelnen Städte verderbten und verbrannten sich untereinander. Wenn nicht die Städte Frankfurt, Spandau und Brietzen gewesen wären, so wäre Markgraf Ludwig aus der Mark verdrängt worden.*

MAGDEBURGER SCHÖPPENCHRONIK

## I.

*Es bringt niemand Schande, sich in geziemender Weise*
*seines Rechts zu bedienen. Das natürliche Recht eines jeden,*
*der auf Erden geboren ward, ist es aber, sein Leben,*
*soviel er vermag, zu pflegen, zu erhalten und zu verteidigen.*
*Dies ist auch so anerkannt wahr, daß schon manch einer um des*
*lieben Lebens willen einen anderen ungestraft getötet hat.*
DECAMERONE, *Erster Tag*, Einführung; Giovanni Boccaccio

CÖLLN-BERLIN:
*21. Launing, Anno Domini 1349*

Kerkerwärter Jann Melchior, ein kleiner, untersetzter Mann mit
Stiernacken und grobem Gesicht, öffnete verschlafen die Tür,
gähnte und spuckte dicht neben Martin Stockmanns Füße auf den
Boden. »Ich hab's gehört. Ihr seid der neue Blutvogt?«

»Stimmt.« Er wies auf den Kerkerturm; ein schlanker, aber kräftiger Mann Mitte zwanzig, der unter geschwänzter Gugel – die
langzipflige Kapuze war am breiten Schulterkragen befestigt – eine
kurze Tunika und mit Ledersohlen verstärkte Beinlinge trug. Die
Haut des kantigen Gesichts war von der Sonne gegerbt, grüne
Augen blickten kühl. »Ich will den Grasdorf sehen.«

»Gemach, Gevatter, der wartet nun schon seit Wochen geduldig;
ist außerdem fast fünfunddreißig.« Jann hob die Schultern und
griff zur Laterne. Über eine Stiege neben dem Haus erreichten die
Männer das erste Obergeschoß des Turms, der ebenerdig keinen
Zugang besaß. Folterwerkzeug stand herum, Ketten, Hand- und
Fußschellen, eine Streckbank, Pechpfannen und Feuerbecken.
Martin rümpfte die Nase und dachte: *Welch ein Gegensatz zur*
*Ordnung des Vaters – der alte Scharfrichter der Doppelstadt ist*
*ziemlich schlampig gewesen.*

Ihm fielen die Unterschiede zu seiner Heimatstadt Braunschweig
immer wieder auf; Schweine, die sich im Dreck suhlten; Hühner
und Hunde unterstützten als einzige Gassenreiniger die Kloaken-
säuberer, die regelmäßig undichte Senkgruben entleerten und den
Inhalt vor die Stadtmauer karrten, wo er zum Teil verbrannt wurde.

Die »Goldgrübler« unterstanden wie Stadtbüttel und Schinderknechte dem Scharfrichter, und Martin Stockmann nahm sich vor, mit den Gesellen ein ernstes Wort zu reden: *Seit Meister Stoffel starb, scheint keine Kloake geleert worden zu sein.* Durch ein mit Planken abgedecktes Loch in der Raummitte konnten Gefangene zu den Kerkerzellen hinabgelassen werden. Im Hintergrund, halb in die Stadtmauer eingelassen, führte eine schmale Steinwendeltreppe nach oben und unten. Jann winkte und führte Martin ins Gewölbe, dessen Einzelzellen, kaum zwei Schritte im Quadrat, von keinem Lichtstrahl erhellt wurden; Fakkeln oder Ölfunzeln waren zu teuer fürs Gesindel.

»Jede Sau, die im Morast wühlt, riecht besser – sagt Christian Nageler, der Büttelsprecher.« Gefangene auf verfaultem Stroh, an Fieber, eiternden Wunden und Krätze leidend, meist angekettet, lagen im eigenen Unrat, kniffen geblendet die Augen zusammen, weil der Wärter hineinleuchtete. Er hustete und dann sagte:»Das Gesindel fault vor sich hin – und mich steckt's mit ungesundem Atem an. Vorm Jahr ging der alte Türschließer jämmerlich zugrunde. Noch leb ich, *bin got dem herrn danckbar.* Neben Grasdorf, der Geld und Kirchenschmuck gestohlen und dabei den Pfaffen erschlagen hat, haben wir drei Strauchvögel bei Wasser und Brot und zwei Ratmannen in Ketten, die beim Aufstand um den ›falschen Woldemar‹ anderen hohen Herren die Zähne ausbrachen und lasterhaft sprachen; nehmen's gottergeben und reuig. Der eine ein Neffe von Münzmeister Brügge. Der andere Rädelsführer Heinrich Kremer. Macht's wohl nicht mehr lange. Er wurde wegen Mordversuchs zu lebenslänglicher Haft verurteilt: *ad perpetuos carceres.* Bruder Paul flucht deshalb, konnte eine Hinrichtung aber verhindern. Jetzt verhandelt er und bietet viel Geld als Genugtuung, doch Vogt Surber zögert; ein treuer Gefolgsmann Woldemars. Er will Heinrich mindestens ein Jahr schmachten sehen. Dessen Sohn Markus kommt fast jeden Tag – wenn er's mal nicht mit den Weibern hat. Es heißt, er stellt der Scharfrichterwitwe nach!«

»Ich hab's von der Badstub-Mechthild gehört. Er soll mir nicht in die Quere kommen – Patriziersohn hin oder her!« Martin nahm eine Fackel aus der Wandhalterung, entzündete sie an Melchiors Laterne und leuchtete in die feuchten Gelasse. »Je mehr ich über diesen Markus erfahre, desto widerlicher find ich ihn.«

»Recht gesprochen, Blutvogt. Er ist ein häßlicher Kerl, feige und verschlagen. Jeder in der Stadt weiß es. Amalie ist jung und schön. Vielleicht hofft der Bursche, über sie dem Vater helfen zu können? Ich trau ihm jede Schandtat zu. Wenn sein Vater stirbt, bevor...« Er brach ab und sah Martin ernst an, doch den beeindruckte die unausgesprochene Drohung wenig. Heinrich Kremer war rechtmäßig verurteilt und kein Ratmann mehr. Trotzdem spürte Martin Unbehagen: *Die Kremerschen können mir das Leben schwer machen. Jesus und Maria, kaum angekommen, zieht's mich vielleicht in die persönlichen Fehden der Patrizier hinein.* Die Hände der Eingeschlossenen zitterten, die Blicke waren fiebrig. Martin kannte die Zeichen, wußte, daß Gifte im Blut zirkulierten; Hitze und Kälte wechselten einander ab, Lähmung griff nach Gliedern, der Schädel schmerzte, weiß belegte sich die Zunge, Ekel drückte den Magen und aufs Gedärm. Heinrich Kremer war abgemagert, der Kopf glich einem Totenschädel, so daß die abstehenden Ohren noch größer wirkten. Er streckte flehend die Hände aus.

»Warten wir ab, ob's zum Loskauf kommt«, sagte Martin kalt. »Wenn's Fieber schlimmer wird, bist du sie in wenigen Wochen los. Der Tod wird sie erlösen.«

»Ob hier oder draußen – es bleibt sich gleich.« Wieder hustete der Kerkermann und stützte sich an die Wand, um nach Luft zu schnappen. »Viele hat's *Antoniusfeuer* erwischt. Einige behaupten, schon letztes Jahr hätt's Getreide schwarz ausgesehen, bedeckt mit einer Wachsschicht. Im Erntemonat starben zwei Kinder, die auf dem Feld spielten. Damals hieß es, die Roggenmuhme, eine alte Vettel mit schwarzen *broste* und schwarzen Haaren, sei's gewesen. Auch Hexen benutzen die schwarzen Körner. Viel Schmerzgebrüll hallt durch die Stadt, die Kranken wälzen sich in Fallsucht, und ihre Glieder sind schwarz wie's Brot, das sie gegessen. Es wird erzählt, daß auch der alte Meister Stoffel daran starb.«

Er schloß Johann Grasdorfs Zelle auf, und Martin wich vor dem Gestank zurück. Ratten raschelten umher. Grasdorfs Haare hingen verklebt ins bärtige Gesicht, seine überlangen Fingernägel waren stark gebogen.

»Ich bin der neue Nachrichter«, sagte Martin. »Die Vollstrekkung mit dem Schwert ist am Sonnabend. Bete und bereite dich vor, dem Schöpfer gegenüberzutreten. Ich sorg dafür, daß du bis dahin besseres Essen bekommst, auch Bier und Würzwein.«

»Ich werd mich für meine Tat entschuldigen und der Obrigkeit fürs milde Urteil danken. Mein Gott, nicht wie ich will, sondern Dein Wille geschehe.« In Grasdorfs Augen kam Leben. Strafen waren, auch bei kleinen Vergehen, hart und unerbittlich, und weniger der Tod als vielmehr qualvolle Marter und die peinliche Befragung der Folter schreckten. »Schlagt die Rübe nur meisterlich ab und erspart mir eine Mißrichtung.«

»Ich geb mir Mühe, Gevatter. Haltet nur still, und es ist mit einem Wimpernschlag vorbei.« Martin erinnerte sich an Worte seines Vaters, von dem er lernte, wie wichtig es sei, daß die Verurteilten ohne Groll, im vollen Bewußtsein ihrer Schuld zur Richtstätte geführt wurden: »*Gebt starken Trank denen, die sterben sollen.*«

»Gehabt Euch wohl, Grasdorf.« Martin winkte Jann Melchior, der die Zelle wieder verschloß. »Richte die Henkersmahlzeit, Jann. Er soll sich laben bis zum Ende.«

»Weizenbrei, Kapaunpasteten mit geröstetem Brot, Aal in dicker Soße, gebratene Salme und Lampreten, Fischsülze, gesottene Kalbsfüße in Essig, Johannessträubel, Mispeln, gebeizte Baumnüsse, heiße Quittenäpfel, Honigkuchen und Krapfen. Dazu eine Kanne Firnwein?« Jann leckte sich die Lippen. »Würd auch mir munden.«

Martin lachte und schlug dem Mann auf die Schulter. »Du wirst es richtig machen; nimm deinen Anteil und red nicht drüber.«

»Schon recht, Blutvogt.«

Ein Raunen ging durch die Menge, als am 25. Launing Johann Grasdorf, frisch eingekleidet und gewaschen, Haar und Bart geschoren, von Christian Nageler zum Geviert der Schöffenbänke geführt wurde, den Schranken des Gerichts, und mit gesenktem Kopf betete.

Der markgräfliche Vogt Bartholomäus Surber, Inhaber des Schultheißenamts, hockte dick auf seinem Stuhl; Schweiß rann über das runde Gesicht, graue Haarsträhnen klebten an der Stirn. Kirchenmeister Arnold Brole, aufs kantige Kinn gestützt, betrachtete Grasdorf aus zusammengekniffenen Augen. Nebenan betastete Paul Kremer, groß und breitschultrig, die Narbe auf der linken

Wange. Martin Stockmanns Blick wanderte über die anderen Schöffen: Nicolaus Stulzing nickte ihm freundlich zu, Flurschütz Hillig Kurtzrocks hageres Gesicht zeigte ein kühles Lächeln, Goldschmied Theodor Lubbe betrachtete die Ringe an den Fingern, und Clauß Dreher, Baumeister und Steinherr der Doppelstadt, ein untersetzter Mann, dessen Glatze von grauem Strähnenkranz umgeben war, reinigte mit einem Messer die Fingernägel. Johannes Ryke, wie Stulzing *Olderlude,* schwergewichtig und groß, fuhr sich über die Glatze und sprach leise mit dem jungen Protokollarius Jakob Kurtzrock, der aufgeregt Pergamentbögen durchsah und offenbar bewußt Abstand zum Vater Hillig wahrte. Martin dachte: *Nicht erst seit Woldemar gibt's bös Blut zwischen Ratmannen, Patriziern und Zunftmeistern. Da gerät man leicht zwischen Mühlsteine.*

Ein alter Mönch, begleitet von drei Fratres in grauer Kutte, trat in die Laube, Vogt Surber winkte und zischte:»Erhebt Euch, Ihr Herren Schöffen. Bruder Michael: Sprecht mit uns das Paternoster.«

»*Pater noster, qui es in caelis: Sanctificetur nomen tuum: Adveniat regnum tuum: Fiat voluntas tua, sicut in caelo et in terra...*« Murmeln klang auf, Martin senkte den Kopf, die Hand am Schwertgriff.»*... Panem nostrum quotidianum da nobis hodie: Et dimitte nobis debita nostra, sicut et nos dimittimus debitoribus nostris. Et ne nos inducas in tentationem. Sed libera nos a malo. Amen.*«

»Nachrichter Stockmann« – Vogt Surber sprach mit lauter Stimme –,»geht zur Hinrichtungsstätte und bereitet mit Euren Knechten alles für Grasdorfs *sijn leste ende!*«

Stille trat ein, für Augenblicke hatte Martin das Gefühl, am Ende eines langen, dunklen Tunnels zu stehen. Wie sein Vater sah Martin im Richten mit dem Schwert mehr ein gottgefälliges Gewerbe denn Schinderarbeit. Er verachtete Scharfrichter, die mehrmals zuschlagen mußten und durch Mißrichtung Qual bereiteten, statt den Tod kurz und schmerzlos zu bringen. Er verstand nur zu gut, daß mancher Henker vom tobenden Volk erschlagen wurde: Nicht Mitleid mit dem Opfer, sondern Wut über stümperhafte Ausführung beim gerechten Urteil – im Namen Gottes gesprochen –, die Störung des blutigen Schauspiels, erboste die Zuschauer.

»Jawohl, Richter Surber.«

Die Gerichtsstätte, mit einem Holzzaun umgeben und gerade so hoch gebaut, daß weiter entfernt Stehende noch gute Sicht hatten, war der Obrigkeit vorbehalten. Nur Fallsüchtige durften kostenlos auf einer langen Bank Platz nehmen, die vor dem roh gezimmerten Blutgerüst aufgestellt war. Bürger steckten aber manchem Stadtknecht Geld zu, um näher heranzukommen: Am Hinrichtungsmorgen, als sich von der Spree herankriechender Dunst hob und den Sonnenstrahlen wich, befand sich nach der Frühmesse viel Volk auf dem Weg zur Richtstätte vorm alten Rathaus an der Spandauer Straße. Die Vollstreckung, für die neunte Stunde anberaumt und von Herolden öffentlich gemacht, übte eine magische Anziehungskraft aus: Menschen belebten größtenteils ungepflasterte Gassen; Stimmen und Lärm hallten im Häusergewirr. Auf den Wegen, schmal und düster, sammelten sich Abfälle und Tierkot. Es war kühl und klamm, Misthaufen dampften, nur zögernd verdrängte Blau das Grau des Himmels. In der Nacht hatte es geregnet, Morast schmauchte unter den Füßen, und manch Eiliger glitt aus, kämpfte ums Gleichgewicht oder rutschte – von Umstehenden belacht – klafterweit auf Bauch oder Hintern, um dann fluchend den Dreck abzuwischen.

Martin betrachtete das Treiben; wenn ihn die Menschen erkannten, wichen sie aus, wurden scheue und ängstliche Blicke gewechselt, die Schritte schneller. Henker, ihre Familien und Gesellen – Büttel, Schinder, Kloakenreiniger und Hundeschläger – wurden gebraucht, aber man wollte mit ihnen nichts zu tun haben, obwohl Scharfrichtern heilmagische Kräfte nachgesagt wurden – der Anblick des Richtschwerts brachte Schaudern und für viele Grauen und Schrecken. Es gab eine Insel, von unsichtbarer Glocke überwölbt, die alles und jeden abhielt. Nur außerhalb des Bannkreises war ausgelassene Stimmung; ein rechter Festtag, Ablenkung vom alltäglichen Trott, zu vergleichen mit Jahrmarkt oder Kirchweih. Auf den Gassen, von Leibern verstopft, wurden Männer und Frauen fast von Nachdrängenden zertrampelt – die Spannung, greifbar wie ein straffes Tau kurz vor dem Reißen, erreichte einen Zustand nahe Irrsinn und Verzückung.

»Das Walten des Henkers zur Volksabschreckung – es heißt auch Volksbelustigung«, flüsterte Martin und versuchte, weil die Finger zitterten, Ruhe in den tobenden Gedankenstrom zu bringen, der seinen Kopf durchzog. Bilder, in Erwartung des Kommenden blut-getränkt, flirrten vor seinen Augen, das Herz pochte fast schmerz-haft. Johann Grasdorf würde nicht der erste sein, den er tötete, aber es war die erste Enthauptung, und sie entschied, ob er als Scharf-richter angenommen wurde oder nicht. Wehrte sich der Verurteilte und verhinderte so einen guten Hieb? Ließ er sich vorher die Augen verbinden – *velatis prius oculis* –, was jeden *Bösen Blick* bannte? War er gefaßt, oder jammerte und fluchte er? Auch das Einräuchern mit Theriak und Bilsenkraut vertrieb die Fragen nicht, die Martin seit Tagen quälten. *»Obrigkeit und Geistlichkeit glauben an die Abschreckung durch Hinrichtungen.«* Er glaubte die Stimme seines Vaters zu hören. *»Sie sind geistige Nahrung fürs Volk, Schaustellung mit Moral – vollzogen im Namen des Allmächtigen.«*

Er zog das Schwert, der Daumen glitt die kurze Blutrinne ent-lang, prüfte dann die Schärfe der Schneiden. Martin trug die einge-ölte Waffe in dunkelbrauner Lederscheide mit Eisenverschluß; blankgezogen war sie gleich als Richtschwert zu erkennen, weil das vordere Ende fast gerade verlief. Für Scharfrichter, aus Angst meist nicht beim Namen genannt, gab es viele Umschreibungen: Meister Hans, Folterer, Angstmann, Dolcher, Knüpfauf, Feldmeister, Fet-zer, Kurzab, Filler oder – *Blutvogt.*

Martin Stockmann war ein freier Mann; Vater und Großvater hatten ihn viel gelehrt, und bei den Mönchen war er sogar einige Jahre zur Schule gegangen – meist damit beschäftigt, Laufburschen-dienste zu verrichten, überall mitanzupacken und den Stockhieben der grimmigen Kuttenträger auszuweichen. Von Braunschweig kommend, wo Martins Vater als Scharfrichter und Abdecker arbei-tete, hatte er die Entfernung in nur sieben Tagesreisen ohne große Zwischenfälle zurückgelegt: Der Berliner Scharfrichter, im Hor-nung zweiundfünfzig Jahre alt geworden, hatte zwar Heiratsvor-bereitungen getroffen, weil vor Jahresfrist seine zweite Frau ver-storben war, aber nach einem Nachfolger Ausschau gehalten. Die alte Bekanntschaft zu Martins Vater und Großvater brachte den Stein ins Rollen; Martin sollte nach Berlin gehen, von Meister Stof-fel angelernt werden und später Büttelei und Abdeckerei überneh-men. Die Witwe Amalie, ihm vorab als Braut nach des Scharfrich-ters seligem Fortgang versprochen, war ein Küken. Aber der Greis erstickte am blutigen Auswurf nach hitzigem Fieber, ehe Martin seine Reise antreten konnte, die sich, weil es Ende des Lenzing einen Wintereinbruch mit starken Schneefällen gab, weiter verzögerte und er erst am Montag nach Ostern aufbrach. Deshalb mußte er die erste Hinrichtung als *Halbmeister* durchführen.

Punkt neun läutete die Armsünderglocke, und Johann Grasdorf wurde unter Bewachung grimmig blickender Stadtknechte, begleitet von den Franziskanermönchen, die ihm das Kreuz vorhielten, zur Richtstätte geführt. In Prozession – fast widerwillig gab die Menge eine Gasse frei – folgten Büttel, Schöffen und Vogt. Grasdorf wirkte gefaßt. Zur Sicherheit hatte Martin ihm einen Becher Johanniswein, versetzt mit Bilsenkraut, Alraune und Tollkirsche, zu trinken gegeben. Volk drängte gegen die Absperrung. An schwarzem Tisch nahm das hochnotpeinliche Halsgericht Platz: Goldschmiede-Zunftmeister Lubbe, klein und fett, kratzte das aschfarbige Haar im Nacken, Dreher sprach mit Brole, während der Cöllner Ratsmeister Ryke an den buschigen Augenbrauen zupfte. Jakob Kurtzrock hob den Pergamentbogen.

»Der Grasdorf Johann, vierunddreißig, vergriff sich an Kirchenschmuck und Geld; er erschlug den Pfaffen, der den Täter *in flagranti* erwischte und …«

Martins Blick wanderte über die Patrizier, die vorm Blutgerüst standen. Hinter Sekretarius Paul Reitzenstein standen dessen Frau und Kinder, die er, wie Martin in den letzten Tagen oft hörte, innig liebte. Der dürre Ratsherr Albrecht Gröben, Zunftmeister der Bäckergilde, trug den kleinen Sohn auf der Schulter; er glich einer Stange, seine Augen lagen tief in den Höhlen, und das Kind zerrte am ausgebleichten Haar. Der Zunftmeister der Waffenschmiede, Ratmann Karl Alvensleben, überragte mit seinem sechs Fuß großen, sehr kräftigen Leib die meisten Leute; an ihn geschmiegt stand seine Frau – von den Hübschlerinnen wußte Martin, daß sie als »Heimliche« ihrem Mann Hörner aufsetzte, vor allem mit Mühlenmeister Vockenrode. Beim großen und schlanken Ratsmeister Tile Wardenberg entdeckte Martin Propst Orthwyn und Burchard von Arenholz, den Ordenskomtur der Tempelhofer Johanniter.

Der Protokollarius verlas unterdessen das Urteil und bestätigte die Urteilsverkündung: »… so wollt Ihr denn obgedachte Person in Gemäßheit gefällten Urteils mit dem Schwerte richten lassen und hernach verordnen, daß der Kopf, andern zur Abscheu und wegen der schrecklichen Mordtat, auf eine Stange gesteckt werde …«

Bruder Michael mahnte den Verurteilten zur Demut: »Sei tapfer, Sohn, bald trittst du ein in bessere Welt und stehst vor dem Weltschöpfer, deinem Herrn. *Domine, exaudi orationem meam. Oremus. Exaudi nos, Domine, sancte Pater, omnipotens Deus* …«

In feierlicher Geste zerbrach der Gerichtsschreiber einen Weidenstab über Grasdorfs Kopf zum Zeichen, daß der Nachrichter nun seines Amtes zu walten habe; das Gericht stand auf und beendete, indem es Tisch und Schemel umwarf, die richterliche Zeremonie. Büttel Dietrich Stüber packte Grasdorfs Oberarm, führte ihn rund um die Bühne, und der Verurteilte rief, für jeden deutlich vernehmbar:

»Ich hab bösen Lebenswandel geführt! Meine Missetat, die ich zutiefst bereue, war die Folge. Hütet euch vor Nachahmung! Ich bitte jeden, dem ich Leid zugefügt hab, um Vergebung. Und nochmals bedank ich mich für die mir zuteil gewordene Strafe.«

Gemurmel klang auf, irgendwo schrie jemand: »Blutvogt: Hau ab! Hau ab!«

»Tut mir den Gefallen und verbindet mir nicht die Augen!« Grasdorf richtete, als er auf dem Blutgerüst kniete, den Oberkörper auf. Martin unterdrückte die Angst vor Bösem Blick und einem Fehlhieb und nickte. »*Sei robust und sicher*«, hatte ihm sein Vater vor der Abreise aus Braunschweig geraten. »*Verabscheu unnötige Grausamkeit, leb gemäß dem Eid, und du bist ein geachteter Mann.*«

»So sei es, Johann Grasdorf.« Martin zog am Hemd und entblößte den Nacken des Verurteilten. »Bleibt beherzt!«

»Tut, was Euch befohlen ist, Blutvogt.«

Einen Schritt von Grasdorf entfernt stellte Martin sich breitbeinig auf, zog das Schwert aus der Scheide, und es wurde still – nur Hühner und Raben waren noch zu hören. Mehr als zwei Ellen war die zweischneidige Klinge lang und vier Finger breit. Dicht unter der Parierstange eingraviert waren die Worte: *Soli Deo Gloria.* Martin blickte noch einmal auf den Nacken, wissend, daß er, um meisterhaft beim freihändigen Hieb zu treffen, genau zwischen zwei Halswirbeln hindurchschlagen mußte. Er atmete tief ein, holte weit aus, fühlte das Gewicht des Richtschwerts, und unter dem Gebetsmurmeln des Mönchs schlug er Grasdorfs Kopf vom Rumpf.

Ohrenbetäubendes Gejohle und Geschrei brandete über den Blutvogt hinweg, rot spritzte es aus der Wunde, während der Körper langsam, nach einem reglosen Augenblick, aufs Blutgerüst sank.

Martin sah wassergefüllte und an Hanfstricken aufgehängte Schweinsblasen platzen: Die letzten Tage hatte er sich vorbereitet und auf dem Schindanger geübt, verendete Schafe geköpft und die Blasen zerhackt. Schon in Braunschweig, als er dem Vater bei dessen Hinrichtungen zusah, spürte Martin deutlich, daß eigentlich nur das Schwert – meisterhaft geführt – Verurteilte wie Scharfrichter befriedigte. Nicht umsonst waren gemeine Verbrecher dankbar, wenn ihnen keine schwerere Strafe auferlegt wurde; auch Martin ließen die anderen Todesarten, das Quälen bei peinlicher Befragung, Rädern, Hängen, Vierteilen, Verbrennen, immer wieder frösteln.

Der abgetrennte Kopf rollte bis an den Rand des Blutgerüsts, eine Blutlache entstand unter dem Halsstumpf. Das Gesicht wirkte wächsern, die Lider waren geschlossen. Martins Blick glitt die Schwertklinge entlang – Tropfen erschienen übergroß, fern war das Grölen und Kreischen der Menge. Schwindel erfaßte ihn, alles in ihm war starr. Er schloß die Augen, seine Hand umkrampfte den Schwertgriff; die Lungen schmerzten, und erst der tiefe, kühle Atemzug machte dem Mann klar, daß er die Luft angehalten hatte. Nur zögernd beruhigten sich die Bilder, schärfte sich wieder der Blick. Lärm schlug über Martin zusammen; er duckte sich und zog die Schultern hoch. Er fühlte sich müde und kraftlos, langsam drehte er sich und wandte sich an Richter Surber: »Hab ich gut gerichtet, Vogt?«

»Ihr habt dem Gesetz und göttlichem Willen durch meisterhafte Leistung Genüge getan! Martin Stockmann: Ihr seid Scharfrichter der Doppelstadt Cölln-Berlin!« Er winkte Jakob Kurtzrock, der seine Tintenhörner, Federn, Radiermesser und Pergamentblätter sortierte. »Beurkunde des Blutvogts Dienste, mach alles fertig zur Unterzeichnung und Siegelung. Meister Stoffel hat einen würdigen Nachfolger gefunden.«

Martin hatte das Gefühl, von Eisklumpen umhüllt zu werden: sämtliche Härchen standen ihm zu Berge. Das Brüllen der Menge, wild, ohrenbetäubend und voller Gewalt, schien in der Erregtheit keine Grenze zu kennen, steigerte sich mit jedem verstreichenden

Wimpernschlag. Epileptiker, die Gesichter zu Fratzen verzogen, sprangen von der Bank, klapperten vorm Schafott mit Bechern und Schalen und versuchten, dampfendes Blut aufzufangen. Ein Mann trank gierig und rannte kreischend davon. Leiber drängten sich vor, jeder wollte einen Blick aus der Nähe auf den Toten werfen; herausgeputzte Bürgersfrauen wedelten mit bestickten Tüchlein, fingen damit von der Gerichtsstätte tropfendes Blut auf oder baten Büttel, sie in die rote Lache zu tunken, um sich am Geruch zu berauschen.

Martin säuberte das Richtschwert, ehe er es, nach langem und nachdenklichem Blick auf Klinge, Parierstange und Knauf, in die Scheide steckte. Unterdessen spießte der Büttelgehilfe Asmus Grasdorfs Kopf auf eine Stange und verkeilte sie, unter dem Klatschen und Jubeln der Zuschauer, neben dem Blutgerüst im ausgehobenen Loch. Während der Korpus in den herbeigeschleppten Sarg gelegt wurde und der Mönch seine Litanei flüsterte, sangen und tanzten die Leute ums Schafott. Krämer priesen lautstark »Armesünderwürste« an, und Schankwirte verkauften fuderweise »Galgenbier«.

*Zechen und jede Art der Völlerei; Händel, Mord und Totschlag. Viel Arbeit für die Stadtbüttel*, dachte Martin und fröstelte. Mit Verzögerung wurde ihm klar, daß er *wirklich* einen Mann getötet hatte – ein verurteilter Mörder zwar, das Tun rechtschaffen und in Gottes Namen, aber das Leben war durch Martins Hand beendet worden. Kein Lachen, kein Fluchen, kein Essen und kein Trinken mehr, kein Lieben und kein Gebet: Grasdorfs Kopf war über das Blutgerüst gerollt wie eine Kugel beim Kegeln – voller Blut, erschreckend und leblos. *Und im Körper werden sich bald die Maden vermehren, durchs faulende Gedärm fressen und das Fleisch auflösen.*

In Martins Ohren rauschte das Blut, die Leere im Kopf drohte ihm die Sinne zu rauben. Plötzlich standen dem Mann Bilder vor Augen. Vergangenes gewann Leben, Erinnerungen stiegen auf: fast glaubte er, sie mit Händen greifen und festhalten zu können. Immer lauter wurden die Geräusche, erfaßte Bewegung das Geschehen.

## II.

---

*Wir, Hermann, von Gottes Gnaden Markgraf zu Brandenburg*
*und zu Lausitz und Herr von Henneberg, wollen es durch*
*diesen Brief zu allgemeiner Kenntnis bringen, daß die ehrbaren*
*und vorsichtigen Leute, unsere Bürger zu Berlin und Cölln,*
*unsere Lieben und Getreuen, vor uns übereingekommen sind,*
*daß aus der Stadt Berlin zwei Drittel der Ratmannen jedes*
*Jahr erwählt werden sollen und ein Drittel der Ratmannen*
*der Stadt Cölln auch jedes Jahr gewählt werden soll …*
*Für die Schöppen aber ist angeordnet worden, daß in beiden*
*Städten sieben Schöppen gewählt werden, nämlich vier*
*für die Stadt Berlin und drei für Cölln. So oft wir aber den*
*Bürgern einen Dienst auferlegen, so sollen sie den vorgenannten*
*Dienst uns und den Unsrigen von dem gemeinsamen Schoße*
*der Bürgerschaft beider Städte leisten und sollen sich dessen*
*nicht weigern. Auch sollen die Bürger von Cölln mit dem*
*Zins ihrer Stadt ihre Stadt Cölln befestigen und bauen,*
*und ebenso sollen die Bürger von Berlin mit ihrem Stadtzins*
*ihre Stadt Berlin befestigen und bessern. Zum Zeugnis dieser*
*Dinge haben wir diesen Brief gegeben, der mit unserem Siegel*
*bekräftigt ist. Dessen sind Zeugen die ehrwürdigen Herren,*
*Herr Johann, Abt zu Lehnin, Busso Grevelhut, unser Truchseß,*
*Albrecht von Lossow, Wiprecht von Barby, unser Marschall,*
*Gerhard und Hermann von Niebede, Heinrich von der Gröben,*
*Otto von Königsmark, unsere Ritter und Knappen, und viele*
*Glaubwürdige mehr. Zu Zeugnis gegeben zu Spandau durch die*
*Hand Herrn Slotekins, nach unseres Herrn Geburt 1307 Jahre,*
*des Montags nach Palmsonntag.*
Urkunde des Markgrafen Hermann dem Langen
vom 20. März 1307

## ERINNERUNGEN:
### 20. Launing, Anno Domini 1349

»Mordio! Diebesgesindel!« Schreie hallten durch den Morgennebel, in dem Bäume und Gebüsch zu grauen Schemen verschwammen. Flüche, Krachen, Ochsengebrüll und Hufschlag drangen laut zu Martin Stockmann. Er trieb den Wallach an, und vor ihm riß der Dunst auf.

Ein halbes Dutzend Strolche stürmte aus dem Wald auf den Kaufmannszug ein. Ein Ochsentreiber lag am Boden; die Tiere kreischten und tänzelten im Kreis, zerrten an Leinen. Aus den Augenwinkeln sah Martin Gestalten, die im Handgemenge am Boden rollten und keuchten. Er ritt rücksichtslos zwischen die Mordbuben und Diebe, trat einem Burschen ins Kreuz und riß den Braunen auf der Hinterhand herum. Das Tier bäumte sich auf, Hufe wirbelten durch die Luft und trafen einen anderen Mann an der Schulter; der riß die Arme hoch, und sein Schwert wirbelte davon. Hinter Stämmen und Büschen duckten sich verängstigt Burschen, einer bekreuzigte sich.

Halb unter einer Sänfte liegend, die die Träger fallen gelassen hatten, schrie und fluchte der Händler:»Vertreibt sie, dreht ihnen den Hals um, bringt sie um! Verdient euch euren Lohn, schlafen könnt ihr in Berlin!«

Martin griff ins Haar eines Wegelagerers, der Wallach sprang los – und der Bursche brüllte, als er klafterweit mitgezerrt wurde, ehe der Reiter, ein Haarbüschel in der Hand, kehrtmachte und sich dem nächsten Mordbuben zuwandte, der einen Ochsentreiber fast erschlug. Martins Faust krachte dem Mann gegen die Schläfe; er sprang aus dem Sattel und sah sich rasch um. Mit drei Schritten erreichte er den Baum und zog das Schwert. Eine Gestalt in geschwänzter Gugel drang mit erhobenem Dolch auf den Händler ein. Martin sprang hinüber – die Klinge des Basilards glitt klirrend vom Schwert ab. Die Wagenknechte, vom Eingreifen des Fremden ebenso überrascht wie die Angreifer, hielten inne. Augenblicke, die Martin nutzte, um die Faust unters Kinn des Mannes zu hauen, der sich halb nach hinten überschlug, krümmte und dabei den Dolch verlor. Packpferde rissen sich los und galoppierten ins Unterholz, wo sich Leinen und Last verfingen; die Tiere wieherten, bäumten sich auf. Ein Ochsengespann schrammte an Stämmen entlang.

»Zurück, Leute! Schnell weg!« schrie jemand.»Clemens, komm schon!«

In Windeseile sprangen Gestalten auseinander, rappelten sich vom Boden auf, wankten und rannten. Der Mann, dessen Gugel zurückgerutscht war, kaum fünf Fuß groß, das Haar gelichtet, schüttelte drohend die Faust, knurrte Unverständliches und verschwand mit den anderen im Dunst. Martin lief zu seinem Pferd, zögerte dann aber, sich in den Sattel zu schwingen. Stöhnen und Ächzen kam von den Überfallenen. Der Händler hob die Arme und kreischte aufgebracht:»Hinterher! Verfolgt sie! Schnappt euch das Gesindel!« Zwei Wagenknechte lagen reglos am Boden, mehrere stützten sich auf Karrenräder. Blut rann aus Mundwinkeln und Nasen, ein Mann hielt sich den Kopf.

Martin rammte das Schwert in den Boden und winkte ab.»Nun ist's zu spät, Gevatter. Die Burschen hat der Nebel verschluckt. Ihr habt's überlebt, nichts wurde geraubt.«

»Dank Eurer Hilfe, Mann. Euch hat der Allmächtige gesandt!« Die Stimme des Händlers klang heiser, als er neben Martin stehenblieb und die Hand ausstreckte; er trug Kleidung mit Zaddelung und Silberschellen. Schuhspitzen von mehr als Handspannenlänge bewiesen, daß er *auf großem Fuß* lebte.»Habt Dank! Ohne Euch… Ich bin Joseph Zirner, Kaufmann der Hansestadt Lübeck.«

»Martin Stockmann.« Sie tauschten einen festen Händedruck. »Ich komme aus Braunschweig.«

Zirner wies auf seine Begleiter.»Mit solchen Kerlen muß man über unsichere Wege ziehen. Was haltet Ihr davon? Kommt mit nach Cölln-Berlin. Ich kann gutes Geleit brauchen; zehn Pfennig für Euch, es soll Euer Schaden nicht sein.«

Er bückte sich, hob den Basilard auf und betrachtete das Heft, das durch Querstücke am Parierbügel und Knaufende die Form eines I erhielt; die Klinge war mehr als handlang. Das Gesicht des Kaufmanns verzog sich, als er die Waffe in der Hand wog. Martin schob die Gugel zurück und kratzte dunkelbraunes Haar hinter dem Ohr.

»Einverstanden, Kaufmann. Mein Ziel ist ohnehin die Doppelstadt. Ist nicht die erste Begegnung mit Gesindel. Zwei Burschen, die mich in der Gegend von Magdeburg überfielen, mußte ich so heftig die Köpfe zusammenschlagen, daß die Knochen splitterten. Öffnet Euren Beutel, ich schau derweil nach den Männern. Einige hat's bös erwischt.«

Während Martin die Wunden in Augenschein nahm – zwei gebrochene Nasen, ausgeschlagene Zähne, blutende Stirnen, schmerzende Köpfe –, blieb der Händler sprachlos zurück und lachte dann schallend. Er steckte den Dolch hinter den Gürtel, löste den Geldbeutel und schnitt eine Fratze. Martin nahm den Schnappsack vom Sattel seines Pferdes – hinter dem, in eine Decke eingeschlagen, das Richtschwert hing –, wickelte Leinenstreifen um Verletzungen, tupfte Blut ab und trug den Männern auf, Kräuterkrümel zu schlucken, die er ihnen gab.

Unterdessen warf Zirner Münzen in die Höhe und fing sie wieder auf; ein kleiner, drahtiger Mann mit listigen blauen Augen, die den Bewegungen des Fremden folgten. »Eure Fähigkeiten beeindrucken, Gevatter Stockmann: Ihr kämpft wie ein Berserker, und Ihr versteht Euch auch aufs Heilen?«

»Ein wenig. Die Frau Großmutter hat's mir beigebracht.« Martin klopfte einem Mann auf die Schulter, warf den Beutel über die Schulter und nahm den Pfenniglohn. »Keine Angst, Leute. Harmlose Kräuter, kein Zauberwerk oder Hexerei. Hilft gegen 's Kopfbrummen.«

Einige Männer bekreuzigten sich rasch. Zirner lachte noch lauter, wischte rötlichblondes Haar von schweißbedeckter Stirn und brüllte: »Jetzt habt ihr genug herumgelungert. An die Arbeit! Kümmert euch um die Wagen, die Tiere. Seht alles durch. Wenn nur ein Teil fehlt, soll euch der Teufel holen. Schaut nach den Gewürztruhen! Tumbe Burschen! Muß erst ein Fremder kommen, um zu helfen? Herr im Himmel, wie soll man da gute Geschäfte machen? Ich will die Stadt vor Mittag erreichen, also beeilt euch!«

Die Wagenknechte sprangen durcheinander. Martin hielt die Luft an, weil ein Karren über Spurrillen polterte und bedrohlich wankte; Räder krachten verdächtig, hielten aber, als die Burschen die Ochsen antrieben. Ins Klatschen der Ruten mischte sich das Gebrüll der Tiere, die sich schwer ins Kummet stemmten. Die Wagen rumpelten weiter, aber ein Packpferd brach aus und schleifte den Knecht mehrere Klafter weit, bis er, in die Mähne gekrallt, das Tier bändigen konnte. Ins Wiehern mischten sich Flüche. Raben landeten auf Abdeckplanen und wurden mit Rutenhieben vertrieben; mit heiseren Schreien flatterten sie auf. Joseph Zirner lächelte kaum merklich, winkte Martin, der die Zügel seines Braunen ergriff: »Man muß ihnen tüchtig Feuer unterm Arsch machen, nur dann spuren sie. Kommt, wollen mal sehen, ob die Weinflasche nicht zerbrochen ist. Mann, Stockmann, Ihr kamt genau zum rechten Augenblick. Ich verdank Euch mein Leben! Aus Braunschweig kommt Ihr also ...«

Nach Tagen unter freiem Himmel und in kaum berührter Natur, raubte der Gestank Martin den Atem, als sie die Doppelstadt fast erreicht hatten. Er wies auf die Wagen. »Ihr werdet Euch um Eure Waren kümmern wollen, Herr Zirner. Vielen Dank deshalb fürs Gespräch und Eure Weisheit.«

»Ihr habt recht. Ich muß die Kerle antreiben, sonst schlafen sie, bevor's ans Entladen geht. Wenn Ihr helft, lad ich Euch zum guten Bier oder einer Kanne Wein ein, später. Schlagt ein, Herr Stockmann – leichter als in meiner Begleitung kommt Ihr an den Torknechten nicht vorbei, und erspart Euch 's Beantworten unnötiger Fragen.«

Martin stimmte nach kurzem Zögern zu. »Einverstanden. Ich danke für Euer Vertrauen. Sagt, was ich tun muß.«

»Wartet mit den Leuten vorm Tor. Die Stadtburschen sind aufdringlich wie die Bettler vor der Stadtmauer. Ich eile voraus und klär alles ab!« Zirner klopfte Staub von Schecke und Beinlingen und warf den Nuschenmantel über.

Martin nickte und verfolgte dann aufmerksam das Gespräch des Lübeckers mit den Stadtknechten, das Vorzeigen von Gütebescheinigungen und Begleitpapieren, die die Torschreiber vorlasen. Von Joseph Zirner hatte Martin viel über Cölln-Berlin erfahren: Der Pfeffersack, erschöpft von der Reise, aber in freudiger Erwartung des nahen Ziels, war nach einigen Bechern Wein redselig geworden. Er war weit herumgekommen und kannte sich aus, und im Fremden fand er einen Partner, mit dem zu disputieren sich lohnte – für Martin eine einseitige Rolle, weil mehr aufs Zuhören beschränkt. In Gedanken beglückwünschte er sich, daß er eingegriffen hatte. Die gute Beziehung zu Zirner wollte er nicht ungenutzt lassen. *Wer weiß, wozu der Pfeffersack noch gut ist?* dachte er. *Nur schade, daß mir dieser Clemens und seine Kumpane durch die Lappen gegangen sind: Wär ein guter Einstieg gewesen.*

Am späten Nachmittag, als die Waren abgeladen und unter die Obhut der Stadtknechte gestellt, Karren und Ochsen versorgt, Maultieren und Pferden Hafersäcke vorgehängt, die Burschen in der Herberge untergebracht und städtische Helfer entlohnt waren, watete Martin Stockmann an des Lübecker Händlers Seite über Unrat durch Berlin. Der Händler wollte in der Nikolaikirche – für gute Ankunft und heil überstandene Reise – dem Schutzpatron der Kaufleute eine Kerze stiften.

»Begleitet mich, Herr Stockmann«, hatte er gesagt, »denn anschließend feiern wir, auf meine Kosten, in der Badstub *Am Krögel*. Torzoll und Marktsteuer treiben mir zwar das Blut in den Kopf, aber Cölln-Berlin ist ein guter Handelsplatz: flandrische Tuche, Lüneburger Salz, Bücklinge und Heringe vom Meer, Felle und Häute über Stettin von den Moskauer Rus. Bier, Pech, Kupfer aus Ungarn. Dann die Spezereien: Ingwer, Pfeffer, Zimt. Und natürlich Steine, weil überall gebaut wird und Mühlen entstehen. Als Anno Domini 1284 Hamburg brannte, lieferten die Berliner Eichenbalken für den Wiederaufbau. Kaum hatten sie 's Stadtrecht, bauten sie eine Kirche aus Feldsteinen, mehr als hundert Ellen lang. Die Brandenburger Markgrafen gaben 's Zollprivileg und erlaubten eine Freihandelszone: Jeder Kaufmann muß für einige Tage seine Waren anbieten, Eilige dürfen sich den Weg freikaufen. Reichlich Wegezoll fürs Stadtsäckel; Kämmerer Paul Kremer scheffelt die Groschen und Gulden! Wer Kosten sparen will, bietet direkt an, zumal die flache Spree zum Umladen zwingt und sich die Waren stapeln, bis der nächste Kahn kommt. Hilfreiche Hände sind willkommen; viel Zuwanderer aus dem Rheinischen, dem Schwabengau oder anderen Gegenden – eine bunte Mischung versammelt sich unterm Bärenwappen im Adlerschild der Askanier.«

Eine der städtischen Richtstätten – Martins zukünftige Arbeitsplätze – war der Neue Markt vor der Marienkirche. Ein Mann, der nicht den Kopf zu heben wagte, wurde von einem mehr als sechs Fuß großen Burschen zum *Keks* geführt: Er trug die hölzerne Heucke – den faßähnlichen Schandmantel. Ketten klirrten, als der Bursche den Verurteilten an die Richtsäule des Prangers fesselte und ihm, unter dem Lachen herbeigelaufener Bürger und Kinder, einen spöttischen Klaps versetzte. Martin seufzte. Bald würde die Ausführung von Ehrenstrafen zu seiner Aufgabe gehören. Das Stadtgericht tagte, damit es jeder hören konnte, in der offenen Gerichtslaube.

Martin hatte die Botschaft Meister Stoffels, vom Protokollarius verlesen, genau im Ohr: »*Wöchentlich zwei Mal – montags und sonnabends – die Sitzungen über geringere Sachen, alle vierzehn Tage mittwochs die wichtigeren Fälle vor dem Rathaus auf der Langen Brücke.*«

»Einige Tage bleibe ich, und hoff, die Waren gut an den Mann zu bringen. Hoffentlich hält 's Wetter.« Der Pfeffersack musterte Martin und zupfte sich am Ohr. Er hatte bemerkt, wie sein Begleiter den Mann am Keks und die Handlungen des Schinderknechts betrachtete. Er sagte bedächtig: »Ich könnt einen kräftigen Begleiter wie Euch auf den unsicheren Wegen gut brauchen. Und, Gevatter Stockmann, mir ist nicht entgangen, daß Ihr ein Schwert am Sattel hängen habt. Was treibt Euch also nach Berlin?«

Martin wurde heiß und kalt, fühlte sich ertappt und bloßgestellt. Joseph Zirner lachte leise, schüttelte den Kopf und legte die Hand auf Martins Schulter. »Seid unbesorgt, Mann. Ich hab mich umgehört und kann eins und eins zusammenzählen. Wer Ordnung und Recht will, muß auch den Blutrichter und sein Handwerk gutheißen!«

Die Hand schien schwer wie ein Mühlstein. Martin atmete tief ein, wich dem Blick aus Zirners blauen Augen aus. Der Mann im Schandmantel schrie, weil ihn Kinder in die Beine zwickten und mit Sand bewarfen. Ein Badergeselle lief mit der Handglocke vorbei und brüllte: »Gegen halbe fünf ist das Wasser warm. Kommt, ihr Leut!«

Der Schinderknecht prüfte noch mal die Ketten und wandte sich ungerührt ab. Seine Bewegungen wirkten schwerfällig und auf den ersten Blick unbeholfen – aber Martin ahnte, welche Kraft in dem Körper steckte: Hände, groß wie Topfdeckel, hatten die Fußschellenbolzen fast spielerisch gebogen. Nachdenklich blieb der junge Mann stehen und sah vom Pranger zum Standbild eines geharnischten Ritters, der, aufs Langschwert gestützt, doppeltmannsgroß aufragte.

Martin leckte die Lippen; plötzlich war sein Rachen trocken, und fader Geschmack ließ ihn fast würgen. »Die Wahrheit, Herr Zirner? Ihr habt recht – ich bin der neue Blutvogt. Es stört Euch nicht? Man fürchtet und meidet Todbringer wie mich.«

»Seid kein Narr!« Der Kaufmann zitierte den Hansespruch: »*Schippern un hanneln, Ebbe un Floot, Help di sülbens, so helpt di God.* Feine Herrschaften wollen sich nicht die Finger beschmutzen, trotzdem werdet Ihr gebraucht, und Euer Tun ist Rechtens. Was schert Euch die Heuchelei! Beim Hobeln fallen Späne, die Kuh frißt und scheißt, ehe sie Milch gibt. Ich komme viel rum und seh's nüchtern. Bedenkt, daß Eure neuen Herren nichts Besseres sind: Mit viel Geld haben sie sich vom Kirchenbann losgekauft, nachdem sie *anno post christum* 1324 höchstpersönlich den Bernauer Propst von der Kanzel zerrten und erschlugen.« Er wies auf das Sühnekreuz an der Kirche und dann zum Ritterstandbild am Platzrand. »Sie sind stolz auf ihren *Roland* als Zeichen für Marktfreiheit, Handelsprivilegien und Gerichtsbarkeit; was zählt, ist 's Geld. Erkaufter Ablaß ohne wirkliche Reue – *non olet pecunia:* Schon die Römer sagten, daß Geld nicht stinkt. Und dann der Streit um Markgraf Woldemar. Hah! Beschwert nicht Eure Seel' mit Dingen, die Euch nicht berühren sollten.«

Zwielichtige Gestalten huschten durch Dämmer der Gassen, der Roland warf einen langen Schatten. Sie folgten der Spandauer *Straße* – so genannt, weil der Weg, ausreichend breit und gepflastert, durchs Stadttor führte und dem Fernverkehr diente – und kamen am Berlinischen Rathaus vorbei. Spitzbögen begrenzten die nach drei Seiten offene Gerichtslaube. Am rechten Eckpfeiler hockte auf einer Konsole ein Sandsteinvogel mit Eselsohren und grinsendem Menschenantlitz – der *Kolk*.

Zirner sah zur Keks-Säule, die vom Flachdach aufragte. »Sprecht mit dem Ratsherrn Nicolaus Stulzing, er ist als Schützenmeister Offiziant und einer der drei *Olderlude* der Doppelstadt. Beruft Euch auf mich, und Ihr habt guten Leumund.« Er hob den Zeigefinger. »Alles übrige hängt von Eurem Tun ab.«

»Habt Dank, Gevatter.«

Zirner winkte ab. »Ich bin Kaufmann. Ein Pfeffersack. Ich denke ans Geschäft. Was getan werden muß, wird getan. Macht's gut, nur das zählt. Kommt! Zuerst die Kerze, dann Bier und Wein und Weib. Ich kenne die Badstub von früheren Besuchen . . .«

Martin grinste. »Böse Begierde nennen das die Pfaffen!«

»Das Fleisch gehorcht nicht dem Willen, also nimmt die Obrigkeit gelassen, um schlimmere Gefahr fürs Seelenheil abzuwenden, Hurerei in Kauf.« Der Lübecker stieß Martin in die Seite. »Dyrnen sind der Aufsicht des Scharfrichters unterstellt! Wenn Ihr's schlau macht, habt Ihr da eine schöne und regelmäßige Pfennigquelle.«

Als Sohn eines Abdeckers und Scharfrichters kannte er den Druck des von den Pfaffen heraufbeschworenen Sündenbewußtseins, der Schuld und Hemmung, das Schüren von Ängsten, dem gegenüber tägliche Begierden standen, Lust, Verführung, Sinnesfreuden, so natürlich wie Essen oder Reiten, Krankheit und Plünderung.

»Offizielle Meinung kirchlicher Lehre ist Verteufelung des Unreinen und Körperfeindlichkeit bis zur unfrohen Härte und Askese«, sagte Zirner, als sie in die Propstgasse abbogen, die von den prächtigen Backsteinbauten der Cölln-Berliner Propstei gesäumt war. »Verführung ist nah bei Zauberei; sie wird seit Evas Sündenfall der angeborenen Schwäche und dem Leichtsinn verderbter Weibspersonen zugeschrieben.«

Martin wiegte den Kopf und sah zur Nikolaikirche. »Teil des Lebens, Kaufmann, genau wie Fluchen, Rülpsen und Furzen, roher Umgangston und plumpe Freuden.«

Die Menschen, an ärmliches Licht von Kienspan, Talgkerze und Herdfeuerschein gewöhnt, an Enge, Dunst und Gestank, erlebten jeden Tag den Gegensatz zur Kirche: Vor Martin und Joseph Zirner öffnete sich hinter dem Portal steingesäumte Höhe und Weite zum Erhaben-Überirdischen, leuchteten prächtige Altarbilder, blitzte Goldschmuck von Reliquienschreinen im Schein von Hängelaternen, Radleuchtern, Öllichtern und aufgesteckten Kerzen: Licht, das Sinnbild göttlicher Allmacht, verdrängte die Finsternis als Zeit von Versuchung, Geistern, Dämonen. Das Schöne, Sichere, Vollkommene im Gegensatz zu nächtlich-verderblicher Verlockung, Fleischeslust und Sünde. Helligkeit, in der sich Herrschaft manifestierte, der unbedingte Anspruch, Körper wie Seelenheil zu regieren in einer Welt, in der Glaube alles bestimmte, mit Tun und Denken aller verwoben war, und Gott ebenso wirklich wie der Teufel.

»Herr im Himmel!« Martin flüsterte, sank auf die Knie. Licht durchdrang farbig die Fensterrose, ohne die Scheiben zu verletzen, Staub tanzte im Kegel, der sich an Steinboden und Wand brach. Kreise, unterteilt von wiederum kreisförmig gemustertem Maßwerk. Die Rose, Sinnbild für die mit allen Tugenden gesegnete Jungfrau Maria; einzige Frau, die frei von Schuld und Unreinheit blieb.

Martin fröstelte in der Kühle, fühlte Beklemmung und Unruhe. Aus zusammengekniffenen Augen, fast geblendet, sah er umher. Lichtsterne wuchsen scheinbar zu Kreuzen und Schwertern aus, und fernes Echo von Schritten hallte wie der Aufschlag abgetrennter Köpfe. Martin dachte an Johann Grasdorf, das Henkerschwert, an die Scharfrichterwitwe. Zirner begann zu beten:

*»Got hêrre, vater unser, der dû in dem himel bist, geheileget sî dîn nam an uns, getriuwer reiner Krist, zuo kum an uns daz rîche dîn, dîn wille werde hie als in dîm rîche. Dîn götlich brôt daz gip uns hiute sunder zwîfels wân, vergip uns unser schult, also wir unsern schuldern hân, bekorunge uns lâz ânic sîn, lœse uns von disen übeln al gelîche.«*

Der Lübecker Händler stiftete die Kerze, und auch Martin wandte sich an den Allmächtigen, bat um Segen und gutes Gelingen seiner weiteren Taten.

»Gute Speis, Bader, viel Bier und Wein.« Zirner zog den Beutel und bezahlte den Bader. Der Kaufmann löste sein Versprechen ein: Die Männer hatten das Badehaus aufgesucht, und Martin folgte der Einladung gern, weil er an sein knappes Reise- und Zehrgeld dachte. »Für mich und meinen Begleiter. Wir sind weit gereist und rechtschaffen müde.«

»Ihr werdet zufrieden sein, ihr Herren.« Der Bader prüfte die Groschen mit geschwärzten Zahnstummeln, grinste breit und senkte die Stimme. »Habt Ihr besondere Wünsche? Wollt Ihr fingerln...? Meine Mägde sind sauber und gesund – nicht so fett wie die Vetteln im Schandhaus der Rosengasse oder ausgemergelte Hurenweiber, deren *broste hangen wie ein leerer Sack auf einer Stangen.* In der *verachte gass* wohnen nur *arme lude, hoeren und gar schlecht folk!«*

»Suppe macht Wampe, Wampe macht Ansehen, Ansehen geht in Kauf«, sagte Zirner energisch; die blauen Augen blitzten. »Zuerst das Bad, frisches Wasser, kneten, walken, Haarschur. Dann Essen, trinken, singen und lachen. Später werden wir sehen, Gevatter.«

»Wie Ihr wünscht; die Herren werden's wissen.« Er wies zum Aus- und Ankleideraum für Frauen und Männer, grinste wieder und verbeugte sich. »Gut Loch will gebohrt sein.«

»Ist die Rut gut, tut's jeder Fut gut. Auch wenn die Pfaffen sagen:

*Post coitum omne animal triste.* Heilkundige, Quacksalber und vor allem die Pfaffen«, meinte der Kaufmann grinsend, »sagen zwar, daß zu häufiges Waschen ungesund sei, weil es Poren öffnet und so das Eindringen von Krankheiten ermöglicht, aber ich halte nicht viel von einer Schutzkruste aus Schweiß und Dreck.«

»Sagte mein Vater auch immer.« Martin dachte an den Gestank von Vaters Abdeckerei; nur tägliches Waschen von Körper und Kleidung verhinderte, daß der schlechte Dunst zum ständigen Begleiter wurde. Flüchteten sogar die Hunde mit eingeklemmtem Schwanz, brauchte man sich nicht zu wundern, daß auch die Menschen sich abwandten, voller Angst und Aberglauben. »Ein kluger Mann, der mich viel lehrte, und der's wiederum von seinem Vater erfuhr.«

Mochten die Pfaffen noch so sehr von den Kanzeln brüllen – der Reiz des Verbotenen mischte sich mit mangelndem Verständnis über Gebote, die die Heuchler meist selbst nicht befolgten – und *concubines* hielten oder mit »Pfäffinnen« lebten. Der Volksmund brachte passende Redensarten in Umlauf: »Gibt's überhaupt einen Mönch, der's nicht mit den Weibern treibt?« – »Solange der Bauer Weiber hat, braucht kein Pfaffe zu heiraten!« – »Wenn der Pater wiehert, tut die Klosterfrau den Riegel weg.«

»Das Bad ist bereitet!« Der Badergeselle im Lederschurz winkte. »Kommt, ihr Herren …«

Rosenduft durchzog die Badstub, warme Feuchtigkeit umfing Martins nackten Leib, als er vom Bademädchen in Empfang genommen wurde, dessen Trägerkleidchen an Brüsten, Bauch und Schenkeln klebte; schwarzhaarig, klein und schlank – Martin fühlte den Stachel kribbeln. Dielen und Bänke troffen vor Nässe, in Großkufen hockten Frauen und Männer, Lachen klang herüber, wo schmale Wannen für zwei standen – zwischen ihnen Bretter, beladen mit Speisen und Getränken. Martin stieg zu Zirner, heißes Wasser wurde auf Wunsch mit kaltem gemischt, Körper mehrmals abgespült, Haare gewaschen, Messer zur Bartschur gewetzt.

»Ein paar Pfennig, Herr«, flüsterte die Kleine in Martins Ohr, als sie sein Haar auskämmte. »Für die ganze Nacht. Wollt Ihr?«

Er drehte den Kopf; ihr Gesicht war gerötet, sie blies eine dunkle Haarsträhne aus der Stirn und lächelte. »Dein Name? Wie alt?«

»Mechthild, Herr. Achtzehn, sagt man.«

»Hast hibsche Paradisepfelin!« Martin sah sie aufmerksam an. »Und das Hemdchen klebt am Kätzlein.«

Sie kicherte und sagte, ohne rot zu werden: »Zwei Tüttlin fein, sagen die Herren. Euer Ritutelstap steigt!«

Martin nickte. Während im Schandhaus *lichte frawen* höheren Alters arbeiteten, fett und verlebt, die die Erfahrung der Straße hinter sich hatten und von stadtfremden Kunden – Bauern, Vagabunden, Wanderern – besucht wurden, oftmals »betreut« von Frauenwirten oder den *uphelderschen,* alten Kupplerinnen, die sich vom Scharfrichter *neyt helffen en layssen,* arbeiteten in Winkelwirtschaften, Gasthäusern und Badstuben *Schloephoeren.* Wanderhuren hausten vor den Stadtmauern unter Bettelvolk. Martin dachte: *Brave Bürgersfrauen, obwohl viele »Heimliche« sind, bezeichnen alle Huren durchweg als Sausuhlen und Unflat. Doppelzüngige Heuchlerinnen!*

»Legt die Lanze ein, Herr, unterm Hemd wird's Kachelchen heiß!«

»Schön, Mechthild, dann hör genau zu!« Sie gehörte, dessen war er sicher, zum Kreis der Schlupfhuren mit Kontakten zu einem der *dyrnen huysere.* Er packte hart in ihr Haar, zog sie näher, bis die Gesichter nur fingerbreit voneinander entfernt waren, und grinste kalt. »Dein Angebot nehm ich gern an. Fürs Bett darfst du den Bader aber selbst bezahlen. Ich bin Martin Stockmann, der neue *Blutvogt!*«

Die junge Frau begann zu zittern. Martin küßte sie, kurz und fordernd, stieß sie fort und knurrte: »Bis später, Hübschlerin. Heut nacht bist du meine Schlafbuhle. Gib dir Mühe, dann verzicht ich auf meinen Anteil für die ganze Woche.«

Mechthild wich mit hängenden Schultern zurück, nickte mit ausdruckslosem Gesicht und wagte kaum, ihn anzusehen. »Wie Ihr wünscht, Herr. Ich warte, ruft mich.«

Dampf verhüllte den Raum, ein Mann rutschte aus und polterte gegen eine Kufe. Der Kopf war kahl, die Ohren standen ab wie Segel. Mit lauerndem Blick sah er in die Runde. Niemand lachte. Als Joseph Zirner Martin anstieß, unterdrückte auch er das Grinsen, Zirner senkte die Stimme: »Ein Patriziersohn. Sein Vater Heinrich war Rädelsführer beim Aufstand gegen Woldemar. Markus' Oheim Paul, obgleich Schöffe beim Hochgericht und ein reicher Fernhändler, kann kaum was für den Bruder tun. Mit dem Magdeburger Recht wurden die Schöffenstühle eingeführt; Paul ist nur einer von sieben. Da hilft auch kein Geld, obwohl die Kremerschen natürlich alles versuchen.«

»Hhm.« Martin sah Markus Kremer fröstelnd hinterher, der betrunken aus der Badstub wankte, die Faust gegen die Wand donnerte und einen Bader anrempelte. Ihn durchzog die untrügliche Ahnung, daß es mit dem Patriziersohn noch Ärger geben würde.

»Er kocht vor Wut, scheint mir.«

»Die Schmach des Vaters fällt auf den Sohn. Hinter seinem Rükken wird getuschelt. Als Händler – ich weiß es aus Erfahrung – ist er ein Versager. Ein Saufhans und Schürzenjäger, hochnäsig, jähzornig, aber tumb wie Stroh.«

Die Badegäste wurden wieder lauter, lachten und brüllten nach Speis und Trank. »Also ein Bursche, der nach Maulschellen schreit.«

»Legt Euch mit ihm nicht an, Stockmann – oder wollt Ihr in dunkler Gaß ein Messer in den Rücken bekommen? Leuten wie Markus liegt's Meucheln in der Seel'.«

»Abwarten, Gevatter. Ich weiß mich zu wehren. Erzählt mir mehr von den Hohen Herren der Doppelstadt.«

»Den Neffen des Rentmeisters habt Ihr kennengelernt. Paul Kremer wurde vom Rat als Stadtkämmerer eingesetzt; er ist schon siebenundvierzig, ein großer und breitschultriger Mann, hat eine Narbe auf der linken Wange.« Zirner kratzte sich den Nacken und murmelte nach einer Pause, in der er den Becher leerte: »Drei Söhne. Sie leben in Lübeck, Hamburg und im rheinischen Köln, die Töchter sind an Hanseleute verheiratet. Vogt Bartholomäus Surber, von Markgraf Woldemar eingesetzt, ist *magistri civium*, der Vorsteher des Hochgerichts: vierzig Jahr alt, dick und grau. Er ist Witwer, stammt aus Brandenburg. Hat zwei Söhne, und die drei Töchter sind gut unter die Haube gebracht. Dann Hillig Kurtzrock, der Flurschütz der Doppelstadt; Sohn Jakob, achtzehn, einziger legitimer Sproß seiner unermüdlichen Lenden, ist Protokollarius beim Gericht. Mühlenmeister Sigismund Vockenrode ist wie Münzmeister Tyle Brügge, der die Zöllner beaufsichtigt, und Vogt Surber ein Amtmann des Markgrafen. Brügge und Surber liegen miteinander in persönlicher Fehde: Anno Domini 1345 wurde Brügge noch vom Wittelsbacher das Schultheißenamt mit oberstem und niederstem Gericht übertragen. Woldemar aber machte seinen Gefolgsmann Surber zum Vogt und belieb Brügge, seither Unterschultheiß, nur das Recht, Silberpfennige zu prägen – sehr zur Freude von Stadtkämmerer Kremer. Seit Anno Domini 1322 gibt's Münzabkommen. Die Münzmeister von Berlin und Brandenburg schlagen Pfennige, daß neunundzwanzig Schillinge Silber eine Mark wiegen, und Brügge wacht übern Prägestempel wie seinen Augapfel, auch wenn Kremer dies manchmal belächelt und darüber scherzt.«

Joseph Zirners Gesicht war wie die Haut krebsrot. Eine Bademagd stolperte, hielt sich am Kufenrand fest. Ein Gast klatschte ihr auf den Hintern, begleitet vom brüllenden Lachen.

»Die Ursach allen Übels ist 's Weib«, kreischte einer. Jemand fragte: »Sind die Weiber auch Menschen? An der Jungfer und dem Fisch der mittlere Teil der beste ist!« – »Will Fraw nit, so kunn die Magd.«

Männer schöpften aus Schalen Bier in Becher, soffen schlimmer als Pferde, grölten und wünschten einander die schlimmsten Plagen an den Hals: »Daz dich das höllisch Fewer verbrenne!« – »Ich wünsch dir den Veitstanz!« – »Ich schwör's dir bei Blut, Darm, Leber, Lunge und Schweiß!«

Martin achtete kaum darauf, die wohlige Wärme verleitete zum Dösen; vereinzelt drangen Gesprächsfetzen ans Ohr, heisere Stimmen zwischen Kichern und Kreischen, klatschenden Wassergüssen, Rülpsen und Schmatzen:

»... hält der Luxemburger Karl zu Markgraf Woldemar...«

»... der Wittelsbacher umgekommen... kein Kaiser führt 's *sacrum imperium romanum* ... und der Schwarzenburg bald stirbt!«

»Sauf dich voll und leg dich nieder«, knurrte Zirner hämisch, »steh früh auf und füll dich wieder. Große Säufer, Lüstlinge, unanständig beim Bechern, Hurentreiber obendrein. Die bürgerlichen Herren schwadronieren, daß die Schwarte kracht. In Berlin gärt's weiterhin wie junger Wein. Woldemar schloß – vor seinem ›Tod‹ – im Norden Verträge und verglich sich, um Zugang zum Meer zu erhalten, mit dem Deutschen Orden und dem pommerschen Herzog. Mit dem Markgrafen von Meißen gab's Kämpfe; obwohl er ihm Großenhain und Torgau nahm, schrumpfte die Kasse beträchtlich.

Zwischen Wenden siedelten Eingewanderte, denen die Ländereien Barnim, Ruppin und Teltow gegeben wurden, oft befreit von Abgaben oder Frondiensten. Die Landschaft ...«

Mit halb geschlossenen Augen hörte Martin zu, Bilder gaukelten vor seinen Augen, stiegen auf wie Träume und versanken ebenso schnell. Er sah nur müde auf, aber sein Magen knurrte laut, als das Essen aufgetragen wurde: Eiersuppe mit Safran, Pfefferkörnern und Honig, Schaffleisch mit Zwiebeln, gerösteter Bückling mit Leipziger Senf, kleine Vögel in Schmalz gebraten, Backwerk, gefüllt mit Äpfeln und Salbeiblättern. Dazu gab es heißen Würzwein und Bier, das nach Wacholder schmeckte.

Ein Musikant sang aus der *carmina burana*: »Es stand ein Mädchen, in rotem Kleidchen. Wer sie berührte: Das Kleidchen knisterte. Eia!«

Vereinzelt wankten Zecher zum Hinterausgang und pinkelten vor die Tür. Andere steckten sich den Finger in den Hals, spien den Mageninhalt aus und taumelten zurück, um ihren Brand zu löschen. Wer am meisten soff, brauchte die Zeche nicht zu bezahlen und stieg im Ansehen der übrigen, die notgedrungen die Kosten übernahmen. Zunftmeister und Handwerker waren unter den Badegästen, die meisten dem Bader bekannt: Er ritzte die Zechen ins Kerbholz, dessen oberer Riegel den Betrunkenen unters Wams geschoben wurde, während das Gegenstück im Badehaus verblieb – auch geeignet, Zahlungsunwilligen damit eins über den Schädel zu ziehen. Bei Kleinigkeiten wie diesen, das wußte Martin, wurde kein Stadtknecht bemüht, kein Gerichtsbüttel gerufen.

Zirner ließ seinen Becher auffüllen, trank hastig, so daß ihm Wein über Kinn und Hals lief, stieß Martin an und sagte mit schwerer Zunge: »Betrunkene – hups – die nachts aufgegriffen werden, setzt man in Narrenkisten, damit sie in den Käfigen ihren Rausch öffentlich ausschlafen. Spott und Gekeif – hups – ist ihnen sicher ... Schon Anno 1288 sollen die alten Weiblein vom ›Hospital zum Heiligen Geist‹ sehr gutes Bier gebraut haben.« Er lachte – Schalk blitzte in den blauen Augen – und hob den Becher. »Jeder, der Haus und Hof besitzt, darf Bier brauen. Davon verstehen sie wirklich was – hups –, die Berliner. Als sei der Saufteufel unter sie gefahren. Berühmt das Bernauer Bier, aber seit sie den Propst meuchelten, trinken sie das eigen Gebraute lieber.«

Dann sprach Zirner über Patrizier, Schöffen und Ratmannen, und Martin merkte sich Namen und Beschreibungen: Merkelyn Pletner, reich durch Landbesitz, sommersprossig, untersetzt, war Richter und Ankläger beim Hochgericht, wo er stets strenge Bestrafung und hartes Durchgreifen forderte; Tile Wardenberg, Berliner *Olderlude*, groß, schlank, galt als durchtrieben und heimtückisch – stand aber eindeutig auf Woldemars Seite; der Cöllner Ratsmeister war Johannes Ryke, ein wohlbeleibter Mann mit Glatze, der das klare Wort liebte und laut und polternd redete; Arnold Brole, der Kirchenmeister des Rates, wohlhabend dank Grundbesitz und zinspflichtiger Bauern, war im Mariensprengel der Fähnlein-Hauptmann; Paul Reitzenstein, schlank und groß, Sekretarius der Stadt, kümmerte sich rührend um seine Kinder Markus und Magdalena. Theodor Lubbe, Cöllner Ratsherr und Goldschmied, war ein kleiner und fetter Mann, Albrecht Gröben Zunftmeister der Bäcker; Rudolph Wedel, Bannerherr der Metzgerinnung – sechs Fuß groß, kräftig und breitschultrig: Fähnrich des Heiliggeistquartiers, Vater von drei Jungfern; Clauß Dreher, Baumeister und Steinherr aus Cölln, betreute die städtischen Ziegeleien und Kalkscheunen ...

Weitere Bürger kamen und setzten bei Speis und Trank auf der Gasse begonnene Gespräche fort. Frauen trugen nur Strohgebinde auf dem Kopf und Armringe und Halsketten auf nackter Haut. Sie standen in Kufen, schlürften, von Wasser übergossen oder abgebürstet, lieblichen Rotwein, reckten pralle Euter, entblößten schamlos Vliese; manche entleerten plätschernd ihre Blase ins Bad.

Am späten Abend winkte der Lübecker Pfeffersack, ziemlich angeheitert vom Wein beim langen Gespräch, Martin mit leuchtendem Gesicht, eine Bademagd in den Armen, die ihm den rötlichen Schopf zerzauste und mit der er die Stiege zu den Stundenstuben im Obergeschoß hinaufschwankte. Auch Martin fand, daß es Zeit war, rief Mechthild und griff nach seinen Kleidern; halbnackt folgte sie, nahm eine Laterne mit zur Stiege und sagte: »Ihr solltet Euch um die Wanderhuren *up dem velde* kümmern, Blutvogt. Und die Schlupfhuren schleppen uns ebenfalls die Burschen weg, verderben 's Geschäft. Das schmälert auch Euren Anteil, vor allem wenn's statt Lohn nur Spott und Prügel von Hohen Herren gibt. Besonders

Engelbert Rathenow, Ankläger beim Gericht, ist brutal und nimmt's mit Gewalt.«

Martins Einstellung Frauen gegenüber war vom Elternhaus geprägt: Der Vater hatte die Frau Mutter immer mit Achtung und Aufmerksamkeit behandelt, ihn aber auch gelehrt, daß bei dem lichten Weibsvolk Härte angesagt war – immerhin stammte ein Großteil der Einnahmen eines Scharfrichters und seiner Helfer von den Dirnen. *Sechs Pfennig für jede in der Woche, und mindestens vier Schilling als Einstandsabgabe bei Neuen,* dachte er, während seine Hände über ihren Leib tasteten, der sich an ihn drängte und ihn erregte.

»Ich werd mich drum kümmern«, murmelte er. »Zahlt pünktlich und korrekt, und ihr bekommt's Berechtigungszeichen. Du kannst morgen den anderen Hübschlerinnen meine Ankunft mitteilen. Überführte Winkeldirnen werden am Pranger bloßgestellt oder mit Ruten ausgestrichen. Ich werd die Rosengasse besuchen, wo *schoene frewlin da ein unnd auss gont,* und wir können alles besprechen, auch die Höhe des Wochensatzes und der Einstandsabgabe.«

»Wie Ihr wünscht, Herr Blutvogt.«

»Wo ist eigentlich das Haus der Scharfrichterwitwe? Und die Büttelei?«

»Vor der Stadtmauer, an der Landstraße nach Spandau. Der alte Meister Stoffel hatte bei der Abdeckerei eine Knochenmühle, wollt nicht ins Haus beim Kerkerturm am Ende der Klostergasse. Dort lebt nur Jann Melchior und bewacht die Zellen. Die Büttel wohnen im früheren Rathaus am Alten Markt.«

Er umfaßte ihre Hüfte fester, griff an ihre Brust. Holz knarrte, eine Frau kicherte schrill. Mechthild stellte die Laterne auf eine Truhe, zog das nasse Kleid aus, bis sie, vom Lichtschein umschmeichelt, fadennackend vor Martin stand, legte sich aufs Spannbett und ergriff die Hand des Mannes. Er drängte sich zwischen ihre Schenkel, bestieg sie kurz und hart und füllte ihre Kachel. Erst danach begann er sie sanft zu streicheln, fingerte ihr Lärvchen, bis sie heiß wurde, den Leib wand, leise wimmerte und keuchte: »Macht weiter... Ja – mehr...«

Sie faßte nach seinem Klöppel, saugte und leckte, Martin lutschte an harten Knospen, umfaßte die kleinen Brüste und nahm Mechthild ein zweites Mal; diesmal langsam, mit kräftigen Stößen, während sie das Gesicht an seiner Schulter vergrub. Er umfaßte Mechthilds Hinterbacken und hörte ihre Seufzer, die ihn zufrieden lächeln ließen.

Später, als sie umschlungen beieinanderlagen, Martin Mechthilds Nacken streichelte und den Druck ihrer Brüste und Schenkel fühlte, fragte er sie aus, erfuhr Namen und Gewohnheiten der Hübschlerinnen – fette Lena, Sybilla Peltz, dürre Catharina, Ursula Zwickel, Margaretha – und ihrer Kunden, darunter auch Schöffen und Ratmannen: Hillig Kurtzrock – *kleiner Hagestolz, der schon sieben Mägde genotzert hat und das Mausen bei Bürgerdoichter nit laßen will* –, Arnold Brole – *hält's mit den Wittelsbachern, ein frommlicher Mann, stiftet dem Marienaltar Ländereien, aber bespringt die Weiber gern übern Hintern* –, Paul Kremer – *hat schon die fünfte Frau, einen strammen Turm und viel Geld aus Fernhandel; besucht heimlich und maskiert die fette Lena und nuckelt wie ein Kind an ihren Eutern* –, sein Bruder Heinrich *siecht im Loch* –, Markus Kremer – *schleicht der Scharfrichterwitwe hinterher* –, Merkelyn Pletner – *kommt selten, aber dann artet's wüst aus, läßt sich gerne reiten* –, Clauß Dreher – *ist häufig bei den Dirnen zu finden* –, Engelbert Rathenow – *grobschlächtig, bösartig, schlägt um sich und mißhandelt die Frauen* –, Ratmann und Wollwebermeister August Seltzer – *ein kleiner Säufer, faul, geschwätzig, dem der Zumpf rasch einfällt, meist in Begleitung seines Neffen* Kunibert, *der sich als Quacksalber versucht* ...

»... und Hulda, die junge Frau von Ratmann Karl Alvensleben, treibt's als Heimliche und setzt ihrem Mann mit dem Mühlenmeister prächtig Hörner auf!«

Martin runzelte die Stirn und murmelte: »Meister Stoffel ist in den letzten Jahren schlampig geworden, denn Frauenwirte, Bader und Kupplerinnen bestimmen, wo eigentlich der Scharfrichter das Sagen hat. Das wird sich nun ändern!«

Er beschloß, hart durchzugreifen; auf seinen Anteil am Hurenlohn gedachte er nicht zu verzichten, immerhin wollte er der Scharfrichterwitwe etwas bieten – ehe er sie heiratete. Das Gesicht seiner ersten Dyrne schien plötzlich vor ihm zu schweben: Magdalena hieß sie; vom Vater bezahlt, hatte sie ihm alles gezeigt. Martin erinnerte sich an ihre feuchte Wärme, die weiche Zunge, Speichel auf nackter Haut, Schweiß, kitzelndes Haar und Liebesgeflüster zwischen Stöhnen und Schnaufen. Halb im Schlaf, hörte Martin den fernen Stundenruf des Nachtwächters: *»Hort ir hern lost euch sagen…«*

Martin zügelte den unruhigen Wallach, musterte den Kadaverhaufen des Schindangers und schneuzte durch die Finger, weil ihm der Gestank in die Nase stieg. Der Platz zum Verscharren der Tiere lag außerhalb der Stadtmauer dicht neben dem Gehöft, das aus Wohnhaus und Schuppen bestand. Seit Meister Stoffels Tod hatte sich ein mächtiger Berg angesammelt: Körper lagen kreuz und quer, Haut verfaulte, Raben hackten nach Fleisch und Gedärm. Von der Spree wehten Nebelschwaden herbei, das Wasser schien fast zu kochen. Martin band den Braunen an einen Apfelbaum und wickelte das Henkerschwert aus der Decke. Das Haus war heruntergekommen, morsche Balken gaben ihm ein windschiefes Aussehen; dagegen sah die zweigeschossige Scheune mit Tenne und Vorratslager ganz brauchbar aus. Schweine grunzten im Koben, Hühner rannten gakkernd umher. Unter der Überdachung zwischen Scheune und Haus stand aufrecht auf kniehoher Basaltplatte ein Mühlstein; die Stange, die vom Mittelpfeiler der Platte durch die Nabe verlief, war morsch und gebrochen, Maultiergeschirr lag am Boden.

Als Martin an die Hüttentür klopfte, öffnete ihm eine junge Frau. Sie trug bodenlanges, graues Leinen und ging barfuß. Wasserblaue Augen in einem schmalen Gesicht unter gezupften Brauenbögen sahen melancholisch zu Martin auf, dann fiel der Blick aufs Schwert.

»Gestattet, daß ich hereinkomme, Frau Amalie?«

»Ich hab Euch schon erwartet, Herr Stockmann.« Eine Stimme wie helles Glockengeläut. Die Zartheit des gertenschlanken Leibs ließ Martin schlucken, seine Brust schien ihm zu eng, und er fühlte Stiche, die ihm den Atem raubten. Goldgelbes Haar fiel gewellt bis zur Hüfte, ein sanftes Lächeln erschien auf Amalies Gesicht, während sie zur Seite trat und Martin den Weg ins Haus freigab. »Kommt herein. Schon vor Wochenfrist gab mir der Rat Bescheid. Hattet Ihr eine gute Reise, mein Herr?«

Martin räusperte sich. »Nun ja, Frau Amalie. Ich… Ich kam gestern an, begleitete einen Lübecker Pfeffersack. Viel Regen,

38

schlammige Wege ...« Ihr Lächeln traf ihn wie ein Sonnenstrahl, die Bleichheit ihrer Haut erschien ihm makellos wie Marmor. »Ich mach heut meine Aufwartung, wünsch Euch Beileid und hoff, daß Ihr mich zum Rathaus begleitet, damit Ihr bezeugt, daß ich meinen Dienst antrete.«

»Ich dank Euch, Herr Stockmann.« Sie schloß die Tür. Der Boden war gestampfter Lehm. Süßlicher Kräuterduft stieg in Martins Nase, und er dachte an die Großmutter, die ihn in die Geheimnisse von Heil- und Giftpflanzen eingeweiht hatte. Seither besaß er eine besondere Neigung zum Bilsenkraut, und er ahnte, daß die Scharfrichterwitwe – höchstens achtzehn war sie und nur für vier Wochen Meister Stoffels dritte Ehefrau gewesen – sich ebenfalls auf Pflanzenkunde verstand.

Er sagte: »Der Lübecker riet, mich an Ratsmeister Nicolaus Stulzing zu wenden. Kennt Ihr ihn, Frau Amalie?«

»Ja. Meister Stulzing ist ein angesehener Bürger von unbescholtenem Ruf und Schöffensprecher beim Hochgericht. Ihr seid zur rechten Zeit gekommen. Die Natur erwacht, endlich ist Frühling. Seit Jahren werden die Winter strenger, es gibt Mißernten, Hagelschlag, im Schmelzmond schwere Überschwemmungen, und im Sommer versengt die Sonne das Korn. Sogar von gewaltigen Heuschreckenschwärmen wird berichtet. Und der Schwarze Tod ...«

»Euer Anblick ist der reinste Sonnenschein, *herzeliebez frowelin*, Euer Aug' betöret«, murmelte er, im zaghaften Versuch der Minne. »Da vergeß ich alle Unbill. Ich wäre viel schneller und früher gekommen, hätt ich Euer Antlitz gekannt ...«

Sie senkte den Kopf, errötete. Martin setzte sich auf die Bank. Lichtbalken fielen in den verräucherten Raum, über offenem Herdfeuer summte ein Kessel. Ausgestreckt lag ein brauner Schweißhund in der Ecke, der müde den Kopf hob und Martin aus einem Auge anblinzelte, als er das Schwert abstellte.

»Habt Ihr schon gegessen?« Sie wies auf Herd und Truhe. »Es ist noch früh und ...«

»Nein, ich eilte sofort zu Euch.« Er lachte verlegen. »Habt Dank, ich bin wirklich hungrig.«

Amalie schnitt dicke Scheiben vom Brot – aus Roggen und Bohnenmehl –, stellte den Kessel auf die Tischplatte, eine Schüssel mit saurer Milch folgte und frisches Spreewasser aus einer Kanne. Gemeinsam löffelten sie das weichgekochte Fleisch in dickem Mehl- und Bohnenbrei, mit Essig und Zwiebeln gewürzt. Martin tunkte Brot ein und warf einen Rest dem Hund zu, der schwanzwedelnd danach schnappte.

»Ich hab mich umgesehen«, sagte Martin. »Die Kloakenreiniger sind faul, die Dirnen frech – ich weiß es von Mechthild aus der Badstub –, und vom Schindanger treibt böser Gestank herbei!«

Amalie atmete tief durch, für Augenblicke sah sie in die Ferne und sagte mit müder Stimme: »Ihr habt recht, aber... Johannes, der Schinderknecht, zieht 's Bein nach, müht sich redlich. Ihm hilft nur 's Findel Asmus, ein großer und starker Bursch'. Johannes kümmerte sich um ihn, als er aus dem Kloster ausbrach. Jetzt sind die beiden Freunde. Johannes hat sonst niemanden. Viele meinen, ihn hätte eine Hexe gezeugt oder eine Elfe vertauscht. Die Leute schimpfen ihn Wechselbalg und verspotten ihn, wenn sie ihn sehen... Sie sammeln verendete Tiere, kommen aber mit dem Abdecken nicht nach. Kein Büttel folgt ihnen, die Gesellen saufen im Wirtshaus von morgens bis abends. Ich bin ein schwaches Weib, Herr Stockmann, die Frau Mutter ist alt und krank, seit der Vater umkam, und der Bruder Heinrich ist noch zu jung. Mein Mann, Gott hab ihn selig, starb als Greis, schneller als er dachte, aber durch viel Beten vorbereitet.«

Martin stützte die Ellenbogen auf und erinnerte sich an das, was Meister Stoffel mitgeteilt hatte: Amalies Vater, der Lohgerber Otto Grunngras, ein Mann mit Hausbesitz und ein freier Bürger, habe beim Brand im Herbstmond – als es wegen des »falschen Woldemars« zum Aufstand kam – geholfen und ein Kind gerettet, sei aber selbst in den Flammen umgekommen. Witwe Thea habe dann versucht, die Tochter unter die Haube zu bringen, sei aber wählerisch gewesen. Auf Meister Stoffels Angebot wurde schließlich eingegangen, nachdem dieser, ebenfalls den nahenden Tod vor Augen, nach Absprache mit Martins Vater den jungen Stockmann ins Gespräch gebracht hatte.

»Jetzt bin ich da, Frau Amalie!« Martin lächelte selbstsicher, griff nach Amalies Hand und drückte sie. »Wenn's Euch recht ist, gehen wir gemeinsam an die Arbeit. Ihr kennt Euch in der Stadt aus und könnt mir sagen, auf wen und was ich achten muß.«

Sie erwiderte den Druck, nickte schlicht und sah ihm fest in die grünen Augen. Martin roch den Kräuterduft, sah an der Wand getrocknete Büschel hängen und sagte: »Und ihr kennt die Pflanzen und Kräuter, wie ich sehe. Das ist gut, Frau Amalie, sehr gut. Schätzt Ihr ebenfalls die *Belse*?«

Sie errötete noch mehr, ihm wurde warm ums Herz, und für Augenblicke glaubte Martin, auf Wolken gebettet zu sein. Dieses Weib war genau nach seinem Geschmack, und auch sie schien keineswegs abgeneigt, an seiner Seite zu bleiben.

Dichte Fliegenwolken umgaben den Schindanger. Verwesende Eingeweide dienten samt Massen von Larven als Futter für Gänse und Hühner. Stadtbewohner, die tote Kleintiere nicht auf ihren Misthaufen werfen wollten, kamen und erhöhten jeden Tag den dampfenden Berg. Aus halbgefüllten Gruben flatterten Aasvögel unter protestierendem Gekrächz auf, Hunde stritten um Brocken und schleiften Knochen fort.

»Knochenmehl hatte mein Mann schon seit Jahren nicht mehr hergestellt. Es wurde ihm zu mühsam. Im Winter ging das Maultier ein – erfroren.« Amalie stellte das Salzfaß ab, wies auf die Mühle und schlang die Arme um den Leib. Ihr Haar war von der kurzen Heucke, der Kapuzenjacke, bedeckt. »Mein Mann war grau und faltig, und in der Nacht röchelte er mit offenem Mund. Die Kraft seiner Lenden hatte ihn fast verlassen ...« Martin sah sie erstaunt an, erfreut darüber, mit welcher Offenheit sie sprach. Sie lächelte, vertrieb Fliegen und sagte: »Ich erfüll meinen Teil des Vertrags: Ihr seid der neue Herr im Haus des Scharfrichters, Euch gehört die Büttelei. Jann Melchior, den Kerkerwächter, wird's freuen.« Sie machte eine Pause und runzelte die Stirn. »Und wenn Ihr Euren Teil trefflich erfüllt und Grasdorfs Kopf prächtig von den Schultern hackt, gibt's Abdeckerei und kaputte Knochenmühle dazu.«

»An mir soll's nicht liegen.« Er leckte sich die Lippen und betrachtete sie vom Scheitel bis zu den Zehenspitzen, konnte es kaum erwarten, sie zu berühren. Trotzdem hielt er sich zurück, wollte sich nichts verderben. »Ratmannen und Richter werden zufrieden sein – und Ihr ebenfalls. Ich schwör's bei Gott und den vierzehn Nothelfern!«

Sie wiegte den Kopf. »Wir werden's sehen, Gevatter – heut nacht! Ich lad Euch ein zu bleiben. Aber benehmt Euch anständig, mein

Herr. Euer Gemächt müßt Ihr – vorerst – bei den *gemeyn doichter* kühlen!«

Ihr Lachen stachelte ihn an. Martin, im Abdecken geübt, zog die leicht geschwungene Klinge und bewies Amalie, wie schnell er einem Pferd die Haut abziehen konnte: schnelle Schnitte an Kopf und Beinen, dann zog er kräftig und half mit dem Abdeckmesser nach. Im Sommer trocknete die Haut aus und haftete fest am Fleisch. Im Winter war die Arbeit noch schwieriger, weil Kopf, Gliedmaßen und Fleisch rasch froren und die Enthäutung kaum durchführbar war. Die günstigsten Zeiten waren Frühjahr und Herbst. Martin breitete die Haut aus, nahm von Amalie das Salzfaß entgegen und bestreute die Fleischseite, um Fäulnis zu verhindern und Maden fernzuhalten; gleichzeitig entzog das Salz die Feuchtigkeit. Rasch faltete er die Haut zum Bündel, knüpfte die Hanfschnur und freute sich über Amalies Lob: »Ihr versteht Euer Handwerk, Wasenmeister Stockmann.«

Er nahm sich ein vor kurzem verendetes Pferd vor, kratzte vorm Zusammenlegen der Haut Fett ab und erklärte: »Tut's in ein Fäßchen. Mit Zusätzen von Bienenwachs, Harz und grünen Äpfeln gibt's eine wunderbare Salbe – Großmutter hat's mir gezeigt.«

Dann erst salzte und faltete er auch diese Haut und legte sie an den Wegrand für die Gerber, die an der Spree nahe dem »Unterbaum« ihrem geruchsstarken Handwerk nachgingen. »Wenn der Abdeckergehilfe kommt« – Martin säuberte das Messer und steckte es weg –, »soll er viel Reisig, Scheite und etwas Öl besorgen. Wir müssen die Kadaver verbrennen und die Ratten ausräuchern.«

»Wie Ihr wünscht, mein Herr. Ich suche später Johannes und Asmus. Zuerst sollten wir beim Rat vorsprechen, damit Euer Dienst beurkundet ist.«

Auf dem Weg zum Rathaus über die Lange Brücke ging Martin in Gedanken, indem er die Finger zu Hilfe nahm, die Namen der Ratmannen durch: *Zwölf in Berlin, an ihrer Spitze die* Olderlude *Nicolaus Stulzing und Tile Wardenberg. Dann Thomas Blankenfelde, der alte Gerhard Rathenow – Engelberts Vater –, Paul Reitzenstein, Hillig Kurtzrock, Arnold Brole, Paul Kremer, Bäckermeister Albrecht Gröben, Metzgermeister Rudolph Wedel, Schustermeister Georg Sternickel und Wollwebermeister August Seltzer.*

*Ratsmeister zu Cölln ist Johannes Ryke, und die Cöllner Ratman-*
*nen heißen Otto Wins, Othwin Steglitz, Clauß Dreher, Theodor*
*Lubbe – ein Goldschmied – und Karl Alvensleben – ein Waffen-*
*schmied.*

Von Zirner hatte Martin erfahren, daß es im Herbst 1346 zu
Zunftunruhen gekommen war und Markgraf Ludwig auf seiten der
Gewerke eingriff. Die Ratmannen unterwarfen sich und gestatteten
den Zünften und Innungen, daß aus Berlin vier und aus Cölln zwei
ihrer Vertreter in den Rat entsandt und am Stadtregiment beteiligt
wurden, obwohl das bislang nur »ratsfähigen Geschlechtern« des
Patriziats vorbehalten war. *»Diesen Eingriff ins Stadtrecht und die*
*klare Parteinahme«*, hatte der Lübecker gesagt, *»haben viele Patri-*
*zier nicht vergessen. Und so traten viele* anno praeterito *für Wol-*
*demar ein. Aber einige Fernhändler wie die Kremerschen, die gute*
*Beziehungen zu den Wittelsbachern unterhalten, widersetzten*
*sich...«*

Im Rathaus trafen Martin und Amalie die Ratsherren Stulzing
und Reitzenstein an, und Amalie bestätigte nochmals auf Eid den
Vertrag, den Meister Stoffel mit seinem Braunschweiger »Henkers-
vetter« geschlossen hatte. Martin legte das Geleitschreiben seiner
Heimatstadt vor, vom dortigen Protokollarius verfaßt – *be-*
*schwören, daß Martin Stockmann aus ehelich Brautbett ehrlich ge-*
*zeugt und geboren ist, frei und nicht eigen, teutsch und nicht wen-*
*disch; seine Eltern sind der Braunschweiger Scharfrichter Clauß*
*Stockmann und dessen Frau Anna...* – und vergaß nicht, den
Lübecker Kaufmann Joseph Zirner als Zeugen anzuführen, dem er
gegen Strauchdiebe geholfen und den er bis nach Berlin begleitet
hatte. *Ich muß jede Gelegenheit nutzen*, dachte er, *und mir guten*
*Leumund verschaffen. Die Doppelstadt ist ein aufstrebender Platz,*
*genau richtig für mich!*

»Ah, der listige Pfeffersack ist wieder im Lande. Stockmann, Ihr
habt da einen wohlhabenden Freund und Fürsprecher!« Ratsmeister Nicolaus Stulzing, hochgewachsen, hager und grauhaarig,
gekleidet in buntes Tuch mit langen Ärmeln, die am Handgelenk
zur glockenförmigen Manschette erweitert waren, ausgestopften
Schnabelschuhen und federgeschmücktem Barett, nickte und
wandte sich an Paul Reitzenstein: »Ratstrompeter und -trommler
werden in die Doppelstadt und zum Kerkerturm gesandt, um die

Ankunft des Nachrichters Martin Stockmann und die baldige Hinrichtung des Grasdorf zu verkünden: am Sonnabend vorm alten Rathaus.«

»Sofort.« Dem Sekretarius der Doppelstadt, einem schwarzhaarigen Mann mit einer Kerbe am Kinn, standen als Helfer im Scriptorium des Rathauses Benediktiner-Novizen zur Seite. »Herolde herbei, verlest die Botschaft.«

Pergamentbögen, die zuvor in Kalkwasser gelegt, dann gespannt, beidseitig abgeschabt und zugeschnitten worden waren, wurden geholt, Federn tauchten in Tintenhörner. Während die Stadtboten auszogen, besprach Herr Stulzing mit Martin Aufgaben und Pflichten – von Büttelei, peinlicher Befragung und Hinrichtungen über Kloakenreinigung bis zur Beaufsichtigung der *lichte frawen* –, und feste jährliche Einnahmen und Abgaben wurden vereinbart und vom Stadtschreiber festgehalten: *Ein Malter Hafer, eine weiß' Martinsgans, Roggen von einem Morgen Land, 240 Pfennige per anno, zu zahlen nach Grasdorfs Hinrichtung, von jedem Gerichteten die Kleider, bei gelungener Hinrichtung fünf Schillinge, freies Wohnen; ebenfalls per anno für den Kerkerwächter ein Huhn von vier Schillingen, fürs Läuten der Glocke vier Schillinge, den Bütteln Wein zu acht Schillingen; Heu, Pfosten, Seile, Schaufeln, Harz und Leiter auf Kosten des Henkers, ebenso 60 Pfennige für den Gerichtsschreiber am Walpurgistag . . .*

Martin bemerkte zufrieden die staunenden Blicke Amalies, weil er vom Ratsmeister fast wie ein ehrbarer Zunftmeister behandelt wurde. Er runzelte die Stirn und dachte unwillkürlich an die Stände: Amtsleute des Markgrafen, Richter, Ratsmeister, Schöffen, Ratmannen, Bürgergeschlechter, dann die Innungsmeister der Viergewerke – Fleischer, Wollenweber, Schuster und Bäcker – und die wohlhabenden Bürger aus Handwerk und Handel, die Vertreter der Zünfte. Gemeindebürger, übrige Handwerker und erst dann die Schutzbürger, Zinsleute in gemieteten Buden und die Gehilfen aller Art: Tagelöhner, Knechte, Mägde – und Juden. Geistliche waren weder Stadtgericht noch dem Rat unterworfen, sondern nur dem Markgrafen und Bischof: der Propst mit den Diakonen und Altaristen, die Pfaffen, Meßdiener, Mönche und Nonnen. *Als Henker hab ich kein Bürgerrecht, aber auch das schaff ich noch. Ich werd's allen zeigen!*

»... wurden nach den Unruhen im letzten Jahr einige Ratsherren neu ernannt«, sagte Reitzenstein, als ein Mönch in grauer Franziskanerkutte das Scriptorium betrat. Trotz des hohen Alters – das sonnengebräunte Gesicht war zerfurcht und voller Falten, kein Haar sproß aus der fleckigen Kopfhaut – ging er kraftvoll. Martin fragte sich, wie viele Dezennien der Mann schon auf dem Buckel hatte. Der Blick aus grauen Augen rief in Martin Unbehagen hervor; mit dem Mönch schien ein Eishauch in den Raum zu kommen.

»Bruder Michael!« Nicolaus Stulzing winkte dem Mönch und stellte Martin als neuen Blutvogt vor. »Grasdorfs Hinrichtung ist festgelegt.«

»Ich hab's gehört. Die Herolde brüllen laut genug und stören jede Andacht.« Fältchen entsprangen Michaels Augenwinkeln wie Vogelfüße, trotzdem wirkte das Lächeln auf Martin kühl. Amalie kicherte, auch Stulzing grinste. »Es trieb mich her, den Henker kennenzulernen. Ihr kommt aus Braunschweig, Herr Stockmann, dem Sitz der Welfen?«

Martin betrachtete den Mönch.

»Ja, Bruder Michael. Mein Vater schloß den Vertrag mit Meister Stoffel.«

»Und du, mein Kind?« Michael wandte sich an Amalie. »Hast du 's Ehegelöbnis schon ausgesprochen?«

Amalie errötete.

Stulzing sah von Pergamentbögen auf und nickte dem Stadtschreiber zu. »Bruder Michaels vieldeutige Rede ist bei den Ratmannen gefürchtet. Kaum jemand weiß soviel wie er.« Er senkte die Stimme. »Er und Markgraf Woldemar scheinen sich zu kennen. Ob's ein Zeichen dafür ist, daß es der ›richtige‹ Askanier ist, bleibt dahingestellt. In den letzten Dezennien hat Michael das Kloster jedenfalls kaum verlassen, und trotzdem – als junger Mann muß er weit gereist sein.«

»Seine Andeutungen versetzen mich stets in Staunen«, sagte Paul Reitzenstein und rieb das Kinn; Schellen an seinem Gewand klingelten leise. »Es wird erzählt, er sei ein flüchtiger *Tempelritter* gewesen, als er erstmals die Doppelstadt betrat. Die Wahrheit kennen aber nur er und sein Beichtbruder, nicht wahr?«

Martins Frösteln verstärkte sich. *Was hier scherzweis angedeutet wird*, durchfuhr es ihn, *greift viel weiter, als die Worte fassen. Ein*

*Tempelritter? Die Herren scheinen viele Geheimnisse zu haben, und wenn ich an die Kremerschen und Woldemar denk: Es brodelt im Kessel der Ratmannen!*

Der Mönch verbeugte sich spöttisch. »Zuviel der Ehre, Ihr Ratsherren. Laßt die Vergangenheit ruhen! Ich bin nur ein einfacher Franziskaner, wenn auch *bibliothecarius* im Grauen Kloster. Mein Vorteil ist – dem stimm ich zu –, viele Bücher zu kennen. Nicht mehr, nicht weniger.«

»Stellt Euer Licht nicht untern Scheffel, Mann. Mich könnt Ihr nicht verwirren.«

»Das war nicht meine Absicht, Herr Stulzing.«

Reitzenstein lachte leise, hob die Feder, strich über Pergament und murmelte im feierlichen Amtsstil: »In Gottes Namen. Amen. Alles, was in der Zeit geschieht, vergeht mit der Zeit. Darum muß man es mit Urkunden und Zeugnissen fest und dauernd machen. Daher...«

Als alles gesagt, niedergeschrieben und gesiegelt war, wollte Martin sich auf den Weg zum Kerkerturm machen. Er und Amalie verabschiedeten sich von Stulzing und Reitzenstein; der Mönch schloß sich an, wartete aber auf der Gasse, während Amalie sagte: »Ich geh den Schinderknecht Johannes suchen.«

»Einverstanden. Bis später, Frau Amalie.«

Martin winkte ihr nach, und Michael sagte: »Scharfrichtern werden heilende Kräfte nachgesagt. Wie haltet Ihr's damit, Blutvogt? Kennt Ihr's *Buch der Gifte* von Gabir ibn Hayyan as-Sufi? Er hat Spannendes verfaßt, mein Freund.« Er hob die Stimme und zitierte monoton: »... Dazu gehört die Anwendung betäubenden Rauchwerks. Man nimmt von Mohnblättern oder der Rinde seiner Frucht zwei Dirham, von Opium zwei Dirham, Mandragorakörner zwei Dirham und pulvert dies sehr fein, bis es zu feinstem Staube wird. Dann wirft man es zusammen mit allem, mit dem geräuchert wird, wie Aloeholz, Kostwurz, Rinde von Weihrauchpflanzen und anderen Räuchermitteln. Es hat für lange Zeit betäubende Wirkung, so Gott will. Ein anderes derselben Art. Man nimmt Mandragora, Mohnschalen und Lattichkörner, pulvert dann sehr fein und legt es auf die Schläfen oder räuchert damit. Der Mensch nun, der das riecht und damit beräuchert wird, schläft solcherart ein, daß er nicht weiß, wo er ist, im vollen Schlaf, und wenn er aufwacht, so ist er wie einer, der stark benommen ist. Ein anderes der gleichen Art. Man nimmt Mandragora, Bilsenkraut, Lattichkörner und Mohnschalen, zerstößt sie fein und räuchert damit. Dies ist noch wirkungsvoller als das erstgenannte und tötet sogar bisweilen... Ähnliches hat auch der Gelehrte Arnaldus von Villanova geschrieben.«

»Ihr seid ein gelehrter Mann, Mönch!« sagte Martin widerwillig, vom Wortschwall ebenso überrascht wie beeindruckt. »Wie kommt's, daß Ihr die Kenntnisse eines Ungläubigen rezitiert – als *Franziskaner?*« Er zögerte, nahm allen Mut zusammen: »Oder verbergt Ihr nur's *ketenwambis* unter grauer Kutte?«

»Stockmann, Ihr gefallt mir! Wie ein Armbrustbolzen direkt ins Ziel, beim *Heiligen Gral* der Templer! Recht so!« Bruder Michael antwortete mit einem Lachen, das Martin ans wütende Knurren eines Hundes erinnerte. »In den Büchern steht die Weisheit, mein Freund, sie ist nicht auf die Vertreter der Heiligen Mutter Kirche beschränkt; es heißt trefflich: *lege, lege et relege* – lies, lies und lies nochmals. Nun, Gevatter, ich war in der Tat nicht immer ein Mönch, auch wenn ich nun seit drei Dezennien hier lebe. Vielleicht erzähl ich Euch später mal, was ich früher trieb, oder besucht mich im Kloster und schaut in die Bücher. Gehabt Euch wohl, Blutvogt.«

Der Alte drehte sich um, und Martin sah hinterher. Verwirrt schüttelte er den Kopf und ging zum Kerker, um Johann Grasdorf zu visitieren.

Danach schlenderte er zum Kramhaus, Ecke Spandauer Straße und Neuer Markt, fand nach einigem Suchen den Lübecker und dankte ihm nochmals. Zirner winkte mürrisch ab. »Nehmt's leicht, Blutvogt. Meiner Börse tat's nicht weh, und Euch hat es geholfen. Wenn Ihr den Grasdorf aber mißrichtet, sprech ich kein Wort mehr mit Euch! Ich bleibe und sehe es mir genau an, Herr Stockmann. Verlaßt Euch drauf!«

»Ihr werdet keinen Grund zu klagen haben«, versprach Martin. »Bei meiner Ehr'! Nebenbei, Kaufmann: Was haltet Ihr von Knochenmehl – als Viehfutter? Oder ausgekocht für Leim und Kleister?«

Zirner lachte leise. »Geschäftstüchtig seid Ihr also auch! Kaum einen Tag im Dienst, und schon werdet Ihr ungestüm wie ein junges Pferd. Ich laß mir's durch den Kopf gehen, vielleicht bringt's einige Groschen. Trollt Euch jetzt und beglückt meinethalben die Witwe

mit Minneschmachten. Hier stört Ihr mich nur. Ich hab zu tun…
Heh, ihr faulen Kerle: Ordentlich aufstellen hab ich gesagt. Das
flandrische Tuch nach vorn.«

Martin schüttelte grinsend den Kopf, wich Trägern aus und besah sich noch eine Weile das Gewusel, in dem der Hansekaufmann
überall zugleich zu sein schien, wild gestikulierte, brüllte und viel
Schweiß vergoß, bevor er zur Rosengasse aufbrach, um den Unzuchthäsinnen zu zeigen, wer der neue Herr war.

Als Martin wieder bei Amalie war, vom Schweißhund schwanzwedelnd begrüßt, hatte er nur einen Wunsch: Er wollte seinen
Magen füllen. Sie schien gut vorgesorgt zu haben und sagte: »Ich
hab auf dem Markt eingekauft und ein schmackhaft Mahl bereitet.
Der Kremer lief mir über den Weg, wich aber aus. Stellt mir seit
Meister Stoffels Tod noch mehr hinterher. Schon zweimal wurde er
vom Schweißhund gebissen!«

Martin schnitt eine Fratze und dachte an Jann Melchiors Worte.
Fast schien es ihm, als habe der Patriziersohn was mit Meister Stof-
fels Tod zu tun; mehr als eine Ahnung war es nicht – aber der
Gedanke blieb hartnäckig in Martins Kopf.

»Der Besuch bei den Hübschlerinnen in der Rosengasse hat län-
ger gedauert, als ich dachte«, murmelte er mißmutig. »Wenn der
Bube noch mal zudringlich wird, red ich ein ernstes Wort mit ihm,
Frau Amalie. Er wird Euch nicht länger belästigen!«

»Habt Dank, Gevatter.« Amalie schüttelte sich. »Er ist häßlich,
kahl, hat Zähne wie ein Pferd und Ohren, groß wie Windmühlen-
flügel.«

»Der Bastard paßt zu den *hoeren wirdtfrawen*. Sie waren aufsäs-
sig, und ich mußte ihnen mit Backenbrennen und Ausweisung aus
der Stadt drohen. Niemand kennt die Zahl der *schloephoeren,* aber
die *schoene frewlin* werden aufpassen… und der Fernhändlersohn
soll sich in acht nehmen. Ich mag's nicht, wenn sich Kerle das Füßeln mit Gewalt erzwingen, nur weil's Frauen sind, die unter ihrem
Stand stehen. Die Mechthild hat vermittelt, aber es brauchte einige
Maulschellen, bis sie begriffen, wer fortan die Aufsicht hat. Morgen
wird beim Protokollarius die Satzung gesiegelt.«

Nach Ratsmeister Stulzings Vorstellung sollte das Dirnenwesen
einen öffentlichen und somit fast »rechten« Charakter bekommen,

damit die Unzucht besser kontrolliert wurde: durch geregelte Abgaben an den Scharfrichter, der Schutz- wie Überwachungsauftrag hatte und im Gegenzug Berechtigungszeichen ausstellte, die auch den Kunden anzeigten, daß sie »zünftige« Arbeit erwarten durften, sich andererseits aber zu benehmen hatten, sollte Ordnung ins gutgehende Geschäft mit der Fleischeslust gebracht werden. Von der Regelung ausgenommen waren Wander- und Schlupfhuren, die fortan Gefahr liefen, von den »Zunft«-Hübschlerinnen angezeigt zu werden.

»Entweder zahlen sie, oder sie müssen damit rechnen, an den Pranger gestellt zu werden, der öffentlichen Schande preisgegeben. Im Wiederholungsfall Kerker oder gar Vertreibung aus der Stadt. Wie bei den Zunftversammlungen soll's Morgensprachen geben, und alle haben zugestimmt, daß ich einen Zehnt in zünftig Krankenlade sammle, damit's für jede einen Notgroschen gibt.«

»Ihr werdet's richtig machen.« Amalie brachte Kapaun mit geröstetem Brot, Huhn mit Mandelgelee, zum Abschluß Waffeln mit Honig, und füllte Bier in einen Becher. Sie ließen sich Zeit beim Essen, und Martin genoß es sichtlich, zu ihrer stillen Freude. »Ist's nach deinem Geschmack, Martin?«

Er nickte, erfreut über die Anrede, und antwortete mit vollem Mund: »Deine Kochkunst ist zu loben, Amalie.«

»Gefallen dir die Berliner Hübschlerinnen? Die Bauern vergleichen sie mit ihren Säuen und sagen, sie seien fett wie die Stadthuren.«

Martin wiegte den Kopf. »Nun, die Älteren im Frauenhaus haben wirklich dicke Polster, besonders die aus dem Sächsischen und Fränkischen. Die dicke Lena zeigt prächtig Kuheuter und Hinterbacken wie ein Schindergaul. Es gibt aber auch junge und gertenschlanke, sie gefallen mir besser. Die Catharina ist zu dürr, Sybilla zu frech und Margaretha – nun ja. Keine ist mit deiner Schönheit zu vergleichen, Amalie.«

»Im Honigschmieren bist du gut.« Sie kicherte und wechselte das Thema. »Johannes und Asmus sind unterwegs, um Reisig und Scheite zu besorgen. Bald müßten sie zurück sein. Die erste Ladung liegt schon neben dem Aas.«

»Gut. Dann kümmern wir uns um den Schindanger.« Er trank einen zweiten Becher Bier und kraulte dem Schweißhund das Nakkenfell. »Ich werde wohl ins Haus beim Kerkerturm ziehen, Amalie, und wenn du willst, kommst du mit?! Dort lebt's sich besser, als beim stinkenden Schindanger. Wir müssen die Mühle reparieren, und vielleicht sollten wir Tagelöhner und Mägde anstellen und Filz aus Fellresten herstellen lassen, bevor die Häute den Weiß- und Rotgerbern gegeben werden? Das Horn bekommen die Kammmacher, und das Knochenmehl wird verkauft – als Beifutter fürs Vieh . . .«

Vor seinen Augen zeichnete sich alles genau ab. Es würde nicht leicht sein, aber ihm sollte es besser gehen als den Eltern und Großeltern, das hatte er sich beim Aufbruch aus Braunschweig fest vorgenommen. Um dieses Ziel zu erreichen, war Martin bereit, die Schinderarbeit zu ertragen, obwohl er viel lieber ein Heiler und Medicus gewesen wäre, angesehen, wohlhabend, jemand, vor dem die Leute den Kopf beugten. *Mit Amalie*, dachte er, *hab ich's wohl gut getroffen. Zirner verdankt mir sein Leben, und Stulzing hat mich mit Respekt behandelt. Nur der Mönch ist ein sonderbarer Mann.*

»Gemach, Martin. Eines nach dem anderen. Horch – das muß der Schinderkarren sein. Johannes und Asmus.«

Sie gingen vors Haus. Martin musterte den Mann, der auf ihn zuhumpelte und das rechte Bein nachzog. Die schweißglänzende Glatze spiegelte das Sonnenlicht, Johannes' Mund stand schief, ein Speichelfaden hing von der Lippe. »Grüß Euch wohl, Blutvogt. Alles besorgt, Herr.« Er zeigte mit dem Daumen über die Schulter. »Reisig, Holz und Holzkohl', Strohballen, Öl. Wird ein prächtig Feuerchen.«

Martin sah zum Schindanger. Das Abdecken halbverwester Häute lohnte nicht mehr, jetzt kam es darauf an, den Tierleichenhaufen zu beseitigen; verbrennen, verscharren, die Knochen zermahlen.

»Komm her, Asmus, verbeug dich vorm Blutvogt – und hilf uns abladen.« Johannes klopfte dem Burschen auf die Schulter. »Das ist Asmus, Herr. Er hilft mir beim Einsammeln.«

»Herr«, murmelte Asmus und verbeugte sich. Sogar jetzt überragte er Martin noch. Der Bursche besaß, obwohl erst siebzehn, einen ungewöhnlich kräftigen Leib, und der gedrungene Kopf mit dichtem dunkelbraunem Haar, fast halslos auf breiten Schultern sitzend, erinnerte Martin an einen Bären. Pfannengroße Hände konnten Balken brechen. Von Amalie wußte Martin, daß Asmus ein Findelkind war, ein Drehladenbastard, vor einem Kloster ausgesetzt. Ein dickbäuchiger Mönch hatte ihm seinen Namen gegeben – Asmus, der Bär –, weil er schon als Kind größer als Gleichaltrige war und sich tapsig benahm wie ein Tanzbär beim Jahrmarkt.

»Ladet ab und schichtet es rund um den Haufen.« Martins Blick huschte nachdenklich über die Ratten. »Türmt's über den Haufen, dann einen zweiten Ring außen.«

»Verstanden.« Asmus nickte gleichmütig, lud sich zwei zentnerschwere Ballen auf die Schultern, trat einem aufjaulenden Köter vor den Leib und ließ das Stroh zu Boden krachen, daß es staubte.

»Du bist ein kräftiger Bursche. Weiter so«, sagte Martin anerkennend, woraufhin sich Asmus' Gesicht aufhellte und er freudestrahlend den Schinderkarren allein ablud, während Martin und Johannes Holz, Stroh und Reisigbündel zurechtlegten und sich nicht vom Bellen und Kläffen der Hunde stören ließen, die vom Schweißhund angesprungen wurden und den Schwanz einklemmten.

»Nehmt Knüppel und die Abdeckerstangen. Amalie, bringst du die Fackel?«

Die Frau eilte ins Haus, vom Schweißhund begleitet, der auf halbem Weg stehenblieb, zum Tierleichenberg sah, mit hechelnder Zunge heransprang und eine Ratte zerriß. Amalie kam mit der Fackel, lief an Reisig und Stroh entlang und steckte es in Brand. Ein Windstoß fachte die Flammen an, die trockenen Scheite brannten wie Zunder. Martin griff nach der Abdeckerstange, an deren Spitze ein Eisenhaken befestigt war, und zerrte mit Asmus' und Johannes' Hilfe die Leiber auseinander, schichtete die hochlodernden Ballen und Scheite um. Beißender Qualm wirbelte, Aas brutzelte, und das Schrillen der Ratten wurde lauter. Graue, fette Leiber sprangen über Knochen und Gebein, schossen zwischen versengten Hautresten hervor und erzeugten ein Gekreisch, das in den Ohren schmerzte.

»Schlagt sie kaputt!« Martin keuchte. »Keine darf entkommen.«

Immer mehr Tiere wichen vor hochlodernden Flammen zurück, huschten im Kreis, ringelten nackte Schwänze und richteten die Körper auf, um nach Lücken zwischen Feuer und Rauch

Ausschau zu halten. Mit gewaltigen Sprüngen setzten erste Tiere über Flammen hinweg und wurden, halb verbrannt, von Asmus erschlagen. Der Schweißhund lief im Kreis ums Feuer, biß Ratten ins Genick und schleuderte sie ins Feuer zurück. Johannes zertrat einem Tier den Schädel. Verzweifelter wurden die Versuche der Ratten, ihr Leben zu retten. Ein halbes Dutzend Tiere sprang gleichzeitig los, mit gewaltigen Sätzen flogen sie in verschiedene Richtungen. Es half nicht: die den Knüppelhieben entkamen, wurden vom Schweißhund zerfetzt; schnell und wendig schien er jedesmal vor den grauen Körpern dort zu sein, wo sie landeten.

»Weiter, nicht nachlassen, Freunde! Asmus, mehr Holz, schnell!« brüllte Martin, schichtete Leiber und brennende Kloben um und jubelte wie die anderen, wenn Ratten im Rauch erstickten oder von Flammen umhüllt wurden. »Ja! Verschmort im Fegefeuer, ihr Biester! Graue Plage!«

Zögernd näherten sich die verwilderten Hunde wieder und beteiligten sich an der Jagd. Qualm waberte dunkel in die Höhe, trieb über die Spree. Asmus warf weitere Scheite ins Feuer, Martin schob Glut zusammen, und Johannes knüppelte Ratten gleich im Dutzend zu Tode. Plötzlich schrie Amalie: »Seht doch, da!«

Schaudernd starrten sie zur Öffnung in schwarzen Schwaden und schmorendem Fleisch: Sieben Ratten, deren Schwänze seit Geburt verwachsen waren, bildeten ein kreischendes Knäuel wild zuckender Beine und Schnauzen.

*Ein Rattenkönig!* Martin bekreuzigte sich, packte die Abdeckerstange fester und zog den Rattenkönig ins Feuer. Lautes Pfeifen und Schrillen klang nach wenigen Augenblicken ab, nur Knistern und Prasseln waren noch zu hören. Immer wieder legten die Männer Holz nach, graue Schlieren huschten über Glut, deren Hitze in den Gesichtern brannte. Laut knackend zersprangen Knochen und Schädel, platzte und zischte Fleisch, das nur langsam schrumpfte und verkohlte. Große Knochen wurden aus dem Feuer gezerrt und aufgeschichtet, Asmus begann in einiger Entfernung eine Grube auszuheben, in die die Reste geworfen und verscharrt werden konnten. Es war fast dunkel, als die Glut erlosch. Zurück blieb helle Asche. Amalie brachte Bier und Wein, die Männer bedienten sich, löschten den Brand in ihren Kehlen, und immer wieder kam die Sprache, von Frösteln begleitet, auf den Rattenkönig.

»Ob's ein böses Zeichen war?« Johannes sah Martin unsicher an, doch der hob nur die Schultern und schnitt eine Fratze.

# III.

*Ein Sterben war zu dieser Zeit*
*an allen End und orthen,*
*ja, in der ganzen Christenheit.*
*Dess sind beschuldigt worden,*
*die Juden, so solch uebel g'stifft,*
*hetten, wie man thet sagen,*
*indem sie die Bronnen vergifft.*
*Wie ihnen in peinlichen fragen*
*etlich (wie man außgab) solch thaten*
*selben mochten bekennen,*
*drumb ließ man sie all ohne gnaden*
*an allen orthen verbrennen…*
STRASSBURGER CHRONIK des Michael Kleinlawel, 1348


## 25. Launing, Anno Domini 1349

»Glückwunsch, Blutvogt. Euer Hieb saß!« sagte Joseph Zirner, und Martin erschrak.

Die Erinnerungen wurden vom Grölen der Menschen vertrieben. Zögernd antwortete der Blutvogt: »Das war meine größte Sorge: Bei Mißrichtung hätten sie mich aus der Stadt gejagt oder gleich umgebracht; die Leute sind wie brodelndes Öl. Leben ohne Mitte und Maß: Grausames neben Weichherzigem, Erbarmungsloses neben Mildtätigem, Wollust neben Keuschheit, Todessehnsucht oder Lebenslust.«

»Ich wußte, daß Ihr's schafft, Gevatter Stockmann.«

»Woher, Kaufmann? Ich selbst war mir nicht sicher.«

Zirner lächelte und winkte ab. »Das unterscheidet uns, mein Lieber. Ich weiß Leute einzuschätzen. Schon als Ihr wie eine Furie aus dem Nebel kamt, war mir klar, daß Ihr kein einfacher Wandersmann sein konntet. Seid ehrlich: Ihr fühlt Euch zu mehr berufen als zu Schinderarbeit. Ich kann's verstehen. Darf ich Euch zum Krug Bier einladen?«

»Gern, ich brauch's. Das Zittern, sagte mein Vater, kommt nach einer Weile.«

Er wich vorbeihastenden Burschen aus und atmete tief durch. Er hatte sich Reise und Ankunft beschwerlicher vorgestellt. Die Begegnung mit dem Lübecker war eine glückliche Wendung, mit der er nicht gerechnet hatte; daß ihn Zirner durchschaute, betrübte ihn nicht so sehr. Der Pfeffersack folgte dem Handelsgrundsatz von Geben und Nehmen, nur die Summe mußte stimmen. *Und was kostet das Leben, das ich ihm erhalten hab?* Martin lächelte versonnen. *Ich denk, er wird mir noch viel helfen!*

Für Augenblicke fühlte er sich wie im Traum, eingeräuchert von Bilsenkraut. Die Morgensonne blitzte; zwischen Schatten und Licht flirrte Staub wie durchsichtige Elfchen, deren Haar aus Dunstgekräusel und Rauchfäden bestand. Die Männer schoben sich zwischen Feiernden zum Ratskeller an der Oderberger Straße durch – gleich beim Berlinischen Rathaus gelegen –, und Zirner kaufte Bier. Martin bemerkte das Beben seiner Finger, griff auch mit der anderen Hand zu und leerte seinen Krug in einem Zug. Der Lübecker nickte verständnisvoll und bestellte nochmals.

Paul Reitzenstein, der sich mit Küssen von Frau und Kindern verabschiedete, winkte und kam herüber. »Kommt nachher in die Schreibstube, Herr Stockmann«, sagte er und wies aufs Rathaus. »Dort warten pralle Beutel auf Euch: Lohn für gute Richtung und Pfennige fürs ganze Jahr.«

Martin hob die Hand, Zirner lachte und wischte Schaum vom Mund, und Reitzenstein verschwand mit anderen Ratmannen im Rathauseingang. Rund ums Blutgerüst, auf Straßen und Gassen drängten sich die Menschen. Bauern und Händler, nach Berlin gekommen, um ihre Waren beim Hinrichtungstag anzupreisen, feierten tüchtig mit, belagerten Tische und Bänke in Wirtshäusern, und mehr als ein Streit brach aus, je trunkener die Leute wurden. Es gehörte dazu und war für die Stadtknechte und Scharwachen kein Grund zum Eingreifen: Tanz, Gesang und Prügeleien am offenen Sarg des Hingerichteten, der inzwischen auf dem Schinderkarren lag. Später würde Asmus die Kleider an Martin übergeben; Büttel und Schinderknechte wollten sich beim Kerkerturm einfinden, um die Hinrichtung zu feiern. Zuvor, das hatte Martin sich fest vorgenommen, mußte er den Burschen ins Gewissen reden und sie an ihre Pflichten erinnern. Ab sofort war er kein *Halbmeister* mehr, sondern der Scharfrichter der Doppelstadt.

*Es ist gelungen!* dachte er und fühlte sich schwindlig in seiner Erleichterung – und weil er zu schnell das Bier getrunken hatte. *Gras-dorfs Kopf rollte – der Herr Vater wär bestimmt stolz!*

Überall brutzelten und brieten die Schankwirte, daneben waren die Stände und Krambuden, ausgelegt mit Handwerksware und den Absonderlichkeiten Fahrenden Volks. An kleinen Tischen und segeltuchüberspannten Scharren entlang von Oderberger und Spandauer Straße gab es gebratene Würste, frische Brezeln, Honigkuchen, Wein und Bier. Gaukler und Jongleure tollten umher, Tierbändiger ließen Hündchen und Affen auf dem Seil laufen, Bärenführer Meister Petz tanzen, und Spielleute musizierten zum Klatschen und Singen der Menschen. Hurenweibel hielten nach Kundschaft Ausschau, Betrunkene torkelten nach durchzechter Nacht vom Richtplatz. Rufe und Anpreisungen mischten sich zum lauten Summen: *»Rosmarinbalsam, Elephantenschmalz, Planetengestein!«* – *»Heiß Fladen, süß Kuochen!«* – *»Nadeln, Taschen, Nestel vil, gut Schnur!«* – *»Hausmaid, eil, eil! Tumbes Weibsbild, du!«*

Sogar Pfaffen beteiligten sich am Schauspiel, allem Wettern von den Kanzeln zum Trotz: *Verderbtes Stadtleben, neues Babylon, Habgier und Niedertracht,* mercatores *in Prunk und Schmuck, die die Urstände –* oratores, bellatores und laboratores *– aushebelten; Bauten geschmückt wie Dyrnen, Lotterleben, neue Kleidung mit Zaddelung und Dutzenden Knöpfen, bei denen die Kürze der Röcke weder Scham noch Hintern bedeckte und auswattierte Schecken gebrüstet wie bei Weibspersonen wirkten, bunte Zipfel, silberne Schellen, seidenausgeschlagene Puffen, Teufelsfenster bei den Bürgerfrauen, die den Blick auf schlank gegürtete Leibesmitten freigaben, und Ausschnitte, daß man ihre* broste binah halbe sach; *Tanz und Sinnesfreuden, wehende* tuechelin *und berauschende Sinnlichkeit im Gegensatz zu Askese, Einkehr und gottesfürchtiger Demut, der Macht der heiligen Mutter Kirche unterworfen, für deren Vertreter scheinbar alles Lebendige, Sinnenfroh und Fröhliche nur Werk des Satans und seiner Schergen sein konnte.*

Lumpengekleidete mit Bettelstab, von kreischenden Kleinkindern verfolgt, wankten vorbei zu einem Spielmann, der Schalmei blies. Gesellen und Knechte in Kitteln und Lederschurz schäkerten mit Mägden im Hemdkleid; Bürger in farbenprächtiger Kleidung, die Ärmelstoffbahnen überlang wie die Spitzen der Schnabelschuhe, standen beisammen und disputierten die Hinrichtung. Am *Dupsing*-Gürtel befestigte Ledertaschen wurden häufig befingert, um Beutelschneidern und Sackaufschlitzern vorzubeugen, die durch die Menge schlichen; manch ein Patrizier vermißte bald die unter dem Gewand getragene Börse. Viele waren seit fünf in der Früh auf den Beinen: Steinmetze, Zimmerer, Maurer, Fuhrleute, Weinschröder, Waschmägde.

Zirner deutete auf einige Gestalten und sagte: »Aus fernen Landen kommen neue Schnitte auch zu den Berliner Schneidern und Tuchmachern. Röcke werden um die Lenden so kurz abgetrennt, bis sie kaum was verhüllen und die Beinlinge aus dünnem Stoff das Gemächt mehr als deutlich zeigen. Überall klimpern Glöckchen, baumeln Quasten, blitzen Knöpfe. Andere stolpern über die Länge der eigenen Schnabelschuhe. Frauen tragen künstlich Haar und schnüren sich die Brüste, daß man einen Weinbecher draufstellen kann – bei manchen sogar zwei.«

Martin ahnte, daß der Lübecker ihn auf andere Gedanken bringen wollte, und er ließ sich gerne ablenken. »Kein Wunder, daß die Pfaffen wettern. Vornehme Tracht der Reichen, Zunftmeister und Patrizier: *Wo Herren sein, da klingen die Schellen.* Sie brüsten sich mit quellenden Brunftkugeln und harten Klöppeln, so daß jeder's sieht.«

»Närrische Zurschaustellung des *membrum virile*. Niemand hält sich an Vorschriften.« Zirner senkte die Stimme: »Es ward beschlossen: Keine Frau soll an Spangen und Geschmeide mehr tragen, als eine halbe Mark wiegen mag, an Perlen nur eine halbe Mark; auch soll keine Frau oder Jungfrau golddurchwirkte Tücher tragen, noch güldne Reifen – man sieht's.«

Bürgerfrauen, in Nuschenmantel und Heucke gehüllt, trugen gestärkte Hauben – nur bei Jungfrauen fiel das Haar offen oder als Zöpfe, sie waren keusch unter die Haube zu bringen –, viel Schmuck, Geschmeide und helle Schminke. »Lange Kleider und spitze Schuh«, sagte Martin, »die kommen keiner Dienstmagd zu.«

Plötzlich Brüllen, Gerangel, Schreie: bei Schlägereien zwischen Angetrunkenen brachen Knochen und Zähne, platzte Haut – und Quacksalber kümmerten sich sofort um die Verletzten, die allerdings meist Hals über Kopf die Flucht ergriffen, denn selbst heftige Schläge muteten harmlos an gegenüber der Behandlung durch

Aderlaß, dem Setzen von Schröpfköpfen und Blutegeln, dem Aufhacken durch Schädeltrepanierer, dem Zugriff von Zahnreißern. *Was die können, hat mir Großvater schon als Kind besser beigebracht*, dachte Martin und sah sich für Augenblicke im roten Talar, Amalie an der Seite, stolz und erhobenen Hauptes.

Das Bild verschwamm, als er zwinkerte, und machte der Wirklichkeit Platz: Im Hintergrund schlenderten Hübschlerinnen, durch gelbes Tuch kenntlich gemacht, angesprochen von jungen Gesellen, deren Möglichkeit, zu heiraten und selbst Meister zu werden, gering blieb. Knechte, Bauersleute und Fremde schleppten Straßendirnen ab, bandelten mit Schlupfhuren an oder gingen gleich in Badstuben oder ins Schanthaus. Der Liebeslohn war klein, die Stundenstuben ständig belegt, oder sie schlichen heimlich zu Lauben oder »Arbeitsstätten« unter den *Bagen,* den Stützbogen der Stadtmauer. *Hurrerei unnd unzucht* war, unter Berufung auf Augustinus, gestattet: *»Wenn ihr die käufliche Buhlerei unterdrückt, wird leichtsinnige Lust die Gesellschaft verderben!«* Obwohl alles Fleischliche, Unkeuschheit und Beischlaf ganz oben auf der Sündenliste stand: der Coitus mit bezahlter Hure war aber weniger sündhaft als fleischliche Vereinigung im allgemeinen.

In Braunschweig hatte Martin erlebt, daß manche Männer besonders gierig auf mißgestaltete Weiber waren. Viele Unzuchthäsinnen schielten deshalb auf die eigene Nasenspitze, und häßliche Hurenweibels brauchten über Kundschaft nicht zu klagen. Wenn die Freier gut zahlten, ließen sich Bucklige, trotz Verbots, gern von hinten bespringen; *wes denne aver heymlick geschut, kan men nit richten...*

Zirner sagte leise: »Mir wurde zugetragen, daß Markus Kremer Euch für den schlechten Zustand seines Vaters verantwortlich macht. Hütet Euch vor feigem Gesindel, mein Freund, sollte Heinrich Kremer im Loch sterben. Niemand mag den Patriziersohn, aber er hat Geld, und Ihr wißt, was das bedeutet.«

Martin schrak aus den Gedanken und murmelte: »Habt Dank – ich seh mich vor.«

Zirner grinste breit, hob den Krug und sagte bedächtig: »Noch einen?«

»Nein, danke.« Martin winkte müde ab. »Es reicht. In meinem Kopf flirrt's durcheinander wie Mücken über Mist.«

»Kommt zur Ruhe. Die Hinrichtung ist Euch gelungen.« Der Kaufmann sah ihn über den Krugrand an und fügte nach einer Pause hinzu:»Aber wenn 's Feiern so weitergeht, bekommt ihr, deucht mir, bald weitere Arbeit.«

Martin fühlte sich nur noch leer und kraftlos. *Das Zittern!* durchfuhr es ihn. *Vater hat's gesagt! Herr im Himmel, hilf!*

Er umklammerte den Schwertgriff, atmete tief ein und aus. Der Magen glich einem schweren Feldstein, und das Herz hämmerte für schrecklich lange Augenblicke wie wild. Dann erschien Amalies Gesicht vor seinen Augen; das Lächeln der Scharfrichterwitwe durchdrang ihn wie ein warmer Sonnenstrahl, vertrieb Beklemmung und Ängste. Er entschloß sich, zuerst das Richtschwert zum Kerkerturm zu bringen, dann wollte er bei Reitzenstein seinen Lohn abholen. *Die Bewegung tut gut und vertreibt das Zittern. Später bekommen die Hübschlerinnen gegen Bezahlung ihr Berechtigungszeichen,* dachte er und sagte:»Entschuldigt, Herr Zirner, aber ich bin heute nicht sehr gesprächig. Deshalb verabschiede ich mich, Kaufmann.«

Zirner hob den Humpen.»Gehabt Euch wohl, Blutvogt.«

Als Martin das Haus betrat und das Richtwert abstellte, fand er dort nur Jann Melchior vor, der ihm zur gelungenen Hinrichtung gratulierte.»Wo bleiben die Büttel?«

Jann grinste breit.»Eigentlich müßten sie schon hier sein. Sie werden den einen oder anderen Becher leeren. Seid nicht zu streng mit ihnen, Blutvogt.«

»Wir werden sehen.« Der Wärter zapfte Bier aus einem kleinen Faß in Krüge. Martin kratzte die Bartstoppeln und dachte an die Büttel: *Christian Nageler, Dietrich Stüber, Peter Brun, Lukas Steinanger und Jakob Wenzlow. Ich darf die Zügel nicht schleifen lassen, sonst tanzen sie mir auf dem Kopf. Muß gleich für Ordnung sorgen.* »Du wohnst allein hier, Jann?«

»Seit Jahr und Tag durft ich 's Haus benutzen, weil Meister Stoffel die Abdeckerei vorzog. Wie willst du es halten, Blutvogt?«

»Die Abdeckerei gehört der Witwe, mit der ich einig werden muß.« Martin hob die Schultern.»Mein Platz ist hier, genau wie deiner. Wenn's dir nichts ausmacht, beziehst du das Obergeschoß im Turm, kannst aber die Stube mitbenutzen. Die anderen können sich weiterhin die Büttelei am Alten Markt teilen. Wir werden schon miteinander auskommen, Mann, mach dir keine Sorgen.«

Jann Melchior kniff ein Auge zu und schlug sich auf den Schenkel. »Sollt ich?« Er hustete und wischte über den Mund. »Einverstanden, Blutvogt. Die böse Luft bringt mich ohnehin um.«

Martin wußte, daß er den richtigen Ton getroffen hatte. Ein Wagen rumpelte vors Haus, Johannes kam mit Asmus herein, dessen Kopf fast an die Decke stieß. Auch sie zapften Bier, und Johannes nuschelte mit schiefer Lippe: »Prächtiger Hieb, Blutvogt. Hätt nicht besser sein können.«

Asmus sah Johannes an und wies mit dem Daumen über die Schultern, als dieser auffordernd nickte. »Herr, die Sachen sind voller Blut. Wir haben sie einer Waschmagd gegeben. Sie bringt's später.«

»Gut gemacht.« Martin stieß den Burschen, dem beim Lob die Brust schwoll, in die Seite. »Nenn mich Martin, nicht Herr, verstanden?«

»Ich ... Ja, Herr Martin.«

Johannes und Jann lachten, auch Martin grinste, während Asmus etwas hilflos von einem zum anderen sah, verlegen grinste und auf der Stelle trippelte. Sie leerten die Krüge, und kurz darauf kam der Büttelsprecher mit seinen Leuten. Christian Nageler, ein schlanker Mann in Martins Alter, groß, blond und mit Gugel über Tunika und in lederne Beinlinge gekleidet, war verheiratet, die anderen ledige Gesellen, die mit Dyrnen oder Badstubmägden vorlieb nahmen.

Martin reckte die Schultern und rief: »Ihr habt Vogt Surber gehört: Ich bin der Scharfrichter der Doppelstadt. Es gibt Arbeit. Ich will am Montag die nachlässigen Kloakenreiniger zusammentreiben. Wenn's nicht anders geht, werden Tagelöhner die Abortgruben ausheben. Von euch erwarte ich, daß ihr euch nicht herumtreibt, pünktlich zur Morgensprach kommt und euren Aufgaben nachkommt. Dann werden wir gut miteinander auskommen, und ihr habt in mir einen Freund. Wenn nicht ...«

Nageler kniff die Augen zusammen, während Jann grinste. »Es wird die Bürger freuen, wenn die ›Goldgräber‹ endlich wieder Latrinen leeren; auch das Loch im Kerkerturm ist mal dran.« Er hustete. »Wegen der bösen Luft!«

Lukas Steinanger, schmächtig, mausgesichtig, mit flinken grauen Augen, sagte heiser: »Ihr wollt hart durchgreifen, Blutvogt?«

»Genau.« Martin lachte, es klang rauh und selbstsicher. »Bei euch, den Hübschlerinnen und auch jedem anderen, der sich mit mir anlegen will. Paßt's dir nicht?«

Lukas reckte das Kinn und öffnete den Mund. Die Männer blickten mißtrauisch, der Büttelsprecher hielt sich im Hintergrund und wartete ab. Martins Grinsen wurde hinterhältig: Ohne Ansatz schlug er zu, traf Lukas' Nase, so daß der Kopf nach hinten flog und der Mann gegen die Wand prallte. Er sank stöhnend zusammen und hielt sich das Gesicht. Martin bemerkte Christians anerkennendes Nicken und sagte, bevor die Büttel ihre Überraschung überwanden: »Soviel zu Aufsässigkeit. Haben wir uns verstanden? Auch die Hurenweibel haben's versucht. Es wird kein zweites Mal geben.«

Johannes schlürfte Speichel und humpelte zum Bierfaß, um sich ungerührt den Krug zu füllen. In Asmus' Augen stand unverhohlene Bewunderung. Jann grinste von einem Ohr zum anderen und half Lukas aufstehen, der, Tränen in den Augen, seine Nase betastete und Blut abwischte. »Der Blutvogt hat versprochen«, sagte Jann hämisch, »nicht zu streng zu sein. Du hast's also gut getroffen.«

Martin lachte, Christian stimmte ein, dann auch die anderen. »Ihr alle werdet euren Anteil bekommen. Hängt von euch ab, wie er aussieht: Prügel oder Pfennige.«

Peter Brun stieß den Mann neben ihm, der ihn um Haupteslänge überragte und Muskeln wie ein Stier besaß, in die Rippen. »Hast du's gehört, Dietrich? Der Herr Stockmann denkt an uns Büttel. Deine Sorge war umsonst. Die Zeit von Meister Stoffel ist vorbei.«

»Hhm«, machte Stüber und winkte ab. Jetzt lächelte sogar Lukas. Als Büttel waren sie Gerichtsboten und setzten vor allem die Entscheidungen der Niedergerichtsbarkeit um – Ehrenstrafen vollstrecken, Züchtigungen an »Haut und Haar«, Verurteilte an den Pranger stellen oder mit der Spottfahne durch die Gassen führen; sie ahndeten die mit Geldstrafen bedrohten Vergehen, wachten, zusammen mit Stadt- und Torknechten, über Markt- und Stadtfrieden, und sie waren dem Henker in seinem Amt als Nachrichter unterstellt.

Martin kam schnell zum Kern und beauftragte die Büttel mit der Suche nach Kloakenleuten: »Nächste Woche geht's los. Die Leerung muß abends erfolgen, Gasse für Gasse, bis alle Latrinen sauber sind, bevor die Sommerhitze kommt! Undichte Gruben sind auszubessern. Der Transport auf Faßkarren geschieht nachts und auf Wegen, die den Gestank nicht zu den Patriziern dringen lassen. Erst unterhalb der Gerber darf's in den Fluß gekippt werden, der Rest ins Feuer. Wenn sich die Burschen weigern, beauftragt andere – es lungern genug vor den Stadtmauern, die sich ein paar Pfennige verdienen wollen.«

Martin Stockmanns Energie riß die Männer mit und begeisterte sie. Sie sahen einander bedeutungsvoll an, nickten und hoben Krüge, in die Jann Melchior zapfte, bis das Fäßchen leer war. Martin zog den Beutel, gab dem Kerkerwärter Geld und wies ihn an, Bier und Speisen zu kaufen.

Kurz darauf zogen die Büttel gutgelaunt ab; Martin gestattete ihnen das Feiern und sagte zu Jann: »Ich komme nachher mit Frau Amalie, um hier aufzuräumen. Asmus, lad den Schinderkarren ab, dann könnt ihr ebenfalls gehen.«

»Ist gut, Martin.« Asmus lächelte und spannte die Muskeln. Martin nickte zufrieden; den Burschen hatte er schon ganz auf seiner Seite.

Er verabschiedete sich und machte sich auf den Weg zum Rathaus. Keifen drang vom Neuen Markt herüber, und Martin sah, daß zwei Marktweiber, eine dürr, die andere dick, sich unter Lachen der Umstehenden angifteten. Andere Schaulustige umringten ein eingezäuntes Viereck; eine wohlgenährte Sau, von deren Hals eine Glocke baumelte, lief grunzend im Kreis. Unter Gejohle und Gekreische brachte eine Horde Betrunkener zwei Bucklige, einen Hinkenden, zwei Einäugige und einen Zwerg herbei, stieß sie, nachdem die Augen verbunden waren, ins umzäunte Quartier und drückte jedem einen armdicken Knüppel in die Hand. Die Sau bekam einen kräftigen Fußtritt und rannte quiekend los. Die Eingepferchten droschen wild drauflos, aber weniger die Sau als vielmehr ihre Leidensgefährten bekamen die meisten Hiebe ab, während sich die Umstehenden vor Lachen auf die Schenkel schlugen, die Bäuche hielten und Tränen aus den Augenwinkeln wischten. Bei der Sauhatz fielen die Krüppel übereinander und bildeten ein Knäuel um sich tretender Beine und tastender Arme; nicht einmal die Sau schien einen Überblick zu behalten, hetzte von einer Zaunecke zur anderen, rempelte gegen Beine und quiekte. Die

Zuschauer gerieten in Raserei, und Burschen pinkelten übermütig über den Zaun.

*Je länger das Treiben dauert,* dachte Martin und wandte sich ab, *desto sicherer bin ich, daß die Menschen säuischer und die Sau menschlicher wird!*

Münzmeister Tyle Brügge beherrschte sich, trotzdem war es dem geröteten Gesicht und den schmalen Lippen anzusehen, daß in ihm die Hitze stieg. Schweiß perlte auf der kahlen Stirn, die Flügel der knolligen Nase blähten sich, als er ein Schnaufen ausstieß, das dem eines wütenden Stiers glich.

»Es ist des Markgrafen Wille, Ratmannen, dem gibt's nichts hinzuzufügen!« rief er. »Der Luxemburger hat ihn anerkannt, und so steht ihm auch das Münzregal zu.«

»Kein Streit, ich bitte Euch«, sagte Tile Wardenberg mit beruhigendem Lächeln. Aus zusammengekniffenen Augen musterte er die untersetzte Gestalt, von der in ihrer Anspannung eine fast greifbare Drohung ausging. Der Kopf des Münzmeisters, rund wie eine Kugel, war zwischen die Schultern gezogen, die Hände zu Fäusten geballt. Brügge galt als ruhig und ernst, aber seit er von Woldemar zurückgesetzt worden war, schien er den Streit fast zu suchen. *Ehrgeizig!* dachte Wardenberg. *Obwohl er die Möglichkeiten kühl einschätzt und beharrlich sein Ziel verfolgt. War als Vogt von großer Strenge, ehrsam und unbestechlich.*

Paul Kremer reckte die breitschultrige Gestalt, die Narbe auf der Wange hatte sich verfärbt. »Nichts steht dem Strauchdieb zu! Woldemar starb vor drei Dezennien. Jeder kann 's Grab in Kloster Chorin visitieren. Ludwig ist der rechtmäßige Markgraf; bei ihm gab's nur einmal *per anno* eine Münzverrufung. Woldemar macht's zweimal, und uns erschwert es den Handel. Von der Abgabenhöhe will ich gar nicht reden: Für vier alte gibt's nur drei neue Pfennige, das macht ein Viertel für Woldemar! Vom Schaden für die Stadtkasse ganz abgesehen.«

Wardenberg seufzte. Jeder kannte die abenteuerliche Geschichte, die ein Pilger dem Magdeburger Erzbischof auftischte: *Die falsche Leiche sei begraben worden, und er, der rechte Markgraf Woldemar, habe die Zeit im Heiligen Land verbracht. Nun wolle er die Mark Brandenburg wieder in Besitz nehmen. Woldemar zog durchs Land, sein Anhang mehrte sich. Die Uckermark erkannte ihn an, Abt und Konvent von Chorin zögerten und blieben, genau wie das Kloster Lehnin, bayerisch.*

Den Ratsmeister überkam ein Frösteln: Im Streit zwischen Wittelsbachern und Anhaltinern war Woldemar – *ob richtig oder falsch, weiß allein der Herrgott, obwohl er das richtige Alter zu haben scheint, fast an die siebzig Jahr* – dem König genau richtig gekommen: Ein Teil der Berliner Ratmannen und Innungen hielt zum Wittelsbacher Ludwig, seit *anno post christum* 1324 Markgraf, andere unterstützten den Luxemburger, König Karl von Böhmen, der, von den Kurfürsten zum Gegenkönig gewählt und erst seit des Kaisers Tod bei der Bärenjagd anerkannt, zu Woldemar gegen die Bayern hielt. *Markgraf Ludwig hat die Zünfte gestärkt und ihnen Ratssitze verschafft,* dachte er. *Uns hat's sehr verstimmt, aber wir mußten uns beugen. Etliche brachte es auf die Seite des »falschen Woldemar«, als er* anno praeterito *in Berlin ankam. Das hat den Stadtfrieden bös gestört. Viel Blut floß nach dem zwanzigsten Tag im Herbstmond Anno Domini 1348, der Rote Hahn saß auf vielen Dächern. Woldemar machte Geschenke, sogar die Abgaben für die Benutzung der Mühlen wurden erlassen.*

Im Herbst folgten Kämpfe in der Mark. Frankfurt, das zu Ludwig hielt, wurde belagert. Weil sich die Pest ausbreitete, zogen sich die Truppen aber nach wenigen Wochen zurück. Wie Spandau blieb auch Brietzen auf seiten des Wittelsbachers; inzwischen nannte man die Stadt, nahe Kloster Zinna gelegen, ob seiner Treue schon Treuenbrietzen. Mindestens drei der vierzehn Städte des Berliner Münzbereichs waren klar gegen Woldemar, trotzdem befahl dieser, um 's eigene Säckel zu füllen, die Münzverrufung. Ob er wollte oder nicht: Tyle Brügge mußte dem Befehl folgen.

*Lehns- und Thronstreit, auf der Bürger Rücken mit blutigem Aufstand ausgetragen* – Wardenbergs Empfindungen schwankten zwischen Ohnmacht und Zorn –, *entzwein die Berliner Ratmannen weiterhin, Ludwig oder Woldemar ist die Frage. Jeder hat den eigenen Vorteil im Auge. Und überall tobt die Pest; möglich, daß sie auch hierher geschleppt wird!*

»Jesus und Maria, fragt den Mühlenmeister: Die erlassenen Abgaben wiegen's mehrfach auf«, rief Brügge aufgebracht. »Also tut nicht so, als lauft Ihr oder die Stadt am Bettelstab.«

»Wär ja noch schöner. Ohne uns Kaufleute ging's der Doppelstadt nicht so gut. Ist nicht Euer Verdienst!«

»Ihr Herren!« Nun schob auch Johannes Ryke den massigen Körper zwischen die Streithähne und sprach laut. Kienspanflackern spiegelte sich auf seiner Glatze, Hände mit dicken Fingern waren beschwichtigend erhoben. »Alle Städte bekämpfen die Münzverrufungen und versuchen den Münzherren das Recht abzukaufen, um *Ewige Pfennige* schlagen zu können. Gerade Ihr, Rentmeister, solltet aber wissen, daß wir's uns nicht leisten können. Noch nicht, denn die Städte des Münzbereichs sind wegen Woldemar zerstritten! Herr Brügge muß seinem Herrn gehorchen.«

»Ha!« Kremer drehte sich halb, trank den Krug leer und wischte über die Lippen. »Ein falscher Herr. Verlogen und unrechtmäßig!«

Wardenberg schüttelte den Kopf und ließ den Blick schweifen. Gepolsterte Stühle umgaben die blankgescheuerte Tischplatte auf Schragen, teure Butzenscheiben verschlossen die kleinen Fensteröffnungen, an der Rückwand ein Altar zum gemeinsamen Gebet. Mühlenmeister Vockenrode stand bei Richter Pletner, der an den Zaddeln seiner feinen Kleidung zupfte, und dem schmächtigen Flurschütz, von dem spöttisches Lachen herüberklang. Goldschmied Lubbe sprach, von lebhaften Gesten begleitet, auf Blankenfelde ein; der grauhaarige Mann, gutmütig, hilfsbereit und fromm, schien sich wieder mal nicht durchsetzen zu können: Stets beauftragte man ihn mit den unangenehmen Aufgaben, die er, innerlich fluchend und schwörend, das nächste Mal nein zu sagen, nach besten Kräften erledigte. Weil er aber ein gutes Verhältnis zu den Zunftmeistern hatte, besichtigte der mit den beiden Obermeistern der Bäcker mehrmals in der Woche das Brot und gab mit August Seltzer auch Obacht übers Tuch der Weber, als Ratmann befugt zu entscheiden, Tadelnswertes wie auch die Wolle und die falschen Fäden zu verbrennen.

Wenige Schritte entfernt hoben Bäckermeister Gröben, Metzgermeister Wedel und Schuster Sternickel ihre Bierkrüge, Füße scharrten auf Fliesenboden. Wollweber Seltzers Gesicht war gerötet, während der alte Rathenow, faltig, grau und dick, zusammengesunken auf dem Ratsstuhl an der Wand saß und vor sich hin döste. Vor fast zwei Dezennien war er mit Otto von Buch Berliner Ratsmeister gewesen, nun ging er – im siebenundsechzigsten Jahr! –

gebeugt, schlief bei Ratssitzungen häufig ein, redete dummes Zeug und von Dingen, die weit zurücklagen, und hinter seinem Rücken wurde getuschelt und gelacht. *Und sein Sohn,* dachte Wardenberg, *schämt sich, geht dem Vater aus dem Weg, wagt aber nicht, sich gegens Familienoberhaupt aufzulehnen.*

Die Tür zur Schreibstube stand offen: Er sah, daß der Scharfrichter bis zur Schranke vor den Pulten trat und einem Bierschenk, vier Krüge in jeder Hand, Platz machte.

Unterdessen rief Brügge: »... seid Ihr zwar der Kämmerer und habt – ich gesteh's Euch zu – viel geleistet, als es das Lösegeld für des Bernauer Propstes Tod aufzubringen galt. Aber überschätzt Euch nicht...«

Obwohl er es nicht aussprach, kannte Wardenberg die Fortsetzung genau: *Sonst ergeht's Euch wie dem Bruder!*

»Wollt Ihr mir drohen? Gar mit dem ›Falschen‹?« Kremers Stimme wurde höhnisch, seine Faust krachte auf den langen Tisch. »Wie sehr er Euch den Rücken stärkt, habt Ihr ja erlebt, mein Herr. Auch Euer Neffe Wilkin liegt im Loch!«

Zittern durcheilte Brügge, die Fäuste schlossen sich so fest, daß die Knöchel weiß wurden. Wardenberg ächzte besorgt. Nach Grasdorfs Hinrichtung hatten sich einige Ratmannen und Patrizier im Saal des alten Rathauses versammelt, vom Ratskeller wurde Bier gebracht, und schon bald war es zur lebhaften Disputation gekommen: Paul Kremer erregte sich über die anstehende Münzverrufung; seine Ablehnung des »falschen Woldemars« war stadtbekannt, und er ließ keine Gelegenheit aus, gegen ihn zu wettern.

*Vor allem natürlich, um dem im Kerker schmachtenden Bruder zu helfen.* Ratsmeister Wardenberg, bekannt dafür, ein feines Gespür für Stimmungen und Zusammenhänge zu haben, verzog die schmalen Lippen. *Brügge ist Berliner Bürger. Ihn ärgert's sicher am meisten, daß er einem ungeliebten Herrn zu dienen hat. Eigentlich hält er's auch mehr mit den Wittelsbachern, aber er ist ein treuer Amtsmann. Genau wie bei Mühlenmeister Vockenrode ist's der rechte Dienst, nicht der Herr dahinter, dem sein Augenmerk gilt. Vogt Surber dagegen ist ein klarer Gefolgsmann Woldemars.*

»Es ist nicht unsere Sache, über Fürsten zu richten«, rief Ryke, erntete von Kremer aber nur ein verächtliches Schnaufen. Die lauten Worte erweckten die Aufmerksamkeit der anderen Ratmannen.

Schnell entstand ein Ring um die Streitenden, an den Gesichtern konnte Tile Wardenberg genau Woldemars Befürworter und Gegner unterscheiden, und auch die Unschlüssigen, Abwartenden. Vogt Surber näherte sich mit schleppendem, langsamem Gang, die dicke Gestalt wirkte auf den ersten Blick schwach und aufgedunsen, aber Wardenberg wußte, daß die Kraft des Mannes nicht zu unterschätzen war: Zwar schätzte er gutes Essen und Trinken über alles, seine Gelage waren ebenso berüchtigt wie der Weinvorrat geschätzt, aber Surber wußte seine Gäste stets zu verblüffen, wenn er in gehobener Stimmung die sprichwörtliche Gemütlichkeit aufgab und Hufeisen verbog. Brügges Atem kam stoßweise, sein wütender Blick pendelte zwischen Surber und Kremer.

»Herr Kremer« – Surbers Stimme klang dünn –, »mir deucht, Ihr solltet Eure Zunge besser im Zaum halten. Wüste Reden gegen den Markgrafen und wild geschwungene Fäuste wurden schon Eurem Bruder zum Verhängnis. Ihr helft ihm nicht, wenn Ihr mit dem *Unterschultheiß* in Fehde tretet ...«

*Oh, das hätte er besser nicht gesagt,* durchfuhr es Wardenberg.

Brügge fuhr auch gleich herum und starrte den Vogt grimmig an. »Euch gefällt's wohl, immer wieder zu zeigen, daß mir 's Schultheißenamt von Woldemar genommen wurde? Ihr habt Euch auf dem Richterstuhl und in der Kanzlei breitgemacht, sonnt Euch in Woldemars Gnade und wißt doch genau, daß die Wittelsbacher ihre Ansprüche nicht aufgeben werden. Mann, Ihr hockt auf wackligem Stuhl!«

Surber wich einen Schritt zurück, wurde bleich und ächzte: »Herr, Ihr vergeßt wohl, mit wem Ihr redet?«

Brügge senkte den Kopf, doch in den blauen Augen leuchtete mühsam gebändigter Zorn. Zähne knirschten, für Augenblicke sah es so aus, als wolle sich der Münzmeister auf Surber stürzen. Die Ratmannen rückten näher.

»Also, bitte, Ihr Herren! Wollt Ihr Euch wie Knaben prügeln?« rief Wardenberg. »Bierschenk! Hierher, bringt neue Krüge, die Herren müssen ihren Kopf kühlen. Wenn schon die Fürsten zur Fehde greifen, darf's in den Städten kein Entzweien geben, sonst ist's dahin mit unserem Einfluß. Bedenkt's und handelt danach, ich bitt Euch. Wir feiern eine gelungene Hinrichtung, viel Handelsvolk kam und vermehrt die Schoße, und nächsten Monat ist der Berliner

Jahrmarkt. Gemeinsam haben wir den Kirchenbann überstanden und die Pracht der Doppelstadt vermehrt. Jeder Wagenknecht weiß, daß es keinen Fuß vorwärts geht, wenn die Tiere in verschiedene Richtungen ziehen. Ratmannen, Euer Stand ist doch weit über einem Knecht, also ...«

Bei Gelegenheiten wie diesen, wenn er eindringlich und überzeugend sprechen mußte, haßte der Ratsmeister sein Lispeln. Trotzdem erreichten die Worte die erhoffte Wirkung, er hatte die Männer bei der Ehre gepackt. Ryke umfaßte fest Brügges Unterarm, und der nickte, entspannte sich langsam. Kremer kratzte sich im Nacken, von Brügge kam ein schiefes Lächeln. Auch Surber winkte mit schwacher Handbewegung ab und schien die Zuspitzung augenblicklich zu vergessen. Wer ihm den nötigen Respekt entgegenbrachte, konnte sich seines Wohlwollens sicher sein; nachtragend war er jedenfalls nicht. *Im Gegensatz zu ihm* – Wardenbergs Gedanken blieben sachlich; er wußte auf Menschen einzugehen und erreichte oft, daß sie scheinbar aus eigenem Entschluß taten, was *er* letztlich wollte – *nimmt Brügge die Schmach persönlich und sieht in Surber einen Feind.*

Vom Streit aufgeweckt, hob Gerhard Rathenow den Kopf, stierte aus geröteten, triefenden Augen für Augenblicke irritiert umher und sagte laut: »Nur Stadtluft macht frei. Tore sind nachts verriegelt, Fremden ist verboten, die Stadt mit gespannter Armbrust zu betreten, Wächter wachen über Krakeel und Feuer. Rat, Schreibstube und Kanzlei sind Mittelpunkt der Ordnung. *Lebt fromlich, erlich und gotforchtig!* Denn es ist eine schlimme Zeit, Ratmannen: Markgraf Woldemar, Askanier der Stendaler Linie, starb *anno post christum* 1319. Sein Nachfolger und Vetter Heinrich überlebte ihn, nur zwölfjährig, kaum ein Jahr...«

Die meisten Ratmannen schüttelten nur die Köpfe. Wenn der Alte zu reden anfing, war er kaum zu bremsen. Von Ryke kam ein polterndes Lachen. Es nahm der Spannung endgültig die Spitze. Brügge drehte sich um und nahm vom Bierschenk den neuen Krug, Kremer hob die Schultern und stapfte aus dem großen Ratssaal. Fast glaubte Wardenberg das Aufatmen der anderen hören zu können. *Für heut ist's beigelegt, aber es wird nicht der letzte Streit gewesen sein!*

Während Surber den Kopf wiegte, plapperte im Hintergrund

Rathenow weiter: »Die Askanier des brandenburgischen Zweigs sind ausgestorben – die Witwe Agnes heiratete den Braunschweiger Herzog. Woldemar fand die letzte Ruhe im Kloster Chorin. Die Nachbarfürsten stritten sich. Berlin hielt's mit den Wittelsbachern, als Kaiser Ludwig seinen ältesten Sohn mit dem verwaisten Reichslehn bedachte und ihn als neuen Markgrafen ins Land schickte. Anno Domini 1324 kam an einem Markttag Propst Nikolaus von Bernau nach Berlin, der auf seiten des Papstes stand...« Er schneuzte zwischen zwei Fingern auf den Boden, seine Augen tränten. »Er beschimpfte von der Kanzel der Marienkirche die Leute, forderte von den Zahlungsunwilligen Steuern – sie prügelten ihn, bis er tot war, trugen den Leichnam triumphierend durch die Gassen und brüllten: Nieder mit den Steuern. Der Propst stand im Verdacht, gegen den wittelsbachischen Landesherrn zu konspirieren. Angeblich steckte er mit den in die Mark eingefallenen Polen unter einer Decke. Schlimme *historia:* Nach der Ermordung des Propstes belegte der Brandenburger Bischof Berlin mit dem Kirchenbann und machte aus freien Bürgern Vogelfreie. Keine Heirat, kein Begräbnis auf dem Gottesacker, jeder Berliner Kaufmann durfte erschlagen werden – für zwei Dezennien. Nur die Franziskaner spendeten geistlichen Beistand. Nach langen Verhandlungen mit Seiner Heiligkeit, Papst Benedikt, haben wir uns mit hohem Lösegeld vom Bann freigekauft. Die Leute horchten verwundert auf, als zum ersten Male wieder Glocken erklangen...«

Den Schluß des Streits bekam Martin mit, als er in die Schreibstube kam und Reitzensteins ernstem Blick begegnete. Am Pult stand Jakob Kurtzrock und siegelte die Urkunde. Paul Kremer blieb stehen und runzelte, mit Blick auf die beiden Geldbeutel, die der Sekretarius Martin wortlos zuschob, die Stirn; das Gesicht wurde zur Fratze, die Narbe bleich. *Auch bei ihm stehen die Ohren gräßlich ab,* dachte Martin.

»Mit der gelungenen Hinrichtung« – Kremer sprach bedächtig, die Stimme klang gepreßt – »seid Ihr nun für die Gefangenen verantwortlich, Blutvogt. Der Neffe meint, Ihr solltet deshalb fortan gut auf seinen Vater, meinen Bruder, Obacht geben und ihn besser behandeln, als es in den letzten Wochen geschah!«

Muskeln in Martins Gesicht bewegten sich, da er die Zähne zusammenbiß, einige Augenblicke um Fassung rang und dann antwortete: »Das Loch ist für alle Gefangenen gleich, Herr.«

Kremer verschränkte die Arme, öffnete den Mund, wurde aber von Reitzenstein barsch gebremst: »Rentmeister, kühlt Euren Unmut über Brügge und Surber nicht an Stockmann. Er kann nichts für Meister Stoffels Faulheit und Tod. Die Gefangenen sind rechtmäßig verurteilt. Alles weitere liegt beim Vogt und den Schöffen. Einigt Euch zum Loskauf, dann ist Euer Bruder wieder ein freier Mann.«

Von Kremer kam ein ärgerliches Grunzen, dann drehte er sich und verließ eiligen Schritts die Schreibstube; Adern an Hals und Schläfen waren geschwollen. Martin verzog den Mund, kalter Schweiß rann ihm den Rücken hinab. *Ich mag ihn nicht,* dachte er. *Bei Gott, ich mag ihn nicht. Er hat was Verschlagenes in den dunklen Augen. Und dann diese Narbe... Woher er die wohl hat? Raufhändel, Überfall?*

Protokollarius Jakob wiegte den Kopf, doch Reitzenstein winkte ab. »Jetzt wird er fluchen, dann Gott um Verzeihung bitten und der Marienkirche spenden. Ich kenne ihn gut genug, keine Sorge. Und Ihr, Blutvogt, macht nur Eure Arbeit. Alles andere braucht Euch nicht zu stören. Wollt Ihr nachzählen? 240 Pfennige fürs Jahr, fünf Schillinge für Grasdorfs Kopf. Hafer und Roggen gibt's nach der Ernte.«

»Ich vertrau Euch.« Martin schüttelte den Kopf, trotzdem öffnete er einen Beutel, zählte fünf Groschen ab und schob sie Kurtzrock zu. »Nächste Woche ist Walpurgistag. Nehmt's jetzt schon, ja?«

*So macht man sich Freunde!* Jakobs Augen leuchteten auf. Er war klein und schlank und galt als neugierig und strebsam. Von Mechthild wußte Martin, daß der junge Mann, um gute Arbeit bemüht, manchmal übers Ziel hinausschoß, hastig redete und an Dyrnenbesuchen – im Gegensatz zum Vater – wenig Gefallen fand, obwohl er noch unverheiratet war. *»Sein Stachelchen hängt immer wieder durch«,* hatte die Badstubmaid gesagt. *»Ist sehr fromm. Vielleicht will er ein Mönch werden? Der Flurschütz nennt ihn ›schwarzes Schaf‹, und Jakob meint, daß es mit dem Vater noch ein schlimmes Ende gebe, weil er das* notzern *nicht läßt.«*

Wortlos, das Gesicht gerötet, strich Jakob die Münzen ein, während Martin gelbe und rote Schnürbänder zog und sich an Reitzenstein wandte: »Ich hab sie von einer Cöllner Schneiderin. Verseht Ihr sie, bitte, mit dem Stadtsiegel?«

»Zeichen für die Dyrnen?« Reitzenstein hob die Brauen, griff nach Siegellack und Petschaft und legte die Bänder zurecht. Als Sekretarius kümmerte er sich zusammen mit Kremer um die Kassenbücher und Steuerlisten und war der unangefochtene Herr der Schreibstube; ein Mann, der meist still und nachdenklich war und sich für alles Geschriebene begeisterte. »Ihr versäumt keine Zeit, scheint's?!«

»Richtig, Herr. Gelb und Rot im wöchentlichen Wechsel, das Siegel bestätigt die Berechtigung.« Martin wog die Beutel in der Hand und war zufrieden: *Und mir, daß sie bezahlt haben!* »Nächste Woche werden die ersten Kloaken gesäubert. Ich werd die ›Goldgrübler‹ tüchtig zusammenstauchen. Mit Melchior und den Bütteln bin ich auch einig: Ich werd 's Haus beim Kerkerturm beziehen, Nageler und die anderen bleiben in der Büttelei. Die beiden Schinderknechte sollen auf Abdeckerei und Schindanger achten, bis Frau Amalie und ich einen Pächter gefunden haben, dem der Gestank nichts ausmacht. Noch muß sie sich mit ihrem Bruder um die Mutter kümmern.«

Er dachte an das Flüstern der Frau, ehe er zur Gerichtslaube gegangen war: »*Laß uns einander helfen, und wir wollen wohl auskommen.*« – *Dann verkündete Amalie ihren Entschluß, bald zu Martin zu ziehen, der sie hocherfreut – weil es fast einer Verlobung gleichkam – in die Arme nahm und mit ihr durch die Stube tanzte.*

Reitzenstein nickte anerkennend, erhitzte den Stab über einer Kerzenflamme, träufelte Lack auf jedes Band und versah ihn mit dem Siegel. Von Jakob kam ein Pfiff, dann sprudelte er hervor: »Habt's eilig mit dem Aufräumen und Ausmisten? Meister Stoffel war am Ende krank und schwach. Mehr als einmal wurde er vom Vogt ermahnt. Hat nicht viel genützt. Wird Zeit, daß ein frischer Wind weht. Sagt's nur, wenn die Burschen Schwierigkeiten machen. Ich helfe Euch: Vogt Surber macht ihnen dann Feuer unterm Arsch.«

Martins Grinsen war kalt. »Ich weiß mir selbst zu helfen. Trotzdem, vielen Dank. Auch Euch, Herr Reitzenstein, fürs Siegeln.« In Gedanken fügte er hinzu: *Und jetzt zu den Dyrnen . . .*

Amalie, die im Elternhaus in der Mühlengasse geblieben war, schickte Bruder Heinrich zum Brunnen und kochte dann eine kräftige Suppe im Kessel, der an einer Kette über der Feuerstelle hing. Sie drehte einem Huhn den Hals herum, rupfte es, nahm es aus, salzte und zerteilte es und briet es mit Hammelfett und gewürfelten Zwiebeln. Kochendes Wasser und reichlich Thymian kamen hinzu. Im Spannbett lag die Mutter und röchelte, während Heinrich ihre Hand hielt und ihr immer wieder die Stirn abtupfte. Verschwitzt hingen graue Haare herab, das Gesicht war eingefallen.

Als die junge Frau schließlich das Fleisch mit Salz und Honig abschmeckte und eine Dörrzwetschge unterrührte, kam Martin durch die Tür. Sein Gesicht glühte vor Stolz. Heinrich, der ihm nur bis zum Hals reichte und das gleiche goldgelbe Haar wie seine Schwester besaß, fragte neugierig: »Es ist also gelungen, Martin?«

Der nickte, goß sich Bier ein und schnüffelte nach dem Bratenduft. »Es ist ein Glückstag, auch wenn die Knie zittern – aber mein Hunger gleicht dem eines Bären.«

Amalie stellte Kessel und Pfanne auf den Tisch, und sie fischten mit den Fingern Fleischstücke heraus, löffelten schmatzend und benutzten Brotscheiben als Unterlage. Als alles ausgeleckt und abgeschabt war, brachte Amalie getrockneten Stockfisch mit Rosinen aus der Kammer und als Abschluß Honigkuchen. Martin rieb sich den Bauch und war rundum zufrieden. »Bei deiner Kochkunst, liebe Amalie, werd ich noch rund und fett.«

Sie lächelte. »Das zeigt den Wohlstand, mein Martin.«

Während in der Stadt weiter gefeiert wurde, wollten Martin und Amalie die Zeit nutzen und gingen zum Kerkerturm. Viel Gerümpel und Unrat hatte sich angesammelt, das Haus war heruntergekommen, duckte sich unter einer Bage an efeuüberwuchertes Mauerwerk. Schindeln fehlten, durchs Fachwerk pfiff der Wind, Schwalben nisteten im Dachgestühl und Ungeziefer raschelte im Gebälk. Aber der Herdabzug war sauber, die Stube mit Steinplatten ausgelegt, und knarrende Dielen bildeten den Boden der Räume im ersten Stock. Der hintere besaß als Außenwand die Stadtmauer und führte zum Kerkerturmsteg, der vordere ragte auf die Gasse – seine Decke war der Boden des Speichers. Neben dem Haus gab es einen Schuppen, in dem Stroh und Brennholz lagerten und zwei Pferde gerade eben Platz fanden. In der Nähe, drei Dutzend Schritte entfernt, war ein Brunnen. Jann hatte auf Stroh geschlafen, und die Hauseinrichtung bestand aus zwei Truhen, Bank, Schemel und Tischplatte auf Schragen. Martin stapelte Janns Habseligkeiten auf dem Steg – Martin gönnte ihm die Ablenkung beim »Galgenfest« –, beugte sich übers Geländer und sah eine Gestalt in langgeschwänzter Gugel die Klostergasse entlangeilen, die immer wieder hastige Blicke über die Schulter warf, beim Kalandshaus kurz stehenblieb und weiter rannte. Martin dachte sich nichts weiter, weil dem Fremden niemand folgte und auch kein Hilfegeschrei erklang. Er tappte ins Haus zurück, vor dem der Schinderkarren stand.

Amalie sammelte zerbrochene Krüge, putzte Pfannen, Kessel und Töpfe, untersuchte Säcke, beschädigte Körbe und leere Fäßchen. In der Ecke standen Räder, die Speichen zum Teil zerbrochen, an denen angetrocknete Blutreste klebten. Leitern, an denen Sprossen fehlten, unterschiedlich lange Hanfstricke, Schaufeln, Hacken, zusammengerollte Spottfahnen, Laststeine, Ketten, Hand- und Fußeisen, Folterwerkzeug – Halseysen, Glüheysen, Daumenschrauben, große Zangen, Nadeln, Dornen und was der Dinge mehr waren –, Handspieße, Holzeimer, Kannen: Martin sortierte aus, was noch brauchbar war, den Rest lud er auf den Schinderkarren.

»In den nächsten Tagen räumen wir mit Johannes und Asmus die Abdeckerei und holen deine Sachen«, sagte er und zapfte sich einen Krug Bier. »Dann bessern wir Wände und Dach aus. Neben dem Turm kannst du Kräuter pflanzen, und Platz für etwas Gemüse ist auch.«

Amalie nickte und steckte eine Haarsträhne unter die Haube. »Dann wird die Abdeckerei und die Knochenmühle instand gesetzt. Auch die Scheune muß aufgeräumt werden. Dort hatte Meister Stoffel Scharfrichterwerkzeug gelagert.«

Sie sah in Martins grüne Augen, daß ihm ganz warm ums Herz wurde und er rasch einen Schluck trank. Er konnte wirklich zufrieden sein: Die Hinrichtung war gelungen, im Lübecker Pfeffersack besaß er einen reichen Gönner, von Ratsmeister Stulzing wurde er gut behandelt, an seiner Seite saß ein prächtiges Weib, und wie es aussah, mochte sich gar mit der Zeit bescheidener Wohlstand einstellen – immerhin erbte Amalie mit Bruder Heinrich das Haus der Eltern in der Mühlengasse: Es war keine Zinsbude! Die kranke

Mutter würde es nicht mehr lange machen und den Sommer kaum überleben, dessen waren sich Amalie und Martin sicher. Ob Heinrich als Helfer zu gebrauchen war, mußte sich noch zeigen.

»Die Hübschlerinnen haben bezahlt«, sagte Martin und nahm den Beutel vom Gürtel. Pfennige klimperten. »Ich möchte, daß du die Truhe verwaltest und dich auch um die Krankenlade der Weiber kümmerst.« Sprachlos starrte sie ihn an, die blauen Augen geweitet, so daß er laut lachte. »Mach den Mund zu, Frau, ich weiß, daß du's kannst und richtig machst!«

»Danke«, flüsterte sie, begann eilig den Boden zu fegen und schreckte den Hund auf, der verwirrt in die andere Ecke stob. »Ich danke von ganzem Herzen.«

»Und ich danke dir, Amalie.«

Martin stellte den Krug ab, trug Gerümpel zum Karren, sah nach den Feuereimern unter der Außentreppe und rüttelte an den Tonnen, in denen sich das Wasser der Dachrinnen sammelte. Alles verlief, wie es sich der Mann vorgestellt hatte: Die »zunftgemäße« Satzung der *lichte doichter* war gesiegelt, und sogar die Wanderhuren hatten bezahlt – vor die Wahl gestellt, verprügelt und verjagt zu werden oder einen angemessenen Anteil abzuliefern, entschieden sie sich fürs Letzteres. Dafür war ihnen gestattet, Kunden auf der Langen Brücke und am Mühlendamm aufzutun, mit ihnen am Spreeufer im Gebüsch zu füßeln und zwei Bretterbuden an der Stadtmauer zu bewohnen. Die Waschmägde mußten fortan die Stege unterhalb der Langen Brücke spreeabwärts benutzen. Die Flußufer dienten dem Anlanden der Flußkahnladungen, sperriges Gut – Holz, Erzbarren, Mühlsteine – wurde hier auch gelagert, das übrige in die Hallen der Stadt gebracht; im Mühlenhof Getreide, beim Stralauer Tor von Osten Angeliefertes, und im Nordwesten durch das Spandauer Tor spreeaufwärts Getreideltes.

Als plötzlich Geschrei und Rufe gellten, Leute gestikulierend umherliefen und Torwächter die Fallgatter des Spandauer Tors herabließen, wußte Martin, daß etwas geschehen war.

»Jemand ist überfallen, schwer verwundet oder getötet worden«, rief er Amalie zu, die aus der Tür kam, um mehr zu erfahren, und rannte los.

»Was ist los? Weiß einer was?« Bürger standen beisammen und redeten aufgeregt.

»Ein Raubmord soll's sein. Im Steinweg. Stadtknechte suchen schon, der Mörder kann nicht weit sein.«

Martin nickte und eilte an der Marienkirche vorbei zum Haus, vor dem Frauen standen, schrien und wehklagten. Amalies Bruder Heinrich kam Martin entgegen. »Ratmann Sternickel ist außer sich: Seine Tochter Maria hat's erwischt.«

Martin klopfte dem Jungen auf den Rücken. »Hast du was gesehen oder gehört?«

»Nein. Erst das Geschrei hat mich von der Mutter fortgelockt.«

»Dann geh jetzt zu ihr zurück; sie braucht dich. Um das hier kümmern sich andere. Los, Junge, lauf.«

Heinrich ging widerstrebend, wagte aber nicht, sich gegen den Blutvogt aufzulehnen. Gerichts- und Sterbeglocke erklangen. Immer mehr Menschen liefen zusammen, fragten, disputierten, riefen: »Dem Mörder das Rad, dem Mörder das Rad ...«

An der Tür des Schusterhauses lehnte Christian Nageler mit käsigem Gesicht, stieß sich ab und wankte, ohne Martin zu beachten, einige Schritte, bis ihm der Mageninhalt aus dem Gesicht flog. Martin nahm sich zusammen und betrat das Haus.

Maria war noch ein Mädchen gewesen, knapp vierzehn: Verkrümmt lag der Leib neben dem Herd in einer großen Blutlache; halb entkleidet, das befleckte Hemd zerrissen. Die rechte Hand umkrampfte ein zerfleddertes Blumengebinde. Der Kopf war zertrümmert. In Blut und Gehirnmasse vermengt war blondes Haar. Kratzer und blaue Male bedeckten Hals und Brust. Der Unterleib war rohes Fleisch, zerfetzt, zerrissen und aufgetrennt. Neben der Leiche lag eine blutverschmierte Holzhacke.

»Sie war allein im Haus.« Schustermeister Sternickel keuchte. »Ich und die Frau waren in der Stadt, feierten wie die Gesellen ... Findet den Kerl. Ich reiß ihm eigenhändig das Gedärm aus dem Leib! Maria ... Unbefleckt wuchs sie auf, keusch und sittsam. Und jetzt hat der Bastard *irs meitungs erwert* und ...«

Martin trat vors Haus und winkte Christian. Jann stolperte herbei – angeheitert zwar, aber entschlossen –, einige Büttel und Stadtknechte im Schlepp. Martin erkannte Dietrich Stüber und Lukas Steinanger, dessen Nase rot und geschwollen war. Leute riefen durcheinander, brüllten, weinten. »Niemand hat den Täter aus dem Haus kommen sehen«, sagte der Büttelsprecher, inzwischen etwas gefaßt, aber immer noch bleich. »Er wird sich verstecken, ist vielleicht schon aus der Stadt.«

»Holt die Bluthunde«, befahl Martin. »Noch ist die Spur heiß. Das Hochgericht ist verständigt? Gut. Was ist mit der Nachbarschaft, dem Quartiersfähnlein?«

»Die Spieße werden geschwenkt, Blutvogt.« Jann schüttelte sich, hustete und spuckte dunklen Schleim. »Bald weiß es die ganze Stadt.«

»Ich hol die Hunde«, sagte Christian, Dietrich und Lukas schlossen sich ihm an. Ein Zunftmeister drängte herbei, schob klagende Weiber zur Seite.

»Das Nikolaifähnlein sammelt sich an der Kirche, Ratsmeister Stulzing ist Hauptmann, ich mach heut den Gefreiten. Schustermeister Sternickel ist der Bannerherr der Lederzunft. Auch die anderen Fähnlein sind in Bereitschaft. Wir werden den gemeinen Mordbuben erwischen!«

Als endlich die Bluthunde kamen, ihnen die Hacke und ein Kleidfetzen vorgehalten wurden, hatten die Tiere zunächst Schwierigkeiten, die Fährte zu erkennen. Mit feuchten Nasen schnüffelten sie hier und dort, rannten durcheinander, bis ein Rüde plötzlich aufjaulte und an der Leine zu zerren begann.

»Jetzt hat er's!« knurrte Christian. Die Männer keuchten durch Gassen, und es sah aus, als liefen sie im Kreis, der zum Steinweg zurückführte. »Der Mörder kennt sich nicht aus, muß ein Fremder sein.«

»Verdammt, wo ist der Spitzbube?« Der Mann neben Martin, blutrot im Gesicht, troff vor Schweiß und atmete so schwer, als sei seine Lunge ein übergroßer Blasebalg. »Wo bleiben die Scharwachen?«

Immer schärfer verfolgten die Bluthunde die Spur und hechelten über den Mühlendamm, vorbei an den vier Mühlen. In Cölln rannten die Hunde bis zur Brüdergasse und dann weiter zur Dominikanerkirche der »Schwarzen Brüder« – durch Martins Kopf huschten wirre Gedanken: *Übernahmen vor mehr als hundert Jahre die Ketzerinquisition;* Domini canes, *die »Spürhunde des Herrn« –*, wo sie an den Leinen zerrten, umhersprangen und unruhig wurden, bis sie die Fährte wiederfanden und die Männer an der Klostermauer entlang führten. Die Klosterkirche, vom eckigen

76

Turm der Cöllner Stadtbefestigung überragt, blieb zurück. Vorm nahegelegenen Stadthaus des Lehniner Abts Hermann standen Mönche und sahen neugierig herüber. Die Hunde zogen am Hof der Rykes vorbei, schnüffelten kurz im Richtung Cöllner Badstub und hetzten dann hinüber zur Langen Brücke. Vor dem Rathaus an der Langen Brücke blieb Martin stehen, stemmte die Fäuste in den knackenden Rücken und sah die Fassade hinauf; ein hölzernes, mit roher Pracht ausgeführtes, von Schnitzwerk überzogenes Gebäude auf festem Steinsockel, der vom Spreewasser umspült wurde.

»Ich bring ihn eigenhändig um!« kreischte Ratmann Sternickel und schwenkte die Faust. »Ich reiß ihm das Gedärm raus!«

Fluchend, vom Hundebellen übertönt, wichen die Männer Balken, Backsteinen und Flechtwerk am Gassenrand aus, übersprangen Haufen von Holz, Torf, Geröll. Durch Unrat huschten Mäuse und Ratten, im Halbdunkel grunzten Schweine, von einem Kind wurden Gänse vorbeigetrieben, deren aufgeregtes Schnattern die Bluthunde noch wilder machte.

»Schneller, wir erwischen ihn!« rief Christian Nageler. Einige Männer lehnten an Hauswänden, stützten schwer die Arme auf die Schenkel und wischten Schweiß von der Stirn. Die Hunde sprangen übereinander. Aus der Ferne klang Wehklagen und aufgebrachtes Kreischen heran: »Dem Mörder das Rad!«

Lebhaftes Treiben durchzog die Stadt. Bauernvolk drängte sich zum Glockenklang auf dem Neuen Markt. Die Männer umrundeten den Backsteinbau der Marienkirche. Die mächtige Halle war an etlichen Stellen eingerüstet, an Strebepfeilern wurde gemauert.

Zurufe gellten durcheinander, als sie die Klostergasse erreichten und vorm Haus der Kalandsbrüder stehen blieben: »Herr im Himmel, wo steckt dieser Strolch nur?« – »Weiter, Leute, schneller.« – »Wir müssen ihn erwischen.«

Martin wurde klar, daß er den Mörder gesehen haben mußte: *die Gestalt in langgeschwänzter Gugel!*

Unter Fallgatter und auf der Zugbrücke, von Torknechten scharf gemustert, drängten sich Karren und Wandervolk beim Oderberger Tor. Von Hunden umringt, deren Leinen sich verhedderten, standen die Männer im Kreis, rangen nach Atem, sprachen halblaut durcheinander und blickten wild umher, als könnten sie den Mörder mit den Augen erdolchen.

»Wo ist der Kerl?« brüllte Sternickel. »Habt ihr ihn gesehen? Meine arme Tochter! Der Schelm hat ... hat ...«

Scharwachen hoben die Schultern, schüttelten Köpfe. Einer antwortete: »Uns ist niemand aufgefallen, Herr. Durchs Tor ist der Mörder ganz bestimmt nicht.«

Die Tiere zogen die Männer die Klostergasse entlang, vorbei am trutzig aufragenden Markgräflichen Hof: landesherrlicher Sitz, wenn der Markgraf in der Doppelstadt weilte – die »Aula Berlin«. Martin fröstelte, als er an Woldemar dachte. Mehr als dreifach mannshoch waren die drei Spitzbögen der Portalzone an der Gasse, dreischiffig das Hauptgeschoß über flachem Sockelgeschoß, dann ein weiteres Stockwerk und das Schindeldach. Dem Hof gegenüber auf der anderen Seite der Klostergasse befanden sich Wirtschafts- und Stallgebäude und die Wohnungen fürs Gefolge des Markgrafen; hier war auch Vogt Surbers Kanzlei.

Neben dem Hohen Haus begann die abweisende Mauer des Franziskanerklosters, hinter der, von schlichter Kirchenhalle aus Granitfindlingen überragt, ein inbrünstiges *in nomine Dei summi* erklang, und dann die Große Litanei: »*Kyrie eleison. Christe eleison. Kyrie eleison. Christe, audi nos. Christe, exaudi nos. Pater de caelsis Deus, miserere nobis. Fili redemptor mundi Deus. Spiritus Sancte Deus. Sancte Trinitas, unus Deus ...*«

Am Klosterportal stand gebeugt Bruder Michael, der Martin aus eisgrauen Augen ansah und zum Gruß den Kopf neigte. Martin wandte sich ab, fühlte die Blicke des Alten wie Armbrustbolzen im Rücken. Die Hunde rannten durch die Lappgasse zur Nikolaikirche, dann über den Alten Markt zur Stralauer Straße.

Mehr als eine Stunde zog sich die Suche nun hin, die meisten Männer ächzten schwer, Schweiß perlte auf Stirnen. Die Hunde wurden immer wilder, zerrten und sprangen dann, laut bellend und knurrend, zielgerichtet zum Stralauer Tor. Immer heftiger zogen die Tiere an den Leinen, immer heißer wurde die Spur. Die Landstraße vor dem Tor führte durch unwegsames Sumpfgebiet zur Stralauer Halbinsel und weiter nach Köpenick. Der Schustermeister, grau im Gesicht, sagte dumpf, als sie über die Zugbrücke polterten: »Laßt ihnen freien Lauf, Büttel. Sollen sie ihn zerreißen, das erspart dem Blutvogt Arbeit – oder sie treiben ihn in den Sumpf! Bald wird's dunkel, er darf uns nicht entkommen.«

»Jawohl, Ratmann.«

Der Fähnleingefreite nickte mehrmals und klopfte Christian auf die Schulter. »Los!«

Sofort sprangen die Bluthunde davon, die Männer folgten langsamer, wurden aber schneller, als sie lautstarkes Anschlagen hörten, und Martin rief: »Sie haben ihn!«

Die Hunde sprangen an einem Baum mit weit ausladenden Ästen empor, gebärdeten sich wild, Schaum vor dem Maul, und kratzten am Stamm. Als die Männer nach oben sahen, erkannten sie im Geäst eine Gestalt. Stadtbewohner, die dem Verfolgertrupp nachgelaufen waren, hoben die Fäuste und kreischten: »Dem Mörder das Rad, dem Mörder das Rad!«

»Komm runter, Schelm!« Der Stadtknecht hob den Spieß und stocherte zwischen Zweigen, woraufhin die Gestalt noch höher kletterte. Wild sprangen die Hunde umher, waren kaum zu bändigen, obwohl Christian sie wieder an die Leine nahm. Inzwischen war Martin sicher, die Gestalt wiederzuerkennen. Immer lauter brüllten die Menschen. »Wenn du nicht willst, holen wir dich mit Gewalt. Los, du Mörder!«

Drei Männer, von anderen hochgehoben, stiegen auf die unteren Äste. Der Verfolgte erreichte den Wipfel und sah keine Möglichkeit mehr zu entkommen. Einem Stadtknecht gelang es, den Fuß des Mörders zu ergreifen, obwohl dieser hektisch austrat und mit schriller Stimme rief: »Ich war's nicht, ich war's nicht!«

Der Stadtknecht zog seinen Dolch, stach dem Mann ins Bein, kletterte höher und bemühte sich, den Fremden vom Baum zu stoßen, an den der sich krampfhaft klammerte. Erst als ihm in die Hände gestochen wurde, verlor er den Halt und glitt ab. Er krachte durch Zweige, der Fall wurde von einem Ast halb aufgehalten, dann schlug der Mann zu Boden und wurde, während er sich krümmte und schrie, von aufgebrachten Menschen umringt. Martin und die Stadtbüttel verhinderten, indem sie die Leute zurückdrängten, daß der Mann erschlagen wurde. So bekam er nur einige Fußtritte ab.

Ratsmeister Stulzing, von Männern seines Fähnleins und Armbrustern begleitet, erreichte den Baum und hob die Arme. »Beruhigt euch, Leute. Das ist ein Fall fürs Hochgericht! Er wird seine gerechte Strafe bekommen. Und jetzt schleift ihn in den Kerker. Los, es dunkelt, und wir wollen die Stadttore schließen!«

Die Sonne, halb von sich immer höher aufschichtenden Wolken bedeckt, war blutig verfärbt. Während sie dem Horizont entgegensank, nahm der Himmel düstere Schwefelfärbung an. Wind kam auf und blies in Böen, trieb Wirbel märkischen Sandes vorbei. Die Leute rafften ihre Kleidung enger, liefen schneller. Der Gefangene, gebunden und verschnürt, wurde mit Spießstößen vorangetrieben. In der Ferne schlich eine gebeugte Gestalt die Stadtmauer entlang, in der Martin die alte Roggenmuhme zu erkennen glaubte. Vier Mannslängen hoch war die Mauer um die Doppelstadt Berlin-Cölln, unterbrochen von Türmen und Toren, beiderseits der Spree gelegen, und schon von weitem sichtbar in märkischer Landschaft. Spießknechte, Armbruster, Tor- und Zollschreiber standen beim Stralauer Tor und sahen dem Zug entgegen. Martin sah in die Sonne. Ein Krähenschwarm kreiste im fahlen Licht, und bis hierher war ihr häßliches Gekrächze zu hören.

»Bald gibt's heftigen Regen!« murmelte er, dachte an die ermordete Schustertochter und hatte das fürchterliche Gefühl, daß unheilvolle Mächte ihm alle Kraft aus Muskeln und Gemächt zögen und das Mark aus den Knochen sogen.

Beim Kerkerturm angekommen – Johannes und Asmus warteten schon, Protokollarius Jakob Kurtzrock eilte mit flatternden Rockärmeln und klingelnden Schellen herbei –, wurde der wimmernde Gefesselte die Stiege hochgeschleift. Um seine Stichwunden kümmerte sich niemand.

Jann zündete Laternen und Fackeln an, Stulzing wies auf die Folterwerkzeuge und sagte: »Blutvogt, zeigt dem Schelm die Instrumente peinlicher Befragung. Er soll gestehen. Die Bluthunde haben seine Schuld bewiesen! Ich will wissen, wer er ist, woher er kommt.«

»Du hast's gehört, Schandbube?« Martin dachte an die verstümmelte Leiche und fühlte kalte Wut. »Antworte, oder soll ich erst die Eisen heiß machen? Wie heißt du?«

»Ro… Rochus.« stotterte der Kerl, von Asmus auf Martins Wink kräftig durchgeschüttelt. »Grie… Grieswand.«

»Wie alt? Woher?«

»Zweiunddreißig... Aus Nürnberg...« Der Mann schlotterte am ganzen Leib, starrte mit angstgeweiteten Augen umher und brachte von sich aus kaum ein Wort über die Lippen. Nur zögernd gab er seine Geschichte preis: Grieswand war ein Landstreicher, der seit Tagen vor der Stadtmauer herumlungerte; den Hinrichtungstag hatte er benutzt, um sich von Erbetteltem zu betrinken. Als das Geld ausgegeben war, wankte er durch die Gassen, und so kam er am Schusterhaus vorbei, wo ihn das liebliche Singen des Mädchens anlockte und erregte. Die Kleine holte Wasser vom Brunnen, und so drang Grieswand ins Haus ein. Eigentlich wollte er nach Geld suchen, in seiner Trunkenheit war er bereit, Hausbewohner zu erschlagen – aber niemand war dort. Grieswand sah sich um und wurde – ehe er Geld fand – von Maria überrascht. Am Blumengebinde und dem offenen Haar hatte Grieswand erkannt, daß sie eine Jungfrau war. Bevor das Mädchen Zeter und Mordio brüllen und die ganze Gasse alarmieren konnte, schlug Grieswand sie halb besinnungslos und fiel dann über sie her. Als sie sich zu wehren begann, würgte er sie, schlug auf sie ein. Mehrmals fiel er über Maria Sternickel her und griff zur Holzhacke, plötzlich ernüchtert, weil ihm klar wurde, was er tat...

Nicolaus Stulzing wischte fahrig übers Gesicht, holte tief Luft und brüllte: »Ins Loch mit ihm, weg, aus meinen Augen, Mörder! Am Montag tritt 's Halsgericht zusammen, und du wirst deine gerechte Strafe erhalten.«

Er winkte dem Gerichtsschreiber und stapfte davon. Jann sperrte Grieswand ein, hustete keuchend und löschte die Lichter. Die übrigen Männer verließen den Kerkerturm, vor dem sich eine erregte Menschenmenge versammelt hatte. Der Ratsmeister versprach schnelle Hinrichtung, woraufhin sich die Leute zögernd zerstreuten – weiterhin disputierend und gestikulierend. Einige Fuhrleute, die sich angeschlossen hatten, nahmen Brot, Fleisch und Käse aus Schnappsäcken, verteilten über Kräutern, Gewürzen und Honig angeklärten Weißwein – den *lûtertranc* oder *clarêt* – aus Korbflaschen, und auch Martin Stockmann trank den sauren, mit *Nägelein* und Muskat versetzten Wein, als ihm ein Becher gereicht wurde.

Später sah er kurz ins Haus, es war leer. Amalie war wohl ins Elternhaus zurückgegangen, und Martin zögerte. War es eine Aufforderung, oder wollte die junge Frau ihm zeigen, daß er sich noch zurückzuhalten hatte? Er schluckte schwer, strich mit feuchten Händen über die Beinlinge.

*Jetzt nichts falsch machen,* schoß es ihm durch den Kopf. *Aber ich kann heut nicht allein sein, brauch ihre Nähe und Wärme. Was tun? Ich muß es richtig machen. Wird sie's verstehen? Oder weist sie mich ab? Nur Mut.* Er griff zur Laterne, schlug Funken und sah die Finger zittern. *Wenn sie mich so sieht ... Vielleicht ganz gut. Hat dann Mitleid und ...*

Kräuterbüschel hingen an den Wänden, andere lagen in zwei Körben, die Amalie ohne Zweifel hier abgestellt hatte. Entschlossen stand Martin auf und ging zur Mühlengasse.

Der Schweißhund sprang ihm entgegen, als er ins Haus trat. Er klopfte dem Tier den Leib und kraulte sein Fell. Amalie hatte Suppe gekocht, aber Martin war der Appetit vergangen. Kälte kroch durch seinen Körper. Dumpf brütete er, immer wieder die Leiche des Mädchens vor Augen, vor sich hin. *Dem Kerl steht keine leichte Hinrichtung mit dem Schwert bevor,* dachte er und murmelte: »Vermutlich wird man Rochus Grieswand aufs Rad flechten und von den Krähen anfressen lassen. Hat nichts anderes verdient, der Bastard.«

Amalie stellte den Kessel fort, räumte den Tisch ab und setzte sich Martin gegenüber. »So dicht liegen Glück und Leid beisammen, Lieber.« Sie ergriff seine Hand, drückte sie und spielte mit den Fingern. »Zuerst warst du fröhlich, die Hinrichtung ist dir gelungen, Scharfrichter! Und wenig später wird die Maria Sternikkel ... Heinrich hat mir alles erzählt. Soll ich uns Bilsenkraut räuchern?«

Er sah auf und schüttelte müde den Kopf, schien langsam aus einem bösen Traum zu erwachen. »Du bist so gut! Danke! Nein, kein Bilsenkraut heut. Amalie ...«

Sie zog seine Hand ans Gesicht, küßte sie zart und legte sie sich an die Wange. Ihre Finger glitten über den narbigen Unterarm, streichelten die Härchen. Kälte kroch über Martins Nacken und Kopfhaut. Er sah in Amalies Augen und las in ihnen Bereitschaft und Einverständnis. Er schluckte. Der Schweißhund blinzelte müde herüber und drehte sich zur Seite, als wolle er sagen: *Tolpatsch, worauf wartest du noch?*

»Jetzt, Weib?«

»Ja! *Dû bist mîn, ich bin dîn, des solt dû gewis sîn...*«

Er stand auf und zog Amalie an sich. Heinrich lag neben der Mutter im gemeinsamen Spannbett und schlief; die Alte ächzte, ein Zittern durchlief den Körper. Amalies Küsse bedeckten Martins Gesicht, und er murmelte:»Laß uns zum Kerkerturm gehen, dort sind wir ungestört. Haben ein ganzes Haus für uns allein.«

Amalie wiegte den Kopf, blickte zur Mutter und schlang die Arme um den Leib. Martin war klar, daß sie an Mutter und Bruder dachte. Er strich ihr Haar zur Seite und hauchte einen Kuß in den Nacken, fühlte, daß sie erschauderte und den Widerstand aufgab. Seine Hände strichen über ihren Körper, sie schmiegte sich an ihn, war wachsweich unter seinem zielstrebigen Streicheln und Liebkosen. Martin unterdrückte das triumphierende Gefühl, als sie in sein Ohr flüsterte:»Ja, Liebster, gehen wir. Du bist mein Mann. Es ist recht und gut. Schnell, komm!«

Wie trunken wankten sie durch die Gassen, eilten über den Neuen Markt und erreichten, erhitzt und schwitzend, den Kerkerturm. Martin hob sie zärtlich hoch, stieß die Tür auf und ging mit ihr zum Strohbett. Amalie stellte die Laterne ab, sie halfen sich gegenseitig aus den Kleidern, umarmten sich und genossen den Geruch ihrer Körper, der sich schwer von den übrigen abhob.

»*Brüstlin wolgestalt*« – von mattem Licht beleuchtet, bot die Frau Martin ihren Körper dar, spreizte die Schenkel. Er konnte sich gar nicht satt sehen: helle Haut, so zart und weich, wolliges Haar der Achseln, auf dem Feuchtigkeit perlte und glitzerte, knospende Brüste, bei jeder Bewegung aufreizend bebend, eine Leibesmitte, die Martin fast mit den Händen umfassen konnte, lange Beine, dazwischen ein gekräuselt-dreieckiges Büschel – »und rosig Lustspalt!«

»Ich bin deine Schlafbuhle, Liebster. Nit löckt ich deinen Stachel.«

Aneinandergeschmiegt verbrachten sie Stunden.

Mitten in der Nacht stand Amalie auf und braute einen Kräutersud. Sie mischte zerriebene Alraunwurzel mit Basilikum, Minze und Rautenkraut, fügte Wasser hinzu, rührte um und wartete, bis das Gebräu brodelte. Martin, vom Herumwerkeln aufgewacht, beobachtete sie und sagte schließlich leise:»Möchtest du noch keine Kinder, Amalie?«

Sie lächelte, kam zu ihm und streichelte sein Gemächt. »Jetzt noch nicht, Lieber. Ich bin so jung und will nicht im Kindbett sterben. Laß uns erst heiraten ...«

Er spürte ihre Wärme, atmete ihren Duft und nickte. »Ah, du meinst, daß es schon genug Bastarde gibt, die hinter den Drehladen der Klöster verschwinden?! Wenn du aufs Eheliche Wert legst, darfst du nicht vorher fingerln und füßeln, mein Herz.«

»Vielleicht«, sagte sie scherzhaft, sah seine erwachende Erregung und faßte nach den Brunftkugeln, »sollt ich's nächste Mal Bilsenkraut und Kampfer auf dein Gemächt geben.«

Er lachte, zog sie an sich und ließ es zu, als sie sich energisch auf ihn schwang, daß sie ihn von oben ritt und ihm wippende Tüttlin entgegenreckte, nach denen er immer wieder griff, bis die Säfte aus ihm spritzten und das Keuchen vom hämmernden Herzschlag übertönt wurde.

*Und wenn sie nun auch an der Angel des bitteren Todes*
*hängen und weh rufen, so werden sie doch nicht erhört.*
*Sieh, so unter hundert Menschen, die geistliches Gewand tragen*
*– ich will von den anderen schweigen –, nicht einer meiner*
*Worte achtet zur Bekehrung seines Lebens, so ist es nun dazu*
*gekommen, daß unter Hunderten nicht einer ist, der nicht*
*unvorbereitet in den Strick des Todes fällt, so wie ich. Wohl*
*geschieht denen nun, die nicht uneinsichtig und unverständig*
*sterben. Eitle Ehren, Wohlbefinden des Leibes, vergängliche*
*Liebe und das habgierige Suchen nach des Lebens Notdurft*
*blendet die Menge. Willst du aber mit den wenigen dem*
*jämmerlichen, unvorbereiteten Tode entgehen, so folge meiner*
*Lehre. Siehe, der stete Anblick des Todes, die getreue Hilfe*
*deiner armen Seele, die so sehr nach dir ruft, bringt dich bald*
*dazu, daß du nicht nur alle Angst verlierst, daß du sogar*
*seiner wartest ...*
BÜCHLEIN DER EWIGEN WEISHEIT;
Heinrich Seuse, 1328

## 26. Launing, Anno Domini 1349

Ein Engel, der Großvaters Gesicht besaß und dessen Adlerschwingen Sturm erzeugten, hatte seine Hand ergriffen und zog ihn durch
die Lüfte zum Braunschweiger Rathausmarkt. Wehmut quetschte
seine Brust, als er die Türme der Martinkirche sah. Sankt Martin –
sein Namenspatron, von dem es hieß, er habe den Mantel mit einem
frierenden Bettler geteilt. Ein Mönch in der Schule hatte aber auch
erzählt, Martin komme vom lateinischen Mars und bedeute »der
Kriegerische«, und damit er die richtige Richtung im Leben ein-
schlage, setzte es anschließend Stockhiebe, deren Schmerz er nie
vergessen sollte.

Langsamen Schritts kam die Familie über den Platz: gebeugt die
Großmutter, Kräuterbüschel, Bilsenkraut und Alraune in der Hand,
dann die kräftige Gestalt des Vaters, das Richtschwert an der Seite,
die Frau Mutter an die andere geschmiegt, dann die Brüder und
Schwestern – sogar die, die schon vom Tod dahingerafft waren. Er

85

*sah ihnen aus brennenden Augen hinterher, bis sie neben den beiden langgestreckten Hallen des Gewandhauses, in denen die Gewandschneider mit ihren Tuchen handelten, vom Nebel verschluckt wurden. Es erstaunte ihn nicht mal, daß er einen roten Talar trug, als er an sich herabsah. Und der Engel mit Großvaters Gesicht, von überirdischem Schein umhüllt, trug ihn weiter, vorbei an Sankt Katharinen am Hagenmarkt und Sankt Andreas am Wollmarkt. Er sah die Altstadt am linken Okerufer, Burg Dankwarderode, Neustadt und Hagen beiderseits des Flusses und auch den »Sack«, der zwischen Altstadt, Neustadt und Burg lag – alles umgürtet von der Stadtmauer. Schließlich erreichte er den Dom von Sankt Blasii, erbaut von Heinrich dem Löwen: unvollendet die Achtecktürme, dazwischen das Glockenhaus mit Maßwerk. Unsichtbare Hand öffnete das Portal, und Licht, wie er es noch nie gesehen hatte, strahlte ihm entgegen, ohne aber zu blenden.*

*Er trat ins Gotteshaus und sah zum riesigen Kruzifix; streng und königlich war der vollgewandete Christus. In Demut sank er zu Boden, während der Engel mit Donnerstimme zum feierlich-schweren* te deum laudamus *anhob …*

Hahnenschrei, Taubengurren und Vogelzwitschern, dann Glockengeläut zur Frühmesse: Martin Stockmann fühlte sich großartig, als er erwachte, obwohl er im ersten Augenblick nicht wußte, wo er war und wie er hierher gekommen war. Rasch verflüchtigten sich die Traumbilder, nur Großvaters Antlitz hielt sich etwas länger. Stolz und Zufriedenheit glaubte Martin zu erkennen, und er dankte stumm fürs aufmunternde Lächeln.

Erst jetzt kam die Erinnerung an die Hinrichtung, den Mord und an – *Amalie*. Er tastete neben sich, doch die Hand fuhr nur ins Stroh. Einem Eisstachel gleich war das Gefühl von Enttäuschung und Verlassenheit, das von Martin Besitz ergriff, bis er sich selbst einen Narren schalt, leise lachte und, mit Blick auf den Kessel über dem Feuer, dachte: *Sie ist schon aufgestanden und denkt an die Pflicht. Wird sich mit Jann um die Gefangenen kümmern, nichts weiter.*

Er entleerte den Leib in die Brunzkachel, kratzte die Beine, hustete Auswurf aus Mund und Kehle und stocherte in den Ohren. Er reckte sich, nahm kalkiges Zahnpulver, rieb sich die Zähne gründlich ab und stieg in die Kleider. Dann löffelte er Hirsebrei in eine Schüssel und aß ihn, unter Zugabe von Honig, mit Genuß, bis ihn plötzlicher Krakeel aufspringen ließ: Schreie erklangen, dann brüllte ein Mann, übertönt von Kläffen und Knurren, und ein wüstes Poltern kam von der Stiege.

Ohne nachzudenken, packte Martin das Richtschwert und zog es blank, sprang zur Tür und umrundete das Haus: Markus Kremer, halb die Stufen herabgefallen, wehrte sich gegen den Schweißhund, der – das Fell gesträubt – nach den Schnabelschuhen schnappte. Am Geländer neben dem Turm stand Amalie; ihr Gesicht war gerötet, die Haube verrutscht, so daß eine Haarsträhne auf die Schulter fiel. Jann wankte durch die Tür, von Husten geschüttelt. Derweil kreischte der Patriziersohn mit überschlagender Stimme: »Zurück! Nein! Ruft doch die Bestie zurück! Jesus und Maria, das Vieh bringt mich um. Mordio!«

In Martin brodelte es unvermittelt. Zornig packte er Kremers Gugel und zerrte den Mann zur Gasse. »Schweig still!« Der Hund folgte dem Wink und drängte sich an Martins Bein, trotzdem knurrte er in Kremers Richtung. »Was ist geschehen? Amalie, geht's dir gut?«

Aufgeregt schob sie das Haar unter die Haube. »Er... hat mich geschlagen...«

»Richtig!« brüllte Markus. »Der Vater ist ohnmächtig, atmet kaum. Fast dachte ich, er sei schon tot. Und das Weib grinst nur tumb! Mann, kümmert Euch um ihn, statt diesen Köter auf mich zu hetzten.«

Er wich zurück, weil der Schweißhund, am ganzen Leib zitternd, den Kopf reckte und die Zähne fletschte. Martin drehte sich halb und starrte Markus an, hielt sich mühsam zurück, während Jann und Amalie die Stiege herabeilten. Sie rief: »Mir geht's gut, Lieber. Warte...«

Martins Schwerthand sank herab, sein Atem kam stoßweise. Markus' Gesicht war eine Grimasse, rote Flecken überzogen die Glatze, rot auch die übergroßen Ohren, und geschwärzt die vorstehenden Zähne. Jann drängte den Hund zurück und blieb im Hintergrund, Amalie stemmte die Arme in die Seite. »Ihr seid selbst schuld, Herr Kremer. Seid froh, daß ich den Hund nicht wirklich auf Euch gehetzt hab – er hätt Euch die Kehle zerfetzt.«

*In ihrer Wut,* durchfuhr es Martin, der Amalie erstaunt betrachtete und kein bißchen Angst oder Respekt entdeckte, *ist sie doppelt so schön. Ein prächtig Weib! Aber der Kremer hat sie...*

»Weiber könnt Ihr prügeln«, sagte Amalie, umfaßte Martins Hand und drückte sie. Er hielt die Luft an. »Vergessen wir's. Eurem Vater geht's in der Tat nicht gut. Martin, Liebster, du solltest deinen Schnappsack holen. *Bitte!*«

Der eindringliche Blick traf ihn bis ins Mark, und er verstand, was sie nicht aussprach: *Leg dich jetzt nicht mit Kremer an, jeder Händel führt vors Gericht, und die Sorge um den Vater gibt ihm recht.*

Martins Hand umkrampfte den Schwertgriff. Er nickte, lief ins Haus, rammte grimmig die Waffe in die Scheide und nahm den Beutel mit Kräutern, Salben und Tinkturen an sich. Auf dem Weg ins Loch flehte er Gott und alle Heiligen an, daß Heinrich Kremer nicht starb – *nicht heute!* –, und schauderte, als er die hagere Gestalt auf feuchtem Stroh sah. Flackern von Fackeln und Pechpfannen überzog das Mauerwerk mit geisterhaften Schatten. Martin kniete nieder, horchte nach Herzschlag und Atem und runzelte die Stirn. Dann knetete er vorsichtig die Brust und versetzte dem Kranken leichte Schläge auf die Wangen, bis dieser hustete und die Augen aufschlug.

»Macht einen Aderlaß, damit die Fäulnis ausfließt«, rief Markus, dessen Stimme vor Sorge schrill war. Je aufgeregter er wurde, desto kühleres Blut bewahrte Martin, sah auf und schüttelte langsam den Kopf. Er empfand keine Spur Mitleid, nur Kälte und – Neugier. *Ob ich dem Alten helfen kann?*

»Nein.« Er nahm einen Tiegel und träufelte Öl auf die Hand. »Euer Vater ist schon sehr schwach. Wenn 's Blut abgelassen wird, schwächt es ihn noch mehr. Wollt Ihr für seinen Tod verantwortlich sein?«

»Und was macht Ihr?« Markus' mißtrauischer Blick glitt über Dosen und Töpfchen, Kräuterbeutel und Bündel getrockneter Blätter. »Nehmt's weg, das Teufelszeug! Schnell!«

Heinrich Kremer ächzte, wie zur Bestätigung wischte sein Arm – wenn auch kraftlos – Martins Hand zur Seite. Dem reichte es nun endgültig. Er räumte den Schnappsack ein, stand auf und sagte gefährlich leise: »Wie Ihr wünscht, Kremer. Wenn Ihr meine Hilfe nicht wollt, bitte. Aber beschwert Euch dann nicht! Noch könnt ich Eurem Vater helfen, bald wird's wohl zu spät sein.« Nach einer Pause fügte er hinzu, indem er ganz nah an Markus herantrat: »Und faßt nicht noch mal das Weib an, ich sag's Euch im guten!«

Markus schrumpfte angesichts der Drohung sichtlich, zumal der Hund wieder knurrte. *Allein und ohne Unterstützung ist's nicht weit her mit seinem Mut,* dachte Martin. Sein Hals war ausgedorrt, das Herz hämmerte erregt. *Er führt nur ein großes Maul. Ein jämmerlicher Bursche.*

Die Augen aufgerissen, wich Markus bis zur Wand zurück, dann wandte er sich um, prallte gegen die Gittertür am Fuß der Wendeltreppe und stolperte die Stufen hinauf. Martin schüttelte den Kopf, von Frösteln gepackt: Ihm war nicht der Haß entgangen, der in den Augen aufblitzte, bevor er Furcht Platz machte und den Patriziersohn in die Flucht trieb. Martin ahnte, daß er fortan einen Feind hatte, vor dem er sich in acht nehmen mußte. Mißmutig wandte er sich an Jann: »Schließt ab, Gevatter. Ihr könnt's bezeugen: Markus Kremer will nicht, daß ich seinem Vater helfe. Also soll's so sein.«

Zwar verzog Amalie das Gesicht und schien mit seinem Starrsinn nicht einverstanden, aber sie sagte nichts, während Jann den Riegel vorschob und verächtlich mit den Schultern zuckte. »Hat nichts anderes verdient, Blutvogt. Aber... Habt Ihr vielleicht ein fein Kräuterchen für mich? Ihr wißt – wegen der bös' Luft.«

Martin lachte erleichtert, legte den Arm um Amalies Schulter und winkte. »Komm mit, wir brauen dir einen Aufguß. Wird den Husten bestimmt lindern.«

Später knieten sie nahe dem Portal der Marienkirche nieder: Blumen und Gebinde lagen auf Bodenplatten. Martin schloß die Augen, betete und wurde erst von lautem Zetern aus seiner Andacht geweckt. Der Pfaffe regte sich, das Gesicht blutrot angelaufen, über Verderbtheit und Fleischeslust auf. Gestenreich und in derber Sprache umschrieb er die Geschlechtstheile, beschwor die Gemeinde, den Beischlaf nur zur Hervorbringung der Nachkommenschaft »procreatio prolis« – zu vollziehen und »non ex mera lascivia«, nicht aus »schierem Spaß an der Freud«, und überhaupt galt: »Ex ecclesiam non est vita« – »Es gibt kein Leben außerhalb der Kirche!«

»Amen.« Hühner eilten pickend weiter, irgendwo quiekte schrill und langgezogen ein Schwein. Jemand sagte vergnügt: »Der Sonntagsbraten ruft!«

»... Busen, durch Binden eingeschnürt, und reichbesetzte Gürtel, die die Leibesmitte einzwängen zur Förderung ungezügelter Lüsternheit!« Die Pfaffenstimme kippte. Er fügte die ganze Litanei über Sünde, Schuld, irdisches Jammertal, die abgrundtiefe Schlechtheit der Welt und die Versuchungen durch den Teufel an, verurteilte *suntlichen handel mit undoechtige dyrnen* und besonders alle die Weibspersonen, die sich vor und nach der Unzucht Kräutersäfte ins Geschlecht gossen, um so die Fruchtbarkeit ihres Leibes zu verhindern: »... oder Trank einnehmen, der sie zu Mörderinnen an Ungeborenen macht. Verdammt sind solche, welche darauf sinnen, wie sie mit giftigen Mitteln eine Fehlgeburt herbeiführen... – und dann die Weiber, die die eigne Unreinheit genießen, wenn sie an den Schenkeln klebt; sie reiben ihre Hände dran und freuen sich schamlos über den Gestank... Alles Hurenvolk, vom Teufel gesandte Jägerinnen und des Bösen Lockspeis: *keczerey unnd zawberlich sach...*«

Leute raunten, zwei Buhlerinnen im gelben Tuch kicherten hinter vorgehaltener Hand. »Wer's mit Frommen hält, wird fromm – sprach der Mönch und schlief in einer Nacht bei sechs Nonnen.« – »Die Glocken läute ich selbst, sagte der Bauer und stieß den Pfaffen von seinem Weib.« – »... will nur im *Ars* seines Herrn ein Quartier sichern!«

Der Pfarrer rief: »... ist der Mann der Gebieter, die Frau nur unvollkommen und seiner Herrschaft unterstellt, wie 's Pauluswort an die Epheser gebietet: *Vir est caput mulieris.* Hochachtung gilt nur den Jungfrauen, die ihre Keuschheit und Reinheit durch Blumengebinde im Haar kenntlich machen...«

Martin, der ebenfalls an Priester und Mönche dachte – wie Böcke stinkend, Stammgäste im Frauenhaus oder gar mit *Pfäffinnen* zusammenlebend –, fühlte Übelkeit aufsteigen. Amalie nickte, als er sie am Arm packte, und sie verließen leise, aber rasch die Kirche. Er verabscheute Heuchelei, salbungsvolles Getue und doppelzüngiges Geschwätz. Nicht zu vergessen die Privilegien reicher Grundherren – *ius primae noctis:* das »Recht der ersten Nacht«, verschärft durch Heiratsgeld, Ehezins, Natural- und Geldleistungen, Fronden und Stechgroschen. *Keuschheit und Reinheit,* dachte Martin. *Der Maria Sternickel bracht's den Tod!*

Er glaubte an Gott und die himmlischen Mächte und fürchtete die Mächte des Bösen, aber das hatte wenig mit dem Plappern der Pfaffen zu tun, die in seinen Augen schlimmere Sünder waren als alle Diebe, Spitzbuben, Beutelschneider und Totschläger zusammen. Auf dem Kirchplatz atmete er tief durch, und Amalie klammerte sich an seine Seite, von plötzlichem Zittern geschüttelt. Dunst umgab molkig die Roland-Statue. Stundenrufer verkündeten heiser ihre Botschaft, und Stadthirten trieben Schafe, begleitet von wachsamen Hunden, in Richtung Spandauer Tor. Feuchtkalte Schwaden krochen vom Fluß durch die Gassen und zwischen die Häuser. Letzte Zecher und Hurenböcke wankten an Wänden entlang. Martin zog Amalie an sich, langsam gingen sie zum Kerker zurück.

Sie stellte sich auf die Zehenspitzen und flüsterte ihm, halb fragend, halb verschwörerisch und lockend, ins Ohr: »Bilsenkraut und Alraune!«

Er nickte. »Ja, Amalie, räuchern wir uns ein! Nach Markus und dem Pfaffen können wir's brauchen. Ich kümmer mich aber zuerst um den Braunen ... Mir wird's zu eng in der Brust. Ich muß raus.«

»Mach du deinen Morgenritt, ich warte mit dem Kraut.« Ihr Lächeln war verständnisvoll und sanft. »Wenn du am Schindanger vorbeikommst – lad Johannes und Asmus ein. Laßt euch Zeit, ich schau noch bei der Frau Mutter und Heinrich vorbei.«

»Einverstanden.« Er gab ihr einen Kuß auf die Nase, bemerkte ihr Erröten und fühlte sich augenblicklich besser. Mit Amalie an seiner Seite – fast war er gewiß, daß alle seine Träume wahr würden.

Nachdem er ihn mit Hafer und Wasser versorgt hatte, holte Martin den Wallach aus dem Schuppen. Der Braune hatte die Strapazen der Reise gut überstanden, weil ihm Martin Verschnaufpausen gegönnt und gegen die Beine uriniert hatte, damit Sehnen und Sprunggelenke geschmeidig blieben.

Martin ritt die Rosengasse entlang, die von der Stadtmauer bis zum Neuen Markt reichte, sah Schanthaus und Winkelwirtschaften mit klangvollen Tiernamen – *Zum Hasen, Der Hahn, Zum Roß* –, überquerte den Neuen Markt, folgte dem Steinweg – Wehklagen drang aus dem Schusterhaus – und bog zur Oderberger Straße ab. Am Tor blickte er zum Turm, den beiden Weichhäusern und den hölzernen Wehrgang hinauf, auf dem durchfrorene Spießbürger hin und her gingen. Er grinste, wußte die ebenso grimmigen wie scheuen Blicke zu deuten: Als Scharfrichter war er vom Wachdienst der Quartiersfähnlein freigestellt.

Vor dem Tor zügelte er den Braunen. Mit Klapper und Tracht – Joppe, Kniehose, weißem Siechenmantel und großem Hut – wankten Leprose und Aussätzige am Wegrand, bemüht, keinen Gesunden zu berühren und ihnen aus dem Wind zu gehen, hoben bittend die Hände und erheischten milde Gaben. Ganz in der Nähe lag ein Spital mit Kapelle, mit dem heiligen Georg als Schutzpatron – weshalb das Tor auch Georgentor genannt wurde. Ein bäuerlicher Hof mit Wohn- und Backhaus, Scheune, Ställen und den Buden für Aussätzige, Krüppel und Bettler. Klappernd, ratschend und schnarrend versuchten die Gestalten auf sich aufmerksam zu machen. Viele waren furchtbar entstellt, hatten dicke Knoten im Gesicht, Wülste über den Augen, schiefe Mäuler oder geschwollene Nasen. Abgesondert lebten sie außerhalb der Stadtmauer, nur zum Betteln kamen sie herein und stellten ihre Leiden zur Schau. Möglich, daß auch *validi mendicantes* – »rüstige Bettler« – unter ihnen waren.

*Gegen Aussatz gibt's kein Mittel*, dachte Martin. Mit äußeren Wunden, sofern nicht zu schwer, wußte er umzugehen. Auch leichte Brüche vermochte er ruhig zu stellen, so daß die Glieder wieder richtig zusammenwuchsen. Aber innere Verletzungen? Gar den Körper öffnen? Wie die Blutung stillen? Und auch bei vielen Beschwerden, die wohl mit den inneren Körpertheilen zusammenhingen, fühlte Martin sich überfordert: Aufgüsse, Tinkturen und Kräuter halfen nur bedingt, zumal wenn schnelle Hilfe vonnöten war. Vor Jahren war er dabeigewesen, als der Vater nachts einem Gehängten den Leib aufschnitt, um die Lage und das Aussehen von Knochen, Adern, Gedärm und Herz zu zeigen. Noch heute hatte Martin den galligen Geschmack, wenn er daran dachte; aber es machte ihn robuster und härter. Ein bißchen kannte er den menschlichen Körper, wußte, welcher Hieb und welche Tortur diese oder jene Wirkung verursachte und wie Verbände und Mittel eingesetzt werden mußten. Doch Gott bewahrte das Geheimnis seiner Schöpfung. *Krankheiten, Geschwüre, der Schwarze Tod, Aussatz ... Die*

*Pfaffen,* erinnerte sich Martin, *erzählen wortgewaltig, daß Aussatz vom Schlemmen, Saufen und vor allem der Wollust kommt. Ich frage mich, weshalb sie dann nicht am meisten gezeichnet sind.*

Der Volksmund umschrieb es derb: »Müßiggehen mag ich nicht, sprach die Nonne – und stieg zum Pater ins Bett.«

Sein Blick schweifte über Randgebüsch, Hecken und großkronige Obstbäume im Morgendunst. Alles zeigte grüne Triebe; erst seit einigen Tagen brach die Frühlingssonne mit ungestümer Kraft durch und vertrieb den Winter. Martin drehte sich im Sattel und blickte die Stadtmauer entlang: Die Wand verschwamm als grauer Schatten. Martin gefiel die Doppelstadt, und erwartungsvolle Spannung hatte ihn gepackt. Traumbilder blitzten auf: Nur mit einem Hauch Wehmut dachte er an seine Heimatstadt, an die Fachwerkbauten, die Martinkirche, an den Braunschweiger Löwen, die monumentale Bronzefigur, Machtsymbol der Welfen. Berlin war neu, die Zeit unruhig und voller Gefahren. Der Überfall auf Zirner hatte es mehr als deutlich bewiesen. Den Namen Clemens – das schwor sich Martin – mußte er im Gedächtnis behalten. Er dachte grimmig: *Vielleicht hätt ich doch hinterherreiten sollen?*

Er trieb den Braunen an, gab die Zügel frei und galoppierte bis zum Rabenstein, dem Blutgerüst Berlins – sofern es nicht zur Hinrichtung bei den Rathäusern kam –, und dachte an Rochus Grieswand: *Dem Mörder wird kein Tod durchs Schwert vorm Rathaus vergönnt sein, das ist sicher!*

Fast schwarz war das Holz des dreisäuligen Galgens, feucht und schwer der Boden. Die höher steigende Sonne vertrieb langsam den Nebel. Reste, die an wehende weiße Bärte erinnerten, standen über Äckern, Rainhecken und Wiesen. Ein Blitzen blendete Martin, und als er genauer hinsah, glaubte er eine Gestalt zu erkennen, deren Kuttensaum gerafft war. Die raschen Bewegungen, tänzelnd und leichtfüßig, wußte Martin zuerst nicht einzuschätzen. Dann blitzte es wieder, und er verstand. Dort übte jemand mit einem Schwert, vollzog Finten, Ausfälle und rasche Hiebe. Und dieser Jemand, obgleich nur als Schattenriß zu erkennen ... – eine Ahnung machte sich breit, und Martin zwinkerte verwirrt: *Ist das ... Bruder Michael? Stimmt es also, daß er ein Tempelritter war? Und welche Geheimnisse verbirgt er noch?*

Eine Scheu, die er sich nicht erklären konnte, hielt ihn davon ab, hinüberzureiten: Die Gestalt hatte ihn ebenfalls gesehen und stand nun still, dunkel, von Bodenschwaden umgeben, bedrohlich. Der Braune wieherte langgezogen. Von Kälteschauern heimgesucht, klapperten Martins Zähne, dem plötzlich war, als greife eine Knochenhand nach seinem Herz. Dumpfer Hufschlag mischte sich mit laut pochendem Herz, als Martin schnalzte, der Wallach angaloppierte und Erdbrocken aufwarf.

Martin atmete auf, als er den Schindanger erreichte. Johannes und Asmus nahmen die Einladung an, als er verschwörerisch sagte: »Ein Sonntagshöhepunkt. Laßt euch überraschen!«

Johannes schlürfte Speichel von der schiefen Lippe, wiegte den Kopf und tauschte einen erstaunten Blick mit Asmus. »Gut, Martin, wir beeilen uns. Reit voraus. Wir kommen, so schnell es geht.«

Gegen Mittag saßen sie gedrängt am offenen Feuer des Hauses. Amalie legte Bilsenkraut auf eine heiße Steinplatte, fügte Alraune hinzu und sagte gepreßt: »Erfahrene Kräuterweiber schneiden die Belse nur am Sonnabend bei sinkender Sonne. Die Alraune sagen manche Pfaffenmännlein, ist ein wirksames Mittel.«

Sie stocherten mit Holzspänen in den Kräutern, die langsam heiß wurden und strengen, fast betäubenden Duft ausströmten. Jaulend sprang der Schweißhund von seinem Stammplatz auf und trabte zur Tür. Das Bilsenkraut entfaltete rasch seine starke Wirkung. Martin, der das Geheimnis kannte, achtete darauf, aus welcher Entfernung und wie stark er die Dämpfe einatmete. Er hütete sich davor, auf Pflanzenteilen herumzukauen, wie Asmus und Johannes es taten.

*Sollen sie die Wirkung am eigenen Leib spüren,* dachte er zuerst und beobachtete Amalie, die, am weitesten von der heißen Steinplatte entfernt, trotzdem die Dämpfe gleichmäßig tief einsaugte, dann warnte er doch: »Schluckt um Gottes willen nichts von eurem Speichel!«

Asmus und Johannes spuckten entsetzt ins Feuer, beeindruckt vom Ernst in Martins Stimme. Für sie blieben es geheimnisvolle Heil- und Zauberkräuter, obwohl sie in vielen Häusern ihren Duft verbreiteten. Schon stellte sich Fröhlichkeit ein, Gesichter entspannten sich, alle Bewegungen wurden leicht.

Amalie wiegte den Oberkörper hin und her und kicherte in die

Handfläche. Ihre Stimme wurde zu leisem Singsang. »Ich hab das Bilsenkraut auf dem Friedhof gepflückt. Es ist die Königin aller dämonischer Kräuter. Majestätisch stand sie da, aufrecht, wie eine Königin. Berührt man die Belse, will sie mit ihrer Klebrigkeit alles festhalten.«

Martin seufzte, auch für ihn hatte die Pflanze etwas Dämonisches, obwohl er sie schätzte und liebte. Ihr Geruch erschien ihm düster wie der Tod. Seine Großmutter hatte gesagt, daß Heiden sie benutzten, um bei großer Dürre Regen anzulocken. Aus Jungfrauen wählten sie die jüngste, zogen sie aus, ließen sie einen Bilsenkrautstengel ausrupfen und steckten ihn zwischen ihre Zehen am rechten Fuß. Nackt wurde sie zu einem Fluß geführt, von den anderen Jungfrauen mit Bilsenkrautzweigen betropft und dann, genau wie die Krebse laufen, zum Dorf zurückgeführt. Fast immer, wurde erzählt, hatte es dann geregnet ...

Ganz deutlich erinnerte sich Martin an die Worte der alten Frau. Ihr Wissen hatte sie von weisen Frauen, Schäfern und all jenen, die sich mit Heilen beschäftigten. Ihre leise Stimme hatte ihn in Erstaunen und Furcht versetzt. Oft kam er sich wie eine Statue vor, lauschte mit trockenem Mund und merkte, daß sich sein Herz verkrampfte. Grauen kroch durch ihn wie Eis – und doch wollte er die Berichte nicht missen, sie waren die einzige Unterhaltung im Kreis der Familie, die vom allgegenwärtigen Tod, von Fäulnis und Gestank ablenkte. *Die Welt ist durchdrungen vom Bösen, Besessenheit liegt in der Luft. Immer häufiger werden die Berichte über den Schwarzen Tod. Und die Kirche verliert ihre Macht über die Gläubigen*, durchfuhr es Martin in sonderbarer Klarheit. *Zu viele Pfaffen, Mönche und Nonnen frönen selbst dem Laster.*

Amalies Stimme wurde schriller, dann dumpf und monoton. Sie klatschte in die Hände und lachte abgehackt: »Alraune, die Pflanze des Scharfrichters; Galgenmännchen gerufen, weil's oft unter dem Galgen wächst. Wer sie ausgräbt, schwört Stein und Bein, daß er Ächzen und Stöhnen hört. Und mancher, der sie unvorsichtig ausgrub, hat's mit seinem Leben bezahlt! Wir fliegen zum Drachen, reiten auf Reisigbesen, durchstoßen Wolken.«

»Warum klappert der Karren nicht, obwohl er dahinrast wie Sturmwind?« Johannes brabbelte kaum verständlich, und Asmus ächzte: »Das Pferd brüllt, seine Adlerschwingen knallen! Herr im

Himmel, alles dreht sich. Nur der Stachel des Einhorns ... er ist scharf und spitz und jagt mir hinterher.«

»Ja!« rief Martin. »Es ist gedreht und kreiselt ... schimmerndes Elefantenbein. Und die Augen glühen wie Kohlen.«

»Die weiße Mähne flattert, Dampf faucht aus den Nüstern!« Amalie hob abwehrend die Arme und verzog das Gesicht. »Es kommt näher ... In der Ferne brüllt der Drache, windet den geschuppten Leib und breitet Lederflügel aus. Wild peitscht der Schwanz; wie eine zuckende Schlange.«

Je mehr sich die Königin mit dem Galgenmännchen verband, desto stärker erschien Martin ihre ungeheuerlich gefährliche Macht. Waren sie Wegbereiter für die geheimnisvolle Auffahrt der Seelen in den Himmel oder Steigbügelhalter fürs Einhorn, oder wollten sie nur zum Ritt auf dem Drachen verleiten? Zur anfänglichen Freude gesellte sich farbiges Licht und Musik. Sobald das Einhorn erschien, wurde es düster, und die Musik verwandelte sich in Hufschlag auf Sand. Je näher das Einhorn kam, um so mehr hatte Martin das Gefühl, in ein tiefes Loch, einen Brunnen ohne Halt, zu fallen. Am fernen Grund des Brunnens ringelten Schlangen, die Martin ihren Feueratem entgegenbliesen.

Tausende Skorpione hoben Tausende Stacheln, von denen grünes Gift troff, und Tausende Mäuler klafften. Männer wie Frauen, vom Teufel geschwängert, gebaren unter scheußlichen Qualen, laut brüllend und kreischend, Scheusale aus ihren Achselhöhlen; schleimige Köpfe endeten in scharfen Schnäbeln; an Schweifen glitzerten Stahlstacheln. Tote rannten ohne Kopf umher und zogen heraushängende Herzen am Boden nach. Sünder, in riesigen Kesseln gekocht, schrumpften zur Größe Neugeborener zusammen, wurden aus siedendem Öl gefischt und erreichten wieder normale Gestalt. Markus Kremer, kahlköpfig und mit Pferdegebiß, tappte sabbernd näher – Amalie schrie auf, und Martin wollte zugreifen, doch der Mann wurde zum Nebelstreif.

»Verderbtheit der menschlichen Natur!« kreischte ein Pfaffe, dem der Teufel bei jedem Wort den geschuppten Klöppel in den Hintern trieb. »Beschwörung von Dämonen und Engeln, Hexen, Zauberern und Geistern. Das Weltende und Jüngste Gericht sind nahe! Alleluja!«

Stinkende Dämpfe entstiegen Sümpfen, Glutsturm fauchte,

Schlemmer fraßen den eigenen Kot, Verschwender und Geizige erlangten keinen Besitz, obwohl er vor ihren Nasen hing. Gewalttätige ertranken in Strömen von Blut. Dämonen mit geschuppten Leibern hielten Frauen bei den Schultern gepackt, Schlangen wanden sich um nackte Körper, Köpfe saugten an schlaffen Brüsten, Kröten sprangen aus dem Schoß. Gerippe tappten mit klappernden Knochen herbei, manche in bleiches Tuch gehüllt.

Plötzlich schien sich das Reich der Toten in das der Lebenden auszudehnen, so daß sie einander austauschten wie Händler ihre Waren. Kälte kroch Martins Wirbelsäule hinauf, es kribbelte zwischen den Schulterblättern, immer wirrer wurden seine Gedanken, und Empfindungen wechselten in rascher Folge. *Ist die Erde nicht eine bluterfüllte Satansgrube, durchdrungen von seelischem Verhungern und Verdursten? Predigen die Pfaffen nicht jeden Tag vom Jammertal?*

Inbrünstiges Beten, mit der Wucht der ganzen Seelenqual: »Gott, erlöse uns von dem Übel, befreie uns von der vom Tode beherrschten Lebensweise!«

Martin glaubte eine Welt zu sehen und zu erleben, die irgendwo tief unter der Oberfläche lag und nur zu erreichen war, wenn sich die Seelen vom schwachen Fleisch trennten. Fern schien der eigene Leib, entrückt die Gesichter der anderen, deren leichenhafter Zug marmorn wirkte. Nur der Glanz in den Augen verriet, daß sie noch zu den Lebenden gehörten: Die Augen folgten Pfaden, denen der Körper nicht gewachsen war.

Vor Martin öffnete sich die Welt uralter Sagen; am heimischen Feuer flüsternd weitergegeben, breiteten sich verschwundene Reiche phantastischen Zaubers aus, wo Magier Menschen in Tiere verwandeln konnten, und Hexen, deren Haut dick eingesalbt war, auf Besenstielen ritten. Wenn sie Fäden, Gräten oder Nägel in Menschen schossen, gab das Schmerzen und Krankheiten – jeder kannte den *Hexenschuß!* Eiskalter Hauch zog lähmend durch den Raum. Martin sah die unsichtbare, andere Welt neben der greifbaren; Geister und Tote trieben ihr Unwesen, und die Kreaturen, die sie bevölkerten, waren Menschen, Tieren und Pflanzen zum Berühren nah. Die *Anderen* waren da!

Das Gefühl, alles treibe unaufhaltsam dem Ende zu, gewann in Martin erstickende Kraft. Dämonisches kroch durch Gassen, Wälder und über Felder, Wiesen und Weiden, glich kalt-feuchtem Nebel. Alles Schreckliche beruhte auf dem Wirken dieser Mächte, die keiner erklären konnte. Tod war der ständige Begleiter, Grauen und Verwesung überall. Alles stank, faulte, war Ausfluß und Ausdünstung böser Geschöpfe, die jeden, den sie wollten, in ihre Macht bekamen. Janns Worte steigerten sich in Martin Stockmanns Kopf zum Brüllen: *»Ist die böse Luft!«*

Nur langsam fand er zurück, sein Schädel dröhnte, und die Zunge glich einem pelzigen Fremdkörper. Johannes und Asmus lagen zusammengerollt vor der Feuerstelle, schnarchten mit offenem Mund, und manchmal zuckten ihre Glieder. Amalie sah hilflos umher, wankte und stützte sich auf Martins Schulter. Er umfaßte ihre Hüfte. Für Augenblicke, als er ihren Duft roch und den verschwitzten Leib spürte, fühlte er den Stachel wachsen und keuchte erregt. Amalie kicherte schrill und preßte ihre Brüste mit harten Spitzen an seine Seite. Sich gegenseitig haltend, krochen sie zum Strohlager. Martin merkte enttäuscht, daß sein steiles Fingerlin schrumpfte. Amalie rollte zur Seite, und er war zu erschöpft und ausgelaugt. Als er ihre Brust berührte, schlief er ein.

Im Traum tanzte Markus Kremer mit der fetten Lena, der Mund wuchs zur Pferdeschnauze, und die Ohren bewegten sich wie Fledermausflügel: *Wie eine Ausgeburt des Leibhaftigen!* Amalie, nackt an die Prangersäule gebunden, wimmerte und schluchzte. Martin wollte zu ihr eilen, konnte sich aber nicht von der Stelle rühren. Im Hintergrund schlürfte Johannes Speichel auf und entknotete die Schwänze des Rattenkönigs. Der Patriziersohn wankte zu Amalie, griff in ihr Haar und schlug sie ins Gesicht – da sprang der Schweißhund herbei, verbiß sich ins Bein und ließ auch nicht los, als Kremer aufheulend davonrannte und zum Zwerg wurde. Als riesiger *Roland* stand Asmus auf einem Podest, hob das Schwert und knurrte wie ein Bär. Mühsam rutschte Martin, dessen Kopf in eine Glocke verwandelt schien, von Müdigkeit und Schmerzen geplagt, zu Amalie und küßte ihre Zehen. Stacheln durchdrangen seinen Kopf, Übelkeit wühlte im Gedärm. Amalies Lachen hallte; schlank ragte ihre Gestalt auf, umhüllt von goldgelbem Haar wie ein Schleier, in dessen Gespinst sich Martin verfing. Er wehrte sich, kam aber nicht los. Die Fäden sponnen ihn ein, machten ihn bewegungslos, dann gab es nur noch das Lachen der Frau in undurchdringlicher Finsternis ...

Am Montag war der Himmel bedeckt. Dünner Regen fiel, und kühle Feuchtigkeit kroch durch Gassen, die düsterer als sonst wirkten. Das Wetter entsprach genau Martins Stimmung: Die Bilsenräucherung hatte ihm einen dröhnenden Kopf und wirre Träume beschert, an die er sich kaum erinnerte. Im Gegensatz zu ihm war Amalie von geradezu unanständiger Fröhlichkeit, als sie Jann half, den Gefangenen ihre Suppe zu bringen. Heinrich Kremer fieberte; die glänzenden Augen versprachen nichts Gutes.

Sofort nach Frühmesse und der zünftig Morgensprach in der Büttelei – die Kloakenleute waren eingeteilt und bestellt, die ersten Faßkarren sollten in der Nacht rollen – kam Christian Nageler mit den Bütteln Peter Brun und Lukas Steinanger, zerrte Rochus Grieswand aus dem Loch, und gemeinsam trieben sie ihn zum Rathaus auf der Langen Brücke. Grimmig stapfte Martin hinterher. Bürger warfen ihre Exkremente einfach vor die Tür; im letzten Augenblick wich er dem Inhalt eines Topfes aus und schlitterte auf rutschigem Boden.

Nicolaus Stulzing, der um die Ecke bog, fing ihn auf und verhinderte, daß Martin stürzte. »Grüß Euch, Blutvogt!« rief er. »Habt's wohl sehr eilig? Bei Regen wird alles zum grundlosen Morast, so daß Steckenbleiben als häufiger Grund fürs Zuspätkommen genannt wird, besonders bei Ratmannen und Schöffen.«

Martin lachte bitter. »Ist in jeder Stadt das gleiche, ich kenn's aus Braunschweig. Kaufmann Zirner hat aber erzählt, daß sie in Lübeck Straßen mit Feldsteinen versehen. Ob's was ändert?«

Stulzing wiegte den Kopf und grüßte Reitzenstein, in dessen Begleitung der alte Rathenow war, der auf den Sekretarius einredete: »... im Lübecker Hansearchiv festgehalten: *Am Tage Simonis und Judä 1347 waren bei den Karmelitern zu Brügge in dem Remter die gemeinen Kaufleute aus dem Römischen Reiche von Alemannien versammelt, um für die gemeinen Deutschen Satzungen und Gewohnheiten in einem Buche niederzulegen*... Die Hanseprivilegien wurden bestätigt, die handlungsfähige Genossenschaft der Kaufleute: freier Gastverkehr ist zugesichert, ebenso das Vorrecht, Versammlungen in Kontorhäusern abzuhalten. Selbständigkeit bei der Regelung innerer Angelegenheiten, Genehmigung zur Schaffung eigener Satzungen. Für die Doppelstadt wär's von Vorteil, wenn...«

Martin und Stulzing grinsten, als sie Reitzensteins flehenden Blick bemerkten, es aber tunlichst vermieden, ins Schwadronieren des Greises einzugreifen. Merklich langsamer folgten sie auf die Brücke. Unterhalb des Unterbaums entdeckte Martin auf der Spree Treidelkähne, die, von Pferden gezogen, von Spandau heraufkamen. Schafe blökten in der Ferne. Vor der Gerichtslaube wartete trotz des Wetters neugieriges Volk, das sich keinen Augenblick des Gerichtsprocederes entgehen lassen wollte. Den Vorsitz beim Prozeß gegen Grieswand führte Vogt Bartholomäus Surber. Zur Urteilsfindung standen ihm die sieben Schöffen zur Seite: Stulzing, Brole, Ryke, Kremer, Kurtzrock, Dreher und Lubbe. Aber auch die übrigen Ratmannen fanden sich nach und nach ein, ebenso Münz- und Mühlenmeister. Ratsmeister Wardenberg stützte Schuster Sternikkel, dessen Gesicht eine Fratze war: Trauer und Haß mischten sich zu einem Ausdruck, der Martin fast das Herz zerriß. In der Laubenmitte war die gewaschene und ins Leichenhemd gehüllte Tote aufgebahrt.

Über ihrem Sarg verkündete Ankläger Merkelyn Pletner: »Der Täter gestand die feige Bluttat ohne peinliche Befragung. In voller Absicht hat er jungfräuliches Leben verkürzt, deshalb soll auch sein Leben verkürzt werden. Das ist gerecht, so überliefert's das Heilige Buch. Der Verbrecher ist überführt. Qualvolles Sterben erwartet ihn zur Sühne und Wiederherstellung der Gerechtigkeit.«

Protokollarius Jakob verlas Rochus Grieswands *historia,* beschrieb derb den Tathergang, die Verfolgung und Ergreifung. Vogt Surber forderte die Schöffen auf, das Urteil zu sprechen. Ohne lange Disputation war man sich einig und teilte dem Vorsitzenden das Ergebnis mit, das er nickend zur Kenntnis nahm. Er stand auf und verkündete dem raunenden Bürgervolk: »Gemäß der Straftat ist der Grieswand Rochus mit dem Rade von unten auf vom Leben zum Tode zu bringen: Er wird *levendich up eyn rat gesatzt,* die Glieder *zerknirschelt* und den Raben zum Fressen gegeben, bis er tot sei. Hört, ihr Bürger: Ist mit dem Urteil dem Recht Genüge getan?« Er sah sich um. »Wie lautet die Antwort?«

»Ausgeächtet!« schrien die Leute.

Der Verurteilte brach zusammen, wimmerte und flehte um Gnade. Erst erboste Rufe der Menge ließen ihn verstummen. Einige forderten – zusätzlich zum ausgesprochenen Strafmaß – Hinausschleifen vor die Stadt, Kennzeichnung durch Brandeisen und Abhacken des Gemächts. Eine Verschärfung lehnten die Schöffen allerdings ab und schüttelten, als sie vom Vogt fragend angesehen wurden, den Kopf.

»Gerichtsschreiber: Somit ist der Grieswand Rochus dem Nachrichter zu unterstellen, der fürs Rad zu sorgen und dem Hochgericht alsbald seine Bereitschaft zu melden hat, und bis zur Vollstreckung ins Loch zu werfen. Die Hinrichtung wird beim Rabenstein vor den Mauern vollzogen ...« Surber ächzte und klopfte mit dem Stab auf den Tisch, daß Pergamentbögen aufwehten. »Nun zu den weiteren Punkten: Es hat geklagt ...«

Im Rathaus fanden sich einige Ratmannen zur stummen Andacht zusammen: Sie umringten und stützten den Schustermeister, dessen Gesicht grau und eingefallen war. Thomas Blankenfelde brachte eine Korbflasche mit Würzwein; gemeinsam flößten sie dem Trauernden einen Becher ein, den Rest verteilten sie und hoben ihre Becher zum Gedächtnis an die Tote.

Tile Wardenberg klopfte Sternickel auf die Schultern und sagte lispelnd: »Unser neuer Scharfrichter hat rasch und besonnen reagiert, nicht wahr, Ratmannen? Ohne die Bluthunde – wer weiß, ob der Mörder nicht entkommen wär?«

Zustimmendes Raunen erklang. Mühlenmeister Vockenrode nickte. »Nicolaus hat's mir berichtet. Die anderen rannten wehklagend und brüllend herum, sogar die Fähnlein wußten nicht recht, was tun, derweil Stockmann mit den Bütteln schon auf der Spur war.«

»Gab den Anstoß, hat alle mitgerissen.« Georg Sternickel schneuzte auf den Boden, wischte Tränen fort. »Ich versprech's: Wenn er dem Schelm das Gedärm rausreißt, bekommt er einen Schilling zusätzlich!«

»Recht so!« rief Blankenfelde und bekreuzigte sich, während Großhändler Otto Wins mit der Faust in die Hand schlug und ein mörderisches Funkeln in die Augen bekam. »Der Blutvogt wird dem Burschen tüchtig zusetzen, genau wie beim Grasdorf!«

Reitzenstein, groß, schlank und schwarzhaarig, blickte in die Runde, winkte dann Wardenberg und sagte leise: »Worauf wollt Ihr hinaus, Ratsmeister? Ich kenne Euch gut genug – Ihr sagt nichts ohne Hintergedanken.«

»Warten wir's noch ab, Sekretarius. Wir werden sehen, wie er sich macht, unser Blutvogt, und dann …«

Nachdenklichkeit blitzte in Reitzensteins braunen Augen auf, als Wardenberg den Satz offen ließ. *Tile heckt was aus, dessen bin ich sicher,* dachte er. *Er ist für Woldemar – hängt's damit zusammen? Wenn das Streiten weitergeht, Ratmannen verurteilt werden, bleibt's beim Nachrichter hängen. Mit den Kremerschen gab's fast schon Händel, das spricht sich schnell rum. Was aber hat Tile vor? Hat's doch sonst nicht so sehr mit gemeyn folk, obgleich er's gut verbirgt und bei vielen Zunftmeistern wohlgelitten ist.*

Wardenbergs Augen waren zu Schlitzen zusammengekniffen, als er eine vage Geste machte. »Zerbrecht Euch nicht den Kopf über ungelegte Eier, mein Freund. Ich halt nur die Augen offen und versuch die Leute nach ihren wahren Leistungen einzuschätzen.«

*Um sie dann nach Belieben vor den Karren zu spannen!* Reitzenstein nickte und wandte sich ab. Ihm mißhagte das Intrigenspinnen und der falsche Zungenschlag ebenso wie offene Gewalt, aber die Sehnsucht nach einem ruhigen Leben schien nicht befriedigt zu werden. Während im Hintergrund Sternickel schluchzte, dachte der Sekretarius an Frau und Kinder. *Markus und Magdalena – sie sind der Sonnenschein in meinem Leben!*

Martin ging, während die Büttel Grieswand zum Kerker zurückschleiften, zum Radmacher in die Schmiedegasse und bestellte, weil 's Urteil »mit dem Rade von unten auf« lautete, zwei Räder mit je neun Speichen: »Und macht's rasch, die Bürger wollen Blut sehen, Meister Bocke.«

»Zu Recht! Die Maria war ein liebes Kind. Ich versteh's jetzt noch nicht.« Der Radmeister, ein breitschultriger Mann, nahm den Auftrag ungerührt entgegen, wahrte aber Abstand zum Blutvogt. »Erspart Euch lange Erklärungen: Ist nicht das erste Mal, daß ich's mach. Kleines und großes Rad, die Naben gut gearbeitet, um den Speichen festen Halt zu geben. Ulmenholz, weil's hart und zäh ist. Ich geb's dem Schmied weiter, der die Räder beschlägt und beim kleinen scharfe Zacken anbringt.«

»Recht so, Meister Bocke. Schickt's zur Büttelei. Der Zimmerer liefert den Holzpfahl. Eineinhalb Klafter lang?«

»Genau.« Er räusperte sich und vermied es, Martin in die Augen zu sehen. »Ihr braucht Euch um nichts weiter zu kümmern. Wir kennen die Dringlichkeit und liefern zünftig Arbeit.«

»Habt Dank, und gehabt Euch wohl.«

Regen trommelte heftiger auf Schindel- und Strohdächer und verwandelte die Gassen in morastigen Pfuhl. Von Dachrinnen plätscherte es in Bächen, Lachen sammelten sich in Spurrillen und Weglöchern. Misthaufen dampften, Hunde schlichen mit gesenkten Köpfen umher, schüttelten sich, und nur die grunzenden Schweine schienen sich wohl zu fühlen. Martin rutschte über Schlamm, einzelne vermummte Gestalten huschten vorbei, die Kapuzen tief ins Gesicht gezogen. Er dachte an Jann Melchior; das schlechte Wetter würde dem Mann sehr zusetzen. Als Martin das Haus erreichte, war er naß bis auf die Haut, warf die Kleider in die Ecke und ließ sich von Amalie abtrocknen. Je länger das Unwetter dauerte, desto dunkler und verräucherter wurde es, der Rauch wurde in den Abzug zurückgedrückt. Kienspanlichter flackerten, Wind pfiff durch Ritzen, Rußfäden stiegen von Kerzenflammen auf und zerwirbelten in stickiger Luft.

Martin zog Amalie an sich, küßte sie stürmisch und fiel mit ihr aufs Stroh; beim Trockenrubbeln hatte sie sich auch jenen Körperteilen gewidmet, die gar nicht naß geworden waren.

Nicolaus Stulzing seufzte, reckte den hageren Körper und strich übers graue Haar. Das letzte Urteil war gesprochen: Thewis Schomecher hatte seinen Nachbarn Gorg Seyler beschuldigt, den Ehgraben zwischen den Häusern mit Stroh und Mist gefüllt zu haben, so daß kein Wasser abfloß; nach Zeugenaussagen, die Schomecher bestätigten, mußte Seyler zwei Schilling Strafe zahlen und wurde vom Vogt angewiesen, einen Monat lang als »Goldgräber« mitzuhelfen.

Böen trieben Feuchtigkeit in die Laube, so daß der Ratsmeister und Schöffensprecher den Nuschenmantel enger raffte. Während das Hochgericht die Anwesenheit aller Schöffen erforderte, reichten für geringere Sachen ihrer drei bis vier: Lubbe, Dreher und Kurtzrock waren aufgebrochen, als es zu schütten begann. Auch die meisten Bürger hatten es nach Grieswands Verurteilung eilig, nur Brügge lehnte noch am Pfeiler und rieb die knollige Nase, und Rathenow schlief auf einem Hocker in der Laubenecke. Während Jakob seine Aufzeichnungen vervollständigte und sich die restlichen Leute vor der Gerichtslaube zerstreuten, stand Kremer auf und warf einen Geldbeutel vor Surber auf den Tisch.

Stulzing stützte das Kinn auf die Hand und hielt unwillkürlich die Luft an, während Brole zustimmend nickte, Ryke den Kopf schüttelte und Jakob fast vom Stuhl kippte, so schnell fuhr er herum. Kremer sagte beherrscht: »Zehn Gulden, Vogt! Seid gnädig – mein Bruder ist gestern fast im Loch krepiert. Gestattet dem Todkranken noch ein paar Wochen in Freiheit, ehe er vor seinen *himmlischen* Richter tritt.«

*Er gibt nicht auf*, fuhr es Stulzing durch den Kopf. *Obwohl's den Vogt eher noch starrsinniger macht, nachdem er schon beim* ad perpetuos carceres *mit sich reden ließ, für zehn Gulden. Herr im Himmel, nimmt's denn kein Ende?*

Surber grunzte abfällig und rührte den Beutel nicht an. »Protokollarius« – er faltete die Hände vor dem Schmerbauch –, »wie lauteten die Anschuldigungen?«

Jakob kratzte sich mit der Feder hinterm Ohr und sprudelte hervor: »Lästerliche Worte, Aufforderung zum Aufstand und wüste Beschimpfungen, Anspucken des Markgrafen Woldemar, dann Mordversuch: zwei Scharwachen halb tot geprügelt, ein zerschmetterter Kiefer und …«

Kremer schob einen zweiten Beutel neben den ersten. »Fünfzehn Gulden!«

»Ich denk, das ist ein guter Ausgleich«, sagte Brole und rieb das kantige Kinn. Der Kirchenmeister der Doppelstadt stand auf Kremers Seite und hielt den Wittelsbachern die Treue. Obwohl er als Polterer galt – vor allem, wenn er getrunken hatte – und schon viele beleidigte, überstand er die Tage im Herbstmond unbeschadet, weil er *nit inheimisch* war, sondern mal wieder die zinspflichtigen Bauern ausquetschte. »Heinrich war angesehener Ratmann seit Jahr und Tag, hat immer das Wohl der Stadt im Aug gehabt und …«

»Wohl mehr den eigenen Beutel!« polterte Johannes Ryke und verzog die fleischigen Lippen. »Die Kremerschen scheffelten stets, wenn's von den Wittelsbachern Vergünstigungen gab.«

Wie zur Bestätigung sah der alte Rathenow auf und murmelte: »… bekennen in diesem Brief, daß wir um der Liebe und Treue unserer Bürger von Berlin und Cölln willen … alle ihre Lehen, all ihr Erbe, alle ihre Rechte, all ihren Besitz, geistlichen und weltlichen, alle ihre guten Gewohnheiten, alle die Gnaden und alles, was sie an Feldern und Marken, als dem Lande und in der Stadt zu Recht besitzen, bestätigt haben. So schrieb's Ludwig, Markgraf zu Brandenburg und Herzog zu Bayern, Anno 1328. Viel Zuwendung, weil's wegen des Kirchenbanns schlecht ging! War das ein Kreischen, als sie den Propst ...« – Übergangslos sank der Kopf nach vorne, und der Alte begann zu schnarchen.

Kremers wilder Blick wurde von Ryke ohne Regung zurückgegeben, und Stulzing dachte: *Wenn's ums Aufbrausen geht, nimmt's niemand mit Johannes auf. Da hält sich sogar Paul zurück; beim Handeln kann er einschmeichelnd sein, aber hier ist ihm kein Glück beschieden – bei Surber beißt er auf Mühlstein.*

Der Münzmeister öffnete den Mund, besann sich dann und sagte nichts. Stulzing sah Brügge an, daß er an den Neffen dachte, es aber vermied, sich zu seinem Fürsprecher zu machen. Es hätte das Blut nur noch mehr in Wallung gebracht: Beim Eingreifen für Kremer mußte es Vogt Surber weiter verstimmen, auf Surbers Seite verschärfte es den Zwist mit Kremer, der wegen der Münzverrufung schwelte. Wie er auch handelte, für Tyle Brügge war es von Nachteil.

»Ein Jahr, keinen Tag weniger – selbst wenn er morgen stirbt«, sagte Surber mit schnarrender Stimme, und als Kremer noch einen Beutel ziehen wollte, brüllte er: »Euer Schachern widert mich an, Schöffe Kremer. Geht mir aus den Augen, ehe ich mich vergesse. Bei Eurer und Eures Bruders Treue zum Wittelsbacher liegt's Wettern gegen Markgraf Woldemar auf der Hand und wohl auch der nächste Aufstand in der Luft! Das Urteil ist gesprochen, und dabei bleibt's! Haltet fortan Eure Zunge im Zaum, mein Lieber, sonst steht Ihr selbst vor den Schranken des Gerichts!«

Ächzend stemmte er sich vom Stuhl hoch, beachtete das Geld mit keinem Blick und verließ die Gerichtslaube, von Böen und Regen umfaucht. Kremer starrte wütend hinterher, zerbiß einen Fluch und raffte die Beutel zusammen. Arnold Brole legte Kremer mitfühlend die Hand auf die Schulter, auch der Protokollarius schien mit Surbers Härte nicht einverstanden zu sein und wiegte den Kopf. Während die Ratmannen über die Brücke eilten, dachte Stulzing betrübt: *Wie man's auch wendet: Heraus kommen Zwist und Händel!*

Ryke aber sagte deutlich: »Was Recht ist, muß Recht bleiben!

Hah! Soll er doch im Loch faulen.« Er hob die Schultern und sah Brügge offen an. »Auch wegen Eures Neffen, dieses Streithahns, ist's nicht schade – verzeiht's offene Wort, aber so bin ich nun mal.« *Bei ihm heißt ja auch ja, und nein ist nein.* Stulzing nickte. *Nicht nachtragend, aber wenn ihn was stört, gleicht's wildem Sturm.*

Der Münzmeister seufzte. »Ich heiße Wilkins Tat nicht gut, Schwiegervater, aber Blut ist dicker als Wasser. Im Augenblick kann ich nichts für ihn tun. Was soll's, vielleicht übersteht er ja das Jahr. Wird seinen Hitzkopf kühlen und ihm eine Lehre sein.«

Mißmutig, die Arme verschränkt, starrte er aus der Gerichtslaube, vor deren Bögen inzwischen alles hinter Wasserschleiern verschwamm. Nur Rathenows Schnarchen übertönte das Prasseln und Klatschen.

Bis zum Hinrichtungstag am 30. Launing regnete es wie aus Fudern. Die Menschen glaubten in Schwaden und Schatten bösartige Dämonen und Geister zu erblicken. Im Kerkerturm winselte und kreischte Rochus Grieswand ohne Unterlaß, brüllte sich die Kehle heiser – bis ihn Jann Melchior zusammenschlug, weil er das Heulen nicht mehr mit anhören wollte. Die Spree stieg und leckte fast an die Mauern. Kaum einer wagte sich vor die Tür, nur zu den Messen drängten die Bürger in Scharen, beteten inbrünstig und erflehten Gottes Hilfe und Beistand. Sturm peitschte Tropfen fast waagrecht, knietiefer Morast, in dem Tier wie Mensch steckenblieb, überzog Gassen und Straßen. Auf engstem Raum zusammengepfercht, von Rauch und Qualm umgeben, mühsam um Licht und Luft kämpfend, wurden die Menschen bösartiger: Weiber keiften schrill, Männer prügelten um sich, Kinder plärrten und quengelten und bekamen ebenfalls Hiebe. Die Rondengänger auf den Mauern bibberten, zogen Nuschenmäntel enger um die Schultern, bliesen in kalte Hände und fluchten – mehr oder weniger laut – vor sich hin. Bei diesem Wetter war an ein Säubern der Kloaken nicht zu denken: Jeder Wagen versank fast bis zur Nabe. Martin bedauerte es, konnte aber nichts anderes tun als abwarten. Choralgesang drang aus den Klöstern, mal lauter, dann wieder von Böen fortgerissen und leiser, und die Hübschlerinnen saßen mißmutig herum, weil Kundschaft ausblieb, während Fernhändler wie gefangenes Vieh durch ihre Hallen und Lager liefen. In der Nacht zum Mittwoch stürmte es so heftig, daß viele Bäume geknickt oder gar ausgerissen wurden, und bei etlichen Häusern fehlten am Morgen Schindeln oder war Rohrgeflecht zerfetzt.

Mehrmals räucherten sich Martin und Amalie mit Bilsenkraut ein und drangen in Gegenden vor, in denen Traum und Wirklichkeit verschmolzen. Gemeinsam betraten sie Haine von kaum in Worte zu fassender Schönheit, tanzten über Wiesen, deren Blütenpracht bezauberte und deren Düfte betörten. Nackt wie im Paradies kamen sie aneinander so nahe, daß sie, ohne Worte wechseln zu müssen, den anderen bis ins tiefste Innere fühlten und verstanden. Belse und Wollust des Fleisches versetzten sie in Ekstase, bis sie glaubten, eine einzige Seele in zwei Körpern zu sein.

Während es stürmte und aus Kübeln schüttete, taumelten sie auf Wellen von Glück und Zufriedenheit in selige Erschöpfung und störten sich auch nicht am Wasser, das durch Dachlücken in Eimer und Bottiche plätscherte. Nur Jann hustete sich fast die Seele aus dem Leib, und kein Aufguß half.

Als es aufklarte und die Menschen vor die Häuser drängten, schaffte Martin mit Johannes und Asmus alles notwendige Instrumentarium zum Rabenstein vors Oderberger Tor und wartete auf die Büttel, daß sie Rochus Grieswand brachten. Zögernd fanden sich auch erste Bürger ein, aber diesmal kam keine Jahrmarktstimmung auf: Der Verurteilte war ein Häufchen Elend und mußte zur Richtstätte gezerrt werden. Ihn erwartete kein schneller Tod, sondern qualvolles Sterben, das möglichst lange dauern sollte. Entsetzt starrte er aufs Rad und den Pfahl, vor Angst gelähmt. Schweiß troff ihm vom Gesicht, die Augen quollen über, und Schleim rann aus Nase und Mund. Martin schaute angewidert weg, der markgräfliche Vogt winkte ungeduldig und zischte: »Fangt an!«

Johannes band Grieswand an die Richtpflöcke, Asmus hob das kleine Rad bis auf Kopfhöhe und schmetterte es mit aller Kraft dicht unters Knie – Grieswand brüllte schon, ehe die Zacken trafen und das Bein *zerknirschelten*, der Schrei schlug aber ins Wahnwitzige um, als die erste Schmerzwelle durch den sich aufbäumenden Körper schoß. Wieder hob Asmus, das Gesicht starr, das Rad und ließ es auf das andere Bein krachen. Zaghaft klang nach dem

Schmerzgebrüll Jubel auf, einige Zuschauer klatschten. Zwei Schläge folgten, einmal rechts, einmal links, dann waren Grieswands Beine völlig zerbrochen, das Fleisch zerfetzt und die Haut zerrissen. Asmus gab das Marterwerkzeug an Johannes weiter, der mit vier Schlägen die Arme des ohne Unterlaß Kreischenden zertrümmerte.

Kälte durchzog den Blutvogt, alles Gefühl erstarb. *In anderen Landesteilen, in Memmingen und Nördlingen, ist das Rädern noch schlimmer. Fünfzigmal müssen die Scharfrichter dort das Rad stoßen, nicht nur die festgelegten neun wie in Berlin. Oft werden die Verurteilten anschließend sogar dekolliert, die Eingeweide aus dem Leib gerissen und der verstümmelte Leib wird aufs Rad geflochten.*

Ans Ende des langen Pfahls gesetzt, wurden die Toten als Vogelfraß dargeboten.

Ohnmacht hatte die Schreie verstummen lassen: Asmus goß einen Eimer Wasser über Grieswand, der keuchend und wimmernd erwachte und mit blutunterlaufenen Augen umherstierte. Gellend kreischte er, als Martin das Rad hob, um den letzten Stoß auf den Brustkorb auszuführen. Auch das würde den Mann noch nicht umbringen, genau wie es der Richterspruch gebot.

*Man will, daß der Verurteilte möglichst lange lebend am Rad hängt, für jedermann sichtbar.* »Für dich ist das Schwert wirklich zu schade!« Martin ächzte. »Elender Mörder!«

Er sah Maria Sternickel vor sich und donnerte das Rad kraftvoll nieder, so daß die Rippen splitterten. Das Krachen wurde vom Gebrüll übertönt. Erst jetzt johlten und jubelten die Zuschauer, am lautesten Georg Sternickel: Er winkte Martin mit einem Geldbeutel. »Ein Schilling, Blutvogt, fürs zerfetzte Gedärm!«

Grieswand verlor das Bewußtsein, während Asmus und Johannes den Körper von den Pflöcken banden und die verrenkten und zerschmetterten Glieder aufs große Rad flochten: Wie Pflanzentriebe durch Sprossen zogen sie Arme und Beine zwischen die Speichen und knüpften Knoten in Hanfstricke. Martin sah nun den Augenblick gekommen, das Opfer von seinen Qualen zu erlösen. Er tat, als helfe er den Schinderknechten, die unbewegten Gesichts ihr Flechtwerk fortsetzten, klemmte Grieswands Kopf zwischen die Oberschenkel und erdrosselte ihn – ohne daß es die Zuschauer bemerkten – mit einer dünnen Schnur. Johannes, dem Martins

Griff nicht entging, nickte unmerklich, dann setzte er mit Asmus das Rad auf den Pfahl.

Martin sah aus zusammengekniffenen Augen zum Schustermeister, dachte ans Geld und zog das Abdeckermesser. Kraftvoll stach er zu und zog einen Schnitt von der Brust bis zur Scham: Entsetztes Kreischen erklang, als Gedärm vorquoll und die Schinderknechte den Pfahl aufrichteten; es ruckte, als er im Loch verschwand, und Grieswands Glieder bebten – so als lebte er noch –, während sie den Pfahl verkeilten.

Weithin sichtbar hing der zerschundene Leib zwischen Speichen, Blut tropfte aus Wunden, aus denen Knochensplitter ragten. Kein Jubel kam mehr auf. Zuschauer bekreuzigten sich, andere blickten, von Frösteln gepackt, ängstlich nach oben. Kinder hatten bleiche Gesichter. Nur einige Betrunkene grölten, als die erste Krähe auf Grieswands Brust landete und wild zu hacken begann.

Mit ausgestreckter Hand blieb Martin vor Sternickel stehen und sah ihn an, ohne ein Wort zu sagen. Des Ratmanns Gesicht wurde zur Fratze, als er den Beutel übergab und dem kalten Blick auswich; beim Umdrehen stolperte er über die Schnabelschuhspitzen und rannte dann davon wie vom Leibhaftigen verfolgt.

Besorgt blickte Sigismund Vockenrode am Walpurgistag zum Oberbaum und stemmte die Fäuste aufs Geländer des Mühlendamms: Treibholz und schlammverkrustetes Geäst hingen zwischen den Balken, weißbraun schäumte Spreewasser durch Lücken. Zwei Kähne lagen vor dem Rundturm an der Paddengasse, Männer versuchten mit Stakstangen die Barriere aufzubrechen.

»Auch die Mühlgerinne sind verstopft«, sagte Müller Engelbert Molner rauh. »Wir schaffen's fort und können die Absperrungen im Damm öffnen, aber das da ...«

Auf Johannes Rykes Glatze perlte Schweiß, in den Augen des Cöllner Ratsmeisters standen ebenfalls Sorge und Furcht. »Die Spreegrabenschleuse ist offen, um besseren Abfluß zu schaffen. Wenn's sich allerdings oberhalb staut – nun, hoffen wir, daß die Schiffergilde was erreicht.«

Vom Holzstapelplatz am Cöllner Ufer legte ein Floß ab, drehte sich halb und prallte gegen den Oberbaum. Männer gingen in die Knie, fingen sich wieder und machten sich daran, Angeschwemmtes fortzuräumen. Entlang des Mühlendamms hoben ein Dutzend Knechte Haken, um das Treibgut aus der Spree zu fischen, ehe es Damm oder Mühlen beschädigen konnte.

Baumeister Clauß Dreher runzelte die Stirn. »Sie sollen vorsichtig sein: Das aufgestaute Wasser besitzt fürchterliche Kraft, wenn's durchbricht.«

Noch immer trieben Wolken über den düsteren Himmel, nur vereinzelt brach die Sonne durch und warf spitze Dreiecke von fahlem Licht, während die Ränder der Öffnungen, wie von flüssigem Gold übergossen, aufglommen.

»Wissen wir.« Göbel Wirth, Meister der Schiffergilde, rieb die Hakennase und verzog das schmale Gesicht. »Trotzdem müssen wir's jetzt versuchen. Später wird es noch gefährlicher.«

»Richtig!« sagte Ryke, stöhnte und winkte der Floßmannschaft. »Vorsicht, Leute!«

Fast gleichzeitig entdeckten auch Molner und Vockenrode den antreibenden Baumstamm, brüllten Warnungen und wedelten mit den Armen. Einige Männer auf dem Floß sahen auf, die anderen schafften es so eben, eine Lücke ins Geäst zu brechen – Wasser sprudelte und fauchte im hohen Bogen.

Wirth keuchte: »Allmächtiger!«

Im nächsten Augenblick rammte der Baumstamm das Floß, ein Mann wurde von Zweigen getroffen und klatschte ins Wasser. Auch die anderen verloren den Halt, wankten, das Floß schwang im Viertelkreis herum und prallte gegen den Oberbaum. Weil Balken brachen und Holzsplitter durch die Luft flogen, öffnete sich die Lücke noch mehr, und das Krachen und Bersten wurde ohrenbetäubend.

»Lauft! Weg hier!« schrie Dreher, stieß einen Knecht an und rannte in Richtung Berliner Ufer, gefolgt von Ryke. »Das gibt ein Unglück!«

Das Floß versank halb, vom rauschenden Sturzbach mitgerissen, und weitere Männer stürzten in die Spree. Gurgeln, Splittern und entsetzte Aufschreie mischten sich. Verbindungstaue rissen mit lautem Knallen, zwei Balken des Floßes schwangen hoch und katapultierten eine Gestalt in die Luft. Die Knechte und Ratmannen auf dem Mühlendamm standen starr, sahen, daß sich das Floß langsam drehte und den Zusammenhalt noch mehr verlor. Männer klammerten sich an Balken, schrien entsetzt, keuchten und spuckten Wasser.

»Bringt euch in Sicherheit!« Drehers Brüllen beendete die Erstarrung, die Männer ließen Haken und Stangen fallen. »Schnell, schnell, schnell!«

Vom durchbrechenden Wasserschwall getrieben, raste das Floß auf den Mühlendamm zu, zwei Knechte sprangen im letzten Augenblick zur Seite, dann gab es nur noch ein fürchterliches Donnern und Dröhnen: Stämme bohrten sich wie riesige Lanzen in den Dammhang, das Floß stieg in die Höhe. Geländer zerfetzte, Balken brachen unter der Wucht wie dünne Späne, Reste einer Absperrklappe flogen klafterweit, gefolgt von Bruchstücken eines Mühlgerinnes und Erdbrocken.

Göbel Wirth wurde getroffen, riß die Arme hoch und rollte über den Boden. Der Mühlenmeister duckte sich, wich zur Seite aus und starrte aus weitaufgerissenen Augen umher; sein Wimmern wurde von den übrigen Geräuschen übertönt.

Im wilden Schäumen und Toben kämpften die Männer der Schiffergilde, versanken, von Trümmern herabgedrückt, in den Fluten, kamen ächzend wieder hoch oder klammerten sich an Stämme oder den Mühlendamm. Hüfthoch brandete Wasser über die Dammebene, zerrte Vockenrode mit, der hart gegen die Wand prallte, und umgischtete das Gebäude der Mittelmühle. Splitter, geformt wie Armbrustbolzen, durchbohrten Flechtwerk, und Bohlen brachen. Vom breiten Staber-Mühlrad, in schnelle Drehung versetzt, kam ein schrilles Kreischen, dann schossen zwei Floßstämme durchs Mühlgerinne: einer verkantete sich und durchbrach die Dammbrückenbohlen, der andere zerschmetterte Schaufeln. Trümmer wirbelten hoch in die Luft, ein Bruchstück des Stammes wurde mitgezerrt, stellte sich hochkant und polterte gegen die Mühlenwand, die halb eingerissen wurde. Die reißende Flutwelle floß ab, und für Augenblicke wurde es bestürzend still...

Martin, der mit Schinderknechten, Bütteln und Kloakenleuten in der Büttelei am Alten Markt die nächtlichen Fuhren der Faßkarren besprach, hob irritiert den Kopf, als das Krachen erklang. Lautes Kreischen, Schmerzgebrüll und Hilferufe gellten plötzlich durcheinander. Die Männer stürzten vor die Tür, sahen sich um, und Christian rief: »Kommt vom Mühlendamm!«

Leute rannten durcheinander. »Ein Unglück! Schrecklich!«

An der Spitze der Büttel, neben sich die kräftige Gestalt von Asmus, lief Martin am Mühlenhof vorbei und wurde von Entsetzen gepackt, als sie den Mühlendamm erreichten: Wirr geschichtete Trümmer bedeckten ihn bei der Mittelmühle, die Spree schäumte durch die Lücke. Gestalten trieben reglos im Wasser oder klammerten sich, um Hilfe brüllend, an Stämme. Überall schwamm Holz, Geäst, und die Spree gurgelte und schäumte. Viele Männer waren verletzt, das sah Martin auf den ersten Blick: Brüche, Platzwunden, Stauchungen, Quetschungen.

*Hoffentlich keine Toten!* Während die Büttel einander ratlos und erschüttert ansahen, rasten in Martins Kopf die Gedanken. *Helfen, heilen... Was zuerst tun? Ruhe! Bleib besonnen!*

»Lukas!« rief er. »Lauf zum Kerker. Amalie soll meinen Schnappsack bringen, schnell! Anschließend... Hhm, das Heiliggeisthospital, ja! Dort sollen sie viel Wasser heiß machen, Leinenstreifen auskochen. Dann rennst du zum Schreiner, schaff mit ihm dünne Bretter herbei, wegen der Brüche. Hast du alles verstanden? Lukas!«

Der kleine Mann atmete stoßweise. »Amalie, Hospital, heiß Wasser, Bretter. Ja, Blutvogt.«

»Dann nimm die Beine untern Arm, Mann!« Martin sah sich um. Johannes Ryke kniete am Dammgeländer und schüttelte immer wieder den Kopf; ein Schnitt reichte quer über die Glatze. Neben ihm stand Clauß Dreher, die Arme auf die Schenkel gestützt, wirrer Glanz in den Augen. »Asmus, Christian – zieht die Männer raus. Ihr anderen, helft, steht nicht wie Salzsäulen da.«

Schon eilten Bürger herbei; viele blieben stehen, die Gesichter verzerrt, Hände vor den Mund gelegt. Schreie und inbrünstiges Beten klangen durcheinander. In vielen Augen entdeckte Martin Neugier, Freude am Schauder des Entsetzens. Eine Frau kreischte mit sich überschlagender Stimme, andere rissen an den Haaren, setzten zum Wehklagen an. Johannes zwängte sich humpelnd zwischen Männern durch, schüttelte den Glatzkopf und verzog die schiefe Lippe.

*Überblick, Ruhe, klar denken!* Martin atmete tief durch, bemerkte das Zittern der Finger und ballte die Hände zu Fäusten. »Johannes, halt die Leute zurück. Herr Ryke, helft ihm, auch Ihr, Herr Dreher! Wir brauchen Karren und freien Weg. Los, tut was!«

Der Cöllner Ratsmeister schien aus einem Traum zu erwachen, nickte zögernd. Martin stieß zwei Knechte an und wies zur Unglücksstelle. Dort wurden die ersten Verletzten auf den Damm gezogen oder schafften es aus eigener Kraft, sich hochzuziehen. Während Martin losrannte, hier stehen blieb, um die Verwundung zu visitieren, dort einem Mann hilfreich unter die Arme griff, als dem die Beine einknickten, begann Ryke mit polternder Stimme Anweisungen zu geben und übertönte Schreie und wirres Raunen. Nach erstem Umsehen fand Martin zu kühlem Blut zurück: Niemand war umgekommen, es gab zwar viele Wunden, aber keine schien – obwohl zum Teil heftig blutend – lebensbedrohlich zu sein. Er half Vockenrode, der von Schnitten übersät war, aufstehen und gab ihn an Asmus weiter, der dem Mühlenmeister den Arm um die Schulter legte. Peter Brun und Dietrich Stüber schleppten Verletzte, die hinkten und stöhnten, in Richtung Berlin, legten sie ab und hetzten zurück.

»Es ist gräßlich«, keuchte Christian, der neben einem vor Schmerz Brüllenden kniete, dessen Arm sonderbar verdreht aussah. Einem anderen Mann war halb das linke Ohr abgerissen; er starrte ungläubig aufs Blut, das auf seinen Arm tropfte. »Martin, ich...«

»Nimm dich zusammen!« Martin zählte ein Dutzend Verwundete; viele Männer der Schiffergilde troffen vor Nässe und zitterten, die Kleider zerfetzt, aber offenbar waren sie mit dem Schrecken davongekommen. Zwei Beinbrüche sahen allerdings sehr schlimm aus, und mehrere Leute hielten sich gebrochene Rippen, gequetschte Arme oder zogen Splitter aus Wunden. »Wo bleiben die Karren? Herr im Himmel, macht schnell!«

Endlich rumpelte der erste Wagen herbei und wurde mit Verwundeten beladen. Martin bemühte sich, ihr Ächzen und Brüllen zu überhören, und wandte sich an Ryke: »Sorgt hier für Ordnung, ja? Wir bringen sie zum Hospital. Schickt die anderen Karren ebenfalls dorthin. Kommt dann auch, ich kümmere mich später um Euren Schnitt.«

»Verstanden.« Ryke hob die Schultern und betrachtete das Blut an der Hand, mit der er über den Kopf gestrichen hatte. »Zuerst die, die's bös erwischt hat.«

Martin winkte Asmus und den Bütteln, der Karren ruckte an. Während die Felgen tiefe Furchen in den aufgeweichten Boden schnitten, die Umstehenden fast widerwillig Platz machten, von Asmus und Dietrich auseinandergetrieben, lief Martin schon die Mühlengasse entlang und erreichte kurz darauf, nach Atem ringend, das Heiliggeisthospital. Im Hof und zwischen den angrenzenden Gebäuden rannten Nonnen und Knechte, aufgeregte Rufe gellten. Inzwischen erklangen sämtliche Kirchenglocken, ferne Stimmen mischten sich zum Brausen, das die ganze Doppelstadt einhüllte.

*Bald werden auch die Quacksalber, Scharlatane und Bader kommen,* dachte Martin und entdeckte Amalie. *Und viele Neugierige herumstehen, dazwischen kreuzschlagende Pfaffen ... Ihr Nothelfer und Heiligen: Gebt mir Kraft!*

Mit ausdruckslosem Gesicht gab Amalie Anweisungen: Männer legten Platten auf Schragen, Frauen zerrissen Tuchbahnen und warfen sie in Wasserkessel. Auf einem Tisch lag der Schnappsack. Martin durchwühlte Dosen, Töpfe, Behälter, sah einen Augenblick ratlos in die Ferne und reckte dann entschlossen die Schultern.

Amalie legte die Hand auf seinen Arm. »Schlimm?«

»Ja«, antwortete er. »Mehr als ein Dutzend.«

»Du wirst es schaffen!«

Er nickte, sonderbar betäubt; ihre Zuversicht half ihm mehr, als sie vielleicht ahnte. Martin nahm Amalie in den Arm und drückte sie an sich, dann drehte er sich entschlossen um. Mit ihrer Hilfe band er sich eine Schürze um, wusch Hände und Arme mit heißem Wasser und wies eine Nonne an, Wein zu bringen. Auf einen Tisch gestützt, schloß Martin die Augen, und es gelang ihm, ganz ruhig zu werden, bis der Karren durchs Portal rumpelte und Asmus mit Dietrich den ersten Mann hereintrug. Amalie rührte Theriakbrei an, Martin legte dem Verwundeten einen in Bilsenkrautwasser getunkten Lappen auf Mund und Nase und schnitt Beinlinge und Tunika auf: viele große und kleine Schnitte, eine Platzwunde auf der Stirn, der linke Unterarm gebrochen. Martin wischte Schlamm und Holzteilchen fort, goß Wein über Hautrisse und Kratzer, bekam von Amalie, die stets an seiner Seite blieb, einen auf die Nadel gezogenen Faden gereicht. Der Schiffer stöhnte, als Martin mit dem Nähen der Platzwunde begann. Kurz darauf kam Lukas mit einem kräftigen Mann in grauer Schürze und schleppte Brettchen herbei. »Richtig so?«

»Ja.« Martin sah nur kurz auf, verknotete den Faden, tupfte Wunden ab, schmierte Salbe auf, wickelte Leinwandstreifen um den Arm. »Dietrich, festhalten!«

Es knirschte, als sie den Bruch richteten, und der Mann verlor, nach einem Aufbäumen, das Bewußtsein. Mit Lukas' Hilfe wurden die Brettchen angelegt und festgebunden. Martins Stirn war schweißbedeckt, der nächste Beinbruch erforderte seine ganze Kraft. Überall war Blut, Schreie brachen ab und hoben von neuem an. Immer mehr Verwundete wurden gebracht. Kleidung, ratschend aufgerissen, flog zur Seite, blutgetränkte Tücher folgten. Hasten, Brüllen, scharfe Anweisungen, das durchdringende Knirschen, wenn Knochen gerichtet wurden. Die Zeit verging wie im Sturm, Martin verlor jedes Gefühl für sie. Beulen, Schnitte, weitere Brüche. Er nähte und verband Rykes Kopfwunde, half Vockenrode und dem Meister der Schiffergilde. Klaffende Hautfetzen, von Splittern durchsetzt, blau verfärbte Quetschungen, nur noch an Sehnen hängende Finger, halb ausgebrochene Zähne, eine zerschmetterte Nase: Martin wankte wie im Belserausch von Tisch zu Tisch, stieß einen Pfaffen zur Seite, der im Weg stand, der Blick entsetzt, fuhr dann eine Frau barsch an, die sich über ihren ohnmächtigen Mann geworfen hatte und sich an ihn klammerte, und schlug einem Quacksalber die Faust ins Gesicht, weil dieser ein Gemisch aus Spinnweben und Asche auf eine Brustwunde packen wollte. Der Mann taumelte zwei Schritte und riß eine Nonne halb zu Boden, bevor er von Asmus im Nacken gepackt und wortlos zum Ausgang geschleift wurde.

Ein Mann, der sich stöhnend die Rippen hielt, bekam von Martin einen festen Brustwickel angelegt. Dann wandte sich der Blutvogt einem Schiffer zu, dessen Unterarm vom Ellenbogen bis zum Handgelenk aufgerissen war, zog drei Splitter und säuberte die Wunde. Eine Nonne reichte Martin Nadel und Faden; mit raschen Stichen heftete er die Verletzung zusammen, nahm Leinwand und verband das aufgelegte Polster, ohne sich vom Keuchen des Mannes irritieren zu lassen. Für Augenblicke hatte Martin den Eindruck, neben sich selbst zu stehen, gar nicht der zu sein, der hier handelte und sich um die Verletzten kümmerte. Jemand reichte ihm einen Becher; er trank wie ein Verdurstender, wischte Schweiß und Blut von der Stirn. Ein Bader, der Haarsträhnen in eine Wunde legen wollte, bekam von Martin einen Tritt ins Kreuz, der den Bader auf die Tischplatte schmetterte. Wieder war Asmus zur Stelle und schleifte den lauthals Keifenden aus Martins Reichweite, der aus blutunterlaufenen Augen umhersah und zwei Nonnen zurückweichen ließ.

»Man ist der festen Ansicht, daß zur Heilung einer Wunde die Eiterung gehört.« Bruder Michael, plötzlich neben Martin stehend, sprach betont beiläufig. »Was haltet Ihr davon, Blutvogt?«

»Wenig.« Martin sah auf und seufzte. »Erwartet Ihr eine ernsthafte Antwort?«

Der Mönch lachte und wiegte den Kopf. »Es gibt Mediziner, die der Ansicht sind, daß Schwachsinnige – in turmartigen Verliesen wie Vieh gehalten, vom Volk Narrentürme genannt – am besten behandelt werden, indem man ihnen mit Brandeisen heftige Schmerzen zufügt. Nur durch das Schreien kann sich, wie sie sagen, eine Heilung einstellen. Vielleicht sollte man die Behandlung mal an den Quacksalbern und Scharlatanen selbst ausprobieren?«

»Kein schlechter Einfall, scheint mir.« Jetzt lachte Martin ebenfalls, kurz und rauh. »Ihr habt Humor, Mönch. Helft Ihr, die Kerle fortzuschaffen, ehe sie noch größeres Unheil anrichten können?«

»Natürlich. Ruht Euch etwas aus.« Michaels Augen glitzerten respektvoll auf, dann wandte er sich ab und winkte zwei Brüdern in grauen Kutten. »Macht Platz, ihr Leut. Heh, du, laß die Finger von dem Mann, du ...«

Für Augenblicke hörte Martin nur Rauschen, funkendurchsetzte Dämmerung waberte vor seinen Augen. Er schüttelte den Kopf, eine Hand legte sich auf seine Schulter. »Ich bin Heinrich Nabel«, sagte jemand, dessen Gesicht Martin nur allmählich erkannte: hager, runzlig, anstelle des rechten Auges eine Schnittnarbe, die von der Nase bis zur Schläfe reichte. »Ihr solltet Euch hinsetzen, Blutvogt, die meiste Arbeit ist getan. Verbinden können auch die Weiber.«

»Ah!« Martin nickte. »Ihr seid der Apotheker?«

»Stimmt. Falls Ihr mal Salben und so braucht: Kommt zu mir.« Er leckte die Lippen und räusperte sich, wiegte mißbilligend den Kopf. »Ich hab Euch beobachtet und gesteh's ganz offen: Bei vielem, was Ihr macht, sträubt's mir das Haar. Aber wenn es den Leuten helfen sollte ...«

»Bereden wir's ein andermal. Ist es nicht die rechte Zeit.« Im

Hintergrund sah Martin erschöpft über einem Tisch gebeugte, besorgte Ratmannen; Wardenberg beobachtete ihn aus zusammengekniffenen Augen, Markus und Paul Kremer tuschelten miteinander, Stulzing lächelte aufmunternd und winkte. »Ich fühle mich ganz schwach und bin ... müde und ...«

»Ihr wankt ... Stützt Euch auf mich!«

Bruder Michael, einen Becher in der Hand, kam hinzu und befahl: »Trinkt das, Mann. Keine Widerrede! Ihr habt für heut genug getan.«

Martin nickte kaum merklich und bekam den Becher an die Lippen gesetzt; Würzwein, versetzt mit Kräutern. *Bestimmt ist auch Belse darunter,* dachte er. Er schwankte und wurde von den Männern gehalten. Nur am Rande bekam er mit, daß Michael Asmus zu sich rief und mit ihm flüsterte. Dann wurde er auch schon fortgetragen, und das Schaukeln ging über in traumlosen Schlaf, bevor sie den Kerkerturm erreichten und Asmus den Blutvogt aufs Strohbett legte.

## V.

*Die verschiedenartigen und oft recht edlen Kräuter und Pulver,*
*wie auch Gewürze aus edlen Pflanzen, werden einem gesunden*
*Menschen nichts nützen, wenn sie ohne feste Anordnung zu*
*sich genommen werden; viel eher bringen sie ihm Schaden,*
*und zwar dadurch, daß sie sein Blut austrocknen und sein*
*Gewebe abmagern lassen, weil sie ja nicht jene Säfte in ihm*
*vorfinden, an denen sie ihre spezifischen Kräfte ausüben*
*könnten. So fördern sie weder die Kräfte des Organismus,*
*noch lassen sie sein Gewebe gedeihen, vermindern vielmehr nur*
*die schlechten Säfte, denen sie entgegenwirken. Wenn sie aber*
*von jemandem genommen werden, dann soll dies mit aller*
*Umsicht und nur im angebrachten Falle geschehen. Die Mittel*
*sollen mit Brot oder auch in Wein oder mit einer anderen Speise-*
*zutat, nur ausnahmsweise nüchtern, eingenommen werden.*
*Im anderen Falle beengen sie beim Genuß die Brust und*
*schädigen die Lunge, machen auch den Magen schwach, wenn*
*sie in ihn hineinfallen, indem sie ohne Zutat genommen werden.*
*Wie nämlich der Staub der Erde dem Menschen, der ihn*
*schlucken muß, schadet, so führen auch diese sinnlos gebrauchten*
*Mittel dem Menschen mehr Schädliches als Nützliches zu.*
*Deshalb sollen die Gewürze hauptsächlich mit oder nach der*
*Mahlzeit aufgenommen werden, weil dann die Speisesäfte sie*
*verdünnen und den Organismus fähig machen, sie zu verdauen.*
CAUSAE ET CURAE; Hildegard von Bingen

## 2. Weidemond, Anno Domini 1349

Schon bei den Frühmessen war das Unglück in aller Munde, und die
Pfaffen dankten Gott für den glimpflichen Ausgang, ermahnten
deshalb aber um so mehr zu Demut und Umkehr. Überall blieben
die Bürger stehen und disputierten, während Fischer ihren Fang
feilboten, Mägde und Knechte umhereilten und Krämer Tücher
über Scharren spannten. Raunen mischte sich mit Geläut, from-
mem Klostergesang, Hämmern, ratternden Wagen und Taubengurren. In die Stadt kommendes Bauernvolk erfuhr die Neuigkeiten,
und Leute liefen am Mühlendamm zusammen, um die Trümmer zu
bestaunen.

Vor dem Kerkerturm fanden sich Frauen ein und dankten für die Behandlung ihrer Männer, überbrachten Geschenke oder gelobten Dankgebete zu sprechen; Hühner flatterten bald neben dem Kerkerturm, in Körben stapelten sich Eier, Brot, Schinken, Speck und Butter. Auf Krücken, Köpfe und Brust verbunden, Arme in Schlaufen und mit zum Teil blutgetränkten Wickeln kamen Verunglückte mit Vertretern der Schiffergilde, angeführt von Göbel Wirth, und schlossen sich nach der Morgensprach den Danksagungen an. Nur zwei Männer, deren Beine und Rippen gebrochen waren, lagen noch im Hospital. Von Asmus, Johannes und ihrem Bruder unterstützt, erneuerte Amalie Verbände, verteilte schmerzstillende Kräuter und Säfte und schüttelte wiederholt den Kopf, konnte gar nicht recht fassen, was geschehen war: In der Stunde der Not handelte sie, ohne nachzudenken, angespornt von Martins Vorbild und Kraft. Der schlief noch immer, vom Trank betäubt, den Schlaf der Gerechten.

Lange hatte Amalie in der Nacht neben ihm gesessen, sein Haar gestreichelt und einen süßen Schmerz in der Brust verspürt. Plötzlich war sie sich sicher gewesen, daß ihr Schicksal unauflöslich verknüpft war; Gottes Fügung hatte sie zusammengeführt, und nichts sollte sie mehr trennen. Leise weinend hatte sie sich an Martin gekuschelt und war dann ebenfalls eingeschlafen, während nebenan Johannes und Asmus, die nicht mehr zur Abdeckerei hinausgegangen waren, grunzten und sich unruhig auf dem Stroh wälzten.

Als Kaufmann Zirner, die Ratsmeister Stulzing und Wardenberg und sogar Bruder Michael vorbeischauten, um sich nach Martins Befinden zu erkundigen, hatten sich auch die ersten Bittsteller unter die Besucher und Neugierigen gemischt. Vorerst noch scheu, wurden sie bald zudringlicher, so daß die Büttel, von Christian Nageler zusammengerufen, vor dem Haus Aufstellung bezogen und alle barsch abwiesen. Viele Leute waren der Meinung, daß eigentlich kein anderer mit kranken Körpern und Gebrechen besser umzugehen verstand als der Henker: Abgeschreckt von den Behandlungsmethoden unfähiger Barbiere, Sauschneider und großsprecherischer Quacksalber, überwanden sie sogar die Scheu vor dem Scharfrichter. Daß die so Gemiedenen keineswegs mit Begeisterung reagierten, lag auf der Hand.

*Dem ist gleich Einhalt zu gebieten,* dachte Tile Wardenberg, als er später zum Mühlendamm ging, wo sich die Ratmannen treffen wollten, um die Schäden genau zu visitieren. *Es dürfen keine Verleumdungen und Gerüchte laut werden! Denn ich hab Stockmann offenbar richtig eingeschätzt. Das hat der Doppelstadt bislang gefehlt: Ein* Hospitalmeister, *der was von der Sache versteht!*

Sein Plan nahm langsam klare Gestalt an, schon bald würde er ihn den anderen Ratmannen vortragen können. Noch einige wohlgesetzte Bemerkungen, dann würde es sein wie Fallobst: Er brauchte die Früchte nur aufzulesen. Und Stockmann, zum Dank verpflichtet, blieb dann in seiner Hand, konnte gleich einem folgsamen Gaul in diese oder jene Richtung gelenkt werden. Wardenberg lächelte zufrieden; wieder einmal schien es ihm gelungen zu sein, viel weiter zu denken, als sich die anderen es sich überhaupt vorzustellen vermochten. Daß Reitzenstein ein mißtrauisches Gesicht zog, tat dem keinen Abbruch. *Auch der Sekretarius ist zu überzeugen, zumal er auf des Blutvogts Seite steht.*

Als Wardenberg den Mühlendamm erreichte, standen Vockenrode – durch Binden fast unkenntlich – und Dreher beisammen und besprachen das Aufräumen. Andere Ratmannen untersuchten die Trümmer, bekreuzigten sich oder rissen die Augen auf, nachträglich vom Entsetzen gepackt. Beim Anblick der zerstörten Mühle schüttelte der Mühlenmeister wiederholt den Kopf; ihm schien zum Weinen zumute. Schaufeln waren zerschmettert, durch die halb eingerissene Wand waren gebrochene Kammräder und Stangen zu sehen, überzogen von eintrocknendem Schlamm.

»Nehmt's leicht«, sagte Wardenberg und klopfte Vockenrode auf die Schulter. »Niemand wurde getötet! Damm und Mühle lassen sich wieder aufbauen, schöner und prächtiger gar!« Er wandte sich an Dreher: »Vielleicht fällt Euch ja sogar was ein, lieber Baumeister, was das Mahlen verbessert.«

Noch immer war der Himmel bedeckt, aber es regnete und stürmte nicht mehr. Unter der Anleitung von Gildemeister Wirth befreiten Knechte – dreifach vorsichtig – den Oberbaum vom Aufgestauten; nachdem das Wasser abgeflossen war, ging die Arbeit deutlich leichter von der Hand, und auf dem Floß stapelten sich Zweige und verkrustetes Geäst, von dem Geflecht hing.

Dreher lächelte etwas säuerlich, und Vockenrode schüttelte sich.

»Bei Gott, Ihr habt natürlich recht. Wir müssen tausend Schutzengel gehabt haben.«

»Und einen Mann, der das Richtige zur rechten Zeit tat«, fügte Wardenberg hinzu, während der alte Rathenow murmelte: »So was hab ich noch nicht erlebt, in siebenundsechzig Jahren nicht.«

Ryke nickte. »In der Tat. Wie geht's dem Blutvogt?«

»Ist noch vom Schlaftrank betäubt«, sagte Stulzing. »Die Büttel wachen und weisen Bittsteller ab. Stockmann muß ihre Herzen im Sturm erobert haben. Ich glaub, sie würden nun für ihn durchs Feuer gehen.«

»Nicht nur sie!« flüsterte Ryke und tastete den Kopfwickel ab. »Laßt ihn also schlafen, er hat's verdient: Waren deren zusammen fünfzehn, einige mit gräßlichen Verletzungen. Noch jetzt raubt es mir den Atem! Der Blutvogt hat bis nach Sonnenuntergang geschuftet – schien's gar nicht zu bemerken ...«

»In der Not zeigt sich, was in einem Mann steckt.« Wardenberg grinste; schon ging die Saat auf. »Mit Gottes Hilfe wachsen sie über sich hinaus!«

Zustimmendes Murmeln erklang. *Keine Zweifel aufkommen lassen*, dachte der Ratsmeister. *Stockmann hat Bader und andere grob behandelt; schon flüstern sie, er sei mit bösen Mächten im Bund.*

Ihm entging nicht Reitzensteins nachdenklicher Blick. Er lächelte höflich und deutete eine Verbeugung an, woraufhin sich der Sekretarius abwandte. Wardenberg rief: »Auch Bruder Michael hat's gesagt: Mit des Allmächtigen Beistand hat der Blutvogt bis zur Erschöpfung geholfen. Die Wunden werden bestimmt gut verheilen.«

»Niemand bezweifelt's«, versicherte Ryke mit polternder Stimme. »Wenn doch, braucht er mehr als einen guten Medicus, denn er bekommt's mit mir zu tun!«

Die Ratmannen lachten, und Wardenberg dachte befriedigt: *So ist's richtig. Schon ist das Wort* Medicus *gefallen. Nicht mehr lange, und ...*

Von Schellenklingen umgeben, kam Vogt Surber über den Mühlendamm und rief mit dünner Stimme: »Die Herren sind nach überstandenem Unglück recht fröhlich. Leider muß ich dem einen Wermutstropfen beifügen.« Er machte eine Pause, in der ihn die Männer gespannt ansahen. »Die Kremerschen waren eben bei mir, fast kam's zur Schlägerei, denn Heinrich Kremer – ist tot!«

»Wie konntest du's zulassen?« sagte Martin grimmig. Jann hob die Schultern und sah verlegen zu Boden. »Du warst doch dabei, als ich's ablehnte.«

»Martin, bitte.« Amalies Zuspruch besänftigte ihn augenblicklich, und er sagte: »Nun, ist auch meine Schuld. Vielleicht hätt ich ihm doch helfen sollen?«

Johannes, Asmus und Christian hockten an der Stubenwand und rührten sich nicht. Martin, noch schlaftrunken und von Zweifeln geplagt, sah zu Zirner und Stulzing, doch winkte der Ratsmeister grob ab. »Macht Euch keine Vorwürfe, Blutvogt. Was geschehen ist, ist geschehen. Nicht zu ändern. Es war Gottes Wille, Heinrich Kremer zu sich zu rufen – kein Heiler widersetzt sich dem Allmächtigen.«

»Amen.« Auch der Kaufmann nickte. »Außerdem wollten sie Eure Hilfe nicht, vertrauten mehr diesem windigen Bader, diesem Peter Beck, nachdem der sich gestern anbot. Damit wurde Heinrichs Schicksal wohl besiegelt.«

Martin wiegte den Kopf. Nur schwach erinnerte er sich daran, den Genannten getreten zu haben. Peter Beck, hager, mit eingefallenem Gesicht und vielen Zahnlücken, arbeitete in der Cöllner Badstub und galt als Aufschneider; bevorzugt verhökerte er eine Paste aus Spinngeweben, Hasenhaaren, Mühlenstaub, verbrannten Federn und Galläpfeln. *Ich hab ihn gekränkt, und er hatte nichts Besseres zu tun, als den Kremerschen seine Dienste anzubieten,* dachte Martin. *Die nutzten das Unglück, schickten ihn zum Kerker. Jann ließ ihn herein und stand sogar dabei, als der Bader den Aderlaß machte.*

Beim Verteilen der Morgensuppe lebte Heinrich Kremer noch. Als wenige Stunden später Paul Kremer nach ihm sehen wollte – wohl, um sich vom Erfolg der Behandlung zu überzeugen –, fand er den Toten: das Gesicht bleich, ausgezehrt und von Schmerzen verzerrt.

»Sohn und Bruder haben getobt«, hatte Stulzing berichtet, »wurden von Vogt Surber aber so zurechtgewiesen, daß sie kleinlaut den Schwanz einkniffen: Er hat sie grob des geleisteten Eids der *Urfehde* gemahnt! Auf Nachfragen mußten sie auch die Sache mit Beck gestehen, Surber dachte sich seinen Teil und lachte sie aus, nannte sie Narren, weil sie eher diesem Burschen als Euch Vertrauen schenkten. Mir scheint, Ihr habt, nach guter Richtung und der gestrigen Hilfe, nun sein Wohlwollen.«

Martin fühlte Beklemmung, dachte an Joseph Zirners Warnung und den offenen Streit mit Markus. *Die Sache ist bestimmt noch nicht ausgestanden! So jähzornig er ist, so nachtragend wird er auch sein.*

Während Zirner aufmunternd lächelte, verhieß auch Stulzings lauernder Blick kaum Gutes, als er sagte: »Ihr gebraucht bestimmt nichts Verbotenes? Ich muß es wissen – seit gestern seid Ihr in aller Munde. Kein *wunderwerck, zawberey* oder *al chymie?*«

»Nein.« Martin seufzte und zählte an den Fingern auf: »Ganz einfache Mittel: gebrochene Glieder brauchen Ruhe, Wunden werden mit Tierdarm oder Garn vernäht, dazu Kräuter, wie sie überall in Wald und auf Wiesen wachsen, zerrieben, gekocht, gedörrt, in Wein angesetzt oder als kräftige Brühe. Auch Milch, Honig, Wachs, Butter und Eier werden verwendet. Theriak ist eine *mixta* aus mehr als drei Dutzend Ingredienzien. Auch einige Pilze helfen. Salbei stillt Blut, Brunnenkresse senkt die Hitze, Mohnkapseln bringen Schlaf, und Johanniskraut läßt sich fast immer verwenden. Denn wichtig ist der Schlaf, auch das gute Zureden, der Glaube an die Kraft des Allmächtigen. Frau Amalie versteht sich wie ich auf Heilkräuter. Ich hoff, Ihr legt's uns nicht falsch aus.« Der Ratsmeister machte, schon besänftigt, eine nachlässige Handbewegung. »Nein, Herr Stulzing, *ich* brauch keine Hexerei!«

»Das wollte ich hören.« Stulzings Lachen klang erleichtert. »Dann können die Kremerschen und Beck sagen, was sie wollen: Sie riskieren eher, selbst vor die Gerichtsschranken gezerrt zu werden. Gut. Sehr gut!« Er wandte sich zum Gehen. Auch Zirner stand auf. »Macht Euch keine Sorgen, Blutvogt: Ihr habt starke Fürsprecher unter den Ratmannen und Schöffen.«

Martin gestattete sich, während er den Arm um Amalies Schulter legte und die Männer zur Tür begleitete, ein Aufatmen. *Vielleicht findet es doch ein gutes Ende?*

Um sich abzulenken und auf andere Gedanken zu kommen, ging Martin später, nachdem er Asmus losgeschickt hatte, die Hübschlerinnen zusammenzutreiben, mit Johannes und Christian ins Schanthaus zum wöchentlichen Abkassieren und Wechseln der

Berechtigungszeichen. Er wußte, daß es heute Ärger geben würde, und fast bereitete es ihm Freude, den Dyrnen endgültig zu zeigen, wer der Herr war: *Wegen des Unwetters hatten sie diese Woche keine Einnahmen, werden sich zu zahlen weigern. Aber bald ist Jahrmarkt, das bringt viel Ausgleich.*

Sybilla Peltz, schon zweiunddreißig und ergraut, nörgelte auch sogleich, als sie durch die Tür traten: »Was wollt Ihr nackten Weibern aus dem Beutel ziehen, Blutvogt, eh?«

Die Frauen saßen oder standen herum, zogen lange Gesichter, gaben sich unbeteiligt oder sahen eingeschüchtert zu Asmus, der, die Arme verschränkt, am Pfeiler lehnte. Zwei Kleinkinder krabbelten unter dem Tisch, im Hintergrund brüllte ein Neugeborenes, von Margaretha an die Brust genommen. Die Badstub-Mechthild lächelte zaghaft, senkte aber den Kopf, als sie Martins kühlen Blick bemerkte. Von der fetten Lena kam ein abfälliges Grunzen: Den Rock gerafft, hockte sie breitbeinig auf dem Spannbettrand und wischte Schweiß vom kaum bedeckten Busen.

»Habt doch ein Einsehen, Blutvogt.« Ursula Zwickel versuchte es schmeichelnd und reckte, indem sie Martin umtänzelte, nackte *broste;* sie war in Mechthilds Alter, hatte allerdings schon die ersten Falten und schlechte Zähne. »Die Kerle trauten sich nicht aus dem Haus. Keinen Pfennig gab's diese Woche. Erlaßt uns Zahlen fürs Bändchen, ja?«

»Wir haben wirklich nichts!« versicherte die dürre Catharina, warf langes Blondhaar über die Schulter und streichelte Johannes' Glatze. »Wartet doch, bitte, bis zum Jahrmarkt. Dann zahlen wir's gleich mehrfach und aus freien Stücken. Bitte, ihr Herren!«

Murmeln kam von den anderen. Noch schwieg Martin und ließ sie ihr Spielchen spielen, während Christian den Kopf wiegte und Ursula auf die Finger klopfte, weil sie sich an seinen Beinlingen zu schaffen machen wollte. Zwei als Wanderhuren arbeitende Vetteln steckten die Köpfe zusammen und tuschelten aufgeregt. Ein Knecht torkelte betrunken durch die Tür, wurde von Johannes aber sofort wieder auf die Gasse befördert: »Verschwinde. Kannst morgen wieder deinen Stachel kühlen.«

Mechthild brachte Becher und Korbflasche. »Trinkt zunächst was, ihr Herren, dann können wir alles bereden. Blutvogt?«

Martin nippte am *lûtertranc,* ohne die starre Miene zu ändern, zog dann die roten Schnürbänder und legte sie auf den Tisch. »Sechs Pfennige von jeder, hinzu kommt der Zehnt für euren Notgroschen! Dafür liefert ihr zünftig Arbeit und habt's Wohlwollen des Rates. Und wenn die Burschen grob werden, teilt's mir sofort mit – ich zeige ihnen dann, wie's *meine* Pflicht ist, daß sie sich zu benehmen haben! *Eure* Pflicht ist's, pünktlich zu zahlen. Ohne Widerworte und lange Disputation!«

Vom Herd kam Elisabeth herüber, die Fäuste in die Seiten gestemmt, und blieb so dicht vor Martin stehen, daß er die Spitzen ihrer Brüste fühlte. *Neben Mechthild,* dachte er, griff ihr ins rotgelockte Haar und erwiderte kalt den Blick aus leuchtend grünen Augen, *ist sie noch die Hübscheste.*

»Du möchtest was sagen?« Er stellte den Becher ab, bog langsam ihren Kopf nach hinten. »Vielleicht auch einen Vorschlag machen?«

Aus Entschlossenheit wurde Furcht, das sah Martin genau. Trotzdem flüsterte die Frau: »Die ganze Nacht, Blutvogt – als Ausgleich. Ich bring Euch in Hitz', ich versprech's. Bitte, Blutvogt. Brot und Brei kosten Pfennige, ob Kerle kommen oder nicht. Von was sollen wir denn leben? Die Bälger quengeln. Bitte, Herr, nehmt mich.«

Er grinste, streichelte ihren Hals, folgte mit dem Zeigefinger den Linien ihrer bebenden Lippen und sah Asmus fragend an. »Was ist, Großer? Möchtest du?«

Zum zaghaften Kichern einiger Hübschlerinnen wurde der rot, breitete die Arme aus und hob die Schultern. »Ich ... Ja, Martin. Sicher. Sofort?«

Martin stieß Elisabeth in Asmus' Arme. »Ja. Nimm sie tüchtig ran.« Er lachte rauh, während Asmus mit ihr zum Lager in der Ecke wankte, an den Beinlingen zerrte und sich, den Rock hochziehend, auf sie wälzte. »Denn bezahlen wird sie anschließend doch. Wie alle!«

Elisabeths Aufschrei wurde zum Gurgeln, die anderen raunten aufgebracht. Martin sagte kalt: »Die Satzung wurde gesiegelt, ihr habt zugestimmt. Also bezahlt! Demnächst ist Jahrmarkt – Catharina hat's richtig gesagt –, wo euch die Burschen die Bude einrennen. Auch beim ›Galgenfest‹ gab's viel zu tun. Es gibt nichts weiter zu sagen!«

»Aber ...« Sybillas Kopf flog zur Seite, von Martins Hand getroffen. Ins Brüllen mischte sich das Klatschen weiterer Maulschellen, die die Frau halb durch den Raum trieben und über einen Hocker stolpern ließen. Wimmernd rollte sie sich zusammen, hob die Arme über den Kopf, um weitere Hiebe abzuwehren, und ins Kreischen der Kinder mischte sich Asmus' Ächzen, gefolgt von einem letzten Aufstöhnen.

Martin verschränkte die Arme. »Ist euch's Brandeisen lieber? Bitte, könnt ihr haben. Auch den Keks! Oder den hölzernen Schandmantel. Ihr braucht's nur zu sagen. Was ist? Ich höre …«

Mechthild kam zum Tisch, zog den Beutel und zählte sechs Pfennige und dann noch einen ab, senkte den Kopf und flüsterte, als ihr Martin das erste rote Band in die Hand drückte, nach einem kurzen Lächeln: »Versteht's bitte, wir haben es nur mal versucht. Wird nicht wieder vorkommen, bestimmt … Und, Blutvogt, wollt Ihr … Ich meine, wir …«

Martin dachte an Amalie, tätschelte ihre Wange und schüttelte den Kopf, obwohl er den Turm steigen fühlte, woraufhin Mechthild bedauernd die Schultern hob und, nach Abgabe des gelben Bandes, zur Seite huschte. Nacheinander bezahlten nun alle Hübscherinnen, auch wenn einige Fratzen schnitten und leise fluchten. Martin reichte Christian den Anteil der Büttel, steckte die restlichen Pfennige ein – getrennt nach Notgroschen und eigenem Anteil in zwei Beutel – und rief: »Nun, Männer, mir scheint, daß die Weiber für diese Nacht friedlich sind. Trotzdem solltet ihr …«

Johannes verzog den Mund und griff nach den prallen Eutern der Lena. »Gern, Blutvogt.«

»Gehabt euch wohl, auf mich wartet ein *artig* Weib.« Von Johlen und Pfeifen verfolgt, trat Martin auf die Gasse hinaus, atmete tief durch und fühlte, daß ihn neue Selbstsicherheit durchströmte. Er dachte an die vielen Geschenke und Dankesbezeugungen, an Stulzings und Zirners Worte und wog versonnen die Geldbeutel in der Hand. Weil ihm die Beinlinge zu eng wurden, beeilte er sich, um Amalie möglichst rasch in die Arme zu schließen.

Am Montag, dem Tag von Heinrich Kremers Beerdigung, trieb Wind kühle Schauer vor sich her, und mehr als ein Bürger bekreuzigte sich ängstlich. Das Pfeifen und Kreischen schien von tausend wildgewordenen Geistern zu stammen. Aus den Wäldern vor der Stadt klang Wolfsjaulen herüber, dem Gekläff antwortete. Der graue Himmel, an dem sich ständig Wolkentürme umschichteten, glich einem Leichentuch, das auf der Doppelstadt lag. Dunstschwaden zogen über den Friedhof der Marienkirche, machten aus Trauernden und Grabkreuzen zerfließende Schatten. Tropfen prasselten auf Bäume, deren Äste herabhingen, Ringe tanzten auf Pfützen; alle Wege waren in schmierigen Pfuhl verwandelt, und Schlamm spritzte bis zu den Waden. Irgendwo balgten sich fauchende Katzen, übertönten das Geläut der Sterbeglocke.

»Wieder hat der Große *ebenaere* zugegriffen«, sagte jemand. Die Trauergemeinde, in Nuschenmäntel, Gugeln und Heucken gehüllt, drängte sich am offenen Grab. Die Ratsherren Kremer und Brole steckten die Köpfe zusammen, flüsterten und sahen einander bedeutungsvoll an. Alle Ratmannen, Vertreter der Zünfte, Innungen und Nachbarschaften waren versammelt; schwer hingen Fahnen von Stangen herab. Martin, der sich im Hintergrund hielt, bemerkte Bruder Michael, obwohl der Mönch nahe der Friedhofsmauer stand und jeden mit kaltem Blick betrachtete.

Der Pfarrer sprengte Weihwasser, hob den Weihrauchkessel und murmelte: »*Cujus anima requiescat in pace.*«

Markus schluchzte, sank auf die Knie. Jemand murmelte etwas von »schlimmer Heuchler«, während der Pfarrer die Hand auf Kremers Schulter legte. Martin war sicher, daß Bruder Michael gesprochen hatte – der Franziskaner hatte sich lautlos näher geschoben und stand nur drei Schritte vom Blutvogt entfernt.

Für Augenblicke war die Stille bedrückend, eine Bö zerriß die Weihrauchfahnen. Der Patriziersohn drehte langsam den Kopf, das Gesicht war verzerrt, als sein Blick von Martin zum Mönch und wieder zurück wanderte. Ein tierischer Aufschrei kam über seine Lippen: Markus sprang hoch, stieß den Pfarrer zur Seite und rannte herbei, den Basilard in der Faust. Martin wich mit erhobenen Armen einen Schritt zur Seite, Bruder Michaels Fuß schob sich vor: Der Patriziersohn stolperte, vom eigenen Schwung getragen und vom plötzlichen Hindernis überrascht, schlug in den Morast und schlitterte klafterweit. Klirrend prallte der Dolch von einem Grabkreuz ab und zerschmetterte ein Ewiges Licht.

Markus hob das Gesicht aus dem Schlamm und brüllte mit sich

überschlagender Stimme: »Ich bring ihn um! Ich bring ihn um, den verdammten Hundesohn!«

Der Mönch eilte, schneller als es Martin dem Alten zugetraut hätte, scheinbar hilfreich zu Markus, bückte sich, und schaffte es, sich so ungeschickt zu geben, daß das Gesicht des Patriziersohns erneut in die Pfütze klatschte.

»Thomas von Aquino hat geschrieben: Die Vernunft ist dem Menschen Natur. Was immer also wider die Vernunft ist, das ist wider des Menschen Natur.« Außer Martin und Markus hörte es niemand. »Markus Kremer: Deine Vernunft wird sogar vom grunzenden Schwein übertroffen. Ergo: bestenfalls dein Äußeres gleicht einem Menschen ...«

»Verfluchter! Schelm! Ich ...« Markus' Gebrüll endete, nachdem sein Oheim dazukam, den jungen Mann an der Gugel packte, ihn mit erschreckender Kraft auf die Beine stellte und durchschüttelte. Nur Markus' haßlodernder Blick blieb auf Martin und den Mönch gerichtet, fast quollen ihm die Augen aus den Höhlen. Das Weiße stach vom Dunkel des Schlamms ab, der das Gesicht bedeckte; Regen zeichnete helle Bahnen in die Kruste.

»Versündige dich nicht vor dem Herrgott!« zischte der alte Stadtkämmerer; seine Hand umklammerte Markus' Schulter, bis dieser schmerzerfüllt das Gesicht verzog und in die Knie ging. »Wir tragen deinen Vater zu Grabe. Halt an dich, Junge!«

»Ja, Oheim.«

Paul Kremers breitschultrige Gestalt überragte den Neffen fast um Haupteslänge; die Narbe in seinem Gesicht glich einem glühenden Kienspan. Er musterte Martin und den Mönch, wandte sich unvermittelt um und zerrte Markus mit. Der Pfarrer bekreuzigte sich mehrmals und senkte den Blick, während Bruder Michael – Martin sah es beim raschen Blick zur Seite – ein fast wölfisches Grinsen zeigte.

»Ihr erstaunt mich jedesmal«, murmelte Martin. »Wer oder was seid Ihr wirklich? Mönch oder Ritter? Ich sah Euch vor einer Woche auf dem Feld ...«

Michael legte den Arm um Martins Schulter und zog ihn mit sanftem Nachdruck vom Kirchhof, das Raunen der Trauergemeinde blieb zurück. »Staunen ist eine Sehnsucht nach Wissen.« Er lachte leise. »*Summa theologica,* ebenfalls von Thomas von Aquino.

Eure Neugier könnte längst befriedigt sein, Gevatter Blutvogt. Warum habt Ihr mich noch nicht in der Bibliothek des Klosters besucht? Mein Angebot gilt weiter.«

Alles in Martin war zum Zerreißen gespannt. Es fiel ihm schwer, den durchdringenden Blick aus eisgrauen Augen zu ertragen. Mit einem raschen Schritt vergrößerte er den Abstand zwischen sich und dem Alten und sagte: »Um's ehrlich zu sagen, Mönch: Ihr macht mir Angst!«

Michael legte den Kopf in den Nacken und lachte. Regen trommelte heftiger. »Beim *Heiligen Gral*, Stockmann! Nicht vor mir solltet Ihr Euch ängstigen« – sein Daumen wies über die Schulter –, »achtet lieber auf den jähzornigen Burschen dort hinten. Für heut ist's mir gelungen, seinen Haß auf ein anderes Ziel zu lenken. Aber...«

»Habt Dank. Meist weiß ich mich allerdings selbst zu wehren!«

»Dessen bin ich sicher, Blutvogt. Ein Gemetzel am offenen Grab wäre allerdings unpassend gewesen, meint Ihr nicht?«

Martin winkte ab und musterte den alten Mann, von Schaudern befallen. Er nahm sich zusammen und folgte der Einladung Bruder Michaels, ihn bis zum Kloster zu begleiten. »... denn es sind schlimme Zeiten, Herr Stockmann«, sagte der Mönch. »Wirklich schlimme Zeiten. Überfälle, Plünderungen, Raufhändel ...«

»Hhm.«

»Der Schwarze Tod rast von Stadt zu Stadt, Gärung überall. Wer's überlebt, giert nach Schmuck und Reichtum. Gut für Händler, aber auch gefährlich: großer Gewinn oder totaler Verlust sind nur haarbreit voneinander. Hinter jedem Baum lauert der Pfeilmann, hebt die Sanduhr: *Memento Mori!* Wegelagerer, Räuberbanden oder Adlige, die Spaß dran haben, sich gegenseitig ihre Dörfer auszupochen.«

»Liederliche Strauchritter«, sagte Martin und betonte das *Ritter*. Er hob die breiten Schultern; noch wußte er nicht, worauf Bruder Michael hinauswollte. Mißtrauisch betrachtete er den Alten von der Seite, versuchte das Unbehagen zu unterdrücken, das ihn befiel. *Was hat er vor? Er plant was, das fühl ich genau.* »Es heißt, der märkische Adel sei eine Rotte von Unholden, Mordbrennern und Räubern.«

»Nun, Adel wie Fürsten und Städte haben 's Recht zur Fehde,

wenn's keine gütliche Einigung gibt. Greift das Fehdewesen aber um sich, gibt's kaum Unterschied zu böser Strauchreiterei, Wegelagerung und Straßenraub. Auch ist's bekannt, daß Gegnerschaft besteht zwischen märkischem Adel und märkischem Bürgertum. Im Havelland sitzen die von Redern, die Herren von Ribbeck und von Bredow. Die Prignitz, ältestes Stammgebiet der Mark Brandenburg, kennt die Herrschaft der Gans Edlen von Putlitz und von Plotho. Adelsfamilien sind die von Rohr, von Klöden und vor allem die von Quitzow. Letztere, müßt Ihr wissen, sind Ritterbürtige, zählen aber nicht zu den Edlen. Sie stehen in Lehnsabhängigkeit vom Hause Putlitz, das wiederum bei den mecklenburgischen Herzögen zu Lehn geht. Als mittel- und unmittelbare Lehnsträger wird man leicht in die Fehden hineingezogen, ob man's will oder nicht. Es hat sich viel verändert, seit das askanische Geschlecht... hm, ausstarb. Die Ratmannen sind entzweit, auch die Zünfte und Innungen. Manche halten zu Woldemar, andere zum Wittelsbacher.«

*Heinrich Kremer! Er trat für die Wittelsbacher ein!* durchfuhr es Martin. *Redet der Mönch deshalb so viel? Markus ist vielleicht gefährlicher, als ich dachte.*

Michael hob den Blick zum Himmel und faltete die Hände. Ein Ring fiel Martin auf: Goldenes Flechtwerk formte eine Kuppel von der Größe eines halben Daumens, rot abgesetzt schimmerte ein Tatzenkreuz. »Schlimme Zeiten, Stockmann, vor allem seit sie den Propst meuchelten! Einst war er Woldemars Kaplan, ergriff dann des Papstes Partei gegen die Wittelsbacher. Ist lange her, nicht vergessen. Jeden Tag sehen wir 's Sühnekreuz an der Marienkirche. Euer Streit mit Markus Kremer zeigt, daß auch Ihr ins Geflecht der verschiedenen Belange verwickelt seid, mein Lieber. Deshalb haltet die Augen offen. Viele Patrizier halten sich, obwohl's vom Rat eigentlich nicht gestattet, Muntmannen – nichts anderes als verbrecherisches Gesindel, das auch prügelt und meuchelt, wenn es die Herren befehlen!«

Kälte kroch Martins Wirbelsäule entlang. Die Augen des Mönchs spiegelten etwas wider, was Martin entsetzte – die Ahnung kommenden Grauens vielleicht, das Wissen um Dinge, die nicht ausgesprochen, sondern nur zwischen den Zeilen angedeutet wurden. Michael bemerkte Martins Blick, hob den Ring an die Nase und roch daran.

»Herrliche Süße, beim *Gral!*« Er lachte rauh. »Es ist das *croix pattée*, Blutvogt. Das Zeichen der *Tempelritter.* Ja, mein Freund, ich erinnere mich genau: Fünfzehn war ich, als mir bei der Schwertleite die Klinge umgegürtet wurde und ich in die Welt der Erwachsenen eintrat. Wir gingen in die Kirche, um 's Schwert segnen zu lassen. Damals hieß ich noch Philipp von Synghoven. Schon bald aber mußte ich flüchten, weil der König von Frankreich den Templerorden zu vernichten trachtete. Ich entkam, als einer der wenigen...«

Martin fröstelte. *Philipp von Synghoven. Adliger und Edelmann, unter der Kutte nur mangelhaft verborgen. Es ist also wahr!*

Verunsichert hatte er es plötzlich eilig, sich vom rätselhaften Mönch zu verabschieden und hetzte durch die Gassen, als sei der Gottseibeiuns hinter ihm her. Michaels leises Lachen gellte in Martins Ohren nach; er wußte, daß es eine Flucht gewesen war – aber von dem Franziskaner ging etwas aus, was sich wie eine Eiskralle um sein Herz legte, und er dachte: *Was hat's zu bedeuten, daß er mich in sein Geheimnis einweiht? Allmächtiger, er umgarnt mich wie eine Spinne!*

Münzmeister Brügge fügte den Unterstempel in die Amboßaussparung ein, nahm einen Schrötling, legte den Oberstempel auf und schlug kräftig mit dem Hammer zu. Anschließend begutachtete er den neuen Groschen und nickte zufrieden. Das Münzbild der Vorderseite zeigte ein Kreuz, umgeben vom Schriftzug GROSSUS DE BERLIN, die Rückseite den askanischen Adlerschild.

»Gute Arbeit«, sagte er, warf den Groschen hoch und fing ihn wieder. »Die Verrufung ist verkündet, beim Jahrmarkt beginnt 's Wechseln.«

»Gute Arbeit?« Goldschmied Lubbe lächelte bemüht. »Ein Meisterwerk von zünftig Arbeit – Woldemar gar nicht angemessen.«

Tyle Brügge hob abwehrend die Arme. »Fangt Ihr nicht auch noch an, bitte. Kommt, ich lad Euch zum Wein ein.«

»Da bin ich dabei.« Der kleine Mann mit dem aschfarbenen Haar, meist zurückhaltend und nur von seiner Arbeit besessen, winkte ab. »Ich wollt Euch nicht zu nahe treten, ist mir so rausgerutscht.«

»Schon gut.« Brügge füllte Becher. Seit Jahren arbeitete er mit dem Cöllner, dem die Anfertigung von *Stock* und *Eisen* ebenso anvertraut wurde wie die von Siegeln. Die Goldschmiedgesellen unterstützten den Münzmeister und seine Leute auch beim Bearbeiten und Prägen der Münzen.

»Ist nicht meine Sach«, sagte Lubbe. »Halt weder von Woldemar noch vom Wittelsbacher viel. Ludwig war kaum in der Mark, hat sich vom Landeshauptmann, dem Burggrafen Johann von Nürnberg, vertreten lassen. Meine große Sorge ist, das mühsam Gewonnene zu verlieren, durch Fürstenmacht, Krankheit oder gar den Schwarzen Tod. Alles umsonst dann, das Ziselieren, Punzieren, Gravieren, Tauschieren, Ätzen und Einlegen.«

Er trank hastig, wortlos goß Brügge nach und dachte: *Ist schon ein Geizhals. Hat Land gekauft und der Petrikirche einen Altar gestiftet, obwohl er die Pfaffen Blutsauger nennt.*

Nur wenige Pechpfannen und eine Laterne beleuchteten die Halle, den Kern der Berliner Münze, deren Gebäude sich entlang der Oderberger Straße von der Heiliggeistgasse bis zur Spree erstreckten. Seit Jahren lebte Brügge hier mit Zöllnern und den Münzknechten – und der zierlichen Theresa, einer von drei Töchtern des Cöllner Ratsmeisters Ryke. Als er vor drei Jahren die damals Siebzehnjährige heiratete, schien die Zukunft rosig: Vogt und Münzmeister war er, angesehen und von allen respektvoll behandelt. Doch dann begünstigte Ludwig die Zünfte, der »falsche Woldemar« tauchte auf, und Surber wurde ihm vor die Nase gesetzt. Muskeln arbeiteten an Brügges Kiefern. Er haßte diesen lächerlich aufgedunsenen Kerl, beherrschte sich, wie es einem treuen Amtsmann gebührte, aber meist. Daß der Schwiegervater eingriff, als er mit Kremer und fast auch mit dem Vogt nach Grasdorfs Hinrichtung zusammenstieß, und ihn zur Vernunft brachte: ein Zeichen, das er klar verstand. *Ich muß ruhiger sein, darf nicht die Beherrschung verlieren,* sagte sich Brügge, weil ihm schon heiß zu werden drohte, wenn er nur an Surber dachte. *Wardenberg hat's richtig gesagt: Die Gäule dürfen nicht in verschiedene Richtungen ziehen. Also Ruhe, kühles Blut.*

»... alles mögliche wird auf Gassen und in Gräben gekippt«, sagte Lubbe. »Arme balgen sich mit Kötern und Ratten um Reste. Ich hab gehört, daß Kranken sogar schon Würmer aus dem Maul krochen. Brandig das Gedärm, Fieber, Antoniusfeuer: überall

Krankheit und Siechtum. Kein Beten hilft, die Pfaffen raffen nur Pfründe, halten für alles die Hand auf.«

Tyle Brügges Blick wanderte. Neben den Schmelztiegeln waren Zaine aufgestapelt, in Bottichen lagen ausgestanzte Ronden, denen durch Glühen und Beizen noch die Zunderschicht entfernt werden mußte. Nach dem Entgraten, Reinigen und Polieren konnten sie geprägt werden. »Viel Arbeit in den nächsten Tagen«, murmelte er, ohne auf Lubbes Worte einzugehen. »Ihr helft mit Euren Gesellen?«

»Sicher. Es bleibt beim Ausgehandelten?« Für einen Augenblick glaubte Brügge gieriges Glitzern in Lubbes Blick zu bemerken. »Zehn neue für zwölf alte Pfennige? Damit ist dann auch die Herstellung der Prägestempel ausgeglichen.«

»So ist's besprochen. Ich halte mein Wort. Dafür laßt Ihr demnächst beim Rohsilber was nach.«

»Einverstanden.« Lubbe trank den dritten Becher und lauschte. Quietschen drang in die Halle, weil ein Karren von der Oderberger Straße in die Heiliggeistgasse abbog. Der Rat hatte es, auf Wunsch des Blutvogts, überall verkünden lassen – um durchs Unwetter verlorene Zeit aufzuholen, arbeiteten die »Goldgräber«, von Tagelöhnern unterstützt, seit Sonnenuntergang an fünf Stellen in Cölln und Berlin gleichzeitig. »Was haltet Ihr vom Blutvogt? Ich war gestern bei ihm und bat um einen Trank gegens Gliederreißen.« Er griff den verlorenen Faden seiner Ängste wieder auf. »Was soll ich sagen? Es half sofort!«

Der Münzmeister wiegte den dicken Kopf, kratzte rötliches Haar hinter dem Ohr und zerdrückte eine Laus. »Den Verwundeten geht's wohl ganz gut. Sogar Ryke und Vockenrode schwören Stein und Bein, daß niemand hätte besser helfen können. Nur Bader Beck flucht und keift, daß es die ganze Stadt hören kann.« Er stand auf, um die Kanne am Weinfaß zu füllen. »Jesus und Maria, ich hoff, daß Stockmann kein Teufelswerk gebraucht.«

Auch Lubbe bekreuzigte sich, ehe er mit rauher Stimme sagte: »Ihr seid als frommer Mann bekannt, Münzmeister, deshalb keine Sorge. Gott ist mit Euch. Außerdem wollen Wardenberg und Surber jedem über den Mund fahren, der solch Verleumderisches behauptet. Auch Stulzing sagt, daß der Blutvogt ganz einfache Mittel benutzt – man muß sie nur kennen.«

Beim Namen Surber zuckte Brügge zusammen, sagte aber nichts. So fromm er war, so abergläubisch achtete er auf der anderen Seite auf Zeichen und Symbole, vor allem die der Astrologie. »Warten wir's ab«, sagte er. »Dann werden wir sehen, was der Blutvogt wirklich kann.«

Nachdem sie einen weiteren Becher geleert hatten, klapperte plötzlich der Türklopfer des Hallenportals, gefolgt von unverständlichem Rufen. Als Brügge das Tor öffnete, torkelte Paul Kremer, noch an den Bronzering der Löwenmaske geklammert, in seine Arme und blies ihm warmen Weinatem ins Gesicht. Brügge verzog den Mund und sagte verblüfft: »Mann, Kremer, Ihr seid betrunken!«

»Stimmt.« Kremers Hand patschte Brügge unbeholfen vor die Brust; die Narbe formte eine bleiche Linie im geröteten Gesicht, das Haar war naß. »Die Trauer um – hups – den Bruder... Es – hups – trieb mich her.«

Fast wäre die breitschultrige Gestalt gestürzt; im letzten Augenblick faßte Brügge zu, stützte Kremer und zog ihn in die Halle. Theodor Lubbe sprang hinzu und half dem Münzmeister. Gemeinsam schleppten sie Kremer zum Tisch.

»Wollt – hups – unseren Zwist begraben... Betet, daß es Eurem Neffen nicht wie Heinrich ergeht!« Kremers Kopf sank kurz auf die Tischplatte, dann blinzelte er in die Runde, packte die Kanne und trank so schnell, daß ihm Wein übers Kinn und die Brust lief. »Ah, unser Goldschmied – hups –, habt wohl, wie angekündigt, die Prägestempel geliefert?« Er lachte, als er Brügges Gesichtsausdruck bemerkte. Seine Stimme wurde einschmeichelnd – ganz so betrunken, wie er tat, schien er nicht zu sein: »Kein Streit, mein Lieber! Nur ein Vorschlag, zur Güte: Hab noch einige Pfund Silber im Lager... bekommt's, wenn Ihr mir die Münzen gut tauscht – hups –, neun neue für zwölf alte? Ist das ein Angebot? Schlagt ein, Münzmeister.«

Lubbe schlug sich lachend auf die Schenkel, während Brügge den Fernhändler nachdenklich anblickte. *Könnte mir gut gegen Surber helfen*, schoß es ihm durch den Kopf. *Ich mag's zwar nicht, wie er von Woldemar redet, aber...* »Trinken und reden wir. Noch ist 's Faß fast voll!«

»Einverstanden, da sag ich nicht nein.« Erneut hob Kremer die

Kanne, Lubbe schlug ihm kichernd auf die Schulter, und auch Brügge trank seinen Becher leer...

Als er mit dickem Kopf erwachte – das Gesicht lag in einer Weinlache auf dem Tisch, im Gedärm grollte es, und der Mund glich einem Herdfeuer –, waren die Erinnerungen sehr verschwommen. Bevor sie in Finsternis übergingen, gab es nur ein unbestimmtes Bild, das Tyle Brügge nicht recht zu deuten wußte: Paul Kremers Gestalt, halb über den Amboß mit den Prägestempeln gebeugt. Er schüttelte den Kopf, stöhnte, weil stechender Schmerz den Schädel durchzog, verschloß die Prägestempel in der Truhe und wankte über den Hof. Erstes Grau erhellte schon den Himmel, als er neben Theresa ins Bett sank und sofort einschlief.

»Blutvogt! Blutvogt!« Die Magd schrie ganz aufgeregt. »Helft! Schnell! Beim Haus des Herrn Stulzing... Herr im Himmel... Das Gerüst... Der Steinmetz... Helft! Schnell, schnell!«

Martin, mit Johannes, Asmus und Jann dabei, Dachschindeln auszubessern und Löcher zu schließen, sah auf, runzelte die Stirn und rief: »Gemach, Weib. Ich komm runter. Amalie! Beruhige sie. Ich versteh kein Wort.«

Während er das Dach entlangrutschte, bis er die Leiter an der Stadtmauer erreichte, wandte sich Amalie an die Magd, umfaßte ihre Schulter und redete beschwichtigend auf sie ein. Martin polterte die Stiege des Verbindungsstegs zum Kerkerturm hinab, vom ratlosen Asmus erwartet. Johannes humpelte hinterher. In der Stube umringten sie die Magd, die atemlos mit den Tränen kämpfte und kaum Verständliches hervorsprudelte.

Der Schweißhund sprang bellend und mit gesträubtem Fell zwischen Beinen umher, Amalie sprach beruhigend auf die junge Frau ein, und nur langsam wurde klar, was geschehen war: Der Steinmetz Leo Regerli, mit seinen Helfern von Ratsmeister Stulzing beauftragt, die Fassade des Patrizierhauses schöner zu gestalten, war am Morgen aufs Gerüst geklommen, um die vom Regen unterbrochene Arbeit fortzusetzen, aber die Seile an Gerüststangen und Balken, von Feuchtigkeit aufgeweicht, hatten sich offensichtlich gelockert. Unter lautem Getöse stürzte alles zusammen, nachdem die ersten Steinblöcke hochgehoben waren. Regerli wurde unter Pfosten, Streben und Brettern begraben, und als er endlich unter den Trümmern hervorgezerrt war, sahen die Helfer, daß sein rechter Fuß zerquetscht war. Drei Finger waren zerschmettert, der rechte Arm mehrfach gebrochen. Der Mann blutete stark, rang mit dem Tod, und Ratsmeister Stulzing sandte die Magd zu Martin.

»Johannes!« Martin atmete tief durch. »Du schürst das Feuer. Amalie, leg Messer, Säge und Brandeisen bereit, koch's in heißem Wasser, Jann hilft dir. Dann ein Schlaftrank, du weißt schon. Asmus, spann den Karren an...«

»Jawohl.« Asmus eilte zum Schuppen und führte das Pferd zum Schinderkarren, während Jann Eimer packte und sie beim Brunnen füllte. Keuchend, immer wieder hustend und spuckend, bis das Gesicht blau anlief, kam er zurück. Martin half Asmus und wandte sich an die Magd: »Lauf vor, Frau. Wir kommen, so schnell es geht.«

Es dauerte scheinbar Stunden, bis die beiden endlich Stulzings Hof – gleich neben dem Kramhaus in der Spandauer Straße – erreichten; die Räder versanken tief im Gassenmorast, einer übelriechenden Masse aus Sand, Wasser, Abfall und Exkrementen, das Pferd mühte sich auf rutschigem Boden, bockte und wieherte schrill. Die Trümmer bildeten einen Berg aus Balken, Brettern, Steinblöcken und Ziegeln. Mörteltonnen waren zersplittert, ein als Drachenkopf gestalteter Wasserspeier aus Basalt, mehrere Zentner schwer, ragte halb aus dem Sandhaufen, in den er sich gebohrt hatte. Zwei Dutzend Menschen umstanden den Steinmetz – Mitglieder aus Ratsmeister Stulzings Haus, Steinhauer, Zimmerleute, Maurer, Träger –, sprachen ihm Mut zu und halfen, ihn auf den Schinderkarren zu legen. »Ganz ruhig.« – »Hilfe ist da.« – »Vorsicht mit dem Bein.«

Leo Regerli, ein kräftiger Mann mit schmalem Gesicht, stöhnte und wand sich. Martin warf nur einen kurzen Blick auf die Wunde. Er hob die um den rechten Fuß gewickelten Tücher an und schauderte. Die Stirn des Steinmetzen war schweißbedeckt, hellbraunes Haar klebte an ihr, das Gesicht aschgrau. Der Mann fieberte, stieß unzusammenhängende Worte zwischen Ächzen und einzelnen Schreien aus: »Bei den Schutzheiligen... Severus... Severinus... Capophorus... Victorinus... helft! Helft! Vater, Du bist über mir... Christus, du gehst mit mir... Heiliger Geist, du lebst in mir...«

Nicolaus Stulzing packte Martins Arm und fragte: »Könnt Ihr den Mann heilen, Blutvogt?«

»Ich tu mein Bestes, Herr. Wenn er's überlebt, werdet Ihr allerdings auf ihn als Steinmetz verzichten müssen.« Er wies auf den Fuß und die blutgetränkten Tücher. »Der Mann besteigt nie wieder ein Gerüst. Er bleibt ein Krüppel.«

Stulzing winkte ab. »Darüber reden wir später. Jetzt helft ihm, schnell.«

»Asmus! Vorwärts! Packt mit an, Leute.«

Begleitet von den Menschen, die den Karren anschoben und sich gegen die Radspeichen stemmten, erreichte der Zug in höchster Eile den Kerkerturm. Asmus hob Regerli von der Ladefläche und überhörte dessen Schreie, während er den Verletzten ins Haus trug und auf der Tischplatte ablegte. Amalie hatte schon ein Gebräu aus Bilsenkraut, Alraune, Stechapfel und Wein gemischt. Sie reichte Martin den Becher. Martin nickte, hob Leos Kopf an und flößte ihm den Betäubungstrank ein. Zusätzlich stopfte er Leo kleine Schwammstücke in die Nasenlöcher, nachdem er sie in Wasser getunkt hatte. Der Schwamm, von Martins Großmutter präpariert, hatte viele Wochen in einem Sud aus Belse, Alraune, Efeu und unreifen Brombeeren gelegen, um die Kräfte der Pflanzen aufzusaugen. An der Sonne getrocknet, gab der Schwamm nun die Kräfte wieder frei, unterdrückte alle Schmerzen. Martin hielt es für eine bessere Methode als die der Wundärzte: Sie machten Verletzte trunken oder schlugen ihnen auf den Kopf, bis sie das Bewußtsein verloren. Meist entstanden dabei Wunden, die schlimmer als die eigentliche Verletzung waren, oder die Armen erwachten – *wenn* sie wieder erwachten! – mit wirrer Seele.

Martin sah nur kurz auf, als Apotheker Heinrich Nabel ins Haus kam, sich aber, die Arme verschränkt, an die Wand lehnte, die Vorbereitungen mit gerunzelter Stirn beobachtete und nichts sagte, obwohl Martin sicher war, daß er sich seinen Teil dachte. Martin schloß die Augen und zwang sich, klar zu denken: *Hier gilt es, ein Menschenleben zu retten.*

»Der Ewige Bund ... beim Rütlischwur verbanden sich die Rodungsfreien zur Eidgenossenschaft«, murmelte Leo; sein Gesicht entspannte sich, und es schien, als träume er mit offenen Augen. »Vor Jahren bin ich gegangen ... Bauhütte zu Bauhütte ... viel gereist, viel gesehen ... Und das Gerüst! Es schaukelt und wankt. Herrgott, in deinem Namen fang ich an ... Bereit ist mein Herz, o Gott, sieh, ich komme ...«

Amalie gab Martin einen aufmunternden Wink, weil die Mittel ihre Wirkung entfalteten. Mit Asmus' Hilfe lagerte er Regerli so auf dem Tisch, daß der zerschmetterte Unterschenkel über die Kante hinausragte, und befahl: »Haltet ihn gut fest. Johannes, klemm ihm einen Span zwischen die Zähne, damit er sich nicht die Zunge abbeißt! Herr Stulzing, wartet besser draußen …«

»Ich bleibe!«

»Dann haltet seine Arme. Herr Nabel, auch Ihr könnt helfen. Er darf sich nicht bewegen.« Martin wickelte die Tücher ab, betrachtete die aus der verdreckten Wunde ragenden Knochensplitter und nahm von Amalie das Messer entgegen. Der Knöchelbereich und die Ferse waren zerschmettert, das untere Schienbein gleich mehrfach gebrochen. »Der Fuß ist nicht mehr zu retten. Regerli hat viel Blut verloren, und beim Wundbrand kann der Mann noch viel mehr verlieren als nur den Unterschenkel – sofern er nicht vorher dem Fieber erliegt. Achtung – jetzt!«

Er band das Bein ab, schnitt den Schienbeinhöcker entlang bis auf den Knochen, dann nach unten im Halbkreis ins Wadenfleisch. Martin schob einen Bottich vor den Tisch, griff zur Säge und trennte das Schienbein knapp unterhalb des Knies ab, anschließend zersägte er – das Geräusch drang ihm bis ins Mark –, während Johannes halb auf dem Bein saß und es festhielt, auch das Wadenbein. Regerli schrie trotz benebelter Sinne, der Körper versuchte sich aufzubäumen, wurde aber von Asmus, Nabel und Stulzing fest auf die Tischplatte gepreßt. Der abgetrennte Unterschenkel plumpste in den Bottich. Johannes nahm das rotglühende Brandeisen aus dem Feuer und reichte es dem Blutvogt, der Asmus auffordernd ansah; der kräftige Bursche nickte, drückte Leo Regerlis Halsschlagader ab – und im gleichen Moment preßte Martin das heiße Metall auf die Wunde. Es zischte, Gestank verbrannten und verschmorten Fleisches durchzog den Raum. Regerlis Körper erschlaffte. Amalie bestreute den geschwärzten Beinstumpf mit pulverisiertem Rosmarin, Martin legte das Eisen ab, griff zur Zange, trennte die nur noch an Hautfetzen hängenden Finger ab und verband die Hand mit Leinenstreifen. Anschließend betastete er den gebrochenen Arm, zog und zerrte – und schiente ihn, nachdem die Knochen gerichtet waren, mit Asmus' Hilfe. Regerlis Atem kam gleichmäßig, vereinzelt stöhnte er trotz der Betäubung.

Martin öffnete die Abbindung des Beins und wischte sich übers Gesicht.

»Geschafft. Nun liegt's in Gottes Hand.«

»Amen«, murmelte Asmus, und Stulzing bekreuzigte sich, ehe er auf Asmus zeigte und sagte: »Warum hat er ihn fast gewürgt?«

Martin lächelte schief. »Ich hab festgestellt, daß Tiere weniger Schmerzen haben, wenn ihnen die Hauptadern zugedrückt werden. Dem Steinmetz hat's ebenfalls geholfen. Jetzt liegt er in tiefem Schlaf.«

»Wie geht's weiter, Blutvogt?«

»Morgen bedecke ich den Stumpf mit einer Packung aus Pferde- und Kuhmist, umhüllt von einer Schweinsblase. Sobald die Wunde geschlossen ist, kann Asmus einen Stelzfuß schnitzen. Und mit Gottes Hilfe humpelt Herr Regerli in ein paar Wochen wieder. Seinen Beruf wird er aber nicht mehr ausüben können. Asmus, leg ihn aufs Strohpolster neben den Herd. Wir verbinden den Stumpf später.«

Der Apotheker kratzte die Augennarbe und fragte: »Wollt Ihr die Wunde nicht mit Wachs oder Harz verkleben?«

»Nein.« Martin verschränkte die Arme. »Von meinem Vater hab ich gelernt, daß Heilung an der Luft viel besser ist. Nur sauber müssen die Wunden bleiben.«

Nabel nickte. Unterdessen zerstieß Amalie Weidenrinde im Mörser und sagte: »Davon muß er essen. Wird die Schmerzen vertreiben.«

Martin zapfte Krüge am Bierfäßchen voll, während der Schweißhund am Bottich schnüffelte und dann winselte. An der Haustür standen Menschen, die mit geweiteten Augen die Operation beobachtet hatten. Manche bekreuzigten sich und murmelten Gebete.

»Ihr seid ein bemerkenswerter Mann, Blutvogt.« Stulzing wischte Schaum von den Lippen. »Ihr seid für schnellen Tod durchs Schwert, überlaßt die peinliche Befragung Euren Helfern, könnt Wunden heilen. Seit Ihr die ›Goldgräber‹ anweist, werden überall die Kloaken geleert, und es stinkt nicht mehr so schlimm in der Stadt. Die Hübschlerinnen folgen Euch aufs Wort. Und Kaufmann Zirner hat von Euren Plänen mit dem Knochenmehl erzählt.«

»Ich bemühe mich nach Kräften.«

Nabels mißtrauischer Blick hellte sich etwas auf; er nickte, als

Amalie ihn zur Seite zog und von schmerzstillenden Rezepturen zu sprechen begann. Martins Lächeln wurde breit. *Wenn ich's nicht kann – sie überzeugt ihn ganz bestimmt. Und wenn Nabel gut redet, ist's nur von Vorteil.*

Der Rats- und Schützenmeister winkte Martin und trat, nachdem er den Krug geleert hatte, vors Haus. Keuchendes Husten erklang – *Jann Melchior.* »Begleitet mich, Blutvogt. Ich hab mit Euch zu reden.«

»Ratsmeister ...?«

Stulzing stapfte durch Morast und raffte den Mantel enger. »Regerli bleibt bei Euch, bis er geheilt ist?«

»Zuerst muß er den Tag und die Nacht überstehen.« Martin hob die Schultern und sah den Patrizier von der Seite an. »Wenn's keinen Wundbrand gibt ... Wir kümmern uns um ihn, seid unbesorgt.«

»Hhm, seine Zunft wird in die Krankenlade greifen. Aber er ist ein Mann, der eine Aufgabe braucht. Ohne Arbeit ... Meint Ihr, er könnte als Stadtbüttel tätig werden? Im Kerkerturm helfen?«

»Vielleicht. Wir brauchen ohnehin bald einen neuen Zellenschließer ...«

»Wie kommt Ihr drauf?« Stulzings Augen weiteten sich. »Habt Ihr's Zweite Gesicht, oder weshalb seid Ihr Euch so sicher?«

Martin lachte bitter. »Nein. Nur Augen im Kopf und Ohren, die hören. Jann Melchior ist krank. Habt Ihr nicht sein Husten gehört? Regen, Feuchtigkeit im Turm ... seit Tagen hat er blutigen Auswurf. Ich weiß, daß es mit ihm zu Ende geht. Wenn Leo Regerli gesund wird und er es will, kann er bestimmt Janns Arbeit übernehmen. Frau Amalies Bruder Heinrich wird ihm helfen, Asmus und Johannes ebenfalls.«

»Frau Amalie«, murmelte Nicolaus Stulzing und kratzte sich hinterm Ohr. »Deshalb wollte ich mit Euch sprechen. Ihr tragt Euch mit Heiratsabsichten, Blutvogt?«

»Ja. Noch vor Pfingsten.«

»Frau Amalies Mutter, die Witwe Thea Grunngras, hat 's Haus ihres Mannes in der Mühlengasse geerbt und gehört zur Nikolainachbarschaft, wie Ihr wißt. Meister Grunngras arbeitete als Lohgerber. Nach seinem Tod kam's zur Eheberedung um seine Tochter, inzwischen ebenfalls Witwe.« Stulzing schien mehr zu sich selbst als

zu Martin zu sprechen, der erstaunt dachte: *Auf was will er hinaus?*
».. . heißt, Markus Kremer habe zur gleichen Zeit ein Auge auf Frau
Amalie geworfen. Hhm, Kaufmann Zirner hält große Stücke auf
Euch, Blutvogt. Ich auch, nicht erst seit heute. Wenn Ihr gestattet,
Meister Scharfrichter, werden Zirner und ich Eure Hochzeit aus-
richten, das Aufgebot aus der Nachbarschaft bestellen und .. .«
Martin starrte den Ratsherrn sprachlos an.
»Steht nicht mit klaffendem Maul in der Gegend herum. Wie ist
Eure Antwort? Ich dulde kein Nein!«
»Ja, Herr. Selbstverständlich. Ich . . . Seid Ihr sicher? Ich bin der
*Henker!*«
»Ein vielgefragter Mann, richtig«, sagte Stulzing vieldeutig und
grinste breit. »Heilen und Nachrichten, die Dyrnen betreuen,
›Goldgräber‹ beaufsichtigen, das Abdecken besorgen. Macht Euch
klar, wie wichtig Eure Aufgaben für die Stadt sind, und Ihr kennt
die Antwort. Bei der nächsten Nachbarschaftsversammlung werd
ich's deutlich zur Sprache bringen! Auch Ratsmeister Wardenberg
spricht von Euch voller Lob. Ich kann dem Pfarrer der Nikolaikirche also Bescheid geben?«
»Jawohl, Ratsmeister. Ich danke Euch – und dem Kaufmann aus
Lübeck.«
»Der Regen hat ihn aufgehalten. Jetzt wird er, denke ich, noch einige Tage länger bleiben. Gehabt Euch wohl, Blutvogt. Ihr hört von
mir.«
Martin neigte den Kopf und sah verwirrt und vom zuteilgewor-
denen Glück gerührt dem Ratsmeister hinterher, der sich den aufgeweichten Gassenboden entlangkämpfte; eine hagere Gestalt, deren Silberschellen leise klingelten.

Auch der Vogt erkundigte sich nach Martins Heiratsplänen, als dieser am nächsten Abend zum markgräflichen Hof kam, um nach
dem Leeren der Abortgrube mit Baumeister Dreher die Ausbesse-
rungsarbeiten zu besprechen.
»Herr Stulzing trifft alle Vorbereitungen, ich bin ihm sehr zu
Dank verpflichtet.« Martin lächelte höflich. »Ihr seid natürlich,
wenn's Euch nichts ausmacht, am Tisch des Scharfrichters zu sitzen, herzlich zum Schmaus eingeladen.«
Die Männer standen, von Fackelflackern umgeben, am Rand der

Grube, aus der Kloakenleute die letzten Eimer hoben und zum Faßkarren schleppten. Trotz der Größe von einem Klafter zum Quadrat und fast Mannstiefe waren die Wände nicht ausgesteift, so daß Erdreich nachrutschte und einen Teil der Balken unterhöhlte, auf denen die Abdeckbretter lagen.

»Ich werd's bedenken, Blutvogt.« Bartholomäus Surber, in schreiend buntes Schellengewand gekleidet – die linke Seite rot und gelb kariert, die rechte mit gelb-grünen Längsstreifen versehen, dazu Zaddeln in Blau –, preßte ein in Duftwasser getauchtes Tüchlein vor Mund und Nase. »Mann, wie haltet Ihr das nur aus? Stinkt ja zum Himmel!«

Dreher wedelte mit den Armen und verzog das faltige Gesicht zum hinterhältigen Grinsen. »Ein Ärgernis, nicht wahr? Kein Wunder, daß sich die Leut beschweren, wenn sie zusätzlich zum Gestank noch einen Groschen für die Leerung auf den Tisch legen sollen. Meister Stoffel hat sie bei dieser fürstlichen Belohnung zu Recht auf der eigen Scheiße hocken lassen.«

»Eure *ironia* trifft, Baumeister«, flüsterte Surber und wich, noch flacher atmend, vier Schritte zurück. »Was gedenkt der Rat zu tun?«

»Noch nichts.« Clauß Dreher lachte rauh. »Aber ich bring's laut und deutlich zur Sprache: Entweder machen's die Bürger selbst und sparen Geld, oder es bleibt beim Rat, der den Blutvogt beauftragt – dann kostet es fortan mindestens drei Schilling, das Ausbessern nicht eingerechnet! Am besten auch eine Strafe für die ganz schlechten Löcher.« Er wies auf die Grube, raufte den spärlichen Haarkranz und wurde rot. »Seht's Euch genau an: keine Ausmauerung, nicht mal Bretter oder Rutengeflecht; statt Lehmpackung nur armdick verklebter Sand; Wasser quillt nach. Das ist eine Schweinerei, Vogt, um's ganz klar zu sagen.«

Martin nickte. »Als Abdeckersohn weiß ich, daß undichte Gruben und schlecht schmeckendes Brunnenwasser zwei Seiten des gleichen Pfennigs sind. In Braunschweig werden die Schächte seit Jahren mit Bruchsteinmauern verstärkt und unten durch Lehm abgedichtet. Asche ausgekehrter Rauchfänge, Gerbereireste und Knochen sind ein weiteres Problem – nicht umsonst siedeln Gerber ja flußabwärts außerhalb der Mauer.«

»Schon gut, schon gut.« Surber hob abwehrend die Arme und zeigte sich zerknirscht. »Ich bekenn mich schuldig. Hab nie richtig drüber nachgedacht, Ihr Herren, nur den Gestank gerochen. Aber so wie Ihr's nun sagt..., wird wohl viele Klagen geben, wenn der Rat die Abortschoße anhebt. Nun, meine Unterstützung habt Ihr.« Er warf Martin seinen Geldbeutel zu. »Macht alles so, daß es richtig ist. Den Rest behaltet als Hochzeitsgeschenk!«

Daß er nun auch Surbers uneingeschränktes Wohlwollen zu genießen schien, entlockte Martin ein zufriedenes Grinsen. Dankbar neigte er den Kopf und folgte sofort, nachdem Surber seinen Arm packte und mit ihm zur anderen Hofseite schlenderte.

»Viel wurde von Eurem Heilen gesprochen«, begann der Vogt, Schweiß perlte auf der Stirn.

»Wenn ich Euch helfen kann...«

»Nun ja, manchmal schmerzt das Herz, und das Atmen fällt schwer. Kein Aderlaß hilft, von dem Ihr, wie's gesagt wird« – er grinste –, »ohnehin nicht viel haltet.«

*Ihn drückt 's dicke Fettpolster,* fuhr es Martin durch den Kopf, hütete sich aber, dies laut auszusprechen. »Ich komme morgen und untersuche Euch genau. Dann sehen wir, welche *mixta* Euch am besten hilft.«

»Einverstanden.« Surber nickte fahrig, winkte zum Abschied und verschwand im Haus, klein, dick und mit langsamen Bewegungen.

Als Martin wieder neben Dreher stand, lachte dieser leise und sagte: »Was macht Ihr eigentlich, wenn Euch kein Mittelchen einfällt?«

»Dann ist's der Wille des Allmächtigen«, antwortete Martin unbewegten Gesichts. »*Ich* weiß, daß es viele Leiden und Krankheiten gibt, denen die Menschen hilflos ausgeliefert sind. Manchmal findet sich ein Rezept, ich lerne jeden Tag, höre zu, aber für *Wunder* sorgt unser aller Herr oder seine Heiligen und Engel.«

Dreher, der die Arme und Hände kaum ruhig halten konnte, zupfte am Gewand, tastete Zaddeln ab und wiegte den Kopf. »Daß Ihr's wißt, Blutvogt, wollt ich nicht bezweifeln. Aber wissen's auch die Bittsteller?«

»Ich kann es nur stets aufs neue betonen.« Martin seufzte. »Ob sie es auch glauben, ist eine andere Sache.«

Sie traten, Laternen ergreifend, auf die Gasse, und Martin klopfte dem Pferd des Latrinenkarrens beruhigend die Flanke. Das

Tier stampfte, von Asmus gehalten; aus den Fässern auf der Ladefläche, in die die »Goldgräber« Kübel entleerten, drang scharfer Kloakengestank.

Der Baumeister reichte Martin die Hand. »Wir machen es wie besprochen. Für heut soll's das gewesen sein. Gehabt Euch wohl, Blutvogt.«

Während seine Laterne in der Dunkelheit kleiner wurde, sagte Martin: »Noch Platz?«

Johannes, der auf der Ladefläche stand, schüttelte den Kopf; ein runder, haarloser Schatten vor blitzenden Sternen. Geräuschvoll sog der Mann Speichel auf. »Die Tonnen sind gleich voll bis zum Rand.«

Das Pferd wieherte, als zwei Kloakenreiniger ihre Kübel zu Johannes hochwuchteten. Stinkende Brühe plätscherte in die Tonnen. Ein Windstoß fuhr durch die Gasse und ließ die Fackeln am Karren flackern. Asmus griff nach Mähne und Nüstern, sofort beruhigte sich das Tier, rollte nur noch mit den Augen.

»Es ist für diese Nacht die letzte Fuhre«, rief Martin, während Johannes die Kübel zurückgab. »Sagt's den anderen: Genug für heut!«

*Die meisten Abortgruben der Stadt quellen fast über, ihr Zustand ist höchst bedenklich,* dachte Martin und erinnerte sich, daß sie mit den Häusern des Nikolaiviertels begonnen hatten. Dann wurde an mehreren Stellen gleichzeitig gearbeitet, und so kämpften sich die »Goldgräber« Nacht für Nacht von einer Gasse zur nächsten, wateten im Morast und hoben die Latrinen aus. Martin überwachte die Arbeit und besichtigte die Gruben. Waren sie undicht oder gar nicht befestigt, beauftragte er über Baumeister Dreher Maurer. Dieser hatte wie Stulzing versprochen, auch bei den Nachbarschaftsversammlungen in Cölln die Kloakenreinigung zur Sprache zu bringen. *Ich glaub nicht, daß es viel hilft. Selbst wenn sie zunächst zustimmen, im halben Jahr ist's vergessen, und das Schimpfen fängt von vorn an.*

»Gut, Blutvogt.« Der Latrinenreiniger winkte und lud sich den Kübel auf die Schulter. »Ihr schafft's alleine, die Fässer auszukippen?«

»Ja.« Martin hob den Arm und winkte. »Geht schlafen, Männer. Die kommende Nacht wird wieder anstrengend.«

Johannes legte Deckel auf, rutschte vom Karren und humpelte nach vorn. »Himmel, das Wetter ändert sich. Mein Bein schmerzt höllisch. Wie tausend Dolchstiche!«

»Ganz ruhig, alter Gaul«, rief Asmus. »Bald brauchst du den Gestank nicht mehr zu riechen. Hoh, auf geht's. Vorwärts.«

Räder rumpelten durch Schlaglöcher, der Karren ächzte. Martin nahm eine Fackel aus dem Eisenring und lief voraus, während Asmus sich ein ums andere Mal gegen Speichen stemmte und den Zug des Pferdes unterstützte.

»Vorsicht, Johannes. Hier ist ein knietiefes Loch. Mehr nach links. Achte auf die Hauswand. Ja. So geht's.«

Es ging die Klostergasse entlang, und sie hatten fast die Marienkirche erreicht, als wildes Bellen ihre Neugier weckte. Von Kötern verfolgt, sprangen Gestalten schemenhaft heran, fluchten leise und traten nach zuschnappenden Mäulern.

»Halt, wer da?« brüllte Martin und rannte los. *Keine Begleitung, die ihnen heimleuchtet,* durchfuhr es ihn. *Beutelschneider, Strauchdiebe?*

Asmus überholte mit langen Schritten den Blutvogt, erreichte eine Gestalt, in deren Nuschenmantel sich ein Hund verbissen hatte, und packte mit pfannengroßer Pranke zu, während sein Fuß das knurrende Tier traf. Der Hund krümmte sich winselnd und wich zurück, die anderen kläfften noch wilder und umsprangen zwei Männer, in deren Fäusten Dolche blitzten. Die Gestalt entriß sich Asmus' Zugriff: Die Nuschenspange wirbelte davon, Asmus hielt nur noch das Tuch in der Hand, und der Fremde tauchte unter dem Arm hindurch.

»Achtung!« Martin erreichte keuchend die Gruppe und schwenkte die Fackel. Von den Kötern umsprungen, war für Augenblicke nicht klar, wer zu wem gehörte. Asmus warf den Mantel über ein Tier. Martins Fackel fuhr fauchend durch die Luft, Funken sprühten und ließen die Hunde zurückweichen. Die Fremden drückten sich an eine Hauswand; einer, von einem zotteligen Biest angefallen, stach heftig um sich, bis ihm der Dolch aus der Hand gerissen wurde.

»Da ist der Blutvogt!« Der Aufschrei gellte in Martins Ohren. Im verlöschenden Fackellicht glaubte er einen Mann zu erkennen, dessen Haar gelichtet war und ihm bekannt vorkam. Er schüttelte den

Kopf und sah aus den Augenwinkeln Johannes herbeihumpeln. Ein Mann sprang mit weitem Satz über die Hunde, versetzte einem noch einen Fußtritt und rief, während er im Dunkel der Seitengasse untertauchte: »Verschwindet! Schnell! Ihr hört von mir!«

Auch diese Stimme klang Martin vertraut.

»Verstanden.«

Er wehrte mit Johannes' Hilfe zwei Köter ab, die winselnd gegen eine Hauswand prallten. Als sei es ein Signal, hechelten die Tiere auseinander, verschwanden in der Finsternis. Türen öffneten sich, jemand schrie: »*Ruhe!*« Ein anderer Bürger, die Laterne in der Hand, tappte verschlafen auf die Gasse. »Was soll der Lärm und der Krakeel?«

Asmus lief den Gestalten hinterher, die die Verwirrung ausnutzten. Martin stieß Johannes an und ließ die erloschene Fackel fallen. »Sprich mit den Leuten, beruhige sie.«

»Jawohl.«

Martin atmete tief durch, eilte Asmus hinterher und überquerte den Neuen Markt. Nur Schatten im bleichen Sternenlicht waren zu erkennen. Immer wieder verschwanden die Männer in der Dunkelheit nahe den Hauswänden. Auch die Spandauer Straße blieb finster; kaum daß ihre Mitte etwas erhellt wurde – der Mond ging dieser Tage erst nach Mitternacht auf. Martin bog nach links ab, hetzte die Mauer des Heiliggeisthospitals entlang und prallte mit Asmus zusammen, als er fast die Stadtmauer erreicht hatte. Asmus' Ellenbogen schlug ihm vor die Brust, im letzten Augenblick erkannten sie einander und vermieden ein Handgemenge.

»Wo sind sie?« Martin schnappte nach Luft und stand, die Arme auf die Schenkel gestemmt, gebeugt neben dem großen Burschen. »Hast du sie gesehen?«

»Ich weiß nicht genau. Sie scheinen zum Wehrgang hochgelaufen zu sein. Hörst du's? Sie rennen über den Holzsteg.«

»Weiter. Hinterher. Zur Treppe.«

Asmus lief voraus, sie polterten die Stiege hinauf und erreichten den Rand der Stadtmauer. Unter Sternenglanz breitete sich das Gewirr der Dächer aus, Lichtsicheln tanzten auf schwarzem Spreewasser. Fern brüllte ein Luchs, gefolgt von hastigem Aufflattern von Vögeln. Eine Sternschnuppe huschte langschweifig über den Himmel und erlosch.

»Dort!« Asmus wies zum wuchtigen Mönchsturm, halb links davor ragte das Dach eines Wiekhauses auf, von schrill kreischenden Fledermäusen umflattert. »Da sind sie!«

»Schnell!«

Sie rannten los, aber als die Männer die Stelle erreichten, war von den Gestalten nichts mehr zu sehen; sie schienen sich in Luft aufgelöst zu haben. Enttäuscht lehnte Martin an einer Mauerzinne, als er ein Schaben hörte und herumfuhr. Er beugte sich in die Nische, ertastete ein Seil, bekam es, weil es rasch weiterrutschte, aber nicht mehr zu fassen: Das Ende peitschte durch die Luft und traf Asmus an der Schulter, als dieser sich ebenfalls vorbeugte und nach unten sah. Ein dumpfer Aufprall war zu hören, dann Plätschern und der Schlag von Holz auf Holz. Ein Schatten bewegte sich vom Unterbaum weg.

Martin fluchte. »Da paddeln sie und verschwinden auf der Spree.«

»Wenn wir uns beeilen ...«

»Hat keinen Sinn. Ehe wir von der Stadtmauer runter und durchs Spandauer Tor sind – du weißt selbst, wie langsam die Stadtknechte nachts das Tor öffnen, wenn wir mit dem Latrinenkarren durchwollen. Nein, die Burschen erwischen wir nicht mehr. Sie haben ihre Flucht gut geplant!«

Asmus knurrte erstaunt: »Geplant?«

»Ja. Das Seil hing schon bereit, ausreichend lang, um beiderseits der Zinne bis zum Boden zu reichen. Du verstehst? Sie rutschten gleichzeitig runter und zogen's dann hinterher. Vielleicht haben sie's schon zum Hochsteigen benutzt? Sie müssen einen Helfer in der Stadt gehabt haben, oder sie brachten das Seil mit. Die Rondengänger werden auch immer nachlässiger.«

»Oder man hat sie bestochen.«

»Möglich, Asmus. Ich frag morgen nach, wer hier seinen Dienst tut. Hast du die Kerle erkannt?«

»Ich bin nicht sicher. Die Stimme des einen – fast könnt's Markus Kremer gewesen sein.«

»Stimmt. Und der andere, dem du den Mantel fortgerissen hast – ich glaub, ich bin ihm schon mal begegnet. Er überfiel damals Kaufmann Zirner mit anderem Diebesgesindel. Man nannte ihn Clemens.«

Asmus schnappte nach Luft. »Was … was wollten sie?«

Martin hob die Schultern, winkte Asmus und ging langsam zur Treppe zurück. »Es könnte ein Hinterhalt gewesen sein. Wir sollten den Stadtkötern dankbar sein, Großer. Sie haben die Burschen aufgeschreckt, als diese auf der Lauer lagen. Wenn's wirklich der Kremer-Schelm war, hat er sich Hilfe von außen besorgt. Mordgesindel aus den Wäldern und Sümpfen oder gar Muntmannen der Kremerschen.«

»Sie sollten dich meucheln?« murmelte Asmus und legte lauschend den Kopf schief. »Dem Burschen mußt du ein paar Zähne ausschlagen, denk ich. Oder du mußt ihn vors Gericht zerren. Ihm würd ich gern die Tortur geben.«

»Vorerst wird ihm das Herz in die Beinlinge gerutscht sein. Er weiß nicht, ob wir ihn erkannt haben oder nicht. Ich werd ihm fortan tief in die Augen sehen. Das setzt dem Feigling mehr zu als eine Anklage – für die wir, nebenbei, keine Beweise haben. Unsere Feindschaft ist stadtbekannt. Nein, Asmus, das ist kein Fall fürs Gericht.« Leise fügte Martin nach einer Weile hinzu: »Noch nicht.«

# VI.

*Der bader und sin gesind*
*Gern huren und buben sind.*
*Das sich wol dik emphind*
*Dieb, lieger und kuppler,*
*Und wissend alle fremde maer.*
*Och kunnend sie wol schaffen*
*Mit laigen und och mit phaffen,*
*Die ir uppkait wend triben,*
*Und kunnend die fröwlin zu in schieben.*
DES TEUFELS NETZ; spätes 15. Jahrhundert, anonym

## 8. Weidemond, Anno Domini 1349

Wie er es versprochen hatte, besuchte Martin Vogt Surber und untersuchte ihn: Abklopfen von Brust und Rücken, Lauschen auf
Herzschlag, Puls und Atem, dann das Besehen des Wassers – *dia-*
*gnosis ex urina* –, von Augen, Zungenbelag und Auswurf.

In der Nacht hatte Martin nicht viel geschlafen, erlebte in Gedanken Angriff und Verfolgung stets aufs neue. *Waren es wirklich Mar-*
*kus Kremer und dieser Clemens vom Überfall auf Zirner gewesen?*
*Ein Meuchelversuch wegen Heinrich Kremers Tod?* Je länger er
nachdachte, desto mehr wuchsen Zweifel: *Es war dunkel, nicht viel*
*zu erkennen. Vielleicht doch nur Strauchdiebe, von den Kötern auf-*
*geschreckt?* Von Vaters Verhören und peinlichen Befragungen
wußte Martin nur zu gut, daß oft der erste Eindruck täuschte: Lug
und Trug verbargen sich hinter schönem Schein, das offensichtlich
Abstoßende umhüllte dagegen den güldnen Kern. *Markus haßt*
*mich*, dachte er, *nur das ist sicher; ich darf ihn aber nicht hinter jeder*
*Ecke und jedem Strauch sehen, sonst macht's mich verrückt!*

Mühsam schob er die Gedanken zur Seite, wandte sich wieder
Bartholomäus Surber zu. Während vom Hof das Hämmern der
Maurer herüberklang, die die Abortgrube auskleideten und abdich-
teten, kramte Martin in seinem Beutel und fühlte die ebenso miß-
trauischen wie hoffnungsvollen Blicke des Vogts. Auch eine Spur
Angst glaubte Martin zu entdecken, als er getrocknete Blätter zu-

sammenstellte und leise sagte: »Ihr gestattet ein offenes Wort, Herr Vogt?«

Surber nickte und beugte sich gespannt vor, die Hände um die Stuhllehnen geklammert. Fast belustigte es Martin, daß ein Netz feiner Schweißperlen auf Surbers Stirn erschien.

»Mir scheint, daß es dem Herzen bei der Größe Eures Körpers schwer ist, die Säfte in Bewegung zu halten.« Martin leckte die Lippen, sprach betont gleichmütig. »Das schmerzt und macht den Atem dünn. Ihr solltet, um 's Herz zu unterstützen, der inneren mehr äußere Bewegung hinzufügen. Zur Linderung der Beschwerden geb ich Euch Blätter von Weißdorn und Melisse; macht davon Aufgüsse und trinkt sie zu jedem Essen, bei denen Ihr auch mehr Früchte und weniger Fett zu Euch nehmen solltet. Da das Leiden schon länger dauert, erfordert das Heilen seine Zeit. Erwartet deshalb bitte keine Besserung von heut auf morgen: Wunder vollbringt der himmlische Vater – ich bin nur ein einfacher Mann.«

Der Vogt lauschte, die Stirn gekraust, den Worten nach, lächelte dann und sagte: »Euer offenes Wort, Blutvogt, und die schlicht *medicin* überzeugen mich mehr als alles andere. Ich gesteh's: Ich wollt Euch prüfen, weil das Keifen des Baders und die Klagen der Kremerschen mich nicht ruhen ließen.« Er klatschte und sah zur Seite. »Nun könnt Ihr hereinkommen, *apothecarius* Nabel. Was haltet Ihr vom Rat des Blutvogts? Ist's rechte Heilkunst, ganz ohne daß er sich dem *examini medico* unterwarf?«

Als der Einäugige die Stube betrat, war Martin im ersten Augenblick ebenso enttäuscht wie zornig; er fühlte sich hintergangen und in seiner Ehre verletzt. Die Erfolge hatten ihn selbstsicher gemacht, um so mehr kränkte nun Surbers Verhalten. *Eine Falle!* durchzuckte es Martin und stand erstarrt. Aber schon beim nächsten Wimpernschlag, von laut pochendem Herz verblüfft, sagte er sich, daß er mit solch einer Prüfung über kurz oder lang hatte rechnen müssen. *Besser gleich als später! Auch die Zünfte haben ihre Schau, die Waren werden ob ihrer Güte kontrolliert. Warum soll's beim Heilen, wo's um Menschen geht, anders sein? Wenn 's Brot und Tuch begutachtet werden, muß es auch ein Medicus ertragen, das ist nur recht und billig.*

Ebenso gespannt wie Surber wartete Martin auf Heinrich Nabels Antwort. Der Apotheker, schon im achtundvierzigsten Jahr, strich schwarzes Haar aus der Stirn, verzog das hager-runzlige Gesicht und kratzte den Rand der Narbe – ». . . *das Aug vom aufgebrachten Kunden ausgestochen, als ich als junger Mann einen Zahn brach«*, hatte er Amalie anvertraut. »Ihr kennt die Antwort«, murmelte er. Fast klang es bedauernd. »Ich hab Euch Ähnliches geraten. Herr Stockmann sagte es offener, hielt sich nicht zurück, ob's Euch gefällt oder nicht.«

Als pfeifend der Atem entwich, wurde Martin klar, daß er die Luft angehalten hatte. Nabels Lächeln war freundlich, vertrauensvoll zwinkerte er Martin zu.

»Besser barsche Worte« – Surber winkte erstaunlich gelassen ab – »als Honig im Bart und weiterhin Schmerz und Leid. Die Herren sind sich also einig? Schön, dann muß ich's wohl so halten.« Er strich seufzend über die Wampe. »Obwohl schon jetzt der Magen knurrt: Nun denn, belassen wir's bei Aufguß und Trockenobst und . . .«

Er brach ab, weil Tile Wardenberg, von einem Diener hereingeführt, ziemlich erregt rief: »Ah, das trifft sich gut, daß Ihr hier seid, Blutvogt. Grüß Euch, Ihr Herren! Ich möchte gleich zur Sache kommen: Besorgte Bürger haben mir vom nächtlichen Krakeel berichtet. Auch wurde gesagt, daß Ihr, Blutvogt, hinter Strolchen herhetztet. Was ist dran? Muß der Rat einschreiten? Gibt's Arbeit fürs Gericht?«

*Nun heißt's vorsichtig sein,* dachte Martin und zögerte mit der Antwort. *Markus und diesen Clemens sollt ich besser nicht erwähnen; bin nicht ganz sicher, ob sie's wirklich waren. Markus würd alles abstreiten, an mir bleibt's hängen. Soll sich der Ratsmeister um die Rondengänger kümmern; vielleicht kommt dann ja Licht ins Dunkel?!*

»Es stimmt«, sagte er. »Ein paar Kerle wurden von Hunden angefallen. Sie nahmen Reißaus, nachdem ich und Asmus nachsetzten. Beim Mönchsturm gingen sie über die Mauer – ein Seil hing bereit! –, und sie entkamen auf der Spree. Von den Rondengängern war nichts zu sehen, müssen wohl geschlafen haben. Das war's auch schon, Ratsmeister.«

»Konntet Ihr sie erkennen?«

Das lauernde Funkeln in Wardenbergs Augen wollte Martin gar nicht gefallen, trotzdem blieb er ruhig und sagte fest: »Nein. Es war zu dunkel, alles ging blitzschnell.«

»Schade.« Tile Wardenberg seufzte enttäuscht. »Ich knöpfe mir die Burschen vor, die dort zu laufen hatten, können was erleben ... Ihr Herren.«

»Wenn Ihr's schnell macht, kommt's morgen vor Gericht!« Surber stand auf, um den Ratsmeister bis zur Gasse zu begleiten. »Es geht nicht an, daß die Leut ihrer Pflicht nicht nachkommen. Solange Ludwigs Mannen durch die Mark ...«

Martin sah ihnen hinterher und räusperte sich. »Herr Nabel, ich könnt Eure Unterstützung brauchen. Ein Anliegen, das ich dem Vogt vortragen möcht und ...«

»Laßt hören.«

Auch wenn er es sich kaum eingestehen wollte: Der, wie er meinte, eigentlich überflüssige Tod Heinrich Kremers wurmte Martin doch beträchtlich, zumal Kremer sich so auch der weiteren – gerechten! – Strafe entzogen hatte. »Die Gefangenen im Loch: sofern sie nicht zu strenger Turmhaft verurteilt sind, würd ich ihnen gern etwas Bewegung, Licht und Luft verschaffen. Was haltet Ihr davon?«

Martin sah Nabel an; die Antwort würde entscheiden, ob er es wagte, das Anliegen Surber vorzutragen, oder besser davon absah. Nabel schloß für eine Weile das Auge, dann sah er Martin nachdenklich ins Gesicht und hob die Schultern.

»Fragt Ihr als Scharfrichter oder als Mann, der heilen möchte?« Nabel runzelte die Stirn; seine Gegenfrage bewies Martin, daß der Apotheker ganz genau den Zwist durchschaute, der sich hinter Martins Vorhaben verbarg. »Dem einen kann's gleich sein, was mit den Kerlen geschieht, ja, er hat zuerst ans Urteil und die Strafe zu denken. Ein Medicus dagegen ... Falls Ihr's ansprecht, solltet Ihr vielleicht einen verschlungenen Pfad wählen, um den Vogt zu überzeugen. Ihr versteht?« Martin nickte, lächelte plötzlich verwegen und nickte erneut. »Ah, Ihr habt also einen Einfall. Gut. Wenn's nötig sein sollte: Meine Hilfe könnt Ihr haben.«

»Danke.« Martin hob den Arm, sie tauschten einen festen Händedruck, und als Surber zurückkam, nahm er allen Mut zusammen und sprach aus, was ihn bewegte, sagte schließlich: »... Dreimal in der Woche für eine Stunde oder zwei, den Rest hausen sie ohnehin schlimmer als Tiere.«

Vogt Surbers Blick war mißtrauisch, die Frage knurrig: »Warum?«

»Es gleicht den schlechten Abortgruben, Herr: bei Vernachlässigung stinkt's, und das Aufräumen macht mehr Arbeit, als wenn man sich ständig drum kümmert. Die schlimmen Buben trifft 's Halsgericht sofort, Tod, Handabhacken, Brennen, Stäupen und solche Urteile. Im Turm hocken meist die, die aufs Gericht warten, wegen Voruntersuchung, peinlicher Befragung, manchmal sogar Unschuldige, denen bei zu Unrecht erlittener Tortur und *vur iren smertzen* Geld gezahlt wird und...«

»Ihr meint« – Surber hob die Hand –, »es wird billiger, wenn sie vorher besser behandelt werden? Blutvogt, Ihr habt sonderbare Gedanken.«

»Ich zeig kein *bedroifnis* bei denen, die's nit anders verdient haben!« Er dachte: *Verschlungener Pfad! Nabels Rat befolgen, keine Blöße geben, nicht schwach sein!*

»Ich weiß, Blutvogt. Auch, daß Ihr für schnellen Tod mit dem *swert* seid. Trotzdem: Wie kommt's, daß Ihr Euch für die anderen so einsetzt?«

Martin wägte seine Worte genau ab: »Sie hadern oft, brüllen und fluchen, wehren sich. Viele krepieren, wie man 's keinem Vieh zumutet, ohne zu Gott zu finden. Dabei sollen sie's reuig nehmen und die Strafe erkennen!«

»Blutvogt, Ihr seid ein Halunke!« rief Surber, sein Grinsen wurde hinterhältig. »Im Licht sehen sie, was sie wegen ihrer Taten versäumen. Gut! Das gefällt mir. Das gefällt mir sehr.«

*Bei meiner Seel' – jeden Tag helf ich Leuten, seh Wunden und Krankheit...* Martin senkte den Kopf, ließ sich den inneren Kampf nicht anmerken. »Vielleicht... der Kremer könnt noch leben und seine Strafe, wie von *Euch* gewollt, das ganze Jahr absitzen, statt...«

»Nun versteh ich's genau.« Der dicke Mann lachte schallend. »Euch hat's bei der Ehr gepackt, Ihr wollt heilen und grämt Euch, wenn's nicht so recht klappt. Einverstanden, probiert es aus und zerrt die Buben ans Licht. Wenn Ihr uns das Schmerzensgeld erspart, soll's mir recht sein. Herr Nabel, was sagt Ihr dazu?«

Der Einäugige hob die Arme. »Ich schließ mich dem an. Mehr gibt's nicht zu sagen.«

Die Verhandlung *Rat versus Rondengänger* war auch am Abend des nächsten Tages noch Inhalt vieler Stadtgespräche: Engelbert Rathenow hatte als Ankläger förmlich getobt und schärfste Bestrafung verlangt. Der Mann, vor dem sich die Hübschlerinnen wohl zu Recht fürchteten, schien sich, wenn er bei peinlicher Befragung zugegen war – und das war er stets! –, sogar an den Qualen zu freuen und war als grob und verletzend verschrien. Rathenow verglich die Nachlässigkeit der drei Angeklagten mit falschem Maß und unrechtem Wiegen, und darauf stand der Tod am Galgen. Weder Schöffen noch Vogt Surber waren bereit, in dieser Schärfe zu urteilen, sondern verhängten eine Geldbuße.

*Zornrot im Gesicht ist er davongestampft, vermutlich in die nächste Winkelwirtschaft,* dachte Martin. Während Asmus an Leos Stelzfuß schnitzte, genoß Martin die wärmenden Strahlen der untergehenden Sonne.

Christian lehnte neben Martin in der Türnische und sagte bedächtig: »Markus ist, wie's gesagt wird, seit Tagen *nit inheimisch ...*«

»Wenn's stimmt: besser so, daß er mir aus dem Weg geht – wohl auch für mich. Das Urteil über die Rondengänger wird dem feigen Hund zusetzen, falls er wirklich beim Überfall dabeiwar.«

»Ich hab mich umgehört. Obwohl Berthold Clementh vor Gericht auf Eid beschwor, *niemands eigen* zu sein, soll er doch früher bei den Muntmannen der Kremerschen gesehen worden sein. Hubrich Schamer und Baltes Platzfoeß wurden von Clementh überredet; so kam's zum Saufen und Würfeln.«

Martin hob die Schultern. »Ist alles kein Beweis. Sie haben ihre Pflicht verletzt, mußten zehn Schilling Strafe zahlen, weil sie im Mönchsturm hockten, statt auf dem Wehrgang zu laufen. Und da sie mit dem eigentlichen Überfall nichts zu tun hatten ... Was wir vermuten, Christian, ist das eine. Ohne dringenden Verdacht gibt's keine peinliche Befragung. Clementh nahm das Anstiften auf sich, die Burschen gestanden ihre Nachlässigkeit und zahlten reuig, *umb deshalven nit verschemt* zu bleiben.«

»Vielleicht hättest du doch sagen sollen, daß du Markus erkannt hast?«

»Hab ich das wirklich?« Martin wiegte den Kopf. »Ich bin mir halt nicht sicher. Bringt nichts, jetzt das Maul aufzureißen. Im Kremerschen Kessel brodelt's genug, da muß ich nicht weitere Kloben nachschieben. Nein, ich behalt die Burschen in Obacht. Wenn Markus in seinem Jähzorn über die Stränge schlägt, kommt meine Zeit, aber keine Stund früher. Ich bin gewarnt.«

»Manchmal« – Christians Stimme klang dumpf, sein Blick war nachdenklich – »bist du ziemlich verschlagen, mein lieber Martin.«

Martin winkte ab. »Wer's wie ich mit Hohen Herren zu tun hat, muß sich vorsehen. Unsereiner hat den Kopf schnell in der Schlinge. Heut schmeicheln sie dir, morgen treten sie dir, weil du das falsch Wort aussprichst oder weil ihnen das Weib zu Hause zuviel keift, in den Arsch. Da heißt's, bei allem Wohlwollen, mißtrauisch zu bleiben.« Er seufzte und sagte nach einer Pause: »Ich muß nun auch an Amalie denken. Sie wird bald mein Weib und soll's gut haben!«

Er setzte sich auf die Treppe, sprang aber sofort wieder auf, als er Mechthild aus der Rosengasse wanken sah: Die Badstubmaid hielt sich Bauch und Rippen, schaffte es kaum, sich auf den Beinen zu halten, und blutete im Gesicht. Bevor Martin sie erreichte, stürzte sie zu Boden und krümmte sich.

»Was ist geschehen?« Er hob sie auf, vor Sorge wie auch Wut bebend. »Mechthild! Komm zu dir. Wer hat das getan?«

Sie verdrehte die Augen, wimmerte und antwortete zwischen Stöhnen und schmerzerfülltem Zischen: »Der Engelbert Rathenow... zuerst in Badstub ... wild, betrunken ... wollt weiter... ins Schanthaus. Helft, es tut so weh!«

Martin stieß die Tür auf und setzte Mechthild auf die Bank. »Amalie, kümmer dich um sie, ja? Asmus, komm!«

Auch Christian setzte sich in Bewegung, stolperte aber, schlug lang hin und fluchte. Noch bevor Martin und Asmus das Schanthaus erreichten, hörten sie Poltern und Schreie. Einige Dyrnen hatten sich auf die Gasse gerettet, ein Knecht rannte nackt davon, die Kleider an die Brust gepreßt, im Eingang lag Margaretha und umklammerte ihr laut brüllendes Kind. Sybilla Peltz keuchte: »*Dat is raserie of unsinnicheit!*«

Schreie und Verwünschungen drangen aus den Stundenstuben des Obergeschosses, eine *brunzkachel* flog im hohen Bogen aus dem Fenster. Dann krachte es im Haus, als tobte ein tollwütiger Bär im Veitstanz. Spitze Schreie brachen ab, wieder polterte es. In Martin stieg der Zorn, er ballte die Hände. In seinem Kopf purzelten die Gedanken durcheinander: *Rathenow... Ankläger beim Gericht... Dyrnen... Wunden, verletzt... Bringt mich ums Geld, der Schelm! Eingreifen... meine Pflicht... Aber Rathenow ist...*

Ohne weiteres Zögern sprang Martin über Margaretha hinweg, duckte sich und entging dem Hocker, der dafür Asmus vors Kinn krachte. Aus den Augenwinkeln sah Martin noch, daß der junge Mann schwankte und gegen die Wand prallte, dann stürzte er sich auch schon auf Engelbert Rathenow, der am Fuß der Stiege stand und Martin mit einem wilden Schrei entgegenkam. Kräftig, untersetzt, mit Stiernacken, das Gesicht gerötet, die Augen glasig: *Er ist von Sinnen.*

Martin blieb kein weiterer Wimpernschlag zum Überlegen: den ersten Fausthieben konnte er nicht entgehen; er fühlte, daß seine Lippe aufplatzte. In seiner Wut merkte er keinen Schmerz, wich zur Seite aus und tauchte unter den Armen durch, um den Tobenden mit der Schulter zu rammen. Gemeinsam prallten sie gegen den Tisch, rollten über ihn hinweg und landeten hart auf dem Boden. Martins Ellenbogen traf Rathenow im Magen, und während sich der Mann krümmte, wälzte sich Martin herum, kam auf die Beine und trat nach. Rathenow brüllte, stieß den Tisch kraftvoll zur Seite, daß er durch die halbe Stube rutschte, und schaffte es, ebenfalls aufzustehen. Martin empfing ihn mit drei, vier Fausthieben, wurde ebenfalls getroffen und wich hinter den Pfeiler zurück. Rathenow setzte nach – genau in Martins Tritt, ging in die Knie und tastete, schrecklich grunzend, über den Boden: Mit einem Herdeisen kam er wieder hoch.

Es splitterte, als der erste Schlag dicht neben Martins Kopf den Pfeiler traf. Von ungestümen Hieben wurde er durch die Stube getrieben, wich um die Tischplatte herum, die halb von den Schragen gerutscht war, fühlte das Zischen, als das Herdeisen knapp an seiner Schulter vorbeifuhr – und packte Rathenows Arm, nutzte den Schwung und schleuderte den Mann bis zur Stiege. Das Herdeisen klapperte davon, Rathenow krabbelte die Treppe hoch. Martin erwischte den linken Fuß und zog kräftig: In Rathenows Aufschrei mischte sich das Poltern, mit dem sein Kopf auf Stufen schlug. Martin, dem Schweiß in die Augen rann, sah die Gestalten am Stiegenende nur verschwommen; zwei Hübschlerinnen, ein reglos stehender Bursche. Rathenows Tritt traf Martin im Magen und warf ihn fast ins Herdfeuer. Er rollte ab, sprang auf und keuchte. Kälte kroch dem Blutvogt durch die Wirbelsäule und breitete sich über die Schultern aus: Der Rasende stand gebeugt, die Arme ausgebreitet, und sein Gesicht war eine Grimasse: blutunterlaufene Augen, aufgerissener Mund, Schweiß, mit Blut aus Mundwinkel und Nase vermischt.

Martin schüttelte benommen den Kopf, wurde von Rathenow gestoßen und krachte so heftig gegen die Wand, daß das Flechtwerk nachgab und Lehmbewurf splitterte. Hände umschlossen Martins Hals mit fürchterlicher Kraft, stinkender Weinatem traf sein Gesicht: ein tierisches Knurren. Von Furcht gepackt, schlug er zu, traf Rathenows Bauch und Seiten. Wieder und wieder. Trotzdem drohte die Luft knapp zu werden, waberten Schatten vor Martins Augen. Er packte Rathenows Hände, ohne den Würgegriff lösen zu können, auch nicht, als seine Faust die Nase traf. Im gleichen Augenblick griff Asmus von hinten zu, zerquetschte mit seinen Pranken fast die Unterarme des Patriziers, der einen gellenden Schrei ausstieß und losließ. Während Martin an der Wand zu Boden rutschte, den Hals rieb und krächzte, umklammerte Asmus Rathenows Brust, dem die Arme eingeklemmt wurden und der auch durch Schütteln nicht freikam, weil nun Christian zu Hilfe eilte und ebenfalls zupackte. Trotzdem war abzusehen, daß der Rasende noch nicht gebändigt war: er wehrte sich und schrie so gellend, daß es Martin bis ins Mark stach.

»Haltet ihn fest!« knurrte er, kam torkelnd auf die Beine, holte weit aus und traf mit gezielten Schlägen, bis Rathenow die Augen verdrehte und erschlaffte. Schwärze erschien vor Martins Augen, sein Herz hämmerte bis zum Hals; nur mit Mühe konnte er sich am Pfeiler abstützen und das Gleichgewicht wahren. Asmus sprang hinzu. Martin sah undeutlich, daß dessen Kinn blutete. »Geht ... schon, Großer. Danke!«

Er atmete schwer ein und aus, schüttelte den Kopf und merkte, daß seine Knie weich wie Sülze wurden und die Hände zitterten. Er wischte Blut von der plötzlich schmerzenden Lippe, wies erschöpft auf Rathenow und sagte: »Bindet ihn! Ich muß ... erst zu Atem kommen.«

Während Asmus ein Leintuch zerfetzte und mit Christian den Bewußtlosen fesselte, die Hübschlerinnen zögernd in die Stube kamen und sich zwei oder drei Gestalten hastig aus dem Staub machten, schaffte Martin es, die erste Aufregung zu überwinden und zu kühlem Kopf zurückzufinden. *Angesehene Familie, was tun? Engelbert ist Ankläger, aber als bösartig bekannt, viele gehen ihm aus dem Weg. Scheint aber Angst vorm Vater zu haben, obwohl der... Das ist es!*

»Asmus, stell den Burschen auf die Beine«, murmelte Martin. »Wir schleifen ihn zum Hof der Rathenows. Komm, schnell, ehe die halbe Stadt zusammenläuft.« Er sah die dankbaren, teils fast bewundernden Blicke der Frauen. *Werden fortan pünktlich und ohne Murren zahlen!* »Räumt auf. Ich komm später noch mal. Christian, du bleibst hier, zur Sicherheit. Los, Asmus.«

Rathenow knurrte; er war zu sich gekommen, aber benommen. Asmus packte hart zu und schleifte den Mann an Martins Seite durch die Gassen. Bei den Rathenows lief sofort aufgeregtes Gesinde zusammen, der Alte eilte gebeugt hinzu, eine Pferdepeitsche in der Hand, und starrte vom wimmernden Sohn zu Asmus und Martin.

Das faltige Gesicht blieb beherrscht, als Gerhard Rathenow sagte: »Was ist geschehen?« Er schien das Ereignis zu ahnen und winkte ab, ehe Martin den Mund öffnen konnte. »Ich kann's mir denken, Blutvogt. Der Junge hat mal wieder... Herr im Himmel, was hab ich getan, daß neben drei Töchtern nur dieser mißratene Bursche überlebte? Ihr seht schlimm aus, Blutvogt, demnach war's heut...« Zweimal traf die Peitsche, Engelbert krümmte sich und heulte wie ein Kind. »Bursche, das ist für deine Grobheit, böses Reden und lästerliches Fluchen, und das, weil du mir Schande bereitest, und das, und das...«

Zum Kreischen des Getroffenen klatschten die Hiebe, das Gesicht des Alten wechselte rasch zwischen Blässe und Röte. Martin und Asmus tauschten einen verblüfften Blick. Der Greis, als Schwadronierer belächelt, bei Sitzungen einschlafend, zeigte sich von ganz anderer Seite: kraftvoll, forsch und rüstig. Plötzlich verstand Martin, weshalb der Mann mal Berliner Ratsmeister gewesen war. *Was wird er tun? Liefert er den Sohn ans Gericht aus? Will ich überhaupt, daß er's tut? Den Elenden so zu sehen ist schon Genugtuung...*

»Herr Vater, bitte!« Engelberts Stimme war ein schwaches Piepsen; er hatte sich zusammengerollt, die gebundenen Hände abwehrend erhoben. »Bitte, bitte.«

»Schweig!« schnarrte das Familienoberhaupt, schlug nochmals zu und wandte sich an Martin: »Ich weiß, daß Ihr Eure Pflicht erfüllt, und mach Euch keinen Vorwurf.«

»Bitte, kein Prozeß.« Ängstliches Schluchzen. »Ich mach's nit wieder. Gelob Besserung. Bitte, Herr Vater.«

»Halt's Maul, mit *dir* red ich später! Blutvogt« – der Alte seufzte –, »wie verbleiben wir, um 's allen Seiten recht zu machen? Ihr versteht, daß ich ... Er ist mißraten, aber trotzdem mein Sohn, leider. Er wird die Stadt verlassen, ich schick ihn fort, schon morgen. Verlaßt Euch drauf.«

Martins Lächeln wurde kalt; die Lippe brannte. »Ich könnt mit den Weibern reden, Ratmann. Sehen dann von einer Anklage vielleicht ab. Die Burschen nahmen Reißaus, da wird sich keiner rühren; auch die Nachbarn in der Rosengasse schweigen. Ich und Asmus ...« Er winkte ab. »Aber die Badstub-Mechthild – er hat sie *swarz und bla* geschlagen! Ist keine Dyrne wie die anderen, arbeitet *Am Krögel* ...«

»Verstehe.« Härte glitzerte plötzlich in Gerhard Rathenows Triefblick, der Sohn wurde von einem Tritt getroffen und jammerte noch lauter. »Können wir's gütlich hinter uns bringen, Blutvogt? Reicht ein Gulden, was meint Ihr?«

Martin zögerte, nur langsam klangen Wut und Zorn ab – dafür schmerzten Rippen, Kreuz und Gesicht um so mehr. »Ist Mechthilds Entscheidung. Nun, ich denke ...«

»Nur ein liederlich Weib!« brüllte Engelbert und spuckte aus. »Ich zeig, wer der Herr ist. Hat zu tun, was ich will. Ich bin Ankläger beim Hochgericht; vor mir hat man Respekt!«

Sein Vater fuhr herum und prügelte so wild auf ihn ein, daß Martin fast bereit war einzugreifen; nur der Gedanke an Mechthild hielt ihn ab. Von Asmus kam ein zufriedenes Grunzen. Martin sah, daß er über sein blutendes Kinn strich und die Muskeln anspannte: ein junger Mann von mehr als sechs Fuß Größe, der trotz seiner Kräfte vom Rasenden überrascht worden war. *Ist halt tapsig und schwerfällig.* Nachträglich erschien es Martin als ziemliches Glück, daß sie Engelbert hatten bändigen können. *Hätte auch in Mord und Totschlag ausarten können,* fuhr es ihm durch den Kopf. *Ein Gulden?*

*Ist angemessen, aber vielleicht springt ja noch mehr raus? Falls die Mechthild nicht länger in die Badstub will und...*

»Schafft ihn fort! Aus meinen Augen, sonst vergeß ich mich!« Der Greis keuchte und zitterte, während zwei Knechte hinzusprangen und Engelbert, von dem nur noch leises Winseln kam, zum Haus schleppten. »Blutvogt, Ihr geht jetzt besser. Ich schick Euch später das Geld, ja? *Zwei* Gulden, und wir verlieren kein Wort mehr drüber, verstanden?«

Martin nickte. Gerhard Rathenow atmete tief durch, hob die Schultern und drehte sich um; im Gehen sanken seine Schultern nach vorn, wie von gewaltiger Last getroffen. Von seinem Murmeln verstand Martin wenig: »Schlimme Zeit, ich sag's immer wieder... Unglück fing an... Propst gemeuchelt... Bann... hohes Lösegeld, trotzdem viel Zeit... siebenhundertfünfzig Mark! Ohne den Rentmeister hätten wir's nicht...«

»Gehen wir«, sagte Martin und zog Asmus mit. »Die Sache scheint ausgestanden.«

»Wie der Alte zugeschlagen hat! Vor dem würd ich mich als Sohn auch fürchten.«

»Genau das ist es, Asmus. Engelbert hat Angst, gleichzeitig schämt's ihn, wenn die Leut über den Alten tuscheln. Er kann und will sich nicht auflehnen, ist dafür bei anderen um so grober. Du hast's gehört: Er will der Herr sein. Ich glaub nicht, daß er sich ändert. Für uns ist's am besten, wenn der Alte ihn fortschickt und alle das Ganze schnell vergessen.«

Asmus runzelte die Stirn und betastete das Kinn. »Wenn du's sagst, Martin.«

Amalie riß erschreckt die Augen auf, als sie Martins und Asmus' Zustand bemerkte, aber Martin winkte ab, als sie ihm Blut von der Lippe tupfen wollte. »Wie geht's Mechthild?«

»Weint. Ich hab sie verbunden. Die Wunden heilen, aber ihre Seel'... – will nicht in die Badstub zurück.«

»Dacht ich mir. Sie bleibt hier, später sehen wir weiter.« Martin lächelte versonnen. »Langsam wird 's Haus zum Hospital. Nun, was soll's? Kommt Leben in die Bude.« Er setzte sich zu Mechthild ans Strohlager und sagte: »Der alte Rathenow wird 's Schmerzensgeld bezahlen, zwei Gulden! Für dich ein neuer Anfang. Engelbert verläßt die Stadt. Du brauchst keine Angst zu haben, hier bist du sicher.«

»Danke.« Sie schluchzte, sah Martin aus verweinten Augen an; das Gesicht war geschwollen und verfärbt. »Ich kann nicht ...«

»Schon gut, Amalie hat's mir gesagt. Wir reden morgen über alles.«

»Einverstanden, Blutvogt.« Sie zögerte. »Ich ... vielleicht ist's für Euch von Interesse? Ich hab's von den anderen gehört: Paul Kremer war bei der fetten Lena, hat sich mal wieder maskiert – eine Haube vorm Gesicht, schwarz, mit rotumrandeten Augenlöchern. Beim Wein sprach er später mit dem Brole, der auch im Schanthaus war. Die Weiber haben nicht viel verstanden, aber es ging um viel Geld, und Brole hat gesagt, daß der Markus sich zurückhalten solle; er würd noch alles gefährden oder gar verderben. Könnt Ihr damit was anfangen?«

»Hhm, vielleicht. Schlaf jetzt.« Er strich ihr eine Strähne von der Stirn, stand auf und sah Amalie verwirrt an. *Noch ergibt's kein klares Bild,* dachte er. *War Markus doch beim Überfall dabei? Und die Herren scheinen in was verwickelt. Ob's mit dem Wittelsbacher und Woldemar zusammenhängt? Viel Geld? Ich muß Augen und Ohren offenhalten.*

Peter Grundland, ein ehemaliger Müllergesell, stammte aus Nördlingen. Als er Berlin zum Jahrmarktsbeginn am 17. Tag des Weidemonds erreichte, war er am Ende seiner Kraft. Den Winter hatte er mehr schlecht als recht überstanden, das Betteln war zu viel zum Sterben und zuwenig zum Leben. Am Tag der Heiligen Drei Könige versuchte der Mann die Monstranz zu stehlen, wurde allerdings sofort gefaßt. Das Gericht urteilte hart: die Ohren wurden abgeschnitten, ein Brandmal auf die Stirn gedrückt, und nach einer Stäupung vertrieb man den Mann aus Nördlingen. Seither zog er rastlos umher, ließ sich die Haare wachsen, stahl manchmal ein Huhn oder anderes Eßbares aus Gehöften und erfror fast beim späten Wintereinbruch. Nur selten gelang es Grundland, Geld zu stehlen, von dem er neue Kleidung, etwas zu essen und zu trinken kaufte.

Das Jahrmarktsfeiern in Berlin kam ihm wie das Paradies auf Erden vor: überall gab es Essensreste, mit denen er sich den Bauch vollschlug. Mitleidige Bürger warfen ihm den einen oder anderen Pfennig zu, und doch war er unzufrieden mit sich und der Welt: die

Mühle war abgebrannt, seither bettelte er. »Habt Dank, ihr Herren. Vergelt's Gott.«

Mißmutig zog er durch belebte Gassen und Straßen: lautstark priesen Händler und Krämer ihre Waren an, Kaufleute waren aus allen Himmelsrichtungen in die Doppelstadt gekommen. Zusätzlich zu den Ständen auf den Marktplätzen gab es in fast allen Gassen und Straßen Scharren, und vor den Stadtmauern tummelte sich weiteres Volk – Bauern, Fahrende Leut, allerlei Gesindel und auch *scholastici vagantes*. Raunen und Feilschen umgab den Roßmarkt vorm Köpenicker Tor nahe dem Holzstapelplatz, Zeltplanen waren rings ums Georgenspital vorm Oderberger Tor und vorm Spandauer Tor nahe dem Heiliggeisthospital aufgespannt, um all die Zuwanderer und Fremden aufzunehmen. Auch Grundland hatte dort einen Übernachtungsplatz gefunden und schloß sich Bettlern an, die in die Stadt drängten, kaum daß die Tore geöffnet wurden. Seine Kleider waren Lumpen, die Füße nackt. *Das ist kein Leben,* dachte er und fluchte stumm. *Himmlischer Vater, hilf mir doch! Ich bitt dich.*

Das Wechselgeschäft wegen der Münzverrufung hatte begonnen, nicht wenige Leute, die laut murrten: Neue Freunde hatte sich Markgraf Woldemar nicht geschaffen, die Stimmung unter Zunftmeistern und Händlern war gereizt. Mägde und Knechte, beladen mit Körben und Bottichen, folgten ihren Herrschaften, die, trotz feinem Tuch, kaum weniger derb schimpften als die *armen lude*. Grundland leckte die Lippen, als ein gluckerndes Faß vorbeigerollt wurde. Vor einem Haus wurde ein Schwein geschlachtet; nach letztem Quieken endete das Zucken der Beine, dampfendes Blut floß in eine Wanne. Umstehende grinsten zufrieden – und verzogen das Gesicht, nachdem sie Grundland entdeckten, der den Kopf senkte und schneller ging. Stimmen, Geräusche, Musik drangen von allen Seiten auf den Mann ein, bestürmten ihn mit Eindrücken, die seine Gedanken verwirrten. Irritiert sah er auf, als Keifen und Poltern erklang, vermischt mit Lachen, dem wütendes Knurren folgte. Leute rannten zusammen, undeutlich erkannte Grundland, daß sich offenbar zwei Marktweiber prügelten. Ein Stadtknecht versuchte sie zu trennen, krümmte sich dann und brüllte voller Schmerz und Wut. Weitere Männer packten zu, zerrten die Weiber mit, während der Stadtknecht, käsig im Gesicht und gebeugt, deutlich langsamer folgte. »... vors Gericht! Schober und Krokow – es reicht! ... prügeln ... nicht Stadtknecht ...«

Peter Grundland, der kaum die Hälfte verstand, zog die Schultern hoch und wandte sich ab, schnell, aber nicht zu hastig. Mit Vertretern der Obrigkeit wollte er nichts zu tun haben, und Unrast trieb ihn weiter. Sein Blick war verschleiert, im Gedärm rumpelte es: Nach Wochen ohne viel Essen rebellierte nun sein Magen, von der unerwarteten Fülle schwer und prall. Dem Mann wurde heiß, Schweiß rann ihm übers Gesicht. Er blieb stehen und atmete tief ein und aus, blinzelte und wankte dann weiter.

Kurz darauf fuhr er zusammen: Einige Gaukler, Tiermasken vorm Gesicht, stießen furchterregende Schreie aus und schlugen wild mit Deckeln auf Töpfe. Bettler und Krüppel balgten sich um hingeworfene – alte! – Münzen. Kinder verrichteten ihre Notdurft mitten auf der Gasse und bewarfen sich damit. Verwirrt starrte Grundland Frauen hinterher, die ihren entblößten Hintern zeigten; enge, kurze Gewänder – volkstümlich der »offene Arsch« genannt – waren ausgeschnitten, so daß man pralle Backen sah. Possenreißer sprangen umher, johlten und zeigten kreischenden Bürgerfrauen lästerliche Gesten. Häßlich-bucklige Hutzelweiber hockten an Gassenecken und ließen sich von Vorbeigehenden den Buckel streicheln, weil das Glück bringen sollte. Manchmal klimperten Pfennige in ihre Schürzen, aber das Lächeln aus zahnlosen Mündern erschreckte die Spender. Menschen wichen einer alten, schwarzgekleideten Frau mit Runzeln und Warzen im Gesicht aus, während sie die Gasse entlanghumpelte; ein Mann murmelte das Wort *Roggenmuhme* wie einen Fluch, ein anderer rief: *»Du alte Zaubersche, gangk zurugk!«*

Peter Grundland schüttelte sich und taumelte. »Da gefriert den Kerlen der Saft, und stillenden Müttern wird die Milch sauer!«

Er streifte dunkelbraune Haare übers Stirnmal und erreichte fröstelnd den Alten Markt. Jongleure zeigten zwischen Krambuden ihre Geschicklichkeit im Messerwerfen, andere führten abgerichtete Hunde und Affen vor. Viele Musikanten hatten sich eingefunden, spielten auf Flageoletten, Harfen, Dudelsäcken, Rotten, Schalmeien, Mandolinen und Leiern. Kinder umringten sie, stimmten gräßliches Geheul an und benutzten Knarrenräder, Kannen, Topfdeckel und alles sonst nur Greifbare, um sich beim Musizieren zu beteiligen.

Schaudernd wandte Grundland sich ab und wankte zur Nikolaikirche. Auf dem Kirchplatz neckten Kinder Betrunkene in Narrenkisten, warfen Steine oder stichelten mit Zweigen. Nachts oder am frühen Morgen aufgegriffen, mußten die Zecher neben ihrem dikken Kopf das Gespött der Leute ertragen. Für ein paar Tage mochte es helfen, dann kam bestimmt der nächste Rausch. Während alle schlemmten, sich vergnügte und es sich gutgehen ließen, hockte Peter neben dem Portal, rieb den schmerzenden Rücken und fühlte geisterhaftes Kribbeln in den Zehen, die bei der Kälte erfroren waren. Grimmig musterte er das Portal, und da kam ihm ein Gedanke. Er betrat das heilige Haus. Vor dem Altar kniete ein Kirchendiener und betete halblaut. Peter Grundland wartete, bis der Mann mit seiner Andacht fertig war und wieder verschwand.

»Blutvogt, ihr müßt nach meinen Kindern sehen. Ich bitt Euch! In meiner Not weiß ich nicht mehr, an wen ich mich wenden soll. Weder Wundheiler noch Bader können helfen.« Die verzweifelte Anna Ruttnitz – eine Waschmagd, die schon für Meister Stoffel gearbeitet und auch Grasdorfs Kleider gewalkt hatte – bedrängte Martin, kaum daß er mit Leo Regerli aus dem Haus kam und dem Steinmetz half, sich auf die Bank vor den Kerkerturm zu setzen. »Alle sagen, ich soll's bei Euch versuchen, weil Ihr ohnehin das Geschäft verderbt und der *barbirer iren geiz stachelt*. Helft mir, es soll Euer Schaden nicht sein.«

»Geht ruhig, ich komm allein zurecht«, sagte Leo, legte die Krücken neben sich und rieb den umwickelten Arm. Martin, dessen Heilkünste nach dem Mühlendammunglück und Leos Rettung immer mehr Bittsteller anzogen, nickte. Seine Hoffnung, von den vielen weiblichen Bittstellern und ihren eindeutigen Aufforderungen verschont zu werden, erfüllte sich nicht; schon der Vater hatte eindringlich gewarnt: »*Sie leben im Glauben, daß der, der Leben nimmt, auch besonders geeignet ist, Leben zu schenken. Sie werden dich anflehen, Sohn!*«

Manchmal fiel Martin das Nein schwer, aber noch hatte es kein Weib mit Amalies Schönheit und Liebreiz aufnehmen können: Für Freitag, den Tag nach Christi Himmelfahrt, war das Aufgebot bestellt, und Martin nahm sich vor, später am heutigen Tag bei der Cöllner Schneiderin vorbeizusehen, bei der er Amalies Hochzeitskleid in Auftrag gegeben hatte. Langsam verstärkte sich das aufgeregte Kribbeln in seinem Magen, und sein Mund wurde trocken, wenn er nur an Amalie dachte. »Ich hol meine Sachen, Frau Ruttnitz. Erzählt, was Euren Kindern fehlt.«

Er winkte Leo: Noch war der Steinmetz schwach, das schmale Gesicht bleich, aber gutes Essen – Trockenobst, kräftige Suppen, Milch und Honig –, viel Luft und Licht und vor allem Ruhe halfen ihm, von Tag zu Tag etwas kräftiger zu werden. *Seit Sonnabend macht er mit Asmus' Hilfe erste Versuche mit den Krücken, meist sitzt er aber vorm Turm in der Sonne und unterhält sich mit Jann oder Heinrich.* Martin lächelte. *Der Junge lauscht ganz versonnen den Geschichten und staunt, wenn Leo von der Arbeit der Bauhütten erzählt, von großen Kirchen, Gerüsten, schön behauenem Stein und all den Sachen.*

»Der Junge hat einen *bois* Arm«, sagte Frau Ruttnitz, seit zwei Jahren Witwe, und rang die Hände, »und die Kleine – *sei was seir hitzich und brannt,* und die Brust...«

*Sieht alt und verbraucht aus, obwohl sie keine vierzig ist,* dachte Martin, versuchte sich ein Bild zu machen, holte den Medicusbeutel und ging mit der Frau zur Mauergasse, die die Fortsetzung der Reutengasse entlang der Stadtmauer war und bis zum Oderberger Tor reichte. Die meisten Häuser hier waren windschiefe Katen, die Leute arm und hilfsbedürftig. Ihnen schenkte Martin seine Aufmerksamkeit, ließ Mitleid an sein Herz, das er bei den *richen* standhaft vermied und statt dessen kalt die Hand aufhielt. *Sie wollen's nicht anders. Nur wenn's einen Beutel Pfennige kostet, scheint's in ihren Augen was wert. Können sie haben! Wenn ich an Ratsherr Steglitz denke, dessen Frau mich schon in der Früh angesprochen hat... Kann warten, zuerst die Kinder!*

Vor ihrer Zinsbude angekommen, bemerkte Martin einen eigenartigen Fäulnisgeruch. Die Kinder lagen im verschmutzten Gemeinschaftsbett, blinzelten teilnahmslos durch den verräucherten Raum und waren von einem Gestank umgeben, der Martin den Atem raubte. Vor dem Bett stand ein Eimer, halb gefüllt mit Exkrementen, Schleim und Auswurf. Martin zog die Decke zur Seite und sah, daß beim Jungen die Wunde am linken Oberarm bis zum Knochen klaffte. Das Mädchen verschränkte ängstlich die Arme. Martin mußte hart zupacken, um ihr Hemd zu öffnen; an einiges gewöhnt, erschrak sogar er beim Anblick: die Brustwarzen waren dick entzündet, gelbliche Säfte quollen zwischen eitrigen Krusten.

»Ich brauch Leinwandstreifen! Macht Wasser heiß!« befahl Martin. Während die Frau einen Kessel aufs Feuer stellte, zerriß Martin ein Tuch. Bei offenen Wunden hielten Vater und Großvater »Weizeln« für angebracht. Als der Kessel summte, mischte Martin heißes mit kaltem Wasser, tauchte Hände und Unterarme ein und wusch sie. Erst dann warf er die Streifen ins brodelnde Wasser und trocknete sie über dem Feuer. Vorsichtig rieb er die Wunden des Mädchens sauber, versuchte die Schmerzensschreie zu überhören und steckte Knäuel in eiternde Löcher. Beim Jungen stopfte er ein zusammengerolltes Stück in die Wunde und umwickelte den Arm.

Die Mutter betrachtete mißtrauisch, aber voller Hoffnung Martins Behandlung und nickte immer wieder, als er sagte: »Die Tücher mußt du täglich wechseln, Frau. Wirf Kamillenblüten ins heiße Wasser und koch sie zusammen mit den Tüchern. Wasch die Wunden aus, dann wieder verbinden. Das ganze Haus stinkt, deshalb solltest du Essig aufkochen und Rosmarin und Wacholder verbrennen. Laß die Tür offen, damit der Rauch besser abzieht, und mach deinen Kindern starke Suppe. Sie müssen essen, selbst wenn's ihnen nicht schmeckt. Ich komm wieder und seh nach ihnen.«

»Habt Dank, Herr.« Anna Ruttnitz bekreuzigte sich. »Werden sie wieder gesund? Und ... ich hab kein Geld ... Ich ...«

Er antwortete grob: »Bete und glaub an Gott – und mach alles so, wie ich's gesagt habe. Das reicht!«

»Ja. Danke, lieber Mann. Danke.«

Schnell wandte Martin sich ab, entzog ihr die Hände, die sie zu küssen versuchte. Auf dem Weg nach Cölln, um Othwin Steglitz zu visitieren – dessen Frau hatte mit hochrotem Kopf geflüstert, er habe sich vor einer Woche beim Füßeln den Zumpf »verrenkt« und bekomme ihn seither nicht mehr hoch –, mußte Martin an all die Mittel und Methoden denken, die die Leute benutzten, um Krankheiten zu heilen oder den Kräften böser Geister zu entfliehen. Vielfältige Rezepturen besaßen die Salben- und Tinkturenmacher; als Zutaten wurden Ohrenschmalz, Schweiß, Kot, Urin, Speichel und Monatsblut genannt, zerstoßene Fliegen hinzugegeben, Mäuse und verbrannte Eulenköpfe – ein Mittel *universalis*. Martin bezweifelte die Wirksamkeit aus gutem Grund, da war er sich mit Apotheker

Nabel einig. Frischer oder verbrannter Pferdemist schien dagegen manchmal wirklich zu helfen – äußerlich aufgebracht zur Blutstillung und Wundheilung, oder als Räuchermittel benutzt. Mit Wasser verdünnt, gab man ihn bei Koliken und allen Schmerzen der Innereien. Nabel hatte versichert: *»Als besonders wirksam gilt der Mist junger Hengste, die mit Hafer gefüttert werden.«*

In den letzten Tagen hatte Martin häufig mit dem Einäugigen zusammengesessen, Rezepturen besprochen, das Aufkochen, Einlegen und Bearbeiten von Kräutern ausprobiert, Destillate erstellt, verschiedene Öle in Augenschein genommen und Behandlungsmöglichkeiten disputiert: *»... sonderlich medicin, pillen und triakel...«* – *«... und dies fein kraut in einer composition mit essich...«* – *»... keinen Abscheu trage, mit dem scharprichter seiner kunst halber in communication zu begeben...«*

Nach anfänglichem Mißtrauen, vielleicht auch von Amalies Liebreiz bezaubert, die häufig in die Gespräche eingriff und vom Wissen ihrer Mutter berichtete, die eine *Amfrew* war und sich auf *weibercuram* verstand, war Hein Nabel vom Saulus zum Paulus gewandelt: Ohne Einschränkung unterstützte er Martins Behandlungen und antwortete, als Amalie ihn geradeheraus nach dem Gesinnungswandel fragte: *»Martin und du, ihr seid offen fürs Neue, genau wie's von den Occamisten heißt, die man auch moderni nennt. Ihr fragt, probiert und habt Vertrauen zu Gott. Redet mit Bruder Michael, er kann's viel besser in Worte fassen! Ganz deutlich sind mir Sätze im Kopf, die er mal von Meister Eckhart zitierte:* Ein Mensch soll in allen seinen Werken seinen Willen Gott zukehren und Gott allein im Auge haben. Und so gehe er voran und hege keine Furcht, so daß er also nicht etwa überlege, ob's auch recht sei, auf daß er nicht etwas falsch mache. Denn wollte ein Maler gleich beim ersten Striche alle Striche bedenken, so würde nichts daraus... *Beim Heilen gibt's nur ein Merkmal, das zählt: Wer hilft, hat recht! Punctum!«*

*Stimmt!* Martin wiegte den Kopf und rief sich Mittel in Erinnerung, deren Wirkung ihm zumindest zweifelhaft erschien: *Ohrenschmerzen behandelt man mit Einträufelungen aus Knabenharn mit Honig, und bei fast allen Hautkrankheiten wird der eigene Harn als Getränk verabreicht; tägliches Einreiben hilft angeblich bei Schuppen und Krätze, während warme Kuhpisse ein gutes Ab-*

*führmittel sein soll. Manche Frauen dagegen schmieren Mäuseköttel auf geschwollene Busen, und mit Essig aufgekocht und eingerieben, fördern sie neuen Haarwuchs bei Glatzköpfigen ... Johannes –* er grinste – *hat's versucht, aber nichts erreicht. Zur Fiebersenkung raten die Leute zum Essen von Läusen, und zerstoßene Haut, Knochen oder Haare Hingerichteter werden angewendet, wenn alle anderen Mittel versagen.*

Auf der Langen Brücke blieb Martin kurz stehen und beobachtete drei Wanderhuren, die Gesellen ansprachen, ihm betont höflich zunickten und gleich darauf im Gedränge verschwanden. Der Bauch einer Dyrne war gewölbt, und Martin sah, daß sie sich an den Rücken griff und sehr langsam ging. »Wollen sie wissen, ob sie einen Jungen oder ein Mädchen unter dem Herzen tragen«, murmelte er zum aufblitzenden Gedanken, der durch seinen Kopf schoß, »müssen sie Weizen- und Gerstenkörner in verschiedene Erdlöcher legen und über beide pinkeln; sprießt der Weizen zuerst, wird's ein Junge. So hat's Amalie von ihrer Mutter gehört.« Er dachte an die Dyrne. »Noch ein Kind, das hinterm Drehladen verschwinden wird – wenn es überlebt, oder das Weib im Kindbett stirbt ...«

Plötzlich drang Großvaters Stimme an sein Ohr, als ginge der alte Mann neben ihm: »*Wer wissen will, ob er bald stirbt, schüttelt seinen Harn in einem Gefäß, bis dieser schäumt, und legt Ohrenschmalz darauf; verteilt sich der Schaum, heißt es Heilung, sonst Sterben.*«

Martin hatte es bei einem Handwerker in Braunschweig selbst gesehen, aber die Großmutter hob die Schultern und sagte: »*Er legte sich hin und wollte sterben, weil er* glaubte, *sterben zu müssen. Hätte er gelacht und wäre ins Wirtshaus gegangen, würde er bestimmt jetzt noch leben. Des Menschen Glauben ist sein Himmelreich – oder Fegefeuer.*«

»Wie wahr!«

Als Martin das Haus in der Brüdergasse betrat, hockte der Ratmann auf einem Kasten und verrichtete seine Notdurft. »Mein Mann sitzt in der Bequemlichkeit«, sagte seine Frau. »Nehmt Platz, Blutvogt. Ich bring Euch Würzwein.«

Martin trank einen Schluck und öffnete den Medicusbeutel, seit Tagen prall von Hein Nabels *medicin.* Von der Frau in Kenntnis gesetzt, hatte er sich vorbereitet und eine Gänsegurgel besorgt, die nur noch auf die passende Länge zu schneiden war. Innerlich lachte der Blutvogt, aber er verbarg die Heiterkeit hinter ernster Miene. *Je mehr Ratmannen ich helfen kann, desto besser ist's für mich. Die Leut wollen ein Mittelchen, also bekommen sie's, und wenn's hilft, ist es richtig!*

Daß er auf dem besten Wege war, genau jenen doppelten Zungenschlag zu entwickeln, den er vor allem den Pfaffen in Gedanken zum Vorwurf machte, störte ihn von Tag zu Tag weniger. Sein Ziel war das Heilen, und Gott schien mit ihm zu sein, denn Leos Stumpf heilte gut, es hatte keinen Wundbrand gegeben, gleiches galt für die Männer der Schiffergilde. Die Dankbarkeit der Leute verlieh Martin weitere Selbstsicherheit, er half den wirklich Bedürftigen mit reinem Gewissen und besten Absichten. Daß sich unter ihnen auch viele Narren befanden, von abergläubischer Furcht durchdrungen, Speichellecker und jene Bittsteller, die ihn und seine Kenntnisse nur auszunutzen gedachten, war nicht seine Schuld. Um sie nicht zu derb vor den Kopf zu stoßen – die Erfahrung mit Bader Beck gemahnte zur Vorsicht und Zurückhaltung; der Apotheker hatte ganz richtig gesagt: »*Erfarne wontarzt und medici durfen die barbirer, snider gebrochener lude und bartscherere nit verzornen, haben iren nutzen von innen!*« –, war ein Pfad zu beschreiten, der, nach anfänglichem Unbehagen, nun leichter fiel. *Bringt ja beiden Seiten Vorteil*, dachte Martin. *Ihnen hilft's ebenso wie mir. Wie sagt's der Lübecker stets: Geben und Nehmen müssen im rechten Verhältnis sein, nur dann ist der Handel perfekt.*

Unterdessen ächzte der Ratsherr, wischte sich mit einem Schwamm, der in Essigwasser lag, das Hinterteil ab und kam herüber. Martin untersuchte den geschrumpften Zumpf, der ihm unter vorquellender Fettwampe entgegengereckt wurde, und unterdrückte das Grinsen. Steglitz' Gesicht wurde rot, dann bleich, Hände rangen mit den Beinlingen. Mit der Gänsegurgel nahm Martin ungerührt Maß, schnitt ein Stück ab und stülpte sie über des Mannes Herrlichkeit – der Zumpf zuckte kurz, blieb aber winzig –, ehe er sie mit einer Hanfschnur festband und dachte: *Glaube versetzt Berge!*

»Behaltet die Gurgel zwei Tage und zwei Nächte drauf, Ratmann.« Martin biß die Zähne zusammen. »Nur so heilt Euer Zumpf!«

Steglitz nickte und starrte auf das Wunderwerk.

»Er sollte alleine schlafen« – Martin wandte sich an die Frau, um nicht länger den staunenden Ratmann ansehen zu müssen –, »damit er die kommenden Tage Blutansammlung und Muskelschwellung vermeidet.«

»Aber er wird wieder ein richtiger Mann?« Sie sah ängstlich vom Blutvogt zu ihrem Gatten, auf der Stirn erschienen winzige Schweißtropfen. »Er wird gesund?«

»Ganz gewiß.« Martin packte den Beutel und hatte es eilig, sich zu verabschieden; das Lachen kitzelte immer stärker. »Gönnt dem Zumpf Ruhe, betet, und alles wird gut. Gehabt Euch wohl. Ich komme in zwei Tagen, um nachzusehen.« Er zog die Frau zur Seite und sagte leise: »Haltet dann einen neuen Groschen bereit, denn soviel wird Euch seine Manneskraft wert sein, nicht wahr?«

»Habt Dank, Blutvogt. Natürlich werden wir Eure Dienste entlohnen.«

Martin schaffte es nur bis zur Gassenecke: Er blieb stehen, hielt sich den Bauch, kicherte und lachte, wischte Tränen aus den Augenwinkeln und schnappte nach Luft. Leute blieben stehen und schüttelten den Kopf. Ein Hund sah mit schiefgelegtem Kopf zu ihm hoch, winselte und trollte sich. Martin sah ihm nach und kicherte. »Hast recht, Hund. So närrisch bist *du* bestimmt nicht. Großmutter hat's gesagt; des Menschen Glauben ist sein Himmelreich – oder Fegefeuer!«

Er lachte noch, als er zur Schneiderin kam und sich das fast fertige Gewand zeigen ließ: ein enganliegendes Unterkleid, die Cotte, über dem das geschnürte, ärmellose Surkot mit *widem heubtfinster* – pelz- und perlenverziert –, fußlangem Rock und bis zur Hüfte geschnittenen »Teufelsfenstern« unter den Armen getragen wurde – feines Leinen, im zarten Rot und Grün schöngefärbt. Dazu eine gestärkte Haube und eine kurze Heucke. Die Schneiderin hatte auch Johann Grasdorfs Kleidung aufgearbeitet und die Berechtigungsbänder angefertigt: Magdalene Emmerich, schon neunundzwanzig und immer noch unverheiratet, war keine Schönheit. Sie besaß eisgraue, kalt blickende Augen und ein spitzes Gesicht, lachte selten und bekam erste Runzeln und Falten; daß sie humpelte, weil von Geburt an der rechte Fuß verkrümmt und kürzer war, konnte kaum der Grund sein, weshalb sich offensichtlich kein Mann für sie interessierte. »*Mein Schicksal scheint's zu sein*«, hatte sie erbittert gesagt, »*als alte Jungfer zu sterben, Blutvogt. Obwohl die Eltern tot sind und ich als Meistertochter zur Zunft gehöre.*«

Martin sah sie zum ersten Mal lächeln, als er, weiterhin prustend und sich den Bauch haltend, von seinem Erlebnis berichtete: Er mußte sofort mit jemandem die Heiterkeit teilen, und es befriedigte ihn sehr, daß für Augenblicke eine Herzenswärme in Magdalenes Augen aufglomm, die Martin fast so anrührte wie Amalies Liebesflüstern. Es war etwas an der Schneiderin, was ihm gefiel. Daran änderte auch nichts, daß das Heitere nur Augenblicke dauerte und sofort wieder dem Verhärmten Platz machte. Ernst wandte sich Magdalene wieder ihren Tuchen, Scheren, Nadeln und Fäden zu und sagte: »Entschuldigt, Blutvogt, aber ich muß mich sputen, wenn 's Gewand fertig werden soll.«

Später gab es Aufregung, weil ein hagerer Vagabund Schmuck und den gefüllten Opferstock aus der Nikolaikirche stahl. Ein Kirchendiener prallte am Portal mit der forteilenden Gestalt zusammen, wurde vom Faustschlag zu Boden geworfen und fing zu brüllen an: »Haltet den Dieb! Haltet den Dieb!«

Bürger griffen beherzt zu, obwohl der Zerlumpte zwischen Verkaufsständen und Buden hindurchzuschlüpfen versuchte, Tische umwarf und über ein fortpolterndes Weinfaß sprang. Becher, Speisen, Gebäck flogen durcheinander, ein Mann faßte nach dem wehenden Mantel und schlug lang hin. Der Vagabund hetzte weiter und sah mehrmals über die Schulter. Ein Junge stellte ihm ein Bein. Der Vagabund torkelte, stützte sich im letzten Augenblick an einer Budenwand ab und keuchte. Drei Männer näherten sich, hoben Dreschflegel und feuerten sich gegenseitig an: »Los, Kaspar, schnapp ihn dir!« – »Der Bursch' gehört mir!« – »Jetzt entkommt er nicht mehr!« – »Los, los, zerschmetter ihm die Glieder!«

Ein Dreschflegel krachte gegen die Wand. Der Zerlumpte entging dem Hieb um Haaresbreite. Töpfe, Pfannen, Deckel und Steinzeuggeschirr klapperten und klirrten, da er mit dem Rücken gegen die Wand prallte, worauf er sich abstieß und einen Mann über den Haufen rannte. Er sprang mit weitem Satz über einen Tisch – die Platte zerbrach, weil ein Dreschflegel mit voller Wucht daraufschlug. Der Krämer versteckte sich hinter einem Faß und lamentierte lauthals: »Mein Tisch ... meine Waren! Mordio! Diebesgesindel! Haltet den Schelm!«

Langsam schloß sich der Kreis um den Zerlumpten, der gehetzt nach rechts und links sah. Männer mit grimmigen Mienen kamen näher: »Jetzt haben wir dich!«

Der Vagabund lief drei Schritte, wich zustechenden Zinken aus, kehrte um, und als er einem Karren ausweichen wollte, prallten zwei Männer auf ihn; alle drei gingen zu Boden, wurden zum schnaufenden Knäuel, während Stadtknechte herbeieilten, vom Geschrei des Kirchendieners angelockt. Innerhalb kürzester Zeit war der Vagabund überwältigt und gefesselt und wurde zum Kerkerturm geführt, wo ihn Jann Melchior, schrecklich hustend und Blut spuckend, in Empfang nahm und einschloß: Es war das erste Mal seit Monaten, daß Peter Grundland wieder ein festes Dach über dem Kopf hatte. Er kauerte sich aufs Stroh und haderte mit dem Schicksal. *Alles mißlingt, an den Finger klebt 's Unglück wie Pech. Herr Jesus, warum stehst du mir nicht bei? Was hab ich denn Böses getan, daß du mich so strafst? Nun steh ich wieder vorm Gericht. Sie werden 's Brandzeichen sehen, und dann ... Tod! Ich bin schon tot. Da gibt's kein Jammern, ist sicher wie 's Amen.*

Martin überquerte, nachdem er sich durchs Gedränge des Cöllner Fischmarkts geschoben hatte, den Mühlendamm – an der Mittelmühle wurde noch immer gearbeitet und Baumeister Dreher fluchte, weil sein Einfall, neben dem Mahlen auch das Beuteln von der Wasserkraft besorgen zu lassen, beim Umsetzen nicht klappen wollte – und erreichte den Alten Markt. Bevor er die Büttelei betrat, wanderte sein Blick über die Scharren und Krambuden. Heilkundige und Quacksalber boten an ihren Ständen, von Menschen umringt, Liebeszaubermittel feil.

»Es gibt nur ein Mittel, werte *frawen,* um die Liebe eines Mannes zu gewinnen oder zu erhalten«, brüllte ein Mann, dessen Nase eine dicke Warze verunzierte. »Gebt ihm ohne sein Wissen Kreuzspinneneier ins Essen. Kommt und kauft, hier gibt's das rechte Mittel.«

»Liebeskraft wird gestärkt«, schrie ein anderer, »wenn ihr Katzen- und Eidechsenhirn mischt und in die Suppe rührt!«

Martin schüttelte sich. Schon an den ersten Tagen des Jahrmarktes, der noch bis Pfingsten dauerte, stelzten die Stelzenläufer, gaukelten die Gaukler, tanzten die Seiltänzer, spielten die Taschenspieler, zauberten die Zauberer, sprangen die Reifenspringer, wurstelten die Hanswurste und furzten die Kunstfurzer. Neben dem Mühlenhof wurde von Vagabunden auf herabgelassener Seitenwand eines Wagens die *Schau der Ungeheuer* angepriesen: »Kommt näher, ihr Leut! Kommt! Wir bieten Teufelsvieh und Absonderliche, *rysen,* klein *menlin* und *weibsbildt* und die Schlangenfrau! Kommt herbei! Seht die Buckligen, die über den Höcker schielen, die Kropfigen und Breitmäuligen!«

Hinter dem Vorhang trat eine Kreatur hervor, die zwei Köpfe besaß, von lautem Oh und Ah bestaunt. Martin sah, daß Bucklige und Entstellte zufrieden nickten, weil sie erkannten, daß es Geschöpfe gab, die noch mehr unter ihrem Aussehen litten als sie selbst. Leprakranke, die mit Holzklappern lärmten, wurden durch Steinwürfe vertrieben. Zwergwüchsige umsprangen schrill kichernd einen Mann von mehr als sechs Fuß Größe, und die Schlangenfrau führte – bekleidet mit einem dünnen Hemdchen, das kaum bis zu den Schenkeln reichte – Bewegungen vor, die kaum möglich erschienen; ihre Füße wippten hinter dem Kopf, das Kreuz bog sich, als besäße sie keine Wirbelsäule, und als die Frau mit weitgespreizten Beinen die dämonische Pforte präsentierte, sah Martin, daß sie Lustspaltfalten besaß, die, groß wie eine Hand, schlaffen Hahnenkämmen glichen.

Nebenan fesselte ein Geschichtenerzähler die Aufmerksamkeit der Leute: »... Gestalten, kleiner als Kobolde, aber mit riesigen Köpfen, daß das Maul groß wie ein Pferdemaul ist! Gewaltige Stoßzähne ragen über schwarze Lippen, mit ihnen werden die Opfer aufgespießt. Andere haben häßliche Teufelsgesichter, schon ihr Anblick versetzt alle in Angst und Schrecken ... Ein Zwerg hat einem armen Mann einen Esel geschenkt; und der Arme war ganz überrascht, als das Tier – statt großer Kothaufen – nußgroße Diamanten, Smaragde, Rubine, Saphire und Perlen schiß. Nun packte die Gier den Armen, er wollte noch mehr – aber als er dem Esel einen Einlauf machte, bekam er statt weiterer Edelsteine nur stinkenden Eselschleim ...«

»Die Dummerjane, Hansnarren, Schöpse, Pinsel, Strohköpfe, Tölpel, Schafsnasen, Dummbarte, Plappermühlen und Furzpeter werden nie aussterben.« Martin verzog abfällig den Mund und ging zur Büttelei, wo ihn Christian mit Neuigkeiten erwartete:

»Es kam zur Prügelei zwischen den schon bekannten Marktwei-
bern, Haarbüschel wurden ausgerissen und einem Stadtknecht ins
Gemächt getreten. Zwar lachten die Zuschauer, aber die anderen
Krämer hatten genug von den Zänkischen, die sogar vor Gericht
noch keine Ruhe gaben. Und dann hat ein Vagabund ...«

»Der Gerichtsschreiber war hier«, sagte Amalie, kaum daß Martin
mit Christian das Haus betreten hatte. »Es wurde ganz rasch eine
Schand- und Ehrenstrafe ausgesprochen: Zwei Marktweiber sollen
noch heute den Lasterstein tragen. Und im Loch sitzt ein Vaga-
bund, der in der Nikolaikirche ...«
Martin zeigte auf den Büttelsprecher. »Ich hab's schon gehört,
Liebes. Das Gericht wird sich erst nächsten Mittwoch mit ihm be-
schäftigen. Wo ist Asmus?«
»Im Turm. Will den Weibern den Stein anlegen.«
»Ich geh schon vor«, sagte Christian.
Martin nickte, aß Rauchfleisch, Trockenobst und Honigkuchen
und goß Bier hinterher. Dann stand er auf und dachte an die
Marktweiber: Martha Schober, klein und dick, und Stephanie
Krokow, lang und dürr, hatten stets einander die Kunden auszu-
spannen versucht, sich schon seit längerem auf übelste Weise be-
schimpft und gegenseitig angespuckt. *Aber heut haben sie den
Bogen überspannt!*
Während er die Stufen hinaufstieg, grinste Martin, das rasch hin-
untergeschüttete Bier stieg ihm in den Kopf; als er den Kerkerturm
betrat, hatte Asmus sich schon die Lastersteine geschnappt und den
Frauen umgelegt: Am eisernen Halsband hingen Ketten, die in
schweren Steinen endeten, welche zu Fratzen zurechtgemeißelt waren.
»Treib sie zum *Kolk,* damit sie Spott und Demütigung ausgesetzt
sind«, sagte Martin mit einer Fröhlichkeit, die fast schon gehässig
war. »Erst am Abend dürfen sie kommen, um sich von den Schand-
steinen befreien zu lassen. Wird ihnen eine Lehre sein.«
Asmus nickte gleichmütig. »Verstanden, Martin, heut abend.
Los, ihr beiden, ihr habt's gehört.«
Wimmernd wankten die Frauen über den Steg und dann die Au-
ßenstiege hinab. Martin, aufs Geländer gestützt, sah ihnen hinterher. Schon rannten Kinder herbei, lachten und sangen Spottverse,

174

und als die Marktweiber, von Asmus angestoßen, zur Rosengasse abbogen, wagten sie gar nicht mehr aufzublicken.

Am Morgen des Hochzeitstages schenkte Martin seiner geliebten Amalie ein Paar Schuhe und ein Paar Pantoffeln, und sie reichte ihm nach alter Sitte ein Badehemd. Die Hochzeitspräliminarien waren schon mit dem Vertrag der »Henkervettern« beschlossen worden: Amalies Mitgift bestand aus der Abdeckerei samt Knochenmühle und dem anteiligen Erbrecht aufs Haus der Eltern, während Martins Morgengabe aus einem großen Bernsteinring – zuerst im Besitz der Großmutter und dann der Mutter – und dem schönen Brautgewand bestand. Martin lächelte:

Am Abend vor Christi Himmelfahrt hatte Magdalene Emmerich das Kleid abgeliefert, Amalie jauchzte bei der Anprobe wie ein Kind, tanzte durch die Stube, und Martin lud die Schneiderin ein: »Kommt auch zur Hochzeit und feiert mit uns.«

»Gern.« Das Gesicht der Schneiderin blieb ernst, trotzdem zog Amalie sie zur Seite, flüsterte mit ihr und schien sie sofort ins Herz geschlossen zu haben. Martin ließ die beiden allein und gesellte sich zu Leo und Jann, die vor dem Turm saßen und mit Asmus und Johannes den Gefangenen zusahen, welche, in Ketten gelegt, langsam ihre Runden drehten. Janns Husten klang schlimm, das Gesicht des Kerkerwärters war eingefallen, immer häufiger spuckte er Blut. *Es geht zu Ende mit ihm,* dachte Martin und musterte die Gefangenen: Wilkin Brügge ging gebeugt, Peter Grundland humpelte, die drei Strauchvögel vermochten kaum zu gehen. *Trotzdem ist allen anzusehen, daß sie die Zeit im Freien genießen.*

Später blieb Magdalene bei Jann, Leo und Johannes stehen und musterte Peter Grundland mit einem Blick, den Martin nicht zu deuten wußte ...

Nacheinander trafen die Hochzeitsgäste ein, bis die Stube im Haus an der Mühlengasse voller Menschen war: Heinrich, Asmus, Johannes, der hustende Jann, die Büttel Christian, Dietrich, Peter, Lukas und Jakob, auf Krücken gestemmt Steinmetz Regerli – noch geschwächt, aber frohen Mutes: erstmals trug er den Stelzfuß –, Mechthild, Apotheker Nabel, Nachbarn aus der Mühlengasse, Schuster Sternickel und seine Familie, Kaufmann Zirner, Ratsmeister Stulzing – und zwischen allen rannte kläffend und schwanzwedelnd der Schweißhund. Die Gäste trugen Sträuße und Kränze aus Würzkräutern und entzündeten Kerzen. Amalies Mutter, ausgezehrt und bleich, saß im Bett neben dem Feuer; ihr Blick glänzte fiebrig, doch zeigte das Gesicht Stolz und Rührung. Mit zitteriger Hand streichelte sie Amalies Wange, und Martin wurde die Brust eng. *Dank sei dem Herrn, daß sie die Hochzeit noch erleben darf.*

Schließlich kam der Pfaffe der Nikolaikirche; Konrad war ein kleiner Mann mit lauter Stimme, der im Gegensatz zu anderen Klerikern der Stadt verständnisvoll auf die Schwächen und Sünden der Menschen reagierte und nur selten Gottes Drohgericht von der Kanzel beschwor. Bei ihm waren Martin und Amalie zur Beichte gegangen, um im Stande der Gnade das Ehesakrament zu empfangen.

Martin steckte Amalie einen Rosmarinkranz, durchflochten von goldener Schnur – ein Geschenk Zirners –, ins Haar, und die Frau goß Johanniswein in einen Becher, trank ihn halb leer und gab ihn Martin, der den Rest trank.

Pfarrer Konrad bekreuzigte sich und sagte laut: »Herr, erhöre mein Gebet. Der Herr sei mit euch.«

»Und mit deinem Geiste«, sagten die Hochzeitsgäste wie aus einem Munde.

Nicolaus Stulzing zog die Ringe aus der Dupsingtasche, während der Priester nach dem Weihwassersprenger griff. »Segne Du, o Herr, diese Ringe, die wir in Deinem Namen segnen, auf daß, die sie tragen, einander die Treue wahren, in Deinem Frieden und in Deinem Willen bleiben und allezeit einander lieben. Durch Christus, unsern Herrn.«

»Amen.«

»Da ihr beide zu einer wahren christlichen Ehe entschlossen seid, so stecket einander nun den Ring der Treue an und sprechet mir nach.«

Martin und Amalie tauschten die Ringe und wiederholten die Worte: »Im Namen des Vaters – und des Sohnes – und des Heiligen Geistes: Trag diesen Ring als Zeichen deiner Treue.«

Pfarrer Konrad umwickelte die verschränkten Hände mit der Stola und fuhr fort: »Nun schließt den Bund heiliger Ehe, wie ihr einander die Hände reicht. Sprechet mir nach: Vor Gottes Angesicht nehme ich dich, Amalie, zu meiner Ehefrau ... Vor Gottes Angesicht nehme ich dich, Martin, zu meinem Ehemann ... *Ego con-*

*jungo vos in matrimonio, in nomine Dei patris filiique et spiritus sancti.«*

»Amen.«

»Euch aber, die ihr hier gegenwärtig seid, nehme ich zu Zeugen dieses heiligen Bundes: Was Gott verbunden hat, soll der Mensch nicht trennen.«

Gemeinsam stieg die Hochzeitsgesellschaft ins Obergeschoß, Martin und Amalie legten sich angezogen ins Bett, von den anderen umringt, und achteten kaum auf die Anzüglichkeiten des »Bettsprungs«, bei denen schamlos auf die bevorstehende körperliche Vereinigung des Brautpaars angespielt wurde. Hochzeitgebäck, Gefäße und Kerzen besaßen eindeutige Formen, Bemerkungen waren schlüpfrig:

»Trägst du, holde Braut, drei schöne Farben in der Mitte: roter Korallenmund, ringsherum krauses Haar, schwarz wie Ebenholz, und die Haut ist alabasterweiß.« – »Reck die *Epfelin,* öffne den Liebeshof!« – »Wo bleibt der feste Knüppel, Mannsbild?« – »Ins enge Kastell gehört die angelegte Lanze, Bube!« – »Spalt die Kerbe – wackel's Tüttlin!« – »Gebratene Hähne fördern gegenseitig Wollust!«

Nicolaus Stulzing rief: »Im *Goldenen Löwen* wird der Schmaus bereitet! Kommt alle und ehrt das Paar! Die *speellude myt seyden, pijffen, fleuten und bongen* warten.«

»Zuerst aber ein gut Bad.« Zirner klatschte mehrmals. »Der Bader hat's Wasser heiß. Los, los, worauf wartet ihr?«

Mechthild zog Amalie und Martin zur Seite und flüsterte: »Geht ihr, ich bleibe hier bei deiner Mutter. Mir ist nicht nach Feiern, entschuldigt.«

»Schon gut.« Martin nickte, und Amalie sagte: »Ich danke dir.«

Nach gemeinsamem Waschen in der Badstube *Am Krögel* zog die fröhliche Gesellschaft – begleitet von Stadtpfeifern mit Schalmeien, Zinken und Zimpel und umringt von Kindern, die Grimassen schnitten und Rad schlugen – weiter und stürzte sich zunächst ins Jahrmarktstreiben am Alten Markt: Erwachsene und Kinder tanzten auf Gassen und Plätzen, kauften Köstlichkeiten an Krambuden, soffen, was das Zeug hielt, und bestaunten Fahrendes Volk, das in die Stadt gekommen war. Gaukler und Artisten traten auf, Spielleute fidelten und bliesen und sangen. Mundschenke konnten die

Kannen gar nicht so schnell füllen, wie Nachschub verlangt wurde. Tierschlucker stopften sich lebende Fische, Würmer und Frösche in den Schlund, spülten mit Wasser nach und spuckten alles wieder zur Belustigung der Leute im hohen Bogen aus. Kunstfurzer schafften es, Lieder zwischen den Hinterbacken hervorzupressen, auch wenn die Arschbackenbläser häufig von unmelodischen Zwischenfurzen der Angetrunkenen gestört wurden.

Amalie flüsterte Martin ins Ohr: »Magdalene hat versprochen, zum *Goldenen Löwen* zu kommen.«

»Deine neue, wenig lachende Schneiderfreundin hat gestern Leo sehr umsorgt und ein Polster für den Beinstumpf geschneidert.« Er lachte leise und drückte sie an sich. »Bandelt sich da was an – zwischen unserem Holzfuß und der Grauhaarigen?«

»Ich glaub nicht.« Amalie schüttelte den Kopf, hakte sich bei Martin unter und wies über die Gasse. »Ah, da kommt sie. Sie hält zwar ständig nach Mannsbildern Ausschau, aber der Leo läßt sich von ihr nit betören. Ihm scheint's vielmehr die Mechthild angetan zu haben.«

»Die würd ich auch nehmen«, sagte Asmus verträumt, »aber wer will schon einen Drehladenbastard?«

»Wart's ab, Großer« – Martin klopfte ihm auf die Schulter –, »auch du findest noch dein Minneglück.«

»Meinst du, Blutvogt?«

»Ich bin ganz sicher. Du bist ein kräftiger Bursch, bekommst angemessenen Lohn und hast mit der Abdeckerei, die so gut wie neu ist, ein festes Dach über dem Kopf. Du mußt nur die Augen offenhalten, du findest dein zartes *frewelin* bestimmt.«

Asmus blieb skeptisch und brummte unsicher: »Hhm.«

»Zweifelst du am Blutvogt?« Johannes wischte sich die Glatze ab. »Sei kein Narr. Wir finden schon was für dich und deinen starken Turm. Wart's ab!« Er bot Magdalene den Arm, den sie mit einem Kopfnicken annahm, lächelte noch schiefer, als sein Mund ohnehin schon war, und sagte: »Humpeln wir gemeinsam, Schneiderin, dann fällt's nit so auf.«

»Habt ihr den Jann gesehen?« wollte Asmus plötzlich wissen.

»Er hat vergangene Nacht wieder schlimm gehustet. Er sagte, er wolle sich was hinlegen ...« Martin sah den Hünen ernst an. »Laß ihn schlafen.«

»Amen.« Magdalenes Gesicht war eine starre Maske.

Im *Goldenen Löwen,* wo die Bäuche mit Eiermus in Honig, Stockfisch mit Öl und Rosinen, gespickten Hasen in Brombeeren, Wildschwein mit Grütze, geräucherten Bücklingen bei geröstetem Brot und abschließendem Honigkuchen mit in Wein eingelegten Früchten vollgeschlagen wurden, ging es bald hoch her. Tile Wardenberg, Johannes Ryke und Paul Reitzenstein – begleitet von Frau und Kindern – brachten Geschenke, später kam sogar Vogt Surber. Martin, Amalie auf dem Schoß, konnte es kaum fassen, sah sprachlos in die Runde und schaffte es nur mit Mühe, Amalie zu beruhigen, als die plötzlich gerührt zu weinen begann. Die Gäste hoben Becher, wünschten Glück, Gesundheit und langes Leben, und Martin führte seine Gattin zum ersten Tanz. Alle klatschten, manche pfiffen auf Fingern oder johlten, und Martin fühlte sich wie im Belserausch.

»Was ist, Vogt?« Stulzing grinste auffordernd und legte Hufeisen auf den Tisch. »Ihr habt's lange nicht mehr gezeigt.«

Surber winkte ab und goß Wein nach. Am anderen Tischende hockte Johannes und schob, angetan von üppigen Alabasterschenkeln einer ältlichen Magd, Rockzipfel höher. Die Maid grinste mit breiten Zahnlücken und schmatzte dem Mann einen Kuß nach dem anderen auf die Glatze. Johannes' schiefer Mund verzog sich zufrieden, als seine Finger auf Entdeckungsreise gingen. Magdalene saß allein daneben, strich graue Strähnen aus der Stirn und seufzte.

Bier und heißer Würzwein flossen, bis kaum noch jemand stehen konnte und der Rest des Tages wie von einem dunklen Tuch verhüllt wurde.


Als Martin mit schwerem Schädel erwachte, erinnerte er sich dumpf daran, daß der Vogt irgendwann, von Stulzing angestachelt, vier Hufeisen verbogen hatte und auch Bruder Michael Gast gewesen war: Er hatte fröhlich gelacht, wundersame Geschichten über Ritter, die Drachen töteten, und Kreuzfahrer im Heiligen Land zum besten gegeben, daß nicht nur die Reitzensteinkinder staunend die Augen aufrissen, und – Martin runzelte die Stirn – mehrmals vom Heiligen Gral gesprochen. Der Begriff besaß einen Klang, der etwas in Martin anrührte.

Er wollte mehr erfahren, und so raffte er sich gegen Mittag auf, immer noch wankend und mit einem sauren Magen, um den Mönch im Grauen Kloster zu besuchen. »Ich bin noch trunken«, murmelte er und leckte trockene Lippen. »Nur deshalb ist die Neugier größer als das Schaudern. Der Mönch ist auch nur ein Mensch. Ein alter Mann!«

# VII.

*Under der linden*
*an der heide,*
*dâ unser zweier bette was,*
*dâ mugt ir vinden*
*schône beide*
*gebrochen bluomen unde gras.*
*vor dem walde in einem tal,*
*tandaradei,*
*schône sanc diu nahtegal.*

Walther von der Vogelweide

## 23. Weidemond, Anno Domini 1349

Als er von einem Novizen ins Scriptorium geführt wurde, umfing Martin Halbdunkel und abgestandene Luft; es roch nach Staub und Pergament. In Regalen stapelten sich Folianten und Bücher aller Größen, Schriftrollen und Einzelblätter.

Bruder Michael sah auf und lächelte Martin freundlich entgegen. »Also habt Ihr doch noch den Weg ins Reich von Wissen und Weisheit gefunden, Gevatter Stockmann. Kommt näher, schaut Euch um: Hier ist mit kleinen Zeichen und Symbolen festgehalten, was es an Kenntnissen gibt. Kommt, kommt. Nur keine Furcht. Wie geht's Eurer Gattin? Euer graues Gesicht zeigt, daß die Hochzeitsnacht mehr Bier und Wein als Fleischeslust barg.«

»Amalie ist wohlauf. Ihr habt recht, die *frew* neckt mich damit schon seit dem Aufwachen. Ich ... nun, Bruder Michael. Eure Geschichten haben mich neugierig gemacht.«

An Pulten saßen bei Kerzenschein Fratres, über farbenprächtige Initialen gebeugt, deren Gestaltung sie geduldig fortführten. Miniaturen entstanden aus Wachs-, Wasser- und Temperafarben, Tusche und Gold, von Meisterhand der *Illuminatores* gemalt. Abschriften entstanden, im Hintergrund banden Novizen fertige Blätter zum Buch: an senkrecht aufgespannte Schnüre wurden gefaltete und zusammengelegte Bögen mit Fäden festgeheftet; erst später folgte der Einband.

Bruder Michael, ein Buch unter den Arm geklemmt, winkte dem Blutvogt, führte ihn an Regalen vorbei zu einem Pult in der Scriptoriumsecke und wies auf einen Hocker.

»Nehmt Platz, Blutvogt. Wollt Ihr Wein? Etwas Brot und Suppe? Würd Euren Magen beruhigen! Es freut mich sehr, daß Ihr gekommen seid – obwohl ich Euch schon viel früher erwartet habe.« Er legte das Buch ab und rieb die Hände. Tintenreste schwärzten die Fingerkuppen. Von flackernden Kerzenflammen stieg Rußgekräusel auf. »Ah, es ist lange her. Gutes Disputieren fällt schwer in Räumlichkeiten, wo *fromliches* Gebet und Schweigegelübde geistiger Erbauung dienen. Ich gesteh's ganz offen: Mir fehlt's häufig. Was wollt Ihr wissen?«

»Ich... Habt Dank, kein Wein heut; mir ist schon schlecht. Und...« Martin fühlte sich überfordert; sonderlich erfolgreich waren die Mönchslehrer in Braunschweig nicht gewesen. Seine Fähigkeit zu lesen hielt sich in engen Grenzen, beim Schreiben, gestand er sich ärgerlich ein, versagte er ganz. Bruder Michael dagegen schien sich mehr als heimisch zu fühlen; liebevoll strichen die hageren Finger über Buchrücken und Seiten, ein Leuchten schien in die grauen Augen zu steigen und vertrieb alle Kälte, die Martin stets beobachtet hatte. Für Augenblicke kam er sich klein und unscheinbar vor, der Mönch wirkte groß, erdrückend, und Martin fühlte eine Last wie Dutzend Zentner Mühlsteine. Ihm wurde plötzlich klar, was ihn seit dem ersten Gespräch im Rathaus-Scriptorium abgeschreckt und verstört hatte: das Wissen des Mönchs, gesammelt in Dezennien eifrigen Bücherstudiums. Mochten Großmutter, Großvater und Vater noch so viel erzählen und erklären – gegenüber Michael blieben es Bruchstücke, Halbwahrheiten und lächerliche Anekdoten.

»Sprecht's aus: Was trieb Euch wirklich hierher?«

Martin zögerte, dann platzte er heraus: »Ihr habt mehrmals von einem *Gral* gesprochen: Das Wort ist mir sonderbar vertraut – aber was ist's genau?«

»Eine lange *historia*. Habt Ihr Zeit? Gut. Legenden, von Mund zu Mund weitergereicht, fanden schließlich Eingang ins Buch. Vieles ist im Dunkel vergangener Jahrhunderte verborgen, manchmal gelingt's, die Geheimnisse zu lüften.« Michael streckte die Beine aus und formte mit den Händen einen Giebel; Martin starrte gebannt auf den Ring mit dem Tatzenkreuz und nahm sich vor, den Mönch nach seiner Vergangenheit als *Tempelritter* zu befragen, später – vielleicht. »Früh erwähnt wurde der Gral, nach dem Ihr fragt, in der Chronik des Helinandus. Er berichtet von einem Einsiedler, dem im Traum Joseph von Arimathia begegnet – und dieser sei der Hüter jenes Kelchs, den unser Herr Jesu Christi beim Letzten Abendmahl den Jüngern reichte.«

Martin war, als lebe der Alte irgendwie auf. Begeisterung stand im Gesicht, Röte überzog Furchen und Falten, die Stimme klang rauh.

»Chrétien de Troyes schrieb's später nieder, aber das Epos blieb unvollendet. In Versen sprach er von König Arthus, und ein Ritter aus der Tafelrunde namens Perceval wird besungen, der eine lange und gefahrvolle Suche begann, bis er würdig war, das Geheimnis des Grals zu erfahren: Er mußte den Hüter des Grals, einen alten König, von einer sonderbaren Wunde heilen und das unfruchtbar gewordene Land neu erblühen lassen. Perceval, vom Anblick des Grals verwirrt, der ihm als gleißendes Licht erscheint, scheitert, und erst nach weiteren Abenteuern ist ihm Erfolg beschert: Er rettet den König und das Land und sieht erneut den Gral in überirdischem Licht...«

Enttäuschung machte sich in Martin breit. Er hatte sich mehr erhofft.

Bruder Michael lächelte kaum merklich und hob die Hand, als Martin den Mund öffnete, hinderte ihn mit kraftvoller Geste, auszusprechen, was diesem auf der Zunge lag. An der linken Hand blitzte das Tatzenkreuz im Schein der Kerzen, eine merkwürdige Süße strömte Martin entgegen: Er kniff geblendet die Augen zusammen – ihm war, als fahre der Blitz wie ein Schwertstich bis in den Schädel. Für einen Wimpernschlag sah er Funken und Sternchen, die sich zum leuchtenden Gral zu ordnen schienen.

Verstört schüttelte Martin den Kopf, die fremdartige Schau verging und hinterließ Frösteln, von Michaels heiserer Stimme noch verstärkt: »Von der Legende begeistert, griffen andere Erzähler sie auf, fanden weitere Berichte im Britannischen und Spanischen. Wissen der Mauren und von Leuten, die im Heiligen Land waren, kam hinzu. Juden und andere – auch von ihnen kam Wissen. Schließlich war es der Dichter Wolfram von Eschenbach, der der Gralssuche eine neue Form gab, als er den *Parzival* aufs Pergament brachte. Aber: so zahlreich die Berichte, so unterschiedlich wurde mit der Zeit auch der Gral beschrieben. Mal war es eine Schale, dann ein Kessel, ein Kelch oder ein Becher, es heißt auch, es sei ein Smaragd, der aus Luzifers Krone fiel, als dieser von Gott in die Hölle geworfen wurde, und manchmal setzt man den Gral auch mit dem *Stein der Weisen* gleich. Ebenso läßt sich trefflich streiten, ob die Suche oder das Finden wichtiger sei.«

»Bisher habt Ihr mich nur durcheinandergebracht, Bruder Michael.« Martin runzelte die Stirn, rang schweißfeuchte Hände – und der Magen brannte fürchterlich. »Ist der Gral nun ein greifbares Ding, oder gibt's ihn nur in den Versen der Dichter und Sänger?«

»Beides, mein Lieber«, sagte Michael und senkte die Stimme; er merkte, daß seine Worte nicht ohne Wirkung blieben. »Heidnisches, das von Tod und Wiedergeburt handelt, die Verbindung von Sterblichem und Unsterblichen, ist ebenso Teil der Erzählungen wie Christliches, das Heil und Erlösung darstellt, das Streben zur *Errichtung des Himmelreiches auf Erden!* Hinzu kommt Alchimistisches, Wissen aus jüdischer *Kabbala* und vieles mehr. Ihr müßt Geduld haben. Ich kann nicht mit wenigen Worten sagen, was viel umfangreicher ist. Stellt Euch einen großen und prächtigen Wandteppich vor: Um das Geheimnis des Grals zu erkunden, müßt Ihr den Einzelfäden des Gewebes folgen. Erst wenn Ihr alle kennt, wird die ganze Bedeutung greifbar – und mit ihr das, was der Heilige Gral ist. Habt Ihr die Geduld, mein Freund?«

»Ich weiß es nicht. Mein Kopf ist ganz schwer, in ihm summt's wie ein Schwarm Bienen. Ich bin nur der Blutvogt, der Mann, der Verurteilte vom Leben zum Tode befördert. Manchmal kann ich Menschen auch heilen, aber…«

Bruder Michael lächelte ohne Fröhlichkeit, die Kälte kehrte in seine Augen zurück. Ihm war nicht anzusehen, was er über Martin dachte. Augen, zu Schlitzen zusammengekniffen, starrten diesen an. Martin fühlte sich bloßgestellt und ertappt, sein geringes Wissen machte ihn ohnmächtig und hilflos; auch wenn der Mönch es vielleicht nicht wollte – Martin wollte das Demütigende nicht länger ertragen.

Er stand auf und reckte die breiten Schultern. »Es ist wohl besser, wenn ich gehe.«

»Wenn Ihr wollt, kommt wieder, Gevatter Stockmann. Ich zeig Euch dann die Bücher, und mit meiner Hilfe werdet Ihr selbst lesen, was über den Heiligen Gral geschrieben steht.« Er machte eine Pause, lachte kurz. »Und ich kann Euch erzählen, was auf *keinem* Pergament verzeichnet ist! Aber hierzu ist's nötig, daß Ihr auch alles andere kennt. Geheimnisse zu ergründen ist stets ein mühsamer Weg; gerade Ihr solltet wissen, daß niemandem etwas geschenkt wird. Anstrengen müßt Ihr Euch schon, aber es ist der Mühe wert. Das Ziel ist der *Heilige Gral!* Auch Ihr, glaubt mir, könnt ihn erringen!«

Erschüttert drehte Martin sich um, ging aus dem Scriptorium und wurde schneller. Schließlich lief er, hetzte durch die Klostergasse und fühlte das Herz schmerzhaft in der Brust pochen. Der Mönch – vormals *Tempelritter!* – hatte ihn mit seinen Worten tiefer getroffen, als er sich eingestehen wollte. Ein Feuer war angefacht: *Heiliger Gral!* Er wollte mehr darüber wissen, wollte das Geheimnis ergründen – aber zu mühsam erschien das Erringen von Wissen, zu unverständlich blieben die Andeutungen des Mönchs. Martins Magen verknotete sich, Übelkeit würgte in seine Kehle. Die freudige Begrüßung des Schweißhundes konnte ihn nicht ablenken, als er ins Haus trat; vom Kerkerturm klang Janns schreckliches Husten herüber. Immer noch hämmerte Martins Herz, Schweiß rann die Wirbelsäule entlang, seine Finger zitterten. Er trank einen Krug Bier, während Amalie ihn erstaunt musterte, ohne aber etwas zu sagen. Sie lächelte nur, als er zur Räucherpfanne griff und Bilsenkraut auflegte. In seinem Kopf schienen Geister zu kegeln. »Ich will vergessen, nicht denken. Der Mönch macht mir angst.«

Noch in der Nacht zum Sonntag erstickte der Kerkerwärter am blutigen Auswurf. Amalie fand ihn in der Frühe, als sie den Gefangenen ihr Essen brachte. Leo Regerli erklärte sich bereit, die Aufgabe des Schließers zu übernehmen, Amalies Bruder und Johannes sollten ihm helfen, und Magdalene Emmerich, die Leo besuchte, lernte Peter Grundland näher kennen. Sie brachte dem Mann am Montag Honigkuchen, unterhielt sich mit ihm, ohne sich von seinem Aussehen oder dem Kerkergestank schrecken zu lassen, und Martin schüttelte verwundert den Kopf.

»Ich weiß, daß ich nicht mehr viel Zeit hab«, sagte Amalies Mutter später mit brüchiger Stimme. Martin hatte sie untersucht und stimmte in Gedanken zu. Nun kam plötzlich Leben ins eingefallene Antlitz, die Augen blickten klar. Martin war, als sammelte die Alte noch einmal alle Kräfte, und dachte: *Ein Strohfeuer!*

»Ich danke Gott und allen Heiligen, daß er mich eure Hochzeit noch erleben ließ.« Thea Grunngras' zittrige Hand tastete vor, und Martin drückte sie. »Du weißt hoffentlich, was du an ihr hast?!«

»Amalie ist mein ein und alles«, versicherte er, und Wärme durchdrang seine Brust. »Sie gibt mir Kraft und Zuversicht, ich kann mir ein Leben ohne sie nicht mehr vorstellen.«

Die Alte nickte, Röte stieg ins Gesicht. »Dann behandle sie gut, Martin. Erweis dich ihrer Liebe würdig. Bitte, du mußt sie stets beschützen, denn sie ist ein zierliches Mädchen. Mein Mädchen! Versprich es!« Ihre Hände umklammerten seinen Unterarm mit erstaunlicher Kraft, der Blick wurde durchdringend. »Versprich es!«

»Ich versprech's, Frau Thea.« Der Gedanke, noch verstärkt durch die eindringlichen Worte der Alten, Amalie könnte etwas zustoßen, versetzte Martin in eine Stimmung, die Aufruhr gleichkam: plötzlich raste das Herz, der Hals war zugeschnürt und tausend glühende Nadeln schienen den Leib zu treffen. »Ich bin« – er atmete stoßweise – »an ihrer Seite, sie ist mein Weib, ich ihr Mann, für immer. So haben wir's gelobt vor Gott und den Zeugen. Amalie ist mein *Leben!* Ihre Güte, ihr Verständnis, ihr Liebreiz, ihr...«

Ihm fehlten die Worte. Trotzdem wurde der Griff der alten Frau zum Schraubstock, das Leuchten in ihren Augen bedrohlich. »Beschütze sie, Martin Stockmann!« Nun klirrte ihre Stimme, als träfen Schwertklingen aufeinander, und der Körper richtete sich auf. »Wenn nicht, trifft dich mein Fluch! Hörst du, ich verwünsche dich, solltest du meiner Tochter Schaden zufügen, und sei es auch nur, weil du nichts tust oder nicht an ihrer Seite bist, wenn sie dich am nötigsten braucht. Und sei sicher: Mein Fluch wird dich erreichen, selbst wenn mich das Fegefeuer auf ewig verzehrt!«

Plötzliche Kälte zog Martins Kopfhaut zusammen. Es war Thea Grunngras todernst, der Druck ihrer Hände schmerzte. Für Augenblicke verschwamm alles vor Martins Augen; weniger der Fluch, als vielmehr die Vorstellung, Amalie könnte wegen seiner

Schuld ... Er krächzte: »Ich schwör's! Bei meinem Leben und Seelenheil! Ich schwör's!«

»Dann ist's gut«, hauchte die alte Frau und sank zurück. So unvermittelt ihre Stärke gekommen war, so plötzlich verpuffte sie: klein und ausgezehrt lag Thea im Bett, ächzte und schloß faltige Lider. Verstärkt kam das Zittern zurück, die Hände rutschten von Martins Arm. »... 's gut.«

Ein kraftloses Röcheln, dann Stille. Von Schaudern heimgesucht, fühlte er nach ihrem Pulsschlag und atmete auf. Noch lebte sie, aber die unglaubliche Anstrengung hatte sie dem Tod vermutlich in die ausgebreiteten Arme getrieben. Martin streichelte ihr verschwitztes Haar und flüsterte mit einer Stimme, die ihm selbst fremd war: »Bei allem, was mir heilig ist, ich schwör's! Nichts und niemand wird Amalie Schaden zufügen. Ich schwör's! Ich schwör's!«

In der Doppelstadt wurde mit Spannung *pentecoste* erwartet, der fünfzigste Tag nach Ostern, das dritte große Fest neben Ostern und Weihnachten, zur Erinnerung an die Ausgießung des Heiligen Geistes und die Gründung der Heiligen Kirche. Trotzdem sah Joseph Zirner am Mittwoch vor Pfingsten die Zeit gekommen, nach Lübeck zurückzukehren.

»Hab schon viel zu lange hier verbracht«, murmelte er, als er gleich nach Sonnenaufgang aufbrach und zurücksah: Hinter dem Spreearm, über den sich die Brücke des Teltower Tores schwang, ragte die Cöllner Mauer unter Rauchsäulen auf, die steil in grauen Himmel stiegen. »Daheim warten Frau, zwei Söhne und zwei Töchter, und unsereins muß sich unsicheren Wegen anvertrauen. Bruder Bastian handelt mit dem rheinischen Köln, ich hab ihn schon fast eine halbes Jahr nicht mehr gesehen.«

Linker Hand erhob sich am Horizont der Tempelhofer Berg, wo die Franziskaner des Grauen Klosters, um die Jahrhundertwende durch Schenkung in den Besitz gekommen, Reben anpflanzten. Martin, der den Lübecker bis zum Bannmeilenrand begleiten wollte, führte den Braunen am Zügel. Das Pferd hob den Kopf, wieherte unterdrückt und schnaufte. Das Geräusch erinnerte Martin an Jann: Vor zwei Tagen hatten sie den Kerkerwärter zu Grabe getragen, nur Büttel und wenige Freunde die letzten Begleiter. *Und Thea geht's ebenfalls sehr schlecht! Amalie zerreißt's das Herz!*

»Ich vertrau Euch, Gevatter Stockmann, Eure Dienste waren sehr hilfreich; ich vergeß nicht, daß Ihr mir 's Leben gerettet habt. Hab nochmals Dank.«

Martin senkte den Kopf. »Beschämt mich nicht, Mann. *Ich* hab zu danken. Eure Hilfe und Freundschaft, die Hochzeit und ...«

»Unsinn!« Der Händler antwortete ruppig. »Gerade Ihr solltet doch wissen, was ein Leben zählt! Was nützt ein voller Beutel, wenn er am leblosen Leib baumelt? Gulden lassen sich stets aufs neue verdienen, ein verlorenes Leben nicht wieder erwecken. Nur unser aller Herr rief *Lazarus* zurück! Beachtet das: Schaut Euch den Regerli an – obwohl er nicht mehr als Steinmetz arbeiten kann, erfreut er sich des Lebens, das Ihr ihm mit Eurer Kunst geschenkt habt. Außerdem: *manus manum lavat* – eine Hand wäscht die andere, mein Lieber.«

»Wenn Ihr's sagt ...« – Martin zögerte, schließlich sagte er: »Euch möchte ich's anvertrauen: Es war immer schön, der Großmutter beizustehen, wenn sie den Leuten Kräuter gab, sie visitierte und ihnen half. Als Junge träumte ich davon, ein Medicus zu sein, im roten Talar, umgeben von Scholaren, aber der Vater war nur der Scharfrichter und Abdecker in Braunschweig. Im vierundvierzigsten Jahr war ich für Monate auf der Walz, sah mich um. Dann kehrte ich aber zurück: die Familie brauchte mich, zwei Brüder waren am Fieber gestorben, auch eine Schwester ...«

»Nun seid Ihr in Berlin, macht 's Beste draus, ich sag's noch mal! Haltet Euch an Stulzing, Apotheker Nabel, auch an Bruder Michael ... Obwohl, mir ist aufgefallen, daß Ihr den alten Mönch meidet. Was ist der Grund? Ihr würdet keinen besseren Lehrer und Mentor finden, glaubt's mir.«

»Er macht mir angst«, gestand Martin leise. »Er weiß so viel, scheint im Hintergrund Fäden zu ziehen wie eine Spinne. Neben ihm komme ich mir wie eine hilflos zappelnde Fliege vor.«

»Er ist schon ein merkwürdiger Mann, das stimmt. Trotzdem: er hat's Euch doch angeboten, deshalb schlagt die ausgestreckte Hand nicht aus. Und wenn ich's mir recht überleg, nun, der Vergleich mit der Spinne ist gar nicht so schlecht. Es gibt in der Doppelstadt kaum jemanden, der mehr über die Familien und Zusammenhänge weiß als ihn. Vielleicht solltet Ihr Bruder Michael um Beistand bitten, wenn's noch mal mit dem Kremer-Burschen Schwierigkeiten gibt?

Wissen, zur rechten Zeit, am rechten Ort eingesetzt, wirkt manchmal mehr als eine feste Faust.«

»Oder umgekehrt, nicht wahr?« Martin lachte; nach langem Zögern hatte er dem Kaufmann bei einigen Bierhumpen die Ereignisse des nächtlichen Überfalls erzählt und ebenso Verständnis wie Zustimmung gefunden: auch Zirner war der Meinung, daß es klarer Beweise bedurfte. »Sollte mir dieser *Clemens* noch mal über den Weg laufen, entkommt er nicht mehr so leicht.«

»Gebt ihm auch von mir einen Nasenstüber, ja? Und nun trollt Euch, Mann, sonst fällt mir das Abreisen noch schwerer!« sagte Zirner, bestieg die Sänfte, die den Adler der Hanse und das weißrote Banner von Lübeck trug, und trieb die Träger an. Martin sah ihm mit brennenden Augen hinterher, schneuzte durch zwei Finger und bestieg den Wallach, klopfte dem Tier den Hals und schnalzte mit der Zunge. Der Braune sprang an, als Martin die Zügel freigab, und er galoppierte zur Doppelstadt: Peter Grundlands Prozeß war für die neunte Stunde anberaumt, und Martin sah mit Unbehagen dem Urteil entgegen.

Während sich die Ratmannen langsam zerstreuten und nach der Zusammenkunft ihrem Tagesgeschäft nachzugehen begannen, kam Wardenberg zu Stulzing und zog ihn zur Seite. »Auf ein Wort, Ratsmeister.«

Stulzing grinste. »So förmlich, Tile? Was gibt's? Was hast du ausgeheckt?«

»Wie kommst du drauf?« Wardenberg hob abwehrend die Arme, lächelte ebenfalls. »Aber ernsthaft: Ich denke, es ist an der Zeit, über deinen Schützling zu reden.«

Fast ein Dezennium älter als der zweite Berliner Ratsmeister, kannte Stulzing dessen Art doch seit der gemeinsamen Jugend. *Wenn sich Tile was in den Kopf gesetzt hat,* dachte er, *verfolgt er das Ziel hartnäckig und auf sehr krummen Wegen, die einem Schädelbrummen einbringen. Bei seinem Lächeln hör ich's Geläut von Toten-, Sturm- und Feuerglocke zugleich.*

»Was hast du mit dem Blutvogt vor?« Er fragte geradeheraus und sah Wardenberg ernst an. Sie waren gleich groß, Tile aber etwas fülliger; jetzt wich er Stulzings grauen Augen aus und hob die Schultern, als er lispelnd antwortete:

»Ich weiß, daß du die Hand über ihn hältst und offenbar an ihm einen Narren gefressen hast ... Nun, auch ich schätze das, was er macht.«

*Was bedeutet denn das?* »... was er *macht?* Nicht ihn selbst?«

»Ich hab ihn seit seiner Ankunft genau beobachtet. Mit ihm kam frischer Wind, aber auch Ärger. Ich erinnere nur an die Kremerschen! Und daß er den jungen Rathenow zuerst verprügelte und dann vor den Alten zerrte, hat sich ebenfalls herumgesprochen ...«

»Völlig zu Recht, obwohl's einen Bürger traf! Du kennst die Satzung der Hübschlerinnen. Stockmann macht, was wir gemeinsam beschlossen und gesiegelt haben. Worauf willst du also hinaus? Red nicht um den Brei herum, dafür kennen wir uns zu gut, alter Freund.«

Wardenberg verschränkte die Arme, sein Blick war nachdenklich. »*Pro versus contra:* Er macht die Arbeit gut. Die Hinrichtungen sind gelungen, der Schindanger ist ebenso sauber wie die Abortgruben. Er kümmert sich um die Dyrnen und hat sie im Griff. Und seine Heilkunst wird gelobt: kein Mann der Schiffergilde ist gestorben, die Brüche heilen gut, die Wunden schließen sich fast ohne dicke, häßliche Narben; Ryke war ganz verblüfft, als der Verband und die Fäden entfernt waren. Das alles spricht für Stockmann, und ich würd's sogar gutheißen, wenn er diese Kunst noch mehr zum Wohl unserer Städte einsetzen könnte. Du kennst meinen langgehegten Wunsch ...«

*Das war das* pro, *mit einer vagen Andeutung.* Stulzing hob die Brauen. »Ah, als *Hospitalmeister* vielleicht? Läuft es darauf hinaus?«

»Ja und nein.« Wardenberg wiegte den Kopf. »Genau dies hatte ich ins Auge gefaßt: Ein Hospitalmeister, der was von der Sache versteht.«

»Soviel zum Ja. Nun zum Nein! Warum dein Zögern? Was hält dich zurück? Ihm gehört die Abdeckerei. Er ist verheiratet: So kommt ihm die Ehemunt zu. Er wird zur Hälfte Besitzer am Haus in der Mühlengasse, wenn die Thea Grunngras wohl bald stirbt. Dies und ob seiner Dienste für Berlin und Cölln wär's nur angemessen, ihn in die Bürgerschaft aufzunehmen und dann zum Hospitalmeister zu bestellen.«

»Alles richtig, Nicolaus«, sagte Wardenberg und senkte die

Stimme. »Trotzdem gibt's *contra:* Er hat sich vor allem mit Markus Kremer angelegt ...«

»Fällt schwer, es *nicht* zu tun.« Stulzing antwortete mit spöttischem Unterton. »Stockmann ist kein Vorwurf zu machen, er hat richtig und rechtens gehandelt: Nicht seine Schuld, daß Heinrich im Loch starb. Vogt Surber hat sogar gestattet, daß die Burschen an Licht und Luft geholt werden dürfen. Ich bin sicher, daß dem Blutvogt niemand mehr im Loch krepiert und alle die ihnen zugesprochene Strafe verbüßen werden! Und der Streit mit Markus – nun, auch ich möchte, der Herr mög's verzeihen, dem Schelm oft das Pferdegebiß einschlagen.«

»Ich mag ihn ebenfalls nicht; hat mich mit seinen ›Freunden‹ als Kind zu oft verprügelt ... Nein, das ist es nicht. Du mußt hinter das Offensichtliche sehen: Stockmanns Handeln zeigt, daß er weder vor Patriziern noch sonst jemandem viel Respekt hat! Ihn schert's nicht, von welchem Stand sein Gegenüber ist. Mag sein, daß er den Kopf beugt, aber er strebt nach mehr. Hast du nicht bemerkt, daß er die Nase schon höher trägt und mit geschwollener Brust herumläuft? Er meint, es sich leisten zu können, hat er doch das Wohlwollen vieler: Ryke, Surber, Reitzenstein, Vockenrode, Wirth, Steglitz – der Himmel weiß warum, weißt du's? –, der Gerichtsschreiber ... Bruder Michaels Interesse ist ziemlich augenfällig, und *du* hast mit dem Lübecker sogar die Hochzeit ausgerichtet. Wie ich's schon sagte: Ich schätze, was er *macht,* nicht ihn selbst. Manchmal glaub ich, mit ihm könnten wir uns eine schlimme Laus in den Pelz gesetzt haben!«

Stulzing blickte sprachlos, hüstelte und sagte er nach einer Weile: »Jetzt übertreibst du aber!«

Er sah Tile scharf an, doch der schüttelte den Kopf und blieb ernst. »Keineswegs, alter Freund. Er ist und bleibt trotz allem der *Blutvogt!* Kein Mann erträgt die Schinderarbeit, ohne daß es Spuren hinterläßt. Leute wie Stockmann müssen hart und robust sein, jedem gegenüber, den *he verderven soll.* Dem entgegen steht der Wunsch, zu heilen und zu helfen. Ich bin sicher, daß Stockmann – wenn nicht jetzt, dann bald – einen schlimmen Händel in seiner Brust austrägt. Wie sie ausgehen, weiß nur der Allmächtige. Zerbricht es ihn? Wird er stärker werden? Gar eine Gefahr? Du hast vom Toben des jungen Rathenow gehört – so geht's, wenn schlechte Umständ zusammentreffen! Nicht zu vergessen die schwelende Fehde zwischen Anhängern Woldemars und Ludwigs, die Ratmannen, Patrizier und Zunftmeister entzweit. Auf welcher Seite steht der Blutvogt? Denn daß er sich seine Gedanken macht, ist gewiß.« Sein Blick ging an Stulzing vorbei in die Ferne. »Wie wird er sich entscheiden?«

»Mir scheint« – Stulzings Stimme klang gepreßt – »in *deinem* Kopf ist's wirr. Hast Schädelsausen, *das sult rauschen wie ein wassermull?* Was du sagst ... Ich kann's und will's nicht glauben. Du willst die Leute an die Leine legen und nach deinem Belieben tanzen lassen wie Fahrende Leut den Meister Petz. Jesus und Maria, mir gefällt ganz und gar nicht, was du und wie du's sagst!«

Wardenberg lächelte hinterhältig, von Stulzings Vorwurf wenig beeindruckt. »Ich behaupte nicht, daß ich recht habe, Ratsmeister. Aber Fragen und Zweifel wirst du mir doch zugestehen? Stockmann ist, darüber sind wir uns einig, kein gewöhnlicher Mann. Er ist selbstsicher, weiß sich durchzusetzen. Es wird, denk ich, viel von den Umständen abhängen, welche Richtung er letztlich einschlägt, denn wir sind am *Wegkreuz* angelangt, Ratsmeister. Seine Gattin hat, so scheint's, guten Einfluß auf ihn. Aber bleibt's so? Du wirst dich noch meiner Worte erinnern!«

Nicolaus Stulzing nickte, von plötzlichem Frösteln befallen. *Er versucht Zweifel zu säen,* dachte er, *und weiß vermutlich genau, daß er so bei mir nur das Gegenteil erreicht. Ist das sein Plan? Dieser Halunke! Will er, daß ich den Blutvogt weiter und noch mehr fördere? Aber Vorsicht, Tile ist hinterlistig. Wie ernst ist's ihm mit seinen Bedenken? Sind ja nicht ganz von der Hand zu weisen ...* »Ich werd's bedenken, Tile. Wenn du mich verwirren wolltest, hast du dein Ziel erreicht. Allmächtiger, deine Verschlagenheit ist manchmal unerträglich. Es ist wohl besser, daß ich mich verabschiede, ehe ich gröbere Worte ausspreche.«

Ratsmeister Wardenberg neigte lächelnd den Kopf, schien den barschen Ton nicht übel zu nehmen – was Stulzings Schaudern weiter verstärkte. Er erinnerte sich daran, daß Tile ein Meister im Schach war, dem *Königlichen Spiel. Und er betrachtet und bewegt die Leut wie Figuren auf dem Brett,* zuckte es durch seinen Kopf. *Er spielt ein Spiel, das ich nicht mag. Was er Stockmann zum Vorwurf macht, trifft ihn nicht minder!*

Hastig drehte er sich um und ging, von Wardenbergs leisem Lachen verfolgt.

Nachdem die Strafgerichtspräliminarien abgeschlossen waren – er wurde rasch zum Tod am Galgen verurteilt –, wurde Grundland von den Stadtknechten zum Rabenstein geführt. Martin, Johannes und Asmus erwarteten ihn am dreisäuligen Galgen. Schon lag der Strick um Grundlands Hals, und Asmus war bereit, die Leiter fortzustoßen, als eine Frau zu den Schöffen rannte, sich auf den Boden warf und rief:

»Haltet ein, Ihr Herren. Laßt ihn leben – ich heirate ihn!«

Die Zuschauer klatschten Beifall, denn Todesstrafe für einen Dieb erschien ihnen als zu hart; Brandmarkung und aus der Stadt treiben – ja. Aber gleich hängen?

Vogt Surber seufzte. »Dein Name, Weib?«

»Magdalene Emmerich.« Sie sah trotzig auf. Obwohl Martin den Kopf schüttelte – sie riskierte bei der Losheirat, mit dem Verurteilten aus der Stadt vertrieben zu werden –, schien sie fest entschlossen. »Ich bin Jungfrau!«

»Wir werden die neue Lage prüfen, Weib«, brummte Surber und wandte sich an Jakob: »Gerichtsschreiber Kurtzrock: Die Emmerich Magdalene *begerte siner zu der eren und zu ehe und bat vur den Grundland Peter.* Schreibt's auf, die Schöffen entscheiden. Bis dahin ist der Bube in den Kerkerturm zurückzubringen.«

Unter Johlen und Klatschen – nur wenige, die noch nie gestohlen hatten, aber viele, die das Glück hatten, dabei nicht ertappt worden zu sein – stieg der Vagabund von der Leiter herab. Seine Knie zitterten, als er die Hände der Schneiderin ergriff und küßte. »Ich danke dir. Tausend Dank. Mein Leben ist in deiner Hand.«

Die Schöffen entschieden schnell: Noch am gleichen Tag heirateten Magdalene und Peter, und es wurde auch von einer Vertreibung abgesehen. Martin, über die Entwicklung durchaus erfreut, drohte dem Herumtreiber zunächst Prügel an, sollte er die Magdalene schlecht behandeln – und dann sagte er: »Meine Frau und ich suchen einen Pächter für die Abdeckerei. Was ist – wär das nichts für dich, Müllergesell? Scherzweis gesagt: Du hast mich heut schließlich um fünf Schilling gebracht.« Er sah, daß Peter ebenso wie Magdalene der Atem stockte, und winkte lächelnd ab. »Magdalene kann weiter schneidern, und du verdienst dein Geld anständig. Lebst sogar im Cöllner Haus deiner Frau. Asmus und Johannes helfen dir, und ich zeig, wie's Abdecken geht.«

Grundland war sprachlos, deshalb übernahm seine Frau das Wort und meinte energisch: »Natürlich ist das was für ihn. Hab Dank, Martin. Wir liefern soviel Knochenmehl, wie du wünschst. Der Bursch' hier wird schon spuren!«

Martin nickte zufrieden. *Auch Amalies Versuche sehen vielversprechend aus.* Neben dem Turm hatte sie Erbsen, Bohnen und Kräuter gepflanzt – je eine Reihe mit Knochenmehl im Erdreich, die andere ohne –, und zum Erstaunen aller wuchsen die mit dem Pulver behandelten Pflanzen deutlich schneller und wurden größer und kräftiger. Sobald Joseph Zirner aus Lübeck zurück war, wollte Martin ihm das Ernteergebnis zeigen. *Vielleicht kommt man ja ins Geschäft? Ausreichend Knochen aus der Stadt und den umliegenden Dörfern zu besorgen, ist kein Problem. Die meisten landen ohnehin auf dem Schindanger.*

»Ich denke, ihr macht kein schlechtes Geschäft. Die Pacht ist anteilig zu zahlen. Je mehr Knochenmehl ihr unters Volk bringt, desto besser für euch – und für mich und Amalie!«

»Auch ich bedanke mich«, murmelte Peter, nahm seine Frau in den Arm und sah sie mit einem Blick an, der Martin klarmachte, daß weniger er als vielmehr sie gemeint war. »Heut wurde mir ein neues Leben geschenkt, meine Gebete wurden erhört. Ich heb die Hand zum Schwur: Fortan mach ich nichts mehr falsch, das müßt ihr mir glauben.«

Magdalene – Martin hörte und sah es mit Verblüffung – lachte. »Dafür sorg ich, mein Lieber, verlaß dich drauf!«

Bei der Morgensprach der Ratmannen am Freitag vor Pfingsten, an der auch die Amtsleute des Markgrafen und Kleriker aller Kirchen und Klöster teilnahmen, stand Nicolaus Stulzing auf, nachdem das übliche Procedere abgeschlossen war – unter anderem das Besprechen der Prozessionen: Auszug aus allen Kirchen, die zu beschreitenden Wege, Glockengeläut, das Zelebrieren der Messen, Lesungen, Gesänge und Gebete, das Hochamt auf dem Neuen Markt –, und bat laut um Ruhe.

»Ratmann, Freunde, ich möchte einen weiteren Punkt zur Sprache bringen.« Er sah Wardenberg scharf an, doch blieb dessen Gesicht unbewegt; nur ein Aufblitzen in den grünbraunen Augen hinterließ in Stulzing für Augenblicke Unbehagen. Er reckte die Schultern und rief ins langsam abklingende Murmeln: »Ich möchte, daß wir über den Blutvogt disputieren!«

Bruder Michael hob die buschigen Augenbrauen, viele Ratmannen sahen auf, manche erfreut, die anderen nachdenklich oder verlegen. Stulzing blickte in die Runde, versuchte abzuschätzen, wie die einzelnen zu Stockmann standen; die meisten hatten sich in den letzten Tagen und Wochen, wenn auch oft nur hinter vorgehaltener Hand, wohlwollend geäußert, ohne allerdings an so weitreichende Folgen zu denken, wie es Tile Wardenberg tat. Stulzing seufzte.

»Hah! Warum?« Paul Kremer verzog das Gesicht, und der neben ihm sitzende Arnold Brole grunzte abfällig: »Zu diesem Burschen gibt's nichts zu sagen.«

»Das denke ich nicht!« polterte Johannes Ryke und betastete die Narbe auf der Glatze. »Auch mir liegt's auf der Seel': dem Mann gebührt Dank. Seine Hilfe nach dem Unfall ...«

Der Kirchenmeister schob das kantige Kinn vor. »Glück, nichts weiter!«

»Das sehen viele anders, Herr Brole.« Paul Reitzenstein zählte an den Fingern auf: »Die Schiffergilde, Steinmetz Regerli, Vogt Surber, einfache Leute und auch Ratmannen.« Er sah Lubbe und Steglitz nicken, sogar der alte Rathenow war plötzlich hellwach. »Stockmann ist gut verheiratet und Hausbesitzer.« Er schloß, mit einem gehässigen Grinsen vor allem in Kremers und Broles Richtung: »Von einigen abgesehen, sind 's voller Lob: *Er wart bei herrn und burgern kostlich gehalten und kunt vil leut helffen.*«

»Bader Beck sagt ...«

»Dieser Quacksalber!« Hillig Kurtzrock winkte ab und fuhr grimmig in Broles Worte. »*Es sin gar boese lude, die emans als zauberschen schelten. Und kunnen es doch nit wissen!*«

Murmeln klang durcheinander, die Kleriker bekreuzigten sich rasch, nur Bruder Michael lachte leise. Tile Wardenberg stand auf. »Was schlagt Ihr also vor?«

*Er hat's mal wieder geschafft,* dachte Stulzing bitter. *Nicht er spricht's aus, obwohl es von ihm eingefädelt wurde. Wirst dich wun-*

*dern, nicht ich mach den entscheidenden Schritt.* »Ich möchte, daß wir drüber reden, nicht mehr, nicht weniger.«

»Soll er vielleicht an der Pfingstprozession teilnehmen?« Broles Hand klatschte auf den Tisch. »Ich sag nein! Laut und deutlich!«

»Man hört's bis auf die Gass'«, sagte Kurtzrock.

Während von Wardenberg ein kaum merkliches, aber anerkennendes Nicken kam, grollte Ryke: »Warum denn nicht? Ohne ihn könnten viele Männer der Schiffergilde gar nicht teilnehmen! Da wär's nur recht und billig, Stockmann und seiner Gattin die Ehre zukommen zu lassen.«

»Ich stimme dafür«, sagte Goldschmied Lubbe, und Schuster Sternickel fügte hinzu: »Auch ich kann's für meine Zunft bejahen.«

»Wenn ich an die neuen Gruben denke« – Clauß Dreher lächelte –, »sag ich ebenfalls ja.«

Plötzlich sprachen alle durcheinander. Befriedigt stellte Stulzing fest, daß die Mehrheit der achtzehn Ratmannen, ihn selbst eingeschlossen, auf Stockmanns Seite war. Bedenken äußerten August Seltzer und Otto Wins. Klare Ablehnung kam nur von Kremer, Brole und Waffenschmied Alvensleben. Flurschütz Kurtzrock, Bäcker Gröben und Thomas Blankenfelde schienen unschlüssig zu sein, würden sich aber der Entscheidung beugen. Die Kleriker hielten sich zurück, schienen aber, bis auf Bruder Michael und Konrad von Sankt Nikolai, wenig begeistert. Von den Amtsleuten wußte Nicolaus Stulzing die Meinung, ohne daß sie ein Wort sagten: Vogt Surber und Mühlenmeister Vockenrode nickten, Tyle Brügge wartete ab – ihm schien eher ein Nein auf der Zunge zu liegen. *Obwohl's seinem Neffen nicht schlecht geht,* dachte Stulzing. *Wilkin wird nicht wie Kremer umkommen!*

Der alte Rathenow lehnte sich zurück, besah sich eine Weile das Reden, Armwedeln und Fratzenschneiden, wischte über die Triefaugen und rief schließlich mit lauter Stimme: »Ratmannen, ich bin alt und – ja, grinst nur, auch Euch trifft's, und dann geht Ihr ebenfalls gebeugt, klagt übers Gliederreißen oder versucht, dem Pfeilmann ein weiteres Jahr abzufeilschen! –, ja, ich *bin* alt, hab viel erlebt. Auch gibt's Grund, *kein* Freund des Blutvogts zu sein...« Kurtzrock rief spöttisch dazwischen: »*Ja, die lude sagtens, das gerucht geibs!*« Alle lachten. »Trotzdem gilt: Was Recht ist, muß Recht bleiben! Der Blutvogt hat's verdient: hat in wenigen Wochen mehr für die Stadt getan als mancher von Euch Herren in vielen Jahren. Ich weiß es wohl, denn ich trug schon Rechte und Pflichten, da gab's viele von Euch gar nicht. Meint wohl, weil ich schlafe, seh ich's nit? Da täuscht Ihr Euch! Deshalb mein klares Wort: Ich schlage vor, Stockmann in die Bürgerschaft aufzunehmen!«

*Das gibt den Ausschlag, nun ist es raus,* dachte Stulzing, *und der nächste Schritt zum Hospitalmeister nur eine Frage der Zeit. Daß sich ausgerechnet der Alte zum Fürsprecher macht...*

Für Augenblicke trat Stille ein, dann scharrten Stühle, weil Brole und Kremer aufstanden. »Nicht mit uns. Das geht zu weit!«

Auch Alvensleben schaute nachdenklich, während Wardenberg ein Lächeln zeigte, das Stulzing nicht recht zu deuten wußte: *Ist's Triumph? Nicht nur, da steckt mehr drin. Selbstzufriedenheit? Auch Zweifel? Was denkt er nun? Vielleicht: Ihr werdet's noch erleben, was ihr euch eingehandelt habt? Bitterkeit? Scheint wirklich am eigenen Spiel zu zweifeln. Aus Angst? Weil Stockmann vielleicht nicht so im Kummet läuft, wie's Tile gern hätte?*

Unterdessen rief Ratsmeister Ryke mit knurriger Stimme: »Ich bitte ums Handzeichen, Ratmannen. Die Herren Brole und Kremer sind dagegen. Gut. Alle übrigen dafür. Also ist's beschlossene Sache. Gevatter Stockmann nimmt an der Prozession teil, und nach Pfingsten wird ihm das Bürgerrecht verliehen. Bleibt's beim Bürgergeld von zehn Schilling? Ich seh Euch nicken. Nicolaus, sprecht Ihr mit dem Mann? Schön, schön.« Seine Faust krachte auf die Platte. »Das war's dann. Gehabt Euch wohl, Ihr Herren!«

Nicht nur Stulzing atmete pfeifend aus. *Wenn Johannes das Regiment übernimmt, gleicht es Sturmwind, der alles mitreißt!* Er sah Kremer und Brole hinterher, die wortlos aus dem Ratssaal stürmten, während die übrigen Ratmannen weiter disputierten, daß das Raunen mächtig anschwoll. *Hoffentlich war es kein Fehler. Kremers Zorn ist nun auf Brole übergegangen. Wenn es um Woldemar geht, wird's auch andere Ratmannen umschwenken lassen. Stockmann ist dann vielleicht das Fünkchen, das das Holz in Brand setzt. Könnt ein fürchterlicher Feuersturm werden...*

Zu Pfingsten, am letzten Tag im Weidemonat, durchzogen nach festgesetzter Ordnung Nachbarschaften, Zünfte und Innungen, angeführt von Meistern und Bannerträgern, in feierlichen Prozessionen die Stadt, um sich vor der Marienkirche zu treffen: die Viergewerke, die Tuchmacherinnung, die Zunft der Huf- und Nagelschmiede, Schlosser und Wagner, das ehrsame Seilerhandwerk, Waffenschmiede, Kürschner, die Zunft der Schneider, die Schiffergilde, Fernhandelskaufherren, Krämer, Gewürzhändler, Pelzhändler, Färber, Fährleute, Gastwirte, Bierbrauer, Ärzte und Apotheker, Müller, Goldschmiede, die Schützen- und Kaufmannsgilden. Die Herren waren freie Grundbesitzer mit ihren Ackerbauern und Viehzüchtern, Ratsmeister, Ratmannen, Stadt- und Gerichtsschreiber, Schöffen. Zu den grundbesitzenden Kaufleuten zählten fünf Dutzend Familien; die Belitz, Blankenfelde, Brügge, Rathenow, Ryke, Wardenberg, Wins, Arnd, Trebus und wie sie alle hießen. Handwerker hatten ihr Arbeitszeug niedergelegt, Frauen sich herausgeputzt, und die Klosterschüler bekamen sonnabends schulfrei. Fleischer in weißen Schürzen und roten Westen gingen neben Schmieden in Lederschürzen und Schustern mit grauem Kittel ...

Sie alle sangen: »*Nu biten wir den heiligen geist umb den rehten glouben allermeist, daz er uns behüete an unserm ende, sô wir heim suln varn ûz disem ellende. Kyrieleis.*«

»*Der Geist des Herrn erfüllet den Erdkreis, alleluja.*«

»*Er, der das All umfaßt, Er weiß um jeden Laut. Alleluja, alleluja, alleluja.*«

Amalie und Martin hatten ausgiebig gebadet, frische Kleider angelegt – die meisten stammten von Verurteilten, zum Teil noch aus Meister Stoffels Zeit –, und auch Johannes und Asmus überredet, sich fein zu machen. Haare waren sorgfältig gekämmt und vom Ungeziefer befreit, Gesichter glatt rasiert, und Rosenwasserduft überdeckte alles andere. Amalie, einen Blumenkranz über die Haube gezogen, roch nach Maiglöckchen. Martin liebte diesen Duft. Schon seit Tagen trug er getrocknete und zerriebene Blüten in der Dupsingtasche, streute sich manchmal eine Prise auf die Hand und zog sie kräftig in die Nase. Jeder Nieser war eine Wohltat. Allerdings kannte er auch die Giftigkeit der zarten Pflanze: In Braunschweig hatte einst eine Gans einen weggeworfenen Maiglöckchenstrauß angeknabbert und war bald darauf verendet.

»*Es erhebe sich Gott, Seine Feinde mögen zerstieben; es soll fliehen vor Seinem Angesicht, die Ihn hassen.*«

»*Kyrie eleison – Christe eleison – Kyrie eleison.*«
Amalie schüttelte den Kopf und sah in Martins grüne Augen.
»Ich glaub es kaum. Wir waren in der Prozession der Nikolainachbarschaft! Schweb ich im Belserausch?«
Er lachte herzlich. »Nein, mein Liebes! Ratsmeister Stulzings Einfluß und der anderer Herren hilft dem Scharfrichter und seiner Gattin! Uns geht's gut, du darfst nicht zweifeln!«
»Ja, ich dank Gott.«
Die Gesänge schwollen an, von ehrfürchtigem Schauder ergriffen, hoben die Menschen die Hände zum Gebet. Eine Unzahl Kerzen, Laternen und Lichter der Radleuchter hüllten den Kirchraum in einen Glanz, als fahre das Feuer des Heiligen Geistes leibhaftig nieder.

*Gloria:* »*Gloria in excelsis Deo – Et in terra pax hominibus bonae voluntatis – Laudamus te – Benedicimus te – Adoramus te – Glorificamus te – Gratias agimus tibi propter magnam gloriam tuam…*«

*Sanctus:* »*Sanctus – Sanctus – Sanctus Dominus, Deus Sabaoth – Pleni sunt caeli et terra gloria tua – Hosanna in excelsis – Benedictus, qui venit in nomine Domini – Hosanna in excelsis…*«

*Agnus Dei:* »*Agnus Dei – qui tollis peccata mundi: miserere nobis – Agnus Dei – qui tollis peccata mundi: dona nobis pacem!*«

»*Ite, misa est – Deo gratias!*«

Unter tosendem Glockengeläut knieten herausgeputzte Patrizier vor blitzenden Monstranzen, die Pfaffen im kostbaren Ornat hoben, und über dem Kirchplatz spannte sich ein Seil, an dem eine weißgetünchte Holztaube von Ministranten hin und her gezogen wurde; Symbol des Heiligen Geistes, der über alle kam.

Wirtsleute hatten auf Tischplatten Schweine-, Rind- und Kalbfleisch aufgestapelt, dekorierte Schweinsköpfe lagen bereit, auf Spießen drehten sich knusprige Ferkel und Hammel. Hier gab es Brot, dort gab es die Wahl zwischen Fasanen, Kapaunen, gebratenen Hennen, Ochsenfüßen in Sülze, Bauchfleisch, Lebern, Lungen, Kaldaunen, Eutern, Mägen und Zungen. Würste schwangen als Girlanden zwischen Pfosten. Frisch zubereitete Brachvögel und Wachtelkönige – mit Netzen gefangen oder von Bergfalken geschlagen –, aus Tonschüsseln duftende Gründlinge, Hausen, Aale, Grundeln und Hechte, daneben Hühner- und Gänseeier, in Schmalz gebacken, und Rettiche, groß und dick wie Hasen.

Zu letzteren sagte Amalie: »Rettich erneuert das Blut und sorgt für guten Schlaf.«

»Erbsen und dicke Bohnen mag ich lieber«, sagte Asmus.

Martin legte Fleischstücke auf Brot, warf dem schwanzwedelnden Schweißhund einen Happen zu und lächelte Amalie an. Sie waren entschlossen, sich ins Gedränge zu stürzen, mal hier, mal dort zu kosten, ohne sich zu überfressen, und vor allem wollten sie tanzen, und so schlenderten sie langsam zum *Goldenen Löwen* an der Spandauer Straße. Auch hier wurde an Holzbänken wild gezecht, manchem Bauern war der Weg zur Abortgrube zu weit und er schlug sein Wasser unter dem Tisch ab, es wurde auf den Boden geschneuzt und der restliche Schnodder am Hemdsärmel abgewischt. In der Raummitte sprangen beim Kapriolentanz Frauen und Männer ausgelassen umher, zwischen Füßen und unter Tischen flatterten Hühner und pickten gackernd Reste. Martin drängte mit seiner Frau unter die Tanzenden, während Johannes und Asmus am Rand stehen blieben und nach Mägden Ausschau hielten, mit denen sie sich verlustieren konnten.

Eine Jungfer, ein *schapel* als Zeichen der Reinheit im blonden Haar, fiel dem jungen Mann auf. Sie hockte neben einem betrunkenen Köhler und wirkte im Trubel hilflos und beschützenswert. Langsam schob sich Asmus zur Maid vor, die zu ihm aufsah und verlegen lächelte. Hackbrettklang und Schalmeiennäseln übertönten kaum die lauten Stimmen. Drei Musiker standen auf Tischplatten und trieben die schweißtriefenden Menschen an; einige, deren Mägen bis zum Platzen gefüllt waren, schafften es kaum bis ins Freie, ehe sie den Schweinen neuen Fraß gaben.

»Ist der Magen wieder frei, geht's weiter mit der Völlerei«, rief Martin und grinste breit. »Lieber den Magen gesprengt, als dem Wirt was geschenkt.«

Amalie rief ihm ins Ohr: »Ich will noch mehr tanzen!«

Beim Gerempel auf der Tanzfläche fielen Leute hin, andere sprangen und stolperten über sie hinweg. Gelegenheiten, kichernden Weibern an die Brüste, zwischen die Schenkel oder an die Hintern zu greifen, gab es viele. Mäntel, Sukenien und Unterröcke flogen hoch. Burschen, die in der Hitze ihre Oberkörper entblößt hatten, wirbelten Frauen durch die Luft, so daß über den Kopf rutschende Röcke blanke Pobacken zeigten. Manche liefen völlig nackt umher, vom Getanze erhitzt und erregt.

»Die sprang mehr denn eines Klafters Länge!« jubelte ein Mann. »Hoppaldei, heierlei, firleifei! Ein Tänzchen in Ehren …«

Das Ziel des Kapriolentanzes schien mit Riesenschritten näherzukommen, und niemand dachte daran, daß nach Kirchenmeinung Tanzen die Seele verderbe und die gefährlichste Versuchung zur Sünde sei: Frauen und Mädchen, kaum noch bekleidet, wälzten sich am Boden, spreizten die Schenkel. Es wurde gekreischt und gejohlt, Männer scherzten, indem sie die Frauen umkreisten:

»Sieh, wie ihr Gekräusel trieft!« – »Diese Kachel wartet sehnsüchtig, von meinem Turm gesprengt zu werden!« – »Himmel, die hat dickere Lippen als 'ne Kuh!«

Amalie stieß Martin an und zeigte auf Asmus, der mit der Blonden umhersprang. »Sieh unseren Großen. Er scheint endlich gefunden zu haben, was er suchte.«

»Sieht so aus, Liebes. Dank Peter schneidet auch unsere Schneiderin keine Fratzen mehr.«

Gesellen zogen Mägde ins Freie, verschwanden hinter Bänken oder Büschen und verschafften einander schnelle Erquickung bei herrlichem Pfingstwetter, Vogelgezwitscher und Schweinegrunzen.

Asmus stand bei dem blutjungen Mädchen, das mit den blonden Haarsträhnen spielte und ihn aus großen blauen Augen ansah. Nach erster Verlegenheit sprach es tüchtig rotem Wein zu. Fast zwei Köpfe kleiner als der junge Mann, ahnte die zierliche Hübsche wohl nicht, daß er ein Henkersknecht war, ließ sich kosen und abtasten, kicherte und warf den Kopf in den Nacken. Asmus fand in Berlin keine einheimische Freundin, weil ihn alle kannten: Nur bei den Dyrnen durfte er – mit Martin Stockmanns Zustimmung – den Stachel versenken, hastig und lieblos.

»Brunhilde!« murmelte er und strich sanft über ihr offenes Haar, in das der Kranz getrockneter Kornblumen und bunter Bänder geflochten war. Asmus hatte nichts weiter im Sinn, als das junge Bauernhühnchen zu rupfen, das als Magd einem Köhler half und nur selten in die Stadt kam; trotzdem hielt er sich zurück, entzückt vom Verspielten und Keuschen, das die Kleine umgab. Bisher schien es ihr gelungen zu sein, sich die Knechte von der Wäsche zu halten, vielleicht wurden sie auch vom mageren Körper abgeschreckt, der Asmus um so mehr gefiel, je länger er ihn betrachtete.

Die Musik wurde lauter, und er murmelte: »Laß uns tanzen!«

»Ja!«

Fröhlich sprangen sie zwischen die Leute, wirbelten herum. Asmus schwang die junge Frau in die Luft und sah ihr kleines Kätzlein. Eine Wolke schien ihn einzuhüllen, Musik, Lachen und Klatschen wurden gedämpft, erreichten kaum noch Asmus' Ohr. Er sah nur noch sie, begegnete ihrem funkelnden Blick, fühlte zarte Finger in seiner Riesenhand. Brunhilde keuchte, Schweiß bedeckte die Stirn, eine Haarsträhne klebte am Hals.

»Ich muß verschnaufen!« rief sie und packte den Zeigefinger. »Komm, gehen wir über den Markt.«

Auf dem Kirchplatz umtanzten Burschen und Mädchen eine lange Stange, an deren Ende ein Pferdekopf neben bunten Fahnen und Blumenkränzen hing. »Laßt uns feiern – drei Tage lang!« schrie Markus Kremer, und zustimmendes Johlen antwortete ihm. »Wir bezahlen die Zeche gemeinsam. Wenn's Prügel gibt, stehen wir beisammen.«

Nacheinander schlugen die Kerle gegen den Pfahl, um die Zahl der Tage anzugeben, die sie zu feiern gedachten. Alle Tage der Woche kamen zusammen, bis auf die sieben – der siebte Tag war der Ruhe des Herrn geweiht. Die Mädchen hefteten den Burschen rote Bänder an die Brust; sie durften sie erst entfernen, wenn die gewählte Tageszahl abgefeiert war. Und schon stürzte man sich auf Speisen und Getränke.

Asmus betrachtete den Patriziersohn mit Mißtrauen. Die Burschen um ihn herum waren aufgeputscht, soffen und fraßen in Unmaßen; Asmus glaubte auch Berthold Clementh und Bader Beck zu erkennen. Es war eine Gesellschaft, in der sich Markus Kremer stark fühlte und das Maul voll nahm. Bald würde es den ersten Streit geben, schnell war dann auch ein Basilard gezückt. Asmus runzelte die Stirn; er hoffte, daß Martin nicht mit Kremer aneinandergeriet – und wenn doch, wollte er in der Nähe sein…

Brunhildes warmer Leib lenkte ihn ab. Er legte den Arm um ihre Schulter, schlenderte mit ihr Buden und Tische entlang und fühlte sich wie vom Pfeil getroffen, als Brunhilde zärtlich seine Hand küßte, die warm und schützend ihren Körper berührte. Asmus wußte nicht, wie sie plötzlich unter die Stadtmauerbagen kamen und sich ins Gebüsch verdrückten. Er sah nur ihr helles Haar, das schmale Gesicht. Ihre Hände umfaßten seinen Bärenschädel, und dann fühlte er ihre Lippen auf dem Mund. Fast wäre er zurückgewichen: Die Stadthuren wollten nur schnell pampeln und ließen ihn ran, um Abgaben zu sparen – da war kein Platz für Zärtlichkeiten. Brunhilde bemerkte sein Erstarren, lachte leise und hauchte Küsse auf Asmus' Stirn, Augen, Nasenspitze, die Wangen und auf den Mund. Schon öffnete sie die Lippen, ihre Zunge tastete ihm feucht entgegen, ihre Arme umschlangen seinen Hals, Finger kraulten das Haar hinter den Ohren. Asmus versuchte, sein Knie zwischen ihre Schenkel zu zwängen.

»Sei sanft!« Brunhilde biß in sein Ohrläppchen. »Ich war noch nie mit einem Mann beisammen! Aber die älteren Mägde haben's mir erklärt.«

Asmus schluckte, Hitze schoß ihm ins Gesicht. Langsam löste er Schleifchen und Nesteln, streifte Stoff zur Seite und betastete die kleine Brust. Brunhilde atmete schneller, als er an den Knospen spielte. Das war so anders, neu – nicht die fleischigen Milchbeutel der Huren, die so groß und schwer waren, daß sie beim Liegen die Körperseiten herabhingen. Asmus' Zunge umkreiste die Warzen, betupfte die Schlüsselbeinkuhlen und beleckte den Hals.

Brunhildes Lachen war verstummt, ihr Leib wartete gespannt. Asmus sah, daß sie die Augen geschlossen hatte. Feuchtigkeit glitzerte auf den Wimpern. Seine Hand tastete unter den Rock warme Schenkel hinauf, umfingerte das Kätzlein; Brunhilde hielt die Luft an. Er fühlte seinen Turm pochen und kribbeln, schob den Rock hoch und starrte auf ihr Gekräusel: Ein schmales Dreieck hellen Flaums, das kaum rosige Lippen verdeckte. Mit bebenden Fingern zerrte er an Beinlingen, entblößte das Gemächt und schob es behutsam ins Ziel. Brunhilde verbiß den Schmerzenslaut, während er schneller seine Säfte loswurde, als ihm lieb war. Er wälzte sich zur Seite, schob das Gesicht in ihr Kätzlein und leckte Blut, berauscht vom Duft, der so anders war als bei den Huren, die nach Gänsefuß – dem »Fotzenkraut« – stanken.

»Erweist du mir einen Minnedienst, Asmus?« lispelte Brunhilde, deren Finger in seinem Haar wühlten. »Ich bitte dich inständig.«

»Was muß ich tun, mein Herz?«

»Ich zeig's dir, komm.«

Asmus lachte, während sie ihre Kleider ordneten. Brunhilde ergriff seine Hand, zog ihn zum Markt, nahm ein weiches Stück Brot, steckte es unter die Achsel und preßte den Arm an den Leib. Anschließend reichte sie es dem Jungen und sagte:

»Du mußt es essen, bitte.«

Asmus hob die Schultern und fand nichts dabei, das schweißgetränkte Brot in den Mund zu schieben; es war ihr Schweiß, und der war gut – wie alles an ihr. Ihn berauschte die Vorstellung, schon kribbelte sein Stachel. Brunhilde lächelte. Nun hatte sie die Gewißheit, daß er an sie gebunden war für immer; es war ein altes Zaubermittel. Ihre Hand tastete verstohlen vor, erstaunt bemerkte sie, daß sich sein Fingerlin schon wieder regte. Obwohl ihr Becherchen brannte, zog sie Asmus zum Gebüsch. Diesmal faselte er langsam, kraftvoll und ausdauernd; jeder Stoß trieb Hitze bis in Brunhildes Kopf. Fast glaubte sie, daß ihr die Sinne schwanden, und sie fühlte sich wie auf Wolken gebettet.

Pulcheria Reitzenstein war, wie ihr Name bedeutete, in der Tat »die Schöne«: schlank, hochgewachsen, fünfundzwanzig Lenze, das Haar sittsam von der Haube verdeckt. Fältchen in den Augenwinkeln bewiesen, daß sie gern und viel lachte, und die verstohlenen Blicke, die die Frau mit ihrem Mann wechselte, bewiesen Martin, daß sich die beiden innig liebten.

»Nun, Gevatter« – Paul Reitzenstein hüstelte und hob den Weinbecher, nachdem er sich mit Frau und Kindern an den Tisch gesetzt hatte –, »wo habt Ihr Bruder Michael gelassen? Mir deucht, die Herren umschleichen einander stets wie zwei Katzen.«

Martin machte eine vage Geste. »Guter Vergleich, Sekretarius. Wenn Ihr's mal laut fauchen hört des Nachts, wißt Ihr, was los ist.«

»So schlimm? Sollte Euch der Mönch etwa sein Geheimnis anvertraut haben und fordert Euch zum *tjost*?« Reitzenstein lachte, sah nach rechts und links und flüsterte: »War er nun *Ritter* oder nicht? Ist was dran am Gerücht?«

Obwohl auch Martin lachte, wiegelte er ab: »Das, mein Herr, solltet Ihr den Alten besser selbst fragen. Mich hat sein Reden nur verwirrt.«

Reitzensteins Tochter Magdalena, schon jetzt ein jüngeres Eben-
bild der Mutter, lächelte versonnen. »Er war's bestimmt, Herr
Vater. Bruder Michael kann so schön erzählen.«

»Ja.« Ihr Bruder Markus nickte. »Von heldenhaften Kreuzfah-
rern, bösen Drachen und vielen Kämpfen.«

»Ach, du! Ich meinte doch die Geschichte mit dem Burgfräulein
und dem Minnesang. Das war ...«

Während die beiden die Köpfe zusammensteckten und sich flüsternd stritten, strich der Ratmann über ihr Haar und sah sie mit
einem ebenso warmen wie stolzen Blick an, daß in Martin für Augenblicke der Neid wuchs – bis ihm Amalie die Hand auf die Schulter legte. Er küßte ihre Finger und glaubte fast zu schweben, als sie
sich warm an ihn schmiegte.

»Mit ihnen ist jeder Tag ...« Reitzenstein brach ab, stieß Martin
an und wies zum Eingang. Martin drehte sich: Ein halbes Dutzend
Burschen polterte in den *Goldenen Löwen,* blieb stehen und sah
sich mit Blicken um, denen die Streitlust deutlich anzumerken war.
Als erstes entdeckte Martin Berthold Clementh. *Das gibt Ärger,*
dachte er, während Bader Beck eintrat und dann auch – wie stets ließ
er den anderen den Vortritt – Markus Kremer in die Wirtschaft
kam. *Mit ihrer Kahlheit könnten sie Brüder sein. Aber Markus ist
ohne Zweifel der häßlichere!*

Das Aufleuchten in Peter Becks braunen Augen versetzte Martin
einen Stich, seine Muskeln spannten sich. Schon drängte der Bader
zwischen Tanzenden durch, wurde aber von der Seite angerempelt:
Martin erkannte verblüfft Hein Nabel, neben dem, mit schiefer
Lippe grinsend, Johannes stand und die Arme in die Seiten
stemmte.

»Das war Absicht!« murmelte Martin und stand langsam auf.
»Ihr haltet Euch besser zurück! Unter den Tisch, Kinder!«

Eine Antwort wartete er nicht ab, denn unterdessen schrien sich
der Bader und der Apotheker wild an: »... Beck mit *gross pro-
cession,* braucht wohl Unterstützung für Euer Schandmaul?« –
»Euch brech ich die *zehne auß!*« – Zustimmendes Kreischen, ein
Ring neugieriger Zuschauer formte sich, klar unterteilt in zwei
Lager.

Markus Kremer schob sich dicht an Martin heran und rief höhnisch: »Da ist ja der Bastard, der sich das Bürgerrecht erschmei-

chelt ... Braucht's Bett der hibschen Witwe dazu, nicht wahr? Und die macht gern die Beinchen breit, das Dyrnenweib!«

Die Ohren rot, der Blick trunken und lüstern, streckte Markus die Hand aus, um Amalies Wange zu tätscheln. Brüllen im Hintergrund: »... *un van stunt an scloich ich dir mit feusten umb den kop*...«

Schneller als Martin handeln konnte – dem bei Markus' Worten zwar der Kamm schwoll, aber über soviel plumpe Unverschämtheit im ersten Augenblick erstarrt stand, wenn auch wutbebend –, gab Amalie die einzig passende Antwort: Mit voller Wucht klatschte ihre Hand Markus rechts und links ins Gesicht, daß es den Kopf zuerst zur einen und dann zur anderen Seite fegte. Ein Wimpernschlag der Stille folgte, in dem sich scheinbar niemand zu regen wagte. Dann brüllte Markus langgezogen, und Martin ballte die Hand zur Faust ...

Als Asmus und Brunhilde in den *Goldenen Löwen* zurückkehrten, war dort schon die Schlägerei im Gange: Jeder prügelte auf jeden ein. Asmus bemerkte, daß Martin und Johannes zu den wenigen gehörten, die noch aufrecht standen und kaum Hiebe einsteckten. Hein Nabel kniete über Bader Beck und bearbeitete mit grimmigen Hieben das Gesicht, setzte einen gezielten Schlag neben den anderen. Martins Faust traf Markus Kremers Gesicht, dessen Kopf nach hinten flog. Als Markus sich mühsam aufrappelte und mit haßerfülltem Blick umhersah, klaffte eine Lücke im Pferdegebiß. Martin trat dem Mann ins Kreuz, duckte sich unter einem vorschießenden Arm hindurch und sprang zwei Schritte zurück. Johannes lachte und schüttelte nur den Kopf, als ihm ein Treffer die Braue aufplatzen ließ. Der Angreifer – Berthold Clementh –, von Johannes' Händen ergriffen, wurde angehoben und landete im Menschenknäuel, das Markus umgab. Martin rief: »Ich dreh dir den Hals um, Kremer...«

Asmus, der nur die Hälfte verstand, schob Brunhilde zu Amalie und Frau Reitzenstein in eine Ecke und stürzte sich brüllend ins Getümmel. Frauen, die ihren Männern zu Hilfe eilten, rissen wie Furien ganze Haarbüschel aus, kratzten, bissen und traten – wenn sonst nichts half – gegen Brunftkugeln. Im Gegenzug waren die Kerle ebenfalls nicht zimperlich: Backpfeifen klatschten, Kleidung zerriß, und mehr als eine Faust zertrümmerte Zähne und Nasen. Asmus bekam den Patriziersohn zu fassen, der auf Händen und Knien aus dem Getümmel zu kriechen versuchte. Er packte ihn an Kragen und Gürtel, stemmte ihn mit einem Ruck hoch über den Kopf und wankte drei, vier Schritte. Markus zappelte mit Armen und Beinen und schrie: »Hilfe! Helft mir doch! Laß mich runter, los! Widerlicher Bastard!«

»Wenn Ihr meint, Hoher Herr«, sagte Asmus und warf den Mann auf einen Tisch, der unter Markus zerbarst. Der Patriziersohn krümmte sich, ächzte und stöhnte. Martin stieß einen jubelnden Schrei aus, als Markus' Kopf zur Seite sank. Asmus wehrte Fausthiebe ab, stieß zwei Männer zur Seite und verteilte reihum Maulschellen, bis die meisten erschöpft am Boden lagen, schmerzende Körperpartien strichen und sich wanden. Es dauerte nicht lange, und durstige Kehlen wollten geölt werden. Die Schankwirte bekamen wieder Arbeit und trugen den Zechern und Zecherinnen auf, bis sie von den Bänken fielen oder wie schlaffe Säcke zusammenbrachen.

»Morgen« – Martin rieb das Kinn, stieß Hein in die Seite und wies auf Markus, der mühsam den Kopf schüttelte und kaum auf die Beine kam – »haben sie einen furchtbaren Brand, aber sie sind am richtigen Ort, um von vorn zu beginnen. Kremer braucht einen Zahnreißer, wenn ich's recht besehe – hat mit Beck ja einen passenden Quacksalber zur Hand; der Kerl macht sich nicht noch mal an meine Amalie heran, ich reiß ihm sonst den Kopf ab. He, Asmus, wer ist die hübsche Maid, deren Blicke dich verfolgen wie Fliegen den Honig?«

»Brunhilde.« Asmus lächelte sanft. »Eine Köhlermagd. Sie ist ... ist ...«

Ihm fehlten die Worte. Martin nahm Amalie in den Arm, begrüßte die junge Frau und angelte für sich, Johannes und Hein einen Bierhumpen.

»Ich werd dich besuchen!« versprach Asmus und fühlte sich kraftlos und aufgeputscht zugleich, als er in Brunhildes Augen sah.

»Die Mutter stirbt!« sagte Amalie am Dienstag nach Pfingsten, dem zweiten Tag im Johannismond, als sie atemlos ins Haus kam und den Korb abstellte. »Ich hab Mechthild auf dem Markt getroffen ...«

Martin nickte. »Gehen wir, Liebes. In der Mühlengasse ist jetzt unser Platz.«

Die alte Frau war leichenblaß und fieberte. Heinrich wachte am Bett, die Augen rot verweint. Schon seit Tagen hatte Amalies Mutter nichts mehr gegessen, ihr Körper war ausgezehrt, die Augen lagen tief in den Höhlen, das Gesicht war eingefallen.

Amalie zündete die Sterbekerze an, kniete sich neben das Bett und murmelte mit Mechthild die Sterbelitanei: »Herr, erbarme Dich unser – Christe, erbarme dich unser – Herr, erbarme Dich unser – Heilige Maria, bitte für sie – Alle heiligen Engel und Erzengel, bittet für sie – Heiliger Abel – Alle Chöre der Gerechten – Heiliger Abraham – Heiliger Johannes der Täufer – Heiliger Joseph – Alle heiligen Patriarchen und Propheten – Heiliger Petrus – Heiliger Paulus . . .«

Martin fühlte nach dem Puls und lauschte dem Röcheln aus halbgeöffnetem Mund. Er bemerkte den besorgt-fragenden Blick seiner Frau und murmelte: »*Nû gedench aber, mensch, dînes tôdes:* Sie ist bereit für die Letzte Ölung; streut Asche auf ihr Haupt – ich hole den Pfaffen fürs *Viatikum.*«

Sie hoben Thea aus dem Bett und legten sie auf ein Strohpolster, und die Greisin hauchte, kurz nachdem Konrad sie gesegnet hatte, ihren letzten Atem aus. Der Pfaffe murmelte: »Kommet zu Hilfe, ihr Heiligen Gottes, eilet entgegen, ihr Engel des Herrn. Nehmet auf ihre Seele und traget sie vor das Antlitz des Allerhöchsten. Christus nehme dich auf, der dich berufen, und in das Himmelreich sollen Engel dich geleiten. Nehmet auf ihre Seele und traget sie vor das Antlitz des Allerhöchsten. O Herr, gib ihr die ewige Ruhe, und das ewige Licht leuchte ihr . . .«

Amalie weinte leise in Martins Armen, ihr Bruder wirkte erstarrt. Damit die Seele aus dem leblosen Körper entweichen konnte, öffnete Konrad Theas Mund, schloß ihre Lider. Mühsam raffte sich Heinrich auf und befestigte das weiße Schierlaken am Türpfosten, damit alle vom Trauerfall erfuhren. »Sie starb also *stillich, sois als het sei geschlafen.*«

»Lasset uns beten«, sagte Konrad. »Wir befehlen Dir, o Herr, die Seele Deiner Dienerin Thea Grunngras, auf daß sie, der Welt abgestorben, Dir lebe. Und was sie in ihrem Erdenwandel aus menschlicher Schwäche gefehlt, das tilge durch Deine verzeihende Barmherzigkeit und Liebe. Durch Christum, unsern Herrn.«

»Amen.«

Er dauerte nicht lange, bis zum Klang der Totenglocke die ersten Klageweiber erschienen, heulten und schrien. Andere liefen von Haus zu Haus, um der Nachbarschaft den Tod der Mitbürgerin anzuzeigen. Vorbeikommende bekreuzigten sich und sprachen ein leises Gebet: »Herr, gib ihr die ewige Ruhe!«

Amalie faßte sich schnell: Gemeinsam mit Martin und Mechthild entkleidete sie die Tote und wusch sie. Amalie wickelte den Körper in Leintücher und legte einen Schleier über den Kopf. Neben der Toten wurden zwei Kerzen entzündet, ein *ewig liecht am heubt,* und die ganze Nacht über wachten Verwandte und Freunde bei der Aufgebahrten, sprachen Gebete und spendeten einander Trost. Wein und Bier wurden verteilt, auch Geschichten erzählt, Erinnerungen ausgetauscht und gelacht: Der Tod wurde nicht berührt, Trauer kehrte sich zeitweise ins Fröhliche. Als Bruder Michael kam, Amalie, Heinrich und Martin wortlos in die Arme nahm und drückte, brachte Martin kein Wort über die Lippen: Voller Mitgefühl war der Blick des Mönchs, und erstmals fühlte sich Martin dem Alten nahe.

Mit der Bestattung wurde nicht lange gewartet: Am Morgen segnete Konrad den Leichnam aus und entließ Thea Grunngras somit aus der Pfarre. Die *Exequien* wollte er sich mit Bruder Michael teilen. Nacheinander fanden sich die Trauergäste im Haus in der Mühlengasse ein, verabschiedeten sich von der Toten, die zwischen brennenden Kerzen aufgebahrt war, und stellten sich auf zum Leichengeleit. Pfarrer Konrad, klein, aber stimmgewaltig, besprengte die Tote mit Weihwasser und rief: »Herr, gib ihr die ewige Ruhe, und das ewige Licht leuchte ihr.« Er legte Weihrauch ins Rauchfaß und beräucherte Sarg und Trauernde. »*Pater noster…*«

Martin und Johannes schlossen dann den Sarg, Heinrich legte ein weißes Kreuz auf den Deckel. Die Zunftgenossen Otto Grunngras' hatten für die Tote Kerzen gestiftet, stellten die Bahre und das Bahrtuch, Nachbarn des Nikolaiquartiers die Sargträger, und der Trauerzug setzte sich zum Geläut der Totenglocke in Bewegung. Alle trugen mit Kapuzen versehene, kuttenartige Trauermäntel aus schwarzem Tuch, das den Träger ganz verbarg. Pfarrer Konrad führte die Gruppe an – darunter die Ratsherren Stulzing und Reitzenstein –, spritzte Weihwasser in alle Richtungen, schwenkte die Rauchpfanne und hob die Stimme zum *Miserere:* »Erbarme Dich mein, o Gott, nach Deiner Barmherzigkeit; nach Deiner Erbarmung Fülle tilge mein Vergehen.

Wasche mich bis auf den Grund von meiner Schuld, von meinen Sünden reinige mich.

Denn mein Vergehn erkenne ich an, und allzeit steht meine Sünde vor mir.

An Dir allein habe ich gefehlt; was vor Dir Unrecht, hab ich getan.

So wirst Du gerecht erfunden in Deinem Spruch, und lauter in Deinem Gericht ...«

Alle stimmten in die *Responsorien* ein, Trauerpsalmen folgten, beim Einzug in die Kirche sang Pfarrer Konrad: »*Requiem aeternam dona eis, Domine: et lux perpetua luceat eis. Te decet hymnus, Deus, in Sion, et tibi reddetur votum in Jerusalem: exausdi orationem meam, ad te omnis caro veniet* ...«

Die Messe in der Nikolaikirche war kurz; kaum waren die Gebete gesprochen und weitere Kerzen gestiftet, trugen die Männer den Sarg zum angrenzenden Friedhof und ließen ihn ins Grab hinab: geweihter Boden – der Bereich der Gnade.

»Ich bin die Auferstehung und das Leben«, rief der Priester. »Wer an mich glaubt, der wird leben, auch wenn er gestorben ist. Und jeder, der lebt und an mich glaubt, wird den Tod nicht schaun in Ewigkeit. Lasset uns in Liebe unserer Schwester gedenken, die unter uns gelebt, und die Gott zu sich gerufen hat« – Weihwasser und Weihrauch folgten, Erde fiel mit dumpfem Laut auf den Sarg – »Staub bist du, und zum Staube kehrst du zurück. Der Herr aber wird dich auferwecken am Jüngsten Tage ...« – dreimal hob sich die Hand zum Kreuzzeichen – »Sei gezeichnet mit dem Zeichen unseres Herrn und Heilands Jesu Christi, der in diesem Zeichen dich erlöst hat. Der Friede sei mit dir ... Die Seele dieser Verstorbenen und die Seelen aller verstorbenen Christgläubigen mögen durch die Barmherzigkeit Gottes ruhen in Frieden.«

»Amen.«


Die Aufnahme in die Bürgerschaft am nächsten Tag erlebte Martin wie im Traum. Nochmals wurden von den Ratsmeistern, vor denen er den Eid ablegte, seine Verdienste erwähnt: in Nachbarschaftsversammlungen hatten die Bürger einstimmig bestätigt, daß das Wasser besser war, seit Martin die Latrinenreinigung überwachte. Martin war nicht ganz davon überzeugt. *Aber wenn sie's meinen, ist's mir recht.*

Das Mühlendammunglück kam zur Sprache, die Heilkünste, auch die erfolgreichen Hinrichtungen. Pflichten und Rechte eines Bürgers wurden aufgezählt – Martin bekam es kaum mit, hörte Worte wie »in consortium et communionem« und »jus concivium«, *»Er sol sweren, daz er getriwe burger hie zer stat sol sin mit in ze lidenne ubel unde gut«*, ohne recht zu begreifen –, Sekretarius Reitzenstein nahm das Bürgergeld von zehn Schilling entgegen, und plötzlich war alles vorbei, Gratulanten traten heran, Hände klopften auf Martins Schultern und Wein wurde gereicht.

*Geschafft!* Der Gedanke durchdrang Martin von den Haarspitzen bis zu den Zehen. Wasser stieg ihm in die Augen, alles verschwamm. Er fühlte scheinbar grenzenlosen Triumph. *Ich hab 's Ziel erreicht, das Glück ist vollkommen! Bürger der Doppelstadt!*

Wochen scheinbarer Ruhe folgten: niemand wurde ermordet, die Schand- und Ehrenstrafen waren nicht der Rede wert, und Leo Regerlis Beinstumpf heilte ebenso wie der gebrochene Arm. Der Sommer, zu Beginn des Brachmonds noch zögerlich aus dem kühlen und verregneten Frühling hervorgegangen, gewann schnell seine ganze Kraft – und wurde dann unerträglich: Sonnenhitze versengte das Land, verdorrte Pflanzen, ließ Tier und Mensch stöhnen. In den Brunnen sank das Wasser, Sandbänke und steinige Inseln tauchten in der Spree auf, alles wurde fahl und gelb, von den Sümpfen kamen Myriaden brummender und surrender Quälgeister, und die Luft zitterte über märkischem Sand. Mitglieder der Nachbarschaften und Stadtknechte sorgten sich, runzelten die Stirnen, und noch mehr als sonst wurden die Feuerstellen bewacht. Alles Holz war zundertrocken: der kleinste Funke genügte, um die halbe Stadt niederzubrennen. Die Leute sprachen von Höllenglut und dem Fegefeuer, das leibhaftig über die Welt ausgeschüttet werde.

Der Tod des Schwarzenburger Gegenkönigs, am vierzehnten Tag des Johannismondes verstorben, hatte die Macht des böhmischen Karls endgültig gefestigt, aber noch immer gab es Ratsherren in

Berlin, die die Mark lieber in den Händen des Wittelsbacher Ludwigs als in denen des »falschen« Woldemars gesehen hätten. Viele Adlige sahen es ähnlich, Strauchritter überfielen Dörfer, Heerhaufen zogen umher, Spandau, Frankfurt und Treuenbrietzen standen auf Ludwigs Seite, aber noch hielt Karl an seinem Markgrafen fest. Fernhandelnde Pfeffersäcke, die jene Nachrichten mitbrachten, hatten sich in Staubfüße verwandelt und sahen aus, als seien sie mit Mehl bestäubt, und bei den Cölln-Berlinern wurde fuderweise Bier getrunken: Bald gab es wütende Disputationen und heftige Raufereien, bei denen Zähne splitterten und Knochen brachen ...

# SECUNDUM:
# INTRICARE

*Anfang Oktober im 1347sten Jahr der Menschwerdung des Gottessohnes flohen zwölf genuesische Galeeren vor der göttlichen Rache, die unser Herr wegen ihrer Schandtaten nehmen wollte, und sie kamen in den Hafen von Messina. Die Matrosen trugen aber in ihren Gebeinen eingeschlossen eine solche Krankheit, daß – wer mit ihnen sprach – von einem tödlichen Leiden ergriffen wurde und dem Tod in keiner Weise entfliehen konnte. Die Ansteckung teilte sich jedem mit, der mit den Kranken verkehrte. Der Angesteckte fühlte sich am ganzen Leibe von Schmerz durchbohrt und gleichsam erschüttert. Dann entstand ihm eine linsengroße Pustel am Oberschenkel oder Arm, welche die Leute Brandbeule nannten. Diese durchdrang den Körper und verseuchte ihn, daß der Kranke heftig Blut spie. Das Blutspeien dauerte drei Tage unaufhörlich, ohne daß es ein Mittel dagegen gegeben hätte, und dann hauchte der Kranke sein Leben aus. Es starben aber nicht nur alle, die mit ihm verkehrten, sondern auch diejenigen, welche seine Sachen kauften oder sie berührten oder gebrauchten...*

CHRONIK des Michael Piazza von 1350

# I.

nach den kom diu künegin.
ir antlütze gap den schin,
si wânden alle ez wolde tagen.
man sach die maget an ir tragen
pfellel von Arâbi.
ûf einem grüenen achmardi
truoc si den wunsch von paradis,
bêde wurzeln unde ris.
daz was ein dinc, daz hiez der Grâl,
erden wunsches überwal.

Nach denen kam die Königin.
Von ihrem Antlitz ging ein Schein aus,
daß alle meinten, es beginne zu tagen.
Man sah die Frau gekleidet in
Pfellel von Arabien.
Auf einem grünen Achmardi
trug sie die Wunscherfüllung vom Paradies,
Wurzel war es zugleich und Reis.
Das war ein Ding, das hieß der Gral,
allen Erdenwunsches Überschwang.

nu hoert ein ander maere.
hundert knappen man gebôt:
die nân in wîze tweheln brôt
mit zühten vor dem grâle.
die giengen al zemâle
und teilten für die taveln sich.
man sagte mir, diz sag ouch ich
ûf iwer jeslîchen eit,
daz vorem grâle waere bereit
(sol ich das iemen triegen,
sô müez ir mit mir liegen)
swâ nâch jener bôt die hant,
daz er al bereite vant
spîse warm, spîse kalt,
spîse niwe unt dar zuo alt,
daz zam und daz wilde,
esn wurde nie kein bilde,
beginnet maneger sprechen.
der wil sich übel rechen:
wan der grâl was der saelden fruht,
der werlde süeze ein sölh genuht,
er wac vil nâch gelîche
als man saget von himelrîche.

Nun vernehmet eine andere Kunde!
Hundert Knappen wurden aufgeboten,
die nahmen auf weißen Linnen Brot
ehrfürchtig von dem Gral.
Darauf gingen sie
und verteilten sich an die Tische.
Man sagte mir, und ich sage es auch
Euch,
auf Euren Eid freilich,
daß vor dem Grale bereit lag
(wenn ich Euch Falsches berichte,
so lügt Ihr nun ebenso wie ich)
wonach ein jeder die Hand ausstreckte,
und daß er vor sich bereitet fand
warme Speise, kalte Speise,
neue Speise und alte Speise,
von zahmem und von wildem Getier.
Etwas Derartiges hat es nie gegeben,
möchte mancher wohl sprechen.
Aber er irrt:
Denn der Gral war die Frucht der Seligen,
eine solche Fülle irdischer Süßigkeit,
daß er fast all dem glich,
was man sagt vom Himmelreiche.

Der wirt sprach »mir ist wohl bekannt,

Der Wirt [Einsiedler] sprach: Es ist
mir wohl bekannt, daß manch wehr

## 1. Heuert, Anno Domini 1349

»Wenn der Berg nicht zum Propheten kommen will – so sagen die Heiden und berufen sich auf Mohammed –, muß der Prophet zum Berge gehen.« Bruder Michaels Lächeln war gezwungen, seine Worte klangen etwas bitter. »Eure Umsicht ist zu loben, Blutvogt: Ihr habt's nun den ganzen Brachet mit Erfolg geschafft, mir aus dem Weg zu gehen. Daß es ein Greis wie ich schwerlich mit der Anmut Eurer jungen Gattin aufzunehmen vermag, kann nicht der einzige Grund sein. Hat Euch die Aufnahme in die Bürgerschaft so satt und träge gemacht, daß Ihr nichts Neues erfahren und lernen wollt? Ich bin enttäuscht, hätt Euch mehr zugetraut, mehr Biß, nicht nur Starrsinn. Sei es wie es sei: Vielleicht überzeugt's Euch, wenn Ihr heut nacht zum Himmel schaut? Sollte eigentlich Eure Neugier wecken! Ich versprech's. Ich hab in vielen Büchern nachgesehen und lang gerechnet, bin ganz sicher, daß es heut ist: Zwischen *Komplet* und *Matutin*. Schaut hinauf zu den Sternen, Blutvogt! Ihr werdet's nicht vergessen.« Er drehte sich um und sagte im Gehen: »Und solltet Ihr Fragen haben: Ihr weißt ja, wo Ihr mich findet!«

Das war am Nachmittag gewesen.

Martin Stockmann, verblüfft, aber neugierig, besorgte ein Fäßchen Bier, stieg mit Asmus und Johannes auf den Wehrgang neben den Kerkerturm und wartete gespannt: Sternklare Nacht überwölbte die Doppelstadt, vom Vollmond ergoß sich molkiges Licht in die Gassen. Vereinzelt glühte hinter winzigen Fenstern das Feuer der Nachbarschaften. Fern klang der Ruf des Nachtwächters, von Wolfsgeheul aus den Wäldern halb übertönt, in das sich Kläffen wildernder Hunde mischte.

»Brunhildes Vormund ist Meister Schwartz, der Köhler«, sagte Asmus leise. Bier sprudelte in den Humpen, der Holzhahn quietschte. »Er runzelt die Stirn, hat aber nichts gesagt, als ich die Maid in die Arme nahm.«

Martin winkte ab. »Du kannst sie, was mich betrifft, so oft besuchen, wie du möchtest, Großer. Wenn der Köhler murrt, sag's mir, dann red ich mit ihm. Du hast's mit der Brunhilde gut getroffen, ehrlich!«

Asmus sah verlegen auf die Wehrgangbohlen und tappte von einem Fuß auf den anderen. Martin lächelte. Die kräftige Gestalt, vom Flackerlicht der Laterne und dem bleichen Mondschein halb aus Schatten und Dunkelheit gerissen, wirkte unbeholfen. *Asmus, der Bär!* Martin hatte als Kind einmal erlebt, wie sich ein Tanzbär losriß, in die Zuschauer trabte und ein halbes Dutzend verletzte; seither wußte er nur zu gut, daß auch Tapsigkeit nicht unterschätzt werden durfte. *Der Junge weiß gar nicht, welche Kraft er hat.*

Asmus und Johannes wohnten nun meist in der Abdeckerei, der sich Peter mit ihrer Unterstützung erfolgreich angenommen hatte; in der Tenne stapelten sich Säcke voller Knochenmehl, und Leim wurde in Kesseln ausgekocht. Mechthild, die zu Leo in den Turm gezogen war, wo sich auch Amalies Bruder die meiste Zeit aufhielt und den Berichten des ehemaligen Steinmetzen lauschte, kochte für die Gefangenen und entlastete Martins Frau. Im Haus in der Mühlengasse hatte er mit ihr und *apothecarius* Hein einen Ort geschaffen, an dem Kranke empfangen und behandelt, Kräuter und anderes zu *medicin* verarbeitet und über alles und jeden disputiert werden konnte: Ratsmeister Stulzing hatte Martin wenige Tage nach dem Bürgereid anvertraut, daß es Bestrebungen gab, ihn zum *Hospitalmeister* zu bestellen, aber noch Zweifel und Widerstände zu beseitigen seien – und seither war die Angelegenheit nicht nochmals angesprochen worden.

»Martin, bitte, du darfst mich nicht verspotten.«

Martin versicherte brummig: »Tu ich nicht, Mann. Deine Brunhilde ist wirklich ein schönes Kind – gäb's meine Amalie nicht, nun ja. Einen Kraftburschen wie dich möcht ich nicht als Gegner.«

»Ehrlich? Das sagst du nur, um mich zu foppen.«

»Das stimmt, mein Lieber!« Martin lachte. »Trotzdem sag ich's noch mal, damit's auch in deinen Bärenschädel geht: Brunhilde ist sehr schön und lieblich. Und wenn du noch länger nörgelst, schnapp ich sie dir vor der Nase weg, verstanden?«

»Ja, Blutvogt.« Auch Asmus lachte. »Nun hab ich's verstanden.«

»Euch kann man nicht zuhören«, rief Johannes. Quieken von Ratten mischte sich mit Katzenfauchen, Schritte der Rondengänger verklangen. »Mann, Asmus, laß das Denken, sonst brummt dein Schädel. Deine Brunhilde ist von dir begeistert, also nimm's, wie's kommt, mein Lieber. Alles andere fügt sich dann von selbst.«

Martin seufzte schwermütig. Sein Streben nach Dingen, die übers Henkersmäßige und die Schinderarbeit hinausgingen, und der schnelle Erfolg seiner bisherigen Bemühungen hatten ihn nachdenklich gestimmt. Eingeräuchert von Belse und Alraune, war er in sich gegangen. Die Erinnerung an den Besuch im Scriptorium des Grauen Klosters lastete schwer: Martin gestand sich ein, daß er sich überfordert fühlte. *Ich weiß zu wenig, das von Bruder Michael angekündigte Lernen erscheint zu mühsam!* dachte er – und so vergingen die Tage und Wochen, in denen er mit sich rang, ohne zu einem Entschluß zu kommen.

Vögel begannen wild zu kreischen, ein lautes Flattern erfüllte die Luft. Hundekläffen mischte sich dazu, dann das Brüllen von Kühen. Martin sah sich beunruhigt um, konnte aber nichts entdecken, was den Aufruhr verursacht haben könnte. Irgendwo kreischte ein Hahn mit sich überschlagender Stimme, gefolgt von Poltern und derben Flüchen und dem Keifen einer Frauenstimme.

Martin setzte sich zwischen die Zinnen und trank einen Schluck Bier. Nach den Pfingstereignissen – er dachte an den vor Thea geleisteten Schwur – wollte er Amalie keinen Wimpernschlag aus den Augen lassen. Zwar hatte Markus die Stadt verlassen – die Geschäfte seines Vaters übernahm er mehr schlecht als recht, ohne seinen Oheim wäre er wohl verloren gewesen –, trotzdem behielt Martin das gluckenhafte Gehabe bei, bis ihm Amalie, der es zuviel des

Guten wurde, ganz deutlich die Meinung sagte: ihr erster Streit! *Und sie hatte recht*, dachte er zerknirscht. *Ich hab ihr fast die Luft abgeschnürt in meiner Sorge und Bevormundung. Sie drohte zu welken wie eine Blume in muffiger Truhe.*

Leise, bestimmt und trotzdem so liebenswürdig, daß ihm die Worte fehlten, hatte sie ihren Standpunkt klargemacht, so daß Martin gar nichts anderes übrigblieb, als zuzustimmen: *Keine übertriebene Aufmerksamkeit, sie wisse schon auf sich aufzupassen, zärtliche Nähe ja – kein Klammern wie ein* Halseysen, *Liebe müsse sich entfalten können gleich einem Blütenkelch im Sonnenlicht, eine Faust zerdrücke nur die zarten Blätter.* Ihr eindringlicher Rat, nun endlich mit dem Mönch zu sprechen, erzeugte dagegen Unruhe und Angst. Wieder und wieder schob er die Begegnung hinaus, bis dann Bruder Michael das Heft an sich riß, vorbeischaute und – betont rätselhaft, wie es wohl seine Art war – vom nächtlichen Ereignis sprach.

»Wenn du ... Herr im Himmel, Martin, sieh doch ... Der ... der Mond!« Asmus wies zum Himmel und brüllte so laut, daß Martin zusammenzuckte; mehrmals bekreuzigte er sich. »Jetzt kommen die Dämonen und die bösen Geister, genau wie wir's damals durch die Belse gesehen haben. Ist's der Drache? Verschlingt den Mond? Martin! Martin! Hilf, ich ...«

Der kräftige junge Mann sank nieder, schlotterte am ganzen Leib und umklammerte Martins Schenkel mit schmerzhaftem Griff, Johannes schüttelte verwirrt den Kopf. Der Blutvogt, vom klappernden Geräusch verstört, bis ihm klarwurde, daß es Asmus' Zähne sein mußten, fühlte gleichfalls Angst in sich aufsteigen: Eine kalte Hand schien nach seinem Herzen zu greifen und es zu quetschen. In seiner Nachdenklichkeit war ihm ganz entgangen, daß ein schwarzer Bogen nach dem Vollmond zu greifen begann, sich das molkige Licht abschwächte und die Sterne mehr zu funkeln schienen. Nochmals wurde der Tieraufruhr stärker, dann endete das Spektakel wie abgeschnitten. Martins erste Fassungslosigkeit und Furcht wich Interesse: Er lebte noch, kein Geist oder Teufel zerrte ihn in die Hölle, Michaels Worte stiegen auf – und eine unbestimmte Erinnerung ließ ihn plötzlich schallend lachen. Als Knabe von zwölf hatte er, von zu Hause ausgerissen, einmal ähnliches erlebt und wurde dadurch mehr gestraft als durch Prügel; bibbernd hatte er den Eltern von seinem Erlebnis erzählt, der Vater versuchte es zu erklären, aber erst sehr viel später glaubte Martin zu verstehen, nachdem er auch die Mönche in der Schule befragt hatte: Es war eine *Mondfinsternis!*

»Asmus, du brauchst keine Angst zu haben. Hörst du? Asmus, faß dich. Es geschieht dir nichts. Keine Dämonen sind's, auch kein Drache, nur der Mond verfinstert sich. Schau genau hin, Großer, vielleicht ist's das einzige Mal, daß du's erlebst!« Martin redete beruhigend auf den jungen Mann ein, der auf dem Wehrgang kauerte, die Schultern hochzog und den Kopf mit den Armen barg: Er wagte sich nicht zu rühren, sah nicht auf, zitterte am ganzen Leib, betete mit klickenden Kiefern. »Na, komm schon, sei kein Hasenfuß: Wer sich mit Patriziersöhnen anlegt, braucht sich doch nicht vor ein bißchen Dunkelheit zu fürchten. Uns geschieht nichts, wirklich.«

Martin sah zum Himmel und starrte eigentümlich berührt auf das Schauspiel, das, unbeeindruckt von Ängsten, Tierspektakel oder inbrünstigem Beten, seinen Gang nahm: der Schatten griff immer mehr nach dem bleichen Rund des Mondes, überzog das narbige Antlitz und entzog es den Blicken der Menschen. Während die Zeit verging, Johannes verwirrt Speichel schlürfte, Asmus sich nur langsam beruhigte und sehr zögerlich durch die Finger nach oben schielte, dann aufsetzte und den Kopf zwischen die Schultern zog, bemerkte Martin, daß die Schwärze nicht vollständig war. Sehr schwach, im rötlichgrauen bis purpurnen Lichtschimmer, war der Vollmond noch zu erkennen, kaum mehr als eine Andeutung, aber der klare Beweis, daß kein Höllengeschöpf den nächtlichen Begleiter vom Himmel gefegt hatte. Irgendwann setzte Martin sich neben Asmus, verharrte ohne ein Wort und fühlte sich, nachdem die erste Angst lange überwunden war, beschwingt und von zarter Fröhlichkeit durchdrungen. Er war nur ein kleines Menschlein, dem so viel Bedeutungsvolleres, Größeres gegenüberstand – aber es war aufregend und schön: Mehr als eine Stunde dauerte es, bis der Mond ganz verschwunden war, und fast ebenso lange, bis sich wieder Helligkeit zeigte und das bekannte Narbengesicht langsam aus der Finsternis hervorglitt. Martin bekam kaum mit, daß – von Stundenrufern, Scharwachen und Rondengängern alarmiert – etliche Bürger auf die Gassen drängten, unter Beten und leisem Disputieren beisammen standen und ebenfalls zum Himmel blickten.

Glockengeläut erklang unvermittelt, in dem das Brüllen eines Kleinkinds unterging: Erst zur dritten Stunde des neuen Tages, in den Klöstern wurde zur *Laudes* gerufen, war der Vollmond wieder sichtbar, der sich nun schon dem Horizont zusenkte. *Und Bruder Michael hat's gewußt!* Der Gedanke zuckte durch Martins Kopf. *Woher? Wie konnte er…? Hat von Büchern und Rechnen gesprochen… Welche Macht ist's doch, wenn man das alles kennt und weiß! Allmächtiger, auch ich will's lernen! Ich muß!*

Während Asmus sprachlos blieb und sich irgendwann mit Johannes davonmachte, blieb Martin fast die ganze Nacht wach, schwärmte Amalie, die er wecken mußte, weil sie von allem nichts mitbekommen hatte, vom Erlebnis die Ohren voll und nahm sich vor, diese Nacht vom ersten auf den zweiten Heuert, im Jahre des Herrn 1349, ganz fest im Gedächtnis zu behalten. *Nun,* dachte er im Überschwang, *besuch ich den alten Mönch; er wird mir ganz genau erklären, was es mit dem Schatten auf sich hat! Und ich will noch mehr von ihm wissen…*


»… seid mir noch eine weitere Antwort schuldig, Bruder Michael.« Martin lächelte verlegen; viel hatte er von Michaels Erklärungen nicht verstanden – an welchen Fäden mochte wohl der Mond hängen, daß er um die Erde kreiste, ohne herabzustürzen? Das alles ging, je länger der Mönch sprach, über Martins Verstand. Nur eines war gewiß: *Es gibt eine Erklärung, und wenn ich mich anstrenge und lerne, versteh ich's vielleicht irgendwann.* »Wie habt Ihr das Ritterhabit gegen die Franziskanerkutte getauscht? Wie wurdet Ihr *bibliothecarius* im Kloster?« Plötzlich sprudelte es aus ihm heraus gleich Wasser aus einem gebrochenen Damm. »Ich bin gespannt wie eine Armbrust! Ein Tempelritter wart Ihr? Philipp von Synghoven Euer Name? Weshalb wurdet Ihr Mönch? Was ist geschehen? Ich habe viele, viele Fragen.«

Michael lächelte versonnen, nahm Käsescheiben und Brot und machte eine unbestimmte Geste. »Viele Fragen auf einmal. Ich muß Euch um Geduld bitten, Gevatter. Es ist eine lange Geschichte, und sie ist eng mit dem *Heiligen Gral* verbunden, über den Ihr ebenfalls mehr erfahren wollt, nicht wahr?«

»Sprecht, Mann!« Martin goß Wein ein und trank einen Schluck. Sie saßen zwischen Säulen im Kreuzgang des Klosters, vereinzelt klangen Gesänge der Brüder herüber, huschte stumm eine Gestalt vorbei. Noch war es angenehm kühl im Schatten, aber schon stieg die Sonne höher und umgab sich mit heißem Büschel, das glühenden Spießen glich, die auf Mensch, Tier und Landschaft niederfuhren. Martin wickelte die gluckernde Korbflasche wieder in feuchtes Tuch und stellte sie neben den Korb. In seinem Kopf schien es plötzlich zu summen. *Der Heilige Gral, verbunden mit den Tempelherren? Immer Geduld haben... Ich will's wissen, jetzt, sofort. Himmel, warum geht's nicht schneller, einfacher?*

»Ich seh's Euch an: Eure Gedanken tanzen einen Reigen wie die Hexen um des Deibel *Ars.*« Der Franziskaner lachte, aß das Brot und griff nach Korb und Flasche. »Schenkt Ihr mir Eure Aufmerksamkeit? Ich möcht ungern in den Wind plaudern. Die *historia* der Templer ist verzwickt. Eure Fragen werden beantwortet werden, mein Freund. Alles zu seiner Zeit. Trinkt aus und kommt.« Michaels Sprache war geschliffen, sein Geist hellwach und der Körper, trotz des Alters, von erstaunlicher Vitalität; er lächelte versonnen, die eisgrauen Augen sahen durch Martin hindurch. »Nun, als Philipp von Synghoven war ich von adligem Geblüt. Ich lebte im Templersitz von Paris, war Knappe und lernte, was es zu lernen gab: Lesen, Schreiben, Minnesang, Waffenkunde. Kurz vor der Verhaftung der Templer erhielt ich, fünfzehnjährig, die Schwertleite und das Habit; als Zeichen eindeutig und genau gewählt – im Artikel siebzehn der Ordensregel war's genau festgehalten:... *Diejenigen, die das düstere Leben aufgegeben haben, erkennen durch die weiße Kutte an, daß sie mit ihrem Schöpfer versöhnt sind: sie bedeutet die körperliche Unbeflecktheit und Gesundheit... sie ist Keuschheit, ohne die niemand Gott sehen kann. Durch sein Material symbolisiert der Mantel auch die Armut: er ist aus ungebleichtem Tuch gemacht, ungefärbt und unveredelt...* Leider kam alles anders. Man wies mich an, die Stadt zu verlassen, ich entkam den Häschern. Jahre abenteuerlichen Lebens folgten: ich war in Portugal und Spanien, pilgerte ins Heilige Land, sprach mit den Ungläubigen, reiste durch Italien und überquerte die Alpen. Anno 1318 erreichte ich die Mark Brandenburg; schon früher zog ich die graue Kutte an. In Berlin wurde ich wirklich zum Mönch, ein kleiner Schritt nach dem Ende meines alten Ordens. Die Dezennien des Banns gaben mir Zeit für Studien, ich sammelte Schriften und versuchte, dem Geheimnis der Templer auf die Spur zu kommen. Es gibt ein Buch, in dem ich alles Wissen aufgezeichnet habe... Doch davon später mehr.«

Der Mönch winkte und ging mit Martin zum Scriptorium und dort weiter zur Klause, für die er allein den Schlüssel zu haben schien. Sie waren allein, die Franziskaner versammelten sich zur *Terz* in der Kirche: Michael schien es – *nur heute?* – mit den *fromlichen* Pflichten nicht so genau zu nehmen. Martin hatte vorsichtig gefragt, als er kam, und Michaels verblüffend ehrliche und offene Antwort machte ihm klar, daß seine Ängste durchaus Berechtigung gehabt hatten: »*Ich hab Zeit. Mein Rang gestattet mir ohnehin gewisse Freiheiten, die den einfachen Patres und Fratres nicht zustehen, und weil Abt und Prior alt und schwächlich sind und der Kantor nur für Gesang und Zeremonien verantwortlich, bin ich als Bibliothekar, und seit kurzem«* – Michael hatte es grinsend erzählt – »*auch Kellermeister,* de facto *der mächtigste Mann im Grauen Kloster... – war nicht immer so, auch ich beugte in Demut das Haupt, stieg langsam auf, setzte mich durch, erlitt Rückschläge, mußte lernen. Zähigkeit und Geduld sind wichtige Tugenden, mein Lieber!«*

Martin sah Michael fragend an, als dieser sich räusperte. »Isidor von Sevilla war es, der im Kompendium *Etymologiae* – das heißt: *Ursprünge* – antikes Wissen zusammenfaßte; ein Werk, das in keiner Dom- oder Klosterbibliothek fehlen darf. Vor mehr als tausend Jahren behauptete der lateinische Kirchenlehrer Tertullian noch: *Wißbegier ist uns nicht nötig, seit Jesu Christo, auch nicht Forschung, seit dem Evangelium.* Aber die Zeiten haben sich geändert. Isidor legte den Mönchen als Tagewerk nahe, wissenschaftliche Studien zu betreiben, alte Handschriften zu kopieren und sie zu sammeln: *Claustrum sine armario est quasi castrum sine armementario* – ein Kloster ohne Bibliothek ist wie ein Heerlager ohne Waffenarsenal... Isidor muß das Buch- und Bibliothekswesen sehr geschätzt haben, seine Mönchsregel zeigt es an vielen Stellen; in seiner Tradition gelten die Codices als heilige Gegenstände. Vom *bibliothecarius* verwaltet, hütet dieser die Bücher im *Armarium*, der eigentlichen Bibliothek; er führt Verzeichnisse und die Korrespondenz des Klosters, leitet die Mönche im Scriptorium. Mit feierlichen Worten wird er ins Amt eingeführt: Sei du der Hüter der Bücher und Oberhaupt der Schreiber!«

Michael schlenderte die Regale entlang, griff hier nach einem Buch, strich dort über Ledereinbände und lachte leise. Martin folgte dem Alten; langsam glaubte er, ihn besser zu kennen und zu verstehen. Michael schloß die Klause auf – auch hier raumhohe Regale voller Bücher, ein Schreibpult und Hocker –, bat Martin, Platz zu nehmen, und stellte Korb und Flasche ab.

»Durch die Aufnahme in die Bürgerschaft, mein Freund, habt Ihr mit den Rechten auch viele Pflichten übernommen. Ihr müßt deshalb vorbereitet sein, sollte man an Euch herantreten. Noch spricht's Euch gegenüber niemand ganz klar aus, aber Ihr seid als *Hospitalmeister* im Gespräch. Schaut nicht so verblüfft, trotz meines Alters hab ich gute Ohren – und Leut, die's für mich erlauschen, sollt ich doch mal schlecht hören!« Für Augenblicke kehrte das Frösteln zurück, aber Martin sagte sich, daß der Mönch kaum so offenherzig gesprochen hätte, wenn er ihm schaden wollte. »Wär eine wichtige Stellung, mit Einfluß, vielleicht zögern die Herren deshalb: Ihr hättet die Leitung, würdet die Hospitaliterinnen kontrollieren, die Stiftungen an die *durftigen* und die Almosen. Im Hospital leben Arme und Sieche, die Schwachen und Bedürftigen, auch Waisen, Alte, Frauen gebären, und die Gassenküche versorgt viele. Wenn's um Wunden und Krankheit geht, ist's schlechter bestellt – könnt durch einen guten *medicus* und *chirurgus* verbessert werden, getreu benediktinischer Wohltätigkeit: *infirmorum cura omnia et super adhibenda est ut sicut reversa Christo ita eis serviatur* – Die Pflege der Kranken steht über allem, damit ihnen – als ob es Christus selbst wäre – gedient werde ...«

Martin nickte wiederholt; obwohl der Mönch von den Fragen nach Gral und Templern weit abschweifte, hatte jenen die Neugierde gepackt. Das Neue reizte, plötzlich schien ein Feuer entfacht, das nach weiterer Nahrung lechzte: Martin konnte es kaum erwarten, daß Michael Holz nachschob, die Flammen höher lodern ließ. Atemlos hörte er zu, als Michael von der Verbindung astrologischer Monatszeichen mit bestimmten Organen und der Einbindung des Menschen in seine Umgebung und den Kosmos sprach; von *materia medica, chirurgia* und *diaeta;* von *res naturales* – der Zusammensetzung und Verteilung der vier Säfte und ihrem Zusammenspiel mit Organen, Jahreszeiten, Sternbildern und auch der seelischen Eigenschaften; von *res contra naturam* – den Krankheiten als widernatürliche Dinge; von *res non naturales* – den nicht natürlichen Dingen wie Bedingungen der Umgebung – Luft und Licht –, Essen und Trinken, Verdauen und Ausscheiden, Ruhe und Bewegung, Wachen und Schlaf, weil durch die Verschiebung der Gleichgewichte Krankheiten entstanden.

Dann kam Michael auf Quacksalbertum, Scharlatane und selbsternannte Magier zu sprechen: »Badehelfer, Aderlasser, Barbiere, Hebammen, Stein- und *bruchsnider,* Starstecher, Horoskopschreiber und Gesundbeter, auch Schäfer und Einsiedler« – er lachte – »Ihre Zahl ist Legion. Apotheker und Kundige gibt's in Scharen, mein Freund. Wenn Ihr Eurer selbstgestellten Aufgabe als Heiler gerecht werden wollt, beim Behandeln von Wunden, Knochenbrüchen, Geschwülsten, Verbrennungen und Krankheiten aller Art und dem Anweisen von Pflastern, Pulvern, Salben, Räucherungen und Einläufen, müßt Ihr besser sein als alle anderen. Bei Bader Beck fällt's leicht, dafür zerreißt er sich um so mehr das Maul – wenn auch deutlich leiser seit Pfingsten...«

Martin dachte an die Vorwürfe, die ihm zugetragen worden waren, vermischt mit absonderlichen Wünschen vieler Bittsteller, an die Dinge, die er mit Hein besprochen hatte, und auch an Erlebnisse seiner Braunschweiger Vergangenheit. »... *erzählen manche«* – plötzlich klang Martin Vaters Lachen in den Ohren –, »*daß wir an frischen Leichen herumschneiden, um nachzusehen, woran sie starben. Manchmal geschieht's, wie du weißt, und wir kennen uns wirklich mit Körpern aus, besser als die Quacksalber. Ihnen ist von der Kirche verboten, mit Leichen zu hantieren. Um es heimlich zu tun, müssen sie sie stehlen. Andere Wundheiler beurteilen Kranke nur nach dem Gestank, den sie an der Haustür schnüffeln. Dann sagen sie, welche Kräuter, Steine oder Amulette helfen – diese Narren!«*

Wiederholt kamen heimlich Quacksalber zu Martin, die an Leichen interessiert waren. In stinkenden Hinterstuben wollten sie Hingerichtete abhäuten, aus ihrem Fleisch Fett bereiten – das »Armesünderfett« – und gegen alle möglichen Krankheiten verkaufen. Einige Nachrichter boten wirklich dieses Menschenfett an; bis zu einem Pfund »Schmalz«, hatte Martins Großvater gesagt, ließ sich aus einer Leiche gewinnen, und es sollte, in Suppe gekocht, besonders gegen Schwindsucht helfen. *Schuhmacher und Gerber schwö-*

*ren angeblich, daß mit dem Fett Leder geschmeidiger wird.* In Braunschweig hatte Martin erlebt, daß nachts Bürger zur Hinrichtungsstätte schlichen und Fleisch aus den Körpern Gehängter schnitten, oder sie stahlen Arme und Beine Geräderter. Begehrt war das Haar hingerichteter Frauen, aus dem sich alte Weiber Perücken fertigen ließen. *Und das abgeschnittene Gemächt eines Gehängten – getrocknet, pulverisiert und mit Wein getrunken – gilt bei Frauen und Männern als* mixta *zur Stärkung der Liebeskraft.*

Martin schüttelte den Kopf, um die wirren Gedanken loszuwerden, sagte leise: »Besser sein... Ich weiß, Bruder Michael – und hoff, daß Ihr mir dabei helft.«

»Gemeinsam werden wir's schaffen«, antwortete der Franziskaner und ordnete den Faltenwurf seiner Kutte. »Im *Schachzabelbuch* von Jacobus de Cessalis, *anno post christum* 1340 geschrieben, steht über den Arzt: *Es ist einfach notwendig, daß ein vollkommener Arzt die Literatur der Grammatik, Themen, Annahmen und Schlüsse der Dialektik, Vortragsarten, Esprit und Feinheiten der Rhetorik, Lage und Ausmessungen in der Geometrie, in der Arithmetik, Zahl der Scheidungen von Stunden und Tagen, hinsichtlich der Musik die Harmonie des Körpers und besonders eine gewisse Harmonie pulsierender Venen, beim Verabreichen von Medizin aber und bei Aderlässen das Mondlicht, was zur Astrologie gehört, kennt. Mit den Kännchen werden die Salbenhändler, Verfertiger von Medizin und Pulvern und die Mischer aromatischer Spezereien gekennzeichnet und mit den eisernen Geräten, die sie am Gürtel tragen, die Chirurgen. Die ersteren von diesen allen sind die theoretischen, die beiden letzteren die praktischen Forscher...* Mir scheint, Gevatter, Euch gebührt eher der Stand eines *practicus* und *empiricus!*«

»Stimmt.« Martin lächelte schief. »Schon die Aufzählung dessen, was ein ›vollkommener Arzt‹ kennen soll, bedrückt mich. Mein Kopf dürfte wohl zu klein sein, um diese Menge aufzunehmen und zu verstehen.«

Michael winkte nachlässig. »Abwarten. Der Mensch wächst mit der Aufgabe und ihrer Schwierigkeit – besonders aber, wenn er sie sich selbst gestellt hat, wie Ihr es macht. Bleibt offen für alles Neue, fragt, lernt, disputiert. Nur so wird die Dunkelheit tumben Geistes überwunden!«

*Stunden vergingen:* Martin erfuhr von den Lehren Meister Eckharts, von Johannes Tauler und Heinrich Seuse, von Occam und Albertus Magnus. Michael übersetzte die *Geheime Offenbarung* des Johannes aus dem Lateinischen in gebräuchliche Wendungen, und er versuchte Martin in die scholastische Lehrmethode einzuführen: Wie ein Magister las oder zitierte er Texte, die danach in freier Rede und Gegenrede – dem *Disputatio* – ausgelegt und kommentiert wurden: »Es ist die von Petrus Abelaerd aufgebrachte Form des *sic et non* – so oder anders; gern stellt man Sätze und Aussprüche berühmter Leute einander gegenüber, versucht ihre Weisheit zu erfassen. Ihr macht's schon ganz gut, Gevatter Stockmann.«

Schließlich kam er gegen Abend – Martin war fast entfallen, weshalb er ursprünglich den Fuß über die Klosterschwelle gesetzt hatte – auf die Tempelritter zu sprechen:

*Es war rund ein Dutzend Ritter, das zunächst nach Art der Kanoniter von Jerusalem lebte und dem Patriarchen der Heiligen Stadt Gehorsam leistete. Die Gemeinschaft der* pauperes commilitones christi *– der* »Armen Streiter Christi« *– erhielt von König Balduin II. Räumlichkeiten im* Templum Salomonis *zur Verfügung gestellt; diese Nähe zu den Ruinen des Salomonischen Tempels gab ihnen die Bezeichnung* militia templi *– oder kurz* TEMPLER. *Neun Jahre nach der Ordensgründung Anno Domini 1119 wurde auf dem Konzil von Troyes unter Mitwirkung Bernhards von Clairvaux eine Ordensregel erarbeitet. Macht und Reichtum der Templer – gemäß der Ordensregel flossen sämtliche Geschenke in die Gemeinschaft, und so gingen auch Häuser und Ländereien in den Besitz der Templer über – wuchsen ebenso wie ihr Wissen im Verlauf des orientalischen Aufenthalts, und um das Jahr 1200 besaßen sie rund neuntausend Häuser. Eine der schönsten und reichsten Anlagen war der Templersitz in Paris.*

*Von mißgünstigen Feinden in die Welt gesetzte Gerüchte über Sittenverfall, Häresie und unerhörte Geheimrituale boten Philipp IV. – mit dem Beinamen »der Schöne« versehen – Anlaß, eine großangelegte Verfolgung des Templerordens einzuleiten. Verräter wurden eingeschleust, Belastungszeugen gedungen. Philipp von Gottes Gnaden, König von Frankreich und Navarra, strebte nach dem Ordensvermögen, das Machtpotential der Templer war ihm ein Dorn im Auge. Am Morgen des dreizehnten Gilbharttages A.D. 1307 wurden in ganz Frankreich alle Templer festgenommen, Besitz und Güter beschlagnahmt. Templer kamen durch Folter um, andere gestanden abstruse Dinge, verleugneten Christum, widerriefen, und viele waren bereit, bis zum Letzten zu gehen. Die Anschuldigungen wurden in Artikeln zusammengefaßt, unter anderem hieß es in Artikel 46 der Anklageschrift:* Daß sie in allen Provinzen Götterbilder besaßen, daß heißt Köpfe, die zum Teil drei, zum Teil ein einziges Gesicht hatten, und daß manche davon Menschenschädel waren.

*Und in Artikel 47:* Daß sie in den Versammlungen, vor allem in den großen Kapiteln, das Bild wie einen Gott, wie ihren Erlöser verehrten und behaupteten, dieser Kopf könne sie erretten, er gewähre dem Orden alle Reichtümer, bringe die Bäume zum Blühen und die Pflanzen der Erde zum Sprießen.

*Bei Untersuchungen tauchte zwar kein einziges dieser Götzenbilder auf, aber immer wieder wurde das Idol der Templer – Baphomet genannt – erwähnt; es schien geheim zu sein, so daß nur die obersten Ränge des Ordens es zu Gesicht bekamen. Aber als Gral hatte es Einzug in die Sagen um König Arthur und Parzival gefunden.*

*Der letzte Großmeister der Templer, Jacques de Molay, wurde zusammen mit weiteren Ordensoberhäuptern – darunter Gottfried von Charney – nach einem zwei Jahre verschleppten Prozeß Anno Domini 1314 zunächst zu lebenslänglichem strengem Kerker verurteilt, doch de Molay und Gottfried erhoben sich und widerriefen ihre Geständnisse. Noch am selben Tag wurden sie zur Vesperstunde öffentlich hingerichtet...*

Der alte Mönch flüsterte: »Legendär wurde des Großmeisters feierliche Beteuerung auf dem Scheiterhaufen, daß er und der Orden unschuldig seien, und seine Behauptung, der Papst werde vierzig Tage später ebenfalls vor Gottes Richterstuhl stehen. Tatsächlich starb Papst Clemens vierzig Tage später, und noch vor dem Jahreswechsel folgte Philipp, dessen Söhne ebenfalls nach kurzer Regierungszeit und ohne männliche Nachkommen starben... Es klingt schön, aber es ist nur eine Ausschmückung: Ich stand – schon als Franziskaner verkleidet – unter den Zuschauern und hörte kein Wort einer solchen Prophezeiung.«

»Und der Gral?« Martin beugte sich gespannt vor, sein Blick hing an den Lippen des Franziskaners.

»Gemach, Gevatter, gemach!« Michael versenkte die Hände in die Kuttenärmel, sah über die Bücher und sagte mit rauher Stimme: »Es müssen noch viele Lektionen folgen, ehe Ihr das ganze Geheimnis kennt, viele Tage und Wochen, vielleicht gar Monate oder Jahre! Bleiben wir noch bei den Tempelrittern: Sie wurden nicht überall verfolgt; und sogar in Paris waren sie gewarnt. Im Vertrauen auf die Gerechtigkeit des Papstes ergaben sich viele ohne Widerstand. Ein böser Trugschluß. Sicher ist, daß der Templerschatz samt Dokumenten und Aufzeichnungen verschwand. Ich hörte Gerüchte, daß Nächte vor dem Zugriff Wagen nach La Rochelle rumpelten und Truhen auf achtzehn Galeeren verladen wurden. Man hat nie wieder was von ihnen gehört – das wahre Geheimnis blieb gewahrt. Im Britannischen folgte man König Philipps Aufforderung nur zögernd, es wurden kaum Templer verhaftet. Bei den schottischen Clans wurde die päpstliche Bulle nie verkündet. Dort fanden, wie ich hörte, viele Templer Zuflucht. Auch der Herzog von Lothringen war uns freundlich gesinnt, und in Portugal wurden die Templer sogar von jedem Verdacht freigesprochen: Anno 1313 nannten sie sich *Christusorden* und wandten sich der Seefahrt zu.«

»Und das Haupt Baphomet?« Martin runzelte die Stirn; ihm fiel es schwer, das Gehörte richtig einzuordnen und zu begreifen. »Was hat's damit auf sich? Waren die Anklagen berechtigt?«

»*Baphomet* – nun, das ist nur die Verballhornung eines arabischen Wortes: *abu fihamet;* manchmal sprach man es im Spanischen wie *bufihimat* aus. Es bedeutet ›Vater des Verstehens‹ oder ›Vater der Weisheit‹, und Ihr müßt wissen, daß ›Vater‹ auch im Sinne von *Born* oder *Quelle* gebraucht wurde. Noch ist die Zeit nicht reif, aber ich geb 's Versprechen, später alles zu berichten, was ich weiß; zuvor müßt Ihr noch andere Dinge erfahren – ohne sie bleibt 's Verständnis der Zusammenhänge schwer.« Michael seufzte und faltete die Hände. »Vor allem: es dreht sich um Dinge, die die Grundfesten Eures christlichen Glaubens erschüttern können.«

»Wie das?«

Michael lächelte schief; sein Zeigefinger folgte dem Netzwerk des Ringes, klopfte aufs Tatzenkreuz. »Nun, mein Freund: Nicht alles, was als Göttliches verkündet wird, ist auch wirklich *göttlichen*

Ursprungs. Seit fast tausend Jahren beschränkt sich der Kanon auf siebenundzwanzig Schriften; alle anderen gelten als *apokryph,* als verborgen und geheim – und verboten. Sie wurden *nicht* anerkannt. Hinzu kam, daß die Texte, ins Griechische und Lateinische übersetzt, Fehler enthielten, um nicht zu sagen: es wurde bewußt verändert, was nicht ins Bild paßte! Kaiser Konstantin berief das Konzil von Nicäa ein; bis dahin galt die Lehre des Arius von Alexandria, nach der Gott und Christus *nur als ähnlich,* nicht aber als *wesensgleich* betrachtet wurden. Konstantin schaffte es, durch kaiserliches Reichsgesetz das Kirchendogma der *Wesenseinheit von Gottvater und Jesu* – Homousie genannt – festzulegen. Wenige Dezennien später verkündeten die Geistlichen beim Konzil zu Konstantinopel, daß sogar die *Wesensgleichheit von Vater, Sohn und Heiligem Geist* bestehe. Das Konzil zu Ephesus beschloß die Verehrung Marias als Mutter Gottes, und ein weiteres Konzil zu Konstantinopel führt schließlich dazu, daß jeder, der die bei den früheren Konzilien festgelegten Dogmen leugnete, als Abweichler und Ketzer zu verfolgen war.«

Martin breitete ratlos die Arme aus; in seinen grünen Augen erschien ein flehender Blick. »Aber...«

»Damals ging's um Macht, punctum! Mit Gottes Wort hat's nichts zu tun, was die Herren beschlossen und als unwiderruflich verkündeten. Zwei Säulen der Macht: Imperium und *Sacerdotium* – das Papsttum! Die alles umfassende Kirche – *Ecclesia* –, die allein das Heil zu vermitteln vermag.« Der Mönch trank seinen Becher leer und stellte ihn in den Korb. »Ihr wärt erstaunt, wie tief der Klerus in das verstrickt ist, was er um so lauter anprangert: in Klöstern stapeln sich Bücher, gelehrtes Wissen wird gehortet und gesichtet, bei der Ohrenbeichte viel gehört und bei passender Gelegenheit auch verwendet, dezent natürlich, um 's Schweigegelübde nicht zu verletzen, aber dem uralten Grundsatz folgend, daß großes Wissen Macht bedeute.«

Martin zögerte, sagte dann doch: »Und die Templer?«

»Es mag sein, daß dies zu ihrer Vernichtung beitrug. Kein Herrscher – und die Kirche ist ein solcher! – kann Widerspruch dulden, wie ihn die mächtigen Tempelherren verkörperten. Vor allem: sie wußten noch mehr! Über Jesum und sein Leben und Sterben, Maria Magdalena, die Jünger... Die Kirchenfürsten versuchten, alles

Wissen mit Ausnahme des eigenen auszulöschen. Sicher, in Klöstern leben Gelehrte, denkt nur an Isidor! Viele aber beschränken und geißeln ihr Leben, siechen im Pfuhl echter und eingebildeter Ängste, und deshalb wollen sie alles andere Leben auf den eigenen Horizont beschneiden! Schaut nur, welche Wahl dem Weib bleibt: Hure oder Heilige, nichts dazwischen; sie müssen sich besonders bemühen, Gottes Willen zu gehorchen, ewige Buße fürs Vergehen im Garten Eden, Erbsünde, aus der es keine Rettung gibt.«

Der Mönch sprach erregt, das Gesicht wurde rot, und Martin ahnte, daß sich jetzt der alte *Ritter* in Michael hervorkehrte, jener Mann, der nicht nur mit der Feder, sondern auch mit dem Schwert umzugehen verstand, dem hehre Ziele eigen gewesen waren und der das schmachvolle Ende seines Ordens hatte miterleben müssen. *Wie oft mag er den Wunsch verspürt haben, seine Klinge zu zücken?* dachte Martin. *Statt wild und tapfer zu kämpfen, war er gezwungen stillzuhalten, mußte sich verbergen und verkleiden. Er entkam zwar den Häschern, aber um welchen Preis?*

Michael rief, die Arme erhoben: »Vor langer Zeit dachten sich die Menschen die Natur von Geistern belebt, es gab Halbgötter, Heroen, Nymphen und Tritonen; nicht daß die Kirchenfürsten dies leugneten – sie nannten es nur *Böse*. Solcher Natur aber, voll böser Geschöpfe, ist nicht zu trauen. Kein Wunder, daß alle natürlichen Triebe und Regungen abzutöten versucht werden, und besonders Frauen waren und sind es, die seelische und sinnliche Erfahrungen machen, die dem Klerus auf immer unverständlich bleiben müssen. Aus Unverständnis erwächst Angst, also muß die Ursache mit Stumpf und Stiel ausgerottet werden. Und berufen wird sich auf einen grausamen Gott, der alle zu Sklaven macht; am Ende leidvollen Lebens bietet er ein nebulöses Himmelreich – oder entsetzliche Qual im Fegefeuer: Der Gott der Kirche ist eifersüchtig auf Seine Einmaligkeit bedacht... Das alles und noch mehr wußten die Templer; kein Wunder, daß sie den Mächtigen ein Dorn im Auge waren... – aber ich seh, daß Ihr erschöpft seid. Wollen wir's für heut genug sein lassen, mein Freund.«

»Einverstanden.« Martin wischte Brotkrumen von den Beinlingen und seufzte. »Langsam versteh ich, weshalb Ihr mich stets zur Geduld ermahnt. Allmächtiger, ich muß nachdenken und drüber schlafen. Ich kann's kaum glauben.«

»Vielleicht hilft Euch folgendes: Die Templer leugneten nicht den Allmächtigen, sie glaubten an Gott, die Höhere Kraft. Aber das war auch alles. Befreit Euch vom Beiwerk, das Menschen hinzufügten und nur als Gottes Wort ausgaben; dann bewahrt Ihr den wahren Glauben und findet Euer Seelenheil wieder. Ich sprech aus Erfahrung; auch ich beschritt den schwierigen Weg zwischen Zweifel und tiefer Überzeugung.«

Als Martin später, erregt und verwirrt, Amalie von den Gesprächen erzählte, lächelte sie nur. »Bruder Michael ist ein kluger Mann, Martin. Ich kenne und bewundere ihn seit meiner Kindheit. Jetzt, da du deine Angst überwunden hast, Liebster, verstehst du bestimmt, weshalb ich dir riet, dich endlich mit ihm zu unterhalten. Ich wußte, daß er dir nichts Böses will. Aber das mußtest du selbst herausfinden. Jetzt wird alles gut. Ich weiß es!«

Amalies Selbstsicherheit traf Martin bis ins Mark. Er wandte sich ab, wischte Tränen aus den Augenwinkeln und atmete schneller. Betäubender Dunst hüllte ihn ein, machte wirren Bildern Platz, die rasch tiefer Finsternis wichen. Martin sank zur Seite, und Amalie legte eine Decke über ihn. Er war zutiefst verunsichert, in den Belseräucherungen wirkten die Worte des Alten nach, erzeugten unverständliche Träume und wühlten Martins Inneres noch mehr auf.

Sigismund Vockenrode, markgräflicher Mühlenmeister zu Cölln und Berlin, warf den Kopf nach hinten und keuchte. Schweiß glitzerte im Kienspanschein, verwandelte graue Haarsträhnen in Silberfäden. Die Bewegungen wurden schneller: über Mehlsäcke gebeugt und auf Unterarme gestützt, den Rock den Rücken hochgeschoben, jammerte Hulda bei jedem Stoß. Der Mann tastete von den entblößten Backen, die sich ihm prall entgegenreckten, zu pendelnden Brüsten. Die Haube der Neunzehnjährigen war in den Nacken gerutscht, langes Blondhaar umhüllte den Kopf gleich einem Schleier. Zuckungen durcheilten die Leiber, Vockenrode lachte laut und bellend.

Während Hulda, seit zwei Jahren Gattin von Waffenschmied Alvensleben, auf die Säcke sank, zog Vockenrode die Beinlinge hoch, atmete tief ein und aus und ergriff den Weinbecher – kostbares Nobbenglas –, um ihn in einem Zug zu leeren. In seinen Augen leuchtete Befriedigung, als sich Hulda herumwälzte, das Haar in den Nacken schüttelte und lächelte; sie zupfte am Rocksaum, schob den schweren Busen in den Ausschnitt und flüsterte: »Warum kann's nicht stets so sein, Liebster?«

»Du weißt warum.«

Ihr Lächeln wurde verführerisch, Bitte und Verheißung zugleich. »Aber ich halt das nicht mehr länger aus. Nur Heimlichkeit! Ich will bei *dir* sein, für immer, nicht bei diesem nach Rauch stinkenden groben Klotz.« Sie nahm Vockenrode den Becher aus der Hand, goß Wein nach und strich mit der Zunge langsam den Glasrand entlang. »Er widert mich an. Gibt's denn keine Möglichkeit?«

Er starrte sie begeistert an, trotzdem schüttelte er den Kopf. »Keine Möglichkeit, mein Herz. Er ist dein Mann, du die ihm angetraute Gattin.«

Sie trank, die Augen halb geschlossen und die Stirn nachdenklich gefurcht. Vockenrode streichelte ihre Wange, griff ins Haar und zog ihren Kopf näher. Die Lippen waren nur fingerbreit voneinander, als er rauh sagte: »Er überläßt dir das Haus, erwartet zu Recht viele starke Söhne, aber sonst kümmert er sich mehr um seine Schwerter, Spieße, Harnische und Dolche. Was willst du mehr?«

»Er stinkt, bekommt den Stachel kaum hoch. Ich hasse ihn!« Sie hauchte Küsse auf seine Wangen, die Nase und den Mund. »Es muß einen Ausweg geben, bitte, bitte.«

Vockenrodes Leib erstarrte für Augenblicke, er wich zurück. Als Mühlenmeister führte er im Hof ein strenges Regiment, kein Körnchen ging verloren, das Mehl war von guter Qualität. Aber bei diesem Weib wurde er schwach. Seit die Frau vorm Jahr starb, zuletzt grau und verhärmt, geschwächt von den Geburten – nur zwei Söhne und eine Tochter lebten noch, waren verheiratet in Magdeburg und Brandenburg –, war Hulda Alvensleben seine Schlafbuhle: Einsamkeit hatte Vockenrode damals in die Winkelwirtschaften getrieben, und so begegnete er der Maskierten, die als »Heimliche« umherzog, ohne daß es ihren Mann sonderlich zu stören schien. *Denn daß er's weiß, ist sicher,* dachte Vockenrode und lachte abgehackt. *Dieser Narr! Weiß gar nicht, was er an ihr hat! Hätt sie richtig rannehmen sollen. Jetzt kommt sie zu mir, hat mein Herz erobert. Aber es muß bleiben, wie's ist.*

»Komm, sooft du willst, Weib«, sagte er brummig und warf

einen Sackhaken nach Ratten, die fiepend in die Schatten zwischen Bottichen zurückwichen. »Ich freu mich, warte auf dich in Sehnsucht. Mehr darfst du nicht fordern. Es würd uns alle verderben. Schon jetzt wartet das Fegefeuer.«

Sie trank hastig, goß nach, Wein rann rot vom Kinn und versickerte im Ausschnitt. Brüste hoben sich, quollen fast aus dem Kleid, als Hulda stoßweise atmete; bei diesem Anblick fühlte Vockenrode Kribbeln, Erregung kehrte zurück.

»Verderben …« Sie nickte heftig, ihr Blick bekam etwas Lauerndes; die Hand glitt über Vockenrodes Brust und wanderte tiefer. Er seufzte. »Du hast recht, Geliebter. Verderben!«

Hulda öffnete seine Beinlinge, ihre Zunge umspielte den Stachel. Vockenrodes Hände wühlten in ihrem Haar, der Becher klirrte auf den Boden. Als der Mann sie schließlich hochhob, auf die Mehlsäcke drückte und zwischen ihre Schenkel drängte, sah er nicht, daß Härte und Leblosigkeit in ihren Augen erschienen. Huldas Leib bebte im Takt, aber ihre Hände krallten sich ins Sackleinen, und die Lippen verzogen sich zu einem bösen Grinsen.

Amalie wischte übers Gesicht, weil es schon wieder drückend heiß war. »Die Giftmischerin bekommt 's Brandmal bei gleichzeitiger Stäupung und Keksstehen, dann sollst du sie *uß der statt dryven:* ein mildes Urteil …«

Martin nickte, während Amalie weitersprach. Den Morgen hatte er bei Bruder Michael verbracht, und wieder einmal schwirrte sein Kopf. Unterdessen tagte das Gericht, die Verurteilte war zum Kerkerturm gebracht worden, und Jakob hatte Amalie unterrichtet. Es ging um Ehebruch samt versuchter Tötung: Schon lange setzte Hulda Alvensleben ihrem Mann Hörner auf und hätte den Ehegatten am liebsten zum Teufel geschickt – Eheschwur hin und Treue bis ans Ende der Tage her. »Ende der Tage« brachte das Weib auf den teuflischen Einfall, dieses ein wenig schneller herbeizuführen. Sie besorgte Pilze und gab die Suppe ihrem Mann, der aber – von Nachbarn und Freunden mehrfach vom Verhältnis seines Weibes unterrichtet, ohne etwas dagegen zu unternehmen – mißtrauisch war und keinen Bissen aß, weil auch Hulda nichts anrührte. So nahm er die Schüssel, setzte sie einem herumstreunenden Köter vor und sah entsetzt, wie dieser verendete. Daraufhin schleifte der Waffenschmied sein ebenso untreues wie mordlüsternes Weib an den Haaren zum Gericht, wo sie ihre Tat sofort gestand und ohne viel Federlesens verurteilt wurde.«... Karl Alvensleben stand dabei und verzog keine Miene, als sie ihn mit einer Haßtirade überschüttete, daß sich sogar die Schöffen mehrfach bekreuzigten. Jakob war ganz aufgebracht und stotterte. Hulda habe ganz schlimm geflucht, ihrem Mann die Pest an den Hals gewünscht und dann gesagt: *Nhun bren in thausend Theuffel nhamen!* Sie hat nicht gestanden, woher sie die Pilze hatte, aber Jakob meinte, sie hätt's bestimmt von der Roggenmuhme. Niemands wollt's genau wissen, Leo hat 's Weib fortgeschlossen, soll noch heut bestraft werden.«

»Noch heut...« Martin seufzte und schüttelte sich. Von den Dyrnen kannte er das heimliche Leben Huldas; weil sie aber seit Monaten nur noch mit Mühlenmeister Vockenrode verkehrt hatte, konnte er nicht gemäß der Satzung eingreifen, sondern mußte es dem gehörnten Gatten überlassen, ob und wann er handelte. *Muß ein gehöriger Schlappschwanz sein, dieser Bulle von Waffenschmied,* dachte er, *sonst hätt er längst was unternommen, und es wär nicht so weit gekommen.* »Gut, bringen wir's hinter uns.«

»Asmus und Johannes sind schon im Turm. Christian und die anderen werden bald kommen.«

Frösteln befiel Martin, als der die Schultern hob und die Stiege hinaufstieg. Leos Holzfuß klackte auf der Wendeltreppe, Asmus hockte auf der Streckbank und knüpfte Knoten in Schnüre. »Johannes«, sagte Martin, »du kannst zum Rabenstein vorausgehen und das Eisen anglühen; Asmus und ich kommen mit Alvenslebens Hulda nach.«

»Jawohl, Blutvogt.«

Als Asmus die Frau festband, klatschten die rasch zusammengelaufenen Schaulustigen. Aufmunternde Rufe erklangen. Im Hintergrund entdeckte Martin, der mit der Hand die Augen beschattete und Schweiß über den Rücken laufen fühlte, den Mühlenmeister, dessen Gesicht verdüstert war: Vockenrode musterte den grimmig zusehenden Waffenschmied mit Blicken, die Martins Unbehagen verstärkten – fast war er sicher, daß es noch ein Unglück gab. *Er sieht aus, als wolle er über Alvensleben herfallen. Wenn das nur kein bös Ende nimmt!*

Blitzschnell griff Johannes Hulda ins Haar, hielt ihren Kopf fest und drückte das Brandeisen auf die Stirn; ohne Schmerzenslaut ertrug sie die Qualen, und ihre grauen Augen glitzerten kalt wie Schiefer. Ins Zischen mischte sich nur das Zähneknirschen. Vockenrode zuckte zusammen und ballte die Hände, während der Waffenschmied völlig ungerührt zusah. Die Zuschauer raunten enttäuscht, aber es war nur der erste Teil des Urteils.

Asmus band die Frau los und riß ihr Kleid von den Schultern, daß sie mit nacktem Oberkörper dastand und ihre Brüste mit den Händen bedeckte. Martin gab dem Stadttrommler einen Wink, und Asmus trieb die Frau mit Rutenhieben an. Durchs Berliner Brandzeichen-*B* für immer entstellt, taumelte sie, von geilen Blicken, anfeuernden Rufen und spöttischem Kichern begleitet, in Richtung Odernberger Tor, stolperte und fing sich wieder. In ihrer Verzweiflung schrie die Frau jedesmal auf, wenn sie von der Rute gestrichen wurde. Auf der Zugbrücke stolperte sie übers Kleid, und ein Stadtknecht fing sie johlend auf – hauptsächlich bemüht, ihre Brust zu betatschen. Sie kreischte, wich zurück, und wieder klatschten Hiebe um ihre Schultern.

»Früher wurden Ehebrecherinnen zu Tode gesteinigt!« knurrte der Stadtknecht. »Dein Urteil fiel verdammt milde aus, Giftmischerin!«

Auf der Gerichtslaube des berlinschen Rathauses band Asmus Hulda die Hände zusammen, steckte das Seil durch den Ring am Keks und zog an, bis die Frau auf den Zehenspitzen stand und ihr Rücken – von blutigen Striemen bedeckt – am Stein anlag. Schweiß lief von den Achseln die Seiten hinab, Tränen rannen unter geschlossenen Lidern hervor, die Lippen bebten, und bei jedem keuchenden Atemzug wippten die Brüste zum Vergnügen näher drängender Burschen.

»Du solltest sie dir ansehen, Weib«, brüllte jemand und lachte. »Die Wichser haben ihre Hände am Gemächt und weiden sich an deinem Anblick mit halboffenem Sabbermaul.«

Sie antwortete mit einem langgezogenen, schrillen Schrei: Noch bis zum Abend mußte sie an der Prangersäule stehen, dann würde sie mit weiteren Hieben aus der Stadt getrieben werden – gezeichnet und Freiwild für jeden, der sich noch an ihr gütlich tun wollte, außer Strauchdieben und Vagabunden also kaum jemand ...

Karl Alvensleben verschränkte die Arme, spuckte auf den Boden und wandte sich wortlos ab. Er würdigte den Mühlenmeister keines Blickes, obwohl er dicht an ihm vorbeiging. Vockenrode senkte den Kopf, wurde bleich und zitterte, aber er tat nichts; kein Angriff auf den Waffenschmied, kein Hilfeversuch für Hulda, nur stumme Verzweiflung. Ganz deutlich sah Martin die Tränen in Vockenrodes Augen, als dieser, vom Kichern und Lästern der Zuschauer verfolgt, davonhetzte, über die Schnabelschuhe stolperte und zur Propstgasse abbog. *Schande trifft alle drei*, dachte Martin, winkte Asmus und Johannes und betrat den Ratskeller, um Bier zu bestellen. *Hinter Alvenslebens Rücken wird man noch mehr lachen, das Ansehen des Mühlenmeisters ist dahin, und Hulda endet bestenfalls in einem Schanthaus: Sie wollte zuviel, nun hat sie nichts!*

Nicht nur den Blutvogt packte das Grauen, als er am nächsten Morgen von den Ereignissen des Abends erfuhr: Hulda stürzte sich, von Stadtknechten vors Tor getrieben, schrecklich kreischend in den Spieß und starb noch in der Nacht – verkrümmt fand man sie am Wegrand im eigenen Blut, weil die Scharwachen, von Entsetzen gepackt, Reißaus nahmen und sie liegengelassen hatten. Niemand machte aber den Burschen einen Vorwurf, und Asmus verscharrte die Tote, weil sie als Selbstmörderin nicht in geweihtem Boden liegen durfte, unter dem dreisäuligen Galgen.

»... müßt wissen, daß Anno Domini 1098 aus den Benediktinern heraus der Orden der Zisterzienser hervorging« – Bruder Michaels Stimme klang monoton, während Martin gespannt lauschte; manchmal nahm der Franziskaner einen Folianten zur Hand, blätterte, frischte sein Gedächtnis auf –, »*sacer ordo cisterciensis*, benannt nach dem Kloster Citeaux. Sein Aufstieg kam mit Bernhard von Clairvaux, der Anno 1118 bei der Abfassung der Ordensregel federführend war; er war es auch, wie Ihr Euch erinnert, der nahezu zur gleichen Zeit die Templer unterstützte – sie als Inbegriff und Apotheose christlicher Tugenden pries. Kurz zuvor hatte er die Abtei Clairvaux gegründet: Anno 1115. Beide Orden kannten weiße Überröcke und Umhänge, was nicht die einzige Übereinstimmung blieb. Anno 1145 kam Bernhard ins Languedoc, um vor den Häretikern der *Katharer* zu predigen: Sie lehnten die Kreuzigung und alles, was das Kreuz ausmachte, ab; denn für sie war Jesus ein Prophet der Liebe, *ein Mensch aus Fleisch und Blut!* Bernhard erschienen die Gottesdienste und die Moral der Katharer fast christlicher als die der eigenen Kirche; er gestand, nichts Böses entdecken zu können, weil sie das, was sie predigten, auch praktizierten: *Sicherlich gibt es keine christlicheren Predigten als die ihren, und ihre Sitten waren rein.* Papst Innozenz III. hielt nichts von einer solchen Einsicht und befahl *anno post christum* 1208 den Kreuzzug gegen die Katharer, die Albigenserkriege dauerten Dezennien: Anno 1244 fiel die letzte und größte Festung auf dem Berg *Montségur.* Angeblich wurde der Schatz der Katharer – oft wurden sie als im Besitz des Grals beschrieben – vor den Augen der Belagerer in Sicherheit gebracht. Zufall, daß in Wolfram von Eschenbachs *Parzival* die Gralsburg *Munsalvaesche* heißt?«

Fast täglich war Martin nun im Grauen Kloster, dessen Beschaulichkeit im krassen Gegensatz zu dem stand, was über die Doppelstadt hereinbrach: zwei Wochen waren seit Huldas schmachvollem Tod vergangen, die Sonne brannte weiterhin vom Himmel und verlieh jedem Gedanken die Zähigkeit kalten Sirups. Wochen, die mit Nachrichterarbeit ausgefüllt waren. Etwas Dämonisches schien die Menschen ins Unglück zu treiben, viele gestanden unter der Folter, einem geheimnisvollen Zwang zu folgen. Martin hatte das Gefühl, daß sich der Verfall nicht aufhalten ließ. Immer weniger waren bereit, den Zehn Geboten zu folgen. Je mehr die Pfaffen von den Kanzeln wetterten, desto mehr wurden sie verlacht oder gar offen verhöhnt. Die Schöffen, bemüht gegenzusteuern, legten die hochnotpeinliche Gerichtsordnung immer strenger aus, ohne wirklich etwas zu erreichen. Die Kunde vom *großen Sterben* drang aus allen Landesteilen in rascher Folge heran, das Jüngste Gericht schien nahe, kaum jemanden scherte, was der nächste Tag brachte. Fahrendes Volk und Vagabunden lungerten vor den Stadtmauern, vor dem Schwarzen Tod Geflüchtete befanden sich unter den Bettlern und suchten um Asyl bei den Hospitälern nach. *Diebstahl, Rauferei und Beleidigung sind an der Tagesordnung, überall werden Menschen erschlagen, gequält und beraubt,* dachte Martin. *Gäb's nicht die* lectiones *und* disputationes *mit Bruder Michael – ich wüßt nicht, was mit mir geschieht. Himmlischer Vater, was treibt die Leut nur in diesen Irrsinn?*

»Bemerkenswert auch«, sagte der Mönch unterdessen, »daß es

jene Zeit war, als viele Gralslegenden entstanden oder – christlich beeinflußt – niedergeschrieben wurden. Unter anderem entstand das Versepos *Perlesvaus*. Der unbekannt gebliebene Schreiber – manche Zeilen legen nahe, daß er selbst Tempelritter war oder diesen nahestand – behauptete, die Geschichte aus einem lateinischen Buch bezogen zu haben, gefunden auf der Insel Avalon. In vielen Gralslegenden ist Joseph von Arimathia im Besitz der wahren Botschaft, die Jesus seinen Jüngern beim Letzten Abendmahl verkündete.«

Ihre Gespräche begannen sie meist mit der *quaestio* – einer Frage oder Problemstellung –, gefolgt vom Austausch der Gedanken, bei dem sie einander als *defendens* – Verteidiger – und *opponens* – Gegner – gegenüberstanden, ergänzt um *quodlibeta*, den Auseinandersetzungen mit Dingen des täglichen Lebens und moralischen Konflikten. Bruder Michael beherrschte die *Sentenzen*, in denen er Zitate und Kommentare kirchlicher und weltlicher Autoritäten nur so auf Martin einprasseln ließ, dann wieder gab es die *Summen*, die Zusammenfassungen des Wissens des besprochenen Gebiets.

»... wird im *Perlesvaus* von Männern gesprochen, die in weiße Gewänder gekleidet sind und auf der Brust ein rotes Kreuz tragen, an anderer Stelle von in Silber und in Blei gefaßten Häuptern, und schließlich einem Geschehen, bei dem ein Priester mit langer Gerte auf ein Kreuz einschlägt. Erinnert Euch das an die Anschuldigungen gegen die Templer? Nun, der Heilige Gral kommt im *Perlesvaus* gleich in fünffacher Gestalt vor; als gekrönter und gekreuzigter König, als Kind, als Mann mit Dornenkrone und blutender Wunde an der Seite, Händen und Füßen; während die vierte nicht beschrieben wird, ist die fünfte die eines Kelches. Jede Wandlung wird begleitet von süßem Wohlgeruch und blendendem Licht ...«

Nach der vermeintlichen Ruhe im Brachet schien die *Mondfinsternis* die Wende eingeleitet zu haben: Viele sahen in ihr ein schlechtes Omen, verglichen sie mit Schweifsternen des Bösen, und die drückende Hitze tat das ihre.

*Die Bestrafungswut wächst, die Leut werden über die peinliche Befragung hinaus schärfster Tortur unterzogen, so daß die Schreie sogar auf der Gasse vor dem Kerkerturm zu hören sind,* durchfuhr es Martin. Fürs Hohe Gericht von Cölln-Berlin, zu dessen Bereich auch die umliegenden Dörfer und Gehöfte von Hintersassen gehörten, gab es viel zu tun: in kurzer Zeit hängte man einen Straftäter, enthauptete, räderte und ertränkte drei, verbrannte einen bei lebendigem Leib, und einen weiteren rissen Pferde auseinander, nachdem die Sehnen an Armen und Beinen zerschnitten worden waren. Martin fühlte sich elend, trank und räucherte, und sogar Amalies Zuspruch half ihm nicht. Daß die Wunden der Ruttnitz-Kinder längst geheilt waren, Othwin Steglitz die Manneskraft zurückerhielt und bis auf die mit den schweren Beinbrüchen auch die Männer der Schiffergilde wieder arbeiteten, war für den Blutvogt nur ein schwacher Trost und sein weiter gestiegener Ruf als Heiler eher eine Belastung. *Nur Bruder Michaels Worte bringen Ablenkung; ich lerne, erlange Wissen, höre von Dingen, an die ich nicht mal im Traum gedacht hätte.*

Der Franziskaner schlug ein Buch auf und sprach lauter, um Martins Aufmerksamkeit wiederzuerlangen: »Wolfram von Eschenbach schreibt im *Parzival: ich wil iu künden umbe ir nar / si lebet von einem steine, / des geslähte ist vil reine. / hat ir des niht erkennet, / der wirt iu hie genennet, / es heißet lapsit exillis / der stein ist ouch genant der grâl.* Und weiter heißt es: *ouch wart nie menschen sô wê, / swelhes tâges es den stein gesieht, / die wochen mac ez sterben niht, / diu aller schierst darnâch gestêt, / sîn varwe im niemer ouch zergêt, / man muoz im sölber varwe iehen, / dâmite er hât den stein gesehen, / ez sì maget ode man, / al dô sîn bestiu zît huop an, / saeh ez den stein zwei hundert jâr, / im enwurde denne grâ sin hâr. / selhe kraft dem menschen tit der stein, / daz im fléisch / únde bein / iugent enpfaeht al sunder twâl. / der stein ist ouch genant der grâl.* Als Chrétiens Held Peredur – auf den sich Wolfram bezog – in der Gralsburg weilt, tragen Jungfrauen auf einer Schale ein abgeschlagenes Haupt in den Saal, das im frischen Blut schwimmt; leider versäumt es Peredur zu fragen, wessen Kopf dies sei und was es damit auf sich habe – nur dann hätte er das Land vom Zauberbann der Wüstenei befreien können. Als Hintergrund, so müßt Ihr wissen, gibt es keltische Mythen: ein abgeschlagener Kopf ist ein häufiges Symbol, dem göttliche Eigenschaften zugeschrieben werden – der Blick in die Zukunft und ähnliches!«

*... abgeschlagener Kopf!* hallte es in Martin nach, den Frösteln befiel. Immer häufiger kamen Bittsteller, fragten nach Rezepten, Wundsalben, Tränklein und Balsamen, suchten um Aderlaß nach

oder wollten Wunden mit Harz und Wachs verklebt bekommen. Bei letzterem weigerte sich Martin standhaft, weil er die offene Heilung als besser erkannt hatte, und zum Aderlaß griff er ebenfalls nur selten. Mit Amalies und Heins Hilfe fertigte er neue Kräuter-*tinctura*. Ein Lebenselixier oder die *quinta essentia* fanden sie nicht, aber mit jedem Kranken, dem er helfen konnte, lernte Martin, auch wenn ihm Not und Elend zusetzten und er die Gemarterten behandeln mußte. Er kam zur Überzeugung, daß seine wundärztliche Begabung allein Gott zuzuschreiben war, oder mit Bruder Michaels Worten gesprochen: *Omne donum perfectum a deo, imperfectum a diabolo.*

»... wird in allen Formen der Gralslegende dem Blut eine große Bedeutung beigemessen. Mal schwimmt ein Kopf in einer blutgefüllten Schale, dann ist der Gral das Gefäß, das Jesu heiliges Blut auffing. Der Gralskönig blutet aus unheilbarer Wunde, Gralswächter sind aus einem Geschlecht heiligen Geblüts, gleiches gilt für die jungfräulichen Hüterinnen. Mir scheint, die Frage, wessen Blut hier gemeint ist, ist ebenso bedeutsam wie die Frage nach dem Gefäß und dem, was man wirklich darunter zu verstehen hat ... Gevatter, Ihr hört mir ja gar nicht richtig zu! Vielleicht sollten wir's für heut bewenden lassen?«

Martin seufzte und nickte. »Ihr habt recht. Meine Gedanken ... sie schweifen ab, ich bekomme kaum mit, was Ihr sagt. Entschuldigt.«

»Sprecht's aus, was Euch bedrückt«, sagte der Mönch leise, schloß das Buch und legte Martin die Hand auf die Schulter. »Entlastet Eure Seel', freßt es nicht in Euch hinein – das gibt nur Bauchgrimmen oder Schlimmeres.«

»Es wird zuviel ...« Martin lächelte schief, wich Michaels Augen aus, senkte den Blick. »Vater hat mich gewarnt, aber er hatt's leichter: *per anno* gab's in Braunschweig vielleicht ein halbes Dutzend Hinrichtungen, selten mehr. Hier sind's in wenigen Monaten schon acht, und dann die anderen Toten: Kremer, Jann, Amalies Mutter, Hulda ... Ehrenstrafen, peinliche Befragungen, der Zwist mit Beck und Markus ... Ich dacht, das Glück wär vollkommen, als ich nach der Heirat zum Bürger wurde, statt dessen scheint mich ein Strudel zu packen und fortzureißen. Mir ist, als schwankte der Boden, verlöre alles seine Festigkeit.«

Michaels Griff wurde fester, er hob die Hand zum Kreuzzeichen. Als er zum *Paternoster* ansetzte, sank Martin auf die Knie und schloß sich dem Gebetsmurmeln an. Die Hand des Mönchs verströmte süßlichen Duft, der von Martins Nase direkt ins Hirn zu stoßen schien und seinen Kopf mit merkwürdiger Leichtheit erfüllte. Er schielte zur Seite und schloß geblendet die Augen: Das Tatzenkreuz wuchs ins Riesenhafte, und das Metallgeflecht des Rings schien sich gewaltig auszubeulen. Fast war es Martin, als umschlösse es einen heftig nach außen drängenden Gegenstand oder ein Geschöpf, das sich gegen das Netzwerk stemmte wie ein Gefangener gegen das Kerkergitter. Die Eindrücke beanspruchten nur wenige Augenblicke, machten sofort wallenden Schatten Platz. Martin schwankte, wurde vom Mönch gestützt; mühsam zwinkerte er und packte nach Michaels Hand.

»Der Ring«, krächzte Martin. »Was hat er zu bedeuten? Ich sah eben... Ich... wie im Belserausch, aber...«

»Der Ring!« Michael seufzte. »Ich hab's nie gewagt, ihn zu öffnen. Aber sein Geflecht umgibt... Ich weiß nicht genau, was. Ich bekam ihn von einem Ritter, der hocherhobenen Hauptes mit seinen Häschern ging; er war, wie ich glaube, Träger des Wissens vom Inneren Kreis der Templer. Seine letzten Worte waren: *Im Ring findest du ein Fragment des Heiligen Grals. Behüte ihn, denn gewaltige Macht kann freigesetzt werden von dem, der das Geheimnis kennt.*«

»Dann... dann... Es ist also wirklich viel mehr dran? Nicht nur Geschichten aus Büchern? Es *gibt* den Gral, und Ihr... *Ihr* besitzt sogar ein *Fragment* davon? Jesus und Maria! Warum habt Ihr das nicht früher gesagt?«

»Mein Freund, wir reden seit Wochen über nichts anderes! Aber du mußt die Zusammenhänge kennenlernen, ohne sie... Vielleicht hast du dich gefragt, weshalb ich so hartnäckig an dich herangetreten bin?«

Martin nickte, war wie vor den Kopf geschlagen. Das Gefühl, hintergangen worden zu sein, beanspruchte nur einen Wimpernschlag. Dann erinnerte er sich an die drängenden Einladungen des Mönchs, an seine Worte, die Aufforderungen, sich in Geduld zu fassen. *Ja,* dachte Martin, und die *Angst* kam machtvoll zurück, ließ seine Finger zittern, *wie kommt's, daß er sich mit dem* Blutvogt *abgibt? Was steckt dahinter?*

Der Mönch hob die Stimme: »Ich sah dich im *Traum,* Tage bevor du zum ersten Mal die Mauern der Doppelstadt betreten hast! Etwas sagte mir, daß du für den *Heiligen Gral* bestimmt bist! Deshalb kam ich zum Rathaus – du erinnerst dich an unsere erste Begegnung? –, und du kannst vielleicht mein Erstaunen nachfühlen: Dein Gesicht, deine Gestalt, alles war so, wie ich's *zuvor* im Traum sah! Martin Stockmann, ich kann's nicht erklären, weiß nicht, was es zu bedeuten hat. Ich *mußte* tun, was ich tat. Vielleicht finden wir gemeinsam raus, was sich noch im Dunkel verbirgt?«

»Und bis dahin« – Martins Stimme klang hohl, sein Gesicht war eine Grimasse – »bleibt's dabei: Geduld, Geduld, Geduld?«

Michael lachte laut und schallend; es beendete die unglaubliche Anspannung augenblicklich, die im Raum stand, und die Männer verband gleich einer Sehne die Enden eines Armbrustbogens. »Genau, Ihr habt's erfaßt, Blutvogt!«

Martin lächelte schwach, dann lachte er ebenfalls, hatte aber das Gefühl, daß der Bolzen davongeschnellt war. *Fragt sich,* dachte er, *auf welches Ziel er nun zurast …*

Während im Osten noch das Tagesgestirn als mächtige rote Scheibe auf dem Horizont aufsaß, beim Aufstieg aber rasch zum grellen Glutofen werden würde, ging Clauß Dreher zur städtischen Ziegelei vors Köpenicker Tor. Das Grau des Himmels wurde zum qualvoll hellen Blau, kein Wölkchen war zu entdecken

»Wird wieder ein schlimmer Tag«, murmelte er und blinzelte in die Sonne. »Muß die wenige Zeit ausnutzen. Zum Deibel, sogar nachts gibt's kaum Abkühlung.«

Mißmutig stapfte der Cöllner Ratmann, Baumeister und Steinherr der Doppelstadt, an mannshoch gestapelten Backsteinen vorbei, die lange Schatten warfen. Staub stob bei jedem Schritt auf. Neben der Halle mit den Öfen – einer nur fürs Kalk-, die übrigen vier gemeinsam zum Ziegel- und Kalkbrennen genutzt – erhoben sich zwischen offenen Scheunen Rohstoffhaufen: Ton aus den Glindower Gruben und Kalkbrocken aus Rüdersdorf. Bis auf Vogelzwitschern war es still: kein Karren ratterte, keine Holzkohle wurde herbeigeschleppt, die Ziegelei war verschlossen. Seit fast zwei Wochen ruhte die Arbeit, weil den Ratmannen der Funkenflug als zu gefährlich erschienen war und die Sorge ums zundertrockene Holz in der Doppelstadt zur Vorsicht gemahnte. *Das Brennen kann bis zu zwei Tage dauern* – der Gedanke blitzte durch Drehers Kopf, als er übers wie ausgestorben daliegende Gelände sah, nur Vögel stiegen plötzlich mit knallendem Flügelschlag auf – *bei großer Hitz durch Holzkohle.*

Zwar hatten die Männer, an ihrer Spitze die beiden Brandmeister, die Besorgnis als übertrieben abgetan und wegen des Lohnausfalls geflucht – zur Sommerhitze grinsten sie nur, waren von ihrer täglichen Arbeit ganz anderes gewohnt –, aber sogar Dreher hielt es für besser, kein unnötiges Wagnis einzugehen.

»Wie's der *Boeße* will, setzt's vielleicht den roten Hahn auf die ganze Stadt.« Der Ratmann seufzte, rüttelte am verschlossenen Tor und nickte zufrieden. »Oder wie's die Zimmerer sagen: Wenn mal der Wurm drin ist ... – das Unglück mit dem Damm soll uns eine Warnung sein.«

Er wischte Schweiß von der Stirn, umrundete Fässer, in denen gebrannter Kalk gelagert wurde – das »Löschen« geschah erst auf der Baustelle durch die Maurer, wenn sie den Mörtel anrührten –, und blieb stehen, nachdem er das Bein vorragen sah. *Ein Trunkenbold? Oder hat ein Vagabund hier Quartier bezogen?* Zorn stieg in Dreher auf. *Das Gesindel vor den Mauern wird immer zahlreicher und frecher!*

Entschlossen, den Mann zu vertreiben, trat der Baumeister gegen den Fuß, runzelte dann die Stirn, weil die Gestalt sich nicht regte. Er sah hinter die Fässer und keuchte: Zuerst bemerkte er die vielen dunklen Flecken und ein durchdringendes Surren, dann den Geruch. Als sich Dreher bückte, stoben Hunderte Fliegen auf. Das Herz wollte dem Mann stocken, beim Zurückweichen prallte er gegen ein Faß, schon stieg es heiß und gallig aus dem Magen auf. Dreher würgte und spuckte, trotz der Wärme befiel ihn ein kalter Schauer. Bleich, die Augen aufgerissen, stieß er die leblosen Körper an, und aus böser Ahnung wurde Gewißheit: die Männer lagen im eingetrockneten Blut, Hände um Schwerter und Dolche gekrampft, deren Klingen von bräunlichen Flecken übersät waren.

»Allmächtiger!« krächzte er und lehnte sich, nach eiligen Schritten, gegen die Scheunenwand; die Knie waren weich, Zittern befiel den ganzen Leib. »Müssen sich gegenseitig umgebracht haben!«

## II.

*Und da waren manche, die dachten, daß ein mäßiges Leben,*
*wobei man sich vor aller Üppigkeit hüte, die Widerstands-*
*kraft erheblich fördere; sie vereinten sich zu Gesellschaften*
*und lebten sonst von allen gesondert. Indem sie sich in Häusern,*
*wo kein Kranker war, versammelten und einschlossen,*
*genossen sie die schmackhaftesten Speisen und den besten Wein,*
*aber mit Maß und auf der Hut vor aller Schwelgerei,*
*und sie verbrachten ihre Zeit mit Gesang, Musik und mancherlei*
*Kurzweil. Niemand erhielt zu ihnen Zutritt, und keine*
*Todes- und keine Krankennachricht durfte ihnen hinterbracht*
*werden...*
*Andere wieder pflegten jeglicher Begierde möglichst Genüge zu*
*tun und über das, was kommen werde, zu lachen und zu spotten.*
*Bei Tag und Nacht zogen sie, um ohne Maß zu trinken, bald in*
*diese, bald in jene Schenke...*
*In der verheerenden Not der Stadt war das ehrwürdige Ansehen*
*göttlicher und weltlicher Gesetze fast völlig gesunken und*
*vernichtet...*
DIE PEST IN FLORENZ; Giovanni Boccaccio, 1348

### 27. Heuert, Anno Domini 1349

Eine Stunde nach Drehers Entdeckung wimmelte es bei der Ziegelei
von Neugierigen. Scharwachen, die die Spieße quer hielten, und
Büttel versuchten, meist vergebens, Nachdrängende zurückzu-
schieben, ließen nur betroffen dreinblickende Ratmannen durch.
Die Ziegeleiarbeiter standen in Gruppen beisammen, Stimmen
mischten sich zum dumpfen Raunen. Martin hatte sich hingehockt,
betrachtete die blutverkrusteten Waffen und die Lage der Körper;
noch hatte es niemand gewagt, die Toten anzurühren, und so
konnte sich der Blutvogt ein Bild machen, versuchte sich vorzustellen, was im einzelnen geschehen war. Er vertrieb Fliegen, runzelte
beim Anblick der Gesichter die Stirn und stand auf. *Verzerrt aus*
*Angst oder Überraschung, aber keine Wut oder Grimm oder Haß.*
*Hätt anderes erwartet. Merkwürdig.*
»Was meint Ihr, Blutvogt?« Ratsmeister Wardenberg war grau,

Schweißbäche rannen von den Schläfen zum Hals und tränkten die Kleidung. Die anderen Männer hielten sich weiter entfernt, vermieden nach einem ersten den nochmaligen Blick auf die Leichen. »Ihr kennt Euch aus.«

*Ja, bei solchen Dingen ist der Rat des Blutvogts geschätzt. Vom Hospitalmeister schon lange keine Rede mehr. Euch werd ich's noch zeigen!* Martin hüstelte. »Muß viele Stunden her sein, bestimmt schon gestern: Käfer und Vögel haben …«

»Bitte, erspart uns das!« rief Albrecht Gröben, die Unterarme noch voller Mehl; er war direkt von der Backstube hierher geeilt. Im Hintergrund spuckte Thomas Blankenfelde noch immer, sogar Johannes Ryke zeigte ein käsiges Gesicht, und Wollweber August Seltzer hatte nur einen flüchtigen Blick gewagt.

»Sie haben gekämpft.« Martin seufzte. »Einer verletzte den anderen, keiner wollte aufgeben. Noch im Knien oder Liegen stachen sie – wie's aussieht – aufeinander ein. Die Kraft verließ sie dann, beide verbluteten.«

Wardenberg nickte bei jedem zweiten Wort. »So dacht ich's mir ebenfalls. Bürger sind zwar davon befreit, die Herausforderung zum Zweikampf annehmen zu müssen, aber sie …«

Nicolaus Stulzing verzog den Mund und sagte nichts. Seine Augen waren zusammengekniffen, der Blick wanderte von den Toten zu Martin und Wardenberg und wieder zurück.

»Also der Höhepunkt des Dramas« – Flurschütz Hillig Kurtzrock, auf den Langbogen gestemmt, schüttelte sich – »Zuerst das Weib, dann aus Rache, Wut oder weiß der Himmel was der Zweikampf bis zum Tod: Vockenrode und Alvensleben, Gott nehm sich ihrer Seelen an, haben ihre Fehde aufs schrecklichste beendet.«

Jemand murmelte: »Amen.«

Pfarrer Konrad, von Asmus durchgelassen, eilte mit wehendem Rock herbei und bekreuzigte sich, als er niederkniete und dann die Hände zum Gebet faltete.

»Es sieht so aus.« Martin hob gleichmütig die Schultern und dachte: *Ich hab's geahnt … Aber warum erst jetzt? Hulda ist schon mehr als zwei Wochen tot. Kampf – den Wunden nach ziemlich heftig – also müßte es Spuren geben.*

»Wie auch immer« – Wardenberg zog den Kopf zwischen die Schultern –, »der Tod des Mühlenmeisters dürfte Woldemar nicht gefallen; es war *sein* Amtsmann, und er wird die Angelegenheit untersuchen wollen.« Wieder bewies er, daß er schneller und weiter dachte als die anderen Ratmannen. Während die noch entsetzt und ratlos umherstanden, bedachte der Berliner Ratsmeister die Konsequenzen. »Fragt sich, wie nun Brügge und Surber handeln ...«

Zustimmendes Raunen, bei dem ein Ruck durch Martin ging. *Alles scheinbar so offensichtlich, so eindeutig: zwei Männer und eine Frau, zum tödlichen Dreieck verknüpft. Ich möchte es gern glauben – aber Vockenrode war markgräflicher Mühlenmeister... heißt zwar, er sei ein Anhänger des Wittelsbachers gewesen, aber er versah den Dienst anständig und von allen geachtet. Außerdem hat Woldemar die Mühlenabgaben erlassen. Es ergibt keinen Sinn... Ihre Gesichter...*

Während die Ratsmitglieder durcheinanderredeten, schob sich Martin zwischen den Kalkfässern durch. Der staubige Boden war aufgewühlt, längst getrocknete Blutlachen wurden von Fliegen umschwirrt. Martin suchte nach Spuren fehlgegangener Hiebe, aber kein Faß war beschädigt, nirgends eine frische Kerbe, ein Riß oder gespaltenes Holz zu entdecken. Die neugierigen Ratmannen hatten Fußabdrücke verwischt, nur neben einem umgefallenen Faß, aus dem fingerhoch Kalk gerieselt war, fand Martin eine Rille von der Länge einer Elle und tastete sie nachdenklich ab.

»Sucht Ihr was Bestimmtes?« Stulzings Stimme ließ Martin aufsehen. »Warum habt Ihr so betont, daß es *so aussieht?* Was verschweigt Ihr? Habt Ihr mehr gefunden?«

»Ja und nein, Herr«, sagte Martin und kratzte sich hinter dem Ohr. »Sie haben wild gefochten und um sich gestochen. Die Wunden sagen's klar. Und jeder in der Stadt kennt den Grund ihrer Feindschaft.«

Stulzings Augen wurden zu Schlitzen. »Aber ...?«

»Aber« – Martin breitete die Arme aus – »wenn sie's wirklich so gemacht haben, wie's auf den ersten Blick erscheint, vielleicht sogar in der Nacht – nun, bald ist zwar Vollmond und ...«

»Himmel und Hölle, Mann, sprecht's aus!«

»Stellt Euch vor, Ihr steht mir mit Schwert und Basilard gegenüber, Schützenmeister. Wir kämpfen, ich weiche aus, Ihr ebenso, dann Schlag auf Schlag, Ducken, Laufen, Nachsetzen, alles zwischen den Fässern, nur bei Mond- und Sternenlicht! Mir fehlt was.« Er machte eine ausholende Geste. »Und dann der Ausdruck der Gesichter – da ist kein Haß, den man bei *solchem* Kampf erwarten darf.«

Stulzing sah von den Toten über die Fässer, dann auf Martins Hand, die nochmals der Rille folgte – sie wies auf Vockenrodes Fuß –, und nickte zögernd. »Ihr habt recht. So wie sie liegen, müssen sie gekämpft haben, ohne sich von der Stelle zu rühren. Sonderbar! Außerdem war der Waffenschmied ein Bulle, sehr groß und kräftig, Vockenrode dagegen deutlich kleiner und schlank.« Er zog zischend Luft durch die Zähne. »Stockmann, was Ihr da andeutet ... Ich kann's nicht glauben, aber *wie* Ihr's sagt, ergibt es Sinn.«

Martin stand auf und winkte ab. »Ich will keine schlafenden Hunde wecken. Ist nur eine Vermutung, ein paar Fragen – keine Antwort. Denn die könnten nur die Toten geben.« *Und sie geben sie, verflucht, obwohl sie nicht mehr reden können. Nur kann ich diese Sprache nicht richtig übersetzen, weiß die Zeichen nicht zu deuten.*

»Stimmt«, murmelte Stulzing. »Es bleibt unter uns, ja? Lassen wir den Toten ihre Ruhe ...«

Trotz der Enttäuschung, die Antwort nicht zu erkennen, ergriff ein Gefühl der Zufriedenheit von Martin Besitz, fast war es Stolz. *Macht sich Bruder Michaels Schule bemerkbar?* »Die richtigen Fragen stellen« – eine oft wiederholte Äußerung des Franziskaners –, »genau beobachten, nachdenken, hinter dem Offensichtlichen das Verborgene ebenfalls erkennen.« *Stets zweifeln, prüfen, abwägen, pro und contra, sic et non! Wer den Dingen beharrlich auf den Grund geht, entdeckt meist mehr. Die Welt ist vielschichtig wie eine Zwiebel, löse eine Schale nach der anderen, um zum Kern zu kommen, dem Keim in der Mitte. Auch das ist eine Suche nach dem »Gral«: dem der Erkenntnis!*

»... halten aber Augen und Ohren offen, nicht wahr?« Martins Lächeln war kühl, und Stulzing nickte abermals – sein Gesicht blieb unbewegt, als er sich abwandte und wieder zu den Ratmannen gesellte, deren Stimmen langsam lauter und erregter wurden. *Es fehlt der Beweis,* dachte Martin. *Selbst wenn's Mord war – wer könnte es gewesen sein? Vor allem warum?* Weder Vockenrode noch Alvensleben hatten sich Feinde geschaffen, und im schwelenden Zwist um Woldemar und Ludwig hielten sie sich zurück. *Es ergibt kein klares Bild.*

Martin fühlte sich plötzlich unbehaglich. Seine Erfahrungen mit Markus Kremer hatten ihn ebenso mißtrauisch wie vorsichtig gemacht, seit dem Überfall traute er dem Burschen nahezu jede Schandtat zu. *Hab ich deshalb im ersten Augenblick an die Kremerschen gedacht?* fragte er sich mürrisch. *Das ist doch an den Haaren herbeigezogen. Sie sind nicht für alles Leid und Unglück verantwortlich. Welchen Nutzen hätten sie vom zweifachen Mord?* »Glaub nicht, daß der Rentmeister so weit gehen würde; sein verfluchter Neffe dagegen ... Ich mag sie ganz einfach nicht, das wird's sein! Außerdem gab's keine Fehde mit Vockenrode oder Alvensleben«, murmelte er. »Vielleicht haben die Männer ja wirklich stumm und verbissen und ohne sich von der Stelle zu rühren aufeinander eingestochen? Vielleicht wollten beide nicht mehr leben? Ein Anfall von wahnsinnigem Schmerz nach einer Zeit der Trauer, Scham und Lähmung, so daß zwei Wochen seit Huldas Tod vergingen, bis sie ...? Wer weiß das schon?«

Nur die Rille wollte ihm nicht aus dem Kopf: Fast sah es wie der Rest einer Schleifspur aus.

Schon am Mittag wurde klar, daß der Tod der beiden Männer ebenso deutliche Kreise zog wie ein ins Wasser geworfener Stein: Im Mühlenhof prallten Vogt Surber und Münzmeister Brügge heftig aufeinander, weil es um das Recht der weiteren Amtsführung ging, bis der Markgraf einen neuen Mühlenmeister ernannt hatte.

»Ich bin der Vogt!« schnarrte Surber und fuchtelte mit dickem Zeigefinger vor Brügges Nase. Müller, Knechte und Tagelöhner standen ringsum und verfolgten den Streit mit sprachlos klaffenden Mündern. »Mir steht's zu, bin ein treuer Gefolgsmann Woldemars! Der Markgraf hat klar gezeigt, was er von Euch hält: Als *Unterschultheiß* untersteht Ihr *meinen* Anweisungen!«

»Nicht als Münzmeister! Ich hab das Wissen im Rechnen und Verwalten, Ihr nicht.« Tyle Brügges dicker Kopf wurde puterrot; breit und aufgeplustert wie Gockel standen sich die Männer gegenüber. »Ihr maßt Euch Befugnisse an, die Euch nicht gebühren.«

»Und Ihr wollt nur Eure Gier befriedigen; jeder Tag im Mühlenhof bringt viele Schillinge. Daß Ihr und Eure Familie dem Markgrafen schaden wollt, ist stadtbekannt. Ich erinnere an Euren Neffen ...«

»Laßt Wilkin aus dem Spiel, Mann. Er hockt im Loch und verbüßt die gerechte Strafe. Das ist eine Sache zwischen uns, und nur zwischen uns.«

»Ha! Wie weit fällt der faule Apfel vom Stamm?«

»Übertreibt's nicht, ich sag's im guten.«

Surber lachte; es klang wie die Knarrenräder der Aussätzigen. »Wollt Ihr mir drohen, Münzmeisterchen? Wer weiß, vielleicht ist's gar nicht so weit her mit Euren Rechenkünsten und Eurer Ehrsamkeit? Vielleicht sollte der Markgraf, wenn er seinen neuen Mühlenmeister ernennt, auch gleich die Münze neu vergeben?«

»Diese Beleidigung nehmt Ihr augenblicklich zurück! Die Münzverrufungen haben Woldemars Säckel wohl gefüllt, sein Dankschreiben war voller Wohlwollen!«

»Beleidigung? Eine Tatsache: mir teilte er mit, daß er mit mehr gerechnet habe.«

»Sicher – ihm fehlt's ja auch an den Mühlenabgaben; erließ sie in eigener Person nach dem Brand!« Brügge zahlte es Surber mit gleicher Münze heim: »Mir scheint vielmehr, von den Gerichtsabgaben wandert einiges in Eure Wampe statt zum Markgrafen!«

»Eure Unterstellung ist unverschämt! Auf Heller und Pfennig stimmt's genau.«

»Dann unterlaßt Anschuldigungen, die Ihr nicht beweisen könnt. Ihr wollt Vogt und Richter sein? Da solltet Ihr die Gesetze besser kennen. Als ich noch den Vorsitz beim Gericht...«

»Schweigt still, Mann!«

»Und Ihr bedenkt genau, was Ihr sagt« – nun schäumte Brügge fast – »Sonst wird sich Woldemar mit Euch zu beschäftigen haben.«

Surber war einen Augenblick sprachlos, dann wurde auch er rot. »Ihr wollt mich anklagen? Ihr? Narr! Es bleibt dabei: Ich führe den Mühlenhof – ein Bote ist schon unterwegs zum Markgrafen!« Er lachte gehässig. »Und damit Ihr's ein für allemal wißt: Hiermit beschließe ich, daß es für den Neffen keine Entlassung geben wird, auch für hundert Gulden nicht. Mir reicht's! Meine Geduld ist am Ende. Geht mir aus den Augen, ich hab hier zu tun!«

Brügges Zittern verstärkte sich, alle Farbe wich aus seinem Gesicht, Muskeln arbeiteten am Kiefer. Es war dem Münzmeister anzusehen, wie schwer es ihm fiel, nicht augenblicklich über Surber herzufallen. Dessen Körper war gespannt, schien auf den Angriff nur zu warten. Beide Männer atmeten stoßweise, starrten sich an. Ringsum sahen die Mühlenhofbediensteten betreten zu Boden oder wandten sich möglichst geräuschlos ab: niemand wollte sich der Gefahr aussetzen, in die Händel verwickelt zu werden. Müller Molner rang die Hände: Zuerst der Tod des Mühlenmeisters, und nun das – doch Gott schien sein inbrünstiges Stoßgebet zu erhören. Tyle Brügges Schultern sanken plötzlich herab; er erkannte, daß er sich nicht durchsetzen konnte. Nicht heute und nicht gegen diesen Mann, der sich in Woldemars Wohlwollen sonnte. Erneut mußte er nachgeben, die Demütigung ertragen. Das Aufblitzen in seinen Augen war kaum gebändigter Haß, eine unausgesprochene Drohung, die Surber einen Schritt zurückweichen ließ. Er flüsterte: »Wagt es...«

Brügge winkte wütend ab, im Wegdrehen zischte er so laut, daß es viele mitbekamen und sich bekreuzigten: »Irgend jemand sollte Euch den fetten Hals umdrehen! Das letzte Wort ist noch nicht gesprochen, verlaßt Euch drauf!«

Ehe Surber antworten konnte, stürmte Brügge vom Hof, und Klingeln seiner Schellen begleitete jeden der erbost stampfenden Schritte.

Bartholomäus Surber, weiterhin rot und wutbebend, sah in die Runde und schrie: »Was gibt's zu gaffen? An die Arbeit, ihr faulen Kerle! Molner, wo sind die Listen und Aufzeichnungen? Wenn nur ein Scheffel falsch gewogen ist, gnade euch Gott!«

Er atmete tief durch, schüttelte den Kopf – und schneller, als es ihm die Männer zugetraut hätten, verwandelte sich Surber wieder in den schwerfälligen und gemütlichen Mann, als den sie ihn kannten und den kaum etwas aus der Ruhe zu bringen vermochte. Trotzdem sprach sich der Streit sofort herum, und mehr als ein Kopf wurde sorgenvoll gewiegt. Die Erinnerungen an die Unruhen und den Aufruhr des vergangenen Herbstes waren zu frisch, so daß man das Schlimmste befürchtete: Ratmannen trafen sich ebenso wie Zunftmeister und Patrizier, alle redeten, seufzten, klagten und kamen zu keinem Ergebnis – die Angelegenheit war Sache des Markgrafen, egal ob »falsch« oder »Rechtens«. Nur die Pfaffen konnten an diesem Tag zufrieden die Hände reiben: Die Anzahl gestifteter Kerzen wuchs sprunghaft.

Karrenschieber Oswald hatte am Abend schon ein halbes Dutzend Humpen in die durstige Kehle gekippt, als ihm der Mann am Nebentisch auffiel und er nachdenklich die Stirn runzelte. Etwas unsicher auf den Beinen, stemmte sich Oswald hoch, wankte zwei Schritte und knurrte: »Dich kenn ich doch. Ja, Mann, dich hab ich gestern gesehen. Was hattest du bei den Ziegeln zu suchen?«

Der Mann rülpste und sah langsam auf. Obwohl auch er betrunken war, schien ihn die Frage zu treffen: seine Hand umklammerte den Humpen, das Gesicht wurde bleich.

Oswald umrundete den Tisch, stützte sich auf die Schulter eines Zechers und wies mit dem Zeigefinger auf den Betrunkenen, wobei sein Oberkörper vor und zurück pendelte. »Ganz sicher! Du warst's – hups. Wolltest wohl Kalk oder Steine klauen?« Er kicherte. »Aber nicht mit Oswald, mein Lieber. Hab dich gesehen.«

»Halts Maul!« antwortete der Betrunkene grob und stand auf.

»Also stimmt's.« In Oswalds Augen erschien ein gieriger Blick. »Dann laß uns teilen, und ich verrat nichts. Brauch 's Geld, hab selbst schon dran gedacht, aber's nicht gewagt. Also, Mann ...«

»Du sollst das Maul halten, in drei Teufels Namen!«

Leicht schwankend, machte Oswald eine unbeholfene Geste, die wohl ein Abwinken sein sollte. »So nicht, mein Lieber. Wir« – er verdrehte die Augen, blähte die Backen – »hups – teilen: Oder ich sag's dem Gericht!«

»Gar nichts wirst du sagen!« Die grollende Stimme besaß einen Unterton heller Aufregung. »Gar nichts!«

Oswald grinste. Vom Stoß, der ihn vor die Brust traf, bekam er nichts mit: Völlig überrascht torkelte er nach hinten und stolperte. Als sein Kopf auf die Bank knallte, ging das knackende Nebengeräusch im Singen und Reden der Zecher unter. Manch einer hob kaum den Kopf, die wenigsten hatten vom beginnenden Streit etwas mitbekommen. Breitbeinig stand der Betrunkene vor Oswald, und erst als dieser sich nicht mehr rührte, beugte sich ein Knecht zu ihm herab. »He, du ...«

Merkwürdig leicht pendelte der Kopf zur Seite, als er angestoßen wurde. Der Knecht machte große Augen, sah von Oswald zum Betrunkenen und wich zurück; Oswalds starrer Blick war zur Decke gerichtet.

»Mordio!« brüllte der Knecht, und alles blickte hoch, vom schrillen Ton alarmiert, die Gespräche verstummten. »Er hat ihm das Genick gebrochen. Mordio! Ruft die Büttel!«

Nach einem Augenblick der Stille riefen und kreischten die Zecher durcheinander, der Wirt bahnte sich einen Weg und kniete, während der Betrunkene den Kopf schüttelte und abwehrend die Arme hob, beim Toten nieder, um sich selbst zu überzeugen. Schweiß perlte auf seiner Stirn, voller Sorge die Miene.

»Nur gestoßen ... wollt's nicht«, murmelte der Betrunkene betroffen und rührte sich auch nicht, als Männer auf einen Wink des Wirts hin jenes Arme umklammerten. Der Knecht sagte mit hohler Stimme: »Er ist tot! Er ist tot!«

»Ein Unglück, wie's scheint«, sagte der Wirt. »Aber das Hochgericht wird zu entscheiden haben. Haltet ihn fest, Männer.«

Es dauerte nicht lange, bis die Scharwachen eintraten und den Betrunkenen zum Kerkerturm brachten, wo er von Leo, nach eingehender Untersuchung auf Waffen wie Basilard oder Messer, sofort in die Zelle geschlossen wurde: Fortwährend schüttelte der Betrunkene den Kopf und flüsterte: »Wollt's nicht, wollt's nicht ...«

Martin überkam ein Frösteln, nachdem er vom Vorfall unterrichtet worden war. Schon beim ersten Blick hatte er den Betrunkenen wiedererkannt: Es war Berthold Clementh, der wegen Pflichtverletzung verurteilte Rondengänger. *Und vermutlich ein Muntmann der Kremerschen!*

Das Urteil wurde am 29. Heuert schnell gesprochen – für die Schöffen war die Tat »mutwillige Körperverletzung«, der Tod des Karrenschiebers die unglückliche Folge –, deshalb sollte Berthold Clementh nur die rechte Hand abgehackt werden. Es gab ausreichend Zeugen, der Angeklagte war geständig und bedauerte; die Ursache des Streits zwischen Betrunkenen interessierte niemanden; geschehen war geschehen. Unter den Zuschauern vor der Gerichtslaube entdeckte Martin Tyle Brügge; der Münzmeister betrachtete Surber aus zusammengekniffenen Augen. Arnold Brole beugte sich zu Kremer, um ihm etwas ins Ohr zu flüstern. Martin beobachtete Kremer genau, doch der Rentmeister gab sich keine Blöße, setzte sich nicht für den – vermeintlichen – Muntmann ein und würdigte ihn keines näheren Blickes.

Um so überraschender fiel Clemenths Reaktion aus: Er antwortete auf den Richtspruch mit tierischem Aufschrei, warf sich nach vorn und zog ein Messer aus dem Ärmel. Als sei er vom Teufel besessen, sprang Clementh durch die Gerichtslaube und griff Richter, Schöffen und Wachen an. Bevor jemand eingreifen konnte, wurde Vogt Bartholomäus Surber die Halsschlagader aufgerissen, ein Stadtknecht taumelte mit zerschnittener Kehle, und zwei Schöffen – Lubbe und Dreher – bluteten aus Stichwunden. Erst jetzt gelang es Büttteln, Stadtknechten und Martin Stockmann, den Tobenden zu bändigen und ihm das Messer zu entwinden. Johannes, schief grinsend, aber mit hochrotem Kopf, donnerte Clementh die Faust gegen die Schläfe, daß dieser die Augen verdrehte und zu Boden sank. Martin eilte zum markgräflichen Vogt, der im eigenen Blut lag und wimmerte; mit jedem Herzschlag sprühte eine rote Fontäne – und er verblutete elendig, obwohl Martin die Wunde abzudrücken versuchte. Ein dicker Mann, dessen Gesicht grau wurde und als Grimasse erstarrte.

Martin, von Blutflecken übersät, stieß einen Fluch aus und ballte die Hände. Er suchte nach dem Messer, ohne es zu finden, und fluchte leise. *Das gibt's doch nicht! Hat's jemand eingesteckt? Warum? Zum Teufel, war's gar geplant, daß Clementh...? Woher hatte er die Waffe? O Gott, das stinkt gewaltig! Gibt Ärger! Und ich steck bis zum Hals drin.*

Unterdessen übernahm Stulzing als Schöffensprecher das Regiment und redete mit den Schöffen. Noch während Martin die Verletzten verband, der tote Stadtknecht und Vogt Surber fortgetragen wurden, kam man einstimmig zum Urteil. Der Ratsmeister verkündete mit heiserer Stimme: »Alles, was Schöffen und Älteste auf ihren Eid entscheiden, ist Recht: Der Clementh wird morgen auf einer Kuhhaut zum Rabenstein geschleift. Dort bekommt er Maulschellen und wird einer Stäupung unterzogen. Beide Hände werden abgehackt, der Leib mit glühenden Zangen gezwickt! Er wird viergeteilt, indem ihn Pferde in die Himmelsrichtungen zerreißen, und der abgetrennte Kopf der mit Schande aus der Stadt zu treibenden Sippschaft vorgeworfen! Bis zur Hinrichtung verschwindet er im Loch!« Er atmete tief durch und sah mit düsterer Miene umher. »Und fortan wird jeder – ob schuldig oder nicht – aufs strengste gebunden und gefesselt vors Gericht geführt!«

Während Clementh von den Bütteln fortgeschleift wurde, winkte Stulzing Martin zu sich und betrachtete den Blutvogt mit lauerndem Blick. Martin fühlte sich wie von einem Eiskübel übergossen, erkannte plötzlich die Gefahr, in der auch er sich befand, und sagte, ehe der Ratsherr fragen konnte: »Ihr wollt wissen, woher Clementh das Messer hat?«

»Das ist meine Frage, Blutvogt! Wurde Clementh genau untersucht?«

»Ja. Für meine Leut leg ich die Hand ins Feuer; die Ehrsamkeit von Leo kennt Ihr selbst, er hat gewissenhaft nachgesehen. Von uns war's niemand, ich schwör's!«

»Ich glaub's Euch.«

Martin wies auf den Boden der Gerichtslaube. »Ich wollt's aufheben, hab's gesucht, Ratsmeister: Das Messer ist nicht mehr da!«

Stulzing riß die Augen auf. »Teufel ...! Das ist ...«

»Es steht mir nicht zu, Beschuldigungen auszusprechen, weil's in meine Verantwortung fällt ... Aber am Morgen kam Ratsherr Brole mit Protokollarius Kurtzrock und verlangte, Clementh zu sehen, und ...«

»Dieser wittelsbachtreue Hurenbock!« Stulzings Gesicht verzerrte sich. »Hinter frommer Heuchelei nur schwarze Gedanken; steckt immer mit Paul Kremer zusammen ...«

Martin hob rasch die Hand und unterbrach: »Auch Herr Brügge war im Turm, hat den Neffen besucht.«

Stulzing seufzte. »Die Feindschaft zwischen ihm und Vogt Surber ist offensichtlich ... Auch das wär eine Möglichkeit! Also müssen wir den Clementh einer peinlichen Befragung unterziehen, um herauszufinden, wer ihm das Messer zugesteckt hat. Und sollte es ein Ratmann gewesen sein, ist ihm Euer Schwert sicher ...«

»Vielleicht steckte mehr hinter dem Streit«, sagte Martin leise. »Der Tote – Oswald – hat in der Ziegelei gearbeitet!«

Er fühlte Beklemmung, weil unversehens in den Dunstkreis von Ränkespielen gezerrt. Daß ein Gefangener zu einem Messer kam, war schwerwiegend genug, ermordete er aber den Vogt des Markgrafen, über den sich die Geister schieden und dessen Ansprüche immer noch nicht allseits anerkannt waren, wurde das Ereignis für alle gefährlich, ob beteiligt oder nicht.

»Ihr denkt an Vockenrode und Alvensleben?« Nicolaus Stulzing wischte sich fahrig übers Gesicht. »Blutvogt, wir müssen schnell und hart handeln. Sonst gibt's Unruhe, die die des letzten Jahres übersteigt. Die Welt scheint aus den Fugen zu geraten, und der *Schwarze Tod* kommt immer näher, bedroht vielleicht bald auch die Doppelstadt...«

Martin nickte. Von Kaufmann Zirner wußte er, daß im vergangenen Jahr Florenz, Venedig, Sevilla, Marseille und London heimgesucht wurden, in diesem grassierte das *Große Sterben* von Paris über Köln, Antwerpen, Regensburg bis Wien. Immer häufiger brachten die Fernhändler schlechte Nachrichten mit; wie ein Würgeisen schien sich das Verderben Berlin von allen Seiten zu nähern – noch verheerte es nur die Dörfer in der Mark.

»Könnte sonst jemand das Messer...?«

»Ich weiß es nicht, kann's mir nicht erklären.« In Martin mischte sich Wut mit Hilflosigkeit. *Daß so was geschehen ist... Ausgerechnet Surber!*

»Bleiben Brole, Kurtzrock und Brügge, sofern Clementh die Waffe nicht doch am Körper verborgen hatte.«

»Er wurde untersucht!« wiederholte Martin und winkte Johannes. »Sag Leo, er soll die Feuerbecken anheizen und die Instrumente bereitlegen. Berthold Clementh wird peinlich befragt!«

»Jawohl, Blutvogt.«

»Gerichtsschreiber!« Stulzings hagere Gestalt reckte sich, das Gesicht war hart. »Ihr habt Ratsherr Brole am Morgen begleitet. Ist Euch was aufgefallen?«

»Nein.« Jakob Kurtzrock wurde bleich und schüttelte den Kopf. Mehrmals leckte der junge Mann die Lippen. »Er befragte Clementh nach einem Wegelagerer. *Clemens Lobenstein* soll sich mit seiner Bande im Spandauer Forst versteckt halten.«

*Clemens?* Martin zuckte zusammen. *Schon wieder Clemens! Ist es der Clemens?*

»Und?« Stulzings Stimme wurde tonlos. »Redet schon!«

»Clementh sagte nur, daß Lobenstein manchmal heimlich nach Berlin kommt und Stadtknechte besticht; ich denk, vielleicht auch ihn selbst. Ich hab dann mit dem Kerkerwärter gesprochen und nicht gehört, was der Ratsherr sonst noch mit Clementh beredete. Herr Brügge sprach, wie's mir schien, Wilkin Trost zu, weil Vogt Surber... Wenn ich gewußt hätt, daß...«

»Gut.« Stulzings Stimme klang eisig. »Folgt zum Kerkerturm!«

Während sie losgingen, dachte Martin: *Brole oder Brügge…*
*Einer muß Clementh das Messer zugesteckt haben. Beide waren*
*hier, könnten also im Handgemenge die verräterische Waffe an sich*
*genommen haben. Aber solch ein Risiko? Fest steht wohl nur, daß*
*der Vogt getötet werden sollte.*

Zwei Stunden schrie Clementh ohne Unterbrechung. Seine Arme
waren ausgekugelt, die Daumen zerquetscht, Brandwunden überzogen die Brust. Aber er gestand kein Wort. Er sagte weder, woher
er das Messer hatte, noch weshalb er den Karrenschieber gestoßen
hatte. Außer gellenden Schmerzensschreien war ihm nichts zu
entlocken. Leo Regerli war von Stulzing befragt worden: Jener hatte
nichts von einem Messer mitbekommen, zeigte sich zerknirscht und
machte sich Vorwürfe. Nach einigem Nachdenken sagte er: »Clementh und Wilkin Brügge haben miteinander gesprochen.
Vielleicht kann der was sagen…?«

Sie gingen ins Loch, befragten den Gefangenen, doch der zeigte
sich überrascht und bestritt, etwas gesehen zu haben. »Schade,
wirklich schade. Wär zu gern dabeigewesen, als es Surber erwischte.
Soll er doch in der Hölle schmoren! Nein, Ihr Herren, ich muß
Euch enttäuschen: Damit hab ich – leider – nichts zu tun. Aber vielleicht hat Berthold heut morgen dem Brole den Basilard geklaut?
Haben miteinander geflüstert…«

Nachdem Wilkin fortgeschlossen war, seufzte Stulzing. »Noch
eine Möglichkeit: Diebstahl. Was haltet Ihr davon, Blutvogt?«

Martin wiegte den Kopf. »Wenn's nicht einige Leute gäbe, die
Surber tot sehen wollten, wär's die einfachste Erklärung. Brole hat's
dann nach dem Angriff als den eigenen Basilard erkannt und eingesteckt, um nicht in Verdacht zu geraten. Klingt fast zu schön – die
Antwort weiß nur Clementh.«

Nach einer weiteren Stunde der Tortur, in der Clemenths Brüllen
allen an die Nieren ging, knurrte Leo: »Es hat keinen Sinn, Ratsmeister. Er weiß, daß er stirbt – wird nichts gestehen. War's Diebstahl, gibt's ohnehin nicht viel zu sagen. Und wenn mehr dahinter
steckt, dürfte die Angst größer sein als die Schmerzen: Man wird
ihm tüchtig zugesetzt haben, ja nichts auszuplaudern!«

Stulzing nickte und ließ die Schultern hängen, als er halblaut sagte: »Verbindet ihn und richtet die Henkersmahlzeit. Wir müssen andere Wege finden, um die Verschwörung aufzudecken.«

Johannes schob auf Stulzings Wink hin den Wimmernden durchs Bodenloch, unten wurde er von Asmus in Empfang genommen und eingesperrt; der Ratsmeister wechselte einen müden Blick mit Martin und wandte sich zum Gehen.

»Ich begleite Euch«, murmelte Martin und verließ mit Stulzing den Kerkerturm. *Nun spricht er von Verschwörung! Also denkt er ebenfalls, daß mehr dahintersteckt!*

»Ohne Beweise« – der Ratsmeister wischte Schweiß von Hals und Gesicht, brütende Hitze staute sich in der Gasse – »befaßt sich kein Schöffe mit Brügge oder Brole. Zumindest Kremers Zuspruch ist Arnold sicher, und der ist ein reicher Kaufmann und der Kirchenmeister. Außerdem: Brole bleibt, trotz allem, ein angesehener Patrizier, der viele auf seiner Seite weiß. Gleiches gilt für Brügge; nun wird er wohl alle drei Ämter für sich beanspruchen, bis der Markgraf ...«

»Ich hab gehört, daß er seinen Streit mit Kremer wegen der Münzen beigelegt hat. Könnten sie gemeinsam ...?«

Stulzing hob die Schultern. »Mag sein. Bündnisse werden geschmiedet und zerfallen wieder. Freunde werden zu Feinden und umgekehrt; wegen Heirat, Geschäften, Geld. Wir müssen bedenken, Blutvogt, daß es in der Stadt viele Gruppen gibt. Hinter rechtem Verhalten und zünftiger Arbeit verbergen sich subtile Kämpfe um Macht und Einfluß.«

»Ich weiß.«

»Die Zeit des Kirchenbanns war für alle – besonders aber die Fernhändler – schwer, der Loskauf leerte viele Geldtruhen. Kremers Geschick als Stadtkämmerer half, und mit Woldemar gibt's einen Markgrafen, der von Mächtigeren als Schachfigur nach Belieben hin und her gerückt wird.« Der Ratsmeister ballte die Hände und verzog ärgerlich das Gesicht. »Wenn's dem böhmischen Karl paßt, opfert er ihn wie einen Bauern.«

»Die meisten Ratsherren halten sich zurück ...«

»Auf den ersten Blick, Stockmann, nur auf den ersten Blick. Letztes Jahr gab's Verwundete und Tote, das hat niemand vergessen. Tyle Brügge mußte Vogt Surber weichen, wurde von ihm nun auch beim Mühlenamt zurückgesetzt und gedemütigt. Kremers

Bruder starb im Kerker! Haß kocht auf kleinem Feuer. Das ist gefährlicher als ein wütender Ausbruch, glaubt mir. Geltungsbedürfnis, Eigennutz, Streitsucht; offenem Aufstand läßt sich entgegentreten – Ränke, geheime Absprachen bei Nacht und Doppelzüngigkeit sind dagegen jedes Aufrechten Untergang. Jetzt ist der markgräfliche Vogt ebenfalls tot: Das wird den Woldemar herbeieilen lassen!«

Martin atmete tief durch, dachte an Clemens Lobenstein und die Toten in der Ziegelei. »Was vielleicht genau der Plan ist! Das ergäb Sinn: schon der Tod des Mühlenmeisters hätte ihn wohl gerufen, nun ist's ganz sicher, daß er kommt! Und kein noch so großes Gefolge kann nächtlichen Meuchelmörder schrecken. Der Markgraf sollte, denke ich, ein sehr sicheres Quartier beziehen, wenn er eintrifft!«

»Das Hohe Haus beim Grauen Kloster der Franziskaner ist der beste Ort, der landesherrliche Sitz gut zu schützen. Tut Ihr mir einen Gefallen?«

»Welchen, Ratsmeister?«

»Die Büttel müssen Obacht geben, gleiches gilt für die ›Goldgräber‹ und die Dirnen. Ich weiß, daß Ihr großen Einfluß auf sie habt. Vielleicht gelingt's uns, das Netz zu zerschlagen, ehe die Spinne – wer immer es ist – ihr Opfer erwischt?!«

»Wir werden uns bemühen!« versprach Martin und fühlte ein Schaudern die Wirbelsäule bis zur Kopfhaut hinaufkriechen. Als er ging, standen die feinen Härchen der Unterarme immer noch zu Berge. *Vockenrode und Alvensleben wurden ermordet, und man wollt's wie Kampf aussehen lassen! Jetzt bin ich ganz sicher. Vielleicht hatte Clementh seine Hände im Spiel? Und von ihm gibt's eine Verbindung zu diesem Clemens Lobenstein und damit auch zu Markus Kremer. Aber von dem stammt dieser teuflische Plan kaum.* Mechthilds Worte nach dem Toben des jungen Rathenow fielen ihm ein: Der Rentmeister und Brole hatten sich getroffen, es sei von viel Geld gesprochen worden, und Brole ermahnte Kremer, daß Markus sich zurückzuhalten habe, um nicht alles zu gefährden oder zu verderben. *Viel Geld? Könnte der Münzmeister doch verwickelt sein? Herr im Himmel, was geht hier vor?*

Auf der Kuhhaut zur Belustigung der Bürger vor die Stadt geschleift, wurde Berthold Clementh von Johannes und Asmus am

Blutgerüst in Empfang genommen und angebunden. Schon bei den Maulschellen kreischte Clementh in einem fort; besonders Asmus teilte schmerzhafte Schläge aus. Die Stäupung mit Weidenruten bescherte Clementh einen blutigen Rücken, und vor den Augen der Verwandten wurden ihm dann von Asmus mit einer Axt die Hände abgehackt, während Johannes die glühenden Eisen benutzte, um die Wundstümpfe zu verkohlen und Flecken in den geschundenen Körper zu brennen. Gestank verbrannten Fleisches, schmorender Haare und Haut stieg auf.

Berthold Clemenths Kopf sank zur Seite, aber er wurde mit viel Wasser wieder aufgeweckt. Sein Brüllen und Kreischen drang Martin, der die Hinrichtung den Henkersknechten überließ, bis ins Mark. Die beiden Helfer, oft genug von den Bürgern verspottet, zeigten nun, wie ungerührt sie arbeiten konnten, und manch einem blieb das Lachen im Hals stecken, und das Grinsen gefror. Der Pfaffe der Marienkirche betete bleichen Gesichts, hielt ein Kreuz über Clemenths Gesicht und murmelte etwas von »gerechter Strafe, Sohn, die dir die jenseitigen Qualen abkürzen wird«.

Martin drehte sich fast der Magen um, deshalb zapfte er sich rasch einen Humpen Bier am Fäßchen auf dem Bock des Schinderkarrens.

Rotglühende Zangen kniffen in Clemenths Brust, Stadtknechte sorgten gewaltsam dafür, daß die Verwandten den Blick nicht abwandten. Johannes und Asmus zerrten den Körper zu den Pferden, befestigten Schellen an Hand- und Fußgelenken und trieben die Tiere mit schrillen Schreien an. Clementh bäumte sich auf, Gelenke und Knochen krachten, Schaum stand dem Brüllenden vor dem Mund. Wieder zogen die Pferde an – und erst jetzt rissen Muskeln und Sehnen, wurden Arme aus den Gelenken gerissen. Ein Tier galoppierte, den Fuß samt Unterschenkel hinterherziehend, wiehernd davon. Mühsam bändigten Johannes und Asmus die Pferde und lösten den Zerfetzten, aber immer noch Lebenden, aus den Fesseln.

Asmus' Axt schwang hoch; drei Schläge waren nötig, um den Kopf abzutrennen. Langsam und tapsig bückte sich der junge Mann, ergriff den Kopf beim Schopf – und warf ihn den Verwandten vor die Füße. Entsetzensschreie wurden vom brüllenden Lachen der Zuschauer überdeckt.

Die Stadtknechte nickten anerkennend: Der Kopf lag mit dem Gesicht nach oben, fast wirkte es, als versuchte Clementh seiner Frau und den Kindern, Brüdern, ihren Frauen, Nichten und Neffen noch etwas zu sagen. Die Augen standen offen, halb hing die Zunge aus dem Mund, die Haare wirkten wie steifes Geäst. Jeder, der Clemenths Kopf im Sand liegen sah, beschwor später, daß die Augen sich noch bewegt und der Mund krampfhaft versucht hatte, Worte auszusprechen …

Jakob entrollte einen Pergamentbogen und verlas die Zeilen der Urfehde, weil nun die Vertreibung von Clemenths Verwandten anstand: »*Orvedia dicitur votum sollempne und het dutz orveide und orveyde sweren dygene di ut benden komen na der heren gnade und frunde hulpe. men stavelet em den ed alsus und numet en by synen namen.*« Die Frauen und Männer wiederholten murmelnd die Worte: »*Umme dat geschefte dar gi in der stat behold umme geseten hebben durch vorsummenisse wille wes iuwe daran wedervaren sy des will gi und scolen in arge nummermer gedenken noch met veyde oder wrake noch met ungerichte oder met rechte an di stede tu Berlin und Colen an dy Radmanne an ore borger und or gesinde und an nymande und scolen dat ut deme mude laten alse dat von frunden und fremden na der heren gnade is gedinget dat love gi in truwen vor iuwe und iuwe frund sy sint geboren oder nu geboren gi willen dat stede holden als werlike help iuwe god und syn hilgen.*«

Während die Büttel Clemenths Sippschaft mit Ruten vertrieb, wandte Martin sich ab, überließ seinen Helfern das Aufräumen und trank zwei weitere Humpen Bier. Er wußte, daß das Strafmaß die Menschen abschrecken sollte. *Beim Anblick der Torturen soll allen so sehr der Schreck in die Knochen fahren,* dachte er, *daß sie von eigener Straftat absehen.*

Aber schon sein Vater hatte die Richtigkeit dieser Beurteilung bezweifelt: »*Kein Mörder denkt im Moment seiner Bluttat an die Folgen einer Verurteilung, weil er davon überzeugt ist, nicht erwischt zu werden. Wer im Vollrausch andere erschlägt, erinnert sich vielleicht gar nicht an das, was er tat. Diebe habens Geld, die Beute im Sinn, nicht die abgehackte Hand … Und was die Zuschauer betrifft: sie werden aufgeputscht, besaufen sich anschließend, streiten und keifen weiter, als sei nichts anderes ihr Lebenssinn. Nein, Martin, je schlimmer die Hinrichtungen werden, desto weniger be-*

*rührt's die Leute. Nur das Schwert ist die rechte Waffe des Henkers; schnell kommt der Tod, die gerechte Strafe. Alles andere ...«*

Nicolaus Stulzing wandte sich an den Blutvogt: »Bald kommt der Markgraf, wie's aussieht, gegen Ende nächster Woche; er hat eine Nachricht gesandt, ist noch im Kloster Chorin. Habt Ihr schon was herausgefunden?«

»Tut mir leid.« Martin kippte den Bierrest aus dem Humpen und rülpste. »Es gibt nur viele Gerüchte. Brole meidet seit Wochen die Hübschlerinnen, der Rentmeister besucht nicht mal die fette Lena. Markus Kremer ist nicht in der Stadt; man erwartet ihn bald zurück: Pauls Sohn Gotfried und die Tochter Anna, verheiratet mit Clais Overstolz, einem Ritter aus dem rheinischen Köln, sollen, von Markus begleitet, auf dem Weg hierher sein. Man habe in Spandau Rast gemacht – und auf welcher Seite Spandau steht, ist wohlbekannt. Brügge beansprucht die Ämter und läuft im Mühlenhof herum. Es heißt auch, Ratsherr Reitzenstein werde Mühlenmeister oder gar der neue Vogt – zum Verdruß von Münzmeister Brügge –, und unter den Zunftmeistern wird laut über alles und jeden geflucht. Die Pfaffen wettern noch erbitterter als sonst.«

Er dachte an die Gespräche mit den Dyrnen. Die fette Lena, schon siebenunddreißig und grau, hatte über Kremer gelacht. *»Der Kerl wird alt; früher wollt er fast jeden Tag an meinen Eutern saugen, kam maskiert mit schwarzer Haube, die Augenschlitze rot ummalt. In den letzten Wochen war's nit weit her mit seiner Manneskraft. Man erzählt, er erwarte wichtige Geschäfte.«*

Und die Sybilla Peltz hatte gesagt: *»Auch der fromlich Brole, der die Weiber übern Hintern bespringt, meidet die Winkelwirtschaften. Sogar der häßliche Markus ist verschwunden; wenn ich nur ans Pferdegebiß denk, wird mir schlecht ...«*

Von Brügge waren keine Dyrnenbesuche bekannt, er schien mit seiner Frau zufrieden zu sein. *Aber er will das Amt des Vogtes! Um jeden Preis?*

Stulzing wiegte den Kopf, sein Blick war nachdenklich. »Schade, ich hatte mehr erhofft. Was die markgräflichen Ämter betrifft, so ist 's letzte Wort noch nicht gesprochen. Nachher kommen die Ratmannen gleich nach Surbers Beerdigung zusammen. Wirklich schade, daß ich kein Ergebnis mitbringen kann.«

»Wer Ränke schmiedet, hängt's nicht an die große Glocke.«

»Schon richtig.« Der Ratsmeister nickte zögernd. »Trotzdem…
– es gibt immer jemanden, der im Suff oder bei den Weibern plaudert. Haltet weiterhin Augen und Ohren offen. Hört Euch um!«

»Das werd ich, Herr Stulzing, verlaßt Euch drauf.«

Nach Hause zurückgekehrt, war der Blutvogt froh, daß Amalie Bilsenkraut angewärmt hatte; eingehüllt in graue Schwaden, öffnete sich die *andere Welt* mit sprühenden Farben, harmonischen Klängen, zartem und lustvollem Prickeln und einer Sanftheit, die die Schreckensbilder vergessen machte. Noch nie hatte er so viel getrunken und sich eingeräuchert wie in diesen Tagen: die Hitze drückte aufs Gemüt, Schmerzensschreie schienen auch nach Stunden in den Ohren nachzuklingen, und Bilder von Blut, Leid und Elend wichen nicht aus dem Kopf. Sogar die Gespräche mit Bruder Michael halfen nicht – Martin fiel es schwer, einen klaren Gedanken zu fassen, bekam kaum etwas von dem mit, was der Franziskaner aussprach, bis dieser schließlich meinte, sie sollten besser für einige Tage eine Pause einlegen. Hin und her gerissen zwischen dem Wunsch zu lernen und der inneren Unrast, hatte Martin schweren Herzens zugestimmt.

Nur Amalie, zärtlich und verständnisvoll, half ihm; der Blick ihrer blauen Augen leuchtete, ihr Zureden brachte Wärme ins Herz, ihr Lachen durchbrach den schützenden Panzer aus Ablehnung und mühsam aufrechterhaltenem Gleichmut. Ihr Anblick glich einem frühlingshaften Sonnenstrahl, der das Klirren des Winters und bedrückende Finsternis vertrieb. Amalies Leib betörte Martin wie am ersten Tag, und ihre Sinnlichkeit stachelte ihn immer wieder an. Als sie nebeneinander lagen, faßte sich die Frau zwischen die Beine und verrieb die schleimige Flüssigkeit auf ihren Brustwarzen. Wenn Martin nun, wie er es so gern tat, an ihren Spitzen saugte, war sie sicher, daß er sich für kein anderes Weib mehr interessierte. Je länger sie zusammenlebten, um so tiefer wurde die gegenseitige Zuneigung: Amalie wollte ein Kind.

Unruhe hatte von den Ratmannen Besitz ergriffen, und Ratsmeister Wardenberg verfolgte die erregten Gespräche mit Sorge. *Ähnlich hat es auch im letzten Herbst begonnen!* Die Stimmen mehrten sich, die Tyle Brügge – obwohl er *Berliner Bürger* war – das Recht absprachen, alle markgräflichen Ämter zu übernehmen. Noch blieb

Brügge standhaft, um nicht zu sagen störrisch, aber Wardenberg sah ihm an, daß der Widerstand wankte. *Um 's Schultheißenamt zurückzugewinnen – würde er da so weit gehen, wie manche vermuten? Der Streit mit Surber, Wilkin im Loch... Teufel noch mal, ich weiß es nicht. Wie oder womit könnte er Clementh überredet haben? War er's überhaupt? Tausend Fragen, keine Antwort.*

Fast zwei Stunden zog sich die erregte Disputation schon hin, als Johannes Ryke die Faust auf den Tisch donnerte, um sich Gehör zu verschaffen. Der alte Rathenow, die Hände auf dem Bauch gefaltet, schrak auf, öffnete ein Auge und sagte deutlich: »Ich schlafe nicht, Leute! Aber Euer Gefasel langweilt! Derweil Ihr Euch die Köpfe heiß redet, trifft der Woldemar seine Entscheidung ganz allein. Ihr streitet ums Fell des Bären, der noch fröhlich umherrennt.«

»Wollt ich ebenfalls sagen!« Ryke lachte laut. »Die Herren müssen wirklich bedenken, daß Woldemar die Nachfolger bestimmt. Deshalb, Schwiegersohn, bitt ich dich, um des lieben Friedens willen: Laß ab und sei nicht stur.«

*Nun gibt er klein bei,* durchfuhr es Wardenberg, und er behielt recht. Zwar sträubte sich Brügge noch eine Weile, aber das war Rückzug. Theodor Lubbe breitete die Arme aus: »Trotzdem: wer soll Vogt Surber bis zu Woldemars Ankunft vertreten, wer den toten Mühlenmeister? Sofern's keinen Siegelbrief gibt, bleibt's nämlich *unsere* Entscheidung.«

Paul Kremer hob die Hand. »Zur Güte: Als Richter schlage ich Merkelyn Pletner vor. Er ist als Ankläger sachlich, gerecht und für hartes Durchgreifen bekannt – und er hat Vogt Surber oft gut vertreten.«

Ringsum sah Wardenberg die Ratmannen nicken, zustimmendes Murmeln erklang, das Majoritätsprinzip gab den Ausschlag. *Schlau eingefädelt, Rentmeister,* dachte er. *Pletner steht auf seiten der Wittelsbacher, was die wenigsten wissen – hat sich Woldemar gebeugt, weil hinter diesem König Karl steht. Aber als jemand, der streng nach Recht und Gesetz lebt, verabscheut er Woldemars »falsches« Spiel, weiß allerdings – meistens – die Zunge im Zaum zu halten.*

Pletner war Witwer; der einzige Sohn starb im Alter von vier Jahren, die Frau kurz darauf. Wardenberg wußte, daß es den Mann verbittert hatte. Im allgemeinen hielt er sich zurück, trotzdem ging es ein halbes Dutzend Mal im Jahr mit ihm durch: dann soff und hurte er bis zum Umfallen. Und im Rausch sagte er Dinge, für die er sich später am liebsten die Zunge abgebissen hätte. Offiziell war er nie für Ludwig eingetreten, deshalb durfte er sich des Zuspruchs der meisten Ratmannen sicher sein.

*Gut, wenn man die Ohren spitzt und hört, was die Leut erzählen!* Der Ratsmeister war sich sicher, daß Pletner keinesfalls Woldemars Mann sein würde; bis zur Ankunft konnte er jedoch die Kremersche Position stärken: aus Dankbarkeit und vielleicht in der vagen Hoffnung, doch Vogt zu werden. *Also gibt's vermutlich keine Untersuchung gegen Brole, der wie Brügge verdächtigt wird. Was plant Kremer? Womit wird er Brügge abspeisen?*

Daß Stulzing und Ryke, aber auch Reitzenstein und Rathenow das Gesicht verzogen, erstaunte Wardenberg nicht; für die beiden ersten war alles suspekt, was aus Kremers oder Broles Richtung kam. Reitzenstein arbeitete zwar mit dem Stadtkämmerer zusammen, sein Freund war er deshalb noch lange nicht, trotzdem kannten die beiden einander ziemlich gut. In Wardenbergs Augen war Reitzenstein zu still und in sich gekehrt; scharfgeschliffener Verstand stand dem Wunsch nach Ruhe gegenüber.

Bevor Brügge Einwände vorbringen konnte, sprach Kremer weiter, ein zufriedenes Lächeln auf den Lippen: »Natürlich behält Herr Brügge als anerkannter Unterschultheiß das Recht zur Teilnahme und zum Eingreifen.« Er machte eine Pause. »Und für die Verwaltung des Mühlenhofs möchte ich unsern allseits geschätzten Sekretarius, Herrn Paul Reitzenstein, empfehlen. Kaum ein anderer wird sich besser durch Vockenrodes Aufzeichnungen arbeiten können als er.« Nun ein Nicken in Brügges Richtung, das Lächeln noch breiter, die Stimme einschmeichelnd: »Der Münzmeister wird ihm bestimmt hilfreich zur Seite stehen ...?!«

*Durchtriebener Fuchs!* Nicht allein Tile Wardenberg richtete sich auf; nach einem Augenblick der Verblüffung klatschten die Ratmannen, Reitzenstein senkte geschmeichelt den Blick, und sogar Brügge blieb die Widerrede im Hals stecken, gab seine Zustimmung; fast zu bereitwillig, wie es Wardenberg schien. Stulzings Blick zeugte von Mißtrauen. *Ja, alter Freund, mir mißfällt's ebenso. Ist ein sehr kluger Zug. Niemand kann was gegen Reitzenstein sagen, und Brügge ist an beiden Ämtern beteiligt, also hat er zumindest zur Hälfte sein Ziel erreicht.*

Der Sekretarius, ob seiner Art ohnehin von vielen als neuer Mühlenmeister gehandelt, wurde durch Kremer besänftigt – oder gar eingelullt? –, es kam seiner Funktion als Stadtschreiber ganz entgegen. Wardenbergs Blick schweifte über die Ratmannen, blieb kurz an Alvenslebens leerem Stuhl hängen – noch zögerten die Ratmannen mit der Nachbenennung – und heftete sich dann auf Kremer, der mit Brole einen Händedruck tauschte und lachte.

*Was hat er vor? Wurden soeben die Figuren für ein neues Spiel aufgestellt?* Der Ratsmeister seufzte. Sosehr er die Konstellationen in Gedanken hin und her bewegte – ihm mißfiel das Ergebnis. Es sah nach einem gutdurchdachten Plan aus, der eindeutig gegen Woldemar gerichtet zu sein schien. *Paul Kremer die Speerspitze Ludwigs? Es riecht ziemlich nach einer Falle! Pletner ist ein Bauernopfer, brauchbar, aber nicht von Dauer, Reitzenstein soll beschäftigt und somit ausgeschaltet werden. Die Verwandtschaft steht in Spandau bereit – und Woldemar ist gezwungen, nach Berlin zu kommen... Aufruhr? Kampf? Wie paßt Brügge da hinein? Arbeitet er gar mit Kremer Hand in Hand?*

Stulzings fragender Blick beantwortete Wardenberg mit einem Heben der Schultern. Er haßte es, aber selten hatte er sich so ratlos gefühlt wie in diesen Augenblicken; er glaubte zu erkennen und zu verstehen, was vorbereitet wurde, aber er wußte kein Mittel, dagegen einzuschreiten. Woldemar zu warnen reichte nicht. Leider fiel ihm kein ausreichend starker Gegenzug ein. Er dachte kurz an den Blutvogt, wußte allerdings nicht, wie er den Mann am wirkungsvollsten hätte einsetzen können. Sosehr er sich den Kopf zerbrach, letztlich blieb wohl nur offene Gewalt. *Nun heißt's vorsichtig sein, wir tanzen auf Messers Schneide! Noch ist's im Verborgenen. Wenn's ans Licht tritt, ist es zu spät. Allmächtiger, was kann ich tun, wie's verhindern...?*

Nachdem die Ratmannen auseinandergegangen waren – in der trügerischen Hoffnung, den Konflikt entschärft zu haben –, machte sich Paul Reitzenstein an die Arbeit: Er benötigte Stunden, um sich einen Überblick zu verschaffen, kämpfte sich durch Vockenrodes Bücher und Pergamente, glaubte bald, nur noch Scheffel, Sümmer, Malter und passend zugeordnete Geldbeträge zu sehen, und fand nach mehrmaligem Nachrechnen keinen Fehler in den Summen.

Weil Woldemar der Doppelstadt die Abgaben für die Mühlen erlassen hatte, nutzte Reitzenstein die Gelegenheit, um die Zahlen mit den Einnahmen zu vergleichen, die in die Stadtkasse geflossen waren: Die städtischen Bücher wurden von ihm und dem Kämmerer gemeinsam geführt und lagen im Scriptorium des Rathauses; schon vor Jahren hatten sie die italienische Technik und Einteilung übernommen, wie sie auch viele Kaufleute verwendeten – Memoriale mit zeitlichem Nacheinander der Eintragungen und der Buchung jeden Vorgangs.

Markt- und Standgelder, Zollgebühren, Verpachtungen, die Steuern der Bürger – einmal *per anno* durch Selbstschätzung des *Allodiums* auf Eid bestimmt –, der Ertrag von *Allmende* und der städtischen Feldmark, des Wursthofes, der Ziegeleien, Zins auf Ackerhufen, die Bede aus dem Niederlagerecht: auch hier scheinbar endlose Zahlenkolonnen und aufgezählte Posten, eingebettet in formelhaften Wortlaut, versehen mit Zusätzen, Nachträgen und Querverweisen, dazu viele Urkunden als Beleg für Tilgungen, Forderungen, Empfang. Dann die Namen. Als Hauptausgaben der Unterhalt der Stadtmauer, die Weitergabe des Kirchenzehnts, der Allmendeanteil der Hausbesitzer, Kosten für städtische Bedienstete, den Rüdersdorfer Kalk ... Irgendwo dazwischen jene Eintragungen, die mit Vockenrodes Werten übereinstimmen mußten. *Wann waren die Eingänge gewesen?* Reitzenstein runzelte die Stirn, kratzte sich mit der Feder. Er suchte und fand sie, und dann fand er noch mehr.

Das erste Stutzen befiel den Mann, als er Pergamentstellen entdeckte, wo alte Eintragungen offenbar abgekratzt und durch neue ersetzt worden waren. *Schreibfehler kommen immer wieder vor, nichts Außergewöhnliches. Ganz normal bei Zetteln und rascher* notitia. *Aber in der Reinschrift? Muß mir die Schreibhelfer mal vornehmen!*

Beim Nachschlagen und der genauen Suche nach eben solchen Korrekturen allerdings fiel Reitzenstein die beträchtliche Zahl auf. Viel mehr, als er erwartet hätte. Er seufzte, nun fest entschlossen, mit den Schreibhelfern ein ernstes Wort zu reden, ging dann die Zahlen genauer durch und nahm die Passagen in Augenschein, die den Ziffern zugeordnet waren: da gab es Zinsbuden, die bemerkenswert hohe Beträge fürs Stadtsäckel erzielten, ähnliches betraf

Steuern von mehr als einem Dutzend Bürgern – von denen Reitzenstein genau wußte, daß sie solche Summen gar nicht aufzubringen vermochten – und Abgaben einiger Händler, denen Waren von sehr vielen Fudern entsprachen. »Zu viele, viel zu viele!« murmelte Reitzenstein. »Fünfundzwanzig Groschen Zoll heißt auf jede Zollfuder einen Zuschlag von fünfundzwanzig Groschen. Hier lese ich fünf Gulden, dort sind's gar acht und da … zehn und fünfzehn Gulden! Bei zwanzig Schilling je Gulden ist's fast eine Mark in brandenburgischem Silber.«

Der Sekretarius arbeitete bis tief in die Nacht, und auch am nächsten Tag hockte er von früh bis spät über den Büchern, raufte sich das Haar und fand immer mehr Zahlen, die er sich nicht zu erklären vermochte. Pulcheria brachte Essen, er schickte sie ebenso fort wie die Kinder. Um ungestört zu sein, zog er sich in den Ratssaal zurück: Der lange Tisch war rasch bedeckt mit Büchern, Pergamentstapeln; dazwischen Tintenhörner, Federn, Messerchen, ein Weinkrug, der Essenskorb.

»Geld scheint in großer Menge der Stadtkasse zugeflossen zu sein. Aber es gibt auch Ausgaben, die in dieser Höhe keinen Sinn machen. Die Zahlen und ihre Summen an sich stimmen.« Er wühlte in Urkunden, Eidesleistungen und Bestätigungen, verglich, murmelte vor sich hin, stöhnte. »Aber wenn man sie mit den tatsächlichen Dingen vergleicht …«

Beim normalen Tagesgeschäft, gestand er sich ein, fiel das alles gar nicht auf, zumal wenn die Schreibhelfer auf Zuruf notierten oder Briefe kopierten, ohne drüber nachzudenken, was sie eigentlich schrieben. *Erst jetzt, beim genauen Durchsehen und dem Vergleich, auch mit den Zahlen des Mühlenhofes, offenbart sich, daß etwas nicht stimmt.*

Reitzenstein überlegte hin und her, zermarterte sich das Hirn – und eilte schließlich zu Paul Kremer, um sich zu vergewissern: der Rentmeister war der einzige, der vielleicht eine Erklärung wußte. Aber zur Enttäuschung des Sekretarius wiegelte Kremer ab und versicherte auf hochheiligen Eid, daß alles seine Ordnung habe. »… oder werft Ihr mir vor, ich hatte nicht ehrsam gearbeitet?«

Etwas war in der Stimme, die Reitzenstein warnte. »Natürlich nicht. Trotzdem, die Zahlen, diese merkwürdigen Abweichungen ... Ihr stimmt sicher zu, daß wir die Sache genauer untersuchen? Wenn's sein muß, vor Gericht?«

Nur für einen Augenblick blitzte in Kremers Augen ein Licht auf, das Reitzenstein gar nicht gefallen wollte; Kremer schien erbost, auch erschrocken, jedenfalls nicht so gleichgültig, wie er sich nach außen gab – seine Narbe war bleich geworden. Paul Kremer nickte und sagte mit wegwerfender Handbewegung: »Wenn Ihr meint, mein Freund. Tut, was Ihr nicht lassen könnt. Ich halt's für überflüssig, aber es soll alles seine Richtigkeit haben. Prüft und untersucht also. Aber jetzt müßt Ihr entschuldigen, auch ich hab zu tun!«

Das kam einem Rauswurf gleich. Paul Reitzenstein fehlten die Worte, drehte sich um, ging – und machte sich daran, die Aufzeichnungen noch ein viertes und ein fünftes Mal zu überprüfen. Nach dem achtundvierziger Jahr nahm er sich das siebenundvierziger vor, dann das sechsundvierziger. Die merkwürdigen Eintragungen waren überall zu finden. Zwischendurch schickte der Mann Ratsboten aus, die diesen oder jenen zu befragen hatten, und mit Ergebnissen zurückkamen, die überhaupt nicht passen wollten.

Als Reitzenstein am Freitag abend, zerschlagen, verwirrt und sehr mürrisch, nach Hause stapfte, dröhnte sein Kopf, Zahlen schwirrten vor seinen Augen im wilden Reigen, und der Zustand der Verunsicherung hatte ein Höchstmaß erreicht. Er wußte, daß jemand – Paul Kremer? – die Zahlen verfälscht hatte, nicht aber, warum. *Denn das geht nicht aus dem Prüfen und Nachfragen hervor,* dachte er. *Alles zusammengerechnet ergibt's einen Betrag von vielen hundert Mark brandenburgischen Silbers. Mehr als uns der Loskauf vom Kirchenbann kostete! Was ist geschehen? Was soll das?*

Todmüde fiel er ins Bett, ohne allerdings Schlaf zu finden. Er lag noch die halbe Nacht wach und verfluchte in Gedanken Paul Kremer, der ihm das eingebrockt hatte.

Nachdem Martin am Sonnabend die Hübschlerinnen abkassiert, Peter Grundland beim Abdecken geholfen und mit Leo Regerli der Badstub einen Besuch abgestattet hatte, um sich vom Gestank zu befreien, erwartete ihn Jakob Kurtzrock, um die von Merkelyn Pletner gesprochenen Urteile mitzuteilen.

Mechthild empfing Leo bei der Rückkehr mit einem Lächeln,

und der, ganz angetan von der jungen Frau, die sich nicht am Holzbein störte, humpelte mit ihr sofort die Stiege hinauf. Er flüsterte Mechthild etwas ins Ohr, fuhr mit der Hand durch ihr schwarzes Haar und streichelte die Wange. Martin sah ihnen nach und grinste. Daß der Steinmetz den Unfall überlebt hatte, erschien ihm noch immer fast wie ein Wunder. *Leo muß eine Heerschar von Schutzengeln gehabt haben.*

Jakob kniff die Augen zusammen. »Es wurde nur eine Schand- und Ehrenstrafe verhandelt, Blutvogt. Der Käser bekommt die Stäupung und muß dann an den Pranger gestellt werden: Lorenz Steppers hat den Harn zweier junger Frauen untergemischt, um den Käse kräftiger und schmackhafter zu machen. Obwohl die Stammkunden das spezielle Rezept und sogar den Namen der Jungfrauen – die Waisen Hildegard und Maria – kannten, kauften vor allem Männer« – er kicherte – »weiterhin den Käse, bis ein Pfaffe in der Ohrenbeichte davon erfuhr, sich selbst vom sündhaften Handel überzeugte und ihn zur Anzeige brachte. Während die Leut eher auf unschuldig plädierten, waren die Zunftgenossen weniger begeistert...«

Eine Stunde später brüllte Steppers, mit dem Gesicht zur Schandsäule angebunden, bei jedem Rutenschlag, den ihm Asmus auf den nackten Rücken versetzte. Martin grinste, als er unter den Zuschauern auch die Jungfrauen entdeckte – er hatte schon vor Wochen von den Vorgängen erfahren, aber nicht im Traum an eine Anklage gedacht –, die nun für ihre Naturalabgaben keinen Käufer mehr fanden; er nahm sich vor, später mit ihnen zu sprechen. Wie hatte Jakob gesagt? *»Als Zeugen vor Gericht scheinen sie nicht begriffen zu haben, weshalb ihr Gönner verurteilt wird.«*

Martin rief ungerührt: »Der Verurteilte bleibt noch einige Stunden mit wunder Haut am Pranger stehen.«

Als die Sonne im Zenit stand, betrat Martin das Findelhaus in der Waisengasse beim Stralauer Tor, in dem Hildegard und Maria lebten, und wartete auf sie, weil sie noch ihrer Arbeit als Waschmägde nachgingen; daß sie für den Kremerschen ebenso wie den Brüggeschen Haushalt wuschen, hatte den Blutvogt nachdenklich gestimmt.

*Ob sie was über die Ränke wissen?* dachte er und schlenderte durch die Räume, sah kleine rotbläulich verfärbte Schreihälse um Nahrung kreischen, während sie in Holzkisten lagen, winzige Fäuste schwenkten und zahnlose Mäuler weit aufrissen.

In einer Ecke saß breitbeinig eine fette Frau, an deren enormem Busen zwei kleine Schmatzer hingen, umfangen von schenkeldikken Armen. Auf einer Truhe nebenan lagen Brotstücke und Hartwurst, und Braunbier schäumte im Krug.

»Die Ammen können sich der gierigen Nimmersatts kaum erwehren«, rief die Frau. »Manche schlucken so schnell, daß sie ständig aufstoßen und dabei Milch spucken.«

Ab und zu nahm sie einen Schluck, biß herzhaft in die Wurst oder kaute auf dem Brot. Der Rock war zur Hüfte hochgerutscht, und zwischen den Schenkeln, die an dicke Schinken erinnerten, stand ein Junge. Seinen Beulen und blauen Flecken nach zu urteilen, schien er den anderen Findelkindern als Prügelknabe zu dienen. Aus den Nasenlöchern hingen gelbgrüne Tropfen bis zur Oberlippe, gelegentlich von vorschnellender Zunge abgewischt oder geräuschvoll hochgezogen. Immer wieder spuckte die Amme eingespeicheltes Brot in die hohle Hand und schob es dem Kleinen in den offenen Mund. Fiel Ausgekautes auf den hartgestampften Lehmboden, flatterten Hühner herbei, gackerten und pickten die Reste.

Martin beugte sich zu dem Kleinen herab: »Mein Großvater war ein schlauer Mann. Er hat uns mal ein großes Kunststück gezeigt. Willst du wissen, welches?«

Der Junge machte große Augen und nickte.

»Er band Hühnern die Beine zusammen und zog einen Kreidestrich auf den Boden. Wurden den Hühnern die Beine losgebunden, blieben sie reglos liegen – alle hielten meinen Großvater für einen Zauberer.«

»Blieben liegen?« krähte der Junge und wischte mit dem Ärmel über Nase und Mund. »Wirklich?«

»Ganz bestimmt. Du mußt es mal versuchen, Kleiner. Dann bekommst du von den anderen Burschen keine Prügel mehr. Wie heißt du denn?«

»Keine Prügel ...« Ein sehnsuchtsvoller Seufzer hob die kleine Brust. »Sie sind böse. Kannst du mir nicht helfen, Herr? Ich mach alles für dich. Bitte. Bitte.«

»Laß den Herrn in Ruh, Kleiner.«

»Bitte, bitte. Ich heiß Matthias. Bitte, Herr.«

»Ist schon gut, Frau.« Martin ergriff die ausgestreckte Hand des Jungen und ging mit ihm zum angrenzenden Raum, wo die älteren Kinder untergebracht waren. Martin dachte an Asmus' Schicksal, nahm den Jungen auf den Arm und sagte laut:

»He, Jungs. Wißt ihr, wer ich bin?«

Die größeren Findel waren ruhig, spielten mit Bauklötzen oder Holztieren, die von Schäfern geschnitzt worden waren. Alle besaßen den gleichen Haarschnitt. Viele Jungen lagen auf Strohsäcken unter verdreckten Laken, in der Raummitte hockten einige im Kreis und würfelten. Wurde ein Pasch geworfen, lachten und klatschten sie. Immer wieder tranken die Burschen vom *Rastrum* – einem sauren Bier aus Leipzig – und knabberten an Brezeln, von denen Stücke über den Boden verstreut lagen.

»Ich hab dich schon gesehen«, rief ein Bursche mit blondem Haar. »Du bist der Blutvogt!«

»Richtig. Und du weißt auch, was ich mache?«

Der Junge krauste die Stirn. »Leute aufs Rad binden? Die schreien dann ganz laut.«

»Hast du's gern, wenn sie schreien?«

»Nein. Du tust ihnen weh.«

»Aber den kleinen Matthias« – Martin fuhr dem Jungen durchs Haar – »verprügelt ihr; auch ihm tut's weh, und er schreit.«

»Das ist doch ein Bastard!«

Martin schnitt eine Fratze. »Soll ich dich mal aufs Rad binden, Bursche? Laßt Matthias in Ruh, sonst komme ich wieder – mit einem ganz großen Rad.«

Schreiend wichen die Jungen zurück. Der Kleine auf Martins Arm lachte, klatschte in die Hände und zog einen gelbgrünen Tropfen in die Nase. Martin dachte an Amalie, putzte dem Jungen die Nase und fühlte, daß ihm ganz warm ums Herz wurde.

*Unsere Kinder sollen es mal besser haben,* schwor sich der Blutvogt.

Als die Jungfern ins Findelhaus kamen, sprudelten sie Neuigkeiten hervor, die Martin seine ursprüngliche Absicht, mit ihnen zu reden, sofort vergessen ließen. Noch war Markgraf Woldemar nicht in Berlin eingetroffen, aber Stulzings wie auch des Blutvogts Befürchtungen schienen sich zu bestätigen:

*Die Kinder des Ratsherrn und Sekretarius Reitzenstein waren
seit dem frühen Morgen verschwunden: Markus – neun Jahre alt –
und seine ein Jahr jüngere Schwester Magdalena waren nicht in der
Klosterschule erschienen, und niemand hatte sie gesehen. Obwohl
die Quartiersfähnlein die ganze Doppelstadt absuchten, fand sich
keine Spur. Schließlich setzte man Bluthunde auf die Fährte, und die
Tiere hechelten aus der Stadt hinaus bis zur Hütte der alten Roggenmuhme. Die Vettel, als Hexe mit schwarzen Haaren und
schwarzen Brüsten beschimpft, lebte allein am Rand des Sumpfes
und kam nur selten in die Stadt. Es war ihre bemerkenswerte
Kenntnis der Heil- und Giftpflanzen, die ihr bisher eine Verurteilung erspart hatte – zu viele besuchten sie heimlich, um ein Mittelchen zu erstehen. Für fast jedes Gebrechen kannte die Frau ein Sa-
menkorn oder getrocknete Pflanzenteile, sie war meisterlich im
Dosieren der Mischung, die gekaut, geschnupft, eingeatmet, getrunken oder eingerieben wurde. Obwohl sie gefürchtet und von Spott
überzogen wurde, hatten die meisten in der Doppelstadt – und sei es
über Mittelsleute – schon die Dienste der Vettel in Anspruch genommen.*

*Als sich die Stadtknechte und Armbruster unter Stulzings Füh-
rung gewaltsam Eintritt verschafften, bot sich ein Anblick, bei dem
ihnen fast das Blut gefror. Auf dem Tisch lagen die abgetrennten
Köpfe der Kinder. Drei Kessel über der Feuerstelle waren mit Menschenfleisch gefüllt. Die Bluthunde trabten zu einer Truhe und
kratzten am Holz; in ihr befanden sich die Kleider der Kinder.
Neben dem Herd hockte die Alte, deren Gesicht voller Runzeln und
Warzen war. Abweisend blickten die Augen, die Hände glichen
verdorrtem Wurzelgestrüpp; ein Geruch lag in der Luft, der an
modriges Holz erinnerte. Die Stadtknechte ergriffen die Vettel, und
sie begann zu schreien: aus dem Mund quollen Blasen, die an Meer-
schaum erinnerten.*

Dieweil Richter Pletner mit dem Protokollarius und Schöffensprecher Stulzing der peinlichen Befragung, von Asmus, Johannes und
Leo durchgeführt, beiwohnte, spannte Martin den Gaul vor den
Karren und fuhr mit Hein Nabel zur Kate der Roggenmuhme hinaus. Fast bis zum Abend durchwühlten sie die Hütte nach Hinwei-
sen: Die Menge der Kräuterbüschel, getrockneten Blätter, Pulver,

Salben, Körner, Pilze und Wurzeln war kaum zu überschauen. Dosen, Schachteln und Körbe stapelten sich neben Kesseln und Pfannen. Sie fanden ein ganzes Faß voll Getreidekörner mit dunklem Überzug, und der Einäugige sagte grimmig: »Also ist sie doch verantwortlich! Das Antoniusfeuer!«

Sie luden alles auf den Karren, um es später genau in Augenschein zu nehmen, und erreichten das Stadttor kurz vor Sonnenuntergang. Während montags unter großer Anteilnahme von Patriziern, Nachbarschaften und Zünften die Kinder beerdigt wurden – Paul Reitzenstein ging gebeugt und brach am offenen Grab zusammen, seine Frau war über Nacht zur Greisin geworden –, traf sich Martin mit Joseph Zirner in der Badstub; der Lübecker Händler war am Morgen wieder in Berlin angekommen und wollte sich den Staub vom Leib spülen.

»Diesmal war der Handelsweg von Lübeck über Wismar, durchs Mecklenburgische und die Mark sicher, es gab keinen Überfall«, sagte er. »Es ist der kürzere Weg zur Doppelstadt, den langen scheu ich, obwohl's mehr Gulden brächte: über Wismar, Rostock, Stralsund und Stettin ... Es war schön, daheim bei Frau und Kindern zu sein, auch Bruder Bastian hab ich getroffen. Überall wird gebaut, die Marienkirche dürfte wohl das nächste Jahr fertig werden. Wie überall sorgt man sich auch in Lübeck wegen des *Schwarzen Todes*; würd auch vor den angesehenen Patrizierfamilien nicht haltmachen, vor den de Bardewich, de Warendorp, de Alen, Pape oder den Attendorns ...«

Martin lächelte – nun wußte er, daß ihm das Plaudern mit dem Kaufmann gefehlt hatte: Wie vor Monaten war es nicht gleichgewichtig verteilt – Zirner redete, er hörte zu. Sie tranken und aßen, und Zirner versprach, sich die Ernteergebnisse des Knochenmehlzusatzes anzusehen. Er riß die Augen auf, als ihm Martin von der Anzahl der gestapelten Säcke berichtete: »... auch einige Fässer Leim, aus Knochen ausgekocht. Bruder Michaels Schreiber haben's versucht: Er meint, es sei sehr gut für die Goldauflagen der Initialen. Was ist, Kaufmann? Kommen wir ins Geschäft? Nennt's Angebot.«

Zirner winkte ab. »Darüber reden wir später. Ich schau's mir an, prüfe, und beim guten Wein einigen wir uns vielleicht« – er grinste – »auch auf einen Preis.«

»So soll's sein.« Martin hob den Becher.

Der Kaufmann seufzte und winkte die Bademägde fort, um sich ungestört mit Martin unterhalten zu können. »Ich weiß, was alles geschehen ist, hab mit Nicolaus gesprochen. Er hat eine Nachricht für Euch. Er meint, es sei ein geplanter Anschlag gewesen: Jeder in der Stadt wußte, wie sehr Reitzenstein an seinen Kindern hing.«

»Die Roggenmuhme schweigt, obwohl ihr Körper eine einzige Wunde ist.« Martin trank heißen Würzwein und betrachtete ernüchtert die im Becher schwimmenden Nelkenknospen; alle Freude war fortgefegt. »Auch nach zwei Tagen gibt's kein greifbares Ergebnis. Die Alte erträgt die Schmerzen stumm und spricht kein Wort: So bleibt offen, wer ihr geholfen hat, denn ich glaub nicht, daß sie es – obwohl als *zaubersche* verschrien – allein getan hat. Reitzenstein ist ein aufrechter Mann gewesen. Die Gerüchte, er werde der Mühlenmeister oder neue Vogt des Markgrafen, müssen einigen Herren Magendruck bereitet haben.«

Zirner kniff die Augen zusammen. »Euer Spott klingt bitter, alter Freund. Aber Ihr habt vermutlich recht. Hier wird im geheimen abgesprochen und alles getan, um Woldemar zu schaden. Als Markgraf kann er die Ermordung seines Vogtes nicht auf sich sitzen lassen, zumal ihm sicher mitgeteilt wurde, daß die Herkunft von Clemenths Messer im dunkeln liegt.«

»Vieles weist auf Ratsherr Arnold Brole, dessen Nähe zu den Wittelsbachern kein Geheimnis ist, denn Jakob Kurtzrock war's mit Sicherheit nicht.« Martin senkte die Stimme. »Ich denke, daß der Tod von Vockenrode und Alvensleben zur Verschwörung gehört: Es war Mord! Aber ohne Beweise... Möglich, daß Brole und Brügge zusammenarbeiten oder daß im Hintergrund die Kremerschen die Finger im Spiel haben: immerhin soll Clementh zu ihren Muntmannen gehört haben. Was erhofft man sich? Wenn Reitzenstein nicht Mühlenmeister oder Vogt wird, was ist erreicht?«

»Darum geht's nicht, mein Lieber.« Zirner schöpfte mit den Händen Wasser und ließ es zwischen den Fingern in die Kufe zurückplätschern. »Vockenrode, Alvensleben, Surber, Reitzenstein – das waren Nebenfiguren. Das eigentliche Ziel ist der Markgraf selbst, und über Woldemar soll vielleicht sogar der böhmische Karl getroffen werden. Denn die Wittelsbacher stehen bereit, sie wollen belehnt werden und den ›falschen‹ Markgrafen vertreiben, über dessen Ansprüche das Fürstengericht seit Jahren streitet. Wenn schon kein Kaiser, dann die Markgrafschaft – der Markgraf ist auch *Erzkämmerer* –, sagen sich die Bayern. Und bedenkt, mein Freund, daß vielleicht sogar die Kurwürde in Aussicht ist! Man muß sich nur einigen und ausreichend Druck ausüben. *Kurfürstentum* Brandenburg – da fallen ein paar Meuchelmorde, Anschläge und Aufruhr kaum ins Gewicht. Es geht um Macht, Ansehen, Einfluß! Fragt mal Bruder Michael: Er wird Euch bestätigen, daß die Kleriker der Mark ein gewichtiges Wort mitredeten, als der Luxemburger gegen Ludwig den Bayern antrat. Nur weil der Kaiser starb, gab's keinen Kampf. König Karl ist kein bißchen anders als die Wittelsbacher; wenn's ihm nützt, fällt Woldemar schneller, als dieser denkt.«

»Und die Wittelsbacher haben dann den größten Anspruch... Ich verstehe. Berlin scheint zum Angelpunkt zu werden, eine Radnabe, um die sich viel Größeres dreht.« Martin fühlte sich wie vom Blitz getroffen, plötzlich verstand er alles viel besser. *Jeder hat nur den eigenen Vorteil im Auge, und Gott scheint jene, die am härtesten, brutalsten und verlogensten sind, sogar zu belohnen.* »Wer überleben will, muß zuerst an sich denken! Ich werd's mir merken.«

»Recht so, Ihr habt's erfaßt, Blutvogt. Deshalb werde ich schon wieder sehr weit weg sein, ehe Woldemar das Innere der Stadt betritt. Hütet Euch, es dürfte aufregende Tage geben. Die Schicksalsgöttin dreht mit verbundenen Augen das Rad: Ruft die aufsteigende Figur noch *regnabo,* ich werde regieren, und die obere *regno,* ich regiere, bleibt der, die unter dem Rad liegt, nur der Ausspruch *regnavi, sum sine regno* – ich habe regiert, bin ohne Reich...«

Es war der fünfte Tag im Ährenmonat: Nach der Urteilsverkündung durch Richter Pletner und dem Stabbrechen begleitete eine große Menschenmenge die Roggenmuhme, die auf dem Schinderkarren lag, zum Rabenstein. Bis zuletzt hatte die Alte eisern geschwiegen. Neben dem Mord an den Kindern waren ihr Vergiftung durch schlechtes Korn und Zauberei vorgeworfen worden.

*Paul Reitzenstein und seine Frau* – Martin schauderte – *sind nicht ansprechbar. Niemand weiß, ob sie den Schicksalsschlag je verkraften werden. Tyle Brügge hat – zum Erstaunen aller! – dem Rat vor-*

*geschlagen,* Paul Kremer *mit der Führung der Mühlenhofgeschäfte zu beauftragen: Ratsmeister Wardenberg hat's glatt die Sprache verschlagen! Und nicht nur ihm. Jeder fragt sich, was da vor sich geht...*

Der Klang der Gerichtsglocke verhallte, als die Vettel an den Pfahl gefesselt wurde und sich unbeeindruckt von den Höllenqualen zeigte, die Pfarrer Konrad wortgewaltig heraufbeschwor. Mit verächtlichen Blicken sah die Alte umher. Sogar Martin vermied es, dem stechenden Blick zu begegnen. Ein höhnisches Lächeln schien am Grund der Augen zu tanzen, allen Schmerzen und Torturen zum Trotz. Holz und Reisig waren um den Pfahl angehäuft, Asmus strich Pech darüber, und Johannes wartete nur auf Martins Zeichen, um die Fackel an den Scheiterhaufen zu halten. Der Pfaffe hielt der Alten das Kruzifix, am langen Stab befestigt, vors Gesicht und rief: »Bereue deine Untaten!«

Sie antwortete mit einem häßlichen Lachen. Martin senkte den Arm, und unter dem Jubel der Zuschauer loderte Reisig auf. Wind fachte die Flammen an, die immer höher züngelten und nach dem Totenhemd der Alten griffen. Rauch quirlte davon, die Luft flirrte. Aber die Alte blieb stumm. Durch die wabernde Luft glaubte Martin zu sehen, daß die Frau etwas schluckte. Das Hemd brannte lichterloh, der Kopf der Frau sank zur Seite. Martin fluchte. *Gift? Im ausgehöhlten Obstkern im Mund versteckt?*

Enttäuschtes Murren mischte sich mit anerkennendem Raunen, während das Feuer hoch emporfauchte, den Körper verschlang und ihn den neugierigen Blicken entzog. Jakob Kurtzrock spitzte die Feder, zog Pergament heran und murmelte, als er die Feder ins Tintenhorn tauchte: »Sie starb *absque ulla penitentia* – ohne Reue zu zeigen!«

# III.

*Es ereignete sich aber eine Pest und ein Sterben der Menschen…*
*wie es seit der Sündflut nicht gewesen, so daß einige Gegenden*
*ganz entvölkert waren und viele dreidrudrige Schiffe, deren*
*Bemannung gestorben, mit ihren Waren führerlos auf dem Meer*
*gesehen wurden. Zu Marseille starb der Bischof mit dem ganzen*
*Kapitel und fast alle Predigermönche und Minderbrüder*
*und noch einmal so viele Einwohner. Was in Montpellier,*
*zu Neapel und an anderen Orten geschehen ist, wer vermöchte*
*dies zu erzählen? Wie groß die Menge der Sterbenden in*
*Avignon am päpstlichen Hof war und wie ansteckend die*
*Krankheit, weshalb die Menschen ohne Sakramente starben,*
*die Eltern sich nicht um ihre Kinder kümmerten und umgekehrt,*
*die Gefährten nicht nach ihren Gefährten noch die Diener nach*
*ihren Herren fragten, wieviel Häuser mit allem Hausrat leer*
*standen, in welche sich niemand hineinwagte, dies alles ist*
*schrecklich… Die Krankheit durchzog alle Länder, und die*
*Gelehrten konnten, obgleich sie vielerlei vorbrachten, doch*
*keinen anderen sicheren Grund angeben, als daß es Gottes Wille*
*wäre. Und dies dauerte, bald hier, bald dort, ein ganzes Jahr,*
*ja noch darüber…*
CHRONIK des Matthias von Neuenburg

## 8. Ernting, Anno Domini 1349

Von mehrfachem Hahnenschrei endgültig geweckt, entschloß sich
Hillig Kurtzrock, das Dösen zu beenden, und richtete sich auf. Er
hatte schlecht geschlafen und – in Schweiß gebadet – mehrmals
lange wach gelegen. Die Gedanken formten in seinem Kopf ein
kaum entwirrbares Knäuel. Daran änderte auch die Anmut der
Köhlertochter nichts, die neben ihm auf der Decke lag und sich, als
er aufstand, zur Seite rollte und die Beine an den Leib zog. Nachts
war es in keinem Gebäude, gleichgültig ob Patrizierhaus oder Köh-
lerkate, auszuhalten. Was er nicht für möglich gehalten hatte, war
eingetreten: Die Hitze der beiden letzten Tage hatte die der Wochen
zuvor noch übertroffen. Es war drückend, und auf jedem Feldstein
hätte man zu Mittag Eier brutzeln können. Deshalb hatte Kurtz-

rock die Decke unter den Bäumen ausgebreitet und mit der Maid im Freien übernachtet.

Sie seufzte im Schlaf, aber Kurtzrock verließ sie, ohne sie aufzuwecken, obwohl ihm beim Anblick des schweißglänzenden Leibes und des ausgebreiteten schwarzen Haars der Stachel stieg und erneut Lust packte: Mehrmals hatte er sie genommen und den unbändigen Drang befriedigt, der den Flurschützen so häufig befiel.

Nackt eilte er zum halb ausgetrockneten Teich hinüber und genoß die Abkühlung. Im Osten zeigte sich erstes Grau, am Himmel verblaßte das Sternenfunkeln. Kurtzrock zog sich an – bei Ausritten wie diesem bevorzugte er Lederkleidung und geschnürte Stiefel –, reckte den schmächtigen Körper und strich an den Schläfen ergrautes Haar nach hinten. Langsam kam Leben ins Gehöft. Knechte und Mägde traten verschlafen ins Freie, um ihre Notdurft zu verrichten. Feuer wurden angefacht, Teig geknetet und Vieh versorgt. Ohne den Kopf zu heben, die Decke um den Leib geschlungen, huschte die Köhlertochter zum Haus und zwängte sich an den Eltern vorbei. Hillig Kurtzrock lachte leise, zog die Sehne auf den Langbogen, zählte die Pfeile im Köcher und schnallte den Armschutz ans linke Handgelenk: Für viel Geld hatte er die Waffe von einem Hansekaufmann in London besorgen lassen, den Preis allerdings bis heute nicht bereut. Bevor er die Stute sattelte, strich er ihr über die Beine und kontrollierte die Hufeisen. Das Tier schnaufte und stampfte und tänzelte einige Schritte.

»Ho, ho, ganz ruhig, meine Gute!« Er klopfte beruhigend die Flanke, zog den Sattelgurt stramm und führte die Stute am Zügel zum Köhlerhaus, vor dem Meister Schwartz und dessen Frau standen. »Wie wir's besprochen haben: Haltet die Augen offen, Köhler. Das Gesindel hat vor kurzem in der verlassenen Hütte im Spandauer Forst gelebt, scheint nun nach Norden weitergezogen zu sein.«

»Verstanden, Herr.«

Die Frau reichte wortlos Brot, dampfende Suppe und einen Krug Quellwasser. Derweil der Flurschütz auf der Bank Platz nahm, aß und trank, ging ein blondes Mädchen – nach kurzem Nachdenken entsann sich Kurtzrock des Namens: *Brunhilde* –, zum Brunnen, von seinem Blick verfolgt. Er seufzte, hob die Schultern und dachte an die beunruhigenden Ereignisse in der Doppelstadt.

Für den heutigen Tag war die Ankunft des Markgrafen angekündigt, und es war möglich, daß sie lang Aufgestautem und Unterdrücktem machtvoll den Weg bahnte. Kurtzrocks Ahnungen verhießen nichts Gutes und verdarben ihm die Stimmung: Er war als lebenslustig und sauffreudig bekannt, jemand, der gern lachte, einem geselligen Gelage selten abgeneigt war, mit seinem zum Teil beißenden Spott aber auch auf Unverständnis und Widerstand stieß. Genaugenommen nahm er andere ebensowenig ernst wie sich selbst – er wollte nur, solange er das irdische Jammertal durchschritt, dem Leben so viele Genüsse wie möglich abgewinnen. *Und dabei stört dieser selbsternannte Markgraf ebenso wie der alte Wittelsbacher, der sich nicht durchzusetzen vermag,* dachte Kurtzrock ärgerlich. *Fürstenpack! Bringt nur Scherereien, Mord und Totschlag.*

Von Ratsmeister Stulzing in Kenntnis gesetzt, hatte er sich entschlossen, nach jener Bande zu suchen, die angeblich im Spandauer Forst ihr Unwesen trieb. Was er gestern fand, diente nicht seiner Beruhigung. »Falls Ihr sie erwischt«, sagte der Flurschütz heiser, »erschlagt sie und bringt mir umgehend die Köpfe! Für diese Burschen bedarf's keines langen Prozesses, und Ihr untersteht meinem Schutz!«

Meister Schwartzens Gesicht blieb unbewegt. »Jawohl, Herr.«

Kurtzrocks Aufsicht in Forst und Feld war streng; solange die Hintersassen richtig spurten, konnten sie sich seiner Gunst sicher sein – besonders jedoch, wenn es hübsche Töchter gab, die nur darauf warteten, besprungen zu werden. Das Recht der ersten Nacht war ein Anspruch, auf den Kurtzrock niemals verzichtet hätte, und auch sonst nahm er sich, wie es dem wollüstigen Drang zum Fudeln gefiel. Daß es ein halbes Dutzend Bälger gab, der Kraft seiner Lenden entsprungen, scherte den Mann nicht. *Bedauerlich nur, daß der einzige legitime Bursch so aus der Art geschlagen ist* – er lachte kurz und stand auf –, *verkriecht sich hinter Büchern und stinkt nach Pergament, hat geschwärzte Finger und zu allem Überdruß mit Weibsstücken nicht viel im Sinn. Sollt ihn mir mal ernsthaft zur Brust nehmen, den Jungen, und ihm den Kopf zurechtrücken.*

Fast glaubte er, das Aufatmen der Köhlerfamilie zu hören, als er in den Sattel stieg, Bogen und Köcher zurechtrückte und mit der Zunge schnalzte. »Feiert die Hochzeit Eurer Tochter, Meister Schwartz, meinen Segen habt Ihr«, rief er, lachte nochmals und winkte nachlässig. »Vielleicht komm ich beim Rückweg wieder vorbei.«

»Wie Ihr wünscht, Herr.«

Kurtzrock gab dem Pferd die Sporen und galoppierte vom Gehöft, vorbei am ersten Meiler und dann an Bäumen, deren Blattwerk in der Hitze gelb und ausgetrocknet war. Der Flurschütz wußte, auf welchem Weg Markgraf Woldemar von Kloster Chorin nach Berlin reisen würde, und hatte sich durchgerungen, ihm entgegenzureiten und Geleit zu geben.

Vom Gesindel hatte er nur wenige Spuren gefunden. Weil diese aber nach Norden wiesen, war er ihnen gefolgt. Gestern durchquerte er die Spree und traf auf der Landstraße nach Spandau einen Reiter- und Wagenzug der Kremerschen. Mit Markus reiste sein Vetter Gotfried, die Base Anna und deren Mann Clais Overstolz, der mit Helm und Harnisch herausgeputzt war, jämmerlich vor Schweiß troff und kurz davor zu stehen schien, einen Hitzschlag zu bekommen. Wagenknechte und Begleiter waren düstere Gestalten – Muntmannen vermutlich, die dem Flurschütz Verdruß bereiteten, trotzdem blieb er freundlich, und man tauschte höfliche Begrüßungsworte. *So häßlich die Kremerschen allesamt sind,* dachte Kurtzrock, *so auffallend anders sticht Anna hervor.*

Die zweiundzwanzigjährige Tochter des Rentmeisters war eine Schönheit, die Kurtzrock stets in Erregung versetzte – grazil wie ein Reh, schmal das Gesicht, und von der Jungfernzeit, als sie das Haar noch offen trug, wußte er, daß es von herrlichem Blauschwarz war. Damals hätte nicht viel gefehlt, und die Kleine wäre von ihm *genotzert* worden. Der glutvolle Blick der Schönen ging ihm nicht aus dem Sinn, während er bis zur Jungfernheide ritt und dann im Forst nahe Lübars Rast beim Köhler machte.

Nun sprengte Kurtzrock, von heißen Sonnenpfeilen getroffen, die den Atem schwer machten, weiter nach Norden in Richtung Uckermark, Woldemar entgegen.

Der Markgraf ritt, obschon alt und grau, den Rapphengst mit der Kraft und Ausdauer eines jungen Mannes. Pferdeschnaufen mischte sich ins Rumpeln der Räder, Zungen schnalzten, Wagenknechte trieben Tiere an. Dumpfes Hufpochen übertönte das Zwitschern der Singvögel und fernes Grillenzirpen. Ausgedehnte Forste – Buchen, Birken, Eichen, Ebereschen, Waldweiden und Kiefern, reich an Wild und vielfältigem Getier – überzogen die vielgestaltige Landschaft der Uckermark mit ihren Seen, Sandern und Tümpeln. Nur in der Nähe von Dörfern unterbrachen Felder, Wiesen, Hecken und Gebüschgruppen der Ackerraine die dichten Wälder, Moore und Erlenbrüche am feuchten Fuß von Hügelkuppen. Der Zug des Markgrafen folgte dem geschlungenen Pfad nach Süden. Lichtbahnen, in denen Kerbtiere tanzten, fielen durchs schattige Gelbgrün der Baumkronen. Die Hitze des Sommers war von lähmender Schwüle, und der Waibel schräg hinter dem Markgrafen ächzte.

»Wie weit noch?« Woldemar richtete sich im Sattel auf, drehte sich halb und hob den Arm. Über dem Harnisch, einem Schuppenpanzer aus Metallplatten verschiedener Größe, die am Lederrock befestigt waren, trug der Mann den mit dem Adlerwappen der Askanier verzierten *wâpenroc*. »Der Weg zieht sich, obwohl wir seit dem ersten Hahnenschrei im Sattel sitzen.«

Sie zügelten die Pferde und ließen den Zug vorbei. Woldemar nahm vom Troßwagen eine Korbflasche entgegen und trank einen Schluck. Am Sattel hing als Schlag- und Hiebschwert der *bidenhänder;* an der Hüfte trug Woldemar zusätzlich den *bastard* – einen Anderthalbhänder als Stoß- und Stichschwert gegen Kettenhemden. Beim *bidenhänder* waren Griff und die klingenwärts gekrümmte Parierstange länger.

»Ein halber Tagesmarsch, Markgraf.« Mit *waff und wehr* Ausgerüstete gehörten zum Gefolge des Markgrafen, Knechte und Soldaten des märkischen Adels, der Woldemar seine Unterstützung versichert hatte; hinzu kamen fast drei Dutzend Armbruster, gerüstet mit Topfhelm, *ketenwambis* und *swert,* die in Woldemars eigenem Sold standen. Der Waibel klemmte den Helm unter den Arm, wischte Schweiß vom Gesicht und grinste matt. »Es wird Mittag, ehe wir die Stadtmauer erreichen.«

Pferde stemmten sich ins Kummet der vierrädrigen Wagen: Lederriemen, mit denen die schaukelnden Oberwagen ans Radgestell gehängt waren, knirschten, seitlich aufgeklappte Bahnen der halbrund über Geflecht gespannten Planen flatterten. Lachen und Kichern klangen herüber. Woldemar lächelte und winkte der Kurtisane Hertha; ihre Mägde und Zofen steckten die Köpfe zusammen und wisperten. Wieder gluckerte Wein in durstige Kehle, dann befahl Markgraf Woldemar: »Bleibt wachsam, Waibel.«

»Klar, Markgraf.«

»Es gärt überall«, murmelte Woldemar und reichte dem Mann die Flasche. »Und eines der Verschwörernester scheint die Doppelstadt an der Spree zu sein. Ich hab den Aufruhr vom vergangenen Herbst nicht vergessen.«

»Sogar Euren Vogt haben sie nun ermordet!«

Woldemar war von seinem Mann in Berlin eingehend unterrichtet und von den Vorgängen in Kenntnis gesetzt worden. Die Anzeichen einer Verschwörung mehrten sich von Tag zu Tag, Namen waren im Gespräch, und die Ansätze eines Konterplans entworfen: Er wollte die Feinde aus den Löchern locken und ins offene Messer laufen lassen. Mit scharf knallenden Flügeln stob ein Vogelschwarm auf. Woldemar sah auf und schirmte die Augen ab, weil ihn ein Lichtstrahl blendete. »Der Gipfel der Frechheiten! Offene Ablehnung ist eines, dem läßt sich mit harter Hand entgegenwirken. Aber das hämische Flüstern hinter dem Rücken, aufwieglerische Treffen bei Nacht, Ränke, Meuchelmord. Dem ist nur schwer beizukommen. Die Wochen bei den Choriner Mönchen haben's mir gezeigt. Sie lächeln dich an und neigen den Kopf, aber ihre Gedanken sind schwarz und voller Ungemach. Leider ist's mit Anschuldigungen ohne Beweis nicht getan. Missetäter müssen klar überführt, am besten sogar auf frischer Tat ertappt werden.«

»Adel und viele Städte haben Euch anerkannt, kamen zur Audienz und schworen Treue. Euer Gefolge mehrt sich ...«

Woldemar winkte ärgerlich ab. »Sie schwenken ihre Fahne im Wind. Am schlimmsten sind die Kuttenträger! Kloster Lehnin, Chorin ... sie standen unter besonderer askanischer Gunst. Chorin wurde unter meiner Herrschaft eine reiche Stiftung; zweiundsechzig Dörfer zählte das Kloster bei der Säkularfeier, als es Anno Domini 1272 vom Parsteiner See zum Koryn-See zur dortigen Grabkapelle der Askanier verlegt wurde.«

Erinnerungen durchzogen seine Gedanken. Wie ein aufblitzender Sonnenstrahl entstand ein Bild. Chorin, kurz nach der Ankunft im Weidemonat; dreischiffige Basilika mit Querschiff und hohem Chor; mit Blendwerk verzierte Giebel; drei hohe Fenster, Rosette und Arkaden an der Westfront, seitliche Treppentürme und Ziergiebel. Südlich der Kirche das Klausurgebäude; im Ostflügel Sakristei, Bibliothek und Kapitelsaal. Die Stimme des Abts; demütig, leicht zitternd – unklar, ob aus Angst oder Wut. Halb in Schatten getaucht Gesicht und Tonsur; weißes Kleid und schwarzes Skapulier der Zisterzienser. Lichtbahnen malten verzerrte Rechtecke auf den Steinboden des Kreuzganges. Goldener Schein neben Dämmer und rotbraunem Backstein. Leise Schritte ...

Frösche und Kröten lärmten im Uferschilf. Auf ihren Nestern klapperten Weißstörche. Die Geräusche drangen gedämpft heran, im Kirchenraum stimmten die Fratres einen getragenen Hymnus an.

»Zwei Jahre zog ich bereits durchs Land«, knurrte Woldemar. »Die Uckermark steht hinter mir. Nur das Herz, Abt und Konvent von Chorin, hielten zum Bayern. Abwarten, schweigen, nur dem Mächtigeren den Kopf beugen. Ich hätte mehr von Euch erwartet, Abt. Bewahrt Ihr so das askanische Erbe?«

Sie bogen zum Fürstensaal ab, im südlichen Teil des Westflügels gelegen. Der Raum war eigens dem Landesherrn vorbehalten; Wandmalereien erschienen im Laternenlicht: *Anbetung der Könige* und *Salomonsurteil*.

»*Wir* bewahren es, Markgraf.« Die Betonung des Abts entging Woldemar nicht. »Ihr kennt die Inschrift der Steintafel? Markgraf Johannes I.: allhier begraben. Johannes III., auf seiner Schwester Hochzeit im Scharfrennen mit einem Klitz verwundet, allhier begraben. Auch Markgraf Johannes V., Markgraf Otto Sagittarius, Markgraf Conrad I. Und Anno 1319: *Markgraf Woldemar...*«

»Schweigt! Ich bin Woldemar aus askanischem Geblüt! Statt Treue zu zeigen, gibt's für Euch bestenfalls Unterwerfung unter die Macht. Der Luxemburger hat die Macht, nur deshalb kniet Ihr nieder.«

»Der Herr spricht: Vielmehr sei eure Rede: Ja, ja; nein, nein. Was darüber ist, das ist vom Bösen.« Der Abt lächelte matt, verbeugte sich und verließ den Raum. Woldemars Faust donnerte auf die Tischplatte; er zerbiß einen Fluch.

»Hinterlistiger Schelm! Du bist so gut bayrisch wie eh und je. Nur weil hinter mir Karls Einfluß steht, gebt ihr euch ›woldemarisch‹. Dabei müßtet ihr's besser wissen ...«

Plötzlich röchelte der Waibel. Während der Körper nach vorn

sank und sich Hände in die Mähne krallten, verklang das harte Klacken abgeschossener Armbrüste. Lautes Bersten mischte sich ins Wiehern von Pferden. Aus den Augenwinkeln sah Woldemar, daß sich ein Baum neigte, Äste zu Peitschen wurden und einen Reiter aus dem Sattel fegten. Woldemars Rappe bäumte sich auf, ging auf die Hinterhand nieder; der Markgraf faßte nach der Mähne und versuchte abzuspringen: Das Tier, von Bolzen in der Flanke getroffen, reckte kreischend den Hals und begrub Woldemar halb unter sich, nachdem es mit austretenden Beinen zur Seite fiel.

»Wegelagerer!«

Woldemar hob das bleiche Gesicht aus einem Moospolster und sah sich um: Vor dem Zug krachten Bäume von beiden Seiten auf den Hohlweg. Blätter und Staub wirbelten hoch. Weiter hinten ertönte gleichfalls Krachen und Bersten; der Rückweg war abgeschnitten. Ein Wagen polterte, als die Pferde durchgingen, zur Hälfte den Hang des Hohlweges hinauf und kippte, während die Tiere austraten und am Zaumzeug rissen. Ohrenbetäubendes Poltern folgte. Lederaufhängung riß, der Oberwagen schlug auf. Plane und Stützgeflecht zerfetzten, Fässer, Truhen und Kisten wirbelten davon. Überall tänzelten Pferde, von den Reitern kaum gebändigt. Hinter Hälse geduckt, sprengte ein halbes Dutzend Soldaten den Hohlweg entlang, setzte über Baumstämme hinweg und schlug mit blankgezogenen Klingen nach rechts und links. Stimmen gellten durcheinander: »Fangt die Burschen!« – »Macht das *geboeffs* nieder!«

Mühsam kroch Woldemar unter dem sterbenden Tier hervor; daß ihn ein Bolzen am Oberarm ritzte: er achtete kaum darauf. Männer, die hinter den Wagen in Deckung gegangen waren, spannten ihre Waffen und legten Bolzen ein. Zwischen den Bäumen und im Unterholz waren umherhuschende Gestalten zu erkennen; eine wurde getroffen, riß die Arme hoch und rollte gekrümmt durchs Gebüsch.

Zwei Männer gaben dem Markgrafen Deckung, andere drangen brüllend in den Forst vor. Mißtrauisch beäugten die Armbruster den Waldrand. Von Soldaten wurden zwei Männer über den Hohlweg getrieben, bis sie sich umwandten und ihre Schwerter hoben. Waffenklirren. Dann zwei erstickte Schreie.

Woldemar holte tief Luft und brüllte: »Laßt einen am Leben! Ich will wissen, wer hinter dem Anschlag steckt.«

Die Frauen hockten weinend und zitternd im Wagen. Woldemar ging zu Hertha und streichelte ihr beruhigend die Wange. Ringsum rannten Männer, sahen sich sichernd um oder standen angespannt in der Deckung von Baumstämmen. Knechte fingen Pferde ein und führten sie am Zügel zurück, andere kümmerten sich um den umgestürzten Wagen und wuchteten ihn wieder auf die Räder. Verwundete stöhnten. Mindestens acht Männer waren beim Angriff verletzt worden, zwei waren tot – darunter der Waibel.

Woldemar zitterte. Die Nachrichten aus Cölln-Berlin hatten ihn beunruhigt und für starkes Gefolge sorgen lassen. Daß die Feinde aber so weit gingen, hatte er nicht erwartet. »Es war keine Wegelagerung! Das war ein gezielter Anschlag. Schafft die Bäume zur Seite! Holt Seile, spannt Pferde an. Los!«

»Ja, Markgraf.«

Hillig Kurtzrock hatte auf der Anhöhe angehalten, um nach dem markgräflichen Zug Ausschau zu halten: Zuerst hörte er das Bersten und dann den Kampflärm. Sofort trieb er die Stute an, zog Pfeile aus dem Köcher. Daß ein Überfall auf den Markgrafen gewagt wurde, ließ den Flurschützen frösteln. Ohne langsamer zu werden, legte er den ersten Pfeil auf die Sehne, die linke Hand hielt die übrigen und den Langbogen. Zum Prasseln von Geäst und Hufschlag sah Kurtzrock fliehende Gestalten.

»Sie entkommen!« Die Stute stieg auf die Hinterhand, als er sie zügelte und herumriß. »Muß sie aufhalten.«

Schwertklirren hallte unter den Bäumen, Schatten sprangen durch spitzwinklige Lichtbahnen. Der schwere Atem des Pferdes fauchte, Kurtzrock drehte sich halb im Sattel und zog die Sehne bis zum Ohr. Noch während der Pfeil davonzischte, lag der nächste auf der Sehne: Eine Gestalt wurde getroffen, Pferd und Reiter überschlugen sich, Zweige peitschten zurück. Kurtzrock umritt Gebüsch, kniff die Augen zusammen und schoß zweimal rasch hintereinander. Einmal traf er und fegte einen Mann vom davongaloppierenden Hengst, der andere Bursche duckte sich und verschwand halb hinter dem Pferdehals.

Augenblicklich setzte der Flurschütz nach, wich einem Baum

aus, gab die Zügel frei und lenkte die Stute allein durch Schenkeldruck. Wieder krümmte sich der Langbogen, die Sehne schmetterte gegen den Armschutz – und Kurtzrock sah, daß er gut getroffen hatte: das Pferd kippte zur Seite, der Reiter schrie und prallte hart auf knorrige Wurzeln. Während Kurtzrock vorbeisprengte, schwang sein Oberkörper herum; er spannte und schoß. Der Pfeil nagelte den linken Oberarm an den Stamm, ein langgezogener Schmerzensschrei brach unvermittelt ab.

Kurtzrocks Stute sprang über einen Strauch, im letzten Augenblick klammerte der Mann sich an die Mähne, blieb im Sattel und zügelte das Tier, das auf die Hinterhand einbrach und schrill wieherte. Im Trab lenkte Kurtzrock das Pferd zurück, folgte der Linie eines Dreiviertelkreises und musterte, die Sehne ausgezogen, die leblose Gestalt: ein älterer Mann mit gelichtetem Haar, der dem Flurschützen bei längerer Betrachtung bekannt vorkam. Er war sich nicht sicher, aber er glaubte den Kerl schon in Berlin gesehen zu haben. Soldaten eilten, die Schwerter erhoben, herbei – der askanische Adler wies sie als Männer Woldemars aus. Kurtzrock senkte den Bogen und rief: »Gut Freund! Ich bin der Flurschütz der Doppelstadt!«

»Seid gegrüßt«, antwortete ein Soldat knurrig, entblößte aber schwarze Zahnstummel, als er grinsend auf die Gestalt wies. »Euer Werk? Guter Schuß. Und prächtiger Bogen. Hab schon davon gehört.«

»Man bemüht sich, Gevatter.« Kurtzrock sprang ab, steckte den Pfeil in den Köcher und sah ohne Bedauern auf den Verletzten. »Kümmert Euch um den Schelm. Wo ist der Markgraf?«

Der Soldat wies mit dem Daumen über die Schulter. »Bei den Wagen. Dort hinten. Böse Sache – es gab Tote.«

»Und einige Kerle sind wohl entkommen.«

»Dafür haben wir den hier lebend. Wird uns alles verraten.«

»Wollen's hoffen, Mann«, sagte Kurtzrock, packte die Zügel, winkte und folgte dem Hohlweg, um Markgraf Woldemar zu begrüßen.

»… bedauerlich, daß die knackigen Jungfrauen Käser Steppers nicht mehr mit frischem Urin versorgen«, murmelte Ratmann und Wollweber August Seltzer. »Schon der Gedanke, wie der Käse zu seinem Aroma kam, trieb mein Gemächt in die Höhe! Wirklich schade.«

»Seit der Stäupung sind die Hildegard und die Maria stadtbekannt«, antwortete sein Neffe Kunibert. »Man zeigt mit dem Finger auf sie, und die Burschen wollen sie näher kennenlernen – dabei scheinen die beiden gar nicht zu begreifen, um was es eigentlich geht. Vielleicht sollte ich mich ihrer annehmen?«

Leonore Seltzer seufzte. Sie litt körperlich wie seelisch darunter, daß ihr Gatte die ehelichen Pflichten vernachlässigte. *Vermutlich, weil er nicht kann, wie er will, der Schlappschwanz,* dachte sie grimmig. *Von wegen Gemächt in die Höhe! Ob andere Ehefrauen auch so leiden? Treibt's der Hurenbock vielleicht in der Rosengass'?*

Sie saßen in der Stube des Obergeschosses, von unten klang das Klappern der Webstühle herauf. Schlechtbezahlte Dienstmädchen und Tagelöhnerinnen übernahmen die Arbeit, während sich Leonore um den Haushalt kümmerte – und August meist im Wirtshaus hockte; noch häufiger als früher, seit Kunibert bei ihnen lebte. Er war das jüngere Abbild seines Oheims: klein, stämmig, das Gesicht gerötet und aufgedunsen. Eigentlich war Kunibert in Stendal zu Hause, aber nach einem bösen Zerwürfnis hatte er die junge Frau und seine drei Kinder mittellos zurückgelassen und sich bei Oheim August einquartiert. Seinen Unterhalt verdiente er als Quacksalber, verkaufte wirkungslose, aber lautstark angepriesene Mittelchen oder betätigte sich als Steinschneider. *Vermutlich hat er beim stümperhaften Blasen- und Gallensteinschneiden mehr Menschen unter die Erde gebracht als ein Berserker im Blutrausch,* dachte Leonore. *Wenn Hungersnot, Krankheit und der rote Hahn nicht schaffen, einem das Leben zu verkürzen, der Bursche bekommt's bestimmt hin. Sein Freund, der Bader Beck, ist kein bißchen besser.*

»Aus deinen Worten schließe ich« – Kunibert grinste gehässig und sah zwischen August und Leonore hin und her –, »daß dir's schwerfällt, die Körpersäfte am Fließen zu halten?! Denk dran: Wenn der Same nicht fließt, verdickt er sich, und der Zumpf knickt ab.«

»Wär er nur dick...« Die rundliche Leonore lachte. »Das wär wenigstens was!«

August hustete verlegen und senkte die Augen. Seiner energischen Gattin widersprach er jetzt am besten nicht. »Komm, Neffe.

Gehen wir ins Wirtshaus oder die Badstub. Das Weib wird wieder zänkisch.«

»Was heißt hier zänkisch?« Leonores Stimme wurde schrill. »Du bist doch der Schnarchsack!«

Mit müdem Abwinken ging August zur Stiege. Kunibert, breit grinsend, stapfte hinterher und klopfte ihm auf den Rücken. »Nimm's nicht schwer, Oheim. Ich hab da ein paar Mittelchen in meiner Lade. Die sind noch besser als der besonders gewürzte Käse...«

Leonore fühlte, daß ihr Wut die Röte ins Gesicht trieb. Tagein, tagaus sann die Frau, wie sie den Zustand beenden konnte, aber es fiel ihr kein wirkungsvolles Mittel ein. Auch in der Nacht lag sie wach im Gemeinschaftsbett und grübelte, während ihr August laut schnarchte und bei der kleinsten Körperdrehung heftig furzte. Und der mißratene Neffe tat es ihm eifrig nach – sofern er nicht bei einer Hübschlerin übernachtete. Der Verdacht, daß August ebenfalls in fremden Betten Schinken klopfte, ließ Leonore nicht los. »Kein Wunder, daß er's zu Hause nicht kann! Säuft nur wie ein Loch.«

Ihrer Meinung nach nahm das Hurenunwesen, seit der neue Blutvogt die Sausuhlen betreute, eher noch zu, und sie dachte: *Die unverschämte Brut schreckt nicht mal davor zurück, in der Heiligen Kirche mit Burschen anzubandeln. Nie tragen sie eine Kopfbedeckung wie anständige Bürgerfrauen, sie scheinen sogar stolz auf die Schnürbänder zu sein, die ihnen der Blutvogt als Berechtigungszeichen gibt.*

Leonore, eine fleißige Kirchgängerin, empfand es als Schande, daß sogar die Gotteshäuser zum Sündenacker wurden. Die wortgewaltigen Prediger, die, mit Fäusten auf die Kanzel trommelnd, alles Fleischliche mit Stumpf und Stiel ausrotten wollten, verachtete Leonore allerdings ebenfalls. In ihrer Verdammung der Wollust schienen diese Moralapostel stets zu vergessen, wie breit der Graben zwischen Anspruch und ihrem eigenen Lebenswandel klaffte.

Kunibert wies immer wieder hämisch darauf hin, daß er viele klerikale Großmäuler bei den Huren in den Winkelwirtschaften oder gar im Schanthaus sah: Die jüngeren Geistlichen empfanden in ihrem Handeln keinen Widerspruch, immerhin konnten sie sich auf

Augustinus berufen. Nur die alten Kirchenmänner – »Die sowieso keinen Ständer mehr bekommen«, wie Kunibert sagte – regten sich um so heftiger auf, je mehr sie ihrer Manneskraft verlustig gingen. Sie versteiften sich auf die Botschaft, daß das Weib grundsätzlich die personifizierte Sünde sei. Bis auf wenige Heilige Frauen wären die Weibsbilder allesamt vom Teufel verführt, um die Männer in Versuchung zu bringen.

Leonores Körper kribbelte. Sie dachte an August und Kunibert und wurde noch wütender, als sie ohnehin schon war. *Was mag am Käse so Besonderes sein?* Da hatte Leonore einen Einfall. »Und wenn ich's richtig mach«, flüsterte sie, »werd ich eine gutbetuchte Frau. Die Wollust der Mannsbilder wird sie in die Arme der Kleinen treiben!«

Mit leuchtenden Augen hockte sich die Frau auf die Brunzkachel, entleerte die Blase und fühlte sich ganz heiß, je länger sie nachdachte und sich Einzelheiten ausmalte. Frohgestimmt stand Leonore auf, öffnete den Fensterladen zum Hof und goß den Inhalt der Brunzkachel im hohen Bogen in Richtung Schweinekoben. Dabei vertrieb sie den Hund, der gerade das Bein hob, um sein Quartier zu markieren. Leonore entging der Blick des Tieres, das knurrend an der fremden Duftmarke roch, winselte und plötzlich davonsprang.

Leonore Seltzer war bekannt, daß die Jungfrauen im Findelhaus wohnten und als Waschmägde arbeiteten. Deshalb wartete sie nahe dem Eingang, bis die Mädchen nichts ahnend auf die Gasse traten. Als Jungfrauen trugen sie das Haar offen – Hildegard war weizenblond und sehr schlank, Maria etwas kleiner, mit kohlschwarzer Mähne. Frau Seltzer musterte die beiden von Kopf bis Fuß. Sie liefen barfuß, trugen bodenlange Leinenkleider und dunkle Schürzen. Junge und anmutige Dinger hatten es schwer, Erfüllung zu finden.

»Eure Anmut und euer Liebreiz wirkt betörend auf die Mannsbilder« – Sie sprach sie direkt an; Hildegard reagierte verlegen und errötete, Maria kicherte – »Ich verstehe, weshalb Herr Steppers gerade euch aussuchte. Wenn ihr wollt, verschaffe ich euch eine gute Verdienstmöglichkeit, und ihr könnt euch so viele schöne Sachen kaufen, wie ihr wollt. Dann braucht ihr nicht mehr als Waschmägde zu arbeiten und könnt 's Findelhaus verlassen.«

»Machen Sie auch Käse, gute Frau?«

Leonore schmunzelte und wischte Schweiß von der Stirn. Die Sonne brannte unbarmherzig wie Höllenfeuer vom Himmel. »Nein, Maria. Ich bin Leonore, die Frau von Ratmann und Wollweber Seltzer aus der Paddengasse. Ihr könnt mitkommen, und wir besprechen alles.«

Maria senkte den Kopf, während Hildegard ihr rasch etwas ins Ohr flüsterte. »Wir müssen nachdenken, Frau Seltzer. Wir müssen Wäsche walken und ...«

»Unsinn, kommt mit. Ich regle alles für euch.«

Zwar zögerten die jungen Frauen, stimmten dann doch zu und tappten, miteinander tuschelnd, hinter der rundlichen Frau her. Kurz darauf riefen Leute aufgeregt durcheinander. Der Markgraf komme mit seinem Gefolge! Auch die Frauen eilten durch die Gassen zum Platz vor der Marienkirche, wo die Troßwagen Woldemars anhielten. Die Armbruster auf den Pferden drängten Neugierige zurück. Leonore erhaschte nur einen kurzen Blick auf den Markgrafen.

An einer Leine wurde eine zerlumpte Gestalt mitgezerrt. Ratmannen erschienen schwer atmend. Ihre Silberschellen klimperten bei jedem Schritt. Arnold Brole stolperte über die Schnabelschuhe und wurde von Paul Kremer im letzten Augenblick aufgefangen. Der Rentmeister der Stadt starrte den Gefangenen an; die Narbe auf seiner Wange wurde weiß. Tyle Brügge sprach mit Markgraf Woldemar, Nicolaus Stulzing kam hinzu, dann auch Tile Wardenberg. Alle sprachen durcheinander, Leonore schnappte nur Bruchstücke auf. Kremer stieß Brole in die Seite und flüsterte ihm etwas ins Ohr. Der Kirchenmeister nickte. Als er aufsah, blickte er genau in Leonores Augen. Die Webergattin lächelte, obwohl ihr ein Eisschauer über den Rücken fuhr. Sie hob die Schultern, legte die Arme um die Hüften ihrer Begleiterinnen und sagte eilig: »Laßt uns gehen, ihr Hübschen. Wir werden später erfahren, was geschehen ist. Ich denke, die Stadt wird bald wieder ein Hinrichtungsfest erleben. Kommt. Wir haben Besseres vor.«

Im Weberhaus angekommen, schenkte Leonore den beiden, um deren Mißtrauen weiter zu zerstreuen, selbstgestrickte Wolldecken. Dann servierte sie vorbereiteten Wein und sorgte dafür, daß sie die

Becher leerten: »Der Rotwein ist sehr süffig, Mädchen. Ja, trinkt nur, trinkt nur. Dann spricht's sich leichter. Kommt, ich schenk euch nach.«

Leonore kannte sich mit Heil- und Giftkräutern aus. *Stets kommt es auf die genaue Dosierung an; es ist eine Kunst, Essen und Getränke mit pflanzlichen Zutaten so zu verbinden, daß sich der Erfolg einstellt.*

Heute benutzte die Webergattin eine Zusammensetzung aus Tollkirsche, Bilsenkraut, Alraune und Wolfsmilch. Schon nach kurzer Zeit zeigten Hildegard und Maria, daß das Mittel wirkte. Maria stellte den Becher ab, wies mit ausgestrecktem Arm in den Raum, kicherte und rief: »Seht doch, da! Da läuft ein schwarzer Kater, so groß wie ein Hund! Warum läuft er vor mir weg? Ich kann ihn nicht erreichen. Immer verschwindet er um die Gassenecke. Und dort: Die Gestalten ... so verschwommen. Ich kann sie nicht erkennen. Hildegard? Siehst du sie auch?«

»Hier sind nur tausend Fliegen« – Hildegard wischte mit beiden Händen durch die Luft – »Sie kreisen wie ein Wirbelwind und wollen mich mitreißen. Halt mich fest, Maria, alles schwankt und wackelt.«

Leonore lächelte zufrieden. Ihre Mixtur war ein voller Erfolg. In leicht abgewandelter Form wurde so die Flugsalbe zubereitet, mit der Hexen ihren Körper einschmierten, bevor sie sich auf einem Holzstiel in die Luft erhoben oder in Wölfe, Katzen und Raben verwandelten. Hildegard und Maria saßen entrückt am Tisch, nippten an ihren Bechern, kicherten manchmal oder träumten mit offenen, stark glänzenden Augen, deren Pupillen zu großen Kreisen wurden. Als Leonore sicher war, daß die Hauptwirkung erreicht war, streichelte sie zärtlich Mädchenwangen, öffnete Kleidnesteln und entblößte kleine, feste Brüste, die sie sanft knetete. Maria stieß abgehackte Seufzer aus, die Arme sanken kraftlos herab.

»Ja, ja, ja. So ist's schön!« flüsterte Leonore und kraulte das dunkle Haar. »Steh auf. Auch du, Hildegard. Zieht euch aus, schnell, schnell! So ist's brav. Weiter.«

Willenlos gehorchten die Frauen. Als sie nackt vor Leonore standen, fühlte sich die Webergattin erregt wie seit langem nicht mehr: So schlank strebten die Schenkel nach oben, wohlgeformt war jeder

Muskel, jede Wölbung; Hildegards Haut war blütenweiß, Marias dunkler.

Leonore umrundete die beiden, sog den Duft ein, der sie an die eigene Jungfräulichkeit erinnerte. »Es tut mir leid, daß ihr eure Eltern verloren habt.« Sie umfaßte die Schultern der Frauen und ging mit ihnen zum Gemeinschaftsbett, setzte sich und öffnete ihr Kleid. »Meinem Mann und mir hat der Herrgott keinen Nachwuchs beschieden. Bleibt deshalb bei mir, seid meine Kinderchen. Ich werd gut für euch sorgen.«

Sanft lenkte sie die Hände der beiden an ihre Brust. Halb betäubt folgten die Frauen, ließen sich aufs Bett ziehen. Leonores pralle Brüste quollen über den naßgeschwitzten Stoff. »Ich schenke euch meine ganze Liebe. Kommt, ihr Hübschen!« Sie stöhnte. »Ich bin eure Amme, mein Busen wird euch nähren!«

Sie griff in Hildegards Nacken und zog ihr Gesicht herab. Fast von selbst glitten Lippen über die Brüste, saugten an den Spitzen. Ein angenehmes Gefühl schoß Leonore in den Kopf, ihr Herz pochte heftiger. Die jungen Frauen lernten rasch, je mehr die Betäubung nachließ. Zögernd setzte sich die Verwunderung durch, daß ihnen von einer Fremden mehr Zuneigung entgegengebracht wurde, als sie sonst erfuhren. Ohne darüber nachzudenken, nahmen sie bereitwillig die gebotene Gunst an, verwöhnten Leonore, die ihnen zeigte, was ihr guttat, und die sich um die Befriedigung der beiden kümmerte, bis ihnen lustvolle Seufzer entrannen.

Später sagte Leonore: »Wenn ihr einen Wunsch habt, laßt es mich wissen.«

»Ich weiß nicht, was ich sagen soll, Frau Seltzer.« Maria saß mit hängenden Schultern am Bettrand und tastete an ihr feuchtes Kätzlein, das so angenehm prickelte; Tropfen rannen vom Achselflaum und hinterließen an den Seiten glitzernde Rinnsale.

»Warum tut Ihr das für uns, Frau Seltzer?«

Leonore kraulte Hildegards Nacken. »Ich habe keine Kinder. Aber ich will trotzdem eine Mutter sein. Ich erfülle eure Wünsche. Bei mir könnt ihr Geld verdienen, mehr als anderswo. Und die Arbeit ist nicht so schwer wie 's Wäschewaschen.«

»Was sollen wir denn tun?«

»Ihr braucht nur freundlich zu sein. Lacht! Die Männer bewundern euren Liebreiz, da wird's euch nicht schwerfallen, sie zufrieden zu stellen.« Leonore umarmte die jungen Frauen, küßte und streichelte sie. »Die Kerle werden sogar dafür bezahlen!«

Maria runzelte die Stirn, und Hildegard schüttelte verwirrt den Kopf. Sie wußten noch immer nicht, was Leonore von ihnen wollte. Das Berauschende des Weins ließ nach, trotzdem rührte Leonore die Unschuld der beiden fast. Sie lenkte die Hände, ließ sich streicheln und kosen, dann sagte sie sanft: »Genau das sollt ihr tun! Bei mir – und bei den Leuten, die ich hierherbringen werde. Es sind reiche Leute. Ihr müßt freundlich sein, nicht mehr.«

»... peinliche Befragung begonnen! Der Schelm brüllt, daß man es bis zum Neuen Markt hört. Nur weil Woldemar mit großem Gefolge reiste, überstand er den Angriff unbeschadet und ...« August und Kunibert verstummten, und ihnen gingen die Augen über: Auf dem Bett hockten zwei nackte Jungfrauen, von Leonores Armen umschlungen. August konnte gar nicht fassen, daß die Gestalten seiner wollüstigen Wünsche leibhaftig vor ihm saßen.

»Eigentlich sind die beiden viel zu schade für euch Schnarchsäcke.« Leonore lachte spöttisch. »Aber sie sind wie rohe Edelsteine, die zurechtgeschliffen werden müssen.«

Kunibert maß Maria mit einem Blick, der dem eines hungrigen Aasvogels glich.

»Was hast du vor, Weib?« August schielte zwischen der blonden Hildegard und seinen Beinlingen, wo sich eine Beule bildete, hin und her. »Du führst doch was im Schilde.«

»Du kannst von mir aus herumhuren, wo du willst. Fortan nehm ich 's Geschäft selbst in die Hand, verstanden? Das sind meine lieblichen *Töchter,* und sie werden sich um reiche Fernhändler kümmern: Sie sollen bei *mir* ihr Geld lassen, nicht bei den fetten oder alten Sausuhlen. Heut habt ihr noch freien Eintritt, aber dann ...«

Während sich die Männer an die Arbeit machten und die Frauen in die Geheimnisse des Füßelns und Fingerlns einführten, dachte Leonore Seltzer an die Zukunft: Sie würde sich um die Kleinen kümmern und sie in die Familie aufnehmen. Dafür durften Maria und Hildegard reiche Herren verwöhnen. Das Haus in der Paddengasse würde sie anlocken; höherer Liebeslohn als bei den Hurenweibern, dafür aber junges Frischfleisch, Zartheit und kindliche Unschuld.

*Die Kleinen werden so verführerisch sein, daß die Kerle freiwillig einige Groschen mehr auf den Tisch legen. Mag der Alte weiterhin saufen; Kunibert gibt sicher einen guten Kundenbeschaffer ab, er darf dann auch von den süßen Früchtlein kosten.* Maria und Hildegard würden sich über mangelnde Beschäftigung nicht zu beklagen brauchen, und Leonore nahm sich vor, sie reich zu beschenken. Gemeinsam mit Kunibert wollte sie darauf achten, daß keine betrunkenen und nach Schweiß stinkenden Tagelöhner Zutritt bekamen, sondern nur Herren mit dickeren Geldbeuteln. Aber Hildegard und Maria sollten auch ihrer »Amme« Freude bereiten; die Vorstellung erregte die rundliche Webersgattin. *Muß ihnen hübsche Kleider kaufen, auch Schmuck und Geschmeide. Sie werden alle betören.*

Nachdem der Protokollarius die Laterne zurechtgerückt hatte, tunkte er die angespitzte Feder ins Tintenhorn, überlegte kurz und glättete den Bogen.

*Die ersten Stunden der peinlichen Befragung lassen Schlimmes befürchten* – der Gänsekiel kratzte übers Pergament –, *niemand zweifelt mehr an der Verschwörung gegen Markgraf Woldemar. Der Gefangene gibt seinen Namen mit Clemens Lobenstein an und zeigt sich verstockt, obgleich ihm die erste Stufe der Tortur sehr zusetzte.*

Jakob hob den Blick, sah die Protokolle durch und zögerte. Er trank einen Schluck Wein und griff zur Feder.

*Erst am Abend zog sich der Herr Markgraf mit seinem Gefolge ins Hohe Haus zurück, mehrere seiner Soldaten haben beim Kerkerturm Stellung bezogen. Beim Überfall wurden mehr als einenhalb Dutzend Wegelagerer getötet, eine Handvoll könnte entkommen sein. Nur Lobenstein wurde lebend gefaßt: Er war der Anführer.*

*Auch wenn ich's ungern zugebe,* dachte der junge Mann schwermütig, *aber ich bin erstmals stolz auf den Herrn Vater: Ihm ist's zu verdanken, daß wir den Burschen festsetzen konnten.*

Er schob das Blatt zur Seite und griff nach dem dünnen Büchlein, dem er seine persönlichen Gedanken anvertraute, las die letzten Passagen und zeichnete versonnen eine neue Initiale, dabei die Zunge in den linken Mundwinkel geklemmt.

Dem schwungvoll-schnörkelhaften *I* fügte Jakob das *ch* an, dann schrieb er: ... *habe heute unsern Blutvogt genau beobachtet und staune nicht zum ersten Mal, wie frostig und ohne Regung er Missetäter behandelt. Wer den Mann dagegen beim Behandeln Kranker und Leidender erlebt hat, kann sich kaum einen größeren Gegensatz vorstellen. Hier unglaubliche Härte, schroff und rauh, dort ein Mitgefühl, das einem wahren Heiler gebührt, sanft und fast zärtlich. Ich verstehe nicht, wie er diese Kluft erträgt und aushält. Dem Lobenstein drückt er das glühende Eisen auf, dann versucht Herr Stockmann sich mit rührender Sorge der Reitzensteins anzunehmen, obgleich auch seine Künste wenig zu helfen scheinen. Er könne sie nicht für immer beräuchern, hat er gesagt und sich übers Gesicht gewischt. Zwar betäube es die Gedanken und lindere den Schmerz, aber sie müßten von selbst die Kraft finden, um ins Leben zurückzukehren. Auch mir will es das Herz zerreißen: Welches Scheusals bedarf es, um sich auf diese Weise an Kindern zu vergreifen? Mag sein, daß die Roggenmuhme, wie viele glauben, von bösen Geistern und Teufeln besessen war, denn ein Mensch könnte solch Schreckliches kaum ersinnen. Es gibt jedoch Stimmen, die die Tat als Teil der Verschwörung sehen. Zu jenen gehört auch Herr Stockmann ...*

Wieder griff Jakob zum Weinbecher, drehte die Feder zwischen Daumen und Zeigefinger und sah über Regale und Schreibpulte des Scriptoriums. Reitzenstein fehlte dem jungen Mann, seine Ruhe und stille Fröhlichkeit. Oft hatten Magdalena und Markus den Vater besucht, stets fand er für sie Zeit, lauschte aufmerksam ihren Worten. Jakob schluckte hart, um den Kloß im Hals zu vertreiben, sein Blick verschwamm. *Alles ändert sich, und nicht zum Guten,* dachte er und schneuzte auf den Boden. *Zuerst hat Paul Kremer Herrn Reitzenstein fürs Mühlenmeisteramt vorgeschlagen, dann scheint dieser etwas in den Büchern entdeckt zu haben. Er war ganz aufgebracht, als er von Kremer zurückkam, hat leider nichts gesagt. Was könnt der Grund gewesen sein? Am nächsten Tag waren die Kinder tot, und man munkelt, es sei geplant gewesen: jemand habe die Roggenmuhme nur beauftragt ...*

Nachdem dann Tyle Brügge Paul Kremer vorgeschlagen und niemand im Rat ernsthaft Einspruch erhoben hatte, ließ der Stadtkämmerer die Bücher zusammenpacken und wieder zum Mühlenhof bringen. Jakob wußte nicht, wonach der Sekretarius gesucht hatte, doch es hatte ihn ratlos gemacht und verwirrt. Nun war er nicht mehr ansprechbar, Paul Kremer besaß kaum einen Bruchteil dieser fast besessen zu nennenden Unrast, und Jakob plagte das schlechte Gewissen: Ein paar Seiten von Reitzensteins *notitia* hatte er an sich genommen, um seine Neugier zu befriedigen. Er las, ohne viel von den Zahlen und Symbolen zu verstehen, vergaß über den Ereignissen das Zurücklegen und besaß sie noch immer, statt sie Kremer auszuhändigen.

*Hab mal wieder zu hastig gehandelt, ohne zu überlegen*, dachte er zerknirscht. *Nun fehlt der Mut. Kann und will nicht einfach zum Rentmeister gehen und ihm die Blätter mit dem Bemerken geben, sie aus Vorwitz genommen zu haben...*

Eine Weile verging, in der sich der junge Mann nicht regte. Er setzte die mit frischer Tinte benetzte Feder erneut an, fand zum Gedankengang zurück und notierte:

*Martin Stockmann, den alle Blutvogt nennen und der in den Gerichtsprotokollen als N.N. geführt ist, ist ein sonderbarer Mann: kräftig, mit breiten Schultern, kantigem Gesicht und schwieligen Händen, die dennoch so geschickt beim Heilen sind. Sogar wenn er lacht, bleiben die Augen irgendwie leblos, unberührt, und es fehlt die Herzlichkeit im Blick. Er gleicht dem Licht, das über die Flächen eines schön geschliffenen Edelsteins streicht: aufblitzend, kantig und voller Stacheln und Spitzen. Genau so sind die Augen Stockmanns, die an Smaragde erinnern. Wärme erscheint nur, wenn Frau Amalie da ist. Dann ist es wie plötzliches Tauen von Eis in Sommerhitz: lebendig, warm, mit viel Zuneigung und Liebe.*

Jakob schüttelte die Hand, die Finger schmerzten. Während er das Geschriebene nochmals las, goß er Wein ein, fluchte leise, weil ein Tropfen aufs Blatt fiel und Tinte verwischte, und streute Sand auf. Der Protokollarius wußte, daß er sich abzulenken versuchte. Ruhe fand er dennoch nicht. Schon kurz nach Sonnenaufgang würde im Kerkerturm die Befragung Lobensteins fortgesetzt werden, Ratmannen und Zunftmeister würden in geheuchelter Demut vor Markgraf Woldemar den Kopf senken, sich später aber, wenn sie unter sich waren, das Maul zerreißen, klagen, wettern und zum Teil das Gegenteil von dem verkünden, was zuvor ganz ernsthaft über ihre Lippen gekommen war.

Jakob beschämte diese Verlogenheit, das Tuscheln, geheime Bereden und hinterlistige Denken. Zu seinem Bedauern glaubte er feststellen zu müssen, daß der Blutvogt ähnlich zu handeln begann, aber bei ihm konnte er es eher verstehen: obwohl zum Bürger aufgestiegen, blieb er der einfache Mann, der mit launigen Patriziern umzugehen hatte, die zu Boden gerichteten Blick, vollen Respekt oder gar Unterwerfung wenn nicht forderten, so doch insgeheim erwarteten. Auch und gerade vom Scharfrichter. Martin Stockmann aber, davon war Jakob fest überzeugt, gehörte nicht zu den Unterwürfigen. In vielen Dingen war er genau das, was Jakob nie sein würde: kraftvoll, selbstsicher, mit der Fähigkeit ausgestattet, sich durchsetzen und andere mitreißen zu können. Er selbst war und blieb nur der Sohn des Flurschützen, eines Schwerenöters, der den Weibern nachstellte und – dessen war Jakob sicher – dafür irgendwann schrecklich bestraft werden würde. Er dachte beunruhigt: *Die Geduld des Allmächtigen ist groß, doch kennt Er alle Sünden! Möge Er dem Herrn Vater beistehen und zum Pfad der Tugend führen, ehe es zu spät ist …*

Tage später wuchtete Asmus den letzten Holzkohlensack auf den Schinderkarren, wich aufsteigendem Staub aus und sagte grimmig: »Ja, Meister Schwartz, Clemens Lobenstein soll in Öl gesotten werden. Markgraf Woldemar selbst führte den Vorsitz beim Halsgericht, weil es noch immer keinen neuen Vogt gibt.«

Köhlerknechte, einige Mägde und der Köhler selbst umstanden den hochgewachsenen Mann, dessen Hemd am Körper klebte. Im Hintergrund tollten nackte Kinder am Teich, Halbwüchsige lauschten und machten große Augen. Ein Surren drang durch das Vogelzwitschern, kochend heiß fuhr ein Windstoß heran und zerriß Rauchfäden, die aus den Luftlöchern des angestochenen Meilers drangen.

»Und er hat wirklich Prägestempel für Münzen und Siegel gefälscht?« Meister Schwartz runzelte die Stirn; Hände und Unterarme waren rußgeschwärzt. »Er muß von bösen Geistern besessen sein, daß er den Zug des Markgrafen mit seiner Bande überfiel.«

Asmus hob die Schultern. »Er gestand's bei peinlicher Befragung, Stock und Eisen von Pfennigen und Groschen wurden in der Hütte gefunden. Aber er redet auch wirres Zeug, das dem Gericht Kopfzerbrechen bereitet. Er war der Rädelsführer, die Kerle versteckten sich meist im Spandauer Forst. Der Blutvogt erkannte ihn wieder: Er und seine Leute überfielen den Lübecker Pfeffersack Zirner, wurden von Martin in die Flucht geschlagen. Und dieser Clemens war auch dabei, als die Hunde über die dunklen Gestalten herfielen. Martin sagt, daß Markus Kremer mit Lobenstein unter einer Decke steckt ... Die Vorlagen der Prägestempel soll ein Maskierter gebracht haben; von ihm stammt angeblich der Auftrag zum Überfall, auch die Waffen – sagt Lobenstein. Die Burschen rechneten wohl nicht damit, daß der Markgraf mit so großem Gefolge reist: drei Dutzend Armbruster, alles schwerbewaffnete Söldner. Lobenstein überlebte Herrn Kurtzrocks Pfeil und wurde nach Berlin in den Kerkerturm geschleift.«

Neben dem schwelenden Meiler war ein zweiter zur Hälfte aufgeschichtet; erst später folgte die Abdeckung mit Erde und Grassoden zur Behinderung der Luftzufuhr. Ein Knecht rollte ein Bierfäßchen vom Gehöft herüber. Brunhilde, Becher und Krüge im Arm, ging leichtfüßig nebenher; sie erwiderte Asmus' Lächeln, so daß dem jungen Mann noch wärmer wurde. Wenn sie bei ihm war, schienen Schmetterlinge in seinem Bauch zu tanzen, und unstillbare Sehnsucht nach ihrer Nähe befiel ihn in den Tagen und Wochen der Trennung, wenn er in Berlin und sie bei der Köhlerei lebte, fast einen halben Tagesmarsch voneinander entfernt.

»Ich versteh's immer noch nicht ganz.« Meister Schwartz hämmerte den Holzhahn ins Spundloch und zapfte den ersten Krug. »Wer hat nun was getan?«

»Soll ich's noch mal erzählen?« Asmus seufzte, nahm Brunhilde in den Arm und trank den Humpen, den sie ihm reichte, in einem Zug leer; der Köhler winkte ab. »Woldemar ist für viele Stadtobere und Zunftmeister der ›Falsche‹, sein Wort und Anspruch stößt auf Widerspruch – wenn auch nur hinter vorgehaltener Hand. Die Unruhen des letzten Jahres könnten eine Fortsetzung erleben – sagt der Blutvogt.«

»Eine Verschwörung?« Der Köhler wiegte den Kopf und wischte Schaum von den Lippen. »Woldemar sollte in eine Falle laufen, wußte sich aber zu wehren? Befürchtet man Anschläge? Warum spricht der Lobenstein von einem Maskierten?«

»Noch sind die Hintermänner unbekannt, aber einige Ratmannen und sogar der Münzmeister werden verdächtigt. Lobenstein wurde gefragt; die Arme bekam er ausgerenkt, seine Haut wurde verbrannt. Aber er gestand nichts weiter. Der Maskierte sei der Auftraggeber, er nur ein armer Wicht. Ist er nun wirklich, das Ölbad in der Küpe wird ihm nicht bekommen!«

»Holzkohle jedenfalls hast du genug auf dem Karren. Wenn's der Rat bezahlt.« Meister Schwartz sah zum Haus, in dessen Tür die Tochter stand, und seufzte. »Asmus, da du den Flurschütz erwähnt hast – ich muß mit dir allein reden, jetzt!«

Der Hüne runzelte die Stirn und nickte schwerfällig. Das Surren in der Ferne wurde lauter. Asmus wischte eine Heuschrecke von Brunhildes Schulter, leerte den Krug und folgte dem Köhler, nachdem dieser mit wuchtigen Schritten vorausging und Asmus ungeduldig winkte.

»Ich höre, Gevatter!«

»Asmus, ich weiß, daß du's mit der Brunhilde ernst meinst, aber...« Der Köhler stockte, sah auf die Füße, und es gab ein häßliches Knacken, da er zwei Heuschrecken zertrat. »Es gibt vieles, was du nicht weißt, Junge. Brunhilde ist mir als Mündel anvertraut.«

»Red graderaus, Gevatter Köhler. Dir ist bekannt, daß ich Brunhilde mit nach Berlin nehmen möchte, und...«

»Gemach, das solltest du dir noch mal gut überlegen! Man hat's damals nur leise erzählt. Genaues weiß ich auch nicht. Vielleicht kann der Blutvogt für dich Erkundigungen einziehen?« Er räusperte sich und sah zum Himmel, an dem ein Schatten auftauchte und langsam größer wurde. »Es ist so: Flurschütz Kurtzrock achtet auf seine Hörigen, Leibeigenen und Hintersassen. Keine Verheiratung ohne seine Einwilligung. Und das Recht der ersten Nacht... Nun, auch bei Brunhildes Mutter.«

Asmus winkte ab. »Und? Jeder weiß es. Brunhilde ist's gleichgültig, wer der wirkliche Vater ist: Sie bleibt die einfache Magd.«

Meister Schwartz hob die Hand, seufzte und sagte: »Das ist nur eine Seite. Grete, die zweite Frau Meister Stoffels, war eine Bauerntochter, fand eine Anstellung im Haus Kurtzrocks, ehe der frühere Scharfrichter sie heiratete. Niemand sonst wollte sie mehr haben: alle sahen, daß sie mit dickem Bauch durch die Stadt lief. Das war vor siebzehn Jahren. Wie alt bist du, Asmus?«

»Das... Gevatter, seid Ihr sicher? Ich...« Asmus' Gesicht wurde zur Grimasse, hilflos breitete er die Arme aus. »Das kann, das darf nicht sein!«

»Deshalb soll der Blutvogt ja nachfragen. Ich erzähl nur, was ich weiß. Kurtzrock hat's nun mal mit den Weibern, das ist stadtbekannt. Seine Bastarde laufen überall herum. Brunhilde ist bestimmt von ihm, das hat ihre Mutter stets unter Tränen behauptet. Und der alte Scharfrichter blieb kinderlos. Die erste Frau starb als Mädchen, die Grete wurde nach dem Balg nie mehr schwanger, und die dritte war rasch eine Witwe. Die Roggenmuhme soll der Grete geholfen haben, und ihr einziges Kind landete vorm Drehladen...«

»Teufel noch mal! Gevatter Köhler, ich will's nicht glauben! Wenn stimmt, was Ihr sagt, dann sind Brunhilde und ich... sind wir... sind...« Asmus' heisere Stimme brach ab, sein Gesicht, zuerst rot, wurde bleich.

Der Köhler nickte ernst. »Halbbruder und Halbschwester, ja! Ratsherr Hillig Kurtzrock ist euer beider Vater!«

Das Surren wurde durchdringend, und die Wolke verdunkelte die Sonne. Das Köhlervolk rannte entsetzt durcheinander, weil fingergroße Leiber plötzlich am Boden krabbelten und durch die Luft schwirrten. Überall waren gefräßige Viecher, in Wolken sanken sie auf Bäume und Büsche und fraßen sie in Windeseile kahl. Männer und Frauen schlugen um sich, zertraten umherhüpfende Heuschrecken, griffen nach Ästen und Decken und waren doch machtlos. Das Brummen des Schwarms wurde ohrenbetäubend.

Ein Kind rannte kreischend aus einer Schreckenwolke hervor, strauchelte und wurde von der Mutter ergriffen, die mit wehendem Rock zum Gehöft rannte. Köhlerknechte wankten, fuchtelten mit den Armen. Asmus sprang zu Brunhilde, zerrte sie unter den Schinderkarren und zog die Decke vom Bock, um sich und die Geliebte darunter zu verbergen. Leiber zuckten und zappelten, Körper knirschten unter Schlägen und Tritten. Irgendwo schrien Schafe, Vogelgekreisch mischte sich darunter. Brunhilde drängte sich an Asmus, zitterte und wimmerte. Asmus' Atem blies unter der Decke wie ein Blasebalg. »Strafe Gottes!« murmelte er. »Das ist die Strafe Gottes! Jesus, Maria und Joseph!«

Die Worte des Köhlers hallten in seinem Kopf. Er konnte und wollte nicht glauben, was er gehört hatte. »*Deine Schwester! Sie ist deine Schwester! Inzucht!*« Es war erregend, schön, und sie wollten die Nähe des anderen nicht missen. *Sünde! Sünde!* Wann immer es ging, besuchte Asmus die Köhlermagd; verständnisvoll lachend lieh ihm Martin Stockmann sogar mehr als einmal den Wallach.

Heuschrecken krabbelten umher, Asmus' Faust zerhämmerte die Leiber in unbändiger Wut. Eine Ewigkeit schien zu vergehen, bis das Brausen leiser wurde. Brunhilde weinte; ihr Leib drängte warm und weich an Asmus, der sich innerlich versteifte, die Hände zu Fäusten ballte. *Schwester! Deine Schwester! Sünde!* In seinem Kopf schwirrten die Gedanken wie der Heuschreckenschwarm. *Warum straft mich Gott so erbarmungslos? Welcher Teufel oder Dämon hat sich meiner bemächtigt? Ich bin der Drehladenbastard, von der Mutter ausgesetzt. Keine Liebe, nur Prügel vom Mönch.*

Der Mann nannte ihn Asmus, den Bären, weil er so groß und tapsig war. Nur in Johannes fand er einen Freund, und später dann in Martin und Amalie. Alles schien gut zu werden, als er Brunhilde traf. Ihr liebliches Gesicht schwebte vor seinen Augen, er fühlte ihre Nähe, ihr klopfendes Herz, ihren Atem. *Warum? Warum? Sie ist so süß, so zart, so lieblich!* Plötzlich war ihm alles egal. Keinen Wimpernschlag wollte er auf ihre Nähe verzichten, er brauchte sie wie die Luft zum Atem! Sie war sein Leben! Wenn ihn böse Geister verführt hatten – sollte es so sein, und er dachte grimmig: *Zum Teufel mit dem Geschwätz von Sünde, Fegefeuer und Hölle, von Gottes Strafgericht und all dem Geschwafel, das die Pfaffen von der Kanzel predigen.*

Asmus fühlte Brunhildes Zittern. Er wußte nicht, ob und welche Geister, Teufel oder Dämonen Brunhilde und ihn umschlangen und in der Gewalt hatten. *Schwester? Soll es so sein.* Er war nur ein tumber Bursch, der nicht die Kraft besaß, sich den höheren, unsichtbaren Mächten zu widersetzen. Nur eines wußte Asmus ganz genau: *Ich will Brunhilde, und sie will mich!* Und noch etwas wurde dem jungen Mann in diesen Augenblicken klar: Wenn es einen Menschen gab, den er abgrundtief haßte, dann diesen verdammten Schürzenjäger von Ratsherrn, der gleich reihenweise über Mägde und wehrlose Weiber herzufallen schien, ihnen Bälger andrehte und sich einen Dreck um ihr weiteres Schicksal scherte. *Auch du wirst irgendwann vorm Gericht stehen,* dachte Asmus, vor Wut bebend. *Und wenn's nicht das Höchste des Allmächtigen ist – deiner Strafe entgehst du nicht...*

Sie krochen unter dem Schinderkarren hervor, fingerlange Leiber rieselten von der Decke, andere knirschten unter den Füßen. Im weiten Umkreis waren Bäume und Gebüsch kahlgefressen. In der Ferne wurde die Wolke kleiner, von Hunderten Vögeln umschwirrt und durchstoßen. Das Surren und Brummen wurde leiser. Brunhilde klammerte sich an Asmus, sah zu ihm auf.

»Bleib bei mir, Asmus.« Ihr Flüstern erschien ihm wie Engelgesang, groß und blau sahen die Augen zu ihm auf. »Du darfst mich nie mehr alleinlassen, bitte, bitte! Ich kann nicht leben ohne dich. Halt mich ganz fest.«

Er küßte sie zärtlich. »Brunhilde! Du braucht keine Angst zu haben. Nie mehr. Hörst du? Die Heuschrecken sind weg. Ich nehm dich mit nach Berlin! Heut noch! Niemand soll uns noch länger trennen!«

*Und der Kurtzrock wird's büßen!*

Auf dem Heimweg machten sie Rast am Rinnsal der Panke, badeten im Bachrest und lagerten auf der Decke. Meister Schwartz hatte nichts gesagt und nur verständnisvoll genickt, als ihm Asmus den Entschluß mitteilte. Die Köhlerknechte kicherten vieldeutig, wichen aber zurück, als Asmus sie anknurrte und Brunhilde auf den Schinderkarren half. Ihre wenigen Halbseligkeiten ließen sich in einem zusammengeknoteten Tuch unterbringen. Die Köhlergattin brachte Wein, Brot und Speck als Wegzehrung, dann winkten sie zum Abschied und ruckelten der Spandauer Landstraße entgegen. Brunhilde atmete tief durch, als fiele ihr ein mächtiger Stein vom Herzen. Auch Asmus fühlte sich plötzlich befreit und stark, weil Brunhilde flüsterte: »Nur in deiner Nähe hab ich keine Angst, mein großer Bär!«

Wein gluckerte in Lederbecher. Sie tranken einander zu. Sonnenlicht ließ Schweißperlen aufblitzen; ein Tropfen rann Brunhildes Hals hinab und versickerte zwischen den Brüsten. Sie lächelte, schien Asmus' Blick wie Streicheln zu genießen. Er griff nach seiner Kleidung, nahm zerstoßene und getrocknete Bilsenkrautsamen, Alraune und andere, ihm unbekannte Kräuter, zum graubraunen Pulver vermischt, aus einem Beutel. Asmus zog Brunhilde an sich und sagte: »Ich hab's von Amalie und Martin gelernt: Laß uns gemeinsam in eine *Andere Welt* vordringen; die Belse umhüllt uns, während wir einander so nah kommen, wie's nur geht.«

»Ja!«

Er schlug Funken mit dem Feuerstein in Zunder und blies, bis ein Feuer aus aufgeschichteten Ästchen knisterte. Dann schichtete er die Krümel auf die Glut.

»Vorsichtig einatmen«, sagte er und fächelte. Brunhilde hustete, rümpfte die Nase und verdrehte die Augen. Zittern durcheilte ihren Körper. Asmus fächelte nochmals, zog Brunhilde an sich und setzte sie auf seinen Schoß. Bilder verschwammen vor Asmus' Augen, Brunhildes Stöhnen erregte ihn. Helligkeit, feurigen Speerspitzen gleich, stach ihm tief in den Kopf. Rauch zog vorbei, formte augenblicklich wieder verwehende Körper und Gestalten. Asmus glaubte Zwerge und Waldmännchen zu entdecken, aus einem Vogel wurde ein Pferd, das mit Adlerflügeln aufstieg. Unbarmherzig brannte die Sonne, Hitze und bleiches Licht machten die Gedanken träge. Schwaden umhüllten Asmus und Brunhilde. Leos Stimme schien Asmus wie ferner Hauch, plötzlich sah er das, von dem der Steinmetz berichtet hatte: Steinerne Standfiguren glotzten aus Nischen, im Bogenfeld über dem Portal thronte Christus zwischen Maria und dem heiligen Johannes, darunter tobten Bilder des Jüngsten Gerichts – und das Tor selbst war der Eingang in die *Andere Welt*.

»Die Sonne tanzt!« rief Brunhilde und stieß Jauchzer aus. Asmus drehte den Kopf, sah ins Licht: Glühen überschüttete alles mit kalkiger Helligkeit; überirdischer Glanz, verbunden mit Zuckungen, die scheinbar durch den Ufersand fuhren und die Landschaft verwandelten. Alle Farben wurden greller, Tierstimmen gewannen nie gehörten Klang, und das Plätschern der Panke schwoll zum Brausen von Meereswogen an. Märkischer Sand und Kiesel glitzerten, wurden zum alles bestimmenden Eindruck: *Hitze. Flirrende Luft. Sand. Sand. Sand. Dampfende Leiber, immer raschere Bewegungen. Schmauchen, Seufzen, Keuchen. Rauch von merkwürdigem Duft, von der Nase bis tief in den Kopf dringend. Beschwingte Gedanken, schummrige Entrücktheit.*

Brunhilde atmete schwer, stieß einen gellenden Schrei aus, klammerte sich an Asmus. Plötzlich war alles anders, und er …

*… taumelt, müde von der langen Wanderung. Zwielicht umgibt den Mann; die Nacht kommt schneller, als er denkt. Er zügelt den langmähnigen Braunen und richtet sich im Sattel auf. Das Tier läßt*

den Kopf hängen, ist ebenso erschöpft wie der Reiter. Trocken-heißer Wind hat die Körper ausgedörrt, die nach Wasser und Schatten lechzen. Aber hier wächst kein Grashalm, spendet kein Baum Kühle. Aasvögel kreisen am seltsam gefärbten Himmel; die schweflige Tönung erinnert ans fahle Licht kurz vor Ausbruch eines Unwetters.

Staub knirscht auf den Zähnen des Reiters. Die Landschaft ist bestimmt von feinkörnigem Sand, aufgeschichtet zu Hügeln. In der Ferne zittert die Luft, Wind treibt Staubschläuche davon. Der Reiter kratzt die brennende Haut, seine Kehle ist trocken und schmerzt, und die Hitze raubt ihm fast den Atem. Die Metallnieten am Zaumzeug scheinen zu glühen; als er darüber fährt, zuckt die Hand zurück. Für Augenblicke wankt der Mann, das Pferd trabt los, überwindet die Schwäche.

Wieder türmt sich Sand auf, blockiert den Weg wie ein Gebirge. Der Mann gleitet aus dem Sattel, klammert sich an Hals und Mähne – bis zu den Waden versinken die Beine im heißen, sofort nachrieselnden Sand. Mühsam erklimmt der Mann, den Braunen am Zügel führend, den Hang. Gelbliche Fahnen werden bei jedem Schritt aufgeworfen, bedecken die Körper wie mit feinem Staub.

Als der Scheitel des Sandbergs erreicht ist, weht plötzlich eine kühle Brise heran. Der Blick des Mannes fällt auf die winzige Ansammlung Grün in der Tiefe: Sie gleicht einem Trugbild. Fast ohne Übergang endet der Sand, geht in steilwandigen Fels über, der weiter unten ein schüsselförmiges Becken formt, gefüllt mit unwiderstehlich glitzerndem Wasser. Das gegenüberliegende Ufer ist flach, überschattet von Bäumen und Gebüsch. Der stille Ort wirkt auf den Mann wie das Paradies.

Ein Mädchen läuft nackt und anmutig über den Felsrücken. Ohne zu zögern stößt sich die Gestalt ab und fliegt mit ausgebreiteten Armen dem Wasser entgegen. Silbrige Wasserspritzer steigen auf, Tropfen blitzen in letzten Sonnenstrahlen, funkeln wie Edelsteine. Immer längere Schatten entstehen, als der Mann die Zügel losläßt und zum Felsrand rennt. Das Tier wird allein zum Wasser finden, jetzt...

Er sieht unter Wasser den Mädchenleib und springt, taucht gestreckt ins Wasser und schwimmt mit kräftigen Stößen weiter. Das Geschöpf muß von Gott gesandt sein, unzählige Bläschen umperlen den Körper. Sie sieht den Mann, erwartet ihn. Gemeinsam tauchen *sie auf, durchstoßen die Oberfläche und nähern sich einander, langsam und prüfend, merkwürdig vertraut, erwartungsvoll. Er hat den Eindruck, sie sehr genau und schon lange zu kennen, und ihr ergeht es ebenso: Sie drängt sich ihm entgegen, ihre Haut ist zart und weich unter seinen Händen. Ihre Lippen pressen sich auf seine, öffnen sich zum verlangenden Kuß.*

*Kühl streicht später eine Bö über nackte Körper und läßt sie wie im Fieberschauer frösteln. Plötzlich steigen aus dem Wasser Schatten empor. Zunächst sind es zerfaserte Nebelfäden: keine festen und greifbaren Körper, sondern formlose und bleich wallende Gespinste. Aber sie tasten gierig umher, suchen und erkunden, gewinnen schnell an Gestalt, werden Teil der Umgebung und unterwerfen sie ihrer Macht. Dunkelheit breitet sich aus, und der Mann fühlt, daß ihm der Mädchenkörper aus den Armen gerissen wird. Es dauert einige Zeit, bis die Finsternis weicht und einer neuen Umgebung Platz macht, beherrscht von mattem Halbdunkel und schwarzem Fels.*

*Der Magen des Mannes verkrampft sich, während er ängstlich in die Höhle starrt, deren Öffnung groß wie ein Scheunentor klafft. Fern erklingt der Hilferuf des Mädchens, für Augenblicke glaubt der Mann die Gestalt und helles Haar in der Dunkelheit zu erkennen, umringt von geschuppten Dämonen, deren Krallen ihr Fleisch zerfetzen und deren Schwänze sich um Arme und Beine ringeln. An zerschundenen Wänden tanzen verzerrte Schatten, dichte Spinnwebvorhänge verschleiern den Blick. Muffiger Gestank läßt würgen: Totenschädel bedecken den Boden, braun ragen morsche Rippenbögen und halb zersplitterte Röhrenknochen auf, daneben hängen ausgetrocknete Tote mit lederartiger, eingeschrumpfter Haut über faulem Gebein und zerfetzter Kleidung in grau verstauten Netzen.*

*»Verkrieche dich, Erdenwurm! Deine Schwester bleibt im ewigen Fegefeuer, ihr sündhafter Leib dient den Teufeln und Dämonen als willkommene Buhlschaft! Verkrieche dich, oder du wirst zerschmettert!«*

*Zwischen zerfaserten Vorhängen erscheint der Sprecher – hängt als aufgeplusterte Kutte mit spitzer Kapuze in der Luft; statt eines Gesichts wabernde Schwärze, statt Beinen ein verblassender Schweif, statt Händen düstere Fäden, ständig wechselnde Formen und Körper. Der Teufel oder Dämon scheint sich auszudehnen, wird*

*eckig und rundet sich wieder. Ärmel recken sich dem jungen Mann
entgegen, ein blendender Glutball entsteht zwischen ihnen; grelles
Licht, das die Umgebung auslöscht ...*

... und mit einem gellenden Schrei erwachte Asmus, richtete sich
auf und tastete nach dem zusammengesunkenen Leib Brunhildes.
Ein Wimmern entrann ihrer Kehle, ihre Augen waren schreckge-
weitet. »Wahnsinn!« keuchte sie. »Der Sand, dann der See ... Die
Dämonen! Hast du's auch erlebt? Schwester? Ich bin deine ...
*Schwester? Asmus!*«

Er nickte, brachte kein Wort über die Lippen, runzelte verwirrt
die Stirn. Schließlich murmelte er: »Ich weiß es nicht. Ich will es
nicht wissen. Ich brauch dich! Das ist alles, was ich weiß!«

Brunhilde atmete tief, legte die Arme um Asmus' Hals. »Und ich
brauch dich! So ist es, und so soll es sein, für immer!«

Die Stirnen aneinandergelegt, saßen sie beisammen, sahen einander in die Augen und erkannten Vertrauen und Liebe. Nichts sollte
sie trennen, das schworen sie.

Es dunkelte, als sie endlich die Abdeckerei vor den Toren Berlins erreichten. Peter und Magdalene Grundland zeigten sich hocherfreut
über Asmus' und Brunhildes Entschluß, und die Schneiderin sagte:
»Aus eigener Erfahrung wissen wir, daß das Leben zu zweit in dieser schrecklichen Zeit leichter zu ertragen ist.«

Peter nickte; zwischen über die Stirn hängendem Haar schimmerte die Narbe des Brandmals: ein brauner, krustiger Fleck, häßlich und eindeutig in der abschreckenden Wirkung.

In der Nacht lag Asmus, Brunhilde in den Armen, noch lange
wach; sein Haß auf Hillig Kurtzrock wuchs mit jedem Wimpernschlag. In Gedanken malte sich der junge Mann aus, welches Mittel
der peinlichen Befragung und Tortur die gerechte Strafe für den
Schelm sein konnte, und er murmelte: »Es soll nicht ungesühnt
bleiben, was er Brunhilde und mir angetan hat!« *Brunhilde!* Ihm
wurde unvermittelt klar, daß sie keine Kinder bekommen durften.
*Schwester! Inzucht!* Der Gedanke glich einem Brandeisen, das mit
Höllenglut Asmus' Seele peinigte. »Keine Kinder!«

Schlaflos wälzte er sich hin und her, stets den Flurschützen vor
Augen, diesen kleinen Mann, sein hageres Gesicht, das graue Haar.

Asmus wußte, daß er nicht die geringste Ähnlichkeit mit seinem »Vater« hatte – aber er hatte Meister Stoffels Grete gekannt, eine kräftige Bauersfrau, schwer, dunkelhaarig, in sich gekehrt. Vor einem Jahr war sie gestorben, abgearbeitet und früh gealtert. Tränen rannen Asmus übers Gesicht: Erst jetzt glaubte er die Blicke zu verstehen, die die Frau ihm manchmal zuwarf, wenn er mit Johannes Meister Stoffel half – Trauer und Zuneigung: der Blick einer *Mutter*! *Und Kurtzrock hat sie mir geraubt,* dachte Asmus und knurrte: »Er wird's büßen, das schwör ich bei Gott und allen Heiligen!«

*Zu Anfang der Seuche bildeten sich, bei Männern und Frauen in
gleicher Weise, in der Leistengegend oder in den Achselhöhlen
bestimmte Schwellungen, die manchmal so groß wie ein
gewöhnlicher Apfel, manchmal so groß wie ein Ei wurden, bei
den einen in größerer, bei den anderen in geringerer Anzahl;
das Volk nannte sie Gavoccioli. Von diesen zwei Körperteilen aus
begannen die todbringenden Pestbeulen in kurzer Zeit auf alle
anderen Körperteile überzugreifen. Daraufhin änderten sich
allmählich die Anzeichen dieser Krankheit; es erschienen
schwarze oder blau unterlaufene Flecken, die bei vielen auf den
Armen, an den Schenkeln und allen anderen Körperteilen
auftraten; bei manchen waren sie groß und selten, bei anderen
klein und zahlreich. Und so, wie anfänglich die Pestbeule das
sicherste Zeichen des baldigen Todes gewesen war und weiterhin
blieb, so waren es nun auch diese Flecken für jeden, den sie
befielen ...*
DECAMERONE; Giovanni Boccaccio

### 13. Ernting, Anno Domini 1349

Auf dem Rabenstein wurde die Eisenküpe über rotglühenden
Holzkohlenhaufen gehievt und mit billigem Öl gefüllt. Vorbereitungen, die Martin Asmus, Johannes und etlichen Stadtknechten
zugewiesen hatte. Asmus hatte das Feuer schon im Morgengrauen
auflodern lassen, immer wieder Holzkohle nachgeschüttet und
einen Gluthügel aufgeschichtet, dessen Hitze einem Höllenfeuer
glich. Bevor Clemens Lobenstein – kaum fünf Fuß groß, wenige
Haare und der Mund fast zahnlos – vor die Stadtmauer geführt
wurde, hatte ihm eine Martin Mixtur aus Bilsenkraut, Alraune und
Tollkirsche, mit Würzwein versetzt, gegeben, die ihm die Schmerzen nehmen würde.

»Gesotten zu werden, gehört zu den qualvollsten Hinrichtungen, die ich kenne«, hatte Martin zu Amalie gesagt. »Der Menschen
Grausamkeit, um der Gerechtigkeit zu Willen zu sein, kennt keine
Grenzen. Ich hätt ihn besser erschlagen, damals, als er Zirners Wagen überfiel!«

Angeführt vom Stadttrommler, setzte sich der Zug in Bewegung, von der Gerichtslaube des berlinischen Rathauses ging es langsam die Oderberger Straße entlang, dann durchs Tor. Der Verurteilte taumelte mit hängenden Schultern, war sichtlich benommen. Pfarrer Konrad schritt nebenher, murmelte unablässig Gebete. »... besseres jenseitiges Reich, mein Sohn ... hege keinen Groll gegen Mitmenschen ... auch nicht gegen Richter, Schöffen und Nachrichter ... bald fährt dein Geist auf zum Himmel ...«

Martin überließ es Asmus, Lobenstein in die Küpe zu setzen. Die berauschende Wirkung des Pflanzensuds ließ den Mann teilnahmslos zum Himmel starren. Qualm stieg auf, als Johannes Reisig und Scheite nachlegte, erste Zuschauer lachten und jubelten. Die Zeit, bis das Öl siedete, vertrieben sie sich mit derben Scherzen, verteilten mitgebrachte Speisen und sprachen dem Bier tüchtig zu. Daß ein Straftäter lebendig gesotten wurde, war nicht so alltäglich wie rollende Köpfe, abgeschlagene Gliedmaßen oder verbrannte Leiber – gar nicht zu reden von den Prügelstrafen. Auch Martin kippte etliche Humpen. Das Fäßchen wurde unter Henkersknechten und Stadtbütteln aufgeteilt. Christian Nageler saß am Boden im Schatten des Schinderkarrens und summte leise vor sich hin.

Martins Blick wanderte über die Zuschauer. Asmus stand bei Brunhilde – seit sie bei ihm in der Abdeckerei wohnte, verbarg sie züchtig ihr Haar unter einer Haube. Jeder sah auf den ersten Blick, wie nah sie sich waren, wortlos, auf eine Art, die sogar den Blutvogt erstaunte. Der junge Mann hatte in den Wochen seit dem Pfingstfest eine verblüffende Wandlung durchgemacht. Mochten die Bewegungen immer noch tapsig und schwerfällig scheinen, sein Geist war wach, seine Augen blitzten. Martin seufzte. Brunhilde schien das Beste zu sein, was dem Schinderknecht geschehen konnte. Von Amalie wußte Martin, daß sich das Mädchen an sie gewandt hatte; sie wollte keine Kinder und fragte Amalie nach entsprechenden Mittelchen. *Ihr Entschluß steht fest*, dachte Martin. *Ich frage mich, was genau an dem Tag geschehen ist, als Asmus beim Köhler war und Brunhilde nach Berlin mitbrachte.*

Es war offensichtlich, daß weder er noch Brunhilde darüber sprechen wollten, und Amalie beschwor Martin, keine schlafenden Geister zu wecken. »*Sie gehören zusammen. Sie sind wie eine Seele in zwei Körpern, mehr als nur Mann und Frau!*«

Auf dem Holzpodium saßen die Mitglieder des Hochgerichts; Stadtschöffen und der Gerichtsschreiber starrten, die Gesichter ausdruckslos, zur Küpe. Stulzing, Kurtzrock, Dreher, Ryke, Brole, Kremer, Lubbe – in ihrer Mitte hockte der Markgraf auf einem Faltstuhl und umklammerte die zu Tierköpfen geschnitzten Lehnen. Merkelyn Pletner hielt sich etwas abseits, wie stets wohlgekleidet im bunten Gewand mit vielen Schellen, Zaddeln und Rüschen. Die Sommersprossen stachen aus dem bleichen Gesicht hervor, die Lippen waren verkniffen. Martin lächelte abfällig. *Er wird ganz bestimmt nicht der neue Vogt, das dürfte nun klar sein.*

Mit wachen Augen umstanden die Söldner aus Woldemars Gefolge das Podium, Bolzen in gespannte Armbrüste eingelegt. Markgraf Woldemar: er ging gebeugt, das graue Haar war gelichtet, das Gesicht voller Runzeln – aber sonnengebräunt. *»Wenn er der ›Richtige‹ ist«,* hatte Ratsmeister Stulzing gesagt, *»müßte er an die siebzig Jahr alt sein. Wenn man ihn sieht – man kann's glauben oder auch nicht, und so streitet das Fürstengericht weiterhin, ob sein Anspruch zu Recht besteht. Noch schert ihn's nicht; er vergnügt sich mit der Kurtisane Hertha.«*

Die junge Frau saß neben Woldemar und ließ sich von zwei Mägden aus dem Korb Speisen servieren: Rüben mit Speck war was für Obere, auch »Gepffertes« eine Speis von hoher Geltung. Sie nagte an gebratenem Geflügel, lachte, dann flüsterte sie in Woldemars Ohr und wies zur Küpe. Der Markgraf nickte, seine Miene blieb unbewegt. Hinter ihm stand, nur wenig jünger, der Franziskanermönch, bei dessen Anblick sich Martin unwohl fühlte: *Gewissensbisse? Ich muß mit ihm reden, das Lernen fortsetzen! Wie aber die Ruhe finden, wenn ringsum die Welt zusammenbricht?*

Ratmannen und Patrizier standen in Gruppen beisammen, manche hielten Abstand zum Podium, andere schienen dagegen Woldemars Nähe zu suchen. Martins abfälliges Lächeln verstärkte sich: ausgerechnet die Gegner des Markgrafen zeigten besonders einschmeichelndes Verhalten, zum Unmut der Befürworter. Ratsmeister Wardenbergs Augen waren zusammengekniffen, sein Blick schien alles und jeden durchdringen zu wollen. Martin bemerkte, daß Jakob Kurtzrock ihn wiederholt ansah, aber sofort die Augen abwandte, auf der Unterlippe kaute und rote Ohren bekam, wenn Martin den Blick erwiderte. Unter den Zuschauern entdeckte Martin die von Käser Steppers verführten Jungfrauen in Begleitung der rundlichen Frau Seltzer. Ein junger Mann mit gerötetem Gesicht flüsterte mit einigen Söldnern, nickte vieldeutig in Richtung von Maria und Hildegard und tuschelte dann mit der Bürgersfrau.

»Also scheinen die Gerüchte der Dyrnen zu stimmen«, murmelte Martin und füllte den Humpen auf, ohne die Gruppe aus den Augen zu lassen. »Ratmann Seltzers Weib scheint das alte Gewerbe für sich entdeckt zu haben und läßt die Mädchen von reichen Herren besteigen.«

Maria und Hildegard, fein gewandet, herausgeputzt und mit Geschmeide und Perlen behängt, schienen die ihnen zugedachte Rolle zu genießen. Ihre Gesichter strahlten, die Augen leuchteten. Sie lachten und kicherten, erwiderten keck die gierigen Blicke der Armbruster – und waren bei alldem doch von einer solchen Anmut und Unschuld, daß Martin unwillkürlich den Kopf schüttelte und nicht mehr wußte, was er denken sollte. Ging er den Beschuldigungen der Hübschlerinnen nach, drohte nicht nur der Ratmannsgattin Stäupung und Pranger, sondern auch den Mädchen. Martin empfand Mitleid mit den Waisen. Sie waren dem Waschmägde-Schicksal entronnen und schienen nun glücklich und zufrieden. Die lauernden Blicke von Frau Seltzer und ihres Begleiters entgingen dem Blutvogt nicht. Er ahnte, daß ein Gespräch wenig Sinn haben würde – *wenn* er etwas unternahm, mußte er hart durchgreifen, und das traf unweigerlich die Mädchen. Martin dachte mürrisch: *Warten wir ganz einfach.*

Plötzlich gab es Aufregung auf dem Podium. Die Kurtisane des Markgrafen ächzte, griff sich an den Hals und fiel auf die Bretter. Männer sprangen hoch, eilten hinzu, Stimmen hallten durcheinander. Neugierige reckten Hälse, um mehr zu sehen. Ratsmeister Stulzing schrie: »Blutvogt, schnell! Sie hat einen Hühnerknochen im Hals. Sie erstickt!«

Martin schnappte seinen Medicusbeutel, drängte sich zum Podium vor und stieß Gaffer zur Seite; Asmus und Johannes eilten ebenfalls herbei. Hastig und etwas ratlos durchwühlte er seine Instrumente, kniete neben der Frau, die mit bläulich anlaufendem Gesicht dalag, und zog sein Messer. Die großen dunklen Augen der Frau waren angstvoll aufgerissen und verdrehten sich. Sie schlug um sich, wurde mit jeder Bewegung kraftloser. Schweiß perlte auf ihrer

Stirn. Stulzing redete beruhigend auf den Markgrafen ein und zog ihn zur Seite, während der Mönch niederkniete, Martin fest in die Augen sah und laut sagte: »Haltet sie fest, er muß schneiden! Los, es muß schnell gehen!«

»Hertha!« rief Woldemar. »Helft ihr doch. Helft!«

»Zuerst Luft, sie muß atmen.« Martin nickte und musterte das Messer, während Asmus die Arme der Frau niederrang und Johannes sich auf ihre Beine setzte. »Dann ein Röhrchen, ein Schilfhalm! Damit sie …«

»Ich kümmer mich drum, macht Ihr den Schnitt!« Der Mönch sprang auf – geschmeidiger, als es Martin dem Alten zugetraut hätte – und eilte zum Protokollarius. Martin griff an den Hals der Frau und straffte die Haut, bevor er einen Längsschnitt setzte. Bruder Michael rollte derweil ein Pergamentstück und reichte das Röllchen herüber. »Setzt es ein, dann tastet nach dem Knochen. Er muß raus!«

Martin sah zweifelnd hoch, doch der Franziskaner legte ihm beruhigend die Hand auf die Schulter und drückte fest zu; vom Templerring stieg Süße in Martins Nase. Die Augen des Mönchs glitzerten wie Eis, das faltige Gesicht war ruhig und gefaßt. Martin fühlte Kraft und Zuversicht und steckte das Pergamentröhrchen in den Schnitt, so daß sofort Luft pfiff. Nun nahm Martin einen Metalldorn, tastete durch die Wunde am Röhrchen vorbei nach dem Hühnerknochen und zog ihn nach mehreren vergeblichen Versuchen durch den erweiterten Schnitt. Der Körper der Frau bäumte sich hustend auf, krampfhaft schnappte sie nach Luft.

»Richtig so«, sagte Michael. »Gut gemacht!«

Martin tupfte Blut ab, nähte geschwind und verband den Hals, nachdem die Frau ohnmächtig geworden war. Erst jetzt ließen Asmus und Johannes sie los und machten dem Markgrafen Platz, der die Hand der Ohnmächtigen ergriff und ihre Fingerspitzen küßte. Martin, von der Sorge Woldemars gerührt, sagte halblaut: »Mit Gottes Hilfe wird sie gesund, Markgraf. Sie soll sich ruhig halten und nicht sprechen. Nichts Hartes essen, erst in einigen Tagen eine dünne Brühe.«

»Meine Gebete erflehen des Allmächtigen Beistand!« Die Stimme Michaels war von durchdringender Ruhe und Kraft. Er packte – genau wie zuvor bei Martin – Woldemars Schulter, um sie zu drücken. »Laßt Hertha ins Kloster bringen. Meine Brüder kümmern sich um sie und werden sie pflegen!«

»Habt Dank, Ihr Herren«, murmelte der Markgraf und wischte sich übers grau gewordene Gesicht; Martin sah dem Mann an, daß ihm der Schreck noch tief in den Knochen saß. »Ihr seid der Nachrichter von Berlin?«

»Jawohl, Markgraf. Martin Stockmann, in Braunschweig geboren.«

»Ihr versteht Euch nicht nur aufs Töten, sondern auch aufs Heilen?« Es war mehr Feststellung als Frage, und Martin nickte nur. »Ihr solltet die Tätigkeit wechseln, guter Mann! In unserer Zeit wird, denke ich oft, viel zuviel gestorben und zuwenig gelebt. Heiler braucht man mehr als solche, die 's Leben verkürzen! Mir deucht, die Ratmannen wissen nicht, was sie an Euch haben.«

Martin sah erstaunt vom Mönch zum Markgrafen. Solche Worte hätte er nicht erwartet. Woldemar sprach offen aus, was Martin meist nur für sich dachte, und plötzlich war er sicher, daß der Mann – egal ob »richtig« oder »falsch« – seine Unterstützung verdiente: *Es gibt viel zu wenige Fürsten seines Schlages und seiner Einstellung. Krankheiten, Elend und Tod – davon gibt's genug. Die Not der Menschen muß nicht von Hohen Herrschaften verschärft werden. Warum spricht niemand mehr vom Hospitalmeister? Sogar Stulzing hält sich sehr auffallend zurück!*

»Noch hab ich eine Aufgabe, Herr Markgraf« – Martin verbeugte sich und wies auf die Küpe –, »auch wenn's manchmal schwerfällt.«

»Der Lobenstein hat's verdient!« Nun klang die Stimme des Markgrafen unbarmherzig. Er setzte sich auf den Faltstuhl und winkte Martin, der sich zusammen mit dem Mönch entfernte – die »Audienz« war unvermittelt beendet. »Und an seine Hintermänner kommen wir ebenfalls heran!«

Der Blutvogt schnitt eine Fratze; er ahnte, daß auch Woldemar durchzugreifen wußte, hart und ohne Mitleid. *Wenn die Rädelsführer der Verschwörung gefaßt werden, haben sie nichts zu lachen.* Er dachte an die Andeutungen viel größerer Zusammenhänge, die Zirner, Michael und Stulzing immer wieder machten. *Möglich, daß über dunkle Wege sogar die fernen Wittelsbacher ihre Finger im Spiel haben. Macht und Einfluß, Herrschaft und Geld, persönliche*

*Verquickungen – noch ist das vollständige Beziehungsgeflecht bestenfalls in Teilen sichtbar.* Martin räusperte sich. Seine Zeit als Blutvogt von Berlin war keineswegs beendet, eine ausschließliche Tätigkeit als Heiler ein Traum. Er sah, daß Stulzing ein breites Lächeln zeigte und mit Wardenberg Blicke wechselte, die Martin nicht einzuordnen wußte. Ratsmeister Wardenberg jedenfalls drehte sich hastig ab und schüttelte den Kopf, ehe er mit Johannes Ryke zu sprechen begann. Sie waren zu weit entfernt, als daß er etwas verstanden hätte, doch Rykes Poltern war deutlich aus dem erregten Stimmengesumm herauszuhören, das von den Zuschauern kam.

*Erneut hat der Blutvogt seine Heilkünste gezeigt,* durchfuhr es Martin bitter, *diesmal sogar beim Liebchen des Markgrafen...* Er stapfte zum Schinderkarren, zapfte einen Humpen und kippte ihn wie ein Verdurstender. Aus zusammengekniffenen Augen sah er zur Küpe hinüber. Lobenstein schrie, übertönte das Brodeln. *Trotz der Mixtur sind seine Schmerzen gräßlich!* Martin wandte sich ab, hier konnte er *nicht* heilen. *Das Gericht will den Verurteilten schreien und wimmern hören, da kommt ein vorzeitiges Erdrosseln nicht in Frage.*

So überließ der Blutvogt Johannes und Asmus die Henkersarbeit, ohne die Beklemmung abschütteln zu können. Martin haßte Todesurteile für Straftaten, bei denen Turmhaft ausgereicht hätte – jahrelanges Siechen im Loch reichte seiner Ansicht nach. Gerecht war die Todesstrafe in seinen Augen bei denen, die andere Menschen töteten, aber sonst... *Lobenstein ist wirklich nur der arme Wicht, als der er sich bezeichnet. Die Kerle im Hintergrund sind die eigentlichen Drahtzieher! Ihnen gebührt der Tod, sie haben die Mordbefehle gegeben! Die Kinder Reitzensteins, Vogt Surber, Vokkenrode, Alvensleben...*

»Ihr fühlt Euch nicht wohl, Blutvogt?«

Bruder Michael musterte Martin von der Seite, und dem Scharfrichter war, als sehe der Mönch tief in seine Seele, erkenne jeden Gedanken. Martins Hals schien plötzlich ausgedörrt.

»Ihr solltet Euch ausruhen; manchmal hilft's, wenn man die wirren Gedanken betäubt. Guter Schlaf vertreibt Albdruck des Tages.« Michael senkte die Stimme und wies auf Asmus, der wieder mit Brunhilde beisammen stand. »Ein merkwürdig Geflecht durchzieht die Gassen und Häuser; überall werden nun, wenn man genau hinsieht, Verknüpfungen sichtbar. Ein riesiges Spinnengewebe, das die Leute einhüllt. Zappelt der eine, bewegen sich auch alle anderen. Und irgendwo im Zentrum hockt die fette Spinne und wartet auf die Beute.«

»Auch mein Vergleich. Was oder wen meint Ihr genau?«

»Euer Schinderknecht ist ebenso eingebunden wie viele andere. Seht, wie die Ratsherren Brole und Kremer miteinander flüstern. Bestimmt brüten sie neue Ränke aus: Kremers Narbe ist hell wie eine Laterne in der Nacht. Neffe Markus ist für einige Zeit nicht in der Stadt gewesen, kam mit Vetter und Base zurück. Wer weiß, was ausgeheckt wird?« Er lachte; es glich eher dem Knurren eines Hundes. »Die Kremerschen scheinen ihre Kräfte zu sammeln: seit Tagen lungert merkwürdiges Volk bei ihnen . . .«

Martin nickte und sagte nur ein Wort: »Muntmannen!«

»Seht Hillig Kurtzrock: Er starrt die Maiden der Leonore Seltzer mit gierig vorquellenden Augen an; wenn mich nicht alles täuscht, würd er's, wenn's die Seltzer zuläßt, dann glatt mit dem eigen Fleisch und Blut treiben . . .«

Martins Blick schweifte über die Angesprochenen. Arnold Brole und Paul Kremer sprachen leise, aber heftig miteinander, schienen zu streiten. Die Webergattin sah herüber und neigte – überaus spöttisch, wie es Martin schien – den Kopf. Daß Maria und Hildegard des Kurtzrocks Lenden entsprungen sein sollten, verwunderte Martin weniger – mehr schon, daß Bruder Michael davon wußte und es zur Sprache brachte, voller *ironia* zwar, aber ohne erhobenen Zeigefinger.

»Dunkel Euer Rede Sinn – worauf wollt Ihr hinaus, Bruder Michael? Was wißt Ihr noch?«

»Einiges, mein Freund. Unser Flurschütz läßt keinen Weiberrock aus, hat sein Gemächt bei Bauerstöchtern und fast jeder Magd von Köpenick bis Spandau gekühlt. Die Brunhilde, dünkt mir, ist eine seiner Töchter – auch wenn er's natürlich nie gesteht. Meister Stoffel hat's nie verwunden, daß seine zweite Frau keine Kinder mehr bekommen konnte: Die alte Roggenmuhme hat's verpfuscht, als Grete des Kurtzrocks Bastard zur Welt brachte.« Er machte eine Pause, runzelte die Stirn. »Ich überleg seit Tagen, was es noch mit der Roggenmuhme auf sich hatte; da gab's vor vielen Jahren mal ein Urteil – fällt mir leider nicht ein. Nun, verschämt wurde Gretes Kind vorm

Findelhaus abgelegt, ein Mönch nahm sich seiner an – ich erfuhr's von dem Bruder. Unser Protokollarius würd sich sehr über seine ›neuen‹ Geschwister wundern, nicht wahr? Was haltet Ihr davon, daß dort Bruder und Schwester miteinander schäkern, während ein weiterer Bruder die Tintenhörner befingert und zwei Schwestern den Soldaten schöne Augen machen?« Der Mönch hob die Hand, als Martin den Mund öffnete. »Behaltet's für Euch, Blutvogt. Das Glück steht ihnen ins Gesicht geschrieben. Wenn sie's nicht wissen, bleibt's ein Geheimnis unter uns. Wo kein Kläger, da kein Richter. Ich rechne zwar eins und eins zusammen, aber ein Beweis ist's nicht.«

»Was Ihr behauptet, ist unglaublich!« Martin keuchte. *Weiß Asmus es? Hat er's vom Köhler erfahren?* »Asmus arbeitete für Meister Stoffel … Hat die Grete nie was gesagt?«

»Bestimmt nicht. Und es gibt noch mehr, was ich weiß, mein Freund: In früheren Jahren war Paul Kremers Fastnachtsmaske stets eine schwarze Haube mit rot umrandeten Augenschlitzen; er setzte sie erstmals auf, als ihm Wegelagerer das Gesicht zerschnitten. Manchmal ging der Rentmeister so auch zur fetten Lena.«

»Die Dyrnen haben's so gesagt: schwarze Haube und … Himmel, genau so hat auch Lobenstein den Maskierten beschrieben – seinen angeblichen Auftraggeber!«

»Ihr seht also, das Netz um die Verschwörer zieht sich zusammen. Markgraf Woldemar sammelt nur die letzten Beweise. Bald, denke ich, werdet Ihr wieder Arbeit bekommen, mein Freund. Schärft Euer Schwert, es werden Köpfe rollen!« Der Mönch lachte böse, zog Martin zur Seite und flüsterte: »Münzmeister Brügge war bei mir, wollt's Gewissen erleichtern – das Messer, das Surbers Hals zerschnitt, gehörte ihm …«

»Das …« Martin atmete zischend ein, wurde von Michael sofort unterbrochen: »Hört zu, es geht weiter: Brügge hat es vermißt, nachdem er den Neffen besucht hatte, und meint, daß Wilkin es unbemerkt genommen haben muß. Wilkin gab's Clementh, der hat's Brole gestanden, denn dieser nahm es nach dem Mord an sich. So sagte es Paul Kremer, der bei Brügge vorsprach und höhnisch fragte: ›Ist doch Eures, oder?‹ Hat bös gelacht. Herrn Brügge blieb – wie er sagte – keine Wahl: Er schlug, nach Reitzensteins Zusammenbruch, den Rentmeister als Nachfolger vor.«

»Und Reitzenstein scheint was rausgefunden zu haben, was dem

Kremer nicht gefiel: Das brachte den Kindern den Tod!« Über Martins Kreuz kroch Kälte, Übelkeit wühlte plötzlich im Gedärm. »Es wird immer teuflischer! Diese ...«

»Ihr sagt es. Wie Ihr wißt, hat Herr Brügge die Prägestempel des Lobenstein in Augenschein genommen: Er war entsetzt, hat aber geschwiegen, weil's ihn selbst belasten würd! Wenn man mit den falschen Münzen schlägt, zeigt sich das gleiche Münzbild wie bei den richtigen Stempeln.«

»Soll bei Fälschung ja wohl so sein.« Martin lächelte schief. »Sonst bringt's nichts.«

»Ich sprach vom *gleichen* Münzbild, Blutvogt! Brügge versichert hoch und heilig, daß es *ganz genau* mit dem echten übereinstimmt, bis auf den letzten Kratzer. Mit anderen Worten: jemand muß Abdrücke für Kopien hergestellt haben! Der Münzmeister verdächtigt Kremer: er sei nach des Bruders Beerdigung betrunken zum Münzhof gekommen, habe Versöhnung geheuchelt. Es wurde viel getrunken, dieweil die von Lubbe für die Münzverrufung hergestellten neuen Stempel offen dalagen. Brügge glaubt sich schwach zu erinnern, daß Kremer sich an ihnen zu schaffen machte ...«

Ehe Martin etwas entgegnen konnte – seine Gedanken rasten –, trat Jakob hinzu und räusperte sich, Kopf und Ohren rot. »Die Herren mögen entschuldigen, aber ...« Er stockte, zog Pergamentbögen aus der Dupsingtasche und hielt sie dem Franziskaner entgegen; seine Stimme überschlug sich fast: »Sind *notitia* von Herrn Reitzenstein. Nahm sie an mich, versteh sie aber nicht. Hab nicht mehr an sie gedacht, als Herr Kremer die Bücher mitnahm. Der Sekretarius – scheint um viel Geld gegangen zu sein – kam erregt vom Rentmeister zurück und ... Nehmt 's, ich ertrag's nit länger.«

Während Michael noch verblüfft auf die Blätter schaute, eilte Jakob davon, und in Martin klangen die Worte *viel Geld* wie Glockengeläut nach, betroffen sagte er: »Wißt Ihr, was das sein könnte?«

Michaels Zeigefinger folgte den Zeilen, rasch sah er die Zahlen durch, furchte die Stirn. »Eine Liste wohl, vielleicht ein Beweis: Geld und von wem es stammt, vieles mehrfach unterstrichen oder dick angekreuzt. Könnten Steuern sein ... Bede und Abgaben, Zoll ... Das da sind städtische Ausgaben ...« Er sah auf, tippte an die Schläfe und grinste. »Mal sehen, was Ihr gelernt habt: *sic et non!* Reitzenstein findet in den Büchern Zahlen, die er überprüft. Dann geht er zu Kremer, ohne Erfolg. Am nächsten Tag werden die Kinder ermordet, seither ist der Sekretarius nicht mehr ansprechbar. Dafür erscheint Kremer bei Brügge, zeigt das Messer und preßt dem Münzmeister Unterstützung ab, daß dieser den Kämmerer für den Mühlenhof vorschlägt. Und die Bücher verschwinden.«

»Lobenstein besitzt falsche Prägestempel«, ergänzte Martin. »Kremer hat bei Brügge Abdrücke gemacht, seine Maskierung ist wie die, von der Lobenstein sprach!« Er zählte weiter an den Fingern auf: »Lobenstein hat mich mit Markus Kremer überfallen und konnte flüchten, weil Clementh mit den anderen Rondengängern soff und würfelte – er gilt als Muntmann der Kremerschen. Später stößt er den Karrenschieber, der in der Ziegelei arbeitet, wo man Vockenrode und Alvensleben gefunden hat. Schon vor einiger Zeit haben die Hübschlerinnen Rent- und Kirchenmeister belauscht; damals ging's angeblich um *viel Geld* ... Auch gab's Streit zwischen Brügge und Kremer wegen der Münzverrufung: Nun verständlich, denn neue Prägestempel ersetzten die alten, was wohl heißt, daß schon *früher* Münzen gefälscht wurden! Wer weiß wie lange? Womit wir wieder bei Reitzensteins Überprüfung der Bücher anlangen.«

»Gut, mein Freund, sehr gut.« Michael nickte zufrieden und steckte die Blätter in die Kuttenärmel. »Zur Verschwörung bedarf es Geld. Beteiligte wollen bezahlt werden, Unbeteiligte sind zu bestechen, Widerstand wird, wenn's sein muß, mit Gewalt gebrochen. Der Zusammenhang ist klar: Im Hintergrund warten die Wittelsbacher! Fast wär der Überfall geglückt – der Bolzen hat Markgraf Woldemar nur knapp verfehlt ... Langsam ordnen sich die Steinchen im Mosaik. Solange aber geleugnet wird und eindeutige Beweise fehlen, wird's für den Kläger schwer. Noch hat sich keiner der Feinde offen gezeigt; daß man sie verdächtigt, schert sie nicht.«

Martin seufzte. »Herr Brügge müßte aussagen, gleichfalls Jakob. Gut wär's auch, wenn Herr Reitzenstein sprechen würde, und wenn man bei Kremer oder Brole das Messer findet, auch Kremers Maske ...«

»Alles zu seiner Zeit, mein Freund.« Der Mönch winkte ab, sein Lächeln bekam fast wölfischen Ausdruck. »Nun sind die Figuren aufgestellt, und der Markgraf ist am Zug. Dann hängt's davon ab, wie die Gegner handeln.« Er lachte rauh. »Am Ende wird 's Schach geboten, und es heißt: Matt!«

»Allmächtiger – was seid Ihr nur für ein Mensch? Die Franziskanerkutte umhüllt Euch gut, aber... – Euch macht's wohl Spaß, an diesem... diesem ›Spiel‹ teilzuhaben?« rief Martin und hob die Arme. »Seid Ihr etwa Woldemars Mann? Alt genug dürftet Ihr ja sein, um ihn zu kennen – könnt Ihr sagen, ob's der ›Richtige‹ ist? Wann, sagtet Ihr, kamt Ihr nach Berlin: Anno 1318? Kanntet Ihr also Woldemar vor dessen ›Tod‹?«

Anerkennendes Funkeln erschien in den Augen des Franziskaners. »Diese Fragen beantworte ich Euch später, zuerst heißt's, die Verschwörung abzuwehren. Wird noch ein hartes Stück Arbeit! Danach kommt dann wieder vorbei, damit wir die *lectiones* fortsetzen können. Wir werden reden, und Ihr erfahrt alles, was ich weiß. Für heute: Gehabt Euch wohl, Gevatter Blutvogt. Geht nach Hause und wärmt die Belse. Ihr braucht's dringend, will mir scheinen. Der Lobenstein stirbt auch, ohne daß Ihr zuseht und Euch selbst martert, denn das Töten belastet Euch mehr, als Ihr Euch eingesteht. Deshalb ein Rat von einem weitgereisten Mann: Erfreut Euch mehr an den Heilerfolgen! Wenn die Hertha überlebt, steht Ihr in des Markgrafen Gunst. Das wird den Ratmannen Feuer unterm Hintern machen: Werdet endlich Heiler und Wundarzt, wie Ihr's Euch wünscht! Euer Helfer Asmus wird Euch gut ersetzen: Ich seh's seinen Augen an, daß ihn das Martern und Töten wenig berührt. Er wuchs in Kälte auf, und so blieb und bleibt er kalt – nur die Kleine an seiner Seite kann den Stein erweichen, den er statt eines Herzens in der Brust hat.« Michael drehte sich halb herum; das Tatzenkreuz am Ring funkelte blutigrot. »Wehe, wenn die beiden einmal hassen...«

»Zum Teufel mit Intrigen und Ränkespielen.« Martin sah Michael hinterher, der zu Woldemar zurückstapfte, sich über dessen Schulter beugte und ihm etwas ins Ohr flüsterte. *Beginnt nun das große Ausmisten? Wird in Blut und Tränen enden!*

Martin war froh, endlich wieder zu Hause zu sein, küßte Amalie, holte Bilsenkraut aus der Kammer, legte es in die Pfanne und atmete mit einem Gefühl von Erleichterung und Befreiung die Dämpfe ein. Schon nach kurzer Zeit stellten sich Ausgeglichenheit und Wohlbefinden ein, und Martin hatte den Eindruck, als bemächtige sich eine geheimnisvolle Kraft seines Körpers. Er schloß die Augen und überquerte die Jenseitsbrücke, ritt durch Gegenden, die noch kein menschliches Auge sah, lauschte himmlischen Harfen- und Schalmeienklängen, und ihm war, als bewegte er sich durch einen Raum, in dem es keine Schwerkraft mehr gab. Immer höher ritt er hinauf, von schimmernden Wolken umgeben. Fern war die Stimme Bruder Michaels, die plötzlich an Martins Ohren drang, obwohl es nur Erinnerung war: »*... hab gehört, daß Entrückte beim inbrünstigen Beten, vielleicht durch Räucherungen verstärkt, plötzlich und von magischer Kraft getragen, in der Luft schweben, daß ihre Haut wie Gold in der Sonne glänzt und daß sie allen Teufeln und Dämonen widerstehen. Asketen und Heilige bevorzugen Zurückgezogenheit, Einsamkeit und Stille, versuchen mit Fasten die menschlichen Triebe zu beherrschen. Andere beschwören gewaltige Geisterkräfte: ihr Wirken sieht man als Gewitter, Wolkenbrüche, Überschwemmungen, Feuersbrünste, Seuchen und Kriege. Es heißt, die Geister seien Mittler zwischen Gott und Mensch, wie Engel sind es Weggefährten, Aufpasser, aber auch Versucher!*«

Aus Schwaden formten sich Gestalten, von denen er die meisten wiedererkannte; sie begleiteten ihn häufig auf den Bilsenkrautreisen. Besonders die Habergeiß flog dicht heran und blieb an Martins Seite; ihr schrilles Gelächter war unverkennbar, unterbrochen vom Bellen und Kläffen des Schweißhundes.

»Wenn das alles überstanden ist, mein Lieber« – Nicolaus Stulzings Faust quetschte Tile Wardenbergs Handgelenk, die Stimme des hageren Mannes klang dumpf –, »wirst *du* es sein, der offiziell dem Rat die Ernennung Stockmanns zum *Hospitalmeister* vorträgt. Schweig, keine Widerrede! Ich hab's Zögern satt. Wenn wir länger warten, geschieht mit dem Blutvogt vielleicht wirklich das, was du befürchtest, und das zu unser aller Schaden. Du sollst schweigen, hab ich gesagt! Sogar der Markgraf zeigt nun Interesse an Stockmann, ohne dessen Unterstützung wir noch ziemlich im dunklen tappen würden.« Er hob die Stimme, brüllte fast: »Also mach endlich selbst, was du halbherzig eingeleitet hast! Auch Ryke hat dich durchschaut: Wenn du nicht auf mich hörst, bekommst du's mit unserem Polterer zu tun!«

Wardenbergs Mund klaffte sprachlos, das Gesicht verlor die Farbe, und nur zu einem Nicken war der Mann fähig. Erst jetzt ließ Stulzing los, befriedigt schnaufend, und trat einen Schritt zurück. »Warum nicht gleich so? Du brauchst wohl auch zuerst einen Tritt, um in Bewegung zu kommen?«

»Auch? Wer noch?«

Stulzing grinste breit. »Ochsen und Esel!«

»Man dankt«, sagte Wardenberg und deutete eine spöttische Verbeugung an. »Gut, ihr sollt euren Willen haben, du, Ryke und die anderen.«

»Kein falsches Spiel, alter Freund.« Stulzing hob den Zeigefinger. »Ränke stehen mir bis hier.« Die flache Hand fuhr unter der Nase entlang. »Ich weiß, daß wir's noch nicht ausgestanden haben, trotzdem will ich klare Verhältnisse!«

»Schon gut. Ich weiß, daß dir dein Schützling am Herzen liegt. Vielleicht ist's in der Tat besser so. Gut, ich werd's vorbringen. Sorg du für Zustimmung, dann haben wir demnächst einen städtischen Medicus.« Der zweite Berliner Ratsmeister lächelte listig. »Ich denk mir's so: ein der *statt gesworner arczt zu bescheidenlich lone*, sechs Pfennig bei jedem Kranken, Arme kostenlos – bei Verstoß eine Mark Strafe und …«

»Teufelsbraten!« rief Stulzing, lachte plötzlich und schlug Wardenberg derb auf die Schulter. »Mir soll's recht sein: *Du* schlägst es ja vor! Mag sein, daß dir ein kräftiges Windchen um die Ohren bläst, aber das übersteht ein Mann wie du ja leicht.«

Wardenbergs Lächeln drohte zu erstarren, dann lachte er ebenfalls, und die Männer besiegelten die Absprache mit einem festen Händedruck.

Für den Sonntag nach Mariä Himmelfahrt, den 16. Tag im Ernting, lud der Markgraf zum großen Gastmahl unter den Stadtoberen, und zu seinem Erstaunen wurde auch Martin mit seiner Frau eingeladen: denn die Kurtisane Hertha befinde sich auf dem Weg zur Genesung, nur das Sprechen falle ihr noch schwer. »… und zum Dank werden der Herr Martin Stockmann nebst Gattin aufgefordert, sich am Abend im großen Saal des berlinischen Rathauses einzufinden«, rief der Bote mit Blick aufs entrollte Pergament, »der von den geschätzten Ratmannen der Doppelstadt bereitwillig auf des Markgrafen Wunsch hin fürs Fest gerichtet wurde.«

Kaum war der Herold abgezogen, von Trommlern begleitet, lächelte Martin, küßte Amalies Nasenspitze und sagte, als er ihre feuchten Augen sah: »Nicht weinen, Liebes. Wir wollen fröhlich sein und feiern, solange wir's können ... Fein formuliert hat's der Herr Markgraf, nicht wahr? *Geschätzte Ratmannen ... bereitwillig auf Woldemars Wunsch ...* Ha! Wenn das keine Falle für die Verschwörer ist! Nun, das dürfen wir uns nicht entgehen lassen. Geschwind, mein Schatz, nimms schönste Kleid!«

»Ach, Martin.« Sie schniefte, ihr Lächeln kam zaghaft. »Manchmal macht's mir angst. So schnell, so hoch hinauf? Wo soll's enden? Ich fürchte mich vor dem Fall.«

Er legte den Arm um sie, zog sie an sich und sah ihr tief in die Augen. »Kein Fall, geliebtes Weib! Das werd ich mit aller Kraft, über die ich verfüge, zu verhindern wissen. Schon der Großvater sagte, als ich mal wieder vom Baum gefallen war: Raufklettern ist leicht, du mußt auch oben bleiben können und die dünnen Zweige meiden. Danach bin ich nie wieder gefallen.«

»Dann halt mich ganz fest!« flüsterte Amalie und barg den Kopf an seinem Hals. Martin strich über ihr Haar, sprach beruhigend auf sie ein und fühlte merkwürdige Stiche im Herzen: Im Inneren war er kaum halb so selbstsicher, wie er sich nach außen gab. Er wollte es verbergen, ahnte allerdings, daß er Amalie nichts vormachen konnte: Sie durchschaute und kannte ihn noch besser, als es Bruder Michael vermochte. *Ohne den Mönch* – der Gedanke glich einem Blitz – *würd ich viel weniger wagen! Ich muß noch viel mehr lernen! Mit mir hat er sein Geheimnis geteilt, ihm vertrau ich. Bei den Ratmannen heißt's vorsichtig sein, sogar bei Stulzing: Man tuschelt, er könnt der neue Mühlenmeister werden. Ryke hält sich zurück, Wardenberg hat einen lauernden Blick, der mir nicht gefällt. Die Reitzensteins dämmern vor sich hin ... Und wenn ich an den Flurschützen denk, steigt's übel aus dem Bauch auf. O Herr, allmächtiger Vater, mach mich stark: Ich hab geschworen, mein Weib zu schützen! Mach, bitte, daß es mir gelingt – ohne sie kann ich nicht leben!*

Gekleidet in feines Tuch, eilten Martin und Amalie später zum Ratssaal, wo sich nacheinander Geschlechter und ehrsame Bürgersleut einfanden – alles, was in der Doppelstadt Rang und Namen hatte: Patrizier, Ratmannen, Kleriker, Zunftmeister. Auch einige Fernhändler, auf der Durchreise in Berlin abgestiegen, befanden sich unter den Gästen. Martin bedauerte, daß der Lübecker Pfeffersack nicht da war. Zirner hatte, wie versprochen, Berlin den Rücken gekehrt; die vielen Groschen fürs Knochenmehl waren ein schwacher Trost. *Vielleicht bereue ich's noch, nicht mitgereist zu sein.*

Damen zeigten kaum bedeckte Brüste in großen Ausschnitten, Zaddeln und Polster der Herrenkleider sprangen farbenfroh ins Auge. Stadtkämmerer Paul Kremer sprach mit Hillig Kurtzrock, Arnold Brole war noch nicht anwesend. Jakob Kurtzrock hielt Abstand zum Vater. Im Hintergrund stand neben Tyle Brügge und dessen Frau Theresa in grauer Kutte Bruder Michael. Er winkte Martin, kam herüber, um Amalie zu begrüßen, wie es feiner Minne entsprach, und flüsterte: »Seid nicht überrascht, mein Freund: Man hat verschiedenes vorbereitet.«

»Überrascht?« Martin lächelte schief und antwortete ebenso leise: »*Mich* kann kaum noch was überraschen. Die Herrschaften der Doppelstadt zeigen stets aufs neue, daß nichts unmöglich ist. Ist wohl Euer Tag, verkleideter Ritter?«

Bruder Michael winkte ab. »Ich bin nur der Mann im Hintergrund.«

»Nicht mehr, nicht weniger – ich weiß. Im Untertreiben seid Ihr Meister!«

»Euer Mann« – der Franziskaner lachte schallend und wandte sich mit höflicher Verbeugung an Amalie – »hat ein loses Mundwerk, meint Ihr nicht auch? Ihr solltet es ihm öfter stopfen: Man sagt, ein Kuß sei die schönste Art, den anderen zum Schweigen zu bringen.«

Amalies Gesicht rötete sich, ihr Blick wanderte von Bruder Michael zu Martin und wieder zurück. »Die Herren«, sagte sie mit nörgelndem Unterton, »nehmen mich auf den Arm. Kein feiner Zug, nur weil ich ein Weib bin. Komm du nur nach Hause, mein Lieber: Ich muß wohl der Pfanne noch eine Beule hinzufügen. Und Ihr, Herr Mönch, achtet besser auf den Hund, wenn Ihr's nächste Mal kommt!«

Dieweil Martin den Kopf betastete, verzog Michael den Mund.

»Hu, mir deucht, Eure Gattin meint's ernst. Da zieh ich mich wohlweislich zurück. Gehabt Euch wohl.«

Sie lachten und sahen Michael nach, der sich wieder zu den Brügges gesellte. Weitere Ratmannen und Patrizier kamen mit ihren Weibern; Martin erkannte die von Aken, Braekows, Alharts und Trebusens. Hieronymus Plumperdum trat ein, gefolgt vom Zunftmeister der Kürschner, Siegmund Babel. Göbel Wirth sprach mit Hein Nabel, Ordenskomtur von Arenholz stand beim Propst. *Es wurden wirklich alle geladen,* dachte Martin, während Amalie sich bei ihm unterhakte. *Das ganze hochherrschaftliche Gesindel!*

»Haltet Augen und Ohren offen«, sagte Nicolaus Stulzing nach der Begrüßung. »Es scheint, als wollt Woldemar zum Angriff übergehen.«

»Das Netz zieht sich zusammen!«

»Ihr wißt's also?! Bruder Michael hat lange mit dem Markgrafen gesprochen. Nun gilt's, die Verschwörer aus ihren Löchern zu locken – entweder weil sie sich in die Enge getrieben fühlen oder weil sie sich zu sicher glauben.«

Stulzings Frau in sittsamer Haube lächelte zurückhaltend, stand einen Schritt hinter ihrem Mann und machte keine Anstalten, sich an der Unterhaltung zu beteiligen. Amalie kannte diese Zurückhaltung nicht: sie blieb an Martins Seite und begegnete den Blicken anderer Bürgersfrauen mit einer Sicherheit, die Martin im stillen bewunderte.

»Man sagt, daß Ihr der neue Mühlenmeister werdet?«

Ratsherr Stulzing hüstelte und sagte: »Gerüchte! Und Ihr, Blutvogt? Des Markgrafen Wohlgefallen ist ein zweischneidig Schwert, mein Lieber. Ist Euch der Gedanke gekommen, daß er viel weiter plant? Angenommen, Brole und Kremer – und vielleicht noch mehr? – werden verurteilt: wie sieht's dann aus mit der Zahl der Ratsherren, Offizianten und Schöffen?«

Amalie atmete hörbar ein und umfaßte Martins Arm fester. »Ihr meint, Ratsmeister, der Markgraf könnte meinen Mann belehnen? Das würd vielen Patriziern nicht gefallen. Die alten Geschlechter...«

»Wen schert's, Frau Stockmann? Wer weiß, wer alles den mörderischen Kehraus überlebt? Wer heut noch an seinen Einfluß glaubt, schmachtet morgen vielleicht im Kerkerturm und wartet auf des

Henkers Schwert. Nichts wird mehr so sein wie früher, glaubt mir!«

Endlich wurden die Tische hereingetragen, das Mahl war bereitet: Diener brachten Schragen und legten die Platten auf die kreuzweis verschränkten Untergestelle. Mitglieder der Cölln-Berliner Oberschicht nahmen auf Bänken Platz, und kaum jemand achtete auf die Worte des Markgrafen, mit denen er die Festlichkeit eröffnete. Propst Orthwyn, Archidiakone und Pfaffen hockten neben Zunftmeistern und Sprengelsgefreiten; nahe dem Ausgang und an den Wänden hatten Woldemars Armbruster Stellung bezogen. Bruder Michael nahm neben Woldemar Platz – ein mehr als deutliches Zeichen, welchen Einfluß er beim Markgrafen besaß. Martin runzelte die Stirn: *Der Mönch lebte in Berlin, als der Askanier vor seinem »Tod« noch Rechtens regierte – wenn er ihn wirklich von früher kennt, ist das nicht Beweis, daß Woldemar der »Richtige« ist? Oder verbindet die beiden alten Männer etwas ganz anderes?*

Spielleute und Minnesänger traten auf, Stimmengesumm füllte den Raum, es wurde gelacht und den Speisen und Getränken fröhlich zugesprochen: gekochtes und gebratenes Fleisch – gespickt, gefüllt, gewürzt –, Hasen- und Wildschweinfleisch in schwarzer Pfeffertunke, Schweinskopf und Lendenbraten mit Kraut und Zwiebeln, Forellen und Äschen, Bohnen und Erbsen, Innereien, Rebhühner, Kapaune, Käse, Kuchen und Backwerk, Äpfel, Birnen. Safran, Mandelkerne, Zimtrinde, Gewürznelken, Anis, Ingwer, Essig, Honig, Öl und Butter. Dazu Bier und *lûtertranc*, der schwer war und rasch berauschte. Trinkgefäße mit buckligen Nuppen klirrten, Salzfäßchen wurden weitergereicht, Löffel geschwungen.

*»Heißer Scham und Reue voll / Wildem Grimm zum Raube / Schlag' ich voller Bitterkeit / An mein Herz, das taube: / Windgeschaffen, federleicht, / Locker wie von Staube, / Gleich' ich loser Lüfte Spiel, / Gleich' ich einem Laube…«* Der Minnesänger hob zur *Vagantenbeichte* des *Archipoeta* an. *»Denn indes ein kluger Mann / Sorglich pflegt zu schauen, / Daß er mög' auf Felsengrund / Seine Wohnung bauen / Bin ich Narr dem Flusse gleich, / Den kein Wehr darf stauen, / Der sich immer neu sein Bett / Hinwühlt durch die Auen…«*

Leonore Seltzer, untergehakt bei des Gatten Neffen Kunibert, gefolgt von prächtig herausgeputzter und geschminkter Maria, an

deren Seite, kaum weniger lieblich anzuschauen, Hildegard daher-
trippelte, betrat den Saal, verhielt im Gang, um neugierigen Blicken
ausreichend Zeit zu lassen, und steuerte zielstrebig jenen Tafelbe-
reich an, wo die fremden Fernhändler Platz genommen hatten. Erfreut machten die Herren Platz, kümmerten sich zuvorkommend
um die Mädchen, während Leonore wie eine Glucke in ihrer Mitte
hockte. Die Mädchen lachten, bogen sich, um tiefe Blicke in ihre
Ausschnitte zu gestatten. Martin lächelte anerkennend. Maria und
Hildegard hatten schnell gelernt – auch am etwas griesgrämigen
Blick des Weberneffen und dem von August Seltzer, der neben
Bäcker Gröben saß, war es deutlich abzulesen.

Der Minnesänger rief: »... *Traurigkeit – ein traurig Ding, / Das
mich mag verschonen / Scherz geht über Honigseim / Der will sich
verlohnen. / Mit ist in Frau Venus' Dienst / Eine Lust zu frohnen /
Die in eines Tropfen Herz / Nie hat mögen wohnen...*«

»Der neuesten *schloephoeren* Anhang macht sich breit«, flüsterte
Amalie mit Blick über den Becherrand, während Martin ein Braten-
stück abbiß, daß ihm der Saft übers Kinn rann. »Solltest du nicht
was unternehmen, Liebster? Mechthild hat bei mir vorgesprochen
und die Beschwerde aller Hübschlerinnen überbracht; sie fürchten
um ihre Groschen, denn die reichen Herren bleiben aus, seit die
jungen Dinger ihr Frischfleisch feilbieten!«

»Ich zaudere aus gutem Grund: Wem ist geholfen, wenn die Gattin des Ratsherrn am Pranger steht? Der Hübschlerinnen Pfennig-
beutel klimpert kaum mehr, wenn die Maiden aus der Stadt gejagt
werden – die reichen Herren hat's nie sonderlich in die Rosengass'
getrieben, sie vergnügten sich stets bei den Heimlichen aus gutbür-
gerlichem Haus. Mein Anteil am Geschäft? Wenn Stulzing recht
behält, übernimmt vielleicht bald ein anderer das Scharfrichterge-
werbe. Asmus mag's vielleicht nicht gefallen, was soll's?«

»Du wirst nachlässig und faul, Mann.« Amalie lächelte und stieß
Martin in die Seite. »Sei ehrlich: Dir haben's die Mädchen angetan.
Du verschlingst sie ja mit deinen Smaragdaugen. Paß auf, daß ich sie
dir nicht auskratz!«

»Nimm dich in acht, Weib. Ich möcht den beiden kein Leid zufügen. Deshalb soll alles bleiben, wie's ist: Du bist an meiner Seite,
mein Schatz. Nur das ist wichtig.«

Sie lachte, griff Martin an die Beinlinge und machte große Augen;

das Blau der Augen begeisterte Martin wie am ersten Tag. »Ich glaub's dir – heut.«

»... *Auf dem breiten Wege geh/Ich nach der Art der Jugend/ Lasse mich mit Sünden ein/Ungedenk der Tugend:/Mehr nach irdischer Begier/Als gen Himmel lugend/Gesitlich tot, zu jeder Lust/Meinen Leib befugend...*«

Bruder Michael, der kaum beim Mahl zugegriffen hatte, stand auf, nickte Woldemar zu und ging zum Ausgang. Er schien nicht begierig zu sein, der Festlichkeit bis zum Schluß beizuwohnen. Martin blickte ihm nach, sah zwar die Zeichen, wußte sie aber nicht recht zu deuten.

*Was plant der Markgraf? Zieht sich nun die Schlinge um die Verschwörer – wer immer es alles ist – enger? Warten die Armbruster nur darauf, ihre Bolzen zu verschießen? Wie werden die Zunftmeister, wie die Patrizier handeln? Steht ein blutiger Aufstand wie bei des Markgrafen erstem Besuch in der Doppelstadt vor einem Jahr bevor?* In Martins Kopf schwirrten die Fragen, ohne daß er eine Antwort fand. Statt dessen trank er Wein und fühlte sich beschwingt. Nur langsam schwand die Beklemmung. Amalies streichelnde Hände lenkten ihn von den düsteren Gedanken ab. Er fuhr ihr durchs Haar, küßte die Fingerspitzen und roch den warmen Hauch, der sie umgab.

»... *Wer, der in den Kohlen sitzt/Bleibt wohl unversehret?/ Wann hat zu Pavia von/Unschuld man gehöret/Wo Frau Venus' Wink die Ruh/Jedem Jüngling störet/Mit dem Lärvchen ihn bestrickt/Mit dem Aug' bethöret?*«

Ratsmeister Stulzing, den Arm um die Hüfte seiner Frau gelegt, hob den Becher und sagte bedächtig: »Trinken wir auf eine gute Zukunft. Geb Gott, daß der Albtraum bald endet und wieder Ruhe in die Stadt einkehrt.«

»Und daß uns der Pesthauch verschont.« Martin nickte schwermütig. »Beim Schwarzen Tod versagen alle Heiler.«

»Auch Ihr kennt kein Mittel?« Frau Stulzing fragte zaghaft, ihr Gesicht war vom Wein gerötet. »Mein Mann schwört auf Eure Kenntnisse, Herr... Blutvogt.«

»Wunder vollbringt nur der Allmächtige, Frau Stulzing. Seht in mir deshalb keinen Wundermann, und glaubt von dem, was man Euch erzählt, bestenfalls die Hälfte. Es sind die Kräfte des Herrn, die mir helfen, nicht die des Gottseibeiuns oder seiner Schergen. Gutes Essen, frische Luft – die nicht so stinkt wie die der Doppelstadt –, Kräuter, die jeder im Wald und auf Wiesen findet: es ist kein Geheimnis dran.«

»Bald werdet Ihr's unter Beweis stellen können«, sagte Stulzing vieldeutig, ohne auf Martins fragenden Blick einzugehen.

»… *Also hab' ich nun bekannt / Alles Bös' und Schlechte / Dessen hämisch mich geziehn / Deine frommen Knechte. / Ei wenn einer seine Schuld / Dir zu Ohren brächte! / Ist doch Keiner, der an Spiel / Nicht und Weltlust dächte …*«

Neuer Wein und noch mehr Bier wurden vom Ratskeller herbeigeschafft, lautes Singen und Grölen übertönte den Vortrag des Minnesängers. Endlich stand Ratsmeister Tile Wardenberg auf, winkte dem markgräflichen Herold und wartete, bis der Trommelwirbel verhallt war. »Hochgeschätzter Herr Markgraf, Ratmannen und Patrizier, Herren des Klerus und der Zünfte und Innungen: Es wurde lang bedacht, alles Für und Wider abgewogen, die Fürsprache des verehrten Herrn Markgrafen gab schließlich den Ausschlag. Es ist mir deshalb eine Freude« – Von Stulzing kam ein kaum verständliches Zischen: »Dieser Hundesohn, hat doch noch ein Türchen gefunden, um sich abzusichern: Schiebt's auf Woldemar!« – »und auch eine Ehre, unsren lieben Mitbürger, Herrn Martin Stockmann« – Martin entging nicht, daß Wardenberg es wohlweislich vermied, vom *Scharfrichter* zu sprechen; Ratsmeister Ryke knurrte ein: »Hört, hört!« – »für ein Amt vorzuschlagen, das unserer Doppelstadt gefehlt hat und für dessen Ausübung Herr Stockmann schon in vielen Fällen – wir alle kennen sie! – seine Befähigung unter Beweis gestellt hat: zuletzt, als er die Begleiterin des lieben Herrn Markgrafen vorm drohenden Tod durch Ersticken rettete!«

Die salbungsvollen, vom Lispeln des Ratsmeisters verzerrten Worte hinterließen in Martin Übelkeit, auch Stulzing und einige andere verzogen mißmutig das Gesicht, Kremer und Brole steckten die Köpfe zusammen. Clais Overstolz, gewandet im ritterlichen Harnisch, beugte sich zu seiner Frau, deren Anblick für den der anderen Kremerschen entschädigte: auch ihr Bruder Gotfried besaß abstehende Ohren und vorstehende Zähne. Tile Wardenberg dehnte die Pause, bis es so still wurde, daß eine fallende Nadel ein Donnergrollen verursacht hätte, die Spannung ließ Hildegard und

Maria unruhig auf der Bank hin und her rutschen. Martin fühlte sich plötzlich elend, Blut rauschte in seinen Ohren. Er hörte kaum, daß Wardenberg vom *Hospitalmeister* sprach, von großer Verantwortung und der Hilfestellung, die er und andere gern leisten wollten, das Klatschen, Jubeln und Hochrufe der Leute glichen fernem Summen, die aufmunternden wie gönnerhaften Schulterklopfer bekam Martin nur am Rande mit. Alles verschwamm vor seinen Augen: Da war kein Stolz und auch kein Triumph, wie es noch beim Aufstieg zum Bürger der Fall gewesen war, nur Scham und langsam zunehmende Wut. Sicher, er hatte sich genau dies gewünscht, schon als Kind vom roten Talar geträumt. Aber es sollte durch das Heilen und die eigene Leistung erreicht werden, nicht Teil eines hinterlistigen Spiels sein, das die Hohen Herrschaften mehr aus Eigennutz denn Überzeugung betrieben.

Statt Freude zu empfinden, fühlte sich Martin gedemütigt, ja sogar um die Früchte seines Erfolges betrogen. Viele Gratulanten meinten es zweifellos ehrlich: Stulzing, Sternickel, Steglitz, auch Lubbe, Ryke und Wirth, der einäugige Hein Nabel sowieso. *Aber die anderen...* Martin wischte Wasser aus den Augenwinkeln. *Es ist so beschämend, so erniedrigend! Sie treten mir ins Kreuz mit ihrem falschen, verlogenen Lächeln. Und Wardenberg, der dieses selbstzufriedene Grinsen zeigt – fortan weiß ich, was ich von ihm zu halten hab! Hah, der soll mal mit einer Wunde zu mir kommen; ich streu ihm Salz auf und lach dabei!*

Fast lagen ablehnende Worte auf Martins Zunge, dann sah er Amalies leuchtenden Blick – und schwieg: *Sie* war stolz, gerührt, voll Freude und, natürlich, Liebe. Sie durfte er nicht enttäuschen, auch nicht die vielen, die wirklich seiner Hilfe bedurften. Mit dem Rest, das schwor sich Martin, würde er ebenfalls fertig werden: Die Schinderarbeit hatte ihn gut vorbereitet, sie sollten sich noch alle wundern! *Ja, ich werd ihr Hospitalmeister sein! Mit Bruder Michaels Hilfe werd ich der Beste werden. Sie werden noch staunen. O himmlischer Herr, Dein sei die Rache, wie's im Heiligen Buch steht – ich will Dein Werkzeug sein!*

Martins Bestellung zum Hospitalmeister sollte nicht die einzige Überraschung bleiben, genau wie von Bruder Michael vorausgesagt: Völlig unerwartet winkte Markgraf Woldemar seinen Armbrustern, die Tyle Brügges Oberarme packten und den Münzmeister von der Bank zerrten. Theresa schrie gellend auf, wurde fortgestoßen und rutschte über den Boden, dieweil ihr Vater, weiß wie gebleichtes Leinen, hilfreich zu ihr eilte, vom quergehaltenen Spieß eines Soldaten aber aufgehalten wurde. Brügges Gesicht zeigte plötzlich Zerknirschung und Schuldbewußtsein; er senkte den Kopf.

»Es ist an der Zeit, daß reiner Tisch gemacht wird!« rief Woldemar mit rauher Stimme, sein Finger wies auf Brügge. »Dieser Mann, mit dem Amt der Münze betraut, hat mich bös hintergangen und noch viel Schlimmeres getan!« Ein blutverschmiertes Messer polterte auf den Tisch. »Mit dieser Waffe wurde mein Vogt ermordet! Man hat sie mir zugespielt, und beharrliches Nachfragen brachte rasch zutage, wem sie gehört: Tyle Brügge, wollt Ihr leugnen, daß es Euer Messer ist?«

Dem Münzmeister quollen fast die Augen über, kaum verständlich die Antwort: »Ich kann's nicht leugnen, Herr. Es ist meines. Aber…« – Woldemars herrische Geste brachte ihn zum Schweigen, die Söldner packten noch fester zu.

*O Gott, das darf nicht wahr sein! Diese Teufel in Menschengestalt!* Martin schüttelte sich wie vom Eishauch gestreift. *Kremer und Brole haben 's Messer Woldemar überbringen lassen, um von sich abzulenken. Aber… Michael hat doch mit dem Markgrafen gesprochen?! Warum soll Brügge…? Sicher ist er nicht frei von Schuld, aber nicht von ihm geht die Verschwörung aus. Das kann nicht… Ah, ich glaub, nun versteh ich's: Respekt, mein alter Freund! Das ist mit deiner Feder geschrieben! Sie wollen die wahren Verschwörer in Sicherheit wiegen, damit 's böse Erwachen um so fürchterlicher für sie wird. Vielleicht spielt Brügge sogar mit, macht den Köder? Immerhin standen er und der Mönch zusammen…*

Nach einem Augenblick betretener Stille sprachen alle durcheinander. Männer waren aufgesprungen, starrten wild umher. Rykes donnernde Stimme erklang, er schaffte es, sich einen Weg zur Tochter zu bahnen. Theresa wehrte die Hand ab, sprang vor und stellte sich schützend zwischen ihren Mann und den Markgrafen: Obwohl klein, zierlich und meist scheu, war stadtbekannt, daß sie fest zu ihrem Gatten stand; schon im vergangenen Herbst, als Tyle das Amt des Vogtes verlor und Surber vorgesetzt bekam, war sie Woldemar fast an den Hals gesprungen und konnte nur mit Mühe von ihrem Mann zurückgehalten werden. Jetzt stemmte sie die Fäuste auf die Hüften und reckte das Kinn: »Seid Ihr närrisch? Wie könnt Ihr auch nur einen Augenblick denken, mein Mann hätte... Es gab Streit mit Herrn Surber, das ging von beiden Seiten aus. Aber kein Mord! Nicht von Tyle!« Sie schluchzte mehr aus Wut und Aufregung denn aus Angst. »Merkt Ihr denn nicht, mein Herr, daß die Verschwörung von ganz anderer Seite ausgeht? Daß man Euch verderben will? Mein Mann hat Euch treue Dienste geleistet, denkt nur an die Münzverrufungen!«

»Das alles wird's Verhör ergeben.« Woldemar blieb hart, sein Gesicht zeigte nichts von dem, was er wirklich dachte. »Schafft ihn fort!«

Ohne daß die Armbruster es verhindern konnten, warf sich Theresa an den Hals ihres Mannes, dieser flüsterte auf sie ein, sie nickte. Ein Soldat zerrte die Frau zurück, sie riß sich los, stürmte aus dem Saal. Während Brügge abgeführt wurde und den Blick senkte, als er Johannes Rykes ebenso mißbilligendes wie verständnisloses Kopfschütteln bemerkte, schwoll das Murmeln und Raunen an: Jemand äußerte, Theresa Brügge könne Unterstützung herbeiholen, und man solle sie ebenfalls gefälligst in Haft nehmen, ein anderer bezweifelte des Münzmeisters Schuld, ein dritter sprach von bösen Geistern und Besessenheit. Ungerührt nahm Markgraf Woldemar das Messer wieder an sich, seine Männer rückten dichter auf und sicherten ihn noch mehr.

Martin hörte Amalies heftigen Atem, ihre Hand hatte sich um seinen Arm geklammert. Ratsmeister Stulzing zeigte sich wenig betroffen, so daß Martin ganz sicher war: *Er ist eingeweiht!* Um so schärfer richtete der Blutvogt seine Aufmerksamkeit auf die Kremerschen: Sie gaben sich ebenso überrascht wie die meisten Anwesenden, beteiligten sich am wilden Reden und Gestikulieren, und doch – dessen war Martin überzeugt – war es nur abgefeimtes Gehabe. Die Aufregung klang langsam ab, um so mehr wurde dem Bier und Wein zugesprochen.

Nachdem Markgraf Woldemar die Leute aufgefordert hatte, weiterzufeiern – »... Der Schuldige verbringt die Nacht im Kerker, deshalb laßt Euch den Schmaus nicht verderben. Eßt, trinkt, singt: Nun wendet sich alles zum Guten!« –, verabschiedete er sich und zog sich, mit Hinweis aufs fortgeschrittene Alter und die Sorge um Hertha, von einigen grimmig blickenden Söldnern begleitet, zurück. Die Musikanten spielten augenblicklich munter auf, es wurde Platz genommen, die Geräusche dämpften sich etwas, die Köstlichkeiten der Tafel verschwanden in gierigen Mäulern: Mit Fortgang des Gastgebers schwanden alle Hemmungen, denn die Verhaftung Brügges bedeutete offenbar für viele das Ende des Albdrucks. Fast überschäumende Fröhlichkeit machte sich breit.

Stulzing und Martin wechselten einen bedeutsamen Blick, ließen fortan die Kremerschen nicht aus den Augen; von Markus – erst nach Martins Ernennung zum Hospitalmeister in den Saal gekommen – fing Martin ein ums andere Mal giftige Blicke auf. Sein Oheim und Brole dagegen ließen sich nichts anmerken, schmausten mit den übrigen Gästen, wenn auch – für Martins Begriffe – eine Spur zu laut und mit einer Ausgelassenheit, die ihm aufgesetzt erschien. Nach einiger Zeit kam Martin ihr Verhalten ziemlich verdächtig vor; er hatte den Eindruck, als suchten sie ganz gezielt die Öffentlichkeit. *So als wollten sie sich eine möglichst große Zahl ehrenwerter Zeugen sichern! Fürs Grobe haben sie ohnehin die Muntmannen.*

Als Markus Kremer aufstand, den Raum verließ und auch nach einer Weile nicht zurückkam, raunte Martin Stulzing zu: »Das gefällt mir nicht! Wo bleibt Markus?«

Der Ratsmeister hob die Schultern, schielte zu dem halben Dutzend Armbruster, die von Woldemars Gefolge zurückgeblieben waren, und antwortete ebenso leise: »Die Einladung zum Fest wurde früh genug ausgesprochen. Vielleicht hofften sie, daß sich die Armbruster ebenfalls betrinken und unachtsam werden würden? Da haben sie den Markgrafen wohl unterschätzt.«

»Seid Ihr sicher? Immerhin haben sich die Soldaten aufgeteilt – einige bewachten Woldemar hier, die übrigen sind im Hohen Haus, und da Woldemar Hertha im Kloster besuchen wollte ...«

»Ihr denkt an einen Hinterhalt?« zischte Stulzing. »Brügges Verhaftung ist zwar eine Falle ... Ja, es könnte die Kremerschen losschlagen lassen, weil sie glauben, daß sich Woldemar in Sicherheit wiegt! Kommt, Blutvogt, es ist wohl besser, wenn wir nach dem Rechten sehen. Lauft vor, ich verständige die Stadtknechte – und Woldemars zechende Burschen.«

»Einverstanden.«

Noch bevor Martin das Graue Kloster erreichte, vernahm er zunächst einen gewaltigen Donnerschlag, dann Feuriorufe und Hörnerklang von den Türmen. Die Bürger rannten aufgeregt und Ledereimer, Spitzhacken und Stangen schwenkend zum Brandplatz. Das Oderberger Tor war offen: Zugang zum Stadtgrabenwasser. Ins Geschrei vieler Stimmen mischte sich das Geläut der Brandglocken. Die Nachricht verbreitete sich mit Windeseile, versetzte die Menschen in Angst und Schrecken:

*»Das Graue Kloster brennt! Helft, sonst verzehrt die Feuersbrunst die Stadt!«*

Schon von weitem waren hochlodernde Flammen zu erkennen. Viele Gebäude hinter den Klostermauern mußten vom Feuer erfaßt worden sein. Qualm brodelte in fetten Schwaden zum Himmel, durchsetzt von Funkenflug und emporfauchenden Flammen. An Löschen mit Eimern war bei dieser Glut und Hitze nicht zu denken. Die Menschenketten zu den Brunnen und dem Graben dienten nur dazu, umliegende Gebäude immer wieder mit Wasser zu begießen. Holzeimer gingen von Hand zu Hand, wurden zu Männern auf Leitern gereicht und über Fassaden und Schindeln geschüttet. Auf den Gassen fingen andere die geleerten Behälter auf und reichten sie zu den Brunnen zurück, wo der Kreis von neuem begann, bis zur Erschöpfung. Quartiersleute befehligten Helfer, die mit Decken umherliefen, glimmende Trümmer löschten und aufzüngelnde Flammen im Ansatz zu ersticken versuchten. Martin schauderte: *Beim Kloster selbst hilft nur's Niederreißen, um's Ausbreiten zu verhindern; das Gästehaus ist nicht zu retten: alles Holz, von der Sommerhitze völlig ausgedorrt, brennt wie Zunder.*

Hauptportal und Seiteneingänge standen offen, trotzdem konnten die Helfer nicht weit vordringen. Auf dem ausgedehnten Gelände gab es neben der Kirche viele Seiten- und Wirtschaftsgebäude und den klostereigenen Garten. Ein Mann keuchte: »Das Feuer hat nach einem Knall und riesiger Stichflamme vom Gästehaus aufs Refektorium übergegriffen! Jetzt stehen schon Backhaus, Stallungen und das Dormitorium in Flammen. Wenn kein Wunder geschieht...«

»Was ist mit Markgraf Woldemar und seinen Leuten?« rief Martin.

»Sind unversehrt, heißt es«, antwortete ein zweiter Mann. »Aber die Hertha und ihre Mägde waren vom Feuer eingeschlossen. Die Mönche sangen Psalmen, wurden vom Feuer überrascht, konnten sich aber in Sicherheit bringen. Wenn der Wind dreht, brennt auch die Kirche! Oder die ganze Stadt!«

»Und die Armbruster haben einen Schelm eingefangen«, sagte keuchend ein dritter Mann, dessen Gesicht rußgeschwärzt war. »Er lief mit einer Fackel durch die Gass', vom Kloster in Richtung Hohes Haus: Wachsame Leut gingen dazwischen, aber das Gästehaus loderte schon. Er wird die Schandtat schon gestehen! Ich hab gehört, daß es Käsehändler Steppers sein soll! Andere Buben, die um die Klostermauern schlichen, konnten entkommen!«

*Wollt Steppers sich für die Verurteilung rächen?* Martin runzelte die Stirn. *Oder wurde er von anderen aufgestachelt und vorgeschickt? Markus?! Wo ist der Kerl?*

Mit einer Gruppe Männer umrundete er den Schlaftrakt und sah schaudernd zu den Flammen empor, die aus Dachgebälk und Obergeschossen fauchten. Mönche mit angesengten Kutten rannten umher, schleppten Truhen und Kisten. Andere trieben aus lodernden Ställen Kühe, Ziegen, Schafe und Schweine zum Klostergarten; die Tiere brüllten und kreischten, Gänse schnatterten, Hühner flatterten gackernd umher. Zum Refektorium reihte sich eine Mönchkette, die mit allen nur verfügbaren Gefäßen Wasser aus dem Brunnen schöpfte und weiterreichte. Männer mit Stangen zogen brennende Trümmer fort, versuchten die Brandherde einzugrenzen. Hoch über dem Klosterbezirk ballten sich düstere Wolken, auch am Horizont schichteten sich graue Berge höher, dunkelten zu Pechschwarz und formten eine näherkommende Wand.

»Jetzt ein Gewitter! Herr im Himmel, schick uns Regen!«

Das Gästehaus war vollständig zerstört, nur wenige Mauerreste standen noch; schwarzverkohlt glichen sie anklagend gereckten Fingern. Ein Fassadenabschnitt polterte nieder, Funken stoben auf, und dichte Rauchschleier verdeckten die Sicht. Für Augenblicke glaubte Martin die schmächtige Gestalt des Flurschützen zu erkennen, vor Flammen kaum mehr als ein Schattenriß, dem sich ein bedeutend größerer Schatten näherte und nach ihm griff.

»Vorsicht!«

Ein Teil des Dormitoriumdachs krachte in sich zusammen. Martin hechtete zur Seite, rollte ab und sah aus zusammengekniffenen Augen umher. Von den anderen getrennt, befand er sich zwischen brennender Scheune und zerstörtem Dormitorium. Er lief, um nicht vom Feuer eingeschlossen zu werden, an der Mauer zum Garten entlang – zwei Apfelbäume hatten Feuer gefangen und glosten wie riesige Fackeln –, fand die Pforte und hetzte weiter über den Kirchhof, an Grabkreuzen vorbei, die vor loderndem Schein bizarres Leben entfalteten.

Die erste Tür war verschlossen. Martin rannte den Kreuzgang entlang, zwängte sich zwischen Säulen durch, wich niederprasselnden Glutfetzen und Trümmern aus, versuchte sich verzweifelt zu orientieren und sprang zurück, weil vor ihm Balken zu Boden donnerten. Säulen stürzten um. Martin taumelte, als sich unter ihm Steinplatten senkten. Er schrie, rutschte ins Gewölbe hinab, seine Hände glitten über Stein, fanden keinen Halt. Der Aufprall stauchte die Beine zusammen. Gestein polterte von oben nach, ein Quader zerquetschte dem Blutvogt fast den Fuß. Kleinere Brocken schlugen gegen Kopf und Schultern. Benommen kroch Martin in den dunklen Gang, entfernte sich vom Loch.

Als sein Kopf wieder etwas klarer war, griff Martin nach einer glimmenden Latte und benutzte sie als Fackel. Es roch feucht und modrig. Hinter ihm krachten weitere Trümmer nieder, und Martin blieb keine Wahl, als weiterzulaufen. Er erreichte einen Raum und entzündete die im Eisenring steckende Pechfackel mit der langsam ausglimmenden Latte. Nachdem er sich umgesehen hatte, erkannte der Blutvogt, daß er offenbar die Kirchenkrypta erreicht hatte. Mehr als mannsdicke Säulen trugen das Gewölbe, in Gruftnischen standen offene Särge. Das Beinhaus des Klosters: Knochen und Schädel stapelten sich in einer Ecke. Scharfer Geruch kam aus einer Nische, in der eine Leiche moderte.

Martin hob fröstelnd die Fackel, blinzelte im merkwürdigen Dunst. Beim toten Mönch war die pergamentene Haut eingefallen und umspannte den Schädel, aus Nase und in Augenhöhlen wanden sich Würmer. Räucherpfannen standen in anderen Wandnischen. Martin erkannte sofort den vertrauten Geruch. Ohne es zu wollen, atmete er eine beachtliche Brise ein, hustete und wischte über die tränenden Augen.

Nach den vielen Hinrichtungen, besonders aber nach der von

Lobenstein, befand sich Martin Stockmann in äußerst schlechter Gemütslage: noch nie hatte er soviel getrunken und Bilsenkraut geräuchert. Und die Gesichter, die er häufig dabei sah, wurden immer schauderhafter. Bilder, die ihn an die Verurteilten gemahnten, und die Toten verfolgten ihn Tag und Nacht. Die mit dem Schwert Gerichteten trugen den Kopf unter dem Arm, warfen sich gegenseitig ihre Köpfe zu, veranstalteten ein höllisches Spiel und liefen wild ums Schafott. Entsetzt erkannte Martin, daß sich die Köpfe bewegten; Augen rollten, aus halbgeöffneten Mündern drang Gurgeln und Ächzen. Martin hielt sich die Ohren zu.

Fast jede Nacht wachte er schweißgebadet auf, fühlte sich sterbenselend und hoffte, daß es keine weiteren Hinrichtungen gab, keine peinlichen Befragungen und Schmerzensschreie Gemarterter. Markgraf Woldemars Vorschlag und auch Bruder Michaels Aufforderung, fortan endlich als Heiler zu arbeiten, hatten Martin bestärkt, das Leben selbst in die Hand zu nehmen und nicht länger auf den Zuspruch wankelmütiger Ratmannen zu warten. Er hatte sogar mit Asmus gesprochen und ihn gefragt, ob er bereit sei, die Aufgabe des Scharfrichters zu übernehmen.

»*Wenn's sein muß, Blutvogt*«, antwortete der junge Mann ohne große Begeisterung. »*Aber du mußt mich anlernen. Besonders beim Gebrauch des Schwerts.*«

»*Das wird, denke ich, das kleinste Problem sein. Aber noch ist's ja nicht soweit...*«

»*Wie du meinst... einst... einst...*« – In Martin hallte Asmus' Stimme schauerlich nach. Er taumelte, fiel auf die Knie und wurde von grauem Rauch eingehüllt. *Nun ist's anders gekommen, ich bin Hospitalmeister!*

Ein bitteres Lachen schüttelte ihn: Martin fühlte, daß ihm die Sinne schwanden. Er hustete, schnappte keuchend nach Luft. Beine und Arme schienen weich und kraftlos wie Sülze zu werden. Die Gruftwände schwankten, die Fackel entglitt Martins Hand. Er wimmerte, krümmte sich. Mühsam kroch er bis zur Wand, zog sich, mit den Ellenbogen auf eine Nischenkante gestemmt, langsam hoch und griff, ohne nachzudenken, nach dem Stoffballen vor seinen Augen. Etwas polterte, ein Schwert fiel Martin fast auf den Kopf, die Klinge klirrte auf Stein. Martin heulte auf, wieder glaubte er die Hingerichteten zu sehen, hörte ihr Brüllen. Blut und Tränen ergossen sich in die Gruft. Im Hintergrund glaubte er, die Habergeiß gackern zu hören. Unter gewaltigem Schwingenschlag flog der Wallach durch Wolken und staubiges Gespinst. Goldener Schein verdichtete sich zu arabesken Formen, quirlenden Wirbeln. Nackt schwebten Maria und Hildegard vorbei, lachten und kicherten, und Martin brüllte: »Nein – ich will euch nichts tun, nicht euch. Ihr sollt leben. Maria! Hildegard! Herr im Himmel, wo bist du, Amalie? Liebes ...«

Wieder wimmerte Martin, preßte den Stoff an die Brust. Verwirrt starrte er aufs helle Tuch, das rote Tatzenkreuz stach ihm unvermittelt in die Augen, schien zu tanzen und ein Eigenleben zu entfalten. *Rot! Blutrot!* Neben dem Schwert lag ein verrostetes Kettenhemd und, halb aufgeschlagen, ein Buch. Eine Bö schlug Seiten um, Pergament knisterte; Martin erkannte es sofort: Bruder Michaels ureigene Aufzeichnungen zum *Heiligen Gral*. Martin starrte auf das Kreuz des Stoffes, sein Zeigefinger folgte den Konturen, er lachte gellend.

»Steht auf, Blutvogt, schnell!« – *Bruder Michael!* – »Kommt, ich helf Euch. Die Räucherpfannen sollen mein Geheimnis schützen. Ihr habt Glück, daß ich, weil's Kloster brennt, hierher kam. Schnell, atmet nicht so tief den Rauch. Eure Sinne werden sich sonst noch mehr verwirren.«

Mit überraschender Kraft griff der Alte zu und wuchtete Martin auf die Schultern. Der kicherte, vor seinen Augen wirbelten immer wirrere Bilder und Eindrücke. Ein Teil von Martin schien aus dem Körper herauszutreten; entrückt sah er sich selbst, wie er leblos über der Schulter hing, vom keuchenden Mönch aus der Krypta getragen. Wie säuselnder Wind vernahm Martin Bruder Michaels Worte: »Nun fühlt Ihr Euch sicher, wie's in den Schriften des Dominikaners Heinrich Seuses steht, der, Suso nach seiner Mutter genannt, eigentlich Heinrich von Berg heißt: ... *da ward meine Seele im Leibe oder aus dem Leibe verzückt ... Das Wünschen hatte aufgehört, und das Begehren war vergangen. Ich tat nichts als hinstarren in den glanzreichen Widerglast, aus dem ich das Vergessen meiner selbst und aller Dinge gewann. Ich wußte nicht, ob es Tag oder Nacht sei ...*«

»Was redet Ihr?« Martin hob kraftlos die Arme und schnitt eine Grimasse. »Laßt mich los. Das Kloster!«

»Beruhigt Euch!« Schnaufend erreichte der Mönch den Kirchenraum und setzte Martin ab. »Es gibt genug Helfer. Wir können kaum mehr tun als warten. Willst du in deinem Rausch durch Flammen wandern, Mann? Mein Reden soll dir helfen, daß du dich nicht in anderer Welt verlierst. Lausch den Worten des Dante Alighieri, der im *Paradiso* schrieb: *Da fühlt' ich einen Blitz / dem Sehnsuchtstriebe Gewährung schenkend / meinen Geist durchdringen. Hier merkt' ich, daß der Seelenrausch zerstiebe: Doch folge schon mein Wunsch und Wille gerne, gleichmäßigen Schwunges wie ein Rad: der Liebe, die auch die Sonne schwingt und andre Sterne...* Bezähme dich also, Freund, und komm auf den Boden zurück!«

Martin sank zusammen und nickte schwach. »Rittermönch... Wolltet wohl Euer verräterisches Hab und Gut neu verstecken, nicht wahr? Oh, ist mir schlecht. Mein Magen kreist wie wild. Bei allen Heiligen.«

»Am eignen Leib erfährt sich's nun mal unter Qualen, mein Lieber. Du solltest nur zu gut wissen, daß es die Dosis macht! Du bist ein passabler Heiler, aber – bedenke es stets – nie kann man genug lernen, denn das Wissen ist so unendlich wie der Allmächtige! Komm zurück aus der Welt der Geister und wandele wieder auf der festen Erde. *Oh, diese Narren von Thomisten,* sagt Wilhelm von Occam, den manche auch *Doktor invincibilis,* den ›Unbesiegbaren‹ nennen. *Seit Jahrhunderten mühen sich jene Gelehrten, die Existenz Gottes, Seine Einheit und Unendlichkeit, die Schöpfung, Menschwerdung und die Gegenwart des Herrn im Sakrament wissenschaftlich zu erweisen. Sie haben die Logik des Aristoteles wahrhaft schlecht studiert, sonst müßten sie längst begriffen haben, daß sich alles Wissen zuletzt auf die äußere und innere Erfahrung stützt, darum kann es für die Menschen hienieden kein eigentliches, natürliches Wissen von Gott geben. Der Theologie fehlt nicht nur die Erleuchtung Gottes und dadurch die Grundlage des Wissens, sondern auch der exakte Beweis und mit ihm überhaupt der Charakter der Wissenschaft...* Ich hab dir ja schon von meinem Franziskanerbruder erzählt! Papst Johannes klagte ihn als Ketzer an, und so suchte er Anno Domini 1328 nach vierjähriger Prozeßdauer Schutz beim Wittelsbacher Kaiser Ludwig in Bayern.« Der Atem des Mönchs kam stoßweise. »Womit wir vermutlich wieder beim alten Thema wären; die Wittelsbacher und ihr Einfluß auf die Doppelstadt.«

Martin atmete tief ein und aus, nur langsam klärte sich sein Blick. »Euch macht's wohl Spaß, mich zu verwirren? Wollt Ihr mich mit Weisheit erschlagen?« Mühsam kam Martin auf die Beine, wankte und stützte sich an der Wand ab. Diesige Luft durchzog den Kirchenraum, am Portal wallten dichte Schwaden. »Bei allem Wohlwollen, Bruder Michael, ich disputiere gern und lausche Euren Lehren – aber nun brennt 's Kloster! Haltet Ihr's nicht auch für den falschen Zeitpunkt, den Born Eurer Gelehrsamkeit über mich auszuschütten?«

»Dein Wortwitz besticht! Aber du hast recht – schauen wir nach, was von den Mauern noch steht. Die Kirche jedenfalls hat's nicht getroffen, also ist mein Buch und die andere Habe in Sicherheit. Komm, gehen wir!«

Als die Männer durchs Portal traten, brach das Gewitter los: Erste Tropfen platschten groß und schwer, dann begann es wie aus Kübeln zu schütten, und unter der Wucht des Regens erstickten die Brände. Zwischen dunklem Qualm stiegen helle Wolken auf. Reihenweise sanken Mönche und Brandhelfer auf die Knie und dankten Gott für die wundersame Hilfe. Menschen tanzten im Regen, hüpften und sprangen wie übermütige Kinder.

»Dank sei dem Allmächtigen!« sagte Michael und kratzte sich im Nacken.

Immer heftiger klatschte das Wasser, durchtränkte steinhart gebackenen Boden. Bald krachten einzelne taubeneigroße Schloßen hernieder, und Hagelkörner prasselten auf Dächer und Menschen. Gassen verwandelten sich in schmierigen Pfuhl. Böen trieben bindfadengleichen Regen umher. In plötzlicher Kälte zitterten die Bürger, trotzdem tanzten sie, jubelten und kreischten. Gewaltige Blitze zuckten durch die Schwärze, gefolgt von Donnerschlag, in dem die Häuser ebenso erzitterten wie die Menschen.

»Hoffentlich wird's nicht zuviel des Guten.«

Nach der ersten Freude eilten die Berliner auseinander, brachten sich in Sicherheit, schüttelten sich wie nasse Hunde und beteten inbrünstig zu Gott, den Heiligen und Aposteln, daß das Unwetter nicht mehr Schaden anrichten möge als das Flammenmeer. Die Gebete schienen erhört zu werden: Der Regen ließ nach, nur noch Wetterleuchten unterbrach das Schwarz des Himmels.

Bruder Michael wischte sich übers Gesicht und wrang den Saum der Kutte aus; Tropfen plätscherten auf Steinplatten, deren Feuchtigkeit das ferne Himmelsglühen widerspiegelte.

Martins Gesicht war grau. »Die Räucherdosis war wohl zu stark. Himmel, mein Magen rebelliert, und im Gedärm rumpelt es.«

Michael klopfte ihm auf die Schulter. »Wenn's noch geht – lauf zum *latrinarium* und hock dich neben die Brüder. Schaffst du's allein, oder soll ich dich begleiten?

»Hab Dank ... ich ...« Wein und Essen des markgräflichen Festmahls fielen Martin aus dem Gesicht, ehe er weitersprechen konnte. Er spuckte, röhrte und ächzte. Tränen stiegen in die Augen, während der Mönch Martins Schultern hielt und aufmunternd auf ihn einredete. Michael schleppte ihn schließlich durch Nieselregen nach Hause, weil Martin kaum alleine auf den Beinen stehen konnte und den Wunsch äußerte, sterben zu wollen; der Schweißhund sprang kläffend umher und dann an Martin hoch.

Amalie schlug die Hände vors Gesicht, als sie ihren Mann sah, aber Michael sagte: »Keine Bange, Frau Stockmann, er wird's überstehen. Ich helf Euch, ihn ins Bett zu bringen. Faßt mit an.«

»Ich ... He, ihr ...« Martin wehrte sich kraftlos, sein Kopf sank von einer Seite zur anderen. Amalies Gesicht erschien verschwommen vor ihm; helles Haar leuchtete golden im Kienspanschein. Der Mann sank ins Bett, in seinem Kopf drehte und drehte sich alles gleich einem Wirbelwind, immer schneller, rasender.

Unvermittelt übermannte ihn Schwäche und Müdigkeit; halb zwischen Traum und Wachen gefangen, glühte das Tatzenkreuz des Ringes vor seinen Augen, süßer Duft umfing ihn, und die heisere Stimme Bruder Michaels murmelte kaum verständliche Worte aus Dantes *Paradiso:* »... *So denn zu einer weißen Rose schaute / mein Blick die heilige Heeresschar sich schmiegen, / die Christus sich als Braut im Blut anvertraute. / Doch jene, die das schaut und singt im Fliegen / die Glorie des, der Liebe weckt in ihnen, / sowie die Huld, durch die sie so gestiegen. / Sie senkte sich / gleichwie ein Schwarm von Bienen / sich taucht in Blüten, um dann zu entweichen, / daß sie im Stock dem Honigwerke dienen / tief in den Riesenkelch, der ohnegleich / an Blättern reich; und flog dann aufwärts wieder / zu ihrer Liebe ewigen Bereichen, / lebendige Glut im Antlitz, ihr Gefieder / goldschimmernd, alles andere weiß und blendend, / wie reiner Schnee nie fiel vom Himmel nieder: / So schwirren sie, zum*

*Blumenkelch sich wendend, / und was sie flankenfächelnd eingeso-*
*gen / an Glut und Frieden, allen Sitzen spendend. / Und ob sie zahl-*
*los auf- und niederflogen, / im Raume oberhalb der Blumenzellen, /*
*mir ward kein Blick, dem Bild kein Glanz entzogen ...«*

# V.

*Auch wer sein Verbrechen beharrlich leugnet und den heiligen*
*katholischen Glauben bekennt, muß – wenn er von Zeugen*
*der Ketzerei überführt ist – wie die übrigen Ketzer dem*
*weltlichen Arm zur Bestrafung übergeben werden...*
*Niemand sage, daß er auf diese Weise ungerecht verurteilt*
*werde, noch beklage er sich über die Inquisition. Sollte er etwa*
*durch falsche Zeugen überführt worden sein, so trage er es*
*gleichmütig und freue sich, für die Wahrheit den Tod erdulden*
*zu dürfen...*
Aus der Schrift des Pegnas, eines Geistlichen
des 14. Jahrhunderts

## 17. Ernting, Anno Domini 1349

»*Durch mich geht's ein zur Stadt der Schmerzerkornen, – durch*
*mich geht's ein zur Qual für Ewigkeiten, – durch mich geht's ein*
*zum Volke der Verlornen...* – sagt Dante im *Inferno* der *Divina*
*Commedia*. Räucherwerk, im falschen Maß genommen, gleicht
dem Eintritt in die Hölle, mein Freund!«

Die Stimme des Franziskaners drang in Martins vernebelte Gedanken, bevor ihn die rauhe Zunge des Schweißhundes ganz
weckte.

»Aus! Weg mit dir!« Martin fühlte sich elend und glaubte, Mühl-
räder im Kopf zu haben. Mühsam öffnete er die Augen, wischte sich
übers Gesicht und blinzelte zum Lichtbalken, der schräg durchs
Fensterloch einfiel. Fliegen surrten, ein bunter Falter gaukelte in
tanzendem Staub. Bruder Michael war nur als Schattenriß zu erkennen; er hockte auf der Truhe vor dem Spannbett und hielt Martin einen Becher unter die Nase, aus dem bitterer Duft stieg. Martin
schaffte es beim dritten Versuch, die Beine aus dem Bett zu heben.
»Warum brüllst du so laut? Allmächtiger, dröhnt mein Kopf!«

Michael hob eine Augenbraue. »*Pax vivis, requies eterna sepul-*
*tis.*«

»Hä?«

»Friede den Lebenden, ewige Ruhe den Bestatteten. Hier, trink das. Es wird deinem Kopf helfen, auf normale Größe zu schrumpfen.«

Martin schüttelte sich. »Was ist das für ein Gebräu?«

»Eine feine *tinctura*, die mir ein arabischer Alchimist anvertraute. Hilft bestimmt!«

»Das soll ich glauben? Schmeckt vielmehr wie Gift, oder ist's ein magischer Trank?« Martin ließ die Schultern hängen. »Was machst du überhaupt hier, Mönch?«

Der Franziskaner lachte herzlich und schob die Hände, indem er die Arme verschränkte, in die Kuttenärmel. »Religion, mein Lieber, hat Gläubige, Magie hat Kunden. Leider wird auch gute Kräuterkunde von vielen Pfaffen als *crimen magiae* bezeichnet. Diese Heuchler, denn die Ohrenbeichte macht sie zu Mitschuldigen und Mittätern. Wußtest du, daß in vielen Klöstern genau jene Pfade bei der Suche nach *scientia* – dem Wissen und der Erkenntnis – beschritten werden, die dem gläubigen Volk bei der Messe lautstark als heidnisch, widernatürlich und dämonisch verboten werden? Hhm, hab's, deucht mir, schon mal erwähnt; werd wohl alt? Trotzdem, beim Heiligen Gral, Heilen ist kein Verbrechen! Hilfe im irdischen Jammertal, nur das zählt.« Er seufzte und reckte sich. »Was ich hier mache? Gevatter, die zehnte Stunde ist ausgerufen – und du hast einiges verschlafen! Beim Kloster sieht's schlimm aus: Die Ratsmeister Stulzing, Ryke und Wardenberg visitieren mit Baumeister Dreher die Brandstelle und ...«

»Der Brand!« Martin runzelte die Stirn, erinnerte sich schwach an den gestrigen Abend und fuhr hoch. »Kremer? Brole? Was ist geschehen? Oh, mein Kopf!«

»Komm mit in die Stube. Deine Frau hat eine kräftige Fleischbrühe auf dem Feuer. Ich erzähl alles beim Essen. Du mußt rasch zu Kräften kommen. Arbeit wartet auf den Scharfrichter der Doppelstadt!«

»Gut.« Martin stand auf, wankte und fing sich wieder. Michael kicherte – wenig mitleidvoll, wie es Martin schien. Amalie gab ihrem Gatten einen schmatzenden Kuß, brachte Topf und Brot und setzte sich ebenfalls. Martin rieb die Schläfen, kratzte sich im Nacken und zerdrückte drei Läuse. Sein Magen knurrte, weil herzhafter Duft in seine Nase stieg, und das Wasser lief ihm im Mund zusammen. Seine Frau sah ihn besorgt an; er lächelte und tätschelte beruhigend ihre Hand.

Während er Brot kaute, Suppe löffelte und dem Hund zwischendurch einen Happen zuwarf, sagte der alte Mönch: »Lorenz Steppers wurde von den Bütteln ins Loch geworfen, ehe ihn die aufgebrachte Menge zu Tode prügeln konnte. Noch leugnet er hartnäckig, aber es gibt Zeugen, die ihn mit Feuerstein und Zunder hantieren sahen. Dann lief er mit lodernder Fackel vom Kloster zum Hohen Haus, ich hab ihn selbst gesehen! Seit Stunden befassen sich unter Woldemars Aufsicht die Schinderknechte mit dem Käsehändler. Ich hab dich entschuldigt und gesagt, du hättest dich bei der Brandhilfe verletzt – laß dir von deiner Frau einen Kopfwickel anlegen...«

Martin nickte. Die Anwesenheit des Franziskaners half ihm: Der Alte war wie ein guter Freund – und seit gestern zeigte er es auch in der Anredeform. Wenn bisher noch eine Barriere bestanden hatte, die Rettung aus den Belseschwaden hatte sie endgültig niedergerissen. »Weshalb habt... hast du das Fest so schnell verlassen?«

»Ich wollte in den Pergamenten der markgräflichen Kanzlei wühlen. Wegen der Roggenmuhme. Hab zwar nichts gefunden, mich aber wieder erinnert.« Michael verzog den Mund. »Mein Gedächtnis scheint langsam nachzulassen: Hat lange gedauert, bis mir einfiel, auf welchem Land die Kate steht. Wie's auch sei. Nach langem Grübeln ist mir gleichfalls eingefallen, daß die Roggenmuhme eigentlich Balthild hieß. War ein hübsches Kind, als ich damals in Berlin ankam; wurde Anno 1328 von Fremden *genotzert,* halb totgeschlagen und hat drüber den Verstand verloren. Ihr Bruder rettete sie vorm Narrenturm, pflegte sie, und sie fing sich ein bißchen. Viel geholfen hat die Pflege nicht: Ihr Kreuz blieb verkrümmt, und seit Anno 1335 war sie in der Stadt nur noch als Roggenmuhme bekannt, als *Amfrew*, Kräutersammlerin und *zaubersche*...«

»Mach's nicht so spannend«, murmelte Martin mit vollem Mund. »Wer war ihr Bruder? Laß mich raten: Muß mit den Kremerschen oder Brole zusammenhängen, nicht wahr?«

»Richtig«, sagte Michael. »*Hermann Brole*, Arnolds Vater, half der Schwester. Bis zu seinem Tod vor fünf oder sechs Jahren hat er die schützende Hand über sie gehalten. Arnold tat's später ebenfalls für die Base, und er scheint ihre ›Dienste‹ genutzt zu haben. Nicht nur im Fall Reitzenstein.«

»Viele ihrer Rezepturen halfen«, warf Amalie ein, schüttelte sich und schnitt eine Grimasse. »Sogar meine Mutter war manchmal bei der Vettel, fragte sie um Rat. Ich hab mich stets gefürchtet, schon ihr Anblick... Hübsch soll sie gewesen sein? Kann's kaum glauben!«

»War aber so.« Michael hob die Schultern. »Sie hatte kein schönes Leben. Das *Notzern,* ihr wirrer Verstand, das ärmliche Hausen... muß alles ihren Leib geformt haben, machte sie bucklig, faltig, häßlich. Eine Verkörperung des erlittenen Leids. Manchmal kam das Gute durch, und sie half den Menschen, wenige Augenblicke später konnte sie zur Dienerin des Bösen werden, Rache wohl ihr einziger Gedanke...« Er seufzte. »Kremer und Brole gaben sich bei erster Befragung ganz unschuldig, wollen von nichts wissen, verweisen aufs Fest des Markgrafen und benennen Patrizier als Bürgen. Allerdings ist Markus spurlos verschwunden, ebenso die Muntmannen: müssen durchs offene Oderberger Tor entwischt sein. Ich bin sicher, daß eigentlich sie für die Brandstiftung verantwortlich sind – Steppers ist ein armer, irregeleiteter Hund –, denn der laute Knall und das unglaublich schnelle Ausbrennen des Gästehauses... Nun, ich hab da meine Vermutung! Ich sah die mächtige Flamme zum Himmel schießen, als ich aus der Kanzlei kam und fast vom Steppers umgerannt wurde. Bürger faßten ihn. Ich eilte zum Kloster, dann in die Kirche, wo ich dich fand.«

Martin schob den Topf fort. Er fühlte sich besser, langsam wurden die Gedanken klar. Auf Michaels Andeutung ging er nicht weiter ein: Er würde reden, wenn es an der Zeit war. *Geduld, langsam lern ich's.* »Münzmeister Brügge?«

»Hat zwar, nach Zahlung von zehn Gulden wegen seiner Nachlässigkeit bei der Aufsicht über die Prägestempel, die Nacht im Turm verbracht, ist jedoch nur zum Schein verhaftet. Neffe Wilkin wird's härter treffen: Seine Beteiligung an Surbers Ermordung bringt ihm den Tod. Auch das ein Preis, den der Münzmeister zu zahlen hat; kann und darf nichts für Wilkin tun. Woldemar hält 's Belastende zurück, hat vorsorglich aber seine Armbruster zur Bewachung der Anwesen aller Verdächtigten abgestellt: bei Brügge, Kremer und Brole. Der Markgraf bändigt seine Wut, läßt sich die Trauer nicht anmerken. Morgen ist 's Begräbnis der Hertha: Fünf

Tote sind zu beklagen – unter ihnen die Gespielin. Brole und Kremer stehen vorerst unter Hausarrest, dem dürfte bald Turmhaft und mehr folgen: Nun kann ihnen sogar eine rechtmäßige Ansage zur Fehde nicht mehr helfen!«

*Was mag alles ans Tageslicht kommen, wenn sie peinlichem Verhör und der* tortura *unterzogen werden? Ungeheuerliches muß es sein* – Martin schlang in plötzlicher Kälte die Arme um den Leib –, *dem Grauen Kloster wurde der Rote Hahn aufgesetzt und sogar eine Feuersbrunst in Kauf genommen, die ganz Berlin in rauchende Trümmer hätte verwandeln können.*

Der Alte hob die Stimme: »Am Morgen hat man Flurschütz Kurtzrock nackt am Pranger gefunden, angebunden, das Gemächt meisterhaft abgeschnitten, den Langbogen zerbrochen zu seinen Füßen; er lallt wirres Zeug von Teufeln, Dämonen und schwarzen Gestalten. Zum letzten Mal wurde er unversehrt an der Brandstelle gesehen, wo er half. Jemand hat ihm wohl aufgelauert.« Martins Magen verkrampfte sich; er nickte mehrmals, entsann sich des Schattens vor dem Feuer. »Seinem in Wahnsinn abgeglittenen Geist kann vermutlich niemand mehr helfen. Sohn Jakob ist grämlich, das Mitgefühl hält sich allerdings in Grenzen – er kannte und mißbilligte seines Vaters Gier nach jeder greifbaren Lustspalt. Der Alte wird vermutlich im Narrenturm enden.«

Michael machte eine bedeutungsvolle Pause und sah Martin durchdringend an. Amalie schüttelte verwirrt den Kopf. Gänsehaut überzog Martins Arme, und er wußte genau, auf wen Michael anspielte, als dieser sagte: »Die Suche nach dem Übeltäter, der den Ratmann so übel zugerichtet hat, blieb bisher ohne Erfolg. Der zerbrochene Bogen scheint zwar auf Lobensteins Freunde – also Kremersche Muntmannen – hinzudeuten, aber es wird, denke ich, eine ungeklärte Tat bleiben. Stimmst du zu?«

Martin nickte. Amalie sah verständnislos vom Mönch zu ihrem Mann. In stummer Übereinkunft bewahrten die Männer das Geheimnis. Martin fröstelte es noch mehr. *Asmus, Asmus! Wie hat es Michael gesagt? Wehe, wenn die beiden einmal hassen* ...

Amalie zerriß Leinwandstreifen und legte Martin den Kopfwickel an, derweil griff der Mönch ungerührt nach dem an der Wand lehnenden Richtschwert und zog es blank. Martin fühlte Prickeln zwischen den Schulterblättern, als er das metallische Schaben ver-

347

nahm. Der Alte hob die Klinge, betrachtete das abgeflachte Ende und ließ sie waagrecht durch die Luft zischen; ein Halbkreishieb, zunächst von rechts nach links, dann zurück. Michael packte die Parierstange – und schon entstand ein wirbelnder, summender Kreis, schneller, als das Auge folgen konnte.

Amalie sah Martin erstaunt an, doch der winkte lächelnd ab. Der Franziskaner schien die allgemeine Scheu und Zurückhaltung vor »henkersmäßigem Werkzeug« nicht zu kennen – vom meisterhaften Gebrauch der Waffe ganz zu schweigen. Der Alte schob das Schwert in die Scheide zurück und sagte betont beiläufig: »Gut ausgewogen. Ich denke, mein Freund, es wird bald gebraucht: Die ersten Hinrichtungen des neuen Scharfrichters der Doppelstadt!« Seine Hand klatschte vor die Stirn, dann ein verlegenes Lachen. »Ich werd wirklich alt! Meine Gratulation zur Ernennung zum Hospitalmeister, Martin – bevor ich auch das noch vergesse!«

Nach dem Gewitter war die Luft frisch und kühl, helle Wolken zogen über den Himmel, die Sonne vertrieb letzte Dunstschwaden.

Martin betrat mit Bruder Michael die Folterkammer und dachte schaudernd an die Schreie, das Klagen und das Flehen der nächsten Tage und vielleicht sogar Wochen: Lorenz Steppers hing unter der Gewölbedecke, dieweil die Schinderknechte Frühstückspause machten. Asmus und Johannes winkten Martin, Christian Nageler lächelte und sah unberührt zum nackten, wimmernden Leib hinauf. Leo Regerli hockte auf der Streckbank, hatte den Stelzfuß abgeschnallt und rieb den Beinstumpf. Amalies Bruder Heinrich hielt den Salbentiegel.

Mit heiserer Stimme verlas Jakob Kurtzrock sein Protokoll; Markgraf Woldemar, ein Tuch vor den Mund gepreßt, nickte bei jedem dritten Wort: »... der Angeklagte vorgeführt und beschwört, die Wahrheit zu sagen. Name und Vorleben sind verzeichnet. Vor den Augen des Angeklagten wurden die Folterwerkzeuge hervorgeholt und durch den Schinderknecht Johannes beschrieben. Auch scharfes Zureden von Markgraf Woldemar entlockte kein Geständnis. Lorenz Steppers mußte sich entkleiden, Schinderknecht Asmus, künftiger Scharfrichter von Berlin und Cölln, durchsuchte ihn auf Zaubermittel, mit deren Hilfe er sich gegen die Folter unempfindlich machen könnte. Kein *stigma diabolicum* war zu finden. Trotz

Drohungen und Versprechungen bleibt der Angeklagte hartnäckig und leugnet weiterhin. Deswegen wird Lorenz Steppers *ad torturam cordarum* mit Festbinden von Händen und Füßen an mit Werg – zur Schonung der Glieder – umwickelten Seilen *gepinget.*«

»Ah, *Hospitalmeister* – Euch geht's besser?« Woldemar hob die Hand. »Bruder Michael, seid gegrüßt. Die Herren haben die nächtliche Heldentat unbeschadet überstanden?«

»Leidlich, Markgraf.« Der Mönch winkte ab. »Leider kamen wir zu spät.«

Woldemars Gesicht verdüsterte sich. »Laßt die Toten ruhen! Ich will's Geständnis dieses Schelms. Stockmann, führt Ihr noch die weitere Befragung durch – bis Euer Nachfolger im Amt ist? Gut. Ihr solltet den nächsten Grad peinlicher Befragung vorbereiten.«

Von der Decke kam ein durchdringender Schrei. Niemand achtete darauf. Martin hüstelte. »Ihr wißt, Markgraf, daß ein Geständnis, unter Folter abgelegt, einen Tag später *extra torturam* wiederholt oder bestätigt werden muß. Bei *revocavit* wird das *procedere* fortgesetzt.«

»Bekannt«, knurrte Woldemar, wies dann auf Steppers. »Tut Ihr Eure Arbeit, Mann: Nächster Grad der *Torquierung!* Keine Pause, der Bube soll reden. Beachtet vor allem *punctum complices!* Ich bin sicher, daß er's nicht allein tat! Bringt's aus ihm raus.«

»Jawohl.« Martin winkte Johannes und Asmus. Sie ließen Steppers herab. Der Blutvogt klopfte Jakob auf die Schulter und sagte leise: »Mein Beileid, Protokollarius. Ich hab's eben erst von Bruder Michael erfahren.«

»Er hat stets mit dem Feuer gespielt, Blutvogt ... hm, Hospitalmeister? Jeder in der Stadt wußte es.« Der junge Mann seufzte. »Ich war mir sicher, daß irgendwann ein Unglück passiert; vielleicht ist's die verdiente Strafe Gottes? Könnt Ihr nach ihm sehen? Ihm vielleicht helfen?«

Martin hob die Arme. »Ich kann nichts versprechen, tu aber alles, was in meiner Macht steht. Wenn's der Wille des Allmächtigen ist, sind mir allerdings die Hände gebunden.«

»Verstehe.« Jakob wandte sich ab und widmete sich geschäftig dem Ordnen seiner Aufzeichnungen. Martin musterte unterdessen den großen Schinderknecht unauffällig: Asmus gab sich gewohnt unbeteiligt und tapsig; nichts war ihm anzumerken, so daß Martin fast Zweifel kamen. *Ist er's doch nicht gewesen?* Asmus bemerkte Martins Blick und hob die Schultern, senkte dann rasch den Kopf und bekam rote Ohren wie ein ertappter Bengel. Bruder Michael machte eine beschwichtigende Handbewegung. Martin nickte kaum merklich.

Jakob Kurtzrock murmelte, die Feder kratzte übers Pergament: »*Hora primus ante meridiem:* Hierauf ist der Verhaftete dem Blutvogt überantwortet worden und soll *absque intervallo* in der Folter verbleiben ...«

Nach eingehender Behandlung mit Daumen- und Beinschrauben und Brandeisen gestand Steppers seine Untat: »Ja, ja, ich war's! Hört auf, ihr Herren. Ich ertrag's nicht länger! Bitte, bitte. Ich fleh um Gnade! Ja, ich war's. Ich hab 's Feuer gelegt. Wir ... das Geld ... der Käse ...«

»Es wurden weitere Täter gesehen!« rief Martin dazwischen. »Wer hat dir geholfen, Mann? Du hast's nicht allein getan, gib's zu! Wer hat dich angestiftet? Was wolltest du eben sagen – kam jemand und hat dir Geld gegeben ...?! Bestimmt nicht für Käse! Red endlich! Johannes, her mit dem Brandeisen. Der Kerl ist verstockt!«

Steppers brüllte, als er die rotglühende Stange sah. Martin haßte den Geruch verbrannten Fleisches; ein widerwärtiges Gemisch, aus dem er deutlich den Angstschweiß herauszuriechen glaubte, die Furcht vor weiteren Qualen und Schmerzen, schlimmer noch als die Angst vor Verurteilung und drohender Hinrichtung. *Gefolterte denken nur bis zum nächsten Augenblick, sehnen nichts mehr als das Ende der Tortur herbei. Sobald sie wieder einen klaren Gedanken fassen können, widerrufen viele ihre Geständnisse,* dachte er. Nur weitere Folter, schlagkräftige Beweise und ehrsame Zeugen konnten Täter wirklich überführen, so daß irgendwann alles Leugnen nicht mehr half und die Schöffen ihr Urteil fällen konnten. Martin beobachtete Steppers genau. *Noch ist der Zusammenbruch –* das wußte er aus Erfahrung *– nicht erreicht, jener Punkt, ab dem die Gequälten plappern wie ein Wasserfall.*

Martin winkte Asmus und sagte deutlich: »Wir probieren's mit Expansion, Großer. Zieh ihn rückwärts auf. Und steck dem Kerl 's *capistrum* ins Maul, das Brüllen geht einem ja durch und durch.«

Asmus löste die Beinschrauben, legte den ledernen Maulkorb an, band Steppers die Hände auf den Rücken und befestigte das Seil, das durch einen an der Decke befestigten Kloben gezogen war. Mit Johannes' Hilfe zog er Steppers auf. Der Käsehändler – am Brüllen gehindert – stöhnte, weil ihm die Arme verdreht wurden, bis sie über den Kopf hinausragten und der Mann auf den Zehenspitzen stand. Auf Martins Zeichen ließen die Stockwärter los, die Arme schnellten herab.

»Und wieder hoch!«

Zehnmal wurde die Prozedur wiederholt, dann mußte Steppers mit Wasser aus der Ohnmacht aufgeweckt werden. Er wimmerte und stöhnte; blutunterlaufene Augen stierten verschleiert umher, Tränen rannen übers Gesicht. Nach den Mittätern befragt, schüttelte er schwach den Kopf. Schweiß perlte auf der Stirn, der geschundene Leib glänzte im Licht der Fackeln und Laternen. Woldemar knurrte mit kaum unterdrückter Wut: »Zieht dem Burschen die Glieder noch mehr auseinander. Zusatzgewichte an die Füße, und dann hängen lassen!«

»Verstanden, Markgraf.«

Heinrich knotete die Schnur eines schweren Eisenquaders um Steppers Fußgelenke. Es knackte, als die Arme auskugelten. Erst nach einer halben Stunde wurde das Seil vom Wandring gelöst und der Gepeinigte herabgelassen: Asmus packte kraftvoll zu und renkte ihm unbewegten Gesichts die Arme wieder ein.

Nachdem das *capistrum* abgenommen war, nannte Steppers kraftlos einen Namen, und weil *Markus Kremer* unauffindbar war, wurde sein Oheim Paul von Scharwachen gefangengenommen und zum Kerkerturm gebracht. Als er aufgebracht nach der Begründung fragte, antwortete Woldemar frostig: »Ihr scheint die Flucht Eures Neffen, von Steppers als Mittäter benannt, gebilligt oder gar unterstützt zu haben. Das reicht fürs erste. Weitere Untaten, denke ich, wird die peinliche Befragung ans Tageslicht bringen. Schmort im Loch. Wir wollen zuerst die Toten in geweihte Erde legen.«

Das *Tock-tock-tock* von Leos Holzbein verklang auf der Wendeltreppe, als Kremer von Asmus gestoßen wurde und die Stufen hinabtorkelte.


Sogar am Nachmittag stank es im weiten Umkreis des Grauen Klosters noch nach kaltem Rauch, die verkohlten Trümmer glichen fremdartigen Skeletten. Bruder Michael seufzte, während er sich betrübt umsah und die Schultern hängen ließ. »Der Wiederaufbau ist teuer und wird dauern. Die Brüder scheinen gelähmt: vom Schlag getroffen, starb kurz vor der Sext unser aller ehrwürdiger Abt. Gott nehm sich seiner Seele in Gnade an.«

»Gräm dich nicht, *bibliothecarius*«, sagte Martin leise. »Zum Glück wurde das Scriptorium verschont.« In Gedanken fügte er hinzu: *Sprech ich nun mit dem neuen Abt?*

»Schwacher Trost, wenn ich an die Toten denk! Zerstörte Bücher, so bedauerlich und schändlich ihre Vernichtung ist, lassen sich neu schreiben. Ein ausgelöschtes Leben dagegen ...«

»Wem sagst du das? Bis gestern war ich der Scharfrichter!« Martin zog die Schultern hoch, vom kühlen Schauer heimgesucht, und verschränkte die Arme. »Gilt um so mehr für einen Hospitalmeister.«

Michael nickte und wies zu den Resten des Gästehauses. Einige Mönche hatten mit dem Aufräumen begonnen. »Ich glaub, wir brauchen Hein Nabels Hilfe für ein *experimentum*, mein Freund.«

»Warum?«

»Das Holz in der ganzen Stadt war zwar von der Sonne völlig ausgetrocknet, aber die Schnelligkeit, mit der das Gästehaus in Schutt und Asche gelegt wurde, und auch der Knall ... Da wurde eine fürchterliche *Waffe* eingesetzt!«

»Waffe? Ich versteh nicht.«

»Hast du schon von *Feuerwaffen* gehört? Zwei Ritter haben sie Anno 1331 benutzt, bei der Belagerung von Cividale del Friuli. Die Herren von Crusberg und von Spilimberg, wenn ich mich nicht irre. *Schwarzes Pulver,* das mit ... hm, großer Wucht verbrennt, kann Steinkugeln ähnlich einem Katapult verschießen. Schon vor einem Zentenarium wurd's bekannt, als *Feuerwerk* hab ich's selbst in Italien an einigen Fürstenhöfen gesehen: Wird das Pulver in eine Hülse gefüllt und dann entzündet, zerreißt es alles, und es gibt einen lauten Knall!«

»Und das sollen die Kremerschen verwendet haben?« Martins Gesicht zeigte die Zweifel ganz deutlich. »Woher könnten sie's kennen oder haben?«

»Clais Overstolz stammt aus dem rheinischen Köln!«

»Stimmt. Und du willst mit Hein das Pulver herstellen? Warum?«

»Wir können es versuchen. Wenn's gelingt, ist es ein weiterer Beweis fürs Gericht, der zeigt, daß es Steppers nicht allein tat.« Michael lächelte verlegen. »Bei meiner Suche nach Dingen des Heiligen Grals hab ich alles gesammelt, was mir nach neuem Wissen aussah. Vor Jahren schickte mir ein Mönchsbruder vom südlichen Rhein auf dringliche Anfrage einige Rezepte; ausprobiert hab ich sie nicht. Die Ingredienzien sind zum Teil schwer zu beschaffen.«

»Reden wir nachher mit dem Einäugigen«, sagte Martin, dessen Neugier geweckt war. »Welche Ingredienzien sind's denn?«

»Salpetrum, Sulfur, Holzkohl, auch Scheidewasser und getrocknete Pflanzenfasern – das sind die Hauptstoffe. Auf die richtige Mischung und Behandlung kommt's an.« Michael rieb das Kinn, seine Stimme wurde dumpf. »Und ungefährlich ist's nicht! Das sag ich gleich, mein Freund. Sollten wir was falsch machen …«

Martin nickte, hob plötzlich den Zeigefinger und rief: »Wenn's so eine fürchterliche Waff ist, wie du sagst, sollte der Markgraf davon wissen! Markus ist abgehauen, aber …«

»Du denkst an einen Befreiungsversuch?« flüsterte Michael und zog die Augenbrauen zusammen. »Hast recht. Der Schelm ist zwar jähzornig und feige, aber für seinen Oheim würd er's vielleicht wagen. Wenn Geständnisse abgelegt werden, das Urteil naht … Ich sprech mit Woldemar: Er wird den Kerker bewachen lassen!«

Langsam gingen sie zum Kreuzgang und starrten ins trichterförmige Loch. Auch hier räumten Fratres Trümmer zur Seite, wuchteten Säulenreste hoch und klemmten Hebelbalken unter rissige Quader. »Wir werden das Gewölbe wohl ganz zuschütten«, murmelte Michael. »Ist leichter, als es wieder freizulegen. Mein Hab und Gut« – er lächelte schwach – »ist an anderem Ort gut versteckt. Vor allem das Buch ist nicht für neugierige Augen bestimmt.« Er senkte die Stimme, sah sich um und schloß: »Steht genug drin für ein Dutzend Verurteilungen wegen *keczerey* und *crimen magiae*! Auch die Sache mit dem schwarzen Pulver könnt solchen Vorwurf bescheren – ich kenn den Klerus gut genug!«

Er zog Martin zur Seite, und im Klostergarten setzten sie sich auf die Bank unter einer Linde. Martin wartete, ließ dem Mönch Zeit: Michael war anzusehen, daß er die Gedanken sammelte, mit dem Sprechen zögerte. Das faltige Gesicht war angespannt, die buschigen Augenbrauen gesträubt. Sonnenlicht tanzte auf der Glatze und ließ die Flecken dunkler erscheinen; einzelne Härchen wirkten wie Goldfäden. *Geduld*, sagte sich Martin, *alles zur rechten Zeit. Auch wer wartet, erreicht das Ziel!*

»Du hast mich nach Woldemar gefragt«, begann der Franziskaner schließlich und faltete die hageren Hände. »Es mag dich erstaunen, aber sogar ich weiß nicht, ob er der richtige ist.«

Er lächelte entschuldigend, als er Martins verblüfften Blick bemerkte.

»Als ich in die Mark kam, vor nun mehr als drei Dezennien, war Woldemar an die vierzig Jahr, kraftvoll und rüstig. An seinem Hof in Spandau, der askanischen Burg, traf ich einen Ritter, der durch geheime Zeichen auf sich aufmerksam machte: Er hatte meinen Ring entdeckt und gab sich mir als ehemaliger Ordensbruder zu erkennen. Bis Anno 1312 hatte er in der Tempelhofer Komturei gelebt und entging, weil er sich unter Woldemars Schutz stellte, einer Verfolgung. Als die Johanniter die Besitzungen der Templer übernahmen, trat der Ritter – sein Name war Friedrich von Schondorff – in des Markgrafen Gefolge ein und wurde ein Kämpe unter vielen. Nichts erinnerte mehr an die templerische Vergangenheit, abgesehen davon, daß er unverheiratet blieb. Seine Kenntnisse im Lesen, Schreiben, Verwalten, Minnesang und natürlich das Geschick mit dem Schwert blieben Woldemar nicht verborgen. Die Herren, wohl im gleichen Alter, verstanden und behandelten einander bald wie Brüder. Dann kam ich, und Friedrich sah in mir, dem Ringträger, einen aus dem Inneren Kreis der Tempelherren, und war äußerst respektvoll und … nun, durch ihn stieg ich, der einfache Franziskaner, zum geheimen Berater des Markgrafen auf. Sechsundzwanzig Lenze zählte ich damals, hatte seit der Verhaftung der Pariser Templer viel gesehen und erlebt: Im italienischen Venedig hätt ich fast bürgerliche Pfade eingeschlagen, denn ein hübsches Weib hatte mein Herz erobert! Leider starb Rosalia am blutigen Auswurf. Seither gab's für mich keine Fleischeslust mehr.«

Michael machte eine Pause, fuhr sich über die Augen. Martin schwieg. Daß er einmal der Lebensbeichte des Mönchs lauschen würde, hätte er noch vor kurzem kaum für möglich gehalten. Seine Spannung wuchs, er versuchte auch das zu hören und zu verstehen, was Michael – *Philipp!* – zwischen den Worten andeutete und nicht laut aussprach. Martins Versuch, sich Michaels Erlebnisse vorzustellen, blieb ein halbherziges Unterfangen; er gestand sich ein, daß es ihm ebenso an Erfahrung wie an Phantasie fehlte. *Fast sechs Dezennien! Ich hab nicht mal die Hälfte auf dem Buckel.*

Des Franziskaners Stimme war heiser, als er weitersprach: »Der Tod der Geliebten hat meinen Entschluß verstärkt; der Ritter verwuchs immer stärker mit der grauen Kutte eines Barfüßers, aus Verkleidung, die ich bei Bedarf anlegte, wurde Lebensinhalt: Philipp von Synghoven sank mit Rosalia in geweihten Boden, was blieb, war Michael, der Bettelmönch. Durch Friederich von Schondorff wurde die abgestreifte Vergangenheit wieder wachgerufen. Wegen des Ringes sah er in mir jemanden, der ich nicht war, nie gewesen bin. Ich tat geheimnisvoll, berief mich aufs Schweigegelübde, wollte andererseits natürlich ebenfalls mehr vom Templergeheimnis wissen, denn vom Inneren Kreis wußte ich kaum mehr als Friederich. Ich hatte ihm von meinen Reisen erzählt, auch von der ins Heilige Land. Bei Bier und Wein plauderte er, weckte Woldemars Neugier. Damals begann ich, die ersten Schriften zu sammeln – heut zum dicken Buch angewachsen –, für mich ebenso wie für Woldemar und Friederich: Wenn ich schon schwindelte, dann sollte es gut fundiert und der Wahrheit möglichst nahe sein. An den Winterabenden zum Jahreswechsel Anno 1319 sprach der Markgraf, halb träumerisch, halb ernsthaft, erstmals vom Pilgern gen Jerusalem.«

Michaels Blick reichte in unbekannte Ferne, vor seinen Augen schien Vergangenes Gestalt zu gewinnen. Martin wagte kaum zu atmen.

»Als mich die Todesnachricht erreichte« – Michael schüttelte den Kopf, die Augen belebten sich wieder –, »traf es mich wie ein Armbrustbolzen: ein stechender Schmerz in der Brust! Nur wenige sahen den aufgebahrten Toten, der Sarg wurde sofort verschlossen. Sorgenvoll blickte der Adel bei der Beisetzung im Choriner Kloster in die Zukunft: Woldemar hatte keine Erben, der Neffe war nicht mündig und kränklich. Wie du weißt, starb er bald. Daß Friederich am Tag nach Woldemars Tod ohne Nachricht oder Spur verschwand, versetzte mich in Staunen. Eine Erklärung gab es nicht. Mir blieb nicht viel Zeit zum Nachdenken und Grübeln, ich mußte an meine Zukunft denken. So kam ich nach Berlin ins Graue Kloster, stieg langsam in der Rangordnung, denn ich hatte ein Ziel: Ich wollte möglichst viel über den *Heiligen Gral* in Erfahrung bringen, von dem ich angeblich ein Fragment am Finger trug! Und es ist wirklich was im Ring: seine Süße wirkt, eingeatmet, ähnlich Belseräucherungen, scheint gleichzeitig mehr zu sein. Vielleicht stammt von ihm der prophetische Traum, in dem ich dich sah? Ich weiß es nicht. Vielleicht finden wir's gemeinsam heraus? Nun, mein Ziel – es erschien mir als *bibliothecarius* erreichbar. Also wurde ich zunächst Schreiber und kopierte sorgfältig Bücher. Nach einem Dezennium ernannte man mich zum Stellvertreter im Scriptorium, bald wurde ich dem alten *bibliothecarius* ein enger, dann der engste Vertraute. Ich verdanke ihm viel, lernte noch mehr – und der weitere Weg war vorgezeichnet. Anno 1332 erhielt ich die Priesterweihe.«

»Und Woldemar?« platzte es aus Martin heraus, dem eine Menge anderer Fragen auf der Zunge lagen. Trotzdem beherrschte er sich, zwang Ruhe in die rasenden Gedanken. *Der Ring! Der Ring! Was hält ihn davon ab, ihn zu öffnen? Nachzusehen? Ehrfurcht vor dem Gral? Angst? Oder will er zunächst alles wissen, ehe er das Wagnis eingeht? Was ist der Gral wirklich? Die Geschichten und Erzählungen sind so vielfältig, so verwirrend.*

»Ja, Woldemar. Ich war wie vor den Kopf geschlagen, als ich von seinem Auftauchen am Hof des Magdeburger Erzbischofs hörte. Woldemar ist doch tot, dachte ich. Bei unserer ersten Begegnung standen wir uns als Fremde gegenüber: die vielen Dezennien hatten ihre Spuren hinterlassen, Bekanntes verwischt. Ich wußte nicht, was ich denken sollte. Er aber – er *erkannte* mich; sei es am Namen oder noch mehr am Ring. Dann erzählte er Dinge, die eigentlich nur Woldemar wissen kann ...«

»Oder« – Martin lächelte verschmitzt – »Ritter Friedrich von Schondorff!«

»Genau. Manches blieb unbestimmt, wen wundert's? Nach dreißig Jahren ist sogar meine Erinnerung getrübt. Schreckliches wird verklärter gesehen, anderes ist ganz entfallen. Nun, so ist der Lauf der Welt. Ich hatte zwei Möglichkeiten zur Wahl: entweder ist es wirklich Woldemar, oder Friederich gibt sich als dieser aus. Einen völlig Fremden, der als Betrüger handelt, möchte ich ausschließen. Ich stellte den Markgrafen auf die Probe, wollte wissen, ob ihm Friederichs Schicksal bekannt sei, weil der Ritter ja nach dem ›Tod‹ Woldemars verschwand. Der Markgraf lächelte hintergründig und behauptete, der Ritter habe ihn begleitet, sei aber im Heiligen Land verstorben. Das habe ihn zur Rückkehr veranlaßt, denn auf dem Sterbebett soll Friederich ihn beschworen haben, nicht länger vergeblich den Templergeheimnissen nachzujagen, dem Traum vom Heiligen Gral, sondern sich auf die Aufgabe und die Pflichten als Markgraf zu besinnen.«

»Und der Tote, den man ...?«

»War Woldemar selbst oder ein anderer. Auch danach hab ich den Markgrafen befragt. Er sagte, es sei ein ihm ähnlich sehender Forsthüter gewesen, der bei der gemeinsamen Jagd – nur Friederich sei dabeigewesen – vom Pferd fiel und sich den Hals brach. Die verblüffende Ähnlichkeit habe den Einfall gebracht und zugleich den Ausschlag gegeben: die Erfüllung des Traums, ins Heilige Land zu pilgern. Natürlich mit dem Hintergedanken, mehr über die Templer zu erfahren ... Du siehst also, der Herr Markgraf weiß auf jede Frage eine passende Antwort, ohne mir wirklich beweisen zu können, wer er ist: Alles, was er als Woldemar behauptet, könnte genausogut von Friederich stammen. So ist's nicht verwunderlich, daß der Magdeburger Erzbischof sich überzeugen ließ, und nach ihm König Karl. Letzterem, davon bin ich überzeugt, ist die Wahrheit gleichgültig. Er benutzt den Markgrafen für seine Zwecke und spielt ihn gegen die Wittelsbacher aus. Sollte es mit diesen eine Einigung geben, nun ...« Er fuhr mit dem Daumen die Kehle entlang. »Als Markgraf ist Woldemar nur so lange von Nutzen, wie's den Bayern weh tut. Unterwerfen sie sich dem Böhmischen, wird er überflüssig oder gar hinderlich. Man wird ihn Betrüger schelten und zum Teufel jagen.«

Martin ergänzte bitter: »König Karl war das Auftauchen Woldemars also mehr als recht. Fast könnte man's für einen Plan halten, um gegen die Wittelsbacher ein Druckmittel zu haben.«

»Stimmt. Gäb's Woldemar nicht, müßte man ihn ersinnen! Wären da nicht die ohne Zweifel guten Kenntnisse der Vergangenheit. Außer mir gibt's nicht viele, die einen Strohmann hätten passend einweisen können. Ausschließen möchte ich's dennoch nicht. Fest steht nur, daß er über Wissen verfügt, welches nur eine Person besitzen kann, die in engster Umgebung des ›echten‹ Woldemar lebte ...«

»... sofern er nicht doch der ›Richtige‹ ist.« Martin nickte. »Woldemar oder Friederich – was empfindest du? Tief in deinem Inneren?«

»Ich weiß es nicht, Martin. Ich kann und will keine endgültige Entscheidung treffen, kann beim besten Willen nicht sagen, ob er der Richtige ist. Der Markgraf *handelt und denkt* wie jener Woldemar, den ich vor langer Zeit kannte, dabei möchte ich es bewenden lassen. Er hat meine Unterstützung, aus alter Freundschaft und Verbundenheit mit *jenem* Mann. Sollte er lügen oder ein Betrüger sein, muß er das mit dem himmlischen Richter ausmachen; meine Aufgabe ist's nicht, ihn zu verurteilen. Vielleicht ist's Mitleid, weil sein Schicksal vorbestimmt scheint, das mich helfen läßt, vielleicht die ersten Zeichen vom Schwachsinn eines Greises?«

Martin lächelte plötzlich. »Oder ganz einfach, weil dir – wie mir – die Machenschaften der Kremerschen nicht gefallen?«

»Auch das« – Michael lachte – »könnte sein.«

Schon der erste Gerichtstag *Woldemar versus Kremer* am 19. Tag des Ernting zeigte, daß mit schneller Aufklärung nicht gerechnet werden durfte: Paul Kremer grinste zuversichtlich, fast überheblich, besah sich die Fingernägel und brachte sofort nach Ankunft in der Gerichtslaube als dringende Beschwerde vor, wie ein gemeiner Schelm in Eisen gelegt worden zu sein. Ihm stehe als Patrizier der Doppelstadt angemessenere Behandlung zu, denn er sei ein unbescholtener und ehrsamer Bürger, völlig zu Unrecht angeklagt und am besten sofort freizulassen. »... und es ist eine Unverschämtheit, mich neben einen jämmerlichen Brandstifter wie diesen Burschen hier zu setzen!«

Steppers, zusammengesunken, geschunden und kaum mehr als ein bemitleidenswertes Männlein, sah kraftlos auf und schnappte nach Luft. »Ja, ich wollt mich rächen«, flüsterte er, »hab 's Stäupen und den Pranger nit vergessen. War doch nur Pisse von hibschen Maiden im Käse, nichts Schlimmes, kein Verbrechen! Herr im Himmel, ich brodelte vor Wut, konnt nit klar denken. Diese Schand, von allen verlacht. Keiner kam mehr Käse kaufen, nur... Der Markus hat mich angestiftet, versprach Hilfe. Ich Narr hab ihm geglaubt!«

Hunderte drängten sich vor der Gerichtslaube auf der Langen Brücke. Bänke waren aufgestellt worden, Essen und Getränke wurde verteilt. Einige Schankwirte karrten sogar Bierfässer herbei, Kinder rannten zwischen den Erwachsenen, ein Schwein quiekte und übertönte Steppers Worte.

»Ruhe!« brüllte Woldemar.

»Und dann...« Steppers schluckte. »Dann kam der ›falsch‹ Markgraf, der den Wittelsbacher vertrieb. Er ist's schuld, sagte Markus. Ihm müßt ich's heimzahlen! Markus Kremer hat auf mich eingeredet. So war's! So war's! Der Markus hat ganz deutlich gesagt, daß Ihr's ebenso seht! Ihr, Paul Kremer! Nur deshalb zündelt ich 's Feuer. Schrecklich, schrecklich! Hab nicht bedacht, daß die ganz Stadt brennen könnt. Ich bitt um Gnade, bereue meine schändliche Tat ganz und gar! Aber auch die anderen hatten Feuer und anderes, das den gewaltigen Knall machte. So wurd 's Gästehaus im Kloster zur riesigen Fackel!«

»Halt's Maul.« Kremer antwortete grob und stieß Steppers, dessen Wimmern vom Rasseln der Ketten übertönt wurde, von der Bank. »Mich willst du beschuldigen? Mich? Narr! Du bist durch die Gass' gerannt, mit der Fackel in der Hand! Ich saß im Ratssaal, viele können's bezeugen! Also, Ihr Herren: Befreit mich vom Anblick dieses Stücks Dreck!«

Markgraf Woldemar, der den Vorsitz übernommen hatte, sah zu den Schöffen; nur Stulzing, Lubbe, Dreher und Ryke hatten neben dem Protokollarius Platz genommen, denn Kremer war angeklagt, Brole stand unter Hausarrest, und der Flurschütz jammerte in geistiger Umnachtung von Dämonenvolk und Geisterheeren. Um ein rechtes Urteil sprechen zu können, würde Woldemar bis zur Nachbenennung der Schöffen warten müssen; für die Voruntersuchung reichten die Anwesenden.

Merkelyn Pletner machte den Ankläger: »Das Hohe Gericht möge das Gesuch abweisen. Es liegen ausreichend Beweise vor, daß...«

»Nichts liegt vor. Gar nichts!« Etwas von Kremers Selbstsicherheit bröckelte. »Was Ihr Beweise nennt, sind böse Verleumdungen. Heiße Luft! Blödsinniges Geschwätz!«

»Wollt Ihr abstreiten, daß Ihr, Euer verstorbener Bruder und alle anderen der Sippschaft wiederholt lästerlich vom Markgrafen gesprochen habt? Daß Ihr behauptet, daß der Herr Markgraf ein Betrüger sei? Wollt Ihr abstreiten, daß Ihr fast täglich gegen ihn gewettert habt? Gegen ihn in seiner Person, gegen seine Anordnungen – ich erinnere nur an die Münzverrufung! – und damit auch gegen jene Herren und Fürsten, die den Herrn Markgrafen für Rechtens befunden haben: Erzbischof Otto, Landgraf zu Hessen, die Grafen von Anhalt, Herzog Rudolf von Sachsen und, nicht zuletzt, König Karl von Böhmen?! Wollt Ihr das alles abstreiten? Soll ich die Ratmannen und Patrizier, die's wie ich selbst gehört haben, als Zeugen benennen? Und da fragt Ihr, warum Euch keine andere Behandlung zukommt?«

Markgraf Woldemar hob die Hand und rief: »Zum *procedere*, Ihr Herren: Jeder Angeklagte wird in Ketten vorgeführt, und dabei bleibt's. Alle wissen, was geschehen kann, wenn's nicht so geschieht: Vogt Bartholomäus Surber starb, weil 's Gericht und die Schöffen zu gutmütig waren.« Er wandte sich an die Schöffen: »Das Geständnis des Steppers Lorenz läßt allerdings keinen Zweifel an seiner Schuld. Ich denk, er kann bis zum Urteilsspruch ins Loch zurück. Was meint Ihr?«

»Falls wir ihn noch mal als Zeugen hören wollen, können wir ihn holen«, sagte Schöffensprecher Stulzing. »Hauptangeklagter ist Herr Paul Kremer.«

»So seh ich's ebenfalls!« Pletner verschränkte die Arme. »Steppers kann zurück ins Loch.«

»Büttel!« Woldemars Faust schlug auf den Tisch. »Führt Steppers ab.«

Und Paul Kremer lächelte zufrieden: er glaubte, einen ersten Sieg errungen zu haben. Doch erstarrte das Grinsen, als Woldemar mit der weiteren Untersuchung – zur Verblüffung vieler, wie das Raunen bewies – Tyle Brügge betraute: »... weil unser Münzmeister und Unterschultheiß selbst arglistig getäuscht und betrogen wurde. Seine Mitschuld beim Prägen falscher Münzen wurde durch Zahlung von zehn Gulden getilgt, gleiches betrifft punctum Messer: Mit Wilkin Brügge hat sich noch das Hochgericht zu beschäftigen, ihm werden Diebstahl, falsche Aussage und Mittäterschaft beim Mord am Vogt zur Last gelegt.« Woldemar winkte Tyle Brügge, der die Gugel zurückstreifte und sich für alle zu erkennen gab. Von Kremer kam ein erstickter Ausruf; bis zu diesem Augenblick war er der Überzeugung gewesen, Brügge sei ebenfalls angeklagt und gefangengesetzt. Die Zuschauer flüsterten durcheinander, Summen hing über der Langen Brücke. »Herr Brügge, bitte übernehmt den Vorsitz.«

»Ich danke, Herr Markgraf.« Brügge nahm Platz, legte einen Pergamentstapel vor sich und glättete die Kanten. »Wir beginnen die Untersuchung mit der Vernehmung der ersten Zeugen ... Ich rufe Herrn Hospitalmeister Stockmann vor die Schranken des Gerichts!«

Martins Aussagen waren eine Zusammenfassung bisheriger Erkenntnisse: sie reichten vom Streit mit Markus Kremer über den nächtlichen Überfall samt Berthold Clemenths Beteiligung, dem, was Martin von den Hübschlerinnen über Paul Kremer und Arnold Brole erfahren hatte, die Anzeichen, daß Vockenrodes und Alvenslebens Tod Mord gewesen sei, bis zur vermeintlichen Verwicklung Broles bei Surbers Tod.

Paul Kremer, der zunächst trotzdem versuchte, alle Schuld auf Tyle Brügge abzuschieben – »Ihm gehört das Messer! Ihm, nicht mir...« –, blieb auch verstockt, als die fette Lena öffentlich und in allen Einzelheiten des Ratsherrn wollüstige Vorlieben verkündete, zum Vergnügen der Zuhörer: »... wie ein Kleinkind! Wollt stets an die *brüstlin*« – Zuhörer lachten, weil Lena an den prallen Busen griff –, »krabbelte umher und ließ sich den Hintern versohlen. Hat's Gesicht unter schwarzer Haube verborgen, aber jeder wußte, wer's ist. Sah wie ein Teufel aus, mit den roten Rändern an den Schlitzen für die Augen. Wurd er wie ein Bengel gescholten, wuchs seine Wollust, und der stramme Turm stand wie eine Lanz'. In den letzten Wochen kam der Ratsherr nicht mehr; schon vorher scheint ihn die Manneskraft verlassen zu haben: statt des Turms gab's nur ein wackliges Türmchen.«

Kremer, das war ihm anzusehen, wäre am liebsten im Boden versunken. Der große und breitschultrige Mann ließ den Kopf hängen, Schamröte färbte das Gesicht; nur die Narbe blieb bleich.

»Ich dacht schon immer, daß das Flüstern mit Herrn Brole nichts Gutes bedeuten kann«, rief Lena und stemmte die Arme in die Seiten. »Sprachen von sehr viel Geld, und auch davon, daß der Markus nichts in seinem Jähzorn verderben soll. Wo ist der Bursch? Hat wohl Reißaus genommen? Dem trau ich alles zu!«

Als weitere Zeugen waren Maria und Hildegard benannt, die als Waschmägde bei den Kremerschen gearbeitet hatten. Sie erschienen in Begleitung von Leonore Seltzer. Nach besonderen Ereignissen befragt, sahen sich die jungen Frauen zunächst ratlos an, bis Maria hervorplatzte: »Des Herrn Markus' Kleider waren mal voller Blut und zerrissen. Wir mußten sie waschen und flicken. Niemand hat gesagt, was geschehen ist, aber es sah aus wie von Kötern zerbissen und zerfetzt. Morgens gab es Streit. Der Herr Kremer schrie den Neffen bös an. Wir verstanden nicht viel. Aber Herr Kremer war furchtbar wütend.«

»Und der Name des Herrn Blutvogts fiel. Ich bin ganz sicher«, ergänzte Hildegard und schob das weizenblonde Haar auf den Rücken. »Und dann wurde noch von einem *Clemens* gesprochen, den man unbedingt treffen müsse. Zunächst wollte man aber mit Herrn Brole reden.«

Tyle Brügge nickte mehrmals und knurrte: »Das deckt sich mit Herrn Stockmanns Aussage: der Überfall auf den Latrinenkarren. Ihr seid entlassen. Somit ist bewiesen, daß Markus Kremer beteiligt war und sein Oheim davon wußte. Clemens Lobensteins Geständnis ist gleichfalls bekannt: Er bezeichnete als eigentlichen Auftraggeber einen Maskierten, dessen Beschreibung mit der der Lena übereinstimmt. Ich denke, und frage die Herren Schöffen, daß die bisherigen Stimmen ausreichend Verdacht bieten, um den Angeklagten der peinlichen Befragung zu überstellen?! Stimmt Ihr zu?«

Stulzing und die anderen Schöffen nickten, und Pletner rief: »Da der Name Brole mehrfach fiel, muß auch er befragt werden.«

Brügge hob fragend die Augenbrauen, wieder nickte Stulzing, die Schöffen brummten ihre Zustimmung.

Erst nach zweitägiger Tortur gestanden Kremer und Brole, als Fernhändler gute Verbindungen zu den Wittelsbachern unterhalten zu haben, und hochnotpeinliches Nachfragen – Daumen- und Beinschrauben, Expansion mit Gewichten für viele Stunden, Verbrennen von Schwefelstreifen auf der Haut, Aufträufeln brennenden Pechs, Streckbrett, bei dem eine Planke mit scharfen Spitzen, der gespickte Hans, gegen den Körper gepreßt wurde – brachte langsam weitere Einzelheiten einer erstaunlichen *historia* zutage, die die beiden allerdings am nächsten Morgen widerriefen.

Am Sonnabend hatte Hein Nabel endlich die notwendigen Ingredienzien beschafft, so daß sich die Männer im Haus an der Mühlengasse trafen, um ihr *experimentum* durchzuführen. Holzkohl,

Salpetrum und Sulfur wurden fein gestoßen, um dann zu einem gemeinsamen Pulver gemischt zu werden. Unterdessen goß der Apotheker rauchendes Scheidewasser über Pflanzenfasern, ließ es einweichen, wusch es mit viel Wasser aus und breitete die flockigen Reste zum Trocknen aus.

Michaels Zeigefinger glitt über das Pergament; er las halblaut: »Siebeneinhalb Teile Salpetrum, eineinhalb Teile Holzkohl und dann noch ein Teil Sulfur… fein gepulvert und vermischt… um 's wirkungsvoller zu machen: Salpetrumwolle dazugeben… Vorsicht sei angebracht, schreibt der Bruder.«

Hein nickte und kniff das Auge zusammen. »Kleine Menge, nicht mehr als ein Löffel. Wir wollen's nicht übertreiben! Martin, reichst du die Pfanne?«

Die Männer, vom Entdeckungsfieber gepackt, beugten sich über den Tisch. Michael häufte das schwarze Pulver in die Pfannenmitte, Hein legte einige Fasern der Salpetrumwolle hinzu. Martin zögerte, bevor er nach dem Kienspan griff, sah die anderen an und sagte: »Jetzt?«

»Mach schon.«

Es gab eine Stichflamme, die zur Decke schoß und die Männer erschreckt zurückweichen ließ. Stinkender Qualm hüllte den Raum in dichte Schwaden. Husten und Krächzen erklang, Martin tastete sich zur Tür vor und riß sie auf. Alle drängten zur Gasse. Auf die Schenkel gestemmt, nach Luft ringend, sahen die Männer einander an: rußgeschwärzte Gesichter, aus denen die Augäpfel hell abstachen, der Blick von Angst und Verblüffung geprägt, verzogen sich. Michael prustete plötzlich, hob den Zeigefinger. Auch Martin lachte, obwohl ihm die Knie zitterten und nur langsam Erleichterung in die rasenden Gedanken einzog. Hein wischte sich übers Gesicht und musterte die schwarze Hand, kicherte und lehnte sich an die Hauswand.

»Teufel! Das war doch bloß ein Löffel voll!« ächzte der Apotheker und schüttelte sich. »Wie muß die Wirkung sein, wenn's ein Scheffel oder mehr ist?«

»Und noch größer« – Michael nickte, nach erster Heiterkeit bemächtigte sich tiefer Ernst der Männer –, »wenn das Gemisch in eine Hülse oder einen Beutel gefüllt wird! Das zerreißt und zerfetzt alles!«

Martin riß die Augen auf und flüsterte: »Gefährlicher als Armbrustbolzen! Stellt euch vor, man mischt Nägel und ähnliches ins Pulver! Das fliegt dann, von der Flammenwucht getragen, nach allen Seiten. Und so was hat vielleicht der Markus? Michael, jetzt bin ich sicher, daß der Bursch irgendwann kommen wird: Braucht sich nur mit seinen Leuten als Bettler zu verkleiden, um sich in die Stadt zu schleichen. Das ist wirklich eine Waffe, die zu dem feigen Hund paßt!«

»Woldemar ist gewarnt, seine Leut passen auf.«

Thea Grunngras' Stimme hallte plötzlich durch Martins Gedanken, ihr Fluch, der ihn treffen würde, sollte er Amalie nicht beschützen. Schreckliche Angst um die geliebte Frau ließ Martin zittern. *Wenn sich Markus an ihr rächen will? Sie hat ihn ... – die Bisse des Schweißhunds, die Maulschellen, das vergißt der Schelm nie! O Gott, Amalie! Wo ist sie sicher? Darf nicht länger im Haus beim Kerkerturm sein! Dort sucht Markus als erstes!*

»Es wird vermutlich besser sein« – Martins Stimme klang tonlos –, »wenn wir Woldemars Soldaten ganz das Feld überlassen. Ich möchte nicht, daß Amalie, Heinrich, Leo oder Mechthild was zustößt, sollte Markus tatsächlich ...«

Michael legte Martin beruhigend die Hand auf die Schultern. »Mach dich nicht selbst verrückt, Mann! Noch ist nicht mal gesagt, ob es einen Befreiungsversuch geben wird. Reiß dich also zusammen.«

»Hast recht. Trotzdem – ich will vorbereitet sein! Was wir bisher von Kremer und Brole gehört haben, zeigt, daß sie vor nichts zurückschrecken!«

Hein nickte, auch Michael krauste die Stirn. Alle drei dachten an die widerrufenen Geständnisse:

*Paul Kremer, als junger Mann von Clemens Lobenstein überfallen, hatte seither die Narbe im Gesicht; es war die Zeit des Banns, als die Berliner Kaufleute noch Vogelfreie waren und sich kaum jemand um ihr Schicksal scherte. Für Wochen kam Kremer damals nicht vor die Tür, später ersetzte er den Verband durch die schwarze Fastnachtshaube; eine Maskierung, die er auch zu anderen Gelegenheiten benutzte und rasch Zeichen für sein zweites, heimliches Leben wurde. Bruder Heinrich, häufig mit zwielichtigem Gesindel in Kontakt, er-*

kannte Lobenstein Jahre später in einem Spandauer Schanthaus, als der damit prahlte, einem Fernhändler das Gesicht zerschnitten zu haben. Heinrich – wie sein Sohn Markus nur in starker Gesellschaft mutig – gelang es, sich bei Lobenstein einzuschmeicheln und sein Vertrauen zu gewinnen. Er erfuhr, daß Lobenstein ein ehemaliger Goldschmiedgeselle war, seinen Meister bestohlen hatte und geflüchtet war. Nachdem er Gleichgesinnte um sich geschart hatte, gingen die Burschen auf Raubzug und überfielen Kaufmannszüge. Heinrich dachte sich seinen Teil. Bei Wein und Weib wurde gefeiert und Brüderschaft getrunken – und so entstand eine »Freundschaft«, die vom Teufel höchstpersönlich geschmiedet schien.

Denn nachdem Heinrich seinem Bruder von der Begegnung berichtet hatte, wollte der Kaufmann Lobenstein gleich den Hals umdrehen, wurde vom Bruder aber eines Besseren belehrt – und Heinrich vermittelte den ersten Kontakt zum »Maskierten«: Der Stadtkämmerer lieferte Wachsabdrücke von Prägestempeln – bei einem Saufgelage mit dem Münzmeister hergestellt –, und Lobenstein schaffte es, Stock und Eisen nachzumachen. Von Lobensteins Strauchdieben geraubtes Hab und Gut wurde fortan in klingende Münze verwandelt: falsche Münzen wanderten in die Stadtkasse, die richtigen gingen an die Diebe, und die Kremerschen nutzten ihre Fernhandelsbeziehungen, um die Beute wieder unters Volk zu bringen. Falschgeld war es auch, mit dem der Freikauf vom Bann erfolgte, denn erst durch Kremers Weitergabe war es über jeden Zweifel erhaben. Anno 1335 wurden an den Brandenburger Bischof 750 Mark brandenburgischen Silbers bezahlt, trotzdem folgte die Aufhebung des Banns erst zwölf Jahre später. Lobensteins Anteil wuchs mit der Zeit, schließlich griff Paul Kremer immer tiefer in die Stadtkasse, um den Spitzbuben zu beschwichtigen: Dieser hatte gedroht, den Kaufmann und Rentmeister zu verraten. Jahre gegenseitiger Erpressung folgten, die Männer waren auf Gedeih und Verderb aneinandergefesselt. Und Paul Kremer mußte sich stets aufs neue stimmige Dinge einfallen lassen, um die Machenschaften mit der Stadtkasse zu verschleiern.

»... weil Stadtschreiber Reitzenstein diesen Geldschiebereien auf die Schliche zu kommen drohte, sah man rasches Handeln als nötig an: Brole beauftragte die Roggenmuhme – dank Bruder Michael wissen wir nun, daß es Brokles Base ist –, so daß sie mit Clemens Lobensteins Hilfe Herrn Reitzensteins Kinder entführte und ermordete. Die Mordbuben hofften darauf, daß der Sekretarius zusammenbrechen würde ...«

Bei diesem Passus, vom Protokollarius vorm Hochgericht verlesen, erklang ersticktes Schluchzen, und der Sekretarius wurde ohnmächtig. Eindringliches Zureden durch Bruder Michael hatte bewirkt, daß sich Reitzenstein doch noch aufrappelte und vor Gericht erschien, um auszusagen. Seine Worte waren schwerfällig gekommen, die meiste Zeit starrte er ohne Regung vor sich hin. Nur der Haß auf die Mörder schien für kurze Zeit die unendliche Trauer überwinden zu können. Um so schlimmer nun die Geschichte in ihrer geballten Form: Man fand Reitzenstein am nächsten Tag – erhängt im Dachgestühl seines Hauses. Zu seinen Füßen lag die Gattin, sie hatte sich einen Basilard ins Herz gerammt.

Wie stets war es die Aufgabe des Scharfrichters, den Selbstmörder aus dem Haus zu schleifen und beim Galgen vor der Stadt zu begraben: Tränen in den Augen, von Asmus unterstützt, schnitt Martin Reitzensteins Strick durch, dann luden sie die Leichen auf den Schinderkarren. Nachdem die mannstiefe Grube ausgehoben war, ballte Martin die Hände und dachte erschüttert: *Was ist das für ein schändlicher Glaube? Ehrsame Leut wie die Reitzensteins dürfen, nur weil sie selbst Hand an sich gelegt haben, nicht in geweihten Boden – Teufeln in Menschengestalt, wie's die Kremerschen sind, wird's sogar nach ihrer Enthauptung nicht verwehrt werden: Sind ja keine Ketzer. Himmlischer Vater, ist das Gerechtigkeit?* Er erinnerte sich an das, was er von Michael erfahren hatte, Worte hallten durch seinen Kopf: »... *alles umfassende Kirche ... Fehler enthielten, um nicht zu sagen: es wurde bewußt verändert, was sich nicht ins Bild fügen wollte ... Befreit Euch vom Beiwerk, das Menschen hinzugaben ...*«

»Beiwerk! Das ist es!« flüsterte Martin. Niemand fand sich offenbar bereit, den Reitzensteins ein letztes Geleit zu geben. Sogar Pfarrer Konrad hatte entsetzt den Kopf geschüttelt und abwehrend die Arme erhoben. Neue Tränen verschleierten Martins Blick, er sah kaum etwas, als eine Hand seine Schulter berührte und er aufblickte. Er blinzelte, dann erkannte er Amalie und nahm sie stumm in den Arm. Langsam traten weitere Bekannte an die offene Grube:

Heinrich – er führte den Schweißhund an der Leine –, Johannes, dann Leo und Mechthild, Magdalene und Peter, Christian, Dietrich, Lukas. Noch abseits stehend, dann die Schultern hebend, gesellte sich Apotheker Hein hinzu. Sogar zwei Hübschlerinnen kamen ans ungeweihte Grab: Elisabeth warf das rote Haar über die Schulter, und Margaretha, das Kind auf dem Arm, warf einen Strauß Feldblumen ins Loch. »Eure Mörder werden's büßen!« zischte sie. »Sie seien verdammt und sollen in der tiefsten Hölle schmoren!«

Gemessenen Schritts, Weihrauch schwenkend und Weihwasser sprengend, kam als letzter Bruder Michael. Gemeinsam sprachen sie das *Paternoster* und verharrten noch eine Weile, nur schniefende Geräusche unterbrachen die stumme Andacht – ohne sie zu stören. Der braune Schweißhund hatte sich ausgestreckt, der Kopf lag auf den Pfoten; ein Winseln war zu hören, das Martin fast das Herz zerriß. *Das Tier ist treuer und mitfühlender als die meisten Menschen*, zuckte es durch seinen Kopf. *Was braucht's Teufel und Dämonen, wenn's »Menschen« wie die Kremerschen und geifernde Pfaffen gibt!*

Nacheinander zogen sich die Trauernden zurück, Asmus griff zur Schaufel und machte sich daran, das Grab zu schließen. Johannes half Amalie auf den Bock des Schinderkarrens; der Gaul ließ den Kopf hängen.

Nur Martin und Bruder Michael standen dann noch am Grabhügel, den kein Kreuz zierte, sondern der vom dreisäuligen Galgen überragt wurde, und der Franziskaner sagte leise: »Die Kirche und ihre Vertreter wollen die strikte Einhaltung der Gebote; jeder, der sie zu brechen wagt, muß stets die Angst spüren, die drückende Last von Sünde und Schuld. Angst, die ständig in den Gliedern sitzt und auch von lautem Lachen, derben Scherzen und Ausschweifungen nicht überdeckt werden kann, sondern mit jeder Verfehlung, unternommen um ihr zu entgehen, die Gewissenslast noch schwerer macht.«

»Sie sind unerreichbar in ihrem Geiz, der Habsucht, Machtgier und Schwelgerei – alles andere ist pure Heuchelei«, murmelte Martin. »Dann lieber dem eigenen Gefühl von Recht folgen. Genau wie die Tempelritter!«

Michael seufzte. »Es ist schwer, mein Freund. Ich weiß es nur zu gut! Aber du darfst nicht verbittern, nicht verzweifeln! Die Natur, die Welt« – eine ausholende Armbewegung und ein eindringlicher Blick –, »alles um uns herum, und auch das Göttliche *in uns*, das alles ist das Maßgebliche, das wahrhaft Schöne, Geheimnisvolle, Ergreifende. Die Menschen sind schwach, voller Angst, oft auch verdorben und schlecht. Aber nicht alle sind so, mein Freund! Du hast es heut erlebt! Verurteile sie also nicht, denn der, der mit einem Finger auf andere zeigt, muß sich darüber im klaren sein, daß die übrigen Finger auf ihn selbst weisen! Martin, mein Freund, bald ist es ausgestanden – und du kannst als Hospitalmeister deine Träume verwirklichen . . .«

»Ist es wirklich ausgestanden?« Martin sah auf; sein Hals war trocken, und ein leichtes Zittern, ein inneres Beben – fast sanft, aber jede Körperfaser erfassend –, suchte ihn heim. »Das Gefühl, den Boden unter den Füßen zu verlieren, will nicht weichen. Markus ist auf freiem Fuß, noch versuchen Kremer und Brole den Kopf aus der Schlinge zu ziehen. Und die Nachrichten vom Schwarzen Tod . . . Nein, Rittermönch, ich befürchte, daß es nicht ausgestanden ist.«

»Mag sein.« Michael kniff die Augen zusammen, seine Hand drückte Martins Schulter. »Aber ohne Hoffnung sind wir nichts, verloren, vielleicht sogar verdammt! Du darfst niemals die Hoffnung aufgeben, denn was geschieht, wenn es keine Hoffnung mehr gibt, siehst du an den Reitzensteins: statt sich darauf zu besinnen, daß sie neues Leben, neue Kinder dem schrecklichen Tod hätten entgegenstellen können, klammerten sie sich ans Vergangene, versanken in ihrer unendlichen Trauer. Ich verurteile sie nicht, versuch sie zu verstehen, trotzdem kann und will ich die Tat nicht gutheißen. *Hoffnung*, mein Freund, bis zum letzten Wimpernschlag, dem letzten Atemzug: Das ist es, nicht das Aufgeben.«

»*Ich* werd nicht aufgeben!« versprach Martin. »Dessen kannst du gewiß sein.«

»Dann laß uns gehen.« Michael nickte. »Es wird Zeit, daß ich dir das Buch zeige.«

Während sich die Sonne dem Horizont entgegensenkte, saß Martin bei Michael in der Scriptoriumsklause. Zwei Laternen schufen eine Lichtinsel, deren Rand von schattenhaft aufragenden Regalen bestimmt war. Fast hatte Martin das Gefühl, das in den Büchern, Rollen und abgehefteten Seiten gesammelte Wissen gewinne Gestalt in Form zerfließender Geschöpfe, die sich im Grenzbereich zwischen Helligkeit und Finsternis erhoben und – über Michael und Martin gebeugt – jede der Bewegungen verfolgten. Ein zartes, unbestimmtes Flüstern und Wispern erklang, als würden die ungezählten Schriftzeichen hervorquellen, in der Luft schwirren, einen Reigen tanzen, sich zu Körpern verdichten. Eine merkwürdige Stimmung: Ungestörtheit, der Geruch von Pergament, Staub und Tinte, zartes Knistern von den Laternen, Rascheln, wenn Michael Seiten umschlug, Geborgenheit im warmen Schein, Vertrauen zu den Schattengestalten, den Geistern der Weisheit und Erkenntnis, von denen eine spürbare Fröhlichkeit auf Martin übergriff, erwartungsvolle Spannung, Neugier, Zuneigung und – Liebe. Süßer Duft, der vom Templerring aufstieg und die Männer einhüllte, verlieh den Wesen eine Wirklichkeit, die sich nicht von jener des Schreibpults oder der Weinbecher unterschied.

Der Franziskaner trank einen Schluck, blätterte im Folianten, ließ Martin hineinschauen, ohne ihn aus der Hand zu geben. Martin sah Seiten mit fremden Symbolen, Zeichnungen und Miniaturen; einige schien Bruder Michael selbst angefertigt zu haben. Pergament unterschiedlichsten Ursprungs war zu einem neuen Buch gebunden worden, dazwischen gab es Seiten, die Michaels Handschrift trugen. Es gab Bögen von ungleicher Größe, die Ränder ausgezackt und zerfasert. Der Einband bestand aus abgegriffenem, speckigem Leder; Metalldreiecke an den Ecken, eine verzierte Schließe. Martin dachte: *Michael hat's aus vielen Büchern und Schriften zusammengetragen; mühsame Arbeit von drei Dezennien.*

Michael sah auf und sagte leise: »Roger Bacon, ein englischer Franziskaner, berief sich auf die Erfahrung der Sinne, das *experimentum*, und erklärte sie zur Hauptmethode der Naturforschung: Mit der Folter des Experiments müsse der Natur ihre Geheimnisse entrissen werden! Er sagte auch, eines Tages werde es Instrumente geben *von wunderbar ausgezeichneter Nützlichkeit, wie Maschinen zum Fliegen oder zum Herumfahren in Fahrzeugen ohne Zugtiere und doch mit unvergleichlicher Geschwindigkeit, oder zur Seefahrt, ohne Rudermänner, schneller als durch Menschenhand für möglich gehalten wird ...«*

Er zeigte Martin lateinische Abschnitte, andere waren, wie er sagte, Griechisch; sonderbare Buchstaben kannte Martin von jüdischen Friedhofstafeln. An vielen Stellen hatte Michael Bemerkungen hinzugefügt, andere Seiten befaßten sich mit seinen Überlegungen, Fragen, Zweifeln. Während er weiterblätterte, Initialen und Miniaturen betrachtete, murmelte er: »Ich war ein Templer. Unser Orden... er hütete seine Geheimnisse... Nur wenige Mitglieder entgingen den Häschern; mag sein, daß unter den Entkommenen solche des Inneren Kreises waren, die die Tradition fortführen. Ich allein kann's nicht, bin alt, weiß nicht, wie lange ich dem Pfeilmann noch widerstehe. Willst du den Spuren folgen, Martin? Als mein Nachfolger? Die Geschichte der Templer begann, wie du weißt, vor langer Zeit. Stets fanden sich neue Männer, die in der Tradition ihrer Vorgänger lebten...«

Von Pausen unterbrochen, in denen der Alte sich sammelte, nachdachte, mal diese, mal jene Stelle im Buch aufschlug, reihten sich Wörter und Sätze. Martin hörte schweigend zu, ließ das Gesagte auf sich einwirken. Manchmal glaubte er, die Büchergeister zustimmend nicken zu sehen, dann wieder schienen sie sich zu beratschlagen, die Köpfe einander zugeneigt: Flackern der Laternen versetzte die Gestalten in Bewegung, fast war Martin davon überzeugt, sie berühren zu können, wenn er die Hand ausstreckte.

»... hab dir vom Aufstieg und Fall der Templer berichtet. Nun, die Anfänge liegen sogar in der Zeit, *bevor* der Orden gegründet wurde. Dort liegt der Ursprung des Geheimnisses. Hugo de Champagne war schon Jahre zuvor im Heiligen Land gewesen, wo er befreundete Zisterzienser mit dem Studium hebräischer Texte beauftragte. Er kannte Berichte und Schriften – was er suchte, mußte zu finden sein...«

»Was fanden die Templer wirklich in Jerusalem?« Martin runzelte die Stirn, in seinem Kopf war ein leises Rauschen; nicht unangenehm, aber von ständiger Präsenz, genau wie der süßliche Odem. »Auch Woldemar wandelte auf diesen Spuren, gab – wenn er's wirklich ist – dafür sogar die Herrschaft ab, täuschte den eigenen Tod vor...«

»Ich kann es nur vermuten, mein Freund. Ich war damals zu jung, fünfzehn Lenze nur, als der Orden zerschlagen wurde. Zum Inneren Kreis gehörten andere – ich entkam zwar den Verfolgern, aber... Um Anno Domini 1118 stellte sich die Gemeinschaft französischer Ritter – mit dem aus der Champagne stammenden Hugo von Payens und Gottfried von Saint-Omer an der Spitze – unter die Ordensregeln der Augustiner-Chorherren und machten es sich zur Aufgabe, die Karawanenstraße zum Heiligen Grab in Jerusalem zu bewachen, indem sie geistliches Leben mit bewaffnetem Pilgerschutz verbanden – so hieß es offiziell. Aber denk an Bernhard von Clairvaux! Er und Hugo hatten ein Ziel, dem sie mit aller Kraft nachgingen. Erinner dich an die Präambel der Ordensregel: *Mit Gottes und mit unserer und mit unseres Retters Jesus Christus Hilfe ist das Werk vollendet worden!* Das klingt merkwürdig für einen *Beginn*, für die Gründung einer Gemeinschaft, nicht wahr?«

Ein Hauch fuhr durch den Raum; die Geister gestikulierten, hoben Arme, wiegten Köpfe. Martin kniff die Augen zusammen: Es gab keine Angst, kein Frösteln; die Schatten waren ihm auf schwer bestimmbare Weise vertraut, aus Traumbildern und nächtlicher Zwiesprache, an die, beim Aufwachen und im Licht des Tages, die Erinnerung zwar verblaßte, ohne das tiefergehende Wissen um diese Dinge aber auszulöschen. *Meist unsichtbare Begleiter, wie Schutzengel und Heilige?* Ein unbestimmtes Verstehen breitete sich aus. *Oder gar Ausströmungen des Göttlichen, das in unserer Welt Gestalt gewinnt?*

»Sie haben was gefunden, das ist gewiß«, sagte Michael. »Ob in der Heiligen Stadt selbst, weiß ich nicht. Sie bereisten den halben Orient! Ich vermute aber, daß Hugo von Payens und seine Leute damals die *Bundeslade* oder ihren Inhalt entdeckt haben; später wurde es zum ›Haupt Baphomet‹. Ich hab dir von Wolfram von Eschenbachs *Parzival* erzählt, nicht wahr? Dort ist der Gral beschrieben – nur ein anderes Wort für das, was das Geheimnis der Tempelritter ausmacht.«

»Ein Stein, der ewige Jugend beschert? Der herrlich Manna spendet? Und noch mehr?«

»Das und vieles andere. Der Gral, das ist gewiß, fiel nicht in Philipps Hände. Sein Erbe ist wach. In ihm liegt die *essentia* aller Geheimnisse. Vieles scheint sich vermischt zu haben; es gibt verschiedene Bedeutungen!« Michael schlug eine neue Seite auf. »Wenn's, wie ich glaube, die Bundeslade war, ist's mehr als nur ein Behälter für die Gesetzestafeln des Berges Sinai ... Die Bibel berichtet, daß Gott das Volk Mose mit Manna speiste – genau wie ich's vom Gral gehört. Und noch mehr: *Aarons Söhne Nadab und Abihu nahmen ein jeder seine Pfanne und taten Feuer hinein und legten Räucherwerk darauf und brachten so ein fremdes Feuer vor den Herrn, das er ihnen nicht geboten hatte. Da fuhr ein Feuer aus dem Himmel und verzehrte sie, daß sie starben vor dem Herrn…* Und als die Philister die Lade Gottes raubten, lag, wie's überliefert wurde, die Hand des Herrn *schwer auf den Leuten von Asdod, und Er brachte Verderben über sie und schlug sie mit bösen Beulen…* Bevor die Lade in Salomos Tempel ihren Platz fand, zeigte sie noch ihre Macht; König David befahl ihre Überführung – *Und als sie zur Tenne Nachons kamen, griff Usa zu und hielt die Lade Gottes fest, denn die Rinder glitten aus. Dann entbrannte des Herrn Zorn über Usa, und Gott schlug ihn dort, weil er seine Hand nach der Lade ausgestreckt hatte, so daß er dort starb bei der Lade Gottes…* Ich sammelte, verband, verglich, lernte… Im Sohar steht's genau: *Drei Köpfe sind ausgehöhlt; dieser befindet sich in jenem und dieser über dem anderen. Ein Kopf ist die Weisheit; er ist der verborgenste… diese Weisheit ist verborgen; es ist die oberste aller anderen Weisheiten.*«

»Das Haupt Baphomet?« murmelte Martin.

»Im Sohar wird's der *Alte der Tage* oder der *Hochbetagte* genannt – *attik jomim*. Es heißt: *… und von diesem Schädel kommt das Weiße heraus und geht in Richtung des Schädels des Kleinen Gesichts… Der Tau des weißen Kopfes tropft in den Schädel des Kleinen Gesichts und wird dort aufbewahrt…* Ich lese es vor, Martin, hör genau zu: *… von diesem Tau mahlen sie das Manna der Gerechten für die kommende Welt. Durch es werden die Toten zum Leben erweckt. Und das Manna scheint von diesem Tau nur zu einer bestimmten Zeit erzeugt worden zu sein; zu der Zeit, als das Volk Israel in der Wüste wanderte. Und damals ernährte der Hochbetagte sie von dieser Stelle aus… Im Schädel des Kopfes hängen tausend Tausend, Myriaden und Myriaden, große Mengen von Locken und schwarzen Haaren und sind mit diesem und jenem verflochten und mit diesem und jenem vermischt…*«

»Aber – was bedeutet das?«

Michael atmete tief ein und aus, und als er weiter sprach, klang seine Stimme belegt: »Was als Bundeslade, der Alte der Tage oder Haupt Baphomet umschrieben wurde, als Heiliger Gral, scheint eine wundersame *machina*, ein *instrumentum*, gewesen zu sein, genau wie jene, von denen Roger Bacon spricht. Erbaut im göttlichen Auftrag, mit Seinem Wissen, das Moses auf dem Berg Sinai erhielt. Diese *machina* schuf das *Manna*, aber sie konnte viel mehr, wie die Geschehnisse ihrer Überführung bezeugen... Vielleicht war sie das, was manche den *Stein der Weisen* nennen? Vielleicht schuf sie neben Manna auch *medicin*? Ich weiß es nicht, mein Freund, denn die Bedeutung des Heiligen Grals läßt sich ebensogut in ganz anderer Richtung erklären. Doch davon ein anderes Mal. Bleiben wir heut beim Manna...«

Er hob die Hand mit dem Templerring und sah Martin eindringlich an. Das Süße bekam plötzlich fast betäubende Schwere, die Geister aus Wissen und Weisheit bewegten sich schneller, ihr Flüstern und Wispern schwoll an.

Martin befeuchtete die Lippen, das Sprechen fiel ihm schwer. »Du glaubst«, sagte er leise, »im Ring ist Manna? Oder weißer Tau, wie's im Buch Sohar heißt?«

Michael hob die Schultern, fast augenblicklich verschwanden die schattenhaften Gestalten, so als hätte es sie nie gegeben. »So könnte es sein. Wohlgemerkt: könnte! Du hast ebenfalls das Süße gerochen, nicht wahr? Es umgibt den Ring, seit ich ihn trage. Tief eingeatmet, gleicht es Räucherwerk, beschert *Träume*, und diese Träume können wahr werden – ich sah *dich*, bevor ich dich kannte! Der Ring birgt eine unglaubliche Kraft, dessen bin ich sicher. Eine Kraft, die vielleicht sogar gewaltiger ist als das schwarze Pulver der Feuerwaffen!« Er seufzte. »Vielleicht verstehst du nun, weshalb ich das Goldgeflecht nie geöffnet habe. Die Templer des Inneren Kreises müssen ihre Gründe gehabt haben, warum sie diese Form wählten.«

Martin nickte. »Der Duft kommt durch, aber eine Berührung wird verhindert. Aus Demut und Respekt vorm Göttlichen? Oder weil's auch hier die Dosis macht? Weil's wie Gift ist, wenn man...«

»Genau diese Fragen stelle ich mir seit langer Zeit«, sagte Michael; jetzt klang seine Stimme sehr müde. »Neugier hat zwei Seiten, mein Lieber: Man kann Neues entdecken, aber es mag auch den Tod bedeuten. Stets heißt's, genau abzuwägen, möglichst viel wissen, ehe der nächste Schritt getan wird. Sogar drei Dezennien reichten nicht aus, genug zu erfahren, um das Wagnis einzugehen. Aber ich bin alt, meine Kraft schwindet von Tag zu Tag.« Er sah

Martin mit einem Blick an, dem erstmals wieder das frostige Funkeln innelag, jener Ausdruck, der Martin angst machte. »Wenn du all das weißt, was ich über den Gral herausgefunden hab, mein Freund, wirst du den Ring erhalten – und dann liegt's an dir, was du tust. Glaub mir, Mut allein ist dann nicht das entscheidende.«

Martin sah dem Franziskaner fest in die Augen. »Ich danke dir für dein Vertrauen. Es ehrt und beschämt mich. Ich danke dir.«

»Dank lieber nicht« – ein bitteres Lachen –, »denn wer weiß, ob du's nicht später bereust oder gar verfluchst? Dich selbst, den Ring oder mich? Nein, Martin, indem ich dich zum Nachfolger mache, befreit's mich von der Verantwortung – und dir wird sie aufgebürdet.«

Das Funkeln der Augen verstärkte sich, und Martin zog es die Kopfhaut zusammen. Für einen Augenblick glaubte er noch mal die Geisterschatten zu sehen: Es schien, als krümmten sie sich vor *Lachen*. Aber so schnell das *Gesicht* kam, so rasch verschwand es auch. Martin fühlte sich überfordert; was blieb, war ein von Angst geprägter Wimpernschlag, atemabschnürend in der Wucht, die ihm die Knie zittern ließ, und er dachte: *Vielleicht wär's besser gewesen, nie vom Heiligen Gral gehört zu haben? Vielleicht stürze ich schon, ohne es zu wissen – und der Aufprall wird fürchterlich...*

*Wenn die Apostel Petrus und Paulus wegen der Anbetung eines*
*Götzen angeklagt und von der Inquisition verfolgt würden,*
*so gäbe es auch für sie kein Mittel, sich zu verteidigen. Nach*
*ihrem Glauben befragt, würden sie zwar antworten wie die*
*Magister der Theologie, würde man ihnen aber sagen, sie hätten*
*trotzdem wie die Ketzer gebetet, und würde man sie auffordern,*
*daß man ihnen Namen, Zeit und Orte nennte und die Zeugen*
*dazu, die solches bestätigen, so würde man ihnen keine Antwort*
*geben. Wie nun – so frage ich – sollen sich die Apostel*
*verteidigen, zumal jeder, der ihnen helfen möchte, eine Anklage*
*wegen Begünstigung der Ketzerei zu fürchten hätte?*
Aus einer Schrift des französischen Juristen
Bernard Delicieux, 1307

## 24. Ernting, Anno Domini 1349

Vom Schwarzen Kloster kam Glockengeläut, das die Mönche zum
Frühgottesdienst der *Laudes* rief, als eine Gestalt durch Schilf und
Röhricht unterhalb der Spreegrabenschleuse schlich, behutsam ins
Wasser glitt und am Ufer des Werders wieder an Land kroch. Bis auf
das Hüfttuch nackt, bewaffnet mit einem Basilard, hielt der Mann
inne und sah zur Cöllner Stadtmauer: An fünf Stellen bewegten sich
Lichtinseln durch die Dunkelheit; Laternen der Rondengänger.
Helligkeit auch beim Eckturm an der Spree, auf der Sternenlicht
glitzerte.

Der Mann verfluchte stumm das Beben und Zittern, riß sich zusammen und huschte durchs hochstehende Gras der Gemeindewiese, immer wieder lauschend und sich umsehend, erreichte den
Fluß und watete geduckt vom Ufer fort, tauchte unter und
schwamm gegen die Strömung an. Kaum mehr als bis zur Nase erhob sich nach wenigen Augenblicken der Kopf über den Wasser-
spiegel, fünfzehn Ellen spreeaufwärts tauchte der Mann ein zweites
Mal auf, nun der Flußmitte näher und außerhalb des Laternen-
scheins. Als er sich bei der Langen Brücke an den Steg der Cöllner
Badstub klammerte, pumpten die Lungen gleich einem schadhaften

Blasebalg, und das Herz hämmerte wild wie ein irrer Schmied: Markus Kremer hegte die Befürchtung, alle Welt müsse die Geräusche hören – aber niemand hatte ihn entdeckt.

Markus wartete, bis er zu Atem gekommen war, schwang sich auf den Steg und verschwand im Schatten der Treppe, weil Laternenschein des Nachtwächters die Brücke entlangzog und in Richtung Rathaus verblaßte. Mit dem Basilard öffnete Markus die Hintertür, tastete sich durchs Dunkel, stieß an eine Kufe und zischte eine Verwünschung. Die Tür zum Vorraum war geschlossen, ihre Lederangeln knarrten durchdringend beim Öffnen, und Markus blinzelte zum Kienspan.

Peter Beck fuhr schlaftrunken hoch, erkannte den nächtlichen Besucher und seufzte. »Mann, ich dacht schon, du kommst nicht.«

»Schwimm du mal nachts die Spree rauf!« sagte Markus und fing das Tuch auf, das der Bader ihm zuwarf. »Ging nicht anders. Damit nichts mehr schiefgeht.«

»Hab von der Aufregung gehört. Was ist genau geschehen?«

»Am Freitag hat's niemand bemerkt.« Markus lachte selbstsicher, trocknete sich ab und stieg in bereitliegende Beinlinge. »Meine Leute kamen als Bettler verkleidet und versteckten sich in der leerstehenden Kate in der Mauergasse. Einige stiegen dann nachts übers Dach zum Brolehof, andere schlichen bis zur Stralauer Straße, wo einer den Betrunkenen spielte und die Wächter ablenkte, so daß die übrigen den geheimen Nebeneingang benutzen konnten. Als am Samstag der Gauklerwagen vorm Anwesen fast das Rad verlor, konnten wir im Trubel und Geschrei Pauls Mutter, seine Schwester, seine und Gotfrieds Frau unbemerkt vom Hof schaffen, auf dem Wagen verstecken und mit ihnen aus der Stadt verschwinden. Auch das Fuhrwerk, das später in der Oderberger Straße in den Gänsehaufen fuhr und gegen die Hauswand prallte, schuf ausreichend Aufregung, um Broles Mutter, seine beiden Schwestern, Frau und Töchter aufzuladen. Leider ging's beim Verstecken zu langsam. Fast wurden sie von den Torknechten, diesen Bastarden, entdeckt. Und weil sich gestern die Reitzensteins umbrachten, ist's viel zu gefährlich, es noch mal auf diese Weise zu versuchen. Wir müssen noch heut losschlagen, sonst ist's zu spät. Die Muntmannen warten mit Pferden auf mein Zeichen vor der Stadt. Auch einige Soldaten Ludwigs sind darunter!«

»Hab mir so was gedacht, als die Magd deine Nachricht brachte. Was hast du vor?«

Markus schlüpfte in die Tunika, warf den Nuschenmantel über und antwortete kühl: »Zuerst zum Hof. Gotfried, Anna und Clais müssen mitkommen. Dann ganz schnell zum Kerker. Wir schaffen's, die Überraschung ist auf unserer Seite!«

»Ich komme mit!«

»Deine Entscheidung, Peter.« Markus hob die Schultern, das Gesicht blieb unbewegt. »Vermutlich hast du recht. Sie werden jeden zu greifen versuchen, der mit uns was zu tun hatte.«

»Also los!«

Sie verließen die Badstub, überquerten die Lange Brücke und bogen dann zur Mühlengasse ab. Beim »Heilerhaus« blieb Markus kurz stehen und stieß einen leisen Fluch aus. Im Weiterlaufen murmelte er: »Die Rache muß warten. Ich vergeß es aber nicht. Zuerst die anderen in Sicherheit bringen!«

Am Alten Markt schlichen die Männer an der Büttelei vorbei, folgten der Lappgasse mit den Buden der Altflicker und blickten vorsichtig um die Ecke: Am Ende der Klostergasse, an der Ecke zur Stralauer Straße, gingen Wachen langsam auf und ab, von einem Dutzend Fackeln beleuchtet.

Markus kicherte unterdrückt: »Da laufen sie oder stehen sich die Beine in den Bauch. Wenn sie was vom Nebeneingang wüßten ... Trotzdem: Vorsicht!«

»Verstanden.«

Im Dämmer nahe den Hauswänden erreichten sie den Rand des Kremerschen Anwesens, Markus befingerte das Flechtwerk zwischen Mauer und Fachwerkbalken, hob ein Stück heraus und zwängte sich mit Peter Beck durch die Lücke. Auch im Hof beim Brunnen standen Wachen – Armbruster Woldemars –, das Hoftor war offen. Markus kroch bis zu den Arkaden des Haupthauses, der Bader folgte, und leise traten sie durch die Seitentür, die gleich beim Eingang zur Warenhalle lag. In der Stube saß nur Clais Overstolz, die anderen wälzten sich unruhig im Gemeinschaftsbett. Der kölnische Ritter trug sein Kettenhemd, die Augen blickten übermüdet und waren gerötet.

»Markus ...«

»Pst!« Der Patriziersohn machte eine beschwichtigende Geste.

»Wir müssen alle wecken, schnell. Ein neuer Plan, ich erklär's euch...«

Zu vereinzeltem Flöten und Trillern gesellten sich weitere Vogelstimmen und hoben zur Morgenmusik an, dieweil im Osten ein grauer Streifen langsam Sterne verdrängte. Langgezogen schrie ein Hahn, dem ein zweiter und ein dritter antworteten, übertönt vom Brüllen eines Maultiers: Kurz vor Sonnenaufgang, als sich Bürger wie Knecht nochmals umdrehten und das Aufstehen hinausschoben, wirkte die Doppelstadt gelähmt; noch waren die Tore verschlossen, die Öfen der Bäcker wurden soeben erst angeheizt, im Hospital die Kessel übers geschürte Feuer gehängt. Was sich bewegte, tat es schwerfällig und mit steifen Gelenken, Müdigkeit lastete: Augenblicke des Innehaltens, ehe das städtische Leben erwachte, Geräusche anschwollen und Betriebsamkeit Mensch wie Tier erfaßte.

Während Martin zusammengerollt neben seiner Frau lag, Leo ärgerlich den prickelnden Beinstumpf rieb und bemüht war, Mechthild nicht zu wecken, Brunhilde sich an ihren starken Bären kuschelte und Johannes mit halboffenem Mund, die Lippe schief herabhängend, röchelnd schnarchte, während Hillig Kurtzrock, am ganzen Leib zitternd, gegen Schattengestalten und ihn umfauchende Teufel ankämpfte, deren Anblick sogar die Schmerzen vergessen machte, klirrten Paul Kremers und Arnold Broles Ketten und peinigte Stechen, Brennen und Reißen ihre geschundenen Leiber. Langgezogen das Stöhnen, an kaltem Gemäuer widerhallend.

Beim Spandauer Tor prüfte Jakob Kurtzrock, für dieses Wochenende zur Verstärkung der Rondengänger eingeteilt, die Spannung der Bogensehne; es entstand ein heller Ton. Die Glieder waren bleischwer, obwohl alle zur erhöhten Wachsamkeit ermahnt worden waren. Beim Gähnen hielt Jakob sich rasch die Hand vor den Mund, um 's Eindringen böser Geister zu verhindern. Frösteln befiel ihn: Heimlich hatte er mit Pfeil und Bogen geübt, um dem Vater zu beweisen, daß mehr in ihm steckte, als dieser glaubte. *Er hat's nie gesehen*, dachte Jakob traurig, *und er wird's auch nie sehen!* Mutter Konstanze, klein, aufgedunsen, verhärmt, von Hillig wenig beachtet, kümmerte sich rührend um den Mann, ohne ihm helfen zu können; seit Tagen war die Wunde entzündet, sogar Martin hatte sorgenvoll den Kopf geschüttelt. *Nun hat sie ihn endlich ganz für sich allein...*

Das war der Augenblick, als dunkel vermummte Gestalten, mit prallen Schnappsäcken beladen, die Treppe zum Wehrgang der nördlichen Stadtmauer hinaufhuschten, sich duckten, ehe sie über die Bohlen schlichen, und sich nach beiden Seiten umsahen: Zwei Rondengänger standen beim Wiekhaus, ins Gespräch vertieft, ein weiterer hielt sich, auf den Spieß gestemmt, mühsam aufrecht und gähnte. Zwei Fackeln schufen Flackerschein auf der Mauerkrone, erweckten die Zinnen und Scharten scheinbar zum Leben. Der Mond war schon vor Mitternacht untergegangen, nur Sternenfunkeln und vereinzelte Lichter der Nachbarschaften schufen schwachen Dämmer...

*Die Kremerschen hatten Schwerter und weitere Waffen aus Verstecken in der Scheune genommen – Geheimlager, für den Notfall angelegt – und alle die geweckt, die mitkommen sollten. Mancher Knecht oder Hörige zitterte, wagte es allerdings nicht, sich aufzulehnen, zu viele Muntmannen waren unter ihnen: Gegen Woldemars Soldaten hatten sie nichts unternehmen können, um sich nun durchzusetzen, reichte ihre Zahl. Und dank der Hilfe von außen konnte die Flucht gelingen, trotzdem rumpelte es im Gedärm, Hände waren feucht und zitterten. Über den Umweg von Lapp- und Schmiedegasse, dann entlang des Steinwegs und zurück zur Klostergasse wurde der Brolehof erreicht: Auch hier gab es einen unbewachten Nebeneingang. Nachdem die Kremerschen Muntmannen in Kenntnis gesetzt waren, hatte man übers Scheunendach die Kate an der Mauergasse erreicht und war bereit zum Losschlagen, genau nach Markus' Plan: »... eine Gruppe macht den Weg frei und befreit die Gefangenen, der Rest schleicht bis zum Kerkerturm und folgt, wenn das Durcheinander am größten ist...«*

... dennoch hob ein Vermummter nur drei Finger, deutete auf seine Begleiter und wies mit befehlender Geste nach links und rechts. Leises Brummen die Antwort. Basilards in den Fäusten, robbten die Gestalten los, näherten sich blitzschnell den Rondengängern. Ehe diese begriffen, wie ihnen geschah, fühlten sie Stahl, kalt und tödlich: Ins Herz getroffen und mit zerschnittener Kehle sanken beide lautlos nieder, von den Mördern aufgefangen und zur Seite gezerrt; der dritte öffnete den Mund und starb, ohne einen Alarmschrei über die Lippen zu bringen. Im letzten Augenblick fing ein Vermummter den Spieß auf und verhinderte, daß er gegen das Wehrganggeländer polterte, ein zweiter zog dem Toten den Nuschenmantel aus und warf ihn sich über.

Dann hastiges Winken, Nicken, huschende Bewegungen: Als Schatten zwischen Schatten glitten die Mordbuben an Scharten vorbei und duckten sich tief, als der Kerkerturm fast erreicht war. In hellerleuchteter Türöffnung war der Umriß eines Wächters zu sehen, ein Blick nach unten zeigte, daß vor dem Turm, auf Stiege und Treppe Armbruster des Markgrafen postiert waren – an fünf Stellen knisterten Fackeln, unter dem Zugangssteg hing eine Laterne.

Der Vermummte mit dem Nuschenmantel zog die Gugel tiefer in die Stirn, hob den Spieß und näherte sich langsam der Türnische. Der Wächter trat vor, weil er Schritte hörte – und starb, ohne den vermeintlichen Bekannten begrüßen zu können. Sofort stürmten zwei Mordbuben vor, sprangen die Stufen zur Turmplattform unter dem Kegeldach hinauf und töteten den dortigen Wächter, ehe er aufmerksam wurde. Vom Körper abgeschirmt, hob und senkte ein Mörder die Laterne, aus nördlicher Richtung antwortete mehrmaliges Aufleuchten, dann näherten sich, nur unklar erkennbar, die Deckung von Bäumen und Hecken ausnutzend, Gestalten dem Berliner Stadtgraben. Weitere Umrisse zeigten, daß unter den Bäumen Pferde bereitgehalten wurden; die Hufe umwickelt, Hafersäcke vors Maul gebunden. Derweil wurden auf der Plattform Schnappsäcke abgelegt; die Vermummten verständigten sich nur mit Gesten.

Ein Seil, im Gebälk der Turmhaube verknotet, flog in die Tiefe, platschte ins seichte Wasser und auf rissigen Grabenhang. Mit hart knallendem Flügelschlag stoben gurrende Tauben auf. Die Mordbuben duckten sich und lauschten. Kein Ruf erklang. Das fingerdicke Seil, von Männern aufgenommen und um einen nahen Stamm gelegt, straffte sich und hing nun schräg vom Turm quer über den Graben.

»Gut«, zischte eine Stimme. »Angriff auf mein Zeichen!«

Zischen die einzige Antwort.

Armbrüste wurden leise gespannt, kinderkopfgroße Beutel verteilt, Kienspäne im Turm an der Laterne entzündet und, von Händen abgeschirmt, weitergereicht. Die Vermummten warteten, während zwei von ihnen zur Wendeltreppe gingen und behutsam in die Tiefe schlichen. Der Anführer der Gruppe zählte langsam unter

Zuhilfenahme der Finger, richtete sich schließlich auf und rief: »Jetzt!«

Schnüre glommen auf, die Beutel fielen in die Tiefe, Armbrüste klackten, dann schmetterte der erste Donnerschlag, verbunden mit einem mannsgroßen Glutball, auf der Gasse. In rascher Folge barst ein Beutel nach dem anderen, das Einzelknattern vereinte sich zum ohrenbetäubenden Knall. Feuer schoß hoch, lodernde Fetzen zischten umher, dichter Qualm verhüllte Henkerhaus und die Hälfte des Kerkerturms. Von Bolzen getroffen, wirbelten drei Wächter herum, einer durchbrach das Steggeländer und verschwand in Schwaden, ein anderer polterte, sich mehrfach überschlagend, die Stiege hinab. Erneut ein mehrfacher Knall und aufzuckende Flammen. Aufschreie, verzerrt von Schmerz, Überraschung, Angst und Wut, mischten sich mit dem Donner: Die feurige Walze riß das halbe Hausdach fort, Schindeln stoben hoch und prasselten auf die Gasse. Wolken brodelten, formten über Glut emporschießende Pilze. Einige Wächter faßten sich und verschossen wild Bolzen, ohne genau die Position der Angreifer zu kennen. Befehle wurden gebrüllt, Schwerter wurden geschwungen, zwei Soldaten rannten, angstvoll schreiend, in Richtung Spandauer Tor, andere stürmten aus dem Haus, die Arme erhoben, um brennende Splitter abzuwehren.

»Wo bleiben die Burschen?« zischte der Anführer der Mordbuben, dieweil seine Begleiter neue Bolzen einlegten und Flüchtende ausschalteten: Die Arme hochgerissen, purzelten sie kopfüber und blieben reglos liegen. Feuer knisterte und knackte, zum hellen Dunst mischte sich dunkler Qualm, der die Sterne verdeckte.

»Ich seh nach«, antwortete ein Mann – er rannte genau in die Klinge des Soldaten, der grimmig die Wendeltreppe hochkam.

»Los!« brüllte Gotfried. Qualm waberte ihnen entgegen, Flammen loderten aus dem Dach des Kerkerhauses, warfen unheimliches Licht auf Hauswände, die Stadtmauer und verzerrte Gesichter. Ohne zu zögern, rannten die Männer, Anna in der Mitte, los, und diese, in Männerkleidung gehüllt, das Haar hochgebunden und mit einem Dolch bewaffnet, schnitt eigenhändig einem Soldaten die Kehle durch und jubelte: »Recht so, fahrt zur Hölle! Weiter, schnell, schnell!«

Keuchend erreichten die Kremerschen die Stiege, Anna Overstolz röchelte und faßte sich an die Brust: nahezu ganz war der Pfeil eingedrungen, Blut tränkte das Wams. Armbrüste klackten, Männer stürmten aus dem Kerkerhaus. Schwerter und Dolche klirrten im Handgemenge. Dazu Hasten und Stimmengewirr, vom Spandauer und auch vom Oderberger Tor her näherten sich Scharwachen und Schützenmeister Stulzings Armbruster. Wie wild wurde die Alarmglocke geschlagen, Rufe gellten durch die Dämmerung, und Muntmannen krümmten sich, schrien und stöhnten. Jakob verschoß weitere Pfeile, einer tötete Gotfried Kremer, ein anderer durchbohrte Clais Overstolz' Handgelenk. Er schien es nicht zu bemerken. Von mehreren Bolzen gestreift, wankend, aber nicht fallend, schwang Clais Overstolz den *bidenhänder* im Halbkreis und kreischte mit sich überschlagender Stimme: Zu seinen Füßen, von Schwaden umglost, lag Anna und röchelte. Zwei Spieße zersplitterten unter der Wucht der Klinge, die die Luft summen ließ.

Der Anführer der Vermummten – Markus Kremer – fluchte. »Clais, komm schon, schnell, schnell, schnell!«

Schon beim ersten Donnerschlag fuhr Martin aus dem Bett und riß Amalie mit. Staub und Holzsplitter rieselten von der Decke, Flammen prasselten. Knallen und Bersten ließen die Luft erzittern. Noch hatte es keinen Alarmruf gegeben, keine Glocke, kein Horn ertönte. Verschlafene Bürger hielten das Donnern vielleicht sogar für fernes Gewitter. Aber Martin wußte es besser: *Feuerwaffen! Sie wagen es tatsächlich!*

Durchs Fenster fiel helles Flackern in den Raum, Martin sah Amalies Gesicht genau: angstverzerrt, der Körper starr vor Entsetzen. Obwohl beide nackt waren, zog Martin die Frau zur Stiegentür und öffnete sie einen Spalt. Was er sah und hörte, ließ ihn zurücksckrecken.

Schreie, polternde Schritte vom Wehrgang. Ein Vermummter, der sich den Bauch hielt, taumelte auf den Steg hinaus, verfolgt von einem Soldaten, und rief mit letzter Kraft: »... nicht da! Sie sind nicht hier!« – Dann traf die Klinge und riß ihm Brust und Bauch auf. Die blutverschmierte Hand tastete nach dem Geländerrest, verfehlte ihn, und die Gestalt kippte in die Tiefe.

Clais Overstolz sprang die Stiege hoch, wischte mit wuchtigem Hieb den Soldaten vom Steg und verschwand im Turm. Martin, die

Augen aufgerissen, schwankte zwischen größter Sorge um Amalie und dem brennenden Wunsch, Clais hinterherzuhetzen. Amalies Wimmern und Zittern hielten ihn zurück. Immer lauter prasselten die Flammen. *Muß sie beschützen, in Sicherheit bringen! Sonst nichts wichtig. Amalie!*

Jemand stolperte die Wendeltreppe hoch. Ohne weiter auf seine Begleiter zu achten, umwickelte Markus das gespannte Seil mit einem Tuch, faßte zu, schwang sich über die Brüstung und raste davon, um nach wenigen Augenblicken mit dumpfem Gurgeln aufzuprallen. Ein zweiter und ein dritter Vermummter folgten, der vierte wurde vom Schwert des markgräflichen Soldaten aufgespießt: Halb auf die Mauer gestiegen, traf ihn die Klinge in den Rücken; er sank vornüber, stürzte in die Tiefe. Mit dem Aufprall verstummte sein Schrei. In diesem Augenblick erreichte Clais Overstolz die Turmplattform, tötete die Soldaten, warf den *bidenhänder* fort und hängte sich ans Seil: Die Hände wurden ihm fast bis auf die Knochen wundgescheuert, trotzdem ließ er nicht los, landete und schrie vor Schmerz. Markus und ein zweiter Mann packten zu, zerrten den Ritter mit, der laut schnaufte und die Augen verdrehte, bis fast nur noch das Weiße zu sehen war. »Anna!« zischte er ein ums andere Mal zwischen Stöhnen und Wimmern. »Anna! War in Hoffnung! Anna und mein Kind...«

»Diese Hunde haben sie aus dem Kerker fortgeschafft!« Markus ächzte fassungslos, als die Gruppe, von Armbrustbolzen umschwirrt, die Pferde erreichte. Sein Blick loderte; ein lästerlicher Fluch folgte. »Sie wurden woanders eingesperrt!«

Sie galoppierten davon, während im Osten die Sonne über den Horizont stieg und das Land in fahles Licht tauchte.

Markgraf Woldemar lachte knurrig und sah von den Toten zum zerfetzten Dach des Hauses hinauf. Ehe der Brand hatte um sich greifen können, war er gelöscht worden, nun gab es nur noch schwelende Balken und Bretter. Knöcheltiefe Krater, geschwärzt und an schwärende Wunden erinnernd, hatten an einem Dutzend Stellen die Gasse in ein umgepflügtes Feld verwandelt. Holzsplitter lagen verstreut, ebenso Bolzen, Dolche, Schwerter, ein zerbrochener Spieß.

»Obwohl wir's erwartet haben« – Woldemar trat eine Schindel zur Seite, die Stimme besaß anerkennenden Unterton –, »wurden meine Leute überrascht! Eine kriegerische Meisterleistung: gut durchdacht, geschickt ausgeführt...«

»Aber ohne Erfolg!« Bruder Michael hüstelte. »Im Keller des Hohen Hauses waren Kremer und Brole besser untergebracht. Es wird, denke ich, keinen zweiten Befreiungsversuch geben.«

»Meine Männer – verflucht, es sind gute Leut gestorben! – sammeln sich in der Berliner Aula. Sämtliche Angehörigen und Bedienstete von Kremer und Brole werden verhaftet!« Woldemar wandte sich zum Gehen, rief dann aber den fassungslos blickenden Ratmannen über die Schulter zu: »Die Herren sollten die Mäuler schließen und ihre Betroffenheit weniger deutlich zeigen! Wir sind in *Krieg*, falls sie's nicht bemerkt haben sollten, und da wird mit allen Mitteln gekämpft... Findet Euch in einer Stund bei der Gerichtslaube ein! Es sind Entscheidungen zu treffen!«

Er ging, von seinen Soldaten umringt, deren Spieße, Lanzen und Schwerter ebenso grimmig wie angriffslustig erhoben waren; die Armbrüste blieben gespannt. Vom Franziskaner kam ein bitteres Auflachen, das der Ratsherren Frösteln verstärkte. »Richtig, im Krieg! Blanke Klinge ist was anderes als Tuscheln beim Bad oder *intricare* aus hinterer Stub, nicht wahr?« Deutlich leiser, so daß es außer Martin kaum jemand verstand, fügte er hinzu: »Spießbürger sollten sich nicht auf Dinge einlassen, von denen sie nichts verstehen...«

Martin saß mit der weinenden Amalie auf der Bank vor dem Turm, beide unter den Nuschenmänteln nackt. Das Zittern war schlimmer als bei Grasdorfs Hinrichtung, und er dachte immer wieder: *So knapp! Fast hätt's uns erwischt! Amalie!*

Heinrich schüttelte den Kopf, bleich im Gesicht: Er hatte in der Stube bei den Wachen übernachtet und war ebenfalls unverletzt. Leo versuchte Mechthild zu trösten: Wie durch ein Wunder waren auch sie verschont worden, nachdem die Vermummten in den Kerkerturm eingedrungen waren; vermutlich hatten sie nur kurz ins Stockwerk über der Folterkammer geschaut, waren sofort ins Loch weitergeeilt und wurden bei der Rückkehr von den Soldaten, die in der Folterkammer Quartier bezogen hatten, niedergemacht. Jakob, den Bogen geschultert, trat langsam näher, öffnete den Mund, sagte dann aber nichts, sondern klopfte Heinrich aufmunternd auf die Schulter und umarmte den Jungen, der seinen Tränen freien Lauf ließ.

»Wieder mal« – Bruder Michael sprach mit dumpfer Stimme – »ist Markus entwischt. Und mit ihm der kölnische Ritter. Würd mich nicht wundern, wenn sie umgehend zu Ludwig rennen und ihn um Hilfe bitten. Bleibt nur zu hoffen, daß Kremer und Brole nun alles gestehen ...«

Um 's Urteil fällen zu können, warf Markgraf Woldemar das Gewicht seiner ganzen Person in die Waagschale: Er selbst wolle neue Schöffen kraft seiner markgräflichen Autorität benennen, das Patriziat der Doppelstadt wurde kategorisch aufgefordert, aus ihren Reihen schnellstens Ratmannen mit einwandfreiem Leumund zu bestimmen. Dann bestätigte Woldemar Münzmeister Tyle Brügge in seinem Amt, dankte ihm für seine Treue und endete mit den Worten: »... seid Ihr Vogt und übernehmt das Schultheißenamt mit oberstem und niederem Gericht. Die Anklage gegen Brole und Kremer lautet: Münzfälschung, Betrug, Hochverrat, mehrfache Anstiftung zu Mord und Totschlag, Brandstiftung.«

*Kein Wort des Bedauerns.* Martin, ans Geländer der Langen Brücke gelehnt, verzog das Gesicht, sein Kopf dröhnte, und ihm war übel. *Ist nun mal so: Ein Markgraf macht keine Fehler, also gibt's nichts zu bedauern oder zu entschuldigen. Brügge macht gute Miene, hat er sein Ziel doch erreicht. Vieles wär vielleicht anders gekommen, hätte Woldemar nicht auf Surber gesetzt ...*

Mit Frösteln dachte er an die Schäden am Henkerhaus und dankte Gott für die schützende Hand. *Amalie!* Nachträglich drohte die Angst ihn vollständig zu lähmen, Selbstvorwürfe schossen Martin durch den Kopf. Die Dienste des Hospitalmeisters hatten etwas abgelenkt, Bolzen mußten entfernt und Wunden versorgt werden; um so stärker wirkte das Entsetzen nach. Unterdessen durchzog ein Schnattern und Raunen die Doppelstadt, das den letzten Schläfer aufweckte, auf der Brücke vorm Rathaus gab es kein Durchkommen mehr. Viele Gesichter, in die Martin sah, als er zur Gerichtslaube eilte, zeigten das Entsetzen über die *Feuerwaffe.* Es gab keinen Zweifel: *Nun weiß Markgraf Woldemar das Volk hinter sich!* Indem sie die Zerstörung der ganzen Stadt in Kauf genommen hatten, verscherzten sich Brole und Kremer jedes Mitgefühl sogar bei jenen, die mit dem Markgrafen nicht einverstanden waren und ihn weiterhin für den »Falschen« hielten, aber der Befreiungsversuch setzte allem die Krone auf. *Rechnet man die Kremerschen hinzu, hat es drei Dutzend Tote gegeben, erneut wurde eine Feuersbrunst in Kauf genommen. Und Markus ist entkommen. Dieser verfluchte Schelm hat mehr Glück als Verstand! Dafür hat's Bader Beck getroffen, wurd von Bolzen fast durchsiebt.*

»Ratsmeister Nicolaus Stulzing« – Woldemar hob die Stimme, riß Martin aus der Nachdenklichkeit –, »Ihr seid fortan der neue Unterschultheiß und Mühlenmeister, Ihr übernehmt die Anklage! Keine Widerrede! Schustermeister Georg Sternickel: Schöffe. Albrecht Gröben, Zunftmeister der Bäcker: Schöffe. Kaufmann Conrad von Belitz: Schöffe. Othwin Steglitz: Schöffe.« Martin unterdrückte ein hämisches Grinsen; der Cöllner Ratsherr glaubte weiterhin, daß die verlorene Manneskraft von der Gänsegurgel wiederhergestellt worden war. »Es verbleiben als eingeführte Schöffen: Ratsmeister Johannes Ryke – Ihr macht fortan den Schöffensprecher –, Goldschmied Theodor Lubbe und Baumeister Clauß Dreher, alle aus Cölln. Geschehen zu Bartholomäus, dem vierundzwanzigsten Tag im Erntemond, Anno Domini 1349. Schreiber: Halt's fest, ich werd's siegeln.«

Die Benannten nickten, nahmen auf ihren Stühlen Platz, Jakob brachte alles aufs Pergament – er sollte nach Reitzensteins Tod die Aufgabe des Stadtschreibers ebenfalls übernehmen. Unbehagen machte sich in Martin breit: Ein Stuhl, ein wenig von den sieben Schöffen abgerückt, war noch leer. *Für wen?* Plötzlich stand Bruder Michael neben ihm, lächelte und gab ihm einen Rippenstoß. Der Markgraf rief laut: »Martin Stockmann, bisher Blutvogt, nun anerkannter Wundarzt und der Hospitalmeister der Doppelstadt, tretet näher!«

Martin schluckte, von Michael nach vorn geschoben; er glaubte zu wanken, vor ihm öffneten die Leute eine Gasse, vereinzelt fühlte er aufmunterndes Klopfen auf Schultern und Rücken, beifälliges Murmeln erklang. Die wenigen Schritte bis zur Gerichtslaube erschienen Martin wie zur Unendlichkeit gedehnt.

»Drei markgräfliche Ämter – Gericht, Münze und Mühlen – gibt's. Nun verfüge ich, daß vom heutigen Tag an, zuständig als

Sachverständiger für *medicin* und alles, was dazugehört, Herr Hospitalmeister Martin Stockmann dem Gericht als Schöffe *honoris causa* beigestellt wird und als Inhaber des neuen, vierten Amtes *per anno* fünf Gulden erhält. Protokollarius: Schreib's, ich siegel's – hier liegt der Beutel ...«

Woldemar stand auf, atmete tief durch und blickte die Schöffen nacheinander an – einmütiges Nicken von allen. Vor Martin blieb er stehen, legte ihm die Hände auf die Schultern und sagte: »Kraft meiner Lehnsgewalt verfüge ich, und somit sei kund: Der Besitz der Kremerschen mit allen rechtmäßig zugehörigen Nutzbarkeiten an Hausstellen, bebauten und unbebauten Ländereien, Äckern, Weiden, Wäldern, Wegen und Umwegen, Ausgängen und Eingängen, Erforschtem und Unerforschtem und allem anderen Zubehör, wie es auch genannt werden mag, wegen bewiesener Untaten dem Gericht verfallen, geht zu Lehn an Hospitalmeister Martin Stockmann.« Deutlich leiser fügte er hinzu: »Ich hab's Euch nicht vergessen, daß Ihr meine Hertha gerettet. Leider hat's kaum mehr als einen Aufschub bedeutet. Mir scheint, der Pfeilmann läßt sich nicht überlisten. Nutzt Euer Wissen und *heilt* Menschen. Vom Leben zum Tode befördern ist keine Kunst, wie's *geboeffs* beweist.«

Martin war sprachlos, seine Beine zitterten, als er niederkniete und den Kopf senkte. Ihm wurde heiß und kalt, und für Augenblicke wurde ihm schwarz vor den Augen. Die weiteren Worte versanken im Rauschen. Martin bekam kaum mit, daß er einen Eid leistete, das Geld einsteckte, Asmus zum neuen Scharfrichter ernannt wurde, wieder einmal Gratulanten anstanden. Nur Amalies leuchtende Augen, ihr stolzer Blick, blieben ihm fest im Gedächtnis: Plötzlich war die Frau bei ihm, lag in seinen Armen, schmiegte sich an ihn. Martin dachte an Michaels Ausspruch – ihr langer Kuß verhinderte jedes unnötige Wort.

In den folgenden Stunden beriefen Vertreter von Zünften, Innungen und Nachbarschaften eigene Versammlungen ein. Nachdem Woldemar die Schöffen fürs Hochgericht benannt hatte, bedurfte die Wahl und Berufung neuer Ratmannen keiner großen Disputation; ehrsame Patrizier gab es in ausreichender Zahl. Namen wie von Aken, Plumperdum, Arnd, von Buch drangen an Martins Ohr, ohne daß er sonderlich darauf achtete – denn auch der Rat der Doppelstadt bestimmte, daß ihm als Hospitalmeister die *coop-*

*tatio honoris causa* zustünde: »... Martin Stockmann, Schöffe und Ratmann ›ehrenhalber‹, sachverständig in *medicin, chirurgia* und *materia medica*, soll fortan an Sitzungen und Morgensprachen teilnehmen, darf die Stimme im Rat als Gleicher erheben und ...«

Der Rest ging unter; Martins Blick formte eine von Waberschwärze begrenzte Röhre, und alle Geräusche drangen sonderbar verzerrt an seine Ohren. Nachdem der Propst von Cölln-Berlin das *Paternoster* gesprochen und die Ratmannen gesegnet hatte, erhoben sich die Männer zur Eidesformel, die die drei *Olderlude* ihnen vorsprachen: »In den Rat, in den ich gewählt worden bin, will ich unserem gnädigen Herrn, dem Markgrafen, seinem Lande, beiden Städten getreu und gegenwärtig sein. Und was ich verschweigen soll im Rat, das will ich verschweigen, was ich offenbaren soll, das will ich offenbaren. Und ich will wirken für die Armen ebenso wie für die Reichen, für die Fremden ebenso wie für die Freunde und will davon nicht ablassen durch Einflüsse von Freunden oder durch Verwandtschaft, weder durch Furcht noch durch Liebe, weder durch Zuwendungen noch durch Geschenke, so wahr mir Gott helfe und Seine Heiligen.«

Auch die nächsten Tage, bestimmt von Verhören, Zeugenvernehmungen, Besprechungen und Sitzungen des Gerichts, erlebte Martin wie im Traum. Tortur, peinliches Befragen und weitere Zeugen offenbaren immer mehr Zusammenhänge. Der fehlgeschlagene Befreiungsversuch, verbunden mit dem Tod von Sohn und Tochter, zerbrachen zuerst Paul Kremers Widerstand, und je mehr er sagte, desto gesprächiger wurde Arnold Brole: Im Versuch, die eigene Haut zu retten, kam es zu gegenseitigen Schuldzuweisungen, anfangs halbherzig widerrufen, dann aufrechterhalten oder gar ergänzt um weitere Einzelheiten:

*Kremer, fast zu Tode erschrocken, als Woldemars Gefolge Lobenstein nach Berlin brachte, hatte Glück – der Gauner schwieg trotz Tortur. Viel hätte er verraten können, denn als Tyle Brügge Münzmeister wurde, machte man dessen Prägestempel ebenfalls nach, und Markus Kremer lernte Lobenstein näher kennen: Zuerst benutzte er die Maskierung seines Oheims, später zog er ganz offen mit dem Spitzbuben umher.*

*Ludwig der Bayer starb, vom Papst unterstützt brachte der*

*böhmische Karl die Mehrheit der Kurfürsten hinter sich. Dann erschien der »falsche Woldemar« auf der Bühne. Nach den Unruhen des Herbstes* anno post christum *1348 – Heinrich Kremer lag im Loch, weil er zu offen und mit Gewalt für die Wittelsbacher eintrat – war man mit den fernen Bayern übereingekommen, alles daranzusetzen, Woldemar auszuschalten, um so auch dem böhmischen Karl zu schaden. Zunächst versuchten die Kremerschen Heinrich durch Freikauf aus dem Kerker zu bekommen, doch Vogt Surber blieb stur. Deshalb sann man nach anderen Wegen, dieweil Paul Kremer weiter Geld bot: Der alte Scharfrichter der Doppelstadt war nachlässig geworden – Markus machte sich noch vor ihrer Heirat mit Meister Stoffel an Amalie Grunngras heran, aber die Jungfer wies ihn empört ab. Trotzdem gab der Patriziersohn, nun in seiner Ehre gekränkt, nicht auf. Von der Roggenmuhme erhielt er verdorbenes Korn, das er heimlich Meister Stoffel ins Brot mischte, als er seinen Vater im Kerker besuchte.*

*Der Plan war einfach: Starb der Scharfrichter, blieben Büttel und Kerkerwärter ohne Aufsicht. Mit Amalies Hilfe wäre es – wie Markus seinem Oheim stets versicherte – ein leichtes, Kerkerwärter Melchior zu betören und Vater Heinrich zur Flucht zu verhelfen. Aber sogar nach Meister Stoffels Tod blieb die junge Frau bockig und abweisend, und Markus sah seine Felle davonschwimmen, weil die baldige Ankunft des neuen Scharfrichters bevorstand, in dem er, ohne ihn zu kennen, einen gefährlichen Feind sah. Wie sich zeigte, kam es rasch zum Streit wegen Heinrichs schlechtem Zustand. Nach dem Mühlendammunglück machte Bader Beck den verhängnisvollen Aderlaß. Sohn und Bruder schworen nach Heinrichs Tod grimmige Rache und versicherten sich der Mithilfe des Freundes Arnold Brole, der ebenfalls auf Wittelsbacher Seite stand.*

*Noch am Tag der Beerdigung ging Paul Kremer zu Brügge, um Versöhnung zu heucheln – und um Abdrücke der neuen Prägestempel zu besorgen. Markus' Haß brodelte, so daß ihn Oheim und Brole zur Zurückhaltung ermahnen mußten, trotzdem kam es zum nächtlichen Überfall, allerdings von Straßenkötern vereitelt. Clemens Lobenstein entwischte mit seinem Spießgesellen, auch der Patriziersohn konnte sich absetzen, überzeugt davon, nicht erkannt worden zu sein. Daß die Waschmägde sich über die zerrissene und blutige Kleidung wunderten und den Streit mit Oheim Paul be-*

*lauschten: eine Zeugenaussage von Gewicht. Daß Rondengänger*
*Berthold Clementh verurteilt wurde, war unangenehm – immerhin*
*gab es Leute, die ihn vielleicht den Kremerschen Muntmannen hät-*
*ten zuordnen können –, ließ sich leider nicht mehr ändern. Markus*
*gab Clementh das Geld für die Strafe – und legte noch einiges dazu,*
*um sich das Schweigen des Mannes zu erkaufen …*

*… und um an den verhaßten Markgrafen heranzukommen, wollte*
*man ihn nach Berlin locken: Zunächst gedachte man, den schwelen-*
*den Zwist zwischen Surber und Brügge bei passender Gelegenheit*
*auszunutzen …* Martin fluchte, weil die Federspitze brach. Er
nahm das Messer, schnitt den Gänsekiel schräg ab und spitzte ihn
an. Sein Vorhaben, Kaufmann Zirner von den Ereignissen zu berichten, wollte ihm schwieriger als eine Hinrichtung erscheinen:
die Finger schmerzten, die Worte sahen ungelenk aus, es gab Tin-
tenkleckse auf dem Pergament. Martin kamen Zweifel, ob der Brief
jemals einem Boten oder Hansekaufmann zur Überbringung mit-
gegeben werden würde, dennoch arbeitete er weiter, tauchte die
Federspitze ins Tintenhorn und schrieb:

*Die Verurteilung von Hulda und ihr Selbstmord waren ein gün-*
*stiger Augenblick. Weil Vockenrode und Alvensleben von sich aus*
*nicht so handelten, daß man hätte eingreifen können, wurde der*
*teuflische Mordplan geboren: Beide erhielten scheinbar vom ande-*
*ren die Aufforderung zum Zweikampf, als sie jedoch zur Ziegelei*
*kamen, wurden sie von Muntmannen unter Clemenths und Loben-*
*steins Führung – Clementh war heimliches Mitglied der Bande, ob-*
*wohl er mit seiner Familie in der Doppelstadt lebte – umgebracht*
*und nach Markus' Anweisung hingelegt, so daß es wie gegenseitiges*
*Töten aussehen mußte. Während Lobenstein und seine Leute ebenso*
*unerkannt fortschlichen wie Markus, wurde Clementh wohl von*
*Karrenschieber Oswald gesehen und landete nach dessen Tod im*
*Loch, wo ihm dann Wilkin Brügge das Messer seines Oheims zu-*
*steckte und zur Flucht riet.*

Nachdenklich auf die Hand gestützt, bedachte Martin die weiteren Worte. In seinem Kopf mischten sich keuchende Geständnisse, abgehackte Sätze und von Jakob zusammengefaßte Berichte.
*Vielleicht*, dachte Martin, *sollte ich ihn bitten, mir eine Kopie zu*
*erstellen?! Die leg ich dann dem Brief an Zirner bei.*

Er stand auf, ging drei Schritte, kam zurück. Das Bier im Humpen schmeckte fad – Martin stellte den Krug ab, seine Gedanken kreisten weiterhin um die Verschwörung und dem, was er Joseph Zirner ebenfalls mitzuteilen beabsichtigte. *Amalie ist ebenso sprachlos gewesen wie ich, hat dann vor Glück geweint.*

Gestern hatten sie mit Brügge, Stulzing und Michael das Patrizierhaus der Kremerschen visitiert; ein prächtiger Bau mit Arkaden zu ebener Erde, der Boden mit Steinplatten ausgelegt, großem Kachelofen in der Stube im ersten Stock und wertvollen Butzenscheiben, die die Fensterlöcher schlossen. Warenhalle, Scheunen und Wirtschaftsgebäude umgaben den Hof. Es gab Wagen und Fuhrwerke, mehr als ein Dutzend Pferde, dazu Maultiere, Schweine, Hühner, Gänse. An den Hof schloß sich ein kleiner Hausgarten an; die Krone eines großen Birnbaums, dessen Stamm von einer Bank umringt war, spendete Schatten, das Wasser des Brunnens schmeckte frisch. Übermütig wie Kinder waren sie durch die vielen Räume getanzt, vom Arkadengang zum auskragenden Obergeschoß bis zum Gebälk des Dachs. Überall feines Fachwerk, geschnitzte Balken, das Portal gemeißelt. Dann Scheune und Tenne, die gestapelten Tuchballen und Gewürztruhen im Lager. Michael hatte gelächelt und etwas von: *Das ist Reichtum* gemurmelt.

*Und Ratsmeister Stulzing wies mich darauf hin, daß ich als Hospitalmeister andere Kleidung anzulegen habe. Ich hab Magdalene beauftragt: Roter Talar und rotes Samtbarett sind wohl angemessen – die Erfüllung des Kindheitstraums –, und Amalie wird ebenfalls neue Kleider bekommen.* Mit Asmus übte Martin auf dem Schindanger das Köpfen. Während der große Bursche mit Brunhilde ins reparierte Haus beim Kerkerturm zu Mechthild und Leo zog, pendelte Johannes zwischen der Abdeckerei, wo er Peter half, dem Kerker und dem Patrizierhaus hin und her, um hier die neuen Knechte und Mägde zu beaufsichtigen, denn die der Kremerschen würde man vermutlich brandmarken und aus der Stadt vertreiben. Martin seufzte. *Und das Schreiben laß ich wohl besser sein...*

Als Obermagd hatten er und Amalie sich für Anna Ruttnitz entschieden, die mit ihren Kindern Thomas und Philippa – längst geheilt und wieder munter – im Wirtschaftsgebäude einzog. Oberknecht sollte Dietrich Stüber werden, dem es die rothaarige Elisabeth angetan hatte; seit dem Begräbnis der Reitzensteins waren die beiden unzertrennlich, und es war abzusehen, daß die junge Frau nicht mehr lange im Schanthaus bleiben würde. Amalies Bruder Heinrich, mit Jakob angefreundet, hatte den Wunsch geäußert, Lesen und Schreiben zu lernen – mit Martins und Amalies Zustimmung half er fortan im Scriptorium des Rathauses. Und Jakob erklärte sich sofort bereit, eine Kopie der Aussageergebnisse zu fertigen, nachdem Martin ihn am nächsten Tag darum bat.

Gegen Mittag stand plötzlich, verweint und blau und grün im Gesicht, das Findelkind *Matthias* vor der Tür: Die anderen Findels hatten ihn wie so oft verprügelt, er war, den ganzen Mut zusammennehmend, ausgerissen, um überall nach dem »Mann mit dem ganz großen Rad« zu fragen. Martin und Amalie sahen sich lächelnd an und nickten zur gleichen Zeit; sie brachten es nicht übers Herz, den Kleinen fortzuschicken. Ohne weiteres Wort stand ihr Entschluß fest: Sie nahmen Matthias an Kindes Statt auf, und mit dem Kleinen kam sofort Leben ins große Patrizierhaus. Der Kleine wurde rührend umsorgt, die Beulen erhielten Kühlung, eine dicke Suppe besänftigte Matthias' laut knurrenden Magen. Mit Asmus und Brunhilde, Leo und Mechthild bekam er »Gevattern und Basen«, Johannes war ein willkommener »Großvater«, und Heinrich war der »große Bruder«, Thomas und Philippa neue Freunde.

In der Nacht, als sich ihr Atem nach liebevollem Füßeln beruhigt hatte und der Schweiß trocknete, flüsterte Amalie in Martins Ohr: »Nun will ich ganz schnell ein *eigenes* Kind, Liebster! Matthias ist so süß – aber wir wollen eine richtige Familie werden, ja?!«

»Ja!« Martin küßte ihr Ohrläppchen. »Bist du ...?«

Sie gab keine Antwort, vom Aufleuchten ihrer Augen abgesehen. Auf seiner Brust lag für Augenblicke eine schwere Last: So schön, so reizvoll war seine Gattin, daß ihm der Atem stockte. Auch ohne Worte verstanden sie einander, ein Blick, kleine Gesten genügten, um die Gedanken und Gefühle des anderen zu erahnen. In diesem Augenblick war sich Martin aber nicht sicher und dachte: *Sie schweigt! Ist sie nun ...? Vielleicht will sie warten, bis sie ganz sicher ist?* »Manchmal kann ich's kaum fassen!« sagte er, um sich abzulenken, denn sein Herz klopfte plötzlich schneller. »Als Halbmeister kam ich nach Berlin. Nun leben wir als angesehene Bürger, gehören zur Nachbarschaft!«

»Und noch mehr: Hospitalmeister und Heiler – mein Gatte! Sogar Ratmann, Schöffe!« Amalie küßte ihn stürmisch, ihre Hände umfaßten sein Gesicht, derweil er einschränkend murmelte: »Nur ehrenhalber, Liebste. Zu mehr wollten und konnten sich die Hohen Herren nicht aufraffen ...«

»Ich bin trotzdem so stolz auf dich! Das Glück macht mich trunken, ich glaub zu schweben wie im Rausch von Belse und Alraune!«

Er glaubte, im Blau ihrer Augen zu versinken, sein Herz schlug bis zum Hals. Er streichelte das Gesicht und genoß es, wie sie zärtlich mit seinem Zumpf spielte. Goldhaar schimmerte im Kienspanschein. Amalie hob die Arme, verschränkte die Hände im Nacken und reckte ihm die Brüste entgegen. Zärtlich tastete Martin nach dem festen Fleisch, leckte und saugte an den Spitzen, roch den Duft ihres Körpers und versank in einem Rausch rosiger Eindrücke. Feuchte Wärme umhüllte ihn, ihre Bewegungen erregten ihn, stachelten die fleischliche Begierde an. Heiseres Keuchen drang aus Amalies Mund, wurde zum leidenschaftlichen Stöhnen, bis ihr Körper zusammensank. Martin hauchte zarte Küsse auf ihre Augen, die Nase, die Stirn und den Mund.

Erst zwei Tage später gestand Amalie leise, sie sei tatsächlich guter Hoffnung, und Martin hätte vor Glück am liebsten die ganze Welt umarmt. »Es ist die schönste Zeit meines Lebens!« Er hob sie auf die Arme, tanzte im Kreis. Matthias rannte lachend hinterher, zog den Schweißhund am Schwanz. Lachen, Bellen, Tanzen: für Augenblicke schien die Stube in ein Tollhaus verwandelt. Plötzlich hielt Martin inne, stellte seine Frau vorsichtig ab und faßte sich an die Stirn. »Ganz vergessen ...«, murmelte er. »Du mußt vorsichtig sein, dich schonen. Nichts Schweres heben und ...«

Amalie schüttelte lächelnd den Kopf. »Die Niederkunft wird erst in der Fastenzeit sein. Mann, du bist doch Heiler, der Hospitalmeister! Du solltest dich auskennen?!«

»Heiler schon, aber keine *amfrew*. Und ...«

Sie zerzauste ihm das Haar, alle lachten, der Hund bellte, und Martin küßte Amalies Tränen der Freude und Rührung von den Wangen. Matthias schlug Purzelbäume und klatschte. Wärme umfing Martins Herz, noch nie hatte er sich so zufrieden gefühlt.

Nachdenklich betrachtete Stulzing den überquellenden Schaum. Brügge und Wardenberg erhielten ebenfalls neue Krüge, der Schankwirt des Ratskellers verbeugte sich tief und zog sich, rückwärts gehend, demütig zurück.

»Trotz aller Aussagen wird sich der Prozeß in die Länge ziehen«, sagte Brügge und hob den Krug. »Markus Kremer ist entkommen – für die Angeklagten ein letzter Hoffnungsschimmer. Trotz oder gerade wegen ihrer Geständnisse.«

Zunftmeister und Gesellen brüllten und lachten am Nebentisch, vereinzelt klangen Gesprächsfetzen herüber: Natürlich war der Prozeß ebenso in aller Munde wie die Ereignisse, die ihm vorausgingen. Stets aufs neue wurde alles durchgesprochen, jede Neuigkeit von den Verhören weitergetragen. Die Dreistigkeit des Befreiungsversuchs hatte bei manchem sogar so etwas wie widerwillige Anerkennung aufblitzen lassen: Markus, als feige verschrien, hatte gezeigt, daß er für seine Verwandten einstand und alles wagte. *Jetzt fehlt nur seine Ergreifung und die standesgemäße Hinrichtung...* Wardenberg nickte, wischte Schaum von den Lippen. »Ihm gelingt's vielleicht, Ludwig oder dessen Truppen zu Hilfe zu holen. Als Tote bringen Kremer und Brole den Wittelsbacher mit Sicherheit in Wut, lebend können sie uns als Geiseln dienen. Nun heißt's alles genau bedenken und das Für und Wider abwägen!« In Gedanken fügte er hinzu: *Die Drohung, Ludwig könne direkt ins Geschehen eingreifen, verzögert alles. Daß viele Ratmannen die Angst packt, ist ein weiterer Punkt: Woldemars Belagerungsversuch Frankfurts bleibt, wenn auch wegen sich ausbreitender Pest abgebrochen, viel zu gut im Gedächtnis. Der Doppelstadt an der Spree droht nun vielleicht ein ähnliches Schicksal.*

»Richtig. Obwohl wir sicher sind, alle Verwicklungen zusammengetragen zu haben.« Brügge seufzte, hob den Daumen und begann aufzuzählen: »Brole war es, der Clementh nach Lobenstein befragte, um sich zu vergewissern, ob dieser ebenfalls gesehen worden sei, und er überredete den Muntmann, nachdem dieser vom Messer gesprochen hatte – mich schaudert's –, ›das Angenehme mit dem Nützlichen‹ zu verbinden: Die Flucht gelänge bestimmt viel einfacher, wenn es dem Vogt an den Kragen ginge, zumal mein Streit mit Surber stadtbekannt war und es leichtgefallen wäre, mich mit dem Messer als ›eigentlichen‹ Anstifter bloßzustellen. Clementh sollte es deshalb fallen lassen, so daß es später gefunden werden konnte. Daß der Protokollarius mitbekam, wie von Lobenstein gesprochen wurde: ›Ein bedauerlicher Zwischenfall‹, nannte Brole es frostig.«

In Wardenberg verstärkte sich das Frösteln, rasch trank er einen Schluck, aber das Bier wollte heute nicht so recht schmecken. Im Hintergrund des Ratskellers wurde es lauter: Der Wirt setzte zwei Betrunkene vor die Tür, ehe der Streit ausarten konnte. *Wir tanzen mit entzündetem Kienspan am Rand eines Fasses voll schwarzem Pulver, durchfuhr es Wardenberg plötzlich. Wie lange wird sich Woldemar halten können? Wie handeln die Wittelsbacher? Was auch geschieht, wir müssen das Wohl der Stadt im Auge haben, nur darauf kommt's an.*

»Clemenths Hoffnung, im Durcheinander nach der Ermordung des Vogtes entkommen zu können, erfüllte sich nicht«, murmelte Stulzing; sein Blick spiegelte Entsetzen wider, die Hand umklammerte den Krug. »Er wurde überwältigt, deshalb nahm Brole geschwind das Messer an sich. Ein verräterisches Beweisstück, das später allerdings noch ›von Nutzen‹ sein sollte – einfach unglaublich, mit welcher Kälte sie das alles planten und durchführten –, nun allerdings, um Euch, Herr Brügge, zu gegebener Zeit zu erpressen. Berthold Clementh wurde hingerichtet, ohne sein Wissen ausgeplaudert zu haben – als Muntmann der Kremerschen war er auf diese eingeschworen und hätte sich lieber die Zunge abgebissen, als sie zu verraten – das Messer, mit dem er Euch hätte belasten können, war ›verschwunden‹. Und Kremer schlug Reitzenstein fürs Mühlenamt und Pletner fürs Gericht vor...«

*Der nächste Schachzug, dachte Wardenberg. Mit Pletner wurde ein Woldemar-Gegner verpflichtet, Reitzensteins Mißtrauen sollte besänftigt und auch Brügge beruhigt werden. Immerhin war Reitzenstein in diesen Tagen schon als Mühlenmeister und Vogt im Gespräch.* Er schüttelte sich, leerte den Krug zur Hälfte, sah Brügge an, derweil Stulzing murmelte: »Ohne jedes Gefühl sagte Kremer: ›Reitzensteins Übereifer brachte seinen Kindern den Tod!‹ Dieser Bastard! Nach außen spielte er uns den braven Rentmeister vor, tatsächlich aber... Um die verräterischen Unterlagen beiseite schaffen zu können, erpreßte er Euch mit Eurem Messer und wurde Amtsträger im Mühlenhof. Markus' Rückkehr mit Gotfried, Anna und Clais stand bevor – Feuerwaffen im Gepäck –, und es konnte, wie Kremer meinte, für die Familie und alle Beteiligten gefährlich werden, sollte der Markgraf eine genaue Untersuchung einleiten, die sich, von seinen Befürwortern unterstützt, bestimmt auch auf die städtischen Gelder erstrecken würde, zumal nicht sicher war, ob Ihr Euch der Erpressung beugen oder eine Verurteilung in Kauf nehmen würdet.«

Brügge schnitt eine Fratze, schien an den Neffen zu denken – um sich selbst zu retten, wurde Wilkin »geopfert«. Wardenberg trank den Krug leer und stellte ihn hart ab. Etwas war in Brügges Gesichtsausdruck, das dem zweiten Ratsmeister von Berlin nicht gefallen wollte. *Nachwirkende Angst? Mag sein. Aber da ist noch mehr. Ein Aufblitzen in den Augen. Immerhin hat er sein Ziel erreicht: Er ist Vogt und Münzmeister. Er war's unter Ludwig und ist's nun ebenso unter Woldemar. Was auch geschieht, ganz gleich, wer Markgraf wird oder bleibt, Brügge hat seine Schäfchen im trockenen. Ha, ich komm dir noch auf die Schliche, aber mir sind die Hände gebunden. Woldemar würd eine Anklage Brügges mehr schaden als nützen...*

Stulzing machte eine unbestimmte Geste, ehe er sagte: »Langsam drohte den Kremerschen wohl die Angelegenheit aus den Händen zu gleiten, man hatte sich zu weit über die Mauer gebeugt, als daß es jetzt noch ein Zurück hätte geben können. Statt die Fehde anzusagen, machten sie weiter, wie sie angefangen hatten, dieses ehrlose Pack! Ohne jede Reue verkündeten Brole und Kremer, daß ihr Plan, Woldemar durch Lobenstein und seine Bande einen Hinterhalt zu legen, leider nicht aufging. Zum Glück reichte die Zeit nicht, Lobenstein die Feuerwaffen zu übergeben, sie mußten schnell handeln, wollten Woldemar nicht nach Berlin kommen lassen – erst am Tag zuvor kamen Markus und die anderen an...«

»Kremer sagte dazu: ›Ein Fehlschlag, statt die erhoffte Befreiung vom verhaßten Markgrafen, obwohl's fast gelungen wär.‹« Brügge hob die Hand und bestellte neues Bier. »Und so liefen sie in Woldemars Falle, als dieser zum Festmahl lud.«

»Eure Verhaftung zum Schein« – Wardenberg lächelte matt, sah Brügge aus zusammengekniffenen Augen an – »war wirklich eine Überraschung, Herr Brügge, und wiegte die Kremerschen in Sicherheit. Als Eure Frau den Markgrafen anschrie, hätt ich es fast selbst geglaubt.«

»Sie ist ein wirklich treues Weib, meine Theresa.«

*Und du ein verlogener Hund*, dachte Wardenberg. *Du wolltest wieder Vogt werden und warst bereit, den angemessenen Preis zu zahlen. Sollte das Fürstengericht Woldemars Anspruch abweisen, bist du der erste, der den neuen Markgrafen umschmeichelt. Ist vielleicht doch was dran am Gerücht, du hättest mit Kremer gemeinsame Sache gemacht? Du willst nichts vom Nachmachen der Prägestempel bemerkt haben, obwohl Kremer über Jahre passend zur Münzverrufung zum Saufgelage erschien? Welche Rolle hat Goldschmied Lubbe gespielt? Teufel, da bleiben mir zu viele Fragen offen . . .*

»Man merkt gleich« – Stulzing grinste –, »wer ihr Vater ist! Und als Woldemar dann ging, um Hertha im Gästehaus des Klosters zu besuchen, glaubten die Kremerschen, den günstigsten Augenblick fürs Zuschlagen zu nutzen.«

»Er hat mit einem Anschlag gerechnet, ihn förmlich herausgefordert, nicht aber damit, daß die Verschwörer das Abbrennen der ganzen Stadt wagen würden«, sagte Brügge leise. »Eigentlich wollte man mit den Feuerwaffen das Hohe Haus angreifen, die Schuld sollte Steppers in die Schuhe geschoben werden . . .«

»... war es Markus Kremer gelungen, mit Geld, einschmeichelndem Zureden und versteckter Drohung Steppers aufzuwiegeln – und er übernahm es mit den Muntmannen, die Schwarzpulverbeutel zu plazieren«, las Jakob am zweiten Herbstmondtag aus dem Protokoll vor. »Statt aber, wie abgesprochen, zum Fest zurückzukehren, zog Markus die sofortige Flucht vor, als er das Ausmaß des Brandes erkannte: Ohne das rettende Gewitter wäre bestimmt die ganze Stadt abgebrannt! Der Herr Markgraf entkam knapp dem feigen Anschlag, Steppers allerdings wurde von aufmerksamen Bürgern gefaßt. Und so konnte schließlich das ganze Ausmaß der Verschwörung aufgedeckt werden!«

*Daß ausgerechnet Woldemars geliebte Hertha zu den Opfern zählte*, dachte Martin, *ein weiteres Mosaiksteinchen, nicht mehr, nicht weniger – und deshalb um so tragischer!*

Geständnisse und Zeugenaussagen waren so eindeutig, daß die Schöffen nicht lange zu beratschlagen brauchten; jedes weitere Zögern, das war den Ratmannen klar, hätte im Aufruhr geendet: Heute mußte das Urteil gesprochen werden. Pfeifen, Johlen und wütende Rufe erklangen. Vor der Gerichtslaube drängte sich das Volk, forderte härteste Strafen für die Angeklagten. »Reißt ihnen die Zungen raus!« – »Hackt die Glieder ab!« – »Vierteilen, rädern und ertränken. Straßenköter haben nichts anderes verdient!« – »Sie sollen an ihrem eigenen Unrat ersticken!«

»*Vox vulgi!*« Woldemar wandte sich an Arnold Brole, Paul Kremer, Lorenz Steppers und Wilkin Brügge, die in Ketten vor den Schranken des Gerichts hockten, jämmerliche Schatten ihrer selbst. Mit gesenkten Köpfen standen Verwandte, Dienstleute und Hörige dahinter, auch sie erwarteten, vor Angst schlotternd, ihr Urteil. »Hört Ihr, was die Menge ruft?«

Paul Kremer zischte im letzten, starrsinnigen Aufbäumen: »Ihr entgeht Eurem Schicksal nicht, *falscher* Markgraf! Mehr gibt's nicht zu sagen.«

Das Brüllen auf der Brücke wurde ohrenbetäubend, die Schöffen flüsterten.

Johannes Ryke räusperte sich und verkündete mit donnernder Stimme: »Hört das Urteil, wie's die Schöffen gefällt!« Er machte eine Pause, senkte die Stimme. »Lorenz Steppers: Soll durchs Feuer sterben, weil er's Feuer gelegt. Wilkin Brügge: Tod durch den Strang, für Diebstahl des Messers und Anstiftung zum Mord! Kremers und Broles Anhang gebührt Brandmarkung, sie werden mit Ruten ausgestäupt und aus der Doppelstadt vertrieben! Sie alle sind vogelfrei! Paul Kremer und Arnold Brole: Hinrichtung durchs Schwert; die Aufgabe übernimmt der neue Scharfrichter Asmus *Ursus*. In Abwesenheit ebenfalls verurteilt: Markus Kremer und Clais Overstolz – sie sind vogelfrei. Werden sie ergriffen, soll man sie vierteilen oder lebendig begraben.«

Unterschultheiß Stulzing nickte. Für Augenblicke wirkte die hochgewachsene Gestalt fehl am Platz – noch schien er sich mit dem neuen Amt nicht angefreundet zu haben; statt Sprecher der Schöffen war er fortan ein Mann der Anklage oder vertrat Tyle Brügge als Richter. Im Mühlenhof dagegen fühlte er sich wohl, und er hatte zu Martin gesagt: »*Das ist eine richtige und wichtige Aufgabe! Vielleicht sogar die Erfüllung eines Traums, ähnlich wie Eurer vom Heilen.*«

»Ich bestätige das Urteil«, rief Vogt Brügge. »Es ist Rechtens und angemessen. Das Vermögen der Verurteilten, abzüglich des Anteils für Gericht und den Henker, fällt an Markgraf Woldemar.« Er machte eine Pause. Schöffen und Ratmannen waren sich seit Tagen darüber einig, daß die Vollstreckung nicht sofort erfolgen sollte, um zu sehen, was Ludwig tat: Unter Umständen bot er ja einen Freikauf seiner Gefolgsleute an und sah davon ab, gegen die Doppelstadt vorzugehen. »Die Hinrichtung von Lorenz Steppers und« – eine kaum merkliche Pause – »Wilkin Brügge findet am kommenden Sonnabend beim Rabenstein statt: Die Zünfte werden mit der Errichtung des Scheiterhaufens beauftragt. Am gleichen Tag werden die Angehörigen gestäupt und vertrieben ... Für Michaelis, am neunundzwanzigsten Tag des Herbstmondes, wird die Hinrichtung auf dem Platz vor der Marienkirche anberaumt – Paul Kremer und Arnold Brole sterben durchs Schwert ...«

Neben Martin zischte Ryke: »Sofern der Wittelsbacher nicht den Freikauf anbietet oder der Doppelstadt gar die Fehde ansagt!«

Viele Bürger stifteten Kerzen und Messen: Das rettende Gewitter wurde als göttliches Zeichen betrachtet, das letztlich für Markgraf Woldemar zu sprechen schien. Dieser aber reiste mit seinem Gefolge sofort nach der Urteilsverkündung ab: Obwohl die Verschwörung aufgedeckt war, mußte er angesichts Herthas Tod die Doppelstadt als Ort der Niederlage empfinden. Für Anfang Gilbhart hatte er eine weitere Münzverrufung befohlen, er brauchte weiteres Geld, um seine Stellung zu behaupten.

Den Anhang der Patrizier vertrieb man am 5. Herbstmondtag mit Peitschenhieben – nach Stäupung und Brandmarkung – aus Berlin, Wilkin Brügge baumelte am Galgen des Rabensteins, Lorenz Steppers wurde vom Feuer des Scheiterhaufens verschlungen. Vogt und Münzmeister Tyle Brügge saß unbewegten Gesichts zwischen den Schöffen, starrte ins Lodern und umklammerte die Stuhllehnen.

*Es ist vorbei!* dachte er, langsam ließ das innere Beben nach. Natürlich hatte er den Diebstahl seines Messers sofort bemerkt, und hätte er nicht geschwiegen, könnte Bartholomäus Surber vermutlich noch leben. *Ich hab an Wilkin gedacht, weniger an die Folgen. Und als Surber im Blut lag, hab ich's nicht bedauert. Zu oft hat er mich gedemütigt! Zum Glück verriet Wilkin nichts, auch Clementh schwieg. Kremers Erpressung war kaum halb so wirkungsvoll, wie er dachte: Ich hab mich abgesichert! Die geheime Verbindung zu Ludwig... ich erfuhr, daß die Kremerschen etwas gegen Woldemar unternehmen wollten. Und Reitzenstein war bei mir, hat von den merkwürdigen Zahlen erzählt. Plötzlich war mir alles klar; was Reitzenstein nicht erklären konnte, ergab für mich Sinn. Falschmünzerei! Kremer, dieser Schelm! Hat's schlau eingefädelt, aber den eigenen Vorteil mehr als Ludwigs Wohl im Aug gehabt. Der Wittelsbacher wird nichts für ihn oder Brole tun, dessen bin ich sicher. Sollen sie im Loch bibbern und hoffen. Ihre Köpfe werden rollen, das steht fest! Ludwig verhandelt mit dem Luxemburger, nur eine Frage der Zeit, bis man sich einigt. Dann fällt Woldemar. Hab nicht vergessen, daß er mir Surber vor die Nase setzte! Was soll's? Nun bin ich sein Vogt und Münzmeister – und ich werd's auch bleiben, wenn die Wittelsbacher wieder belehnt werden. Niemand wird mir die Ämter nehmen. Niemand!*

»Schon der heilige Thomas schrieb: *Quatuor sunt urbes caeteres praeminentes: Parisius in scientiis, Salernum in medicinis, Bononia in legibus, Aurelianis in actoribus* – Vor allen sind vier Städte hervorragend: Paris in den Wissenschaften, Salerno in der Medizin, Bologna in der Jurisprudenz und Aurelianis in der Schauspielkunst.«

Michael streckte die Beine und sah blinzelnd zur Krone des Birnbaums hinauf. Seit dem Gewitter war es Tag für Tag merklich kühler geworden, der Sommer ging langsam zur Neige, die ersten Blätter verfärbten sich rötlich und braun. Auf der Bank lagen Bücher, einige aufgeschlagen, andere geschlossen, Pergamentstücke ragten als Zeichen fingerlang vor. Die Stadt lag unter goldenem Sonnenschein. Von Feuerstellen der Häuser stiegen Rauchsäulen steil in unbewegte Luft, fernes Hundekläffen mischte sich in allgemeinen Lärm; Hämmern, ratternde Karren, Stimmengewirr – beim nahen Kloster wurde eifrig gebaut und repariert. Martin legte die Feder ab, fast fingerdick war schon der Stapel seiner *notitia*, die er bei Michaels Gesprächen anfertigte; versonnen sah er Matthias zu, der den Hund über den Hof hetzte. Amalie stand mit Mechthild am Brunnen, Johannes hackte Holz. Das Bild erschien Martin so friedlich. Michael – seit wenigen Tagen *Abt* – und er hatten das Lehren und Lernen wiederaufgenommen. *Sogar das Schreiben fällt leichter, ich erfahre jeden Tag mehr, nicht nur von den Geheimnissen aus Michaels Buch... Morgen müßte Hein die neuen Tinkturen fertig haben, hoffentlich haben sie die gewünschte Wirkung...*

Michael hüstelte. »Ein großer Lehrer war Constantini Africani, der vor drei Zentenarien lebte. Nachdem er den Orient bereist hatte, ging er nach Salerno, vom Ruf der Schule angezogen. In Montecassino fand er Ruhe und schuf ein Lehrwerk aus zweiundzwanzig Bänden, hat geduldig Werke anderer übersetzt. Er sah im Herzen das wichtigste Organ, die Quelle animalischer Wärme, und beschrieb die Arterien, über die diese Wärme in alle Körperteile gelangt. Krankheiten ordnete er nach griechischem Vorbild von Kopf bis Fuß: Krankheiten, die im Kopf entstehen, Gesichtskrankheiten, Krankheiten der Arme und Beine, Krankheiten des Magens und der Därme, von Leber, Nieren, Blase, Milz, Leiden der Genitalien, der Gelenke und die Krankheiten der Haut...«

Erinnerungen stiegen in Martin auf, lenkten ihn für Augenblicke ab: Wochen waren verstrichen, ohne daß der Wittelsbacher gehandelt hätte; zu offensichtlich waren wohl die eingestandenen Taten, als daß er sich hätte einschalten wollen. Zweifellos wollte Ludwig sich nicht mit dem vergossenen Blut beflecken – die fehlgeschlagene Verschwörung half ihm nicht, und so gab es für die Verurteilten keine Rettung. Arnold Brole und Paul Kremer starben zu Michaelis, meisterhaft hingerichtet von Asmus, der fortan auch offiziell *Bär* hieß: *Ursus. Die doppelte Richtung durchs Schwert machte ihn endgültig zum Scharfrichter. Volksfeststimmung kam nicht auf, zu erschütternd ist für viele das, was dem Urteil vorausging. Nur um Haaresbreite wurde die Stadt vom Großbrand verschont.*

Vereinzelt gelangten Nachrichten von Woldemars Unternehmungen nach Cölln-Berlin: Einige Städte und Dörfer der Mark huldigten ihm, andere wandten sich ab und wieder dem früheren Markgrafen aus Bayern zu, es gab Kämpfe, verwüstete Gehöfte, brennende Felder und Forste, umherziehende und mordende Soldatenhaufen beider Lager. Adlige mit ihrer Gefolgschaft wechselten je nach Aussicht auf Belehnung die Seite, schwenkten zurück, um kurz darauf erneut ihre Entscheidung ins Gegenteil zu verkehren. Martin schnitt eine Fratze. *Kaum jemand, der das verwirrende und verlogene Schachern um Macht und Einfluß noch durchschaut, zumal das ferne Fürstengericht über die Rechtmäßigkeit von Woldemars Anspruch keine Entscheidung verkündet.*

»... war zur Zeit der Kreuzzüge Salerno ein wichtiger Ort«, sagte Michael. »Verletzte kamen vom Hafen sofort zu den Ärzten der Schule und wurden behandelt. Als Gemeinschaftswerk von vier Professoren erschien vor zweieinhalb Zentenarien Ruggieros *Chirurgia*; es werden Krankheiten des Kopfes, des Rumpfes und der Extremitäten ebenso beschrieben wie Lepra, Konvulsionen und die Wirkung des Brenneisens. Ruggiero warnt bei Schädelverletzungen, rät zur Vorsicht: Auch beim harmlosen Aussehen solle man dem Schein nicht trauen. Die verletzten Kreuzfahrer gaben ihm Gelegenheit zur Forschung. Er führte Schädeltrepanationen durch, beschrieb die Extraktion von Pfeilen und die Beseitigung von Skrofeln. Vom Arzt Garioponto stammt der Ausspruch: *si causas ignoras, quomodo curas* – Wie willst du heilen, wenn du die Ursachen nicht kennst?«

»Wie wahr! Deshalb muß ich noch viel mehr lernen, ich weiß.« Martin nickte versonnen. »Eine Frage, alter Freund, beschäftigt mich schon eine ganze Weile: Als *bibliothecarius* hattest du viel Zeit für Studien, trotzdem ist mir dein Wissen oft unheimlich! Es ist so ... so *umfangreich!* Mir scheint, daß man so was nicht allein aus Büchern erlernen kann, sondern von Gelehrten hoher Weisheit. Oder täusche ich mich?«

Er atmete tief ein und aus. Nach den Aufregungen kehrte eine trügerische Ruhe in die Doppelstadt ein, nur unterbrochen von erschreckenden Botschaften über die Ausbreitung des Schwarzen Todes. *Leider weiß auch Michael dagegen keine* medicin, dachte Martin. Die Menschen befanden sich in einem Zustand, der zwischen Lähmung und aufgesetzter Fröhlichkeit pendelte, angstverzerrte Gesichter zeichneten jene, die inbrünstig in den Kirchen beteten und Gottes Beistand anriefen, andere setzten dem Grauen ungestümes Zechen und Schmausen entgegen. Es gab Beleidigungen, wüstes Schimpfen und Wettern, Diebstähle und sogar Tote; ein Menschenleben zählte nichts. Martin hatte es vermieden, obwohl er als *Medicus-Schöffe* zu Gericht saß, bei den Hinrichtungen anwesend zu sein, die Asmus kalt und ohne Regung vollzog. Weder Martin noch der alte Mönch sprachen Asmus auf Hillig Kurtzrocks Schicksal an, und der junge Mann wie auch seine Geliebte schwiegen: In der Nacht zu Sankt Lampert, dem 16. Tag im Herbstmond, war der Flurschütz seiner Verletzung erlegen. In stummer Übereinkunft galt der alte Grundsatz: *Wo kein Kläger, da kein Richter.*

»Ich gesteh's – du hast mich erwischt«, sagte Michael, lachte und breitete entschuldigend die Arme aus. »Es war damals eine der wenigen Möglichkeiten, um den königlichen Häschern zu entkommen: als Scholar an der Pariser Universität.«

Martin runzelte die Stirn, hob die Finger, um nachzurechnen, und nickte plötzlich. »Sieben Jahre! Die Templer wurden Anno 1307 verhaftet. Du hast aber gesagt, du seist bei der Hinrichtung des Großmeisters Anno 1314 in Paris gewesen.«

»Genau.« Michael zog das *Gralbuch* auf den Schoß, blätterte eine Weile und las halblaut vor: »*Die Natur hat euch zu Söhnen des Zorns und Anhängern der weltlichen Lüsternheiten gemacht, doch durch die über euch waltende Gnade habt ihr mit aufmerksamem Ohr die Vorschriften des Evangeliums gehört, dem weltlichen Pomp und dem persönlichen Eigentum entsagt, den leichten Weg, der zum Tode führt, aufgegeben und in Demut den harten Weg gewählt, der zum Leben führt...*« Er sah vom Folianten auf. »So schrieb's Papst Innozenz II. Anno 1139 in der Bulle *Omne datum optimum*. Und weiter heißt es: *Um zu zeigen, daß man euch tatsächlich als Soldaten Christi ansehen muß, tragt ihr stets auf eurer Brust das Zeichen des Kreuzes, der Quelle des Lebens...* Neben Rittern, die sich nur für begrenzte Zeit verpflichteten, die *fratres ad terminum*, gab es die eigentlichen Brüder: Sie legten das Gelübde ab und verpflichteten sich ihr ganzes Leben. Nicht immer eine leichte Aufgabe, wie's der Artikel 661 unserer Ordensregel festhielt: *Ihr, die ihr Herr über euch selbst seid, müßt euch zum Knecht eines anderen machen. Denn ihr werdet fast nie tun, was ihr wollt: denn wenn ihr diesseits des Meeres sein wollt, verlangt man euch jenseits des Meeres; oder wenn ihr in Akkon sein wollt, wird man euch nach Tripolis oder Antiochia oder nach Armenien schicken...* Dreifach unser Gelübde: das der Armut, der Keuschheit und des Gehorsams. Aus diesem Grunde gab es für mich kein Bedenken oder Zögern, als mir die Flucht befohlen ward. Ich hatte zu gehorchen!«

Er schloß die Augen, für Augenblicke erfaßte Zittern die Hände, ehe er sie faltete. Auch Martin fühlte Kälte. Er wagte nicht, obwohl ihn für Augenblicke Ungeduld plagte, Michael zu unterbrechen, und dieser sagte: »Nun, ich erhielt den Ring, weitere Befehle, entkam unerkannt, um Haaresbreite, denn die Häscher stürmten den Templersitz in der Morgenröte.«

»Und? Was macht ein Bursch von fünfzehn Lenzen?«

»Am ganzen Leib zittern!« Michael lachte bitter. »Es war eine jüdische Familie, zum Schein zum katholischen Glauben konvertiert – Herr Moyses Reynette arbeitete als Bankier mit uns zusammen –, die mich zunächst versteckte. Schmachvolles Verkriechen, aber ich hatte meine Anweisungen. Im Artikel 326 unserer Regel – der gesamte Band umfaßte 678 Artikel – wurde bestimmt, daß es verboten sei, diese Aufzeichnungen, es sei denn durch Erlaubnis des Konvents, bei sich zu tragen, denn ... *die Knappen finden sie bisweilen und lesen sie, und so legen sie unsere Einrichtungen den in der Welt Lebenden offen, was unserer Religion schaden kann...*«

»Du hast ein solches Buch mitgenommen?«

Michael bestätigte Martins Vermutung: »Auf Befehl des Würdenträgers, von dem ich den Ring erhielt – Aymon de Porbone war für drei Jahre Kammerherr des Großmeisters: ja. Hehre Vorsätze hatte ich, doch letztlich überwog die Angst. Ich schlotterte am ganzen Leib, konnte keinen klaren Gedanken fassen. Vom Juden erhielt ich Geld, neue Kleidung. Und er hatte einen Plan, denn er ahnte Schlimmes, gestützt auf die Erfahrung seines Volkes, das immer wieder Verfolgung, Vertreibung und Mord erlebte: Er schlug vor, daß ich als einfacher Scholar an die Pariser Universität gehen solle. Dort sei ich vermutlich am sichersten. Er behielt recht. Damals nannte ich mich erstmals Michael, nach dem Erzengel und Vorkämpfer der Gott treu ergebenen Engel gegen Luzifer. Die Befürchtungen des Herrn Moyses wurden bestätigt, der Prozeß gegen Mitbrüder zog sich in die Länge, Geständnisse wurden abgelegt, widerrufen, erneut abgelegt. An der Universität lernte ich eine neue Welt kennen, es war eine Stätte der Begegnung, der Reife, auch ein Ort, der die Verlockung des Fernen weckte. Scholastik berief sich aufs Mitdenken, Schüler und Lehrer disputierten, antikes Wissen wurde geprüft und geordnet, frei und streitbar. Im Frühjahr Anno 1310, fast drei Jahre nach den Verhaftungen, schien es neue Hoffnung zu geben; es wurde verbreitet, daß jeder, der den Orden verteidigen wolle, ohne Gefahr für seine Person nach Paris kommen könne. Fast sechshundert Templer kamen, aus allen Gefängnissen des Landes, um ihre Stimme zu erheben. Das Grauen folgte auf dem Fuß: Am zwölften Tag des Weidemonds starben, bevor die Untersuchungen abgeschlossen waren, auf König Philipps Befehl vierundfünfzig Templer am Feuerpfahl vor dem Tor Sainte-Antoine. Bis zum schrecklichen Ende beteuerten alle ihre Unschuld. Obgleich ich als Scholar lebte, blieb ich im Herzen Templer, aber die Angst – ich gesteh's ungern – überwog. In Paris hielt ich es nicht länger aus. Von Frankreich kam ich zunächst zur Iberischen Halbinsel. Dort flüchtete der aragonesische Templer Bernhard von Fuentes Anno 1310, wurde Anführer einer christlichen Miliz im Dienst des muslimischen Herrn von Tunis und kam 1313 als Gesandter nach Aragón zurück.«

»Und du ...?«

»Genau. Ich gehörte zu seiner Begleitung. Aber Unrast trieb mich nach Paris zurück, dort hatte ich bei Moyses die Templerregel zurückgelassen, und ich wollte sie zu Bernhard in Sicherheit bringen, der leider nicht dem Inneren Kreis angehörte, mich wegen des Rings aber, trotz meiner Jugend, mit größtem Respekt behandelte. Im Herbst Anno 1313 reiste ich mit einer Gruppe Barfüßer, im Gebirge wurden wir von einer Lawine überrascht. Die Franziskaner starben, ich brach mir den Arm. Bei der Weiterreise zog ich erstmals die graue Kutte an, und in Paris angekommen, behielt ich diese Verkleidung bei. Vielleicht hoffte ich, so die Angst zu überwinden und das Seelenheil zurückzugewinnen?«

Michael schwieg, erschöpft, wie es Martin schien. Amalies fröhliches Lachen klang herüber. Für Augenblicke verdüsterte sich Martins Gesicht, er dachte an den Wermutstropfen: *Markus Kremer*, Paul Kremers Neffe, Sohn Heinrich Kremers, war und blieb verschwunden, gab Anlaß für Sorge, Ängste und Wut. *Ungestillter Haß – er wird auf Rache sinnen, denn nun muß er sich auch von den Wittelsbachern verraten und verkauft fühlen ...*

Später, als Martin Belse und Alraune räucherte, summte es in seinem Kopf. Die Worte Michaels klangen nach, mischten sich mit Ängsten und Ahnungen. Plötzlich waren die Bilder von Folter und peinlicher Befragung wieder da, das Schreien und Stöhnen und Wimmern. Abgehackt hervorgestoßene Geständnisse, beim Nachlassen der Schmerzen sofort wieder geleugnet. Schweißgestank, verschmortes Fleisch, angesengtes Haar, Blut. Unter häßlichem Knirschen wurden Glieder ausgerenkt, Ketten klirrten, ein Seil schabte über den Kloben.

*Markus! Markus! Markus!* Blutunterlaufen starrten Augen, das Pferdegebiß war zum bösartigen Grinsen entblößt. Der Patriziersohn schien seine wahre Natur zu offenbaren, der Körper wurde ein Abbild der bösen Gedanken und Taten, überzog sich mit knotigen Geschwülsten, eitrigen Kratern und klaffenden Wunden, in denen bleiche Maden wimmelten. Rechts und links vom kahlen Kopf entstanden Glutbälle, erschreckend der gewaltige Knall. *Fürchterliche Waffe! Schwarzes Pulver, das den Tod bringt!*

Das Tor zur *anderen Welt* schwang auf, abgrundtiefe Finsternis verbarg noch das Grauen und jene Kreaturen, die sich am Grund blutgetränkten Morastes suhlten. Seitliche Portalfiguren schwangen zu abgetreppten Bogenläufen empor, plastisch geschmückt mit Engeln, Heiligen und himmlischen Heerscharen – direkt benachbart reckten Wasserspeier ihre abschreckende Gestalt, legten unsichtbar unheilabwehrenden Zauber übers Gebäude aus Belsetraum, Ängsten, Phantasien und Albdruck.

Erneut ein fürchterlicher Donner, langsam ausrollend, dann ein blendender Blitz, der die Dunkelheit spaltete. Martin taumelte, überschritt die Schwelle und stürzte, zugleich von fürchterlicher Kraft gezogen, in bodenlose Tiefe. Dämonische Gestalten umringten ihn plötzlich mit Feueratem. Wolfsrudel griffen an, er sah das Fegefeuer, Hinrichtungen, Folterungen. Blut, das aus Rümpfen drang, wurde dicker und zäher, eine klebrige Masse, in der er zu versinken glaubte, ohne sich bewegen zu können. Wie angewurzelt stand er bis zum Hals im blutigen Sumpf, Geräderte wateten vorüber und schrien gellend: »*Wir wollen unsere Knochen wiederhaben!*«

»*Schau auf die Tiere.*« Martins Großmutter schwebte herbei und kicherte. »*Sie bemerken das* andere – *oft werden sie unruhig, Hunde ziehen winselnd den Schwanz ein und verkriechen sich in die äußerste Ecke, und ihr Fell sträubt sich! Sie erkennen die Geister, Dämonen und Teufel. Sind sie sichtbar, hört man sie nicht, und wenn man sie ganz deutlich hört, sind sie unsichtbar.*«

Knochige Hände griffen nach Martin, eisiger Sturm zerrte am

Haar und ließ Zähne aufeinanderklacken. Häßliche Vetteln mit Falten, Warzen und zahnlosen Mäulern flogen auf Besen vorbei; auf ihren Schultern hockten schwarze Katzen, deren Fauchen und Kreischen Martin bis ins Mark drang. Zerschundene Körper taumelten durch sein Blickfeld. Frauen wurden vergewaltigt, Kinder ermordet. Kuttengestalten brachten Blutopfer dar, Übelkeit bis kurz vorm Erbrechen zerriß dem Mann fast den Leib. Entsetzliche Ungeheuer geiferten, Drachen schwangen Fledermausflügel und Peitschenschwänze. Ein Teufel, halb Mensch, halb Ziegenbock, mit *Markus Kremers* Gesicht, schwang sich mit schuppigem Stachel über kreischende Jungfrauen; Vetteln küßten seinen Hintern, von Wunden übersäte Männer opferten Tiere zum diabolischen Festmahl.

Und immer wieder erklangen Donnerschläge, blendeten Feuerwalzen, in denen Leiber zu kohligen Resten schrumpften, vom Brodeln versengt und ausgeglüht. *Amalie! Amalie! Amalie ...* Martin wimmerte, rollte sich zusammen, starrte mit weit aufgerissenen Augen umher, bis Dunkelheit einer gewaltigen Woge gleich alle Eindrücke fortfegte.

# TERTIUM:
# TEMPUS PESTIS

*... und die cometen mit swenzgen,*
*die man im teutschen schöpfstern heißt:*
*wo einer mit seinem swancz hin reyst,*
*demselben lant nimpt er die feucht,*
*die er aus allen dingen zeucht,*
*als aus den menschen, thiern und erden,*
*darvon sie dann beraubet werden*
*ir' würzlichen behenden dünst,*
*was in pringt dürrin, hitz und prünst,*
*darvon man spüret offenbar*
*streyt, sterben oder hungerjahr,*
*des all die faul lufft ursach ist...*

SPRUCH VON DER PEST; Hans Folz, Nürnberg, 1482

# I.

*VON DER VERZÜCKUNG ODER EKSTASE,*
*SO WIE VON DEM BLICK IN DIE ZUKUNFT*
*BEI DEN EPILEPTISCHEN,*
*BEI DEN VON EINER OHNMACHT BEFALLENEN*
*UND BEI DEN STERBENDEN*
*Sodann gibt es auch eine Weissagung, die zwischen natürlicher*
*Weissagung und übernatürlichen Orakeln in der Mitte steht*
*und die in Folge des Übermaßes einer Leidenschaft, wie bei allzu*
*großer Liebe oder Traurigkeit, oder unter häufigen Seufzern*
*oder im letzten Todeskampfe die Zukunft verkündigt.*
*Es wohnt nämlich unseren Seelen ein alles umfassender*
*Scharfblick inne, der durch die Finsternis des Körpers und der*
*Sterblichkeit verdunkelt und gehemmt ist, nach dem Tode aber,*
*wenn die Seele, vom Körper befreit, die Unsterblichkeit erlangt*
*hat, zur vollkommenen Erkenntnis wird. Daher wird manchmal*
*den dem Tode Nahen und durch das Alter Geschwächten ein*
*ungewohnter Lichtstrahl zuteil, weil alsdann die Seele weniger*
*von den Sinnen gefesselt und schon gleichsam etwas von ihren*
*Banden befreit und dem Orte, wohin sie wandern wird, näher*
*stehend, dem Körper nicht mehr so unterworfen ist, wie früher.*
*Daher sieht sie jetzt schärfer und empfängt in den letzten*
*Augenblicken des Lebens leicht Offenbarungen…*
De occulte philosophia; Heinrich Cornelius Agrippa
von Nettesheim zugeschrieben

## 27. Christmond, Anno Domini 1349

Es war ein strenger Winter geworden, mit klirrender Kälte und kniehohem Schnee, unter dessen Last die Schindeldächer knarrten und ächzten. Am Tag der Johannisweihe erreichte Joseph Zirner – allein, geschwächt, ausgezehrt und fiebrig – die Doppelstadt an der Spree: Vor dem Tor zusammengebrochen, wurde er von Stadtknechten zu Martin gebracht. Er hatte Bißwunden an Armen, Händen und Beinen, Zehen und Finger waren erfroren, ebenso Nase und Ohren, die Augen starrten halb blind umher. Nachdem ihm Martin die Schnabelschuhe ausgezogen hatte, keuchte der Mann:
»Frau und Kinder… Der Wagen – im Schnee steckengeblieben,

ein Rad gebrochen! Halber Tagesmarsch vor Berlin – von Wolfsrudel angegriffen – alle tot! Allmächtiger, bin allein weiter…
und… In Lübeck – sind geflüchtet, weil… *die Pest!* Hunderte starben, großes Weinen und Klagen. Entsetzlich! Bruder Bastian zum Glück in Köln! Hoff, daß er noch lebt… Großer Gott, ich…«

Martin sah die brandigen Zehen und fragte sich schaudernd, wie der Lübecker es überhaupt bis nach Berlin geschafft hatte. Mit einem Blick verständigte er sich mit seiner Frau, deren Bauch sich immer mehr wölbte und die sich an den Rücken faßte. Ein mattes Lächeln erschien auf Martins Gesicht, das sofort wieder verschwand. Der Händler wand sich unter Schmerzen; eine Magd wischte ihm mit feuchtem Tuch übers Gesicht. Auf der Stirn standen Schweißperlen, Zittern und Beben schüttelte den ausgezehrten Körper. Martin gab sich einen Ruck.

»Holst du die Kräuter, Frau? Wir müssen handeln, sonst stirbt er noch in der Nacht.« Er wandte sich an die Magd: »Lauf, hol Asmus und Johannes. Ich brauch ihre Hilfe.«

Das Brandige war viel weiter gedrungen, als Martin zuerst gedacht hatte, und er mußte Zirner die Füße amputieren. Trotz Betäubungstranks flüsterte der Lübecker wirres Zeug, packte plötzlich Martins Arm und sah ihn mit glänzenden Augen an, aus denen Tränen quollen. »Heilige Erde… nicht den wilden Tieren… Frau, Kinder, Knechte… Martin! Ich bitt dich!«

Martin nickte, wußte genau, was den Händler bewegte, und redete beruhigend auf ihn ein, bis er in Schlaf versank, von Zittern geschüttelt.


Mit Asmus, Christian und Dietrich ritt Martin am Morgen nach Zirners Ankunft los: Sie fanden den Wagen und blutgetränkte Trümmer. Wölfe hatten die Reisenden zerfetzt und fortgeschleift. Armlange Eiszapfen hingen von einem aufgeplatzten Faß, aus zersplitterten Truhen waren Gewänder gezerrt, Tuche und Pergamentbögen lagen klafterweit verstreut. Kaum noch als solche zu erkennen waren die Zugochsen. An vielen Stellen war der Schnee von roten Flecken übersät, und Christian murmelte: »Zirners Wunsch läßt sich wohl nicht mehr erfüllen.«

»Wir sollten sehen, daß wir schnell zur Stadt zurückkommen.«

Asmus sprach mit unbewegter Stimme. »Sonst werden wir ebenfalls ein Opfer der Wölfe.«

Wie zur Bestätigung erklang aus dem Dickicht ein Jaulen. Weitere Wölfe stimmten in den schauerlichen Chor ein. Martins Wallach schnaubte und tänzelte im Schnee, die Raben stoben krächzend auf.

Dietrich mühte sich, das Pferd zu bändigen. »Sie sind bösartig – haben Menschenfleisch gefressen. Herr im Himmel, seht... sie kommen!«

Schatten huschten den Waldrand entlang, verteilten sich; beim schnellen Seitenblick zählte Martin mehr als zehn Tiere. Der Leitwolf hockte auf einer Schneeverwehung, hob den Kopf und setzte zum langgedehnten Heulen an, dem die übrigen Wölfe antworteten: Es war ein großes, hellbraunes Tier, und Martin hatte das Gefühl, daß sie sich in einer fremden Sprache verständigten, disputierten, einen Angriffsplan aussheckten. Knurren kam vom Rüden, der Blick aus gelblichen Augen erschien Martin lauernd, verschlagen, zu allem entschlossen. Mit geschmeidigen Bewegungen liefen die Tiere, denen die Rippen durchs Fell stachen, umher, nahmen neue Positionen ein und rückten kaum merklich näher.

»Zurück!« Asmus atmete schwer, ritt einen Halbkreis und zog den Basilard. »Aber Vorsicht, laßt sie nicht aus den Augen.«

»Klar doch.«

Martin klopfte dem Braunen besänftigend die Flanke. Mit einem Satz sprang das Pferd in hüfttiefen Schnee, als zwei Wölfe vorschossen, laut knurrten und Zähne fletschten. Der Wallach bäumte sich auf, kämpfte mit dem Schnee und krümmte den Rücken. Drei weitere Wölfe rannten mit weiten Sprüngen herbei, kläfften und knurrten. Martins Pferd trat aus, wieherte und schnaufte. Schaum stand vor dem Maul. Ein Wolf schnappte nach den Hinterbeinen, bekam einen Huftritt vor den Kopf und rollte winselnd durch den Schnee. Mit drei wilden Sätzen erreichte der Wallach den Weg, setzte über den umgekippten Wagen hinweg und warf Martin ab, obwohl der sich an die Mähne zu klammern versuchte. Fast stockte ihm der Herzschlag: Er versank in einem Schneehaufen, kugelte mehrere Ellen weit und schüttelte den Kopf. Halb aufgerichtet sah er aus den Augenwinkeln, daß Christian dem durchgehenden Braunen hinterhergaloppierte, sich herabbeugte und die Zügel erwischte. Lautes Brüllen und Pfeifen kam von Asmus und Dietrich, die die Aufmerksamkeit der Wölfe auf sich zu ziehen versuchten: »Hoh-ooohhhh! Hierher! Hier sind wir! Bestien! Heyaaahhhh!«

Trotzdem sah sich Martin innerhalb weniger Augenblicke drei knurrenden und geifernden Tieren gegenüber. Er wickelte den Nuschenmantel um den linken Arm, zog das Abdeckermesser und wich bis zu den Wagentrümmern zurück. Halb geduckt folgten die Wölfe, schoben sich näher. Kalt-klebriger Schweiß rann Martin zwischen den Schulterblättern den Rücken hinab, das Herz pochte bis zum Hals. Martin hob das Messer: Mit dem linken Arm wehrte er einen Wolf ab, der sich in den Mantel verbiß und kraftvoll zerrte. Ein zweites Tier schnappte nach Martins Bein, wurde vom Messer getroffen, während der dritte Wolf von Dietrich über den Haufen geritten wurde. Martin stach um sich, kam frei, kletterte hastig auf den Wagen und sah sich gehetzt um.

»Ich komme!« Asmus trieb sein Tier an und streckte den Arm aus. Martin packte zu, wurde mitgerissen und schaffte es, sich hinter Asmus auf den Pferderücken zu schwingen. Wölfe sprangen von beiden Seiten herbei. Martin klammerte sich an Asmus' Rücken, sein Atem glich dem Pumpen eines Blasebalgs. In der Ferne winkte Christian, während Dietrich einen weiteren Wolf umritt, der sich winselnd trollte und den Schwanz einkniff.

»Weg! Schnell weg!« Martin keuchte. Asmus rammte dem Pferd die Hacken in die Weichen. Deutlich fühlte Martin hart gespannte Muskeln des Hünen. »Im letzten Wimpernschlag! Besten Dank, Großer, das vergeß ich dir nie.«

»Für dich« – Asmus schnalzte mit der Zunge, das Pferd streckte sich, wurde schneller – »würd ich alles tun!«

»Danke!«

Neben Christian zügelte Asmus das Tier. Martin wechselte auf den Wallach. Von einem halben Dutzend Wölfe verfolgt, sprengte Dietrich herbei und winkte heftig. Die Männer trieben ihre Tiere an, gingen in schnellen Galopp und verließen schaudernd den Ort des Überfalls. Einige Zeit folgte ihnen das Rudel noch, gab dann auf und verschwand im Wald. Entsetzt und traurig machten sich die Männer auf den Heimweg. Als sie die Stadtmauer erreichten – durchgefroren, von weißer Kruste bedeckt, kleine Eiszapfen an der Nase –, fiel der Schnee so dicht, daß sie keine zehn Ellen weit sehen

konnten und froh waren, sich am Kachelofen in Martins Haus auf-
wärmen zu können.

Amalie brachte heißen Würzwein und Decken. Sie rubbelten ein-
ander ab, bis die Kälte aus den Knochen vertrieben war und der
Schreck nach überstandener Gefahr wohligem Dösen Platz machte.
Martin lächelte, als bei der dritten Wiederholung der Geschichte
das Wolfsrudel mindestens hundert Tiere erreichte und Asmus'
Heldentat sich so anhörte, als habe er Martin aus dem Rachen eines
Drachen gerettet. Matthias hörte mit großen Augen zu, drückte
sich ängstlich an Amalies Brust und musterte den bärenstarken
Mann mit Blicken, die unverhohlene Bewunderung verrieten.
Brunhildes Gesicht glühte vor Stolz, derweil sie Asmus' Haare im
Nacken kraulte.

Nachdem er sich erholt hatte, stellte Martin Kräuter und Salben zusammen, gab dem Kaufmann *Laudanum* und lauschte dem fiebri-
gen Murmeln: »... Lübeck! *Caput et principium* – der *dudesche
hanse* Haupt und Ursprung! Kirche bald fertig... Baumeister haben Formen französischer Kathedralen in Backstein umgesetzt...
prächtiger Anblick... mächtige Strebepfeiler, innen aber licht und
weit, in der Mitte fast achtzig Ellen hoch... überragt den Markt
und die Verkaufsbuden, die Bänke der Händler... Entlang der Kirche die Bäcker, Schneider, Tuchscherer und Kürschner... Beim
Rathaus Schusterbuden, Gewürzkrämer, Wechsler, dann Goldschmiede, Wachszieher, Waffenmacher und Sattler bis zum Heu-
markt... Feste Häuser haben die Schuster und Filzer... Am Koh-
lenmarkt die Schmiede und Riemenschneider... In der Mitte, rund
um Kaaksäule und Waage, gibt's Platz für zweihundertfünfzig
Scharren von Handwerkern und Kleinkrämern...«

Seufzen, Stöhnen, Zittern und Wälzen: Dieweil Martin an Zirners Krankenbett wachte, dem Kaufmann Schweiß vom Gesicht
wischte und seine Hand hielt, schwirrten die Gedanken. Sorge und
die sich verstärkende Ahnung, daß Zirner vermutlich sterben
würde, mischten sich mit Nachdenken über weitere Heilmittel und
Erinnerungen an die Gespräche mit Michael.

»... soll eine sichere, geschickte und niemals zitternde Hand haben« – ganz deutlich glaubte Martin die Worte zu hören; Michael
hatte aus dem Werk *De medicina* des Aulus Cornelius Celsus zi-

tiert, eine Beschreibung dessen, was ein Chirurg sein und beherzigen sollte –, »und er soll mit der linken Hand genauso wie mit der rechten arbeiten können. Außerdem ist ein klarer und durchdringender Blick und Furchtlosigkeit vonnöten. Da er die Aufgabe hat, denjenigen, der sich in seine Hände begibt, zu heilen, darf er niemals auf seine eigenen Gefühle achten, sondern muß, ohne auf Schmerzensschreie zu hören, ruhig und überlegt vorgehen und darf nicht weniger als nötig abschneiden. Überhaupt soll er seine Operation ausführen, als ob ihn die Klagen des Patienten nicht im geringsten berührten... Hier sollte dir also deine Erfahrung als Blutvogt zugute kommen, mein Lieber.«

Viel hatte Martin in den zurückliegenden Monaten gelernt, mit einem fast körperlich fühlbaren Ruck dehnte sich der Horizont auf ungeahnte Weite. Wie zartes Flüstern drang Michaels Stimme heran, wurde lauter und kräftiger. Der Geruch von Staub, Pergament und Leder drang in Martins Nase, Buchstaben und Miniaturen flimmerten vor seinen Augen. Bücher, Schriftrollen, Einzelblätter. Wissen in einer Form und Menge, die den ehemaligen Blutvogt oft zu überfordern drohte. Geduldig wiederholte der alte Mönch Lektionen, half Martin, wenn das Lesen wieder mal zu schwierig wurde, erklärte, berichtete und rezitierte. Er war der Meister, Martin der Schüler, dessen Wißbegier keine Mühe scheute. Als Hospitalmeister wollte er stets das Beste geben und leisten.

»... Blutstillung durch Tupfen, Kompression und Ligatur, als Adstringentia auch Eichenrinde, Gerbsalze, Alaun und Bleisalze... Beim Wundverband in Essig, Wein oder Wasser ausgedrückte Schwämme, über denen die Leinwandbinden gewickelt werden... Heilmittel unterteilt in blutstillende, vernarbende, Eßlust anregende, reinigende, ätzende, Schorf erzeugende, lösende, anziehende und weichmachende Mittel... Umschläge, Pflaster, Pastillen, Niesmittel, Gurgelmittel, Linderungssalben... Beschreibt der Arzt und Philosoph Claudius Galen, auf dessen Sammlungen – die Ars Magna – und Zusammenfassungen – die Ars Parva – sich vor allem die Gelehrten in Salerno stützen, im Buch De simplicium medicamentorum temperamentis et facultatibus 473 Medikamente pflanzlicher Herkunft und eine ganze Reihe mineralischer Substanzen und tierischer Stoffe: als eiterziehende Mittel empfiehlt er Pflaster mit Gerstenmehl oder Bohnen, Hirsegras, auch Pech, Harze, Butter *oder Schweinefett bei Umschlägen; zur Schmerzstillung rät er Wurzeln der Alraune oder Bilsenkrautsamen. Galens Texte müssen von den Studenten auswendig gelernt und stets aufs neue wiederholt werden...«*

Das Wissen des Alten versetzte Martin in einen Zustand des Glücks und der Zufriedenheit, der nur durch Amalie und das in ihr reifende Kind noch gesteigert werden konnte; manchmal wunderte Martin sich, wie wenig er – trotz der Erzählungen von Eltern und Großeltern – bisher gewußt und gekannt hatte. Die Welt war viel größer und rätselhafter, als daß jemals – so schien es ihm – ein einzelner Mensch sie auch nur annähernd erfassen konnte. Trotzdem ließ er sich nicht entmutigen, lernte wie ein Besessener, fragte, disputierte, hakte nach, selbst wenn ihm vor Erschöpfung fast die Augen zufielen, Michael abwehrend die Hände hob und um Nachsicht mit einem schwachen Greis bat: »Du bist wie ein trockener Schwamm – alles saugst du auf! Nimm Rücksicht; nicht jeder ist von solch junger Kraft wie du, Martin!«

»Aber ich will lernen. Hilf mir, erzähl weiter... Ich will alles wissen!«

Im Herbst und an den Winterabenden unterhielt sich Martin oft und intensiv mit dem Franziskaner, der ihm von fernen Ländern, weisen Männern und sonderbaren Riten erzählte, und stets aufs neue bestätigte der alte Mann, daß er weit mehr als ein »einfacher Mönch« war, als der er sich gern bezeichnete. Er beeindruckte Martin, aber das anfängliche Schaudern hatte Vertrauen und Freundschaft Platz gemacht; Verständnis, dessen Quelle in jenen Augenblicken zum Sturzbach wurde, als Michael Martin aus der Gruft schleppte, auf ihn einredete und aus den Belsebildern riß; gemeinsam erlebten sie das wundersame Gewitter, das den Klosterbrand löschte. Wenn Martin darüber nachdachte, durchströmte ihn Wärme und Zuversicht. Noch nie hatte er sich Gott so nahe gefühlt, so geborgen und von schützender Hand umhüllt. Daß ihm der Kräuterrauch zusetzte, war eine schwache Erinnerung; viel machtvoller und lebhafter waren die Gefühle in seinem Gedächtnis: das Wissen um die Rettung, die Freude beim Anblick aufzuckender Blitze; Tropfen, die auf seine Stirn trommelten und erhitzte Haut kühlten; Böen, die Regen vor sich her trieben, und kindliche Begeisterung, als Hagelkörner auf Dächer und durch die Gassen prasselten. Vergessen war die Übelkeit und das Schaudern, weil Hingerichtete scheinbar aus den Gräbern stiegen.

Zirners Lippen zitterten, Flüstern folgte: »Nebel auf der Trave, lautes Treiben im Hafen ... Koggen im Bau, Klinkerbauweise nennen's die Zimmerleut ... Fast sechzig Ellen lang sind die Schiffe, schaffen's bis Danzig in vier Tagen – zwei Wochen sind's mit dem Fuhrwerk ... Tretkräne knarren, von Knechten betrieben ... Eine oder zwei Wochen liegen die Koggen zum Beladen oder Entladen ... dann wieder hinaus auf See, nach Flandern, London, Gotland, Livland ... Alles vorbei, vernichtet ... Pest zerstört und mordet wie eine unsichtbare Kreatur, frißt Bettler und Patrizier, alle ohne Ausnahme ... Entsetzlich ...«

Und wieder die Erinnerung an Michaels Stimme, die Martin Kraft gab; eine Kraft, von der er hoffte, daß sie auf den Lübecker überfloß, ihm half und ihn stärkte:

»... der Codex pharmaceuticus ein Leitfaden an der medizinischen Fakultät von Paris ebenso wie der Schule von Salerno: Nikolaus Myrepsos – das heißt ›Drogenzubereiter‹ – gliederte das Werk in 48 Kapitel. Mehr als zweitausend Formeln von zusammengesetzten Medikamenten sind aufgeführt, ebenso Klassifizierung der Stoffe und Rezepte, die von griechischen, lateinischen und arabischen Ärzten eingesetzt wurden. Du mußt die Vielfalt der Stoffe, ihre verschiedenen Zubereitungsformen und Anwendungsmöglichkeiten lernen: Salben, Sirup, Salbenverbände, Absud, Augenmittel, Umschläge, Wachssalben, Pillen, Puder, Tränke ... Stets eine oder mehrere Substanzen, die ein Bindemittel brauchen; für Salben ist's Fett oder Öl, bei innerer Anwendung Wasser, Milch, Wein und vor allem Bier, geschmacksverbessernd ist Honig ... Beachte, was Pietro d'Abano sagte: ars medicinae non inspicit nisi res manifestas sentiendo et videndo: Die ärztliche Kunst untersucht nur die Dinge, die für Auge und Ohr zugänglich sind. Und er hat auch gesagt: totus mundus commutatur – die ganze Welt wird verändert. Er meinte damit die Bereitschaft zur genauen Beobachtung und zum experimentum. Aber der Ausspruch hat auch – wie ich denk – im weiteren Sinne seine Richtigkeit!«

»Pest, Pest, Pest!« Zirner keuchte abgehackt, die Lider bebten. »Überall Tote, Schreien, Jammern, Flehen ... nur Flucht rettet ... vielleicht ... müssen's schaffen ... got sey lob und danck, Bruder

Bastian lebt ... Das Rad, es bricht. O Herr, hilf. Die Wölfe, sie kommen näher, kann nichts tun ... Frau, du ... Weg, du Mistvieh ... Nein! Nein! Nicht die Kinder ... Muß weg, kriechen, wieder ein Biß ... tut so weh! Da, und da, und da ... Ich tret dir die Schnauze ein! Mich bekommst du nicht, Bestie ...«

Der Kaufmann verstummte, sein Atem rasselte, und Martin zerriß es fast das Herz. Weit nach Mitternacht zwang Amalie ihn, sich auszuruhen, auch sie Tränen in den Augen.

Am nächsten Morgen fragte Martin Abt Michael um Rat – aber jede Hilfe kam zu spät: Der Lübecker überlebte den Altjahrsabend – benannt nach Papst Silvester I. – nicht und wurde am zweiten Tag des neuen Jahres unter großer Anteilnahme beigesetzt.

»Staub bist du, und zum Staube kehrst du zurück.« Pfarrer Konrad hob die Hand zum Kreuzzeichen, schwenkte dann Weihrauch. »Die Seele dieses Verstorbenen und die Seelen aller verstorbenen Christgläubigen mögen durch die Barmherzigkeit Gottes ruhen in Frieden.«

»Amen.«

Zahlreiche Trauernde aus der ganzen Doppelstadt umstanden das Grab, das die Totengräber mühsam aus gefrorenem Boden geschaufelt hatten. Bannerträger von Zünften und Nachbarschaften senkten die Fahnen. Weithin erklang durch klare Luft das Geläut der Totenglocke. Kreuze und Laternen ewiger Lichter lagen unter dicker Schnee- und Eisschicht, glitzernder Reif überzog als wunderliche Kruste das Geäst, und bleich überwölbte der Himmel den Friedhof der Nikolaikirche.

Als Martin harte Erdbrocken in die Grube warf und das dumpfe Plumpsen vernahm, stiegen Erinnerungen auf. In rascher Folge huschten Bilder vor seinen Augen entlang: die erste Begegnung im nebligen Wald, als Clemens Lobensteins Bande den Händlerzug überfiel; die umherwuselnde Gestalt des Lübeckers im Lager, lautstark Knechte und Träger antreibend; Zirners verschwitztes Gesicht in der Badstub. Nun war er tot, kalt und starr lag der Körper im hölzernen Behälter. Martin seufzte, Tränen verschleierten den Blick; er sah kaum, daß Michael neben ihm stehenblieb.

»Er hatte die Lebenskraft verloren«, sagte der Franziskaner und drückte kurz Martins Schulter. »Die Schrecken der Pest, die beschwerliche Reise, der Tod seiner Familie und der Begleiter – der Händler wollte nicht mehr. Es ist nicht deine Schuld, Martin. Ohne die Mithilfe des Kranken ist jeder Heiler machtlos. Sie müssen gesunden wollen. Herr Zirner hat seine Seele in die Hand des Allmächtigen befohlen, deshalb gräm dich nicht, sondern denk an das, was ich dir sagte: Behalt die *Hoffnung*, gib sie nie und nimmer auf, mein Freund!«

In Martin war alles starr, er nickte schwach. Kälte schien sein Herz zum Eisklumpen zu machen. Zirners Tod erschien wie ein mahnendes Zeichen, ein Fanal, das kommende Unbill ankündete. *Hoffnung? Michael, das sagt sich so leicht...*

Als der Herbst langsam in den Winter überging, war es verdächtig ruhig in der Doppelstadt geworden, und Martin hatte mehr als einmal das Gefühl, nur die Ruhe vor einem fürchterlichen Sturm zu erleben. Fernhändler brachten immer häufiger schlechte Nachrichten mit: Der *Schwarze Tod* raste übers Land und raffte die Bewohner vieler Städte dahin. Martin fürchtete sich vor dem Tag, da die Seuche auch Cölln-Berlin erreichte. Markus Kremer blieb verschwunden, trotzdem sah Martin häufiger als früher über die Schulter, schrak bei plötzlichen Geräuschen zusammen und ging nie ohne Abdeckermesser oder Basilard aus dem Haus. Auch schlief er schlecht, erwachte triefend und zitternd, Markus' Gelächter in den Ohren. Amalie furchte besorgt die Stirn, sagte allerdings nichts – Martin war sich sicher, daß sie ebenfalls die Angst kannte, sie aber deutlich besser verbarg.

»Mir scheint's«, murmelte er und legte den Arm um Amalies Schulter, »als sei ein Kreuzweg erreicht.«

»Wie meinst du das, Liebster?«

»Mit Zirners Rettung begann für mich – und dich! – die gute Zeit. Jetzt ist der Lübecker tot...«

Sie nickte, drückte wortlos seine Hand. Auch beim Leichenschmaus blieb die Stimmung gedrückt. Die Menschen dachten an den Schwarzen Tod; wie ein *Halseysen* schien sich das Verderben um die Doppelstadt zusammenzuziehen, bis es würgte und endgültig die Atemluft abschnürte. Bis tief in die Nacht blätterte und las Martin, um sich abzulenken, in Michaels *Chronik*, wo er jene Erlebnisse aufgezeichnet hatte, die sein Leben formten: Schon im Gilbhart begann er mit dem Schreiben und übergab Martin nach und nach die Kapitel. Es war still im Patrizierhaus, für Martins Gefühl *zu still*, und er dachte an Joseph Zirner: *Die Stille des Grabes! Wenn der Schwarze Tod hierher kommt, wird's noch viele andere treffen! Und ich werde machtlos sein, werd nicht helfen können* ...

Ab und zu trank er einen Schluck Wein und blätterte die Buchseiten um:

»... waren viele schlimme Gerüchte im Umlauf, bösartige Anschuldigungen zumeist, Ketzerei, Götzenkult, Sodomie. Im Johannismond Anno 1307 hatte Großmeister de Molay in Paris ein Ordenskapitel einberufen; von Papst Clemens wurde eine Untersuchung verlangt, um den Orden von den Anschuldigungen reinwaschen zu können. Das kam König Philipp sehr gelegen, um so schneller, dachte er wohl, könne so das Ende des Ordens herbeigeführt werden. Die Nacht vom zwölften zum dreizehnten Gilbhart verbrachte er, fröhlich feiernd, im Pariser Tempel, seine Abschiedsumarmung am Morgen war verlogen: Keine Stunde später hatten die königlichen Waffenknechte den Ordenssitz besetzt, 138 Templer wurden verhaftet. Unsere Würdenträger erhofften einen guten Ausgang, vor allem Großmeister de Molay. Er war alt, mehr Verwalter denn großer Führer. Einige Jüngere waren mißtrauischer. Deshalb wurden nach den Beschlüssen des Ordenskapitels – ich berichtete es schon – viele Unterlagen und der Schatz aus Paris fortgeschafft ...

... lebte ab meinem siebten Geburtstag, zuerst als Edelknabe, dann als Knappe, im ersten Haus des Ordens, dem *Vieux Temple*, das es seit Anno 1146 gab. Templer hatten den Sumpf am rechten Seine-Ufer trockengelegt, es entstand der von Mauern umgebene *Enclos du Temple*, der Templerbezirk: Nach dem Vorbild des Heiligen Grabes wurde eine prächtige Kirche erbaut, zwei Bergfriede ragten auf – der *Tour de César* und der *Donjon du Temple*. Es gab viele Häuser und den *Chantier du Temple* – den Bauhof. Sogar nach Zerschlagung des Ordens behielt der Bezirk seinen Namen ...

An der Spitze des Ordens stand der Großmeister, zweithöchster Würdenträger war der Seneschall. Der Marschall wachte über die Konventsdisziplin, der Schatzmeister über die Gelder und Güter, der Haushofmeister über Kleider und Material. Hinzu kamen die Kapitel: die der örtlichen Komtureien, der Provinzen und das Generalkapitel, zu dem alle fünf Jahre die Hauptwürdenträger zusammentraten; ihnen oblag auch die Wahl des Großmeisters. Jedes Haus war Konvent, Herrengut und Mitte eines Geflechts von Beziehungen und Schutzbefohlenen; der Präzeptor oder Komtur verwaltete die Güter, ein Kellermeister half dabei, hinzu kamen dienende Brüder, Kaplane, Arbeitsbrüder und Dienstleute aller Art.

Um Ritterbruder zu werden, waren zwei Bedingungen zu erfüllen: *primum* der Empfang der Schwertlilie und *secundum,* Sohn eines Ritters zu sein. Ich erfüllte beide Bedingungen, die Schwertleite war im Weidemond, ich war ein Jüngling. Nur aus der Ferne sah ich zu, als König Philipp mit vielen Gewappneten seiner Hofgesellschaft zum Templersitz kam, am zwölften Gilbhart. Sein wallendes Kleid war mit den blauen Lilien bestickt, eine enge Kapuze umhüllte Hals und Kopf, der Schraubenzipfel des schwarzen Baretts fiel bis auf die Schultern. Großmeister Jacques de Molay, der Großprior der Normandie, Komturen und viele Großoffiziere ritten Philipp entgegen, wir übrigen, dienende Brüder, Knechte, Knappen und Jünglinge standen auf den Mauern, Edelknaben entlang des Weges. Fahnen flatterten im Wind, Hörner und Fanfaren erklangen. Bis tief in die Nacht wurde an reich gedeckter Tafel gefeiert. Dann der Abschied mit Judaskuß, noch vor Sonnenaufgang – Würdenträger erteilten in rascher Folge Befehle, es sollten ihre letzten sein ...

... war trotzdem fest entschlossen, das zweigeteilte Banner hochzuhalten, die Templerfarben Schwarz und Weiß: Weiß für Reinheit und Keuschheit, Schwarz für Kraft und Mut. Wimpelträger, die in der Schlacht den Arm sinken ließen, drohte als härteste Strafe der Verlust des Habits! Eine Verletzung der Schweigepflicht zog gar die Ausstoßung aus dem Orden nach sich, das Kapitelgeheimnis glich dem Beichtgeheimnis!

... In Kastilien und Portugal hatten die Herrscher zunächst den Orden verteidigt, sich im Ernting Anno 1308 aber dem Papst gebeugt und die Templer verhaftet – die Verhöre wurden allerdings ohne Folter durchgeführt. Unter Führung des Präzeptors der Komturei Mas Deu, Raimund Sa Guardia, leisteten Templer Widerstand und verschanzten sich in den Burgen von Miravet, Monzon, Ascó und anderen. Monzon hielt bis Anno 1309 stand, ebenso Chalmera. Raimund wurde später freigesprochen und lebte in der Komturei. König Dionysius von Portugal betrachtete die nach Burg Castro

Morim gebrachten Templer mehr als Gäste denn als Gefangene; sie blieben unbehelligt, bis Anno 1317 die Christusritterschaft gegründet und zwei Jahre später vom Papst bestätigt wurde. Güter wie Mitglieder der Templer gingen im neuen Orden auf, für sie begann eine neue Zeit, die zeigte, wozu die Templer ebenfalls fähig gewesen wären: Habgier und Neid Philipps, den sie auf den Gassen ganz ungeniert ›Falschmünzer‹ nannten, hatten das Werk vieler, über Zentenarien gewachsen, zerstört...

... Der Orden war aufgelöst, viele gestorben, nur wenige entkommen. Anno 1314 wurde Großmeister de Molay hingerichtet. Mit ihm der Präzeptor der Normandie, Geoffroy de Charney. Der Generalvisitator des Ordens, Hugue de Pairand, widerrief nicht, endete im Kerker, ebenso Geoffroy von Gonneville, der Präzeptor von Aquitanien und des Poitou. Noch viele andere Namen fallen mir ein: Johann von Châteauvilliers, Ponsard de Gisy, Reginbald de Charon – Präzeptor von Zypern –, Pierre de Bologne, Reinhard von Provius, Wilhelm von Chambonnet, Pierre de Safet – der Koch des Großmeisters...

... Zweiundzwanzig war ich, suchte verzweifelt nach einem Lebensziel. Über Italien pilgerte ich ins Heilige Land, kam dann auf der Rückreise nach Venedig und traf Rosalia. Nach ihrem Tod überquerte ich die Alpen. In Deutschland war der Magdeburger Erzbischof Burkhard – Anno 1325 ermordet – ein Feind der Templer und warf sie in den Kerker, wurde deshalb aber von seinem Gegenspieler, dem Bischof von Halberstadt, exkommuniziert. Wie ich schon früher sagte, entkam Friederich von Schondorff, weil er sich unter den Schutz Woldemars stellte. Anno 1318 endete meine lange Reise hier in der Mark. Und nach Woldemars ›Tod‹ wurde das Graue Kloster, dessen Abt ich nun bin, zum endgültigen Heim ...«


Ratmann Thomas Blankenfelde schwankte, neben ihm rülpste Wollweber August Seltzer. Schnee und Matsch klebten an den Schuhen, machten jeden Schritt schwer, vom getrunkenen Bier, das die Sinne benebelte, ganz zu schweigen.

Nach der *Schau* am Morgen hatte Thomas sich zum Zechen einladen lassen: roher Stoff, gebleichte und gefärbte Leinwand hatten sie kontrolliert, die Tuchplomben als Gütesiegel am Ballenende befestigt und sich – Thomas runzelte die Stirn, wie sagte August es noch? – das »Feiern redlich verdient«. Nun war es dunkel, in Thomas' Magen wühlte Übelkeit, aber August fand kein Ende, bestellte neue Humpen und zeterte, weil der Schankwirt sie rauswarf.

»Und jetzt« – er kicherte und lehnte schwer auf Thomas' Schulter – »kommst du mit zur feinen Nachspeis!«

Thomas seufzte. Eigentlich wollte er nur noch ins Bett, um den Rausch auszuschlafen, aber wieder mal schaffte er es nicht, nein zu sagen: August würde es kaum allein bis zur Paddengasse schaffen, es war eisig, schon fror der Neuschnee an. *Und wenn ich an Maria und Hildegard denk* – er seufzte erneut, schwermütig und aufgeregt zugleich – *an deren Brust ist's auch kuschlig. Warum sollt ich das Angebot ablehnen?*

Bei den feinen Herren hatten sich die Liebeskünste der Maiden herumgesprochen, stets äußerten sich alle voller Lob und Begeisterung. Nun endlich, vom Bier mutig geworden, wollte Thomas es ebenfalls ausprobieren. August grölte derweil ein Lied, falsch und rauh. Beim Weitergehen benötigten die Männer die ganze Breite der Spandauer Straße, ihre Spur glich der Bahn eines Blitzes – weniger schnell, aber ebenso gezackt.

»Sind wahre Engelchen«, nuschelte August und rieb die gerötete Nase; weißer Atem umwehte den Kopf. »Aber viel handfester und sehr, sehr anschmiegsam. Genau das rechte für deinen Stachel, mein Freund. Mein zänkisches Weib behütet sie wie eine Glucke – huuuuups« – aus leichtem Aufstoßer würde ein röhrender Rülpser –, »und sie scheffelt 's Geld ... Aber die Maiden!«

Er spitzte die Lippen, machte eine schwungvolle Geste – und rutschte aus. Es dauerte eine Weile, bis er mit Thomas' Hilfe, von Lachen geschüttelt, wieder auf die Beine kam. Sie schlitterten weiter von Hauswand zu Hauswand, überquerten den Alten Markt und schafften es – Thomas war sicher, es müsse eine Stunde oder mehr gedauert haben, er war durchgefroren und wurde langsam etwas nüchterner –, beim dritten Versuch, *nicht* an der Stralauer Straße vorbeizutorkeln. Dann folgte ein Schlängeln, unterbrochen von mehrmaligem Stolpern, Fallen und mühsamem Aufrichten. »Und gleich« – August kicherte – »geht's nach rechts, mein – hups – Freund. Mußt kräftig schieben ... sonst rennen wir noch gegen das Stadttor.«

Fast gelang es: Der Aufprall gegen die Hausecke war schmerzhaft, dennoch prusteten die Männer und schlitterten die Paddengasse hinab.

»Pst!« machte August beschwichtigend. Beim Versuch, den Zeigefinger auf den Mund zu legen, traf er die Nase. Thomas grinste breit und klammerte sich an den Türrahmen, während August – entgegen der eigenen Aufforderung – unter lautem Poltern ins Haus fiel, weil die Schuhspitze an der Schwellenbohle hängen blieb und überdies ein Schemel im Weg war. Der Mann rollte bis zur Stiege, auf deren unterste Stufe der Kopf prallte.

Plötzlich war es ganz still. Thomas, für einige Zeit weggetreten, bückte sich unter Mühe und tippte August an. Aus der Stube über ihnen erklang Leonores Keifen. Zwei Kerzen verbreiteten rußigen Dämmer, und das, was Thomas sah, erreichte nur langsam seinen Verstand. Barfüßig eilte die schwarzhaarige Maria die Stiege herab, nur mit dünnem Hemdchen bekleidet: eine Augenweide, die Thomas sofort von August ablenkte und seinen Mund aufklaffen ließ.

»Ich... wir...« Er stotterte und stemmte sich schwer auf die Schenkel. Pfeifen drang an seine Ohren, der Raum tanzte vor den Augen. »Er... er... wir wollten... und...«

Das war der Augenblick, als Maria, über August gebeugt, langgezogen zu schreien begann. Thomas, weiter mit Übelkeit kämpfend, stierte verblüfft in die Runde und dachte träge: *Wo kommen all die Leut her? So viele...*

Laternenschein schwankte vor seinen Augen, Schatten – sonderbar verdoppelt und verschwommen – huschten umher, Schreie und Rufe blieben unverständlich. Leonore hockte plötzlich am Boden; sie brüllte und weinte. Ihre Hand wehrte den Zugriff von Augusts Neffen Kunibert ab, der junge Mann polterte auf die Stiege. Weiteres Kreischen und Lamentieren dröhnte in Thomas' Ohren.

*Tot?* Er sank verwirrt auf einen Hocker. *Was heißt tot? Wir haben doch nur ein paar Krüge geleert und...*

Sein Blick fiel auf den Körper, dessen Bewegungen unvermittelt endeten, weil sie von Thomas' unsicherem Blinzeln stammten. Licht und Schatten verzerrten das starre Gesicht, das von Schleimigem bedeckt war, und langsam dämmerte dem Ratmann, daß ein Unglück geschehen war. Die Ernüchterung folgte sofort: Er sprang auf und rannte aus dem Haus, die Hände vor den Mund gepreßt. Er schaffte es nur bis zur Gassenmitte, und dann dampfte der Mageninhalt vor seinen Füßen ...

Schon in der Fastnachtszeit, nach dem Fest der Heiligen Drei Könige beginnend und bis zum Aschermittwoch reichend, verwandelte sich die Doppelstadt in ein Tollhaus. Die Menschen feierten, soffen, fraßen, hurten und amüsierten sich in einem Maß, das alles Dagewesene in den Schatten stellte. Martin hatte manchmal das Gefühl, als spürte jeder, daß es das letzte Feiern sein könnte; jedermann wollte für den Rest des Lebens nochmals im Sinnesrausch versinken. Auf Straßen und Gassen pulsierte das Unbändige, kaum jemand schien vom Tod August Seltzers überrascht: Er war am Erbrochenen erstickt. Das Mitgefühl hielt sich in Grenzen, mehr als ein Bürger sprach von »gerechter Strafe fürs ungebührliche Saufen«. *Und wieder einmal mußte ein Ratmann nachbenannt werden ...*

»Laßt uns feiern, tanzen!« rief Asmus, umarmte Brunhilde und wies auf die Gasse. Das Festmahl im Patrizierhaus hatte alle gesättigt, die Gäste waren angetrunken. Ratsmeister Stulzing umklammerte eine Arkadensäule und machte eine vage Geste; seine Frau redete auf ihn ein. Im Hintergrund stand Abt Michael bei Leo Regerli und Mechthild. Der große Dietrich Stüber hatte Matthias auf die Schultern gesetzt und kitzelte den Kleinen am Bauch.

»Einverstanden!« Peter Grundland küßte seine Schneiderin auf die Nase; sie lächelte, und in ihren Augen blitzte der Schalk. »Vergessen wir Trübsal und Kälte, vertreiben wir den Winter!«

Martin und Amalie zogen Masken über und tanzten mit den anderen, obwohl ihnen nicht recht nach ausschweifendem Feiern zumute war. Amalies Niederkunft rückte näher, weit wölbte sich nun ihr Bauch, in dem neues Leben pochte und strampelte. Joseph Zirners Tod und die Nachrichten aus Lübeck bereiteten Martin große Sorge; die Ahnung, daß die Pest auch bald nach Berlin kommen würde, entsetzte ihn. Der Hund bellte laut. Matthias rannte kichernd im Kreis, zerrte an Amalies Rockzipfel; Martin sah dem Kleinen versonnen zu und schob die unguten Gedanken zur Seite.

»Das Volk amüsiert sich prächtig« – Stulzing wankte und stützte sich auf seine Frau –, »obwohl Fastnacht von den Pfaffen mit der Dämonen- und Teufelswelt gleichgesetzt wird.«

Der Franziskaner hob die Schultern. »Die steifen Herren kennen keine Lebenslust. Für sie ist jedes Lachen, über das sie keine Kontrolle haben, schon der erste Schritt in die Hölle. Das Versprechen vom jenseitigen Paradies soll die Menschen einlullen. Gleichzeitig wird die Angst vor Sünde und Verderbnis geschürt. Ohrenbeichte, Zwang – wie immer dreht es sich um Macht und Einfluß. Zu Fastnacht werfen die Menschen diese Fesseln ab. Kein Wunder, daß die Pfaffen wettern.«

»Das sagt Ihr, ein Mönch, der *Abt* des Grauen Klosters?« Leo tappte mit einem *Tock-tock* herbei und schüttelte den Kopf. »Mir scheint, mit Euch hat man den Bock zum Gärtner gemacht.«

»Auf den einzelnen Menschen kommt's an, nicht auf prunkvolle Riten, prächtige Bauten, glitzernden Ornat und lebensfremde Obere. Konrad ist auch Pfaffe – aber welch ein Unterschied zum Gegenstück in der Marienkirche. Einige Priester predigen vom Gott der Liebe und Güte, andere verkünden, Er sei ob der menschlichen Schwäche rachsüchtig und böse. Pfaffen wurden gesandt, um uns zu strafen, weil die Menschen nicht hören wollten, als Christus von der Liebe sprach: So schickte Gott die Pfaffen, die ihre Botschaft von Haß, Grausamkeit und Scheinheiligkeit verkünden. Oberstes Ziel: Bekehrung und Unterwerfung um jeden Preis, erzwungen durch die Androhung der Verdammnis oder das Versprechen von Seligkeit, nur durch Glauben und Gehorsam zu erlangen. Wenn Menschen die Taten anderer verstehen und vergeben können, wieso sollte ein gnädiger Gott dann strenger und rachsüchtiger sein? Aber es gibt nur düstere Gesänge vom Jüngsten Tag, von Gottes Gericht und Seinem Zorn.«

»Viele Worte, dennoch habt Ihr recht.«

»Abgesehen davon: Ich bin Franziskaner! In unserem Orden gibt's noch die christlichen Tugenden der Demut, Nächstenliebe und Selbstverleugnung.«

Stulzing wedelte mit den Händen. »Hört, hört.«

»Die heilige Mutter Kirche« – Michael grinste kalt – »kennt nur Hirten und Schafe. Letztere haben – wohl nicht zu Unrecht – das Gefühl, nur aufgezogen zu werden, damit man sie scheren kann. Der Gegensatz könnte kaum größer sein: trotz Zölibat und Keuschheitsgebot wimmelt es von Konkubinen und Liebschaften, gleichen Nonnenklöster Schanthäusern und manche Abtei einem adligen Schloß, in dem die Mönche schwelgen. Je größer die Empörung jener, die die Mißstände beklagen, desto größer die Unduldsamkeit: Widerspruch ist Ketzerei, selbst zu denken des Scheiterhaufens wert. Mit aller Macht wird versucht, Einfluß auf Lebende wie Tote zu gewinnen. Ha! Das wahrhaft Teuflische gärt unter der Maske der scheinbaren Gerechtigkeit, wird angefacht von der Furcht vorm Schwarzen Tod, vor Hunger und Unterdrückung; tausend Ängste lassen das Böse wachsen, je mehr es bekämpft wird! Widerspruch? Da brüllen die Pfaffen: Frevel, Boshaftigkeit! Zu viele nehmen sich heraus, die Heilige Schrift zu lesen und zu verstehen; die rechte Auslegung steht allein der Kirche zu!«

»Kommt, weiter!« rief Asmus und klopfte Johannes auf die Schulter; der glatzköpfige Schinderknecht humpelte zwei Schritte und spuckte Schleim aus. Brunhilde hakte sich bei den Männern unter und zog sie mit. Amalie und Martin, den kleinen Matthias an den Händen, gingen vorbei an sich wild gebärdenden Leuten in Schellenkleidern und in gräßlichen Dämonenmasken.

An vielen Stellen kam es zur Aufführung von Fastnachtsspielen, und Michael sagte mit wölfischem Grinsen: »Themen, die den immer gleichen Variationen entstammen: der gehörnte Ehemann, die betrogene Ehefrau, die Jungfrau, die die Unschuld verliert, der lüsterne Pfaffe, der hinter heißer Nonne herhechelt, die Wirtin, die sich mit dem tumben, aber strammen Knecht vergnügt – denn: ›Dummheit pampelt gut‹ –, der feine Ratsherr, der das Dienstmädchen von hinten bespringt, und der Jüngling, der vor des Vaters Augen die eigene Schwester schwängert.«

»Sprecht Ihr aus Erfahrung?« Stulzing hob die Augenbrauen; seine Frau stieß ihn in die Seite. Der alte Mönch lachte schallend und antwortete: »Ich war, wie Ihr wißt, nicht immer Mönch, mein Lieber. Als junger Mann hab ich in der Tat meine Erfahrungen gesammelt.«

»So, so!«

»Ihr habt heute wohl Euren witzigen Tag, Gevatter Stulzing?« Stulzings Frau winkte ab, ihr Mann sagte: »Hups.«

»Verstehe. Zu tief in den Becher geschaut.«

Auf dem Alten Markt war die Bühne von stumm glotzenden Zuschauern umringt: Gaukler, deren Wagen im Hintergrund stand, boten eine Schau allgegenwärtiger Betrügerei. Einige Darsteller waren in Bärenfelle gehüllt, andere trugen Schlangenhäute um die

Beine gewickelt, hatten Fuchsmasken auf dem Kopf und schwangen Harken. Ein Mann spielte den Teufel; die Maske besaß grüne, rote und schwarze Haare, Metallspitzen verlängerten die Kuhhörner, und ein Huf war unter den linken Fuß geschnallt. Menschen in Schafs- und Wolfsfellen tollten, trugen Glocken am Hals und wirbelten Haken umher.

Die Sünde wurde dargestellt, die verschiedenen Schweregrade verglichen; weniger schwere erschienen als Heu, das im Feuer schnell aufloderte, während schweres Verbrechen als Holz erschien, das nur langsam verbrannte. Und so erhielten die Verbrecher immer die ihnen zustehende Strafe. Die Bühne, überhäuft mit Heu, Stroh und Holz – Zeichen der Vergänglichkeit irdischen Tuns –, wankte unter stampfenden Schritten. Stroh, als Zeichen menschlichen Wankelmuts und Verworfenheit gedeutet, diente dem Teufel zur Formung von Puppen, die er in die Hölle entführte, um sie zu verbrennen.

»Mechthild von Magdeburg sagt in *Das fließende Licht der Gottheit*« – Michael hüstelte und senkte die Stimme, deren bedrohlicher Klang Martin Schauer über den Rücken jagte –, »*die Hölle hat oben ein Haupt, das ist also ungefüge und hat viel mannig greuliches Auge, daraus die Flammen schlagen und die armen Seelen all umfahen, die hier in der Vorburg wohnen, daraus Gott Adam und andere Väter hat genommen. Das ist jetzt das größte Fegefeuer, darein ein Sünder kommen kann. Da habe ich gesehen Bischöfe, Vögte und große Herren in langer Not mit unzähligem Sehre. Alle, die hierher kommen, denen hat Gott gerade noch die ewige Hölle genommen. Denn ich habe da niemanden gefunden, der bei seinem Ende je lauter beichtete mit seinem fleischlichen Munde. Als ihnen durch die Natur des Todes die äußeren Sinne genommen wurden, da lag der Leib stille, aber noch hatten Seele und Leib ihren Willen. Da hatten sie verloren die irdische Finsternis, da gab ihnen Gott ihrer Schulden wahre Erkenntnis. O wie enge ist da der Weg zum Himmelreiche!*«

Böse Geister zogen einen Heuwagen in die Hölle, wo sich ein schwarzer Turm erhob: Symbol für Wahn und Stolz, immer weiter wachsend. Ein Dämon hielt eine Stange, von der ein abgeschlagener Kopf baumelte, dessen Augen verbunden waren – Sinnbild teuflischen Triumphs.

*Abgeschlagener Kopf!* Vor Martins Augen wurde das Gespielte von Belserauschbildern überdeckt. *Ein Symbol, das mit dem Heiligen Gral verbunden sein soll.*

Je wilder die Bösen umhertanzten, desto mehr wuchs scheinbar die Zahl der Satansgläubigen, die dem Heuwagen folgten. Wollüstige Pfaffen und Nonnen stopften eifrig Heu in Säcke, bezeugten die Nichtigkeit, Vergänglichkeit und den Zerfall der Welt, der Teufel hob die Arme und bauschte den schwarzen Mantel, stieß ein gräßliches Brüllen aus: Ein Pandämonium zog vor den aufgerissenen Augen der Zuschauer vorbei, und Abt Michaels Worte verstärkten noch Beklemmung und Schauder.

»Und weiter sagt sie: *Da sah ich ein Fegefeuer, das war gleich feurigem Wasser, und es sott wie feurige Glockenspeise, und es war oben mit finsterem Nebel überzogen. In dem Wasser schwebten Geister wie Fische, die waren gleich Menschenbildern. Dies waren der armen Priester Seelen, die in dieser Welt in der Gier nach aller Lust gelebt und hier gebrannt hatten in der verwünschten Unkeuschheit, die die Priester also sehr verblendet, daß sie nicht Gutes erwerben konnten. Auf dem Wasser fuhren Schiffer, die hatten weder Schiff noch Netze, sondern fischten mit ihren feurigen Klauen, weil auch sie Geister und Teufel waren. Wenn sie sie ans Land brachten, so zogen sie ihnen grausam die Haut ab und warfen sie sofort in einen siedenden Kessel. Darin stießen sie sie mit feurigen Gabeln. Und die Teufel, denen sie nach ihrem Willen gefolgt waren, die fraßen sie dann mit ihrem Schnabel. Dann huben sich die Teufel wieder auf das Wasser und gaben sie hinten unter ihrem Schwanze von sich und fischten wieder nach ihnen und fraßen sie und verdauten sie abermals.*«

Gespenster in weißen Gewändern rannten über die Bühne, die Wangen mit Bleiweiß geschminkt. Besessenheit sprang vom Toben auf der Bühne zu den Zuschauern; sie kreischten, weinten, lamentierten. Inbrünstige Litanei begleitete ein Wunder der Heiligen Jungfrau nach dem anderen; eine Mischung von Magie und tiefem Glauben, die die Menschen in ehrfürchtiges Zittern versetzte. Verdammte trugen rote Kreuze auf der Stirn, gebärdeten sich wie Fieberkranke und trieben mystische Abschweifungen bis zum Wahnsinn. Der Kampf zwischen Himmel und Hölle – und Satan schien die Oberhand zu gewinnen. Er wurde ebenso angebetet wie Gott. Grauen und lähmende Angst, in die Hirne der Menschen gehämmert, denen es die Kehle zuschnürte. Schreckensbilder, die an den Albdruck von Fieberträumen erinnerten, wurden Wirklichkeit, durchtränkt von Ekel und nackter Angst. Rasch wechselnd traten die Hauptlaster auf: Wollust, Gefräßigkeit, Geiz, Zorn, Trägheit, Stolz, Neid, Faulheit, Habsucht, Schwelgerei, Unzucht, Ketzerei. Böse Geister rannten nackt, mit Mennige und Tinte bestrichen, über die Bühne und sprangen zwischen die Zuschauer. Auf den Rücken hatten sie große Flügel angeschnallt, die Gesichter waren von Vogelmasken bedeckt.

Martin und Amalie wandten sich fröstelnd ab.

»Scher dich zum Deibel«, brüllte Leonore Seltzer; die *brunzkachel* verfehlte Kuniberts Kopf um Fingerbreite. »Du bist ebenso ein versoffenes Loch wie dein Oheim. Ich will dich nicht mehr sehen. Verschwinde, hier hast du nichts mehr verloren!«

Kunibert stand sprachlos da, ließ die Schultern hängen und verzog das Gesicht, als der Kasten des Bauchladens vor seinen Füßen zersplitterte. Ehe Leonore noch handgreiflicher werden konnte, nahm er Reißaus.

»Das wär geschafft«, sagte die rundliche Frau und rieb zufrieden die Hände. »Nun, husch, husch ins Haus, ihr Hübschen! Macht euch fein, hängt's Geschmeide und die Perlen um! Heut feiern wir.« In Gedanken fügte sie hinzu: *Und wenn's einigen Herren gefällt, klingelt der Beutel.*

Bald waren sie unter den Feiernden. Mitglieder der Zünfte schritten, in festliche Tracht gekleidet, tanzend und musizierend umher. Fleischer hatten sich Würste um den Hals gehängt, Bäcker trugen riesige Brezeln und übergroße Brotlaibe. Schreiner und Drechsler fielen durch besonders farbenprächtige Kleidung auf, während die Schuhmacher mit Trommeln und Pfeifen durch die Stadt zogen. Patrizier trugen graue, geschürzte Kutten mit faltigem Kapuzenkragen, geschlitztes Wams, bauschige Kniehosen und Schnallenschuhe. Viele hatten fürchterliche Teufels- und Fratzenmasken übergezogen, und es schien, als feiere der Fürst der Finsternis mit jeder Stunde neue Triumphe. Es wurde geknallt und gelärmt, um den Winter zu vertreiben, bis die Ohren dröhnten.

»Tanzen, singen, lachen«, rief Leonore. »Ihr habt's euch verdient. Aber seid nett zu den Herren.«

Eine Gestalt, eingehüllt in bodenlangen schwarzen Nuschenmantel, den Kopf unter haariger Maske mit langen Hörnern, folgte
der Gruppe in einigem Abstand, hielt sich mit schleichenden Bewegungen nahe den Hauswänden und stimmte durchdringendes
Knurren an, wenn Tanzende näher kamen, die scherzhaft Erschrek-
ken zeigten, ebenfalls schrien und weitereilten.

Maria kicherte. »Jawohl, Frau Leonore.«

»Laßt uns zum *Goldenen Löwen* gehen. Dort sind die Spiel-
lude.« Hildegard zupfte am hellen Haar, zog die Heucke enger.
»Und es ist warm.«

Burschen hatten sich riesige Gemächte aus Holz und Leder um-
gebunden und hüpften provozierend vor den lachenden Frauen.
Die Sprache war roh und unflätig, anzügliche Gesten ließen an
Eindeutigkeit keinen Zweifel. Maria wich den Händen eines Schu-
stergesellen aus, lief einige Schritte, ließ sich fangen und küssen.

»Du weißt, daß es was kostet«, flüsterte Hildegard in den Armen
eines anderen, senkte den Blick und fühlte Prickeln, als die warme
Hand unter die Heucke tastete. »Laß den Beutel klimpern, und ich
zeig dir das Schöne, ja?«

Leonores finsterer Blick verschreckte den jungen Mann, rasch
machte er sich aus dem Staub, folgte den Vorauseilenden. Der Teufel im Nuschenmantel sprang wild umher, hob die Arme und schüttelte heftig den maskierten Kopf, die grünen, roten und schwarzen
Haare wirbelten. Auf dem Alten Markt schlossen sich weitere Maskierte an, hakten sich bei Maria, Hildegard und Leonore unter.
Männer trugen engste Kleidung, daß sich Gemächt und Brunftkugeln überdeutlich abzeichneten. Beherzt faßte Hildegard zu, riß
scheinbar erstaunt die Augen auf und rief: »Welch strammer Turm!
Möchte der Herr sich erleichtern?«

»Bei dir, goldgelockte Maid, immer und zu jeder Zeit!«

»Laßt uns zunächst tanzen!« Sie zog ihn mit, ohne das Streicheln
zu unterbrechen, der Mann stöhnte. »Auch essen und trinken. Später werden wir sehen ...«

»Du treibst mich zum Wahnsinn!«

Hildegard flüsterte ihm ins Ohr: »Kein schnelles Fudeln, mein
Herr! Das Warten macht's schöner und erregender. Laßt Euch Zeit
und genießt es tüchtig!«

Herumtänzelnde Frauen ließen aus halboffenen Hemdkleidern

die Brüste heraushängen, Spitzen in der Kälte hart und dick. Gesten, Andeutungen und Bewegungen waren ausgerichtet auf Befriedigung der Fleischeslust. Männer liefen als Frauen verkleidet, Frauen als Mann: Leonore fühlte fremde Brüste an ihrer Seite, streichelte die feste Wölbung und vernahm ein zufriedenes Schnurren, das dem einer Katze glich.

Die Teufelsgestalt schnappte sich Maria, schwang sie im Kreis herum, setzte sie ab und huschte davon, kam geduckt zurück, knurrte und hechelte. Maria lachte, drohte mit dem Finger und warf das schwarze Haar auf den Rücken. Der Teufel hielt den Kopf schief, bewegte lockend die Hände, dumpf drang Stöhnen unter der Maske hervor. Sie bewegten sich schneller, eilten zum *Goldenen Löwen*, vor dem Zecher mit Humpen standen. Musik tönte bis auf die Straße, stampfende Schritte waren zu hören, und Wärme Dutzender Leiber umfing die Eintretenden sofort. An Bänken und Tischen drängten sich Maskierte, Tänzer drehten in der Raummitte ihren Reigen. Mägde schleppten Humpen und Holzteller, vom schweißtriefenden Wirt und seinen Knechten mit Nachschub versorgt. Über dem Feuer drehten zwei Männer einen Ochsen, herabtropfendes Fett ließ knisterndes Sprühen aufsteigen, mit langen Messern wurden große Stücke herausgeschnitten. Der Teufel sprang auf einen Tisch, vom Nuschenmantel umweht, und winkte Maria, doch die schüttelte lächelnd den Kopf.

»Überall brutzelt und duftet es, daß einem das Wasser im Mund zusammenläuft.« Hildegard warf die Heucke ab und bog den Hals, als ihr Verehrer Küsse auf die halbentblößten Brüste hauchte; kaum verständlich sein Murmeln: »Aber mir steht der Sinn nach ganz anderer Speis.«

In Tonnen schwammen in Wein eingelegte Birnen. Hände griffen nach Fleischmassen, Zähne rissen Fetzen von Knochen, Bratensaft tropfte vom Kinn. Schmatzen, Rülpsen und Furzen. Bier lief den Hals hinab, Wein befleckte die Kleider, und abgenagte Knochen landeten auf dem Boden, um die sich zwischen Schragen Hunde stritten. Männer kratzten genüßlich ihr Gemächt, andere zerquetschten Flöhe und Läuse, ohne sich beim Essen und Saufen stören zu lassen. Musiker bliesen Dudelsäcke, es wurde gekreischt und gejubelt, und das Gedränge nahm zu.

Die als Mann verkleidete Frau zog Leonore zur Bank, Heucken

und Mäntel fielen zu Boden, flinke Finger schienen überall zu sein, schoben sich in den Ausschnitt. Nebenan kämpfte ein Betrunkener mit der schwankenden Welt, murmelte Unverständliches vor sich hin, schaffte es nicht, aufzustehen – und so schnürte er die Beinlinge auf, zog sie herunter und schiß seinen dampfenden Darminhalt zwischen die Hühner, ehe er zu Boden rutschte und sich schnarchend zusammenrollte.

Maria wies auf einen Umherspringenden, dem das Gemächt die Soutane ausbeulte, und kicherte. »Pfaffen sagen, je höher man beim Tanz springt, um so tiefer ist der Sturz in die Hölle, und je fester man sich hält, um so härter packt der Teufel zu.«

»Vielleicht weiß er nicht mehr, was er von der Kanzel brüllt?« Hildegard grinste breit und machte eine ausholende Armbewegung, dieweil der Mann ihren Rock hob. »Beim Reigentanz – ich hör's ganz deutlich – steht der Teufel in der Mitte, und jeder, der teilnimmt, sagt sich von Gott los. Also ergibt sich auch das Pfäfflein dem Satan.«

Viele Tänzer waren nur halb bekleidet oder schon nackt; eine Frau keuchte unter den Stößen eines Mannes, ihr Haar klatschte in Bier- und Weinlachen des Tisches, Hände kneteten erregt die *brüstlin*. Begeistertes und ermunterndes Grölen ringsum. Krüge klirrten zu Boden, Bratenstücke rutschten vom Holzteller, eine kreischende Magd wurde von Knechten umringt und duckte sich unter den Armen.

Auch Hildegard leckte, streichelte und liebkoste, ihr Verehrer grunzte und zerrte an den Beinlingen. Die verkleidete Frau – aus geöffnetem Wams wippte praller Busen, die Beinlinge waren vom falschen Gemächt gewölbt – streifte der Webergattin das Kleid von der Schulter. Stoff klebte an der Haut, der Raum schien unerträglich heiß. Schweiß rann in Bächen über entblößte Leiber, während Brüste schwangen, aneinander rieben, Finger zärtlich tasteten, Münder saugten und Zungen umherhuschten. Der Teufel hatte Maria auf den Tisch gehoben, hielt ihre geschnürte Leibesmitte umfaßt, seine Hand folgte den Umrissen des Gesichts, glitt zärtlich den Hals entlang. Maria seufzte, bog den Kopf nach hinten. Plötzlich drückte die Hand zu, umklammerte Marias Hals, zufriedenes Brummen erklang unter der Maske.

»Was macht…?« Der Griff wurde schmerzhafter, Todesangst

ließ Maria fast das Herz stocken. Schwach hob sie die Arme, versuchte den Teufel abzuwehren. »Nein! Nicht.«

Die Luft wurde knapp, Schatten erschienen vor Marias Augen, ihre Hände schlugen um sich, ohne daß der Teufel losließ. Im Gegenteil: Er drückte fester zu. Maria bekam die Haare der Maske zu fassen, zerrte – und erblickte im nächsten Augenblick ein wohlbekanntes Gesicht. Das gab ihr Kraft. Ihr Knie kam hoch, traf den Mann zwischen den Beinen. Stöhnen, die Backen gebläht, der Zugriff lockerte sich: Maria riß sich los, fiel vom Tisch, ihr gellendes Kreischen übertönte alle anderen Geräusche.

Am Abend wärmte Martin Räucherwerk und atmete die Schwaden ein. Die Nachricht vom Auftauchen *Markus Kremers* hatte sich rasch herumgesprochen. Obwohl er es nicht wollte, wurde Martin von Zittern heimgesucht. Zwar war der Vogelfreie erneut entkommen, hatte die Aufregung und das Gewimmel im *Goldenen Löwen* genutzt, aber daß er sich überhaupt in die Doppelstadt gewagt hatte, jagte Martin einen Schauder den Rücken hinab: *Er hat sich an Maria heranzumachen versucht, wollte sie erwürgen. Wär bestimmt nicht aufgefallen, hätt' sie sich nicht befreien können. Er will jene umbringen, die ihn angeklagt und ihm geschadet haben, dessen bin ich sicher. Dieser gottverfluchte Bastard! Wir werden erst Ruhe finden, wenn ihm der Hals umgedreht ist! Jesus und Maria, wenn er Amalie...*

Er hoffte, daß das Räuchern half, auf andere Gedanken zu kommen, die Angst zu überwinden. Markus war jemand, der aus dem verborgenen zuschlug und ebenso rasch verschwand, wie er auftauchte. Jahre doppelten Lebens hatte er an Lobensteins Seite verbracht, Verkleidungen waren sein Kennzeichen. *Der Gauklerwagen!* durchfuhr es Martin. *Er hat immer noch Helfer!*

Schrecken wurde von sanfter Fröhlichkeit ersetzt. Gold- und Silberwolken erschienen, die Habergeiß lachte keckernd, doch plötzlich verhüllten Schatten die leuchtende Landschaft, dunkle Schwaden krochen näher, und wüstes Brüllen drang an Martins Ohren. Ein Wimmern stieg in ihm auf, er wollte zurückweichen, aus dem Belserausch entweichen, war aber unvermittelt mit feurigen Ketten an schwarze Schandsäule gebunden, die die Form eines Riesenzumpfes besaß. Zwerge umtanzten den Pranger, ihre nackten

Leiber waren von Geschwüren verunstaltet: schwärende Wunden, säftelnde Knoten und dicke Schwellungen, blau und grün verfärbt, überzogen Gesichter, Arme, Beine, Brust und Rücken. Mit rauschendem Flügelschlag flog ein *Dämon* herbei, dessen zottiger Pelz von Dreck, Pech und Schwefel verkrustet war; sein Gesicht versetzte Martin einen Schrecken, der ihm als scharfer Schmerz durch die Glieder fuhr: riesige Ohren, das Pferdegebiß zu häßlichem Grinsen entblößt – wieder war es das Antlitz *Markus Kremers!*

Martin war sich sicher, daß Markus von teuflischem Geist besessen sein mußte. Kein normaler Mensch entwickelte solche Boshaftigkeit. *Er will sich rächen, das ist so sicher wie das Amen. Und in mir sieht er die Ursach.* Ein aus der Tiefe aufsteigendes Entsetzen ergriff ihn, gegen das es keine Abwehr, kein Mittel gab und lähmende Hilflosigkeit hinterließ. *Er ist der Widersacher! Ihn gilt's zu bekämpfen, zu vernichten! Solange er lebt, wird's seine Buhlschaft mit dem Teufel geben! O gütiger Gott, himmlischer Vater, gibt mir Kraft!*

Eine Passage des *Sefer ha-Sohar*, des »Buchs des Glanzes«, von Michael vorgelesen, schoß durch Martins Kopf: »*... Und ferner haben die Meister der Lehre gelehrt: Des Bösen Schuld ist ihm eingeprägt in sein Gebein und ebenso dem Frommen seine Verdienste, darum daß die Sünde an solcher Spur erkennbar werde. Und so geht ihm eine Stimme voran: Dies ist ein Böser, es werde sein Gebein in der Hölle verbrannt...*«

Er hatte das Gefühl, sein Schädel zerspränge, so laut war Michaels Stimme. Riesige Dämonenaugen, vom Höllenfeuer glühend, wurden zu bodenlosen Schächten. Haltlos taumelte Martin durch düster glosenden Dämmer, stürzte tiefer und tiefer in Finsternis. In der Ferne knieten *Hildegard* und *Maria* vor einem Thron, der an die Schlacke einer Schmiedeesse erinnerte: Blondes und schwarzes Haar umringelte unbekleidete Leiber wie Schlangen. Die jungen Frauen vergossen blutige Tränen und hoben gefaltete Hände. *Asmus, Brunhilde* im Arm, beide ebenfalls nackt, stand aufs blutige Richtschwert gestützt neben dem Thron; zu ihren Füßen hockte *Jakob* und beschrieb Pergament mit Blut. Auf dem Thron saß ein kopfloser Corpus im roten Talar, und der kleine *Matthias*, der auf der Rückenlehne wie auf einem Pferd ritt, krähte vergnügt vor sich hin. Geräuschvoll sog er einen gelbgrünen Tropfen in die Nase, während er mit einem Kopf spielte, als wäre es ein Ball: Er warf ihn hoch, fing ihn auf, griff ins Haar und lachte, wenn Bluttropfen aus dem Halsstumpf spritzten. Martin stöhnte entsetzt, als er den Kopf näher betrachtete, denn das Gesicht – war *sein eigenes!*

Schweißnaß fuhr er hoch, nur mühsam fand er sich zurecht und erkannte, daß er den erschreckenden Bildern einer *Vision* erlegen war. Martins Magen bildete einen harten Knoten, alle Muskeln waren verkrampft und schmerzten. Er atmete tief durch und brauchte lange, um sich zu entspannen. Er taumelte, als er aufstand, sich auszog und zu Amalie ins Bett stieg. Die seufzte im Schlaf und kuschelte sich an ihn. Er umfaßte den Leib, löschte den Kienspan und starrte mit brennenden Augen in die Dunkelheit.

*Ein Kopf mit* meinem *Gesicht! Enthauptet... Was hat das zu bedeuten?* Fast glaubte Martin, das Kichern böser Geister zu hören, die unsichtbar das Bett umringten und weitere Albträume bereithielten. Er fürchtete sich vor dem Schlaf, dachte an den toten Händler, den Schwarzen Tod und die Zukunft, die ihn mit unguten Ahnungen erfüllte. Die Gespräche mit Michael halfen ein wenig, die gelehrten Zitate aus vielen Quellen. Aus dem Dämmer drangen Worte, und Martin erkannte Sätze aus dem *Sohar:*

*».. Der Schädel des ›weißen Hauptes‹ hat keinen Anfang. Sein Abschluß aber, die Wölbung des Gefüges breitet sich in die Welt und erleuchtet sich – von ihr erben die Frommen vierhundert Welten der künftigen Welt. Von dieser Wölbung des Gefüges träuft immerwährend Tau hin zu dem ›Kleingesichtigen‹, zu jener Stätte, die ›Himmel‹ genannt ist, und von wo in Zukunft die Toten zur Belebung kommen sollen... Der ›heilige Alte‹ ist in Tiefen verborgen. Auch die obere Weisheit findet sich in jenem ›Schädel‹ verborgen... Drei Häupter sind geprägt, eines im andern, eines über dem andern... Das oberste Haupt: der heilige Alte, der Verborgene aller Verborgenen, nicht erkennend und nicht mehr erkannt... Es ist der ›Alte der Alten‹, der Uralte, die obere Krone, mit der alle Diademe und Kronen sich krönen. Von dem alle Leuchten sich erleuchten und erbrennen. Er, die obere, verborgene, nie erkannte Leuchte. Dieser ›Alte‹ findet sich in drei Häuptern, die in eines zusammengefaßt sind, und Er ist das oberste Haupt... Am Bilde des ›heiligen*

Alten‹ hängt alles Gut aller Dinge. Er wird ›Gestirn des Alls‹ geheißen...«

Weitere Erinnerungen wurden wach, halfen Martin, das Erschreckende der Räucherbilder zu vergessen. Er lächelte, als er langsam in den Schlaf hinüberglitt und im Traum nochmals Gespräche durchlebte. Wiederkehrendes Thema, von Martins Wissensdurst stets von neuem angesprochen, war das Geheimnis des *Heiligen Grals*.

»... *Diese Worte spricht der Allheilige, im Hinblick darauf, daß Er die Welt auf sieben Säulen gegründet hat... Und die Welt wurde nicht erschaffen«* – erneut ein Text des *Sohar* –, »*ehe ein Stein genommen wurde, der* ›*Stein der Grundsetzung*‹ *geheißen... Er ist der Mittelpunkt der Welt, und darinnen steht das Allerheiligste... Merke wohl: Dieser Stein ward erschaffen aus Feuer, Luft und Wasser und gefestigt aus allem... Doch von jenem Steine heißt es:* ›*Stein der Prüfung, Eckstein, kostbar als Grundstein.*‹ *Nach diesem Geheimnis sind auch die* ›*Steintafeln*‹ *genannt, die aus diesem Stein gehauen sind... Ein Geheimnis innerhalb eines Geheimnisses, das sich richtet und bereitet. In einer Schädelform, voll kristallenen Taus... Wie uns gelehrt wurde: anzuhangen dem Geheimnis des Zusammenhangs – sieben Stufen oben, über allem, das Geheimnis des Zusammenhangs...«*

Er war verwirrt von Michaels Andeutungen über Jesum und Maria Magdalena; er wollte mehr erfahren; vor allem über den *Heiligen Gral*. Wochen und Monate waren vergangen. Aber viel zu häufig hatte Martin schlechte Ahnungen. Wiederkehrende Albträume und scheußliche Visionen bei Einräucherungen bedrückten ihn: die Angst um Amalie und das ungeborene Kind setzte Martin zu, weil es gegen die Pest keine Hilfe gab. *Und Markus will mir wie ein Vorbote des Schwarzen Tods erscheinen!*

Tag und Nacht ging das Feiern weiter: Es wurde gesoffen, gefressen, gefudelt und gefüßelt. Burschen sprangen von Haus zu Haus, umarmten alle Mädchen und forderten sie auf, mit ihnen zu tanzen. Am Fastnachtsdienstag gingen die Maskierten durch die Gassen und ließen sich mit frischem Honigkuchen bewirten. Kreischende Jungfrauen flohen vor jungen Männern, die sie mit Salz bestreuten, weil sie nicht vor der Fastenzeit geheiratet hatten und bis Ostern warten mußten. Erst am Aschermittwoch kam die Stadt zur Ruhe. Zecher und Schlemmer gönnten gereizten Mägen eine Pause. Dreck und Abfall hatten sich angehäuft, aber daran war man gewöhnt. Viel schlimmer war, daß sich unterdessen unbemerkt der *Schwarze Tod* in die Doppelstadt geschlichen hatte und von Haus zu Haus wanderte...

# II.

*Man soll kein Geflügel essen, keine Wasservögel, kein Span-*
*ferkel, kein fettes Ochsenfleisch . . ., man soll Tiere von*
*warmer und trockener Natur essen, aber kein erhitztes und*
*anreizendes Fleisch. Man empfiehlt Brühen mit gestoßenem*
*Pfeffer, Zimmet und Spezereien, besonders solchen Leuten,*
*die gewohnheitsmäßig wenig und nur Ausgesuchtes essen . . .*
*Gefährlich ist das Ausgehen zur Nachtzeit bis um drei Uhr*
*morgens wegen des Taues . . . zuviel Bewegung kann schaden;*
*man kleide sich warm, schütze sich vor Kälte, Feuchtigkeit und*
*Regen, man koche nichts mit Regenwasser . . . Und zu den*
*Mahlzeiten nehme man etwas Theriak; Olivenöl dagegen ist*
*tödlich . . . auch der Umgang mit Frauen ist tödlich . . .*
GUTACHTEN DER MEDIZINISCHEN FAKULTÄT; Paris, 1348

## 19. Hornung, Anno Domini 1350

»... sind die Kranken matt, klagen über schweren Kopf, ihre Gesichtszüge erschlaffen. Auffallend ist der leere und starre Blick aus
tiefliegenden Augen.« Martins Stimme war rauh, drohte zu versagen. Wut, Fassungslosigkeit und Angst raubten ihm fast die Sinne.
»Sprechen fällt schwer, geht ins Stottern über, und beim Gehen
taumeln und wanken die Kranken. Fast immer folgen Ekel und Erbrechen, Hitzewallungen und Schüttelfrost. Der Herzschlag jagt
und wird unregelmäßig ...«

»Beruhigt Euch!« Ratsmeister Ryke schüttelte den Kopf. »Wir
kennen die Beschreibungen. Trotzdem frag ich: Worauf wollt Ihr eigentlich hinaus, Hospitalmeister?

»Worauf ich hinauswill? Gütiger Gott, seht Ihr's denn nicht?«
rief Martin und hob die Arme. Die Ratmannen blickten einander
an, Mienen verfinsterten sich, Murmeln wurde lauter. »Mit der Zeit
werden die Kranken ruhiger, ihr Gesicht bleibt aufgedunsen. Fast
weiß wirken die Lippen, die Zunge schwillt an, wird dunkel und
besitzt einen Belag wie schmutzige Schlämmkreide. Brennende
Schmerzen in Magen und Unterleib versuchen die Kranken durch
gieriges Trinken zu vertreiben. Im weiteren Verlauf der Krankheit
verwirrt sich der Geist der Befallenen, die immer kraftloser werden.

Dem Erbrechen folgt Nasenbluten, und vom zweiten bis zum vierten Tag wachsen schmerzhafte Schwellungen zu großen Beulen, vor allem in Leisten, Achselhöhlen, am Hals und Unterkiefer, gefüllt mit Blut und Eiter, während Karbunkel an Rücken, Hals und Beinen entstehen.«

Wardenbergs Faust donnerte auf den Tisch. »Kommt endlich zur Sache, Mann!«

»In der letzten Woche« – Martin hob die Hand und zählte an den Fingern auf – »gab es acht Tote. Drei Alte, vier kränkliche Weiber, ein Kind. Sie wurden rasch begraben. Die Angehörigen zeigten sich verstockt, als ich nachfragte. Die Kranken seien nur schwach gewesen, hätten nur Fieber, schlimmen Husten und Auswurf gehabt. Alle wiegelten ab, trotzdem sah ich in ihren Augen die Angst. Niemand hat mich verständigt, niemand fragte nach Rat – sonst kommen sie wegen jeder Kleinigkeit!«

»Martin, ich will's nicht glauben, was Ihr da andeutet!« Sogar Stulzing schien ärgerlich zu werden. »In jedem strengen Winter gibt's mehr Tote. Die Schwachen trifft's zuerst. Und dann das wilde Fastnachtsfeiern ...«

Martin griff sich an den Kopf. »Ratmannen, Ihr könnt doch nicht dran vorbeisehen! Weil's die Leut in ihrer Angst nicht wahrhaben wollten, ist's vielleicht für uns alle zu spät. Trotzdem müssen wir jede Möglichkeit nutzen, solange der *Schwarze Tod* nicht ganz von der Stadt Besitz ergriffen hat. Begreift Ihr denn nicht, wie ernst es ist? Jesus, Maria und Joseph! Die Pestbeulen wachsen rasch, eitern und teilen sich. Schwarze Flecken breiten sich über den ganzen Körper aus – und bald darauf sterben die Kranken elendig. Sogar Königin Bonne von Frankreich, Schwester des böhmischen Karls, ist *anno post christum* 1349 im Alter von vierunddreißig Jahren an der Pest gestorben.«

»Es ist *nicht* die Pest!« brüllte Wardenberg mit sich überschlagender Stimme. »Hütet Eure Zunge, Mann. Es ist nicht die Pest! Nur ein paar Tote mehr. Oft genug habt Ihr betont, kein Mittel zu kennen, *Hospitalmeister!* Und nun wollt Ihr uns kluge Ratschläge geben? Euch ist das alles wohl zu Kopf gestiegen?«

»Tile, bitte«, sagte Stulzing.

»Er hat doch recht.« Bäcker Gröben verzog das Gesicht. »Wenn's wirklich so sein sollte – ich sag *sollte!* –, wie's Herr Stockmann sagt, ist's um uns geschehen! Es wird uns alle ins Verderben reißen!«

*In ihrer Angst wollen sie's einfach nicht wahrhaben,* dachte Martin. Er fühlte, daß ihm das Blut aus dem Gesicht wich. *Sie klammern sich an jede Ausrede, machen am Ende noch mich verantwortlich! Es ist nicht zu fassen!*

Dank der Unterstützung von Michael hatte er in den letzten Monaten die Hospitäler zum Heiligen Geist und Sankt Georg nach dem Vorbild arabischer und der der Hospitaliter beaufsichtigt und darauf Wert gelegt, daß die weiträumigen Anlagen gut durchlüftet wurden. Einzelne Abteilungen waren eingerichtet: Verwundete, leicht Kranke, Ruhrkranke, Augenleidende, Geistesgestörte, Lepröse, Frauen. Jedes Hospital besaß eine eigene Apotheke und eine Leichenhalle, nach anfänglichem Zögern halfen Barbiere und alle, die sich aufs Heilen verstanden; von Martin wurden zwei Männer zu »Oberärzten« bestellt. Mittellose wurden kostenlos versorgt, gleiches galt für die Speisung der Ladenpfründerer. Stiftungen waren die Haupteinnahmequelle, hinzu kamen Zinsen aus Landbesitz und Häusern. Trotzdem war das Geld stets knapp, die Ausgaben hoch: für Nahrung, die Helfer, Bettgerät, Medikamente, Instrumente. Mehrere Franziskanernovizen halfen beim Verwalten, übernahmen das Schreiben. Jeden Tag gab es gegen Mittag eine Visite, schwierige Fälle wurden gemeinsam disputiert.

*Schon seit dem Herbst hab ich genau drauf geachtet, wie viele Leut aus welchem Grund starben.* Martin seufzte, tippte mit gefalteten Händen an die Lippen, während es im Ratssaal lauter wurde. *Hab's auch mit früheren Zahlen verglichen. Nun dieser plötzliche Anstieg! Ich bin ganz sicher: Es ist der Schwarze Tod!*

»Die schreckliche Seuche hat, nachdem schon viele Städte und Landschaften heimgesucht und Ungezählte dahingerafft wurden, die Doppelstadt erreicht«, murmelte der alte Rathenow. Niemand achtete auf ihn. Stimmen klangen wirr durcheinander:

»Wahnsinnige Angst vor Ansteckung wird sich ausbreiten.« – »Jeder Erkrankte wird gemieden, seine Ausscheidungen, seine Ausdünstungen, seine bloße Nähe.« – »Schon das Anhauchen durch einen Kranken genügt doch, einen Gesunden ebenfalls in den Abgrund zu reißen.« – »Mit jedem Hustenanfall strömt ein ganzer See Pestdämonen aus.«

»Ich hab gehofft«, sagte Martin und sah Stulzing fast flehend an, »daß wir's in den Griff bekommen könnten, wenn wir früh genug und ganz schnell handeln. Es steht fest, daß die Seuche von außen in die Stadt eingeschleppt wird. Vielleicht hätt's geholfen, wenn wir die Angesteckten wie Aussätzige verbannt hätten. Nun aber... – wer weiß, wie viele schon die Krankheit in sich tragen, ohne es zu wissen?«

»Als Verbreiter der Pest werden die faul riechenden Winde betrachtet, die von weither kommen und alles mit teuflischem Odem einhüllen.«

Martin schüttelte verärgert den Kopf, dachte an die absonderlichen Ratschläge, Mittel und Methoden, die aus anderen Städten zur Pestbekämpfung bekannt waren: *An windstillen Tagen muß die dicke Luft bewegt und zerteilt werden; also wird man alle Glocken läuten und Pfeile in die Luft schießen. Kinder werfen Steine in die Höhe, und jeder nur denkbare Versuch wird unternommen werden, um die Luft aufzuweichen. Man wird sich Vögel in den Häusern halten, damit sie beim Umherflattern das Gift aus der Luft ziehen. Andere sammeln Spinnen, weil sie der Überzeugung sind, daß diese das Gift aufsaugen. Sogar frischgemolkene Milch wird man in offenen Schüsseln bereitstellen, damit sie das Gift aufnehme. Ochsen, Kühe und Schweine werden sie durch die Stadt treiben, um die Luft zu reinigen.*

»Mag sein, mag auch nicht sein.« Er stand auf und senkte den Blick; in Stulzings Augen stand pure Angst und Verzweiflung, und fast glaubte Martin die knochige Hand zu erkennen, die dem Rats- und Mühlenmeister auf der Schulter lag. »Dieweil die Herren Ratmannen weiter disputieren, kümmere ich mich um die Kranken. Viel helfen wird's wohl nicht. Trotzdem ist's meine Aufgabe. Ich tu alles, was in meiner Macht liegt.«

Ständige Begegnung mit dem Tod hatte sein Leben geprägt. Oft hatte er, an einen Baum gelehnt und beim Betrachten vorbeiziehender Wolken, Gott angefleht, ihm ein Zeichen zu geben, seinem Leben einen wirklichen Sinn zu verleihen. *Heilen ist mein Traum gewesen, nun droht der Traum zum Albtraum zu werden.* Der Großvater hatte immer wieder erzählt, daß Gott Adam verbot, die Frucht vom *Baum der Erkenntnis* zu essen. Aber Adam aß – und er wurde mit Eva aus dem Garten Eden vertrieben. Martin schüttelte sich. *Ist das Böse im Menschen so tief verwurzelt, daß es nicht anders sein kann? Ist die Sündhaftigkeit vorbestimmt? Jeder von Geburt an mit dem Makel behaftet? Ist mein und Michaels Streben nach Wissen und Erkenntnis falsch?*

Seine Erfahrung sagte ihm, daß die Kraft des menschlichen Willens meist wirklich nicht ausreichte, dem *Urbösen* zu widerstehen, das die Menschen mit überwältigender Macht gefesselt hielt. Ständiger Kampf gegen fleischliche Genüsse, gegen die Mächte und Beherrscher der Finsternis, gegen Geisterwesen der Bosheit. Fest war der Glaube an böse und gute Engel. Jeder wußte, daß Dämonen den Menschen fürchterliche Qualen zufügten. In seinen Belseräucherungen bekam Martin es viel zu oft bestätigt.

*Die Fähigkeit, Geister zu erkennen, dachte er, ist eigentlich keine besondere Gabe. Und die Welt befindet sich in der Gewalt des Bösen. Als Abgesandte Satans foltern die Dämonen die Körper, bringen Siechtum und den Schwarzen Tod. Und im Zusammensein von Frau und Mann stehen sie für Gier, für schamlose Lüsternheit und Völlerei bis zur Unersättlichkeit. Markus Kremer ist ein solcher Widersacher, aber es gibt tausend andere wie ihn.*

Nicolaus Stulzing hob die Schultern. »Auch Ihr könnt Euch nicht gegen den Willen des Allmächtigen stemmen. Wenn Er uns strafen will, müssen wir uns fügen.« Deutlich leiser fügte er hinzu: »Vielleicht haben wir mit Kremers und Broles Verurteilung große Schuld auf uns geladen?«

»Wir?« Martin unterdrückte das bittere Lachen, das in ihm aufsteigen wollte. »Ganz bestimmt nicht, Ratsmeister! Wenn ich's nicht besser wüßt, würd ich sogar sagen, daß Markus die Pest hierher geschleppt hat, um sich zu rächen! Nein, mit den Kremerschen hat's nichts zu tun. Und ob's Gottes Strafe ist? Eher wohl das Werk des Satans und seiner Schergen.«

»Um so schlimmer.« Stulzing bekreuzigte sich rasch. »Dann ist Euer Kampf erst recht zum Scheitern verurteilt! Und wenn Ihr nicht aufpaßt, machen sie Euch zu ihrem Werkzeug.«

Martin fröstelte und hatte es plötzlich eilig, sich zu verabschieden. Leider brachten auch die Gespräche mit Michael und Hein kein Ergebnis: Sie sahen die Zeichen und stimmten Martins Beurteilung zu, ein Mittel kannten sie nicht. Und so folgten Wochen, die die schlimmsten Albträume weit übertrafen ...

Seit Ausbruch der Pest lebten die Menschen im Taumel zwischen Angst und Verunsicherung, Wahnvorstellungen waren an der Tagesordnung, viele hetzten einander auf, und die Bürger der Doppelstadt erreichten einen Zustand nahe vor der Raserei. In Kirchen Versammelte entzündeten Kerzen und wandten sich in ihrer Verzweiflung an Gott und alle Heiligen.

Verängstigt schleppten die Menschen in langen Prozessionen Heiligenbilder durch die Stadt, beteten inbrünstig – und konnten dem Schwarzen Tod dennoch nicht entrinnen. Mönche trugen blakende Fackeln, Novizen mit Rosenkränzen in den Händen folgten, von Nonnen erklang dumpfe Litanei: »*Omnes sancti Patriarchae et Prophetae – orate pro nobis. Sancte Petre – ora pro nobis. Sancte Paule – Sancte Andrea – Sancte Jacobe – Sancte Johannes – Sancte Thoma...*«

In ihrer Hilflosigkeit versuchten Gesunde sich mit essiggetränkten Schwämmen, durch mit Gewürznägel gespickte Riechäpfel oder Riechkissen – gefüllt mit einem Gemisch aus Majoran, Melisse, Basilikum, Rosmarin, Salbei, Lavendel, Thymian und Lorbeerblättern – zu wappnen. Man hängte Amulette aus Kampfer um den Hals, schmierte sich Öl auf Lippen und Nase und spülte unentwegt den Mund mit Essigwasser unter gleichzeitigem Murmeln: »Heiliger Sebastian – schütze uns vor der Pestilenz!«

Niemand fand sich bereit, die Ausscheidungen der Pestkranken zu beseitigen, die im Urin, Speichel, Erbrochenen, in Eiter und Kot, einer üblen, eitrig-blutigen Kloake, liegenblieben, denn beim Sterben entleerten die Kranken große Mengen schaumiger Flüssigkeit aus dem Darm, bis sie der Tod erlöste.

Verzweifelte »Pestärzte« trugen lange, dunkle Mäntel, bedeckten die Köpfe mit Kappen und das Gesicht mit Schnabelmasken, so daß sie leibhaftigen Vogelscheuchen glichen; sie starben wie alle anderen auch, und die wenigen Überlebenden hielten sich die Kranken mit Stäben vom Leib. Den Kranken verordneten sie, warmes Brot in den Mund zu legen, bis es das Gift aus dem Körper gesogen hatte. Auch sollte viel Wein und Bier getrunken werden, im Glauben, regelmäßiger Genuß von *aqua vitae* – Lebenswasser – schütze vor dem Schwarzen Tod. Die Luft und ihre Geister wurden immer wieder angeklagt. Andere meinten, das Wetter trage die Schuld an der Seuche, wieder andere sagten: »*Die Astrologen haben's vorhergesagt...*«

Kurpfuscher und Quacksalber erlebten beträchtlichen Zulauf, wie närrisch die in Aussicht gestellten Mittel auch waren; als Vorbeugung wurde vor allen das Trinken des eigenen Harns empfohlen. Immer mehr Menschen beklagten Übelkeit, bekamen hohes Fieber und zeigten die schwarzen Flecken, Beulen und Karbunkel. Niemand zählte mehr die Toten. Auf den Friedhöfen reihten sich neue Gräber aneinander, fast ständig waren Leichenwagen unterwegs. Es wurde schneller gestorben, als man begraben konnte.

Deshalb gaben die überlebenden Ratsherren eine neue Verordnung bekannt: »*Pesttote sind nur noch nachts abzuholen und zu beerdigen; Leichenträger, Pferde und Wagen müssen mit Glöckchen behängt sein. Außerdem sind alle Katzen zu erschlagen und die Hunde anzubinden. Haltet die Häuser sauber, wascht euch, hütet euch vor Ungeziefer.*«

Vermummte Leichenträger in schwarzen Kapuzengewändern mit roten Kreuzen zogen die Toten mit Haken auf die Wagen und Handkarren. Mehr als einmal wurden noch lebende Pestkranke mitverscharrt. Weil das Sterben zunahm, wurden die Gruben nicht tief ausgehoben, so daß wildernde Hunde und andere Tiere die Leichen wieder ausgruben, zerrissen und Leichenteile durch die Stadt schleppten. Häufig fanden sich faulige Stücke in Brunnen und Brandteichen, wo sich die Menschen wuschen und ansteckten. Sie schienen in ihrer Überzeugung bestätigt: Tod und Sterben war ein Vorgang innerer Fäulnis, Würmer beschleunigten die Verwesung, blähten die Körper mit Giftstoffen auf und brachten sie zum Platzen.

Martin Stockmann lief durch die Gassen. Ihm gelang es nicht, die entsetzlichen Eindrücke abzustreifen, die auf ihm wie ein Albtraum lasteten. Etwas geschah mit ihm. Manchmal glaubte er, Stimmen zu hören, die sich seiner zu bemächtigen versuchten. Erstaunt merkte er, daß es nichts Dämonisches war, sondern eine ungeheure Kraft, die ihn mit sonderbarer Hitze durchströmte. Noch trieb er wie ein Grashalm auf der Spree dahin, ringsum tobte das Elend des *Schwarzen Todes*. Aber das Gefühl, eine übernatürliche Weisung empfangen zu haben, wurde stärker. Immer wieder hallten die Gespräche mit Michael durch seinen Kopf, diese leise, eindringliche Stimme, aus der bei jedem Wort Weisheit und Wissen schwangen.

»Die Welt hat sich fürchterlich verändert – *totus mundus commutatur!* Vier Wochen reichten!« Martin keuchte. Es wurde nicht richtig hell, und die Sonne erschien als blasse rötliche Scheibe, riesig und doch kraftlos. Ständig hüllten Dunstschleier die Landschaft ein, in denen sämtliche Gegenstände verschwammen. Holzfeuer blieben dürftige Wärmequellen, die Menschen waren in dicke Mäntel gehüllt. Auch auf den Plätzen loderten Flammen. »Wie es weitergehen soll – niemand weiß es. Wie ist dieser Züchtigung zu entgehen?«

Erstaunt hatte er bemerkt, daß alle Latrinenreiniger von der Seuche verschont blieben, einen Rat für andere wußte er nicht. Zwar ging es ihm und der schwangeren Amalie körperlich gut, aber das allgegenwärtige Leiden und Sterben überforderte den Verstand. Besonders die Angst um seine Frau machte Martin halb wahnsinnig. Er fand keine Erklärung, kein Mittel gegen die Pest; Hilflosigkeit und Verzweiflung schüttelten ihn. Er stellte Pechpfannen auf, räucherte Weihrauch, den er von Pfarrer Konrad erhalten hatte, und achtete darauf, daß kein Ungeziefer im Haus herumkroch. Wenn er eines gelernt hatte, dann dies: Sauberkeit half – so einfach es klang – meist am besten. Ratten, zum gewohnten Bild der Stadt gehörend, lagen verendet, von Artgenossen angenagt, neben Toten, Unrathaufen und Abfällen.

»Sonderbar, daß es immer weniger Ratten gibt. Ob's damit zusammenhängt? Ganz Schlaue sind der Meinung, daß großer Gestank vor Ansteckung bewahrt – deshalb halten sie sich nur in der Nähe stinkender Böcke auf oder gehen mit ihnen sogar schlafen.« Martin keuchte im Selbstgespräch: wie von selbst kamen die Worte über seine Lippen, aber es gab niemanden, der ihm antwortete oder auf seine Not einging. Am liebsten hätte er laut gebrüllt. Wenn er an die absonderlichen Ratschläge und Hilfsmittel dachte, drohte ihm der Verstand zu schwinden: Quacksalber empfahlen, die eigenen Fürze einzufangen und in Truhen zu versiegeln, um dann an ihnen zu schnuppern. Auch Monatsblut, mit Rosenwasser und Essig verdünnt, sollte gegen die Pest helfen. Amulette aus Metall, Holz und Knochen wurden um den Hals gehängt und Beschwörungsformeln – bei denen die Zahlen Sieben, Neun und Siebzehn eine wichtige Rolle spielten – vor sich hin gemurmelt. Eitrige Pestbeulen brannte man mit Glüheisen aus. Die Schmerzensschreie der Gepeinigten tönten durch die ganze Stadt. »Der Tod findet gewaltige Beute: Dutzende sterben jeden Tag... Stulzing: tot. Richter und Schöffen: tot. Kaufleute, Patrizier, Zunftmeister, einfache Bürger – alle sterben! Es gibt kein Mittel dagegen, nichts hilft! Peter und Magdalene sind verschwunden, Asmus flüchtete mit seiner Brunhilde zur Köhlerei in den Wald. Vor einer Woche starb auch der Einäugige... Brügge und Wardenberg haben sich davongemacht.«

Martins Magen verkrampfte. Verwesungsgestank durchzog die Gassen. Pestkranke versuchten der göttlichen Strafe zu entgehen, versanken aber, gleichgültig, was sie taten, rasch wieder in ohnmächtiger Verzweiflung. *»Hinter der Jenseitsbrücke warten die Dämonen auf ihre Opfer«*, war gepredigt worden. *»Jeder Sünder wird im Fegefeuer bestraft!«*

Mitte Hornung erfüllte sich das Schicksal des »falschen« Woldemar: Seine Ansprüche wurden vom Fürstengericht endgültig abgelehnt, König Karl entzog ihm das Vertrauen und belehnte die Wittelsbacher mit der Mark Brandenburg. Die askanische Partei hielt trotzdem an Woldemar fest – einzelne Treue unter Adligen und Städten versuchten ihn sogar jetzt noch zu halten, aber ihre Zahl bröckelte. Unter dem Eindruck der Pest wurden Ränkespiele, Verschwörungen und das Ringen um Macht hinfällig. Martin seufzte und fragte sich nach dem Sinn. *Handelten Paul Kremer und Arnold Brole letztlich nicht sogar Rechtens, als sie sich Woldemar widersetzten? Waren ihre Anschläge durch die Fehdeordnung abgedeckt?* Paul Kremers Bemerkung schien wie Flüstern an Martins Ohr zu dringen: *»Ihr entgeht Eurem Schicksal nicht, falscher Woldemar!«*

»Der Große *ebenaere* macht vor niemandem Halt, rafft Fürst wie Bettler hinweg.« Auf Gassen und Plätzen brannten Wacholderstrünke. Männer erschlugen Katzen, um sich vor der Seuche zu schützen, und trugen das Fell unter der Kleidung. Weil die Pest als Gottesstrafe angesehen wurde, bekämpfte man vor allem den allgemeinen Sittenverfall: Sonntagsarbeit wurde ebenso verboten wie Tanzveranstaltungen und Märkte. Badstuben wurden geschlossen, die Winkelwirtschaften und Räume der Dyrnen verrammelt. Furcht und Schrecken führten zu wahnwitzigen Versuchen, aber kein Heilkünstler fand ein Mittel, die Seuche unter Kontrolle zu bringen. »Denn trotz allem« – Martin kicherte halb irre – »breitet sich die Seuche rasend schnell aus!«

Tote wurden mit Haken ergriffen, um sie nicht mit Händen berühren zu müssen. Oft warf man sie auf die Misthaufen neben den Häusern und verbrannte sie dort. Pfarrer Konrad war der einzige Pfaffe der Stadt gewesen, der seinen Mut behielt und es nicht mit seinem Gewissen vereinbaren konnte, daß die Pestopfer ohne kirchlichen Beistand blieben. Der Mann ging zu den Kranken, schützte sich aber vor Ansteckung, indem er die Hostien mit langem Löffel überreichte und die Letzte Ölung mittels eines Wollstückes, am Ende einer Rute befestigt, spendete.

Martin schauderte und eilte weiter. »Auch er erkrankte und starb vor vier Tagen!«

Unheimliche Schattengestalten tummelten sich zwischen Häusern, kahlen Bäumen und Stadtmauer. Eisige Sturmböen umpfiffen Dächer, brachten neblige Wolken und Schneeflocken mit. Katzen und Hunde gebärdeten sich wie wild, kreischten, jaulten, kläfften in einem fort, wandten sich in plötzlicher Angriffslust gegen die Menschen und vergaßen im nächsten Augenblick den Anfall, trollten sich geduckt, mit eingezogenen Schwänzen. Spätwinterliche Dunkelheit umfing die Doppelstadt, und in ihr marschierten die dämonischen Heere, formten Schatten, die in breiter Phalanx näher stapften. Unheimliche Geräusche erfüllten die Umgebung, aus schmatzendem Schlürfen wurde helles Trillern, abgelöst von unverhofften Schreien, die ebenso plötzlich abbrachen und einem das Blut in den Adern gefrieren ließen.

»Wehrt euch doch!« brüllte jemand, gefolgt von wahnwitzigem Lachen. »Treibt die Dämonen in die Hölle zurück, aus der sie hervorkriechen.«

Gestalten, nur als Schattenrisse zu erkennen, umstanden auf dem Neuen Markt ein Feuer, als Martin um die Gassenecke bog. Flammen prasselten, gekrönt von Funken und fetten Qualmschwaden. Überdeutlich sah der Mann das Gesicht einer Frau: Es glühte im Spiel von Licht und Schatten, das Haar hing wirr in die Stirn, und in den Augen stand ein fiebriges Glänzen. In der Ferne zuckte Wetterleuchten über düsteren Himmel, ein flächiger Blitz von unwirklicher Helligkeit. Aufstiebende Funken wurden vom Windstoß hochgerissen und zur teuflischen Fratze geformt. Die Frau kicherte mit sich überschlagender Stimme: »Brennen! Alles muß brennen! Das vernichtet die Dämonen und ihre finstren Schergen!«

Martin fluchte stumm. *Die Nahrungsmittel werden knapp, weil niemand mehr geregelter Arbeit nachgeht, die Backstuben kalt bleiben, kein Fleischer Wurst kocht, kein Bauer in die Stadt kommt. Man begnügt sich mit Pökelfleisch, trinkt schlechten Wein oder fauliges Wasser.*

Handel und Gewerbe kamen schon in der zweiten Pestwoche zum Erliegen. Kein Pfaffe eilte emsig herbei, um die Letzte Ölung zu spenden, keine Beichte wurde mehr abgenommen. Gesunde verließen die Stadt, rannten, um möglichst weit vom Seuchenherd fortzukommen: Auch Leonore Seltzer war mit Hildegard und Maria geflüchtet. Eltern verstießen kranke Kinder und ließen sie zwischen quiekenden Ratten krepieren. Mit der Pest starb als erstes die Nächstenliebe. Man blieb von erkrankten Freunden fern. Selbst Verwandte und engste Familienangehörige wurden im Stich gelassen. Kirchen, fürs gemeine Volk gesperrt, blieben den Honoratioren vorbehalten, die sich dort zum Sterben versammelten.

Überall war das Wimmern Kranker zu hören, die Luft stank vom verbrannten Pestpulver, dessen Reste auf den Gassen qualmten, von Abfall und Exkrementen. Pesttote schleifte man am Strick aufs offene Feld, um sie dort zu verbrennen. Andere blieben am Gassenrand liegen, von Ratten und Hunden angefressen. Diebe schlichen – zunächst heimlich, später am hellichten Tag – in Häuser, um Sterbende zu berauben. Andere genossen es, die Kranken zu quälen oder einfach zu erschlagen. Weinende und Klagende streuten sich Asche aufs Haupt, liefen – in Sacktuch gehüllt, mit einem Strick um den Hals – betend durch die Gassen, hoben Kerzen, brüllten und flehten und kreischten.

Martin lachte bitter auf. »Pesttrauerzüge durchziehen die Doppelstadt, verbreiten aber nur noch mehr Furcht und Schrecken!«

Ein kurzer Erdstoß durchfuhr den Boden, im Gemäuer und Fachwerk der Häuser knisterte und knackte es. Eine Dachschindel löste sich klickend und polterte auf die Gasse. Weiterhin pfiffen und heulten Windstöße, brachten beißende Eiskristalle und tanzende Schneeflocken mit. Schmutziger Schneematsch lag auf dem Kirchplatz und vor Häusern, Wasser tropfte von bizarren Eiszapfen. Am Feuer vor dem Kirchportal standen dichtgedrängt Leute, die eine Litanei summten; Oberkörper bewegten sich im Takt, Flocken umwirbelten Köpfe, ballten sich zusammen und formten Gestalten. Die Frau kreischte: »Seht die Dämonen, sie sind in der Stadt! Eisriesen wachsen empor, stapfen herbei! Vertreibt sie!«

Schneewirbel im Dämmer huschten über den Platz, hielten sich noch von den Menschen fern, die mit aufgerissenen Augen dem Geschehen folgten. Wie Raubtiere schienen die Bösen näher zu schleichen, bereit zum Zuschlagen.

»Sie müssen brennen!« Die Frau ergriff ein glühendes Scheit und schwang es durch die Luft, daß die Glut hell aufleuchtete. Tänzelnd sprang die Frau zwischen den Leuten umher, schrie aufmunternde Worte und wiegelte sie auf. Fackeln schwankten, drohend reckten sich Fäuste zum düsteren Himmel, und Stimmengewirr steigerte sich zum Brausen. Die Schneegestalten verwehten zu flatternden Fahnen und verschmolzen mit dem Halbdunkel, trotzdem marschierten die Bürger ihnen nach, formten Züge in Gassen, stumm zunächst, dann kreischend und brüllend. Schnellere Bewegungen, gleichzeitig fahrig und ungesteuert; Schreie, Fackellicht und wogende Schatten zwischen Schneegestöber und aufglitzernden Eiszapfen – jeder Verstand machte irrer Stimmung Platz, tierische Regung überwog. Im Fieberwahn taumelten Kranke, nackt, fluchend und tobend, zwischen Häusern.

»Gesunde verlieren jeden Glauben, stürzen sich in Satanskult und mystische Ekstase«, flüsterte Martin, von Selbstvorwürfen gepeinigt. »Die Ohnmacht martert ... Hilflosigkeit, Wahnsinn, Verzweiflungstaten. Martin Stockmann, der Heiler und Hospitalmeister – Mann, du bist ein Versager! Verbrenne den roten Talar, du kannst den Menschen nicht helfen.«

An der Spitze des Zuges tanzte die junge Frau, riß immer wieder die Arme hoch, kreischte und kicherte, führte die Horde an, der Martin unwillkürlich folgte, wirr, ratlos, innerlich zerrissen. Fackeln mit rußenden Flammen und Laternen verbreiteten schwankende Lichtinseln unsicherer Reichweite in bewegter Finsternis. Nieselregen fiel und verstärkte den Schleier, der über alles ein verzerrendes Tuch legte. Aufgeweicht und schlammig war der Weg. Alle paar Schritte rutschte jemand aus, wurde gestützt oder vermied es aus eigener Kraft, in den Matsch zu fallen. Aufragende Schatten entpuppten sich erst beim zweiten Blick als dreckige Häuser, zwischen denen der Weg weiterführte. Gebäude wie aus fremder Welt ragten aus der Finsternis, tauchten kurz ins Fackellicht und wichen ins Dunkle zurück. Viele Häuser waren verwahrlost, verrammelt bis zum Dach, gestaltgewordene Ablehnung. Bretter hielten Fensterläden und Türen verschlossen, helles Holz, gekreuzt angenagelt, hob sich von grauen Fassaden ab. Ins Brummen der Menschen mischte sich verhaltenes Wimmern, das durch die Gasse schallte und von Hundegekläff abgelöst wurde. Vogelstimmen krächzten, gefolgt von Rattenfiepen.

Der Zug bog um eine Ecke. Abfallhaufen türmten sich vor Häusern, vermischt mit Schlamm, in dem Ratten mit aufgequollenen Bäuchen lagen. Zwei Dutzend Schritte entfernt huschten Gestalten vorbei, in faltige Gewänder gehüllt, und verschwanden um eine Gassenecke. Gestank durchzog die Luft, harzige Ausdünstungen kamen hinzu. Wo Martin auch hinsah: Fiebrige Augen starrten zurück, und Gesichter waren angstvoll verzerrt. »Bei anderen zeigt sich wilde Entschlossenheit, Trotz oder dumpfe Ergebenheit. Das aufgebürdete Schicksal ist zu ertragen; Gottes Strafe kommt über die Menschen – er überläßt dem Gottseibeiuns das Zepter!«

Sie stolperten weiter. Schwer klebte aufgeweichter Boden an den Füßen, Dreckkrusten umgaben die Schuhe. Knallend schlug eine Tür im Wind, Regen peitschte kalte Tropfen vor sich her, durchsetzt von Schnee und eisigen Körnern. Ausgemergelte Hunde folgten den Leuten mit hängenden Köpfen. Vereinzelt sonderte sich jemand von der Gruppe ab, stolperte, blieb liegen, rührte sich nicht mehr. Ins Jaulen des Windes, das wie Dämonengekreisch war, drangen Stöhnen und widerhallendes Klagen; gespenstische Geräusche aus Fensterhöhlen: »Allmächtiger, hilf! Jesus und Maria!«

Martins Schritte wurden schneller, und er rutschte aus. Als er das Gesicht aus stinkendem Schlamm hob, blickte er auf eine reglose Gestalt: Ein Toter, in die Erde gekrallt und erstarrt, wie ihn der Schuß des Pfeilmanns getroffen hatte. Martin starrte ins schwärzlich aufgedunsene Gesicht, dessen aufgerissene Augen den Blick ins Leere richteten. Hastig raffte Martin sich auf, streifte den dreckbedeckten und durchnäßten Mantel ab und achtete nicht auf die Gestalten am Gassenrand, die im Licht der Fackeln auftauchten – Tote oder röchelnd Atmende, hilflose Bündel, nackt oder halb bekleidet.

»Tod, Tod, Tod ...«, murmelte Martin, stieß mit einer zerlumpten Gestalt zusammen und wankte weiter. *Kopflose Flucht – aber wohin? Vergessen ... den Bildern der Hölle entrinnen, aber sie bren-*

*nen sich unauslöschlich in die Seele. Ein Pandämonium. Verständnislosigkeit. Wahnsinn. Und Gott – der Alte schweigt, läßt die Menschen im Stich, die alle Sitten und Gesetze mißachten ...*

Dämmer verbarg die erschreckenden Bilder; sie wurden mehr erahnt als gesehen. Schneeregen peitschte, rötlicher Schein flakkerte, blieb ohne Wärme, und Rauchfetzen wurden von Böen fortgetragen. Unbändiges Pfeifen und Heulen zerrte Worte von Lippen, Frauen begannen zu singen, hinter ihnen jaulte einsam ein Hund. Die Gegenwart des fürchterlichen Endes vor Augen zerrte am Verstand; was vor kurzem noch bedeutsam erschien, wurde von einem Wimpernschlag zum anderen fragwürdig und versank in Ungewißheit. Martin dachte an Johannes – auch er war tot.

*Der Mann war eines Morgens nicht zum Patrizieranwesen gekommen – und so eilte Martin, von Sorge getrieben, zur Abdeckerei, wo er ihn ohne Bewußtsein im Bett fand. Eine Bißwunde an der Schläfe stammte offensichtlich von einer Ratte, und Martin fluchte leise. Wahrscheinlich war der Freund nachts gebissen worden und in Ohnmacht gefallen: die Lider waren aufgedunsen, das Bißmal geschwollen und bläulich-rot verfärbt. Martin ahnte, daß er Johannes nicht mehr helfen konnte, versuchte ihn aufzuwecken, hatte aber keinen Erfolg. Er wusch die Wunde, setzte sich ans Bett und brütete vor sich hin, derweil Johannes' rechte Gesichtshälfte weiter schwoll.*

*Als Martin am nächsten Tag vorbeisah, bemerkte er eine haselnußgroße Beule an der Schläfe und legte Johannes einen mit Kräutersud getränkten Umschlag auf. Auch jetzt erwachte der Mann nicht. Beim Abnehmen des Verbandes sah Martin, daß die Wunde brandig wurde. Schwarze Flecken erschienen auf der Haut: Pestbeulen! Ausgezehrt und abgemagert verstarb Johannes am fünften Tag, von Fieberschauern geschüttelt, ohne das Bewußtsein wiedererlangt zu haben. Tränenlos begrub Martin den Mann; er würde nie mehr durch die Gassen humpeln, sein schiefes Grinsen zeigen und Speichel aufschlürfen.*

*»Ich werd dich nie vergessen, alter Freund«, murmelte Martin. »Nie!«*

Mühsam fand er in die Gegenwart zurück, Zittern befiel seinen Körper. Mehr als die Hälfte der Doppelstadtbewohner starb in den

Pestwochen. Bauern krepierte das Vieh, Felder wurden nicht bestellt – alles verwahrloste. Waren kamen keine nach Berlin, Handwerker arbeiteten nicht; die Preise wurden für die Überlebenden nahezu unbezahlbar. Alles war knapp. Edelleute, die den Bauern das Letzte an Hab und Gut zu rauben versuchten, fielen der Volkswut zum Opfer, wurden vor den Augen ihrer Familien am Spieß geröstet und grausam massakriert. Edelfrauen mußten das Fleisch ihrer Gatten herunterschlingen, wurden vergewaltigt und dann ebenfalls ermordet. Eine Strafverfolgung gab es nicht mehr, jeder tat, was er wollte; der Stärkere siegte.

Nach rastlosem Umherirren erreichte Martin das Graue Kloster und trat durchs weit offenstehende Portal der Mauer. Die meisten Mönche waren geflüchtet, oder sie starben wie die übrigen Stadtbewohner. Martin sah über die verwaiste Anlage; einige Gebäude waren nach dem Brand wieder aufgebaut worden, andere ragten noch immer als verkohlte Reste auf, jetzt schnee- und eisverkrustet. Auf kahlem Geäst im Klostergarten hockten Raben und krächzten. Martin schlang die Arme um den Leib, lief zum Schlafsaal hinüber und achtete kaum auf die wenigen Gestalten, die – manche verkrümmt, wie sie der Todeshieb traf – in den Betten lagen. Einige stöhnten und ächzten noch, zwei Novizen knieten und beteten eine eintönige Litanei. Der Steinfußboden war blutbespritzt: Reste von Aderlaß, bei dem Kopf und Glieder von schlechten Phantasien gereinigt wurden. Ein alter Mönch, fast blind, wankte durch den Krankenraum. »Wird bald im Mortuarium erscheinen«, murmelte Martin und half ihm, nachdem dieser gestürzt war, ins Bett zurück, eingehüllt vom süßlichschweren Weihrauchgeruch.

Martin suchte Michael und fand ihn in der Zelle beim Scriptorium, Wunden bedeckten das Gesicht; er sah, daß der alte Mann im Sterben lag. Michael röchelte, nur langsam klärte sich der verschleierte Blick. Er erkannte Martin, hob den Arm und wies mit einer Hand, deren magere Finger fast an Spinnenbeine erinnerten, auf eine Truhe vor der Wand.

»Dort, alter Freund... Mein *ketenwambis* und das Templerhabit! Nimm's an dich und halte das Erbe der Templer hoch; bald steh ich vor meinem Schöpfer. Das Buch mit dem Wissen um den Heiligen Gral...« Husten hinderte ihn am Weitersprechen, er nahm alle Kraft zusammen. »Auch das nimm, es darf nicht in falsche Hände geraten!«

»Ruh dich aus. Was ist geschehen?«

Schweiß perlte auf der Stirn, das runzlige Gesicht war eingefallen. In den Augen stand fiebriger Glanz, verlieh ihnen ein inneres Feuer. »Du warst ein guter Schüler... Hüte dich, mein Freund: *Markus Kremer ist wieder in der Stadt!* Er hat mir aufgelauert. Mehr als eine Rippe brach, ich spuckte Blut und kroch hierher.«

Die heisere, kraftlose Stimme fuhr Martin bis ins Mark; er fühlte, daß sich die Härchen im Nacken aufrichteten und Kälte zwischen den Schulterblättern kribbelte. Aus böser Ahnung wurde Gewißheit: *Markus Kremer!* Martin öffnete kurz die Truhe, betrachtete den hellen Rock, das Buch und setzte sich neben das Bett auf den Boden, ehe er mit einer Stimme, vor der er selbst erschrak, sagte: »Markus? Ich bring ihn um, wenn er mir in die Finger fällt. Du solltest ruhen...«

»Ah, mein Freund... Ich...« Michael rang nach Atem, er hustete, sank zurück, und fast glaubte Martin, das Leben sei aus Michael entwichen; kaum merklich hob sich aber noch die Brust, die Lider bebten. Martin griff nach der Räucherpfanne, die neben der Truhe lag, suchte Kienspäne und schlug den Feuerstein. Ins Feuer warf er zerstoßene Belse und fächelte, so daß der Mönch die Schwaden einatmete. Rasch entspannten sich die Gesichtszüge, das Röcheln ließ etwas nach. Er öffnete die Augen, zog den Ring vom Finger und hielt ihn Martin mit zitternder Hand entgegen.

»Nimm den Ring, Martin – Hhhggghhh...« Martin hatte das Gefühl, daß Michael vor seinen Augen verfiel. *Letzte Kraft lodert gleich einem Strohfeuer auf – zurück bleibt nur leblose Asche.* Michael atmete zischend ein, die Lungen pfiffen und rasselten, ein Blutfaden rann aus dem Mundwinkel. »Lies das Buch, immer wieder und wieder – dort findest du alles, was ich herausgefunden hab. Arabische Texte, Schriften des Buches *Sohar* aus der Kabbala und vieles mehr. Ich hatte Zeit – drei Dezennien!«

Dunst breitete sich über dem Lager aus. Eingehüllt in Schwaden, bekam auch Martin eine Brise ab. Nachdenklich drehte er den Ring in den Fingern. Das Tatzenkreuz wirkte matt, im Inneren des Goldgeflechts klickte ein Gegenstand, als Martin den Ring schüttelte. Das Süße mischte sich mit Belsequalm. Dann schlug er das Buch auf, entzifferte mühsam einige Zeilen und erinnerte sich an die vielen Gespräche:

*... Helinandus schreibt: Gradalis vel gradale gallice dicitur scutelle tata et aliquantulum profunda, in qua presciosae ...*

*Das heißt:* Gradalis *oder auch* gradale *heißt im Französischen eine breite und ein wenig tiefe Schüssel, in welcher kostbare Speisen zusammen mit ihrer Tunke den Reichen gereicht wurden... Mir scheint, daß so das Wort* graal *entstand. Es könnte aber auch von* gratia *– Annehmlichkeit, Gnade, Dank – kommen. In manchen Texten wird auch von* Sangraal *oder* Sangreal *gesprochen; und das hieße königliches Blut ...*

Rasch blätterte Martin weiter, fand eine weitere Stelle, die seine Aufmerksamkeit fesselte; zitternd folgte der Zeigefinger den Buchstaben und Zeilen:

*... Legenden, nach denen Maria Magdalena den Heiligen Gral nach Gallien brachte. Der Heilige Gral aber könnte königliches Blut bedeuten. Jesus wird als Nachkomme König Davids beschrieben, von dem ein Geschlecht mit königlichem Blut abstammt. Und das Gefäß, das dieses Blut auffing, war Maria Magdalenas Leib? Naheliegend: Ich bin von adligem Geblüt – heißt das, daß M.M. Kinder hatte? Mit wem? Königlich! Jesus! Waren es nicht die Frauen, die seine Auferstehung noch vor den Jüngern bekundeten? War M.M. nicht besonders geliebt, so daß sogar Petrus eifersüchtig wurde? Viele glauben, daß sie Jesu Ehefrau war: nach der Kreuzigung ging sie mit dem Kind nach Gallien. Bemerkenswert, daß M.M. die* Frau des Tempelturms *bedeutet. Im Matthäus-Evangelium sagt Jesus:* Daß sie das Öl auf meinen Leib gegossen hat, das hat sie für mein Begräbnis getan. *Man nennt sie wie die Jungfrau Maria das Taufgefäß, das das heilige Öl enthielt – und sie stand Jesu besonders nahe. Viele Schriften und Hymnen, die ihre Rolle als Lieblingsjüngerin und Trägerin der* Inneren Lehren Christi *darstellten, wurden nicht in den Kanon aufgenommen! Gab es wirklich Nachkommen des Nazareners? Himmel, haben das die Templer in Jerusalem herausgefunden? Und doch: Es kann nicht das ganze Geheimnis sein – die Bibel, das Buch* Sohar; *im Heiligen Gral ist vieles zusammengeflossen, Legenden mischten sich mit Wirklichem, Eingeweihte erzählten in Andeutungen, Dichter und Sänger griffen auf, was sie hörten ...*

Martins Gedanken schwirrten, schienen im Kreis zu wirbeln. Immer wieder dröhnte die Stimme des alten Mannes in seinem Kopf, hallte aufs merkwürdigste nach. Martin blätterte zum Ende der Aufzeichnungen, verschlang die Zeilen mit den Augen:

*… man bedenkt, wie sehr die Kirche Frauen verdammt, fällt auf, daß in den Grallegenden sogar in allerheiligsten Zeremonien Frauen als Gralsträgerinnen beschrieben werden. Das heilige Gefäß des Grals: vielleicht auch ein Symbol für die Große Mutter Erde? Ein Mann gleicht dem Vagabunden, ist ständig unterwegs. Die Frauen dagegen lassen eher zu, wissen, daß alles zu seiner Zeit geschieht, denn sie sind viel mehr in den Lebensfluß eingebunden. Dasein läßt sich nicht wirklich fassen, sondern gleicht einem leeren Raum, den erst die Menschen mit Leben erfüllen. In diesem Sinne bleibt auch der Gral ein leeres Gefäß, steht für Empfänglichkeit – und kann so für jeden auch jede mögliche Bedeutung annehmen. Nicht umsonst heißt es, daß der Gral jeden mit dem ernährte, was er begehrte! Templer, Katharer, keltische und kabbalistische Überlieferungen, Verse verschiedener Dichter und Sänger, wer will das Geflecht wirklich durchschauen? Und doch: Was birgt der Ring, den ich seit Dezennien am Finger trage?*

Worte und Schrift wurden zu Bildern, als Theriak, Bilsenkraut und Alraune ihre Macht entfalteten und sich mit dem Odem des Rings vereinten. Plötzlich glaubte Martin ein gleißendes Licht zu sehen, in dem ein Schatten wuchs. Ein mächtiges Haupt schwoll an, sonderbare Fäden wirkten wie fingerdicke Barthaare. Goldglanz spielte über dem kahlen Schädeldach. Gestalten traten in langer Prozession herbei, verschwanden im Licht – gerüstete Ritter mit Schwert und Harnisch knieten nieder. Frauen in weißen Kleidern trugen Schalen, aus denen die Ritter weiße, brotähnliche Brocken nahmen und aßen. Martin sah glatte Gesichter, jung und frisch, doch die Augen zeigten, daß die Männer ein hohes Alter besaßen, ruhig und abgeklärt waren. *Sieben Frauen* gingen langsam davon, verschwanden im Goldglanz, das den Gral, die Bundeslade, das Haupt Baphomet, den Hochbetagten umgab, das Ding, das vielleicht eine *machina* war, wie Roger Bacon sie für die Zukunft prophezeite. Und aus unbekannten Gefilden polterte eine Stimme:

*»Die Ritter hüten den Stein, die Gralsjungfrauen tragen die Last. Nur die Auserwählten dürfen die Herrlichkeit schauen… Du ge-*

*hörst zu ihnen, Martin Stockmann! Höre die Botschaft, folge den Anweisungen...«*

Vor Martins Augen und Ohren vermischten sich die Eindrücke, Erinnerungen stoben durch verwirrendes Leuchten und Glänzen. Alles drehte sich, Farben gewannen überirdisches Gleißen, Geräusche waren zur Unverständlichkeit verzerrt.

Fern schien die Stimme des alten Mönches aufzuklingen, wie er einmal von den Visionen der heiligen Hildegard von Bingen berichtete und die unerbittliche Stimme rezitierte, die die Ordensfrau heimsuchte: *»Tu kund die Wunder, die du erfährst! Schreibe sie auf und sprich! O du gebrechliches Geschöpf, Staub von Staub und Asche von Asche. Sprich und schreibe, was du siehst und hörst. Sprich und schreibe nicht nach menschlicher Rede, sondern so, wie du es in Gott vernimmst, so wie der Schüler die Worte des Lehrers wiedergibt... Du also, o Mensch, der du das alles nicht in der Unruhe der Täuschung, sondern in der Reinheit der Einfalt empfängst, hast den Auftrag, das Verborgene zu offenbaren!«*

Das Lärmen wurde bedrückend. Schmauchen und Platzen, Knirschen und Prasseln. Irgendwo – Martin hörte es ganz genau – plätscherte und tropfte Wasser. Plötzlich senkte sich Stille über ihn, eine Ruhe, die ihn mehr traf als das wilde Zetern und Schreien zuvor. Aus sonnenhellem Glanz, in dem Martin geblendet die Augen zusammenkniff, schwebte ein Körper herbei. Auf den ersten Blick wirkte es wie ein menschliches Gerippe, aber es war etwas ganz anderes. Die Knochen erschienen gläsern, Regenbogenfarben tanzten entlang durchscheinender Flächen. Scharfe Ecken und Kanten hoben sich ab, Rippenbögen schwangen über molkigen Schwaden, und im Inneren des Schädels pochte ein knotiger Ball. Augen, die an geschliffene Rubine erinnerten, glühten wie Holzkohlenstücke; ausgebreitete Arme endeten in Kristallkrallen, und auf dem Rücken brummten flirrende Flächen wie die Flügel von Libellen.

Martin ächzte: »Welcher Engel oder gefallene Engel nähert sich da?«

Ein Blitz hüllte die Gestalt ein, feurig dehnte sich die Aureole – und der Körper zerschellte vor Martins Füßen zu Tausenden Splittern und Scherben. Der Kopf kullerte viele Ellen weit, schwoll an und formte ein gigantisches Haupt, dessen Augen zu Tatzenkreuzen wurden und aus dessen klaffendem Maul weißlicher Nebel quoll; Schwaden, die sich zu Watte verfestigten und sich in Martins zupackenden Händen wie Spinnengewebe anfühlten.

Schlank, nackt, hochgewachsen und bleich entstanden Jungfrauen, auf den Händen trugen sie Kissen, auf denen weiße Plättchen lagen, die an Hostien erinnerten. *Göttliches Manna?* Im Hintergrund ragte das Haupt, Goldsträne entsprangen Kinn und Wangen, dumpfes Schmauchen blähte die Nasenflügel, und unter dem durchscheinenden Schädeldach pochte das gewundene Etwas, grau und sandfarben, gleich einem Herzen.

Schemenhaft erkannte Martin eine dunkel gekleidete Gestalt. Ein Messer blitzte, zerfetzte Fleisch. Schreie, die in Gurgeln übergingen. Blut formte eine Lache. Martin erkannte undeutlich eine brennende Scheune, bärtige Männer formten einen langen Zug, nackte Geißler kasteiten sich. Amalies Stimme: ein gellender Ruf. Der kleine Matthias rannte vorbei, schleppte einen Kopf an den Haaren hinter sich her, und das Gesicht: wieder sah Martin *sich selbst!* Markus Kremers Fratze tauchte aus einem blutigen See, die Pferdezähne waren zu einem höhnischen Grinsen entblößt. Clais Overstolz sprang brüllend im Kreis, während zu seinen Füßen Anna röchelte. Und Asmus hob das Schwert zum Hieb.

*»Martin Stockmann! Höre die Botschaft, folge den Anweisungen. Auserwählt bist du. Verkünde die Botschaft des Heiligen Grals: Sieben Jungfrauen tragen seine Last, sieben Siegel sind zu brechen, sieben Stufen zu ersteigen. Nur dann wird 's Paradies auf Erden errungen – und das Leid des Schwarzen Todes überwunden. Zuvor vernichte den Widersacher, die Ausgeburt des Bösen!«*

Ritter auf Feuerrossen galoppierten vorbei, hinein in eine Landschaft, die Martin an Beschreibungen erinnerte, die er aus Mechthild von Magdeburgs *Das fließende Licht der Gottheit* kannte: *... kamen an eine so greuliche Statt, wie sie mein Auge nie sah: ein schrecklich bereitetes Bad, gemischt aus Feuer und aus Pech, aus Pfuhl, Rausch und Stank. Ein dicker, finsterer Nebel lag darüber, wie eine schwarze Haut gespannt. Darinnen lagen die Seelen gleichwie die Kröten im Kot. Ihre Gestalt war menschengleich, sie waren aber Geister und hatten des Teufels Aussehen an sich. Sie sotten und brieten miteinander. Sie schrien und hatten unendlichen Jammer* *um ihres Fleisches willen, das sie so tief gefällt hatte … Da stand um sie herum eine gar große Schar Teufel, die sie quälten in dem ungesegneten Bade. Ihre Zahl ging auch über meine Kräfte; sie rieben und zwickten und fraßen und benagten sie und schlugen sie mit feurigen Geißeln …*

Die Ritter zogen *bidenhänder* blank, warfen sich den Teufeln entgegen, schwangen Lanzen und Spieße. Gellendes Kreischen und Brüllen hob an, Waffen klirrten, und Funken sprühten an Klingen entlang. *Markus Kremer* wurde zerfetzt, sein Schädel zermalmt, und die Jungfrauen stimmten ein in die *Große Litanei*, unter dem Klang ihrer hellen Stimmen wanden sich geschuppte Dämonen. Goldglanz vertrieb Schwärze und Pfuhl. Die Ritter knieten zwischen Schädeln und Knochen nieder, empfingen demütig die Süße des Heiligen Grals. Feuerlohen sprangen hoch, vertrieben Laster und Finsternis und entrückten das Geschehen in himmlische Gefilde.

Als Martin zu sich kam, verblaßten die Bilder zum unwirklichen Traum. Entsetzt bemerkte der Mann, daß Michael gestorben war – blicklos starrten die Augen, der Mund stand offen. Nochmals dröhnten Stimmen, vor Martins Augen tanzten Lichter und farbige Blitze. Keuchend sprang er auf, wich zurück. Ohne darüber nachzudenken, griff er nach Templerhabit und Buch, preßte beides an die Brust. Der Drang, von diesem Ort zu flüchten, wurde übermächtig. Er rannte los.

*Amalie!* Viel zu lange hatte er seine Frau allein gelassen. Sie stand kurz vor der Niederkunft! *Markus Kremer ist in der Stadt! Er hat den alten Mönch ermordet! Und nun …*

Noch bevor Martin das Patrizierhaus erreichte, befiel ihn erstickende Beklemmung, und ehe er die Tür öffnete, wußte er, daß etwas Schreckliches passiert war.

»Amalie?« rief er, niemand antwortete.

Nahe der Tür lag Amalies Bruder Heinrich in einer Blutlache. Martin ließ Buch und Habit fallen, eilte entsetzt durch den Raum, polterte die Stiege hinauf – und fand Amalie auf dem Bett. *Tot!* Ihr Kleid war zerrissen, der Leib eine einzige Wunde. Martin, dem sich ein Eisstachel ins Herz bohrte, wollte nicht glauben, was seine Augen sahen: Um den Hals des Ungeborenen war die Nabelschnur geknotet, die Händchen waren abgeschnitten. Martin schlug die Hände vors Gesicht. Er schrie und heulte wie ein Wahnsinniger. *Amalie*... Sie mußte unter gräßlichen Qualen gestorben sein, ihr Gesicht war eine Fratze. Das Bett – *Blut, Blut, Blut: die Visionen!*

Kalte Hand umklammerte plötzlich Martins Unterarm, durchscheinend und doch greifbar stand Thea Grunngras da, ihre Stimme glich metallischem Klirren: »*Du hast's geschworen, Martin Stockmann! So also beschützt du mein Mädchen? Nun trifft dich mein Fluch! Sei verdammt für alle Ewigkeit!*«

Er starrte die Erscheinung an, die in einer Feuerlohe verging, wahnwitziges Kichern zurücklassend. Martin merkte nicht, daß er selbst es war, der diese Geräusche von sich gab. Er wankte und kniete am Bett; zärtlich, immer wieder, ohne es sich bewußt zu sein, strich er der Toten das Haar aus der Stirn.

*Fluch! Verdammt für alle Ewigkeit! Nicht hier, nicht geholfen, den Schwur nicht eingehalten! Markus! Er war's! Ihn, den Widersacher, gilt's zu töten. Vielleicht bringt's Erlösung? Sie hat mich verflucht! Zu Recht! Ich war nicht da, hab meine Amalie im Stich gelassen. Amalie, Amalie*...

Schluchzen erschütterte seinen Körper, Tränen verschleierten den Blick. Neben dem Bett lag der Schweißhund: am Kopf eine verkrustete Wunde; das Tier wimmerte leise. Martin wußte nicht, wie lange er bei Amalie hockte. Als er schließlich zu sich kam, war alles in ihm kalt und abgestorben. Der Hund war zu ihm gekrochen, leckte seine Hand und knurrte durchdringend. Das Nackenfell war gesträubt.

»Du kennst den verdammten Mordbuben!« sagte Martin mit schnarrender Stimme; der Schweißhund sprang auf, bellte, hetzte zur Stiege. »Such! Such!«

Martin folgte so schnell er konnte. Die Krallen des Tieres prasselten auf den Steinplatten; es schnüffelte an der Blutlache neben Heinrichs Kopf, während Martins Blick auf den *bidenhänder* an der Wand fiel – es war die Waffe von Clais Overstolz. Entschlossen riß er sie an sich.

»Such!« Sein Arm wies nach draußen. Der Hund knurrte, dann sprang er los, hechelte und knurrte, rannte schneller. Martin eilte hinterher, während der Hund zum Mühlendamm abbog und im-

mer lauter bellte. Vom Anschlagen des Schweißhundes aufgeschreckt, hüpfte eine Gestalt in langgeschwänzter Gugel zu einem
Kahn, wurde von dem Tier aber mit gewaltigem Satz angesprungen;
wild knurrend schnappte es nach der Kehle – von Clais Overstolz.

Der Mann schrie, stieß den Hund zurück und verlor fast das
Gleichgewicht. Das Boot schwankte stark, trieb auf die Spree hinaus. Erst jetzt erkannte Martin die zweite Gestalt, die nach den Riemen griff: Die Gugelkapuze rutschte nach hinten, entblößte den
häßlichen kahlen Schädel und die großen Ohren, die sich feuerrot
verfärbt hatten. Wieder sprang der Schweißhund, Clais trat ihm vor
den Leib und zog den Anderthalbhänder blank – ein Hieb trieb den
Hund weiter zurück, der sich nicht beruhigen konnte und mit zit-
ternden Beinen dastand, bellte und knurrte. Martin sah von Clais
zu Markus, Röte erschien am Rand seines Blickfelds, Wut und Haß
wischten alle anderen Empfindungen zur Seite.

»Clais war's, nicht ich!« brüllte Markus vom Boot aus, das sich
langsam drehte. »Der da hat ...«

»Richtig, du jämmerlicher Bastard!« Clais fuhr halb herum, die
Augen quollen ihm fast aus den Höhlen. »Du mußtest ja deinen
Stachel kühlen mit diesem Weib, statt ... Meine Anna: Auch sie trug
ein Kind unterm Herzen! Aug um Aug! Komm her, du Feigling!«
Er sah Martin an. »Und dich, du Verdammter, erwischt's nun
auch!«

Martin schrie gellend. Clais griff mit ganzer Wucht an; summend
spaltete die doppelschneidige Klinge die Luft. Martin hob das
Schwert und fühlte, zusammen mit dem dröhnenden Klang, den
Aufprall in den Schultern. Er taumelte zwei Schritte zurück, packte
den *bidenhänder* fester und behielt den Gegner scharf im Auge. Die
Klingen klirrten, lösten sich, schienen im nächsten Augenblick wie-
der aneinanderzukleben. Blitzende Halbkreise und Bogen aus töd-
lichem Metall entstanden, es dröhnte und schepperte. Schon bald
keuchten die Männer, Schweiß lief ihnen in dicken Bahnen übers
Gesicht. Uferkies prasselte unter den Füßen. Martin erwischte
Clais an der Hüfte; Tuch zerfetzte, Blut vermischte sich mit
Schweiß und tränkte den Stoff.

Clais tänzelte geschickt, wich dem nächsten Hieb aus und
streckte den Arm mit der Klinge. Martin drehte sich, vom Schwung

getragen, um die eigene Achse, riß das Schwert kraftvoll hoch. Die Klingen prallten aufeinander: Clais' Schwert schwang wie eine Glocke und brach dicht über der Parierstange; die Klinge wirbelte durch die Luft.

Martin sah, daß Clais erstarrte; erstaunt blickte dieser auf den wertlosen Rest in seiner Hand – und warf ihn Martin entgegen, während die linke Hand an den Gürtel zuckte, um den Basilard zu ziehen. Mit zwei wuchtigen Hieben trieb Martin Amalies Mörder zurück, bis dieser knietief im Wasser stand. Clais warf den Dolch, Martin duckte sich im letzten Augenblick – die Klinge flog in blitzenden Kreisen über ihn hinweg. Martin sprang vor: Kurz bevor das Schwert traf, drehte er es, so daß nur die Breitseite gegen Clais' Oberarm schlug und den Mann gegen den Mühlensockel schleuderte. Sofort setzte Martin nach. Im Hintergrund kläffte der Hund, Markus schrie.

Mit wuchtigen Hieben trieb Martin Clais weiter, das Schwert krachte ins Holz des Mühlrades und ließ sich nicht schnell genug herauszerren: Clais krabbelte neben dem Rad zur Dammbrücke hoch. Martin ließ den Griff los, hetzte Clais hinterher und erreichte ihn, ehe dieser das Geländer erklimmen konnte. Auf dem ansteigenden Rand des Mühlgerinnes stehend, drehte sich Martin aus der Bahn des Tritts, faßte nach dem Fuß und zog. Clais schrie, beide Männer verloren das Gleichgewicht und stürzten ins Mühlgerinne. Ein Fausthieb traf Martin unter dem Auge, wild prügelte er zurück. Wasser spritzte, langsam rutschten die Männer in Richtung Radschaufeln. Clais warf sich herum, kam auf die Beine und trat Martin in den Magen, daß dieser sich krümmte und nach Luft schnappte. Im letzten Augenblick duckte Martin sich unter dem nächsten Tritt, warf sich nach vorne und riß Clais mit. Schwer prallten sie gegen den Brückenbalken, keuchten und umklammerten einander. Clais' Fäuste krachten Martin in die Seiten, Martins Ellenbogen schlug Clais unters Kinn, dessen Knie kam hoch, schleuderte Martin bis zum Mühlrad zurück. Knarrend geriet es in Bewegung, fast glitt Martin unter die Schaufeln und schaffte es im letzten Wimpernschlag, nicht zerquetscht zu werden.

Als Martin aufsah und sich auf den Randbalken des Mühlgerinnes zog, erkannte er, daß Clais sich zum Damm hochgeschwungen hatte und zur benachbarten Mühle rannte, und ein Blick zur Seite zeigte, daß Markus' Boot fast ihren Sockel erreicht hatte: *Er will über den Balkon und dann springen!*

Im Wasser schwamm der Schweißhund. Markus schlug mit dem Riemen nach dem Kopf, doch das Tier wich jaulend aus, das Boot beschrieb einen Viertelkreis. Clais fluchte: »Komm näher, schnell!«

Durch die Drehung des Mühlrades war das verkantete Schwert zu Martin herumgewuchtet worden. Als er jetzt zerrte, löste es sich leicht. Martin ächzte, balancierte den Balken entlang, sprang zur Dammbrücke empor und schwang wütend den *bidenhänder* von links nach rechts. Clais hörte die Schritte auf den Bohlen und fuhr, noch halb übers Geländer gebeugt, augenblicklich herum: Seine Augen weiteten sich, dann traf Martins wuchtiger Hieb – und der Kopf flog im Bogen davon. Der Hieb war so heftig, daß auch Holz zersplitterte, die Klinge in der Gebäudeecke steckenblieb und sich trotz kräftigen Ziehens nicht mehr rührte. Martin fluchte, während Clais' Körper zusammensank. Vom Boot kam ein langgezogener Schrei. Dann keuchte Markus, schon blitzte ein Basilard in seiner Hand. Martin stieß einen weiteren Fluch aus, schwang sich übers Geländer und landete mit nachfedernden Knien im Kahn, warf sich, den Schwung ausnutzend, dem Mann entgegen und wich aus, als die Basilardklinge aufblitzte.

Markus' Pferdegebiß zeigte ein höhnisches Grinsen; er wechselte den Dolch von einer zur anderen Hand. Der Kahn schwankte heftig hin und her; ein eingelegter Riemen prallte Martin gegen die Kniekehle. Seine Wut kannte keine Grenze mehr, war eine heiße Welle aus unbändigem Haß: ohne auf die Klinge zu achten, drang er auf Markus ein. Mit dem Arm, über den ein brennender Schmerz zuckte, wehrte Martin den Basilard ab, packte zu und verhinderte einen zweiten Stich. Der Kahn kippte fast um, als die Männer um die Waffe rangen, festen Stand zu behalten versuchten, ächzten und keuchten und sich unter herumschwenkende Riemengriffe duckten. Mit gewaltigem Satz schoß der Hund aus dem Wasser, wankte mit dem Boot und rutschte unter die Ruderbank. Sofort sprang er wieder vor, schnappte nach Markus' Hand; die Waffe platschte ins Wasser.

Martin umklammerte den Hals seines Feindes, von dem ein Schnaufen kam. Fäuste trafen Martins Rippen, er drückte fester zu und sah, daß Markus' Gesicht dunkel anlief: Er wand sich, versuchte den mörderischen Griff zu lockern, umkrallte Martins Hände und japste nach Luft. Das Knurren des Hundes wurde lauter, das Boot schaukelte noch stärker. Martin stöhnte, nachdem Markus' Faust seine Nase traf. Für Wimpernschläge sah er Funken und Dämmerung, fühlte Blut fließen. Die Männer verloren das Gleichgewicht und kippten in die kalte Spree. Prustend kamen sie hoch, Martin schlug nach Markus, dessen Lippe platzte. Fäuste schmetterten gegen Wangen und Schläfen, das Wasser schäumte, während die Männer miteinander rangen, sich unter die Oberfläche zu drükken versuchten, um sich schlugen, bissen, kratzten. Im Kahn, der die Spree hinabtrieb, stand der Schweißhund, jaulte und scharrte mit den Krallen. Geifer tropfte von gefletschten Zähnen, das Tier sprang und näherte sich den Männern.

In diesem Augenblick gelang es Markus, sich von Martin loszureißen, und tauchte davon. Martin versuchte zu folgen, doch raubte ihm das eisige Wasser den Atem; schon nach wenigen Ellen durchstieß er wieder die Oberfläche und hielt nach Markus Ausschau. Auch der Hund drehte sich verwirrt im Kreis, stieß ein jämmerliches Jaulen aus.

»Wo ist der Bastard?« Martin atmete stoßweise, der Kahn war schon mehrere Klafter entfernt, schaukelte in Richtung Lange Brücke. »Wird doch nicht ...? Komm, Hund, schnell!«

Er kraulte, so schnell er konnte, zum Ufer, wankte an den Häusern entlang, kletterte über Stege und erreichte die Lange Brücke, als der Kahn unter ihr verschwand. Mühsam zog sich Martin hoch, kroch unter dem Geländer durch und sprang zur anderen Brückenseite: Markus saß im Boot, hatte die Riemen ergriffen und zog sie kraftvoll durch. Mit jedem Wimpernschlag entfernte sich der Kahn weiter, und während Martin zu bibbern begann, wurde ihm klar, daß er nun keine Möglichkeit hatte, den Verhaßten noch zu schnappen, und von Markus kam ein häßliches Lachen: Die Sperrkette in der Mitte des Unterbaums war nicht mehr da ...

»Wir sehen uns wieder!« brüllte Martin, mit den Fäusten aufs Geländer gestemmt. »Und dann ist es dein Tod! Du wirst dir wünschen, nie geboren worden zu sein!«

Das Lachen wurde noch lauter, höhnisch, gellend. In Gedanken malte sich Martin aus, wie er Markus peinigen konnte: Folter mit Daumenschrauben, Streckbank und Aufhängen mit Steinlast an den Füßen, daß die Arme auskugelten, sollten nur Auftakt sein. Dann Verstümmlungen, bei denen Nase, Ohren und die Zunge abgeschnitten wurden. Martin wollte Markus die Augen herausreißen, einzelne Finger, Hände und Füße abhacken, sämtliche Knochen zerschlagen, die Haut mit glühenden Zangen zwicken, Zähne mit Brandeisen zerstören und ihn schließlich entmannen. *Und dann wird er lebendig begraben!*

Martins Knie gaben nach, plötzlich schien alle Kraft aus dem Körper zu strömen. Die Kälte schlug über ihm zusammen; er ahnte, daß er sich den Tod holen würde, wenn er nicht schnellstens ins Warme kam. Tränen verschleierten Martins Blick, Brenneisen schienen sein Herz zu verkohlen: *Amalie! Amalie und das Kind!*

Zitternd und bebend hockte Martin am Geländer, fand nicht die Kraft, sich aufzurichten, seine Gedanken waren ein einziges Wirbeln. Erst nachdem der Schweißhund winselnd seine Hand leckte, kam Martin wieder zu sich. Alle Gelenke waren steif, die Muskeln zu Eiszapfen erstarrt. Wie er auf die Beine kam, wußte er nicht, auch nicht, daß er durch die Gassen wankte. Alles in ihm war abgestorben, tot wie die geliebte Frau und das Kind. Daß er den Mörder – Clais Overstolz – getötet hatte, war kein Trost, keine Befriedigung, denn der eigentliche Schuldige war wieder einmal entkommen. Und daß er sich an Amalie vergriffen und sie geschändet hatte, raubte Martin fast den Rest des Verstandes, über den er in diesen Augenblicken noch verfügte.

Und Theas heisere Stimme verfolgte ihn bei jedem Wimpernschlag: »*Verfluche dich! Verfluche dich! Verfluche dich …!*«

# III.

*VON DER VERZÜCKUNG ODER EKSTASE,*
*SO WIE VON DEM BLICK IN DIE ZUKUNFT*
*BEI DEN EPILEPTISCHEN,*
*BEI DEN VON EINER OHNMACHT BEFALLENEN*
*UND BEI DEN STERBENDEN*
*So groß ist die Macht der Seele, wenn sie nämlich ihrer ursprüng-*
*lichen Natur folgen kann und nicht von der Sinnlichkeit*
*niedergehalten wird, daß sie plötzlich in ihrer Kraft sich erhebt*
*und sogar manchmal ihre Fesseln abstreifend den Körper verläßt*
*und zu der überhimmlischen Wohnung eilt, wo sie wegen ihrer*
*innigen Verbindung und ihrer Ähnlichkeit mit Gott von*
*göttlichem Licht und dem Blick in die Zukunft erfüllt wird.*
*Daher sagt Zoroaster: Du mußt zum Lichte selbst, zu den*
*Strahlen des Vaters hinaufsteigen, von wo deine Seele dir*
*gegeben wurde. Trismegistus sagt: Du wirst über die Himmel*
*dich erheben und von den Chören der Dämonen dich weit*
*entfernen müssen. Und Pythagoras endlich sagt: Wenn du den*
*Körper verlassend in den freien Aether dich aufschwingst, wirst*
*du ein unsterblicher Gott sein. So lesen wir, daß Hermes,*
*Sokrates, Xenokrates, Plato, Plotin, Heraklit, Pythagoras und*
*Zoroaster oft in Verzückung geraten seien, und von vielen*
*Dingen Kenntnis erlangt haben...*
DE OCCULTE PHILOSOPHIA; Heinrich Cornelius Agrippa
von Nettesheim zugeschrieben

### *19. Lenzing, Anno Domini 1350*

Schwere Süße des Templerrings benebelte Martins Sinne. Er wischte
Blut von Mund und Nase, die Armwunde schmerzte; er achtete nicht
darauf. Er handelte, ohne zu denken: Mit dem Schweißhund zum Patrizierhaus zurückgekehrt, zog er sich aus, rieb sich und das Tier
trocken, stieg in warme Kleidung und machte sich daran, Amalie, das
Kind und Heinrich zu waschen und in Leichentücher zu wickeln;
nur der winselnde Hund war sein Zeuge. Dann holte er Michael aus
dem Grauen Kloster und bereitete auch dessen Körper für die letzte
Reise vor. Später erinnerte sich Martin nicht mehr daran, was er im
einzelnen getan und wie er überhaupt die Kraft dazu gefunden hatte.

Die ganze Nacht verbrachte er bei den aufgebahrten Toten. Martin starrte in die zuckende Kerzenflamme und fragte sich unentwegt, wie sein Leben ohne Amalie weitergehen sollte. Tausend Gedanken huschten wirr durch seinen Kopf, rasten ohne Ziel. Nie wieder würde sie lachen, kein Wort kam mehr über die kalten Lippen, ihre Wärme war vergangen.

»Man sagt, daß die Seelen nach dem Tod als Vögel zwischen den Bäumen umherfliegen«, flüsterte Martin. »Und die von Verbrechern verwandeln sich in Raben.«

In ihm war alle Lebensfreude abgestorben; er fühlte sich fast selbst als Leichnam, kalt und erstarrt. Um selbst Hand an sich zu legen, war er aber zu schwach, und vielleicht auch zu feige. Etwas hielt ihn ab, wenn er den Basilard in den Händen hielt. Bilder der Visionen wurden wach. *Habe ich eine Aufgabe? Bin ich ein Auserwählter?* Martin zweifelte, rang mit sich, wußte weder ein noch aus. Michaels Worte von Hoffnung fielen ihm ein. Nicht mal bitter lachen konnte Martin noch. *Hoffnung? Ohne Amalie? Verflucht von ihrer Mutter?*

Um sich abzulenken, blätterte er in Michaels Buch, doch die Zeichen blieben ohne Sinn, erreichten nicht den betäubten Verstand. Er zerbiß einen Fluch und wimmerte. Er wollte nicht mehr. *Warum bin ich nicht bei Amalie gewesen? Was hat mich vor die Tür getrieben?*

Martin rang die Hände; am Finger trug er den Ring mit dem Tatzenkreuz – im Inneren des Geflechts klickte es verführerisch. Es kam ihm wie eine *teuflische* Versuchung vor, und er machte sich schwerste Vorwürfe, weil er Amalie allein gelassen hatte. Er war nicht bei ihr gewesen, als sie ihn am meisten brauchte. Markus Kremer war über sie hergefallen, Clais Overstolz hatte sie ermordet. *Und ich bin nicht dagewesen, weil ich zu lange bei Bruder Michael ausharrte und in Visionen versank. Nun sind sie alle tot.* Martin fluchte, fühlte sich elend und ohne Kraft; längst blieben seine Augen tränenlos. Am liebsten wäre er ebenfalls tot gewesen, alles hatte seinen Sinn verloren. Aber irgend etwas hielt ihn aufrecht, bewegte und stützte seinen Körper, verhinderte, daß er völlig in Agonie versank. Gegen Morgen schien sogar der süße Odem verschwunden, jedenfalls nahm Martin ihn nicht mehr wahr.

Er wollte Amalie und das Ungeborene, Heinrich und Michael

neben dem Kerkerturm begraben, dort, wo die Frau ihr Kräutergärtchen angelegt hatte – es schien eine Ewigkeit her zu sein. Müde, zerschlagen, mit rasselnder Brust und schmerzenden Gliedern spannte er das Pferd vor ein Fuhrwerk, lud die Toten auf und rumpelte durch die Stadt.

Als er ins Haus trat, schrak Leo hoch; neben ihm saß eine weinende Mechthild. Matthias hockte klein und eingeschüchtert neben dem Herd, wimmerte leise; Martin strich ihm durchs Haar. Daß der Kleine den Tag bei Leo und Mechthild verbracht hatte – ein glücklicher Zufall, bei dem Martin allerdings wenig Freude empfand. *Heinrich, Amalie und das Kind sind tot. Matthias hätte es ebenso erwischt und...* Etwas schien in Martin zu zerbrechen. Er ahnte, daß er dem Jungen nie wieder so freundlich und liebevoll begegnen konnte wie bisher. *Er kann nichts dafür, aber er lebt, während Amalie...*

Martin fühlte eine Welle brodelnden Hasses. »Markus hat Bruder Michael aufgelauert und ihn so geschlagen, daß der alte Mann dran starb. Markus und Clais Overstolz haben Heinrich die Kehle durchgeschnitten und Amalie... Ich hatte ihn in den Händen, aber er ist entwischt. Dafür flog Clais' Kopf prächtig davon. Bei allen Heiligen: Irgendwann bekomm ich auch Markus, ich schwör's!«

»*Wir wissen, was von deinen Schwüren zu halten ist*« – Theas Kichern war plötzlich in seinem Kopf – »*Gar nichts! Ich verfluche dich!*«

»Auch Jakob ist tot!« Leos Augen waren gerötet; beruhigend streichelte er Mechthilds Rücken, umklammerte dann ihre Schulter mit hartem Griff. »Wir haben ihn gefunden – das Herz durchbohrt!«

Martin nickte, ohne jede Empfindung, sein Gesicht blieb unbewegt. Mühsam sah die junge Frau auf. »Er hat sich fürchterlich an dir gerächt.« Ihr Flüstern klang hohl. »Dir alles geraubt, was wirklich wichtig war. Er verdient den Tod!«

Nachdem die Toten begraben waren, kehrte Martin allein ins Patrizierhaus zurück. Matthias blieb bei Leo und Mechthild, ebenso der Hund. Wie ein Geist irrte Martin durchs leere Haus, in Schatten glaubte er manchmal die Kremerschen zu entdecken, bei unerwarteten Geräuschen zuckte er zusammen, er aß und trank kaum.

Mehr als einmal wünschte er den Tod herbei, tat aber nichts: So verging auch der Palmsonntag.

*Vergessen! Nur noch vergessen! Nicht denken, nur nicht an Amalie denken!* dachte er und legte irgendwann zitternd Räucherwerk auf die Pfanne, fächelte und seufzte, als er den vertrauten Duft roch. Die Schwaden wurden dichter, Dunkelheit schob sich vor Martins Augen. Seine Muskeln verkrampften, das Herz schien einen Sprung zu machen. Das Erwachen war später eine einzige Qual. Es gab keine Erinnerungen an Visionen oder Bilder. Nur *Schwärze* war da, und Martin fühlte sich noch elendiger.

Auch in den nächsten Tagen räucherte er sich immer wieder ein, versuchte zu vergessen. Es half wenig: Wenn er erwachte, fühlte er sich gerädert, glaubte ein Mühlwerk im Kopf zu haben und ekelte sich vor sich selbst. Die Tage vergingen. Was in der Doppelstadt geschah: er bekam es nicht mit. Immer wieder stand Amalies aufgerissener Leib vor seinen Augen. *Was schert mich das Leid der anderen und die Pesttoten? Es gibt keinen Hospitalmeister mehr: Amalie ist tot…*

*Weiterhin fand der Schwarze Tod Opfer: Gottsuchende und Gläubige suchten Trost in einer Kirche, die keine Hilfe bot. Andere verfielen in Teilnahmslosigkeit und Todesangst, verkrochen sich ins ureigene Schneckenhaus, um von dem Grauen nichts mehr zu sehen oder zu hören. Wieder andere, den Freuden und schönen Genüssen zugeneigt, versuchten von dem, was das Leben noch bot, soviel wie möglich zu raffen und bis ins letzte auszukosten. Tobende, feiernde, schwärmerische Menschen brieten geschlachtetes Vieh, schmückten sich, putzten sich heraus, frönten allen Eitelkeiten menschlichen Daseins, hielten mit festlich dekorierten Tafeln allgegenwärtigem Untergang ein Leben in Saus und Braus entgegen. Bevor einen selbst die Ansteckung erwischte, wollte man das verbliebene Leben in vollen Zügen genießen. Das Leben schwankte zwischen nackter Todesangst und obszöner Lebensgier. Gesunde stürzten sich, um dem Grauen zu entgehen, in hysterisch ausschweifendes Leben. Allen Trieben wurde schamlos nachgegangen, alle Anstandsregeln über Bord geworfen. Wollust als Ablenkung; nur nicht an Tod und Verwesung denken: Väter füßelten mit Töchtern, Mütter mit ihren Söhnen. Und wenn sonst nichts greifbar war, besprang man auch eine*

*Ziege. Nackte Frauen und Mädchen eilten durch die Gassen, wild-*
*fremde Menschen schlossen sich zu Gemeinschaften zusammen,*
*verschanzten sich in Häusern und gaben sich ausschweifendem*
*Leben hin. Kurze Bekanntschaft genügte, um sich einig zu werden,*
*nach wenigen Stunden gab man sich das Ehegelöbnis. Witwen, de-*
*ren Männer kaum kalt und deren Gesichter noch tränenfeucht wa-*
*ren, stürzten sich sofort in die nächste Verbindung, und wenn der*
*Gefährte ebenfalls nach kurzer Zeit starb, wurde der nächste ge-*
*sucht. Die Aussicht auf große Erbschaften führte zu wahnwitzigen*
*Handlungen; todesmutig ehelichten Jungfern Greise, selbst wenn*
*deren Pestbeulen schon eiterten, und junge Gesellen betörten*
*Meisterwitwen. Es gab Leute, die in wenigen Wochen ein halbes*
*dutzendmal verheiratet waren.*

Martin wußte nicht, die wievielte Räucherung es war, als er plötzlich durch Wald mit knorrig-schwarzen Stämmen wankte. Wirres
Astwerk und Riesenblätter, deren Fleischigkeit fremdartig blieb,
umgaben ihn. Die Himmel war ein Dunst- und Nebelgewölbe mit
rötlich-trübem Licht. Schatten entwickelten erschreckendes Eigenleben, Zonen von Zwielicht und Dämmer erschwerten die Sicht.
Martin wich zurück, als plötzlich eine Gestalt auf ihn zukam:
*Ihr Gesicht veränderte sich, die Haut wurde von unsichtbaren*
*Händen bewegt und gestrafft. Die Nase wurde länger, die Augen-*
*farbe wechselte zu Schwarz, stach ab vom Weiß der Augäpfel. Mit*
*beängstigender Geschwindigkeit wuchsen die Haare, wurden*
*bleich und fielen als durchscheinendes Gespinst fast bis zu den Hüf-*
*ten. Auch der Körper unter bodenlangem Kittelkleid schien zu bro-*
*deln; Beulen entstanden, Falten waren in Bewegung, als tobten dar-*
*unter hundert Kobolde. Schließlich entstand lichtdurchdrungener*
*Nebel, scheinbar aus allen Poren der Gestalt hervorbrechend, und*
*formte eine wabernde Wolke.*
Martin stand erstarrt. Vereinzelt gaben Schwaden den Blick frei
auf ein gläsernes Knochenwesen. Blitze krachten rund um die Gestalt, prasselten in klafterweiten Funken. Hart traf ein unverhoffter
Hieb den Mann. Er stürzte zu Boden, war gelähmt. Anstrengung
verzerrte sein Gesicht, doch er konnte sich nicht bewegen.
Schmerzhaftes Prickeln und Stechen durcheilte seine Muskeln, Zittern befiel ihn. Mühsam ballte er die rechte Hand zur Faust. Im

Hintergrund verschwand das Irrlichtern, das Knistern und Krachen ebbte ab. Qualvoll schwerfällig stemmte Martin sich auf die Arme, versuchte auf die Beine zu kommen, torkelnd, wankend, halb blind von den Tränen. Vor ihm ragte das Kristallskelett auf, glitzernd, fremdartig, gefährlich. Wieder traf ihn ein blendender Blitz. Daß sein Kopf aufschlug, bekam er kaum noch mit; das Dröhnen schien fern und ihn nicht zu betreffen. Martin hatte keine Kraft mehr, konnte sich nicht regen; der Blitz, in dem das Kristallwesen zersplitterte, machte Dunkelheit Platz – und irgendwann riß ihn Schwanken aus dem Dämmerzustand. Geräusche, die an sein Ohr drangen, erkannte er erst nach einer Weile als monotones Murmeln, Flüstern und Raunen vieler Stimmen, und er fühlte sich an die Große Litanei erinnert.

Bewegen konnte sich Martin nicht, obwohl die Lähmung abgeklungen war: Fesseln schnürten Hände und Füße ein. Martins Blick ging nach oben auf rötlich-matten Nebel. Er lag in einem Kasten, dessen seitliche Begrenzungen scheinbar gewaltig in die Höhe reichten, aber kaum armlang sein konnten. Er fühlte sich schwach und elend, alle Muskeln taten weh. Die Zunge erschien ihm als stachliger Fremdkörper. Hunger und vor allem Durst plagten ihn. Dumpf entsann er sich des Blitzes, des Zusammenbruchs.

»Was ist geschehen?« Er bekam keine Antwort. Das Schwanken des Kastens wurde stärker. Angst packte Martin, ihm wurde heiß und kalt zugleich. Klebriger Schweiß bedeckte kalt den Körper. Entsetzt dachte er: *Ein Sarg! Der Kasten ist ein Sarg! Was geschieht?*

Er zweifelte an seinem Verstand, begriff nicht, was mit ihm geschah. Das Murmeln wurde peinigend. Niemand schien seine Qualen zu beachten, obwohl er im Mittelpunkt eines wahnwitzigen Rituals zu sein schien. Flackernder Lichtschein vertrieb Dämmerung, Schatten fielen verzerrt in den Sarg. Für Augenblicke stockte das Raunen, hob um so lauter wieder an, wurde zum schaurigen Sprechgesang einer unbekannten Sprache. Martin versank wieder im Nebel, der seine Sinne einlullte. Manchmal glaubte er das Süße des Templerrings zu riechen. Die blutabschnürende Fesselung bemerkte er kaum noch. *Wem bin ich in die Hände gefallen? Welche Teufel, Geister oder Dämonen bemächtigen sich meiner?* Martins Gedanken wurden träger. In Sprüngen schien die Zeit zu vergehen; vereinzelt schrak er auf, wurde sich seiner bewußt, zitterte vor

Angst und tauchte wieder in Finsternis. »Was geschieht? Gütiger Gott, was geschieht?«

Zittern am ganzen Leib ließ seine Zähne klappern. Die Haut juckte und brannte, und sein Blick verschleierte sich immer öfter. Schwarze Vorhänge, aufgehellt nur von flirrenden Funkenregen, schoben sich vor Martins schmerzende Augen; in seinen Ohren rauschte und fauchte das Blut. Wie eine eisige Hand krallte sich Angst in seine Brust. Je lauter und unheimlicher die fremde Litanei wurde, desto heftiger pochte Martins Herz, brach Schweiß aus allen Poren, bis er wieder das Bewußtsein verlor: Finsternis ...

»Höret, Brüder und Schwestern!« Das Brüllen weckte ihn. »Erhebt die Becher zum Schwur!«

Ein dumpfer Chor antwortete: »Wir erheben die Becher!«

»Wir vergießen das Blut der Rache!«

Wie ein Echo wiederholten andere die Worte.

»Auf daß die Peiniger in ewiger Verdammnis leiden!«

Und wieder diese düstere, scheinbar teilnahmslose Wiederholung.

»Rache!«

»Tod all denen, die uns in die Hölle verbannten!«

»Rache!«

Martins Augen brannten. Er verstand nicht, was er hörte und sah. Er war gefangen, gefesselt an ein Y-förmiges Gestell. Ketten umschlangen seinen Leib, verhinderten jede noch so kleine Bewegung. Martin fühlte sich schwach wie ein Neugeborenes, körperlich wie geistig ausgelaugt und leer. Das Gestell glich einem Pranger, es stand in höllischer Landschaft: Schutt und Trümmer waren zu grauen Halden aufgehäuft, zwischen Felsen waren Flächen gelben Sandes; vereinzelt fauchten Feuersäulen in rot-nebligen Himmel; glutflüssiges Gestein formte breite Ströme, auf denen schwarze, immer wieder aufbrechende Krusten schwammen; riesige Pfeiler ragten geneigt in die Höhe, zum Teil abgebrochen und halb zersplittert; von absonderlich geschichteten Gesteinsplatten entsprangen glitzernde Kristallranken, die erstarrter Flüssigkeit glichen; in Spalten funkelten Eiszapfen oder formten Tropfnasen wie Kerzenwachs.

Vor dem Schandgestell waren viele Dutzend Gestalten versammelt, gehüllt in weit fallende, faltenreiche Gewänder aus schwarzem Tuch. Handschuhe bedeckten die Hände, Helme aus schwarz lakkiertem Metall verhüllten die Köpfe; die Kegelstümpfe lagen auf den Schultern auf, waren mit scharfkantigen Auslegern verziert, die Flügeln, Nadeln, Dornenkronen und Raubtiertatzen glichen. In Augenhöhe gab es spiegelnde Flächen, die das Licht der Feuerströme zeigten; Schlitze durchbrachen die Helme über den Mündern. Die Gestalten hielten Lederbecher in den Händen. Dutzende Arme reckten sich, hoben die Becher.

Dumpf drang die Wiederholung unter den Helmen hervor: »Tod all denen, die uns in die Hölle verbannten! Rache!«

Die Gestalten setzten sich in Bewegung; jeweils drei gingen nebeneinander, ein stummer Zug, eine absonderliche Prozession. Neue Dreiergruppen schlossen sich an, unübersehbar die Zahl. Becher wurden wie kostbare Monstranzen gehoben, der Zug umrundete einmal das Schandgestell. Martin wimmerte, als die erste Dreiergruppe ausscherte und auf ihn zukam. Becherinhalt klatschte ihm entgegen: blutrote Flüssigkeit, die den Staub zu seinen Füßen in schmierigen Brei verwandelte. Süßlicher Gestank breitete sich aus, je mehr Becher entleert wurden. Die rote Lache wuchs. Mehr als einmal traf es Martin. Die unheimlichen Gestalten wichen zur Seite, machten Nachfolgenden Platz, stellten sich im Halbkreis auf. *Ist es wirklich Blut? Was haben sie vor?* Fassungslos verfolgte Martin das Ritual. Wieder platschte es. Kühle Spritzer tränkten Martins Kleider, die schweißnaß an seiner Haut klebten. Eine Ewigkeit schien zu vergehen, bis die letzte Dreiergruppe vor Martin ankam und sich in den Halbkreis einreihte. Vereinzeltes Murmeln klang auf, wuchs wieder zum Chor, der sich in der Rezitation fremder Liturgie erging. Martin verstand nicht, was mit ihm geschah. *Wahnsinn!* Er konnte sich dem Grauen nicht entziehen, zitterte, bebte, starrte den Fremden sprachlos entgegen. Je länger er dem Sprechgesang lauschte, desto tiefgreifender wurde die Angst. *Sie lassen sich Zeit*, durchfuhr es ihn. *Sie wollen die Rache bis zum letzten Augenblick auskosten. Wer sind sie? Was wollen sie von mir?* Martins Gedanken wirbelten im Kreis. Er suchte nach einem Ausweg, nach Rettung und Hilfe. Vergeblich. Er konnte die Ketten nicht sprengen; nicht mal Asmus wäre es gelungen. *Die Vermummten ...?*

Martin redete auf sie ein. Niemand achtete auf ihn, seine Worte wurden vom Gesang übertönt. Er fluchte, drohte, schimpfte, letztlich verfiel er aufs Bitten, Flehen; er begann fast zu winseln. Nichts half. Nachdem er in höchster Qual gebrüllt und geschrien hatte, ohne die geringste Wirkung zu erzielen, verstummte er verzweifelt; er zitterte, war erschöpft, nahe dem Ende seiner Kraft. Für unbestimmte Zeit hing Martin in den Ketten, eingelullt vom Gesang. Er dämmerte vor sich hin, mehr ohnmächtig als wach, mehr tot als lebendig. Schmerz, Hunger und Durst wurden zum dumpfen Druck.

Martin wußte nicht, wie lange er gefesselt am teuflischen Pranger stand, als zwei Gestalten herantraten und ihn mit fadem Brei fütterten. Im ersten Augenblick wollte er sich wehren, biß die Zähne zusammen – aber eine Gestalt hielt ihm die Nase zu, und als er nach Luft schnappte, wurde ihm der Löffel in den Mund geschoben. Martin sah ein, daß er der erniedrigenden Behandlung nicht ausweichen konnte. Also aß er, und er trank auch das Wasser, das ihm eingeflößt wurde. Anschließend rissen die Gestalten seine Kleidung in Stücke, zerrten die Fetzen unter den Ketten hervor, bis er nackt war. Auch dagegen konnte er nichts tun.

Arme und Beine: gefesselt. Die Kette schnürte zwar nicht den Blutfluß ab, behinderte aber ausreichend jede Bewegung; mehrfach schlang sie sich um Brust und Hüfte. Martin hing mehr in der Fesselung, als daß er noch aufrecht stand. Während ihn die Gestalten fütterten, versuchte er mehr zu erkennen. Die kuttenartigen Gewänder bestanden aus grobem Tuch, die Handschuhe aus dünnem Leder. Zusammen mit den Helmmasken wurde jeder Fingerbreit Haut verdeckt.

Nach dem Essen setzte wieder Gesang ein, gefolgt von erneuter Fütterung. Seine Notdurft mußte Martin dort verrichten, wo er stand. Den Blicken Dutzender ausgesetzt zu sein trieb dem Mann die Schamröte ins Gesicht. Unzählige Augen schienen über seinen Körper zu gleiten, setzten ihm zu wie Basilardstiche. Fütterung und Sprechgesang lösten einander ab, dazwischen gab es Zeiten, an die Martin keine Erinnerung hatte; er verlor das Zeitempfinden, dämmerte vor sich hin. *Stunden? Tage? Eine halbe Ewigkeit?* Er wußte es nicht. Das Singen riß nicht ab, zermürbte ihn. Es war eine grausame Folterung, schlimmer als die Torturen, denen Martin im Kerkerturm beigewohnt hatte. Statt körperlicher Qual war es hier eine viel unpersönlichere Art, fast kalt und sachlich; nicht einmal berührt wurde er. Fast hätte sich Martin gewünscht, auf einem Streckbett zu liegen oder das Glühen von Brandeisen zu spüren. Irgendwann hüllte sich die Landschaft in düsteres Licht. Es wurde dunkler. Nur die Feuersäulen formten erschreckende Fackeln. Bewegung kam in die Gestalten. Armlange Stäbe wurden weitergereicht. Dicht gedrängt standen die Kuttenträger; Wesen in wallenden Gewändern, die mit der Dunkelheit verschmolzen, ruhig, bewegungslos, trotzdem mit fast körperlich spürbarer Drohung.

Glut zuckte auf, entzündete die Stäbe: Fackeln mit rußenden Flammen. Flackerndes Licht, bewegte Bereiche, mal beleuchtet, dann wieder im rötlichen Dämmer versinkend. Wind kam auf, zerrte an den Flammen. Funken sprühten in weiten Bögen. Bleicher Bodennebel kroch über die Trümmer, Schwefelschwaden waberten über den Feuerströmen. Die Gestalten verstummten unvermittelt; unheimliche Stille senkte sich über Martin, der verwirrt den Kopf hob. Nur vereinzeltes Rascheln von Gewändern war zu hören, leises Pfeifen des Windes und das Knistern der Fackeln.

Eine Gestalt trat vor den Halbkreis und näherte sich Martin. Schritte in feierlicher Würde. Zehn Ellen entfernt blieb die Gestalt stehen, Martin starrte ihr mit tränenden Augen entgegen. Der Helm war mit zwei fußlangen Metallflügeln verziert, eine Silberkugel überwölbte die Stirnseite. Ein träger Gedanke huschte durch Martins Kopf: *Der Anführer?*

Eine gebieterisch knappe Geste: Zwei Kuttenträger eilten herbei, lösten die Kette und mußten Martin stützen. Das Klirren ließ ihm Schauer den Rücken hinablaufen. Schweigend standen sie einander gegenüber: Martin, mehr getragen als aus eigener Kraft stehend, schwach, von Angst geschüttelt, ein kleiner, geschundener Mensch – und dort der Anführer der Düsteren, schlank, fremd, von flackerndem Fackelschein und Nebelfetzen umgeben. Ein Lichtpunkt tanzte über die spiegelnde Fläche in Augenhöhe. Die Stille erschütterte Martin mehr als jedes Geschrei; hätte ihm nun jemand eine Maulschelle verpaßt, er wäre kreischend zusammengebrochen. Aber das Gegenteil war der Fall: Der Anführer winkte, und die Helfer ließen Martin los, so daß er, gekrümmt und zitternd, allein stehen mußte. Niemand berührte ihn, es gab keine Mißhandlung, keine Tortur – und trotzdem war Martin dem endgültigen Zusammenbruch nahe. Nackt, vom eigenen Dreck besudelt, stand er da, wartete; zu mehr war er nicht mehr in der Lage.

Dumpf drang die Stimme unter dem Helm hervor, als sich der Anführer an Martin wandte: »Unser Urteil ist gesprochen, Blutvogt!«

Martin zuckte zusammen; eine Ahnung kroch durch seinen Kopf.

»Es wird vollstreckt. Willst du erfahren, wer dich richtet?«

Die Bewegungen der Gestalt waren langsam. Hände packten den Helm, hoben ihn vom Kopf. Alles Mögliche hatte Martin erwartet, doch was – besser wen – er nun sah, versetzte ihm einen solchen Stich, daß er wie ein Sack in sich zusammenfiel. Mühsam fing er sich auf; in unwürdiger Haltung, halb kniend, halb liegend, die Hände in den Boden gekrallt, starrte Martin fassungslos die Gestalt an und brachte nur ein krächzendes *Nein!* über die Lippen. Und noch einmal gellte sein Schrei, als auch die übrigen Gestalten die Helme abnahmen: »Nein!!«

Lang fiel goldgelbes Haar, bisher hochgesteckt, in weichen Wellen über die Schultern. Sie war wunderschön, genau wie Martin sie in Erinnerung hatte. Er kannte jede Linie ihres Gesichts, jeden Zoll ihres schlanken Leibes. Grenzenlose Trauer, vermischt mit Haß stand in den wasserblauen Augen, die ihn unnachgiebig ansahen. Martin ächzte fassungslos: »Amalie!«

Kaum weniger schockierend war der Anblick der anderen Gestalten: *Johann Grasdorf, Rochus Grieswand, Berthold Clementh, die Marktweiber Martha Schober und Stephanie Krokow, Lorenz Steppers, Hulda Alvensleben, die runzlige Roggenmuhme, Clemens Lobenstein, Wilkin Brügge, Paul Kremer, Arnold Brole* …

»Mein Gott! Du … ihr seid doch tot! Sie sind tot! Hingerichtet oder vom Schwarzen Tod geschlagen oder …! Tot!«

Entsetzt wanderte Martins Blick, kehrte zu Amalie zurück. Sein Herz hämmerte schmerzhaft, immer stärker wurde das Zittern, das ihn befiel. Martin hatte das Gefühl, daß seine Adern kurz vorm Platzen standen. Übelkeit würgte in seiner Kehle, der Magen schien im Kapriolentanz zu hüpfen.

Amalie warf das Gewand ab, stand nackt und breitbeinig da: Aus

ihrem zerfetzten Bauch schaute der Kopf des Kindes – klein und
runzlig war das Gesicht, groß und fragend blickten die Augen.
Hinter ihr stand Thea, die Augen kalt wie Eis. Martin schrie gellend
auf. Sein Blick wanderte über die anderen Gestalten: Johann Grasdorf trug den Kopf unter dem Arm, das Gesicht war eine höhni-
sche Fratze. Rochus Grieswand schüttelte zerschmetterte Glieder,
eine blaue Spur zog sich den Hals entlang – dort, wo Martins
Schnur ihn gewürgt hatte, bis er das Leben aushauchte. Jann Melchior hustete dunklen Schleim, aus Vogt Surbers Halswunde
spritzte ein fingerdicker Blutstrahl. Berthold Clemenths Arme und
Beine sprangen vom Körper fort, blutige Fetzen wirbelten durch
die Luft. Steppers und die Roggenmuhme waren von lodernden
Flammen eingehüllt und kicherten. Wilkin Brügge strampelte am
Galgen. Paul Kremer und Arnold Brole warfen einander ihre
Köpfe zu, Clais Overstolz mischte plötzlich mit seinem mit. Clemens Lobenstein planschte in brodelnder Ölkufe, von Schwaden
umgeben. Hillig Kurtzrock spielte versonnen mit dem abgeschnit-
tenen Gemächt. Hein Nabel kratzte Pestbeulen auf, unter der
Narbe zuckte es ...

Beben befiel die Armmuskeln, bis sie erschlafften: Martin konnte
sich nicht länger hochstemmen, sein Gesicht fiel in den Staub.
Körnchen knirschten auf seinen Zähnen, er konnte kein Glied mehr
rühren.

*Ich kann nichts tun!* dachte er; Schaudern befiel ihn angesichts
der erbärmlichen Schwäche. Heißes Metall schien durch seine
Adern zu rinnen. Mühsam drehte er den Kopf. Stumm und ungerührt hatte Amalie seinen Zusammenbruch beobachtet, teilnahmslos und wenig menschlich klang ihre Stimme, als sie nun sagte: »Du
hast mich schmählich im Stich gelassen! Wo warst du im Augenblick meiner höchsten Not? Sei verflucht auf ewig! Tod all denen,
die uns in die Hölle verbannten!«

Der letzte Satz war ein Aufschrei voller Haß. Die Worte wurden
aufgegriffen und von den Gestalten wiederholt. Sie schrien und
kreischten und verstummten plötzlich. Am lautesten kreischte
Thea: »*Ich verfluche dich! Ich verfluche dich!*«

Martin hörte Schritte, jemand beugte sich zu ihm herab.

»Nun, Blutvogt, fühlst du die Lähmung?« Amalies Stimme klang
zuckersüß und falsch. »Der Höllenodem greift nach dir. Es tötet

dich nicht, vielleicht. Du wirst sein wie wir: verflucht! Hab Spaß bei deiner letzten Reise, mein Gatte!«

Martin fühlte sich hart gepackt und davongetragen und am Rand eines Feuerstroms abgesetzt. Abgrundtiefe Hoffnungslosigkeit befiel ihn. Gluthitze strich über sein Gesicht. Die Augen brannten, die Lider zuckten. Gestank nach Pech und Schwefel stieg in die Nase.

Von einer Insel mitten in Feuer und Glühen ragte ein Thron auf. Maria und Hildegard knieten davor, Asmus und Brunhilde standen daneben, Matthias hockte auf der Lehne, Jakob bekritzelte Pergament. Die Schneiderin Magdalene humpelte von der Seite herbei; ihr Gesicht blieb starr, die grauen Augen blitzten. Johannes wiegte den kahlen Kopf, schlürfte Speichel und lachte. Heinrich tänzelte auf Martin zu; seine Füße berührten nicht das Feuer und das brodelnde Gestein: Tief klaffte die Halswunde, das Gesicht unter goldgelbem Haar glich einem Engelantlitz – zart, lächelnd, mit Augen, die wie Edelsteine blitzten. Auf den Händen trug der Junge eine Silberschale; er legte sie vor Martin auf den Boden. Zuerst sah der Mann nur das Blut, dann den abgeschlagenen Kopf, schließlich das Gesicht: *sein eigenes!*

Amalies Stimme glich Donnergrollen, als sie schrie: »Ha! Auserwählter! Du suchst den Heiligen Gral? Bist du auch bereit fürs *Letzte Opfer?* Alles wirst du verlieren, nichts wird dir bleiben. Freunde werden sich abwenden, niemand wird dich verstehen. Du wirst gejagt und gefoltert. Du bist verflucht! Verflucht! Verflucht!«

In plötzlich aufwallender Wut und Verzweiflung ballte Martin die Hände zu Fäusten. Er schrie, versuchte mit größter Willenskraft auch die übrigen Muskeln unter Kontrolle zu bekommen, wollte den Körper hochstemmen. Es gelang nicht. Die Gestalten schwiegen, verharrten in bedrückender Stille. Amalie kicherte leise; Martin wurde klar, daß sie seine Versuche verhöhnte. Die Verdammten begannen ihren Sprechgesang von neuem, lauter und bedrohlicher, aber auch voller Triumph. Brodeln kam vom Feuerstrom. Gezackt huschte grelle Glut über schwarze Krusten; Schollen stellten sich auf, Blasen platzten geräuschvoll. Ein letztes Mal schaffte es Martin, sich aufzurichten – dann brach er ein. Der Kraftakt glich aufloderndem Strohfeuer, das zum zart nachglimmenden Funken erlosch. Nur Asche würde zurückbleiben. Martins Körper erschlaffte, sein Herz machte einen Satz, dann gab es nichts mehr außer umfassender Finsternis.

Ein Lichtpunkt erschien in der Ferne. Geräusche, Stimmen, Musik. Formen und Farben, geometrische Muster: Das Licht war das Ende eines unendlichen Tunnels, in den Martin hineinzustürzen glaubte. Ein Klingen, Zirpen, Summen und Läuten drang an seine Ohren. Streicheln huschte über die Haut, eine zarte Berührung wie mit Daunen.

Die Erinnerung an die Gestalten, und vor allem an Amalie und ihren Vorwurf, trieb Martin durch Höllentorturen. Alles erschien ihm sinnlos. Die Schuldgefühle lasteten zentnerschwer auf ihm, er fühlte sich wie von Feuergeißeln gestäupt. Durst, Hunger, Schmerz. Kälte und Hitze wechselten. Er tauchte durch Seen aus Kot und Urin. Spöttisches Lachen erklang, Knochenfinger betatschten ihn am ganzen Leib. Martin glaubte von einem Mahlstrom verschlungen zu werden. Druck lastete auf ihm, das Herz klopfte rasend, er schwitzte und kämpfte gegen Atemnot. Martin fühlte sich gefangen, in einen winzigen Kerker gesperrt.

Einsamkeit, unendliche Trauer, keine Hoffnung, Hilflosigkeit, Verzweiflung und Schuld: Wie gewaltige Wogen schwappten die Gefühle über den Mann hinweg, machten ihn zum Spielball. Er glaubte von Blut, Schleim und Eiter eingehüllt zu werden. Riesenmühlsteine schienen Martin zu zermahlen, alles löste sich auf, wurde zerstört, zerfetzt, zerrissen. Eisige Kälte verwandelte sich in brütende Hitze. Mörderischer Haß auf Markus Kremer wechselte mit leidenschaftlicher Liebe für Amalie. Ein quälendes Verlangen und Sehnen ließ ihn wimmern. Verzweifelt suchte er nach Antworten.

Das Licht am Ende der Finsternis wurde größer und greller, leuchtende Farben schwangen als Bänder und Nebelfetzen vorbei: Himmelblau, Goldschein, Regenbogenglitzern. Helligkeit von überirdischer Schönheit hüllte Martin ein. Plötzlich empfand er eine tiefe Befreiung, warf alle Angst ab, fühlte sich unbelastet und geläutert. Zufriedenheit, Geborgensein, Liebe. Himmel und Paradies. Es glich ausgelassenem Tanz, einer zärtlichen Umarmung, als Licht sich zur menschenähnlichen und doch fremden Gestalt verdichtete und Martin für Augenblicke einhüllte. Zartes Klingen drang an seine Ohren; es war keine Sprache, trotzdem verstand er den Sinn, und der Tonfall erinnerte ihn an die geliebte Amalie. Sanft, aber bestimmt war die Ablehnung; in Martin entstand der Eindruck, daß die Zeit noch nicht reif war, er mußte *zurück*.

Amalies Gesicht erschien, sie lächelte; in ihren Augen erkannte Martin Vergebung und Aufmunterung, Verständnis und unendliche Zuneigung – Gefühle, die die Schreckensbilder vergessen machten. Unsicher erinnerte er sich daran, sich eingeräuchert zu haben; plötzlich glaubte er die erschreckenden Visionen zu verstehen. Schuld, Trauer und Angst hatten sich zum Albdruck verdichtet. Aber da war noch mehr. Amalies Körper erschien engelzart, durchscheinend, luftig. Sie lachte, ihre Hand streichelte Martins Wange, dann wich sie zurück, wurde eins mit dem gleißenden Licht in der Ferne. Und eine Stimme polterte:

*»Du bist auserwählt! Du bist der Hüter und Prophet des Grals! Geh hin und verkünde die Botschaft des neuen Heils! Bringe das Letzte Opfer – und du wirst erlöst sein! Finde die Jungfrauen, die den Gral tragen und behüten. Vernichte den Widersacher! Martin Stockmann – du bist auserwählt! Du wirst vom göttlichen Manna kosten. Ewige Jugend wartet auf dich.«*

Plötzlich wurde das Schwarz um ihn durchsichtig, die Schatten wichen. Als hänge er unter der Decke, sah Martin in einen Raum. Verkrümmt lag ein Körper am Boden, jemand beugte sich über ihn, rüttelte an den Schultern. Fausthiebe krachten auf die Brust, die Gestalt griff nach dem Gesicht, hauchte den eigenen Odem dem reglosen Körper ein, und wieder heftige Schläge. Martin fühlte Zerren; er wollte dem Zug nicht folgen, sehnte sich nach dem Licht. Doch es war ihm verwehrt.

*»Allmächtiger! Er atmet nicht. Martin! Martin! Er ist tot! Gütiger Gott. Das darf nicht sein. Martin!«*

Nach einem Wimpernschlag abgrundtiefer Finsternis bemerkte Martin gräßlichen Druck. Gewaltiges Zischen füllte die Lungen, schmerzhaft drang kühle Luft ein; die Brust hob sich zum ersten Atemzug. Martin keuchte, bäumte sich auf, hustete, krümmte sich zusammen und schluchzte. Er atmete, fühlte den Körper, kam langsam hoch. Tränen verschleierten den Blick. Leos Jubeln schwoll zum ohrenbetäubenden Geräusch. Verwirrt schüttelte Martin den

Kopf, wankte zum Tisch und goß Wein in einen Becher. Kühl und erfrischend rann die Flüssigkeit die Kehle hinab. Martin seufzte, sah langsam zur Seite, wo Leo auf einem Bein hüpfte und Freudentränen vergoß.

»Du lebst! Jesus und Maria! Mann, du lebst! Aber... du hast nicht mehr geatmet, du warst doch tot? Martin? Was ist...?«

Martin setzte sich, schluchzte, barg das Gesicht in den Händen. Klar und deutlich standen ihm die Bilder vor Augen. Die Folter, Amalies Anschuldigung, dann die Finsternis. Martin ahnte, daß er für kurze Zeit wirklich eine andere Welt betreten hatte, ausgelöst von übermäßigem Belserausch. Die *Schwelle des Todes* – fast hätte er sie überquert. *Lazarus? Was hat Leo gemacht? Mir seinen Atem geschenkt, auf die Brust geschlagen?*

Er hörte zunächst kaum, was Leo sagte: »Und heut ist *Karfreitag*. Herr im Himmel, ein Wunder! Es ist ein Wunder!«

Wochen vergingen, der Frühling kam, langsam ging das Leben in der Doppelstadt wieder seinen gewohnten Gang. Jedesmal, wenn Martin am Grab seiner Frau stand und Blumen niederlegte, brannte der Verlust wie Höllenfeuer; grenzenloser Kummer zermürbte Martin, den immer wieder Erinnerungen heimsuchten. Kein Belserausch konnte das Leid vertreiben. Obwohl zu Hospitalmeister, Ratmann und Schöffen »ehrenhalber« ernannt, hatten die alteingesessenen Patrizier – von Stulzing, Sternickel und einigen anderen abgesehen – die Nähe des ehemaligen Blutvogts gemieden. Die bürgerlichen Frauen hatten Amalie geschnitten, hielten sich für etwas Besseres und gingen ihr aus dem Weg. Auch manche Marktfrau, die Amalie nichts verkaufen wollte. Martin erinnerte sich, daß sie im Herbst über diese Hochnäsigkeit gelächelt hatten; sie waren glücklich miteinander, bald würde das Kind ihr Glück noch mehr vervollkommnen.

»Vorbei!« knurrte Martin. Er magerte ab, fühlte sich wie gerädert und wünschte sich oft, neben Amalie und dem Kind in der Erde zu ruhen; die Kraft, selbst Hand an sich zu legen, fand der Mann allerdings nicht. Nachts schlief er kaum, dachte immer wieder darüber nach, wie er nun sein Leben – ohne die geliebte Frau! – gestalten könnte. Die Worte Bruder Michaels gingen nicht aus seinem Sinn, entwickelten ein Eigenleben, das von den Räuchervisionen noch verstärkt wurde. *Gralsjungfrauen, Glück und frohe Botschaft, ewige Jugend, göttliche Speise, Gralshüter* – Begriffe, die in Martin einen wilden Reigen tanzten, durcheinanderquirlten und ihn immer wieder in Verwirrung stürzten. *Eine Mission? Den Widersacher richten? Aber wo soll ich suchen? Wie soll ich den Schelm finden? Ob er noch mit dem Gauklerwagen unterwegs ist? Spandau vielleicht? Oder weiter weg? Markus! Ich muß ihn suchen . . .* »Ich muß fort! Hier halt ich's nicht länger aus! Was hält mich noch hier? Nichts – alle sind tot! Vielleicht nach Braunschweig? Zurück zu Eltern und Geschwistern? Und dann? Nein, ich muß Markus finden – er ist der Widersacher!«

Asmus, mit Brunhilde nach Abklingen der Pest zum Kerkerturm zurückgekehrt – in ihrer Begleitung waren auch Dietrich und Elisabeth –, schaffte es nicht, Martin aus dessen grenzenlosem Leid herauszureißen. Der kleine Matthias zog zu Gevatter und Basen, die sich um so rührender um ihn kümmerten, je mehr Martin verfiel. Nur am Rande bekam Martin mit, daß neue Patrizier das Sagen hatten, neue Ratmannen und Schöffen ernannt wurden. Tyle Brügge und Tile Wardenberg waren zurückgekehrt. Vom *Hospitalmeister* sprach niemand mehr: *Er hatte versagt, kein Mittel gegen die Pest gewußt . . .*

Die Menschen, die die Pest überlebt hatten, feierten, schmausten, becherten und füßelten noch wilder als zuvor.

Martins Verlangen, Berlin zu verlassen, wurde zum unstillbaren Drang. Schließlich stand sein Entschluß fest. Er sattelte den Wallach, packte seine wenigen Habseligkeiten und verabschiedete sich von Asmus, dem er das aus Braunschweig mitgebrachte Richtschwert überreichte. »Hüte es wie einen Schatz, alter Freund.« Er umarmte den kräftigen Burschen, küßte Brunhilde, die – mit Tränen in den Augen – daneben stand, und sagte: »Und paß auf den Hund auf, ja?«

Martin umarmte Matthias, winkte Leo Regerli, warf einen letzten Blick auf Amalies Grab – Bilsenkraut wuchs aus dem schattigen Hügel an der Stadtmauer – und schwang sich in den Sattel. Er trabte Gassen entlang, besah sich noch einmal den Rabenstein – am dreisäuligen Galgen baumelte ein von Raben angefressener Leichnam –, erreichte die Abdeckerei, die er mit einer Mischung von

Wehmut und Trauer betrachtete – Amalies Lachen klang in seinen Ohren, ihr Gesicht erschien und verwehte, als Tränen in Martins Augen stiegen –, ritt über die Spandauer Straße, bog ein zur Oderberger Straße und folgte ihr zur Langen Brücke. Das Rathaus! Die Mühlen! Weiter zur Schwesterstadt Cölln, die Breite Straße bis zu Sankt Petri – und Martin verließ endgültig die Doppelstadt durchs Teltower Tor.

# QUARTUM:
## POST PESTIS

*Welcher Wahnsinn ist es, die wenigen Tage, die wir unter Menschen verbringen dürfen, zu der Mitmenschen Haß und Schaden zu verwenden! Wie bald kommt der letzte Tag, der die Zornesgluten in der menschlichen Brust löscht und allem Haß ein Ende macht, der unsern Feind, dem wir das Schlimmste, den Tod, gewünscht, von dieser Erde nimmt und uns so den traurigen Wunsch in bittere Erfüllung gehen läßt!*

GESPRÄCHE ÜBER DIE WELTVERACHTUNG:
*I. Gespräch (Augustinus);* Francesco Petrarca

# I.

*VOM PROPHETISCHEN TRAUME*
*So erscheinen uns die Bilder unbekannter Orte und die*
*Gestalten sowohl lebender als verstorbener Menschen; es wird*
*uns Künftiges angezeigt, was noch nicht vorgekommen ist,*
*und wir erfahren, es sei irgendwo Etwas vorgekommen, was*
*noch nicht bekannt geworden. Diese Träume bedürfen keiner*
*weiteren Auslegungskunst, wie jene, die der Weissagung*
*angehören und kein Vorauswissen sind. Daher werden*
*gewöhnlich derartige Träume nicht verstanden, denn, wie der*
*Araber Abdalla sagt, einen Traum zu sehen, hängt von der*
*Stärke der Einbildungskraft ab, ihn aber zu verstehen, ist Sache*
*des Verstandes. Wessen Verstand daher allzu sehr in die*
*Sinnlichkeit verstrickt oder wessen Einbildungskraft so stumpf*
*und unausgebildet ist, daß sie die Gestalten und Bilder einer*
*höheren Einsicht nicht aufnehmen und die aufgenommenen*
*nicht behalten kann, der ist für weissagende Träume völlig*
*unempfänglich...*
DE OCCULTE PHILOSOPHIA; Heinrich Cornelius Agrippa
von Nettesheim zugeschrieben

## 29. Launing, Anno Domini 1350

Den Roten Hahn hatte Martin schon von weitem gesehen, sein Kamm umtanzte wild das Scheunendach am Dorfrand: Flammen fauchten aus trockenem Stroh und Gebälk, Qualm umquirlte feurige Zungen, durchsetzt von hochstäubenden Funken. Gestalten waren vorm Lohen und zwischen Rauchschwaden nur als Schemen zu erkennen; Eimer gingen von Hand zu Hand, Zischen und Dampf begleitete jeden Wasserschwall. Rufe gellten, drängten zur Eile, jemand jammerte laut, übertönt vom Knistern, Brausen und Knacken. Ein Teil des Scheunendachs sank zusammen, Glut und Funken flogen durch Gewölk. Eine Seitenwand sank zu Boden. Asche und glimmende Fetzen wirbelten, von tosender Hitze getragen, im weiten Umkreis. Ohrenbetäubendes Bersten übertönte plötzlich alle Geräusche; feuchtes Holz zersprang mit einer Wucht, als sei der Gottseibeiuns hineingefahren. Splitter und Lehm-

brocken des Flechtwerkputzes pfiffen durch die Luft, und Gestalten, zum Teil getroffen von glühenden Trümmern, sprangen durcheinander.

Martin hatte Mühe, den Wallach zu zügeln; der Braune bäumte
sich auf, trat aus und sprang im Viertelkreis herum. »Ho, ho!«
brüllte er, kniff die Augen zusammen und hielt den Atem an, weil
ihn Qualm einhüllte. »Ruhig, Alter.«

»Zurück! Die Scheune ist nicht zu retten!« Ein kräftiger Mann
winkte und trat nach einem kläffenden Köter. »Kümmert euch um
den Jungen. Mehr Wasser, Leute!«

»Sofort, Schultheiß.«

Wenige Dutzend Hütten und Häuser, umgeben von Graben und
Etter, der das Entlaufen des Viehs verhinderte, gruppierten sich
rings des Dorfplatzes mit Kirche und Brunnen, aus dem hastig
geschöpft wurde. Am Dorfrand war nahe der Mühle die Schar zurückgeblieben, der sich Martin angeschlossen hatte; fahnenschwin-
gende Geißler in schwarzen Mänteln, die, düstere Lieder singend,
durchs Land zogen, seit der Schwarze Tod Arme wie Reiche heimsuchte und gleichermaßen ins dunkle Reich entführte. Verstärkt
durch Bettelvolk, Fahrende Leute, Pfeifer und Trommler, hallte ihr
*Misericordia*; eintöniger Gesang rief zur Buße auf, immer wieder
unterbrochen von Geißelungen und Selbstkasteiung. Todesfurcht
und wahnwitzige Hoffnung, Inbrunst, Ekstase, Singen, Klagen –
seit er Berlin verlassen hatte, taumelte Martin zwischen Gottes-
schauer, Ekel und Grauen. Fiebriger Glanz stand in seinen Augen,
während er in die Flammen starrte, von Frösteln heimgesucht, und
Bilder niederrang, die Visionäres mit Erinnerungen vermengten,
Albträume mit Erlebtem, Wünsche und Triebe mit Enttäuschun-
gen. »Mein Kopf dröhnt wie eine Glocke. Herr im Himmel, hilf mir
doch!«

Zittern durchfuhr ihn, Hände umklammerten die Zügel, für ein
paar Atemzüge schloß er krampfhaft die Augen. Fern schien die
*Leis* der Geißler, die dem Mann durch den Kopf zuckte: »*Ist diese
Bedefahrt so here – Christ fuhr selbst zu Jerusaleme – und führt ein
Creutz in seyner Hand, nun helff uns der Heiland.*«

»Mein Junge stirbt. Helft ihm doch!« Eine Frau kreischte, zurückgehalten vom Schultheiß, den ebenfalls das Zittern befiel.
»Großer Gott, sei gnädig.«

488

Martin sprang aus dem Sattel, als er sah, daß Hustende eine wimmernde Gestalt, mit Wasser übergossen, aus dem Rauch zerrten. Hinter ihnen zerbrachen Trümmer, erneut stoben Flammen und Funken auf. Während einige Männer die Eimerkette neu ordneten und versuchten, den Brand einzugrenzen und das Überspringen auf weitere Gehöfte zu verhindern, umringten andere den Verletzten. Gackernde Hühner scharrten im Boden, ein Schwein rannte quiekend zwischen den Beinen der Bauern davon.

Martin drückte einem Bauern die Zügel in die Hand, löste den Beutel vom Sattel, drängte sich zum Verletzten vor und kauerte neben ihm nieder. Tränenspuren durchzogen ein rußgeschwärztes Gesicht, bis zur Kopfmitte war Haar versengt. Martin zerriß den triefenden Kittel: Schulter und Arm waren mit Brandblasen übersät. Der junge Mann stöhnte vor Schmerzen, sein Blick war verschleiert, Augen blickten verständnislos und voller Qual. Ein letztes Röcheln, dann sank der Kopf zur Seite. Martin hörte keinen Herzschlag mehr.

Im Hintergrund klagte die Mutter mit schriller Stimme, zurückgewiesen von einem Mann: »Nimm dich zusammen, Weib. Wenn es der Wille des Herrn ist ...«

Außer seiner Kleidung, wenigen Münzen, Kräuterbeuteln und chirurgischen Instrumenten besaß Martin nur noch Pferd und Sattel; aber in seinem Kopf schwirrten Worte, die er auswendig kannte. Er wußte von Propheten und Dämonen, Heiligen und Hexen; er war in der Lage, Heil- sowie Giftpflanzen anzuwenden, konnte Wunden flicken und Verunglückte operieren. Für Augenblicke dröhnte in Martins Ohren der aufpeitschende Gesang der Geißler wie ein mystischer Ruf, dem er sich nicht entziehen konnte: »*Tretet hinzu, wer büßen will, so fliehen wir die heiße Höll; Luzifer ist ein böser Gesell, wen er hat, mit Pech er labt ...*«

Plötzlich wußte Martin, was er tun mußte. Er dachte an Leos erstaunten Ausruf – »*Und heut ist Karfreitag!*« – und fühlte sich wie vom Blitz getroffen; ohne Atem war er gewesen und doch wieder erwacht. Ganz deutlich sah er den weiteren Weg – und der Junge sollte der erste Markstein sein. Martin schluckte, sein Magen verkrampfte zum harten Knoten. *Es muß gelingen. Jetzt keine Fehler, keine Schwäche. Die Tat überzeugt, bereitet den Acker fürs weitere ...*

»Tragt ihn in ein Haus, Leute.« Er richtete sich auf und sprach mit einer Sicherheit, der sich die Dorfbewohner und auch der Schultheiß sofort beugten; sie wichen dem Funkeln von Martins grünen Augen aus. »Schnell!«

»Jawohl, Herr.« Drei Männer faßten zu, der Verletzte regte sich nicht, als sie ihn forttrugen. Leute sprangen umher, andere folgten Stockmann ins Haus. An der Tür drängten sich Neugierige, halbnackte Kinder sahen mit großen Augen umher, klammerten sich an die Schürzen ihrer Mütter. Abgestandene Luft durchzog den einzigen Raum, vom offenen Herd stieg Rauch zum Loch in der Decke. Lichtbalken fielen durch winzige Fensterluken, deren Weidengeflecht fortgeklappt war. Die Männer wuchteten den Jungen auf die schwere Platte, die auf einem Gestell mit schräggestellten Beinen lag. Kienspäne und Talgkerzen wurden entzündet.

»Könnt Ihr meinem Jungen helfen, Herr?« Sorge und wilde Hoffnung wechselten im Gesicht des Mannes; er trug einen Kittel aus grobem Zeug und Bundschuhe. »Ich bin der Schultheiß von Brennaburg. Er ist dem Feuer zu nahe gekommen, dann brachen Balken. Himmel, er atmet nicht mehr…«

»Mit Gottes Hilfe werd ich ihm helfen, Schultheiß. Betet zum Herrn.«

Martin hob die Faust und schmetterte sie auf die Brust des Jungen, einmal, zweimal. Kein Puls war zu ertasten. Wieder schlug Martin zu, wurde aber gestört, weil der Pfarrer, den Tiegel zur Letzten Ölung in der Hand, in den Raum drängte. »Jesus und Maria, was tut Ihr? Wollt Ihr dem Toten auch noch die Rippen brechen?«

Martin sah auf, und seine Augen sprühten Blitze, als er kalt schnarrte: »Werft den Pfaffen raus, hier wird nicht gestorben!«

Er achtete nicht aufs Handgemenge an der Tür, nickte dem Schultheiß zu. Wieder traf seine Faust. Plötzlich bäumte sich der Junge auf, hustete und spuckte Schleim. Heißer Triumph durchfuhr Martin, und ein Gedanke zuckte durch seinen Kopf: *Lazarus!*

Der Junge verdrehte die Augen, während die Mutter sich bekreuzigte und murmelte: »Gesegnet sei der Allmächtige … Heile, heile, Segen, drei Tage Regen, drei Tage geht der Wind, heile, liebes Kind. *Daz bitt ich gott von gantzem meines hertzen.* Amen.«

Martin befahl: »Macht Wasser heiß, sammelt Leinenstreifen und kocht sie.«

Bald brodelte über dem Feuer Wasser im Kessel, Stoffstreifen wurden darin umgerührt. Martin öffnete einen Kräuterbeutel und verrieb Theriakkrümel auf der Zunge des Jungen. Dann streute er Rosmarinpulver auf die Brandwunden und fischte ausgekochte Leinenstreifen aus dem Kessel. Hals und Gesicht wurden umwickelt, ebenso Schulter und Arm. »Wenn Feuchtigkeit durchkommt«, knurrte Martin und schlug nach surrenden Quälgeistern, »müßt Ihr das Tuch erneuern. Aber vorher wieder auskochen. Mit Gottes Segen wird Euer Sohn keine Narben davontragen. Morgen trage ich eine Heilsalbe auf.«

»Ein Wunder!« Der Schultheiß seufzte, blickte vom Sohn zur Frau und wischte Tränen aus den Augen; er nahm Martins Hände und drückte sie dankbar. »Ich hab's mit eigenen Augen gesehen.«

»Gott hat mir gezeigt, was zu tun ist. Dankt dem Herrn, Schultheiß, nicht mir.« Martin massierte die Brust des Jungen, der stöhnend den Kopf hob und mit verschleiertem Blick umhersah. »Du warst sehr tapfer, Kleiner. Die Wunden werden heilen. Du darfst aber nicht kratzen, auch wenn sie jucken, verstanden?«

Der Junge nickte erleichtert, verbiß die Schmerzen und sank auf die Tischplatte zurück. »Jawohl, Herr.«

Martin, vor dem die Neugierigen ehrfürchtig eine Gasse bildeten, verließ das Haus und sah zur brennenden Scheune hinüber. Von ihr würden nur Trümmer zurückbleiben, aber die Dorfbewohner schafften es, andere Hütten zu schützen: Immer noch wurden Eimer von Hand zu Hand gereicht. Dichter Rauch hing über dem Dorfplatz und umwehte die Kirchturmspitze. Nahe dem Brunnen redete der Pfarrer auf Männer ein; keiner beachtete ihn.

»Euer Pfäfflein scheint's nicht zu verwinden, daß sich andere ums Heil Verletzter kümmern.« Martin wandte sich an den Schultheiß, sah ihm ernst in die Augen und wählte seine Worte mit Bedacht. »Ich sollte besser gehen, ehe er Zeter und Mordio brüllt und von Zauberei und böser Magie faselt. Leute wie er haben's nicht gern, wenn andere ohne heuchlerische Mittler Gottes Weisheit erlangen und der Stimme des HErrn hören.«

Der Mann winkte ab, musterte Martin aber mit unverhohlener Neugier. »Seid unser Gast, Fremder. Ich bin der Schultheiß, da wird er schon seinen Mund halten. Ihr habt meinem Jungen ... *geholfen*, nur das zählt. Sagt, woher habt Ihr Eure Kenntnis?«

491

»Nennt mich Johannes! Und da's dunkelt, nehm ich Eure Gastfreundschaft dankbar an, guter Mann. Wenn wir die Flammen gelöscht haben, erzähl ich Euch – beim guten Schluck Bier? –, welche Botschaft mir Gott verhieß.«

Er wies aufs Feuer und dachte an die Märchenerzähler der Berliner Jahrmärkte, deren Geschichten die Zuhörer in den Bann schlugen; er sah die Menschen vor sich, wie sie mit offenem Mund staunten, jedes Wort glaubten, denn das Wort vermochte die Menschen bis ins Innerste zu treffen, nur das gesprochene Wort, das Gehörte, gab den Ausschlag – und er war sich sicher, es ebenso gut zu können.

»Denn ich bin der Prophet des Grals, ausgesandt, die verlorenen Lämmer zu suchen!« Martin ahnte, als er des Schultheißen Gesicht sah, daß er schon halb gewonnen hatte. Unausgegorene Gedanken ließen sich plötzlich in klare Worte fassen; er kannte die Leichtgläubigkeit der Menschen und nahm sich vor, die Dorfbewohner in seinem Sinn zu beeinflussen – er war fest davon überzeugt, daß die Eingebungen nur von Gott gesandt sein konnten. Martin dachte an Mönch Michael, als er rief: »Mir wurde verkündet, daß die Goldene Zeit kommt, und ich soll ihr Verkünder sein.«

Der Schultheiß senkte den Kopf. »Amen.«

Beim matten Schein von Herdfeuer und Kerze saß die Schultheißfamilie am Tisch im Einraumhaus, das Lebensbereich wie Stallung war, und lauschte Martins Worten. Knechte und Mägde fütterten Vieh, molken Kühe, brachten Brennholz. Die Hausfrau – am Herd hantierend und die Abendspeise bereitend – lächelte, beglückt, daß der Gast dem Sohn geholfen hatte; obwohl keine dreißig, sah sie alt und runzlig aus, war abgearbeitet von der täglichen Last: Wasserschöpfen und Putzen, Feuerschüren, Kochen und Käsen, der Gemüsegarten – alles gehörte zum Bäuerinnenleben. Neben dem Jungen, der auf Strohpolstern schlief, gab es eine Tochter fast gleichen Alters, deren zartes Gesicht Martins Neugier weckte. Die zweite Tochter und zwei Buben waren erheblich jünger. Hühner gackerten im Hintergrund, irgendwo kläffte ein Hund, und nach der Unzahl Fliegen zu schlagen war ebenso ermüdend wie zwecklos. Nachdem der Scheunenbrand gelöscht war, hatte Martin ausreichend Zeit gehabt, sein weiteres Vorgehen auszudenken. Seine eindringliche

Sprache zeigte Wirkung; die einfachen Leute nahmen die Geschichte, staunend zwar, aber bereitwillig, auf.

»Umkehr und Buße!« Martins Stimme bebte, die Augen funkelten im Kerzenschein wie Smaragde. »Bekehrt Euch und versteht die Zeichen, die Gott Euch sendet. Der *Schwarze Tod* ist eine Prüfung, überall schlägt er zu! Nur die Gerechten werden das Land beherrschen, und bald kommt die Zeit, da Christi Reich auf Erden ist für immer. Im *Heiligen Gral* liegt die Kraft, aus ihr muß ich schöpfen, um sie an die Menschen weiterzugeben.« In ähnlicher Weise kannten die Menschen das Gesagte von den Kirchenkanzeln, im Gegensatz zu den Pfaffen pries Martin aber Gottes Nähe, verschob das Heil nicht ins ferne Jenseits, sondern aufs Greifbare dieser Welt. »Ich bin im Besitz des Schlüssels, der das verschlossene Paradies auf Erden öffnet. *Sieben Siegel* sind zu brechen, und mit Eurer Hilfe will ich den Weg für alle bahnen.«

»Wenn wir helfen können, Herr Johannes, dann sagt es«, versicherte der Schultheiß ergriffen, leerte den Bierhumpen, rülpste laut und kratzte das kurze Haar hinterm Ohr.

»Um das mir vorbestimmte Erlösungswerk zu vollenden, muß ich die Siegel öffnen. Jungfrauen haben den Schatz des Grals zu tragen. Durch sie kommt Gottes Nähe zu allen, genau wie die Jungfrau Maria unseren Herrn, Jesus Christus, zur Welt brachte.« Martin ergriff die Hand der ältesten Schultheißtochter, bemerkte ihr Erröten und sagte laut und eindringlich: »Ich fühle, daß Eure Tochter auserwählt ist! Sie könnte die erste sein, durch die ein Siegel bricht.«

»Seid Ihr sicher, Herr Johannes?« Der Schultheiß sah von seiner Tochter zur Frau und hob unbehaglich die Schultern. »Eine einfache Bauerstochter?«

Martin nickte, legte die Hand unters Kinn des Mädchens und blickte ihr in die Augen. Eine stumme Frage, bangend zwischen Hoffnung, Erwartung und Furcht, schlug ihm entgegen; die Kleine ahnte nicht, worauf der Mann hinauswollte. »Ganz sicher! Sie ist auserwählt – auch die göttliche Jungfrau war die Gemahlin eines Zimmermanns, keine hochwohlgeborene Prinzessin! Was sind schon Pfaffen und Patrizier? Gottes Prüfung macht auch vor den Hohen Herrschaften nicht halt; der Schwarze Tod rafft Bettler wie Ratsherr und Herzog hin. Gottes Güte richtete sich nicht nach

Stand, Zunft oder Adel; Er bestimmt, wen Er auswählt und wen nicht – und ich bin Sein Prophet und Verkünder!«

»So ist's uns eine Ehre, Euch unsere Tochter anzuvertrauen«, murmelte der Schultheiß leicht betrunken und füllte seinen Humpen auf. Die Frau winkte der Tochter, und während sie die Speisen auftrugen, ermahnte sie das Mädchen:

»Du wirst alles tun, was der Herr von dir verlangt. Er hat deinen Bruder gerettet, Kleine, und jetzt bist du auserwählt. Deshalb schätz dich glücklich und folge seinen Befehlen ohne Widerspruch.«

Die Kinder griffen nach Schüsseln und Brot, löffelten Kraut und Suppe und schlangen Käse und Eier hinunter. Martin hielt sich, ebenso wie beim Bier, zurück und dankte mit salbungsvollen Worten dem Allmächtigen für seine Gaben. »Menschen, die ein geistliches und gottgefälliges Leben führen«, sagte er mit lauter Stimme, »sind matt und schläfrig, aber sie werden durch meine Mission aufgeweckt. Diejenigen aber, die kein geistliches Leben führen, bleiben hilflos und ohne Kraft. Der schönste Leib verfault, wenn keine Seele in ihm ist, die Gottes Gegenwart spürt. Alleluja.«

Der Schultheiß nickte nur und hob den Humpen.

»Durch Sünde ist der Mensch ganz verdorben, er verkommt von einem Laster zum anderen. Er wird keine Ruhe finden, solange er sich hungrig von einer Begierde auf die andere stürzt und dabei einem Schwein gleicht, dessen Schnauze im Kot wühlt.«

Martin gingen hundert Dinge durch den Kopf, er dachte an Berlin und fühlte unbändige Kraft in sich; mit jedem Wort schlug er seine Zuhörer weiter in den Bann, wob ein Netz, in dessen Mitte er wie die Spinne hocken wollte. Aus dem Gedächtnis zitierte er Worte des Johann Tauler, von dessen Predigten ihm Bruder Michael erzählt hatte: »... *Haben viele die Kutten und Soutanen an – aber wenn du nicht tust, was du von Rechts wegen tun sollst, so hilft dir kein Ordenskleid. Hättest du zehn Mönchsgewänder an – im Herzen kannst du doch des Teufels Diener sein! Du betrügst dich, der Schaden ist dein und nicht mein ...*«

»Amen«, rief der Schultheiß. Martin dachte an Markus Kremer, als er sagte: »Die meisten Menschen sind eine Larve des Teufels, ein Abbild seiner abstoßenden Häßlichkeit! Eure Tochter aber, Schultheiß, strahlt Anmut und Liebreiz aus; in Erfüllung der Mission wird sie Euch und Eurer Familie Glück und Zufriedenheit bescheren. Sünde und Buße bestimmen das Menschenleben; gesündigt zu haben, ist Menschenlos – in Sünde verharren, die Hölle! Wer sündigt, ist gegen die göttliche Ordnung! Ich zeig Euch Umkehr, wie's des Herrn Willen ist, den ich in Seinem Namen verkünde!«

Da sprang der Mann auf, ergriff Martins Finger und küßte sie voller Inbrunst. Martin unterdrückte das Gefühl des Triumphs, legte dem Schultheiß gütig die Hand auf den Kopf und tat, als segne er ihn und seine Familie. »Es ist spät«, murmelte er. »Deshalb laßt uns zu Bett gehen. Ich weise Eurer Tochter den Weg, wie sie die Last des Grals zu tragen hat.«

Nachdem die Kerze gelöscht war und alle sich ausgezogen hatten, legte sich die Familie nackt aufs gemeinsame Strohbett. Martin rückte mit dem Mädchen zur Seite und begann es zu streicheln. Gewissenhaft und mit flinken Fingern überzeugte er sich davon, daß es Jungfrau war. Während das Mädchen neben ihm lag und sich nicht zu regen wagte, ging er daran, den handfesten Teil seiner Mission zu erfüllen. Er knetete die Brüste, küßte sie und saugte an den Knospen, während seine Hand zart sprießendes Haar zwischen den Schenkeln kraulte. Die Kleine schluckte, ihr unterdrückter Schrei wurde zum Glucksen, als Martin kraftvoll in sie eindrang und ihren Mund mit seinem verschloß. Er hielt seine Säfte am Fließen – was Krankheit unterband –, begeistert von feuchtwarmer Jungfräulichkeit und dem Duft, der ihn an Majoran, Koriander, Seidelbast, Faulbaumrinde und saftiges Moos erinnerte.

Martin lag, die Schultheißtochter in den Armen, noch lange wach. Endlich war er sich seiner sicher, er wußte, was er zu tun hatte und wie er weiter vorgehen würde. Die Albträume verloren ihren Schrecken, jetzt bekamen Bilder und Visionen einen Sinn. Martin folgte bedenkenlos seinen *Eingebungen*. Nach der Schultheißtochter würde er andere Jungfrauen auswählen. Die Brennaburger waren leicht zu überzeugen. Sicher würden sich auch die Geißler seiner Mission anschließen; er hatte sie genau beobachtet und belauscht, er kannte ihre Wünsche, Hoffnungen und Träume. Er war überzeugt, den *Heiligen Gral* erringen zu können, jeder Tag seines Lebens schien ihn auf die Aufgabe vorbereitet zu haben, Qualen und Schmerzen waren notwendig gewesen, um den rechten Weg zu erkennen. Er würde *Markus Kremer* finden und diesen *Widersacher* töten! *Und dann...* Vom Schlummer halb übermannt, stiegen Erinnerungen in Martin auf. Er sah Amalie, Johannes, Asmus, und immer wieder die geliebte Amalie. Er sah ihr schmales Gesicht, das goldgelbe Haar. Fast glaubte er, ihren Duft zu riechen, die Wärme ihres Leibes zu spüren.

Als Martin erwachte, wußte er im ersten Moment nicht, wo er sich befand. Der warm an ihn gekuschelte Leib steigerte die Verwirrung. »Amalie?« flüsterte er, erkannte dann aber, daß es nicht seine Frau war. »Herr im Himmel, war das ein scheußlicher Albtraum!«

Seit dem Tode Amalies hatte Martin keine Frau angerührt; ihre Liebe ging über den Tod hinaus, kaum eine Stunde verging, in der er nicht an sie dachte, an die glücklichste Zeit seines Lebens. Behutsam löste sich Martin von der Schultheißtochter, stand auf und trat nackt vor die Hütte. Morgennebel kroch übers Land und hüllte die Dorfkirche in Schwaden. Schmerz und Trauer krampften das Innere Martins zusammen, noch immer konnte und wollte er nicht fassen, was mit Amalie passiert war, nach Monaten des Herbstes und Winters, die voller Freude und Glück gewesen waren. Süßer Duft ging vom Ring aus, als er sich das stoppelige Kinn kratzte.

»Nicht länger dran denken.« Martin fröstelte und schlang die Arme um den Leib. Er wollte sich nicht länger erinnern, nicht an die Qualen und an Amalies Tod denken. »Michael ist tot – ich muß sein Erbe antreten. Das Geheimnis der Tempelritter! Meine Mission! Markus – der Widersacher, der Handlanger des Bösen!«

Er ging ins Schultheißhaus zurück, durchsuchte sein Gepäck und zog das weiße Habit Bruder Michaels, vormals Philipp von Synghoven, hervor. Nachdenklich betrachtete er das Tatzenkreuz; entschlossen schlüpfte er ins Gewand und gürtete es mit einer Kordel. In Zukunft, entschloß sich der Mann, würde das seine einzige Kleidung sein; er würde Bart und Haar wachsen lassen. *Ein neues Leben, eine neue Zeit!*

»Wach auf, Jungfrau des Grals!« flüsterte er der Schultheißtochter ins Ohr und zog sie hoch. Die Kleine blinzelte verschlafen und ließ sich von Martin ins schlichte Hemdkleidchen helfen, das dem Schnitt des Templerhabits glich. »Eine schwere Aufgabe erwartet uns. Du nennst mich Johannes oder Verkünder, hast du verstanden? Und dein Name ist jetzt: Maria Magdalena.«

»Jawohl, Herr.«

»Komm mit!« Er winkte und suchte entschlossen den Weg zu den vor dem Dorf lagernden Geißlern. Noch schliefen sie, aber sie nahmen in Martins Plänen eine wichtige Rolle ein. Innerlich grinsend fachte er das Feuer wieder an, das zwischen den zusammengerollten Gestalten in der Nacht niedergebrannt war, aber noch ausreichend Glut barg. Als die Flammen höher loderten, streute Martin Bilsenkraut und weitere Kräuter aus seinem Beutel hinein, fächelte den Rauch zu den Schlafenden. Im Osten graute der Himmel, Sonnenstrahlen blitzten grell über den Horizont, der sich mit blutigem Rot überzog. Martin lächelte versonnen, stellte sich so, daß er die Sonne im Rücken hatte, und sagte halblaut: »Knie nieder, Maria Magdalena. Bleib still, und wundere dich über nichts. Du brauchst nicht zu erschrecken, keine Angst zu haben. Hörst du?«

Sie sah zu ihm auf, während sie zu Boden sank; ihr Blick war von bedingungslosem Vertrauen durchdrungen – ihr zaghaftes Lächeln bewies Martin, daß die Kleine an die Ereignisse der Nacht zurückdachte. »Ja, Verkünder!«

Martin rief sich Worte Bruder Michaels ins Gedächtnis. *Das fließende Licht der Gottheit* von Mechthild von Magdeburg. Er holte Luft, hob die Arme, und dann donnerte seine Stimme, so daß die Geißler erschrocken aufsprangen und verschlafen umherblickten: »*... Ich habe gesehen eine Stadt, ihr Name ist: ewiger Haß. Sie ist im niedersten Abgrunde erbaut aus mannigerlei Steinen, den Todsünden. Die Hoffart war der erste Stein, wie es an Luzifer wohl offenbar ist. Ungehorsam, böse Gier, Unmäßigkeit, Unkeuschheit, das waren vier Steine gar schwer, die brachte zu allererst unser Vater Adam her. Zorn, Falschheit und Mord, diese drei Steine sind seit Kain dort. Lüge, Verrat, Verzweiflung an Gott, Selbstmord, mit diesen vier Steinen tötete sich auch der arme Judas. Die Sünde von Sodoma und falsche Heiligkeit, das sind die Ecksteine, die an dem Baue sind. Die Stadt wurde gebaut mannig Jahr. Weh allen, die ihre Hilfe boten dar! Je mehr sie da hinfür senden, mit desto größeren Schanden werden sie empfangen, wenn sie selbst nachkommen. Diese Stadt ist so verkehrt, daß gerade die Höchsten an die niederste und unedelste Stelle gesetzt sind. Luzifer sitzt im niedersten*

*Abgrunde, von seiner Schuld gebunden, und ihm fließt ohne Unter-*
*laß aus seinem feurigen Herzen und aus seinem Munde alle die*
*Sünde, Pein, Krankheit und Schande, womit die Hölle, das Fege-*
*feuer und diese Erde so jämmerlich befangen sind...* Hört, ihr Damen und Herren: Ich, Johannes, bin der Verkünder des Grals!
Meine Mission ist die Rettung der Welt. Folgt mir, und ihr werdet
das Paradies auf Erden erfahren!«

Schlaftrunken, in der Sonne blinzelnd, vom Räucherwerk verwirrt, sahen die Geißler – Frauen und Männer, die in religiöser Inbrunst die eigenen Leiber mißhandeln – zur Gestalt auf, die als
Schattenriß vor grell blitzendem Licht stand. Martin lächelte kalt,
hob die Stimme und rief sich Worte aus der *Offenbarung des Johan-*
*nes* ins Gedächtnis: *»Ich, Johannes, euer Bruder und Gefährte in*
*der Drangsal, im Königtum und im Ausharren in Jesu...« – Jetzt*
*eine Änderung! – »Ich bin der Verkünder des Gral! Ich kam in eine*
*Entrückung des Geistes am Tage des Herrn und hörte hinter mir*
*eine Stimme, gewaltig wie von einer Posaune... Ich wandte mich*
*um, nach der Stimme zu sehen, die mit mir sprach, und da ich mich*
*umwandte, sah ich sieben goldene Leuchter...«*

Martin machte eine Pause, dann brüllte er: »Sieben Jungfrauen
bedarf es, um die Last des Grals zu tragen; sieben Siegel sind zu brechen. Ich wurde ausgewählt vom Herrn, und auch euch, Brüder und
Schwestern, kommt eine große Aufgabe zu...!«

Fast eine Stunde sprach Martin wortgewaltig auf die verwirrten
Leute ein, während vor ihm die Schultheißtochter kniete und sich
nicht rührte. Vereinzelt warf er Bilsenkraut in die Glut, und er bemerkte zufrieden, daß die Worte zu Visionen wurden, die die Menschen bis ins Innerste erfaßten und mit der Botschaft beseelten, die
ihnen Martin einredete. Er putschte sie auf, zwang sie zu Tanz und
Geißelung; Benommenheit erfaßte die Gruppe, bei schwerem
Atem klatschten die dorngespickten Lederriemen auf entblößte
Leiber, rissen Striemen und Wunden. Schmerz steigerte sich zur
Ekstase, von angefachter Glut wurden Kräuter geschmort und verwirrten noch mehr die Sinne.

*»... Der Frevler frevle weiter, der Unreine sei weiter unrein...«*
Immer wieder griff Martin auf Passagen der *Offenbarung* zurück,
den Text der *Apokalypse. »... der Gerechte übe weiter Gerechtig-*
*keit, der Heilige heilige sich weiter... Ich bin das Alpha und das*

*Omega, der Erste und der Letzte, der Anfang und das Ende …*
*Draußen aber sind die Hunde und die Zauderer, die Unzüchtigen*
*und die Mörder, die Götzendiener und einjeder, der die Lüge liebt*
*und sie begeht … Der Geist und die Braut sprechen: Komm! Wer es*
*hört, der spreche: Komm, und wen dürstet, der komme, und wer*
*will, der empfange umsonst Wasser des Lebens …«*
Einige Geißler sanken erschöpft zu Boden, sahen mit starrem
Blick umher, hoben beschwörend die Hände – und da wußte Martin, daß er gewonnen hatte.
*»… Alleluja! Das Heil und die Herrlichkeit und die Macht ist unseres Gottes! Denn wahrhaft und gerecht sind Seine Gerichte. Er*
*hielt Gericht über die große Buhlerin, die Verderben brachte über*
*die Erde mit ihrer Unzucht, und Er nahm Rache für das Blut unserer Knechte von ihrer Hand …* Hört, ihr Männer und Frauen: Nur
der Gral wird die Schrecken besiegen, die Hatz des *Schwarzen Todes* beenden, das irdische Heil begründen. Wir werden den *Widersacher* finden und ihn der gerechten Strafe zuführen! Folgt mir, ich
bin Johannes, der Verkünder des Grals! Steht auf, tanzt, geißelt
euch, erkennt die Wahrheit meiner Worte …«
Halbnackt, einander bei den Händen haltend, bewegten sich
Frauen und Männer bis zur Raserei. Lieder hallten gespenstisch zu
Klatschen und stampfenden Füßen. Tanzwütige hüpften und
sprangen barfuß, bis sie umfielen. Martin entsann sich, daß Frauen
und Männer zurückgeblieben waren, um ihre zerschundenen Fußsohlen zu pflegen. Viele tanzten, ohne zu essen oder zu schlafen, bis
zur Erschöpfung. Körper wurden angetrieben, von Visionen heimgesucht, die die Tänzer durch ein Meer von Blut und Tränen wanken ließen.
Das wilde Tanzen erinnerte an Besessenheit und Teufelswerk,
aber vornehme Bürgerinnen tanzten neben einfachen Bäuerinnen
und Jungfrauen; trotz Verbots tanzten Pfaffen neben Ketzern,
Handwerker neben solchen, die keiner Zunft angehörten. Viele
brachen entkräftet zusammen, Männer rollten nackt im Unrat,
Frauen entblößten ihren Körper. Jemand schrie: »Satan hat die
Herrschaft über die Erde an sich gerissen! Wir müssen ihm entgegentreten!«
Rasende, Entflammte, Choräle singend zusammengedrängt, daß
keine Einzelkreatur mehr auszumachen war: aufgestachelte, über-

gärende, angepeitschte Gestalten, ohne Sinn, ohne Verstand. Wellen einer Masse, im Wogen eines wahnsinnigen Rhythmus – und Martin trieb sie an. Verwirrte Geister, beseelt von brennendem Wunsch nach Rettung und Erlösung, folgten den ekstatischen Riten. Immer wieder Tanz, bis zum Wahnsinn gesteigert, angestachelt von Hunger; Raserei durch selbstzugefügten Schmerz – denn nur die endlosen Qualen schienen Bestand zu haben im Ozean aus Dreck, Fäulnis, Verzweiflung und irdischer Verdammnis. Anschwellender Gesang begleitete die düstere Gemeinschaft. Martin sah zerzauste Gestalten, ausgemergelte Gesichter, fiebrig blitzende Augen. Fahles Sonnenlicht beleuchtete unheimliche Bilder, lauter und hektischer der Gesang: *Sanctus, Sanctus*...

Tanz und rastloses Hüpfen. Schreie durchbrachen das Singen. Klagen und Seufzen. Schwer stampfende Schritte. Verzückt herabgerissene Kleidung. Mit wiegenden Schritten im weiten Kreis. Gürtel, Schnüre und Geißeln. Nackte Leiber, von klatschenden Schlägen getroffen, verfärbten sich bläulich. Blut spritzte. Und immer wieder aufs neue drangen Stachel und Haken tief ins Fleisch, rissen Wunden. Das Kreischen und Schreien schwoll an; Gestalten sanken leblos zu Boden. Trotzdem gaben die anderen nicht auf, sich selbst zu kasteien. Und am Abend war Martin sicher, daß er Frauen und Männer *seiner Gefolgschaft* gefunden hatte: *Markus, du wirst mir nicht noch mal entkommen!*

Nach den ersten Nächten mit »Maria Magdalena«, die fortan dem »Verkünder« überallhin nachlief und ihm die Wünsche von den Augen abzulesen versuchte, quartierte sich Martin Stockmann bei einer Witwe ein, deren jungfräuliche Tochter als weitere »Auserlesene« benannt wurde. Die Mädchen steckten kichernd die Köpfe zusammen und tauschten Neuigkeiten aus.

Während die Witwe nach dem Abendessen mit traurigem Gesicht ins Bett stieg und sich zur Seite rollte, drängten die Mädchen zu Martin, um dem *Öffner der Siegel* zu Diensten zu sein. »Langsam, ihr wilden Häsinnen«, flüsterte er. »Ich nehm mir für euch beide Zeit; kein Siegel darf falsch gebrochen werden.«

Als die Kleinen schließlich schliefen, stand er auf, nahm seinen Beutel und suchte bei Kienspanschein nach einer Dose. Die Salbenrezeptur stammte noch von der geliebten Amalie – ein gutes Mittel, um auch die Witwe gefügig zu machen. Die Frau hatte kein Auge zugemacht und Martins Tätigkeit mißtrauisch mit gespitzten Ohren verfolgt. Als er jetzt zu ihr kroch und die Bettdecke von ihrem nackten Körper zog, lag sie wie erstarrt da und wagte kaum zu atmen. Wortlos öffnete er die Dose, nahm eine Handvoll Salbe und begann den voll erblühten Körper einzureiben. Die Frau genoß sichtlich das Streicheln und wand sich schließlich seufzend, dieweil die Mittel Wirkung entfalteten und ihrer beider Geist in Gefilde entführten, die Martin genau aus den Bilsenkrauträucherungen kannte.

Auch die nächsten Tage verbrachte er damit, geschlechtsreife Jungfrauen zu finden. Während die Brandwunde des Schultheiß-Jungen langsam heilte – und Martins Ruhm um so größer wurde –, versicherte er unablässig: »Je eher die sieben Siegel geöffnet werden, desto eher kann das Erlösungswerk für alle Menschen beginnen. Helft alle mit – und die Gnade Gottes ist euch sicher!«

Fast überall fand er offene Türen, die Geißler unterstützten tatund wortkräftig sein Tun, nachdem er ihnen von seinen *Visionen* berichtet hatte – und sie sie selbst erfuhren, von Martins Räucherwerk beeindruckt. Inzwischen wußte er – angeleitet von Bruder Michael –, daß die »Bilder« bis zu einem gewissen Maß gelenkt werden konnten; eindringliches Zusprechen half, genau jene hervorzurufen, die dem Inhalt der Worte entsprach. Es gelang nicht immer, aber Martin sammelte von Tag zu Tag weitere Erfahrungen und steigerte seinen Einfluß auf die Menschen, die ihn bald uneingeschränkt als Anführer anerkannten. Er *war* Johannes, der Verkünder!

»Sieben Jungfrauen – sieben Siegel!«

Leider ergab sich, daß viele Brennaburger Jungfern sich zwar als solche bezeichneten, aber zum Bedauern ihrer Eltern durch die Aufdringlichkeit irgendwelcher Bauerntölpel das vermeintliche Siegel bereits gebrochen hatten. Martin kümmerte sich zwar um sie, sagte allerdings auch, daß sie nicht zu den eigentlich Auserwählten gehörten. Manch ein Vater versicherte sich daraufhin eigenhändig, daß der Eingang zur himmlischen Pforte seiner Tochter noch verschlossen war, und schob die Kleine frohgemut auf den Dorfplatz, um sie Martin zu übergeben – dieser aber machte nicht den Fehler, schon jetzt alle sieben Auserwählten zu benennen.

»Als Helferinnen bei meiner Mission sind die Jungfrauen herzlich willkommen, aber Jungfräulichkeit allein macht noch keine Auserwählte.« Fast fühlte sich Martin vom Gedränge überfordert, hob die Arme und rief: »Auserwähltes Volk von Brennaburg! Ich bin der Verkünder des Buchs des Lebens. Um mein Erlösungswerk zu vollenden, bedarf es sieben Jungfrauen. Aber nur ich, der Verkünder Johannes, kann erkennen, ob die, die ihr zu mir bringt, wirklich auserwählt sind, die Last des Heiligen Grals zu tragen. Mithelfen könnt ihr alle, aber glaubt nicht, daß es so leicht sei, die sieben Siegel zu brechen. Ich erkenne die Anmut eurer Töchter, und manche mag zu Größerem vorbestimmt sein – aber ich weiß auch, daß die Siebenzahl in Brennaburg allein nicht zu erreichen ist. Trotzdem: Verzagt nicht, sondern helft mit. Ihr alle seid Teil der Großen Mission! Wir werden den *Widersacher* richten!«

Die Menge jubelte, Mädchen klatschten begeistert Beifall.

Täglich schlief Martin in einem anderen Bett, beglückte eine Jungfrau nach der anderen, wählte Helferinnen und Vertraute aus, nach »Maria Magdalena« und der Witwentochter »Mirjam« benannte er aber kein weiteres Mädchen als *Auserwählte*. Sie waren, gestärkt durch Räuchervisionen, ebenfalls völlig überzeugt von dem, was ihnen Martin verkündete – auch dies wieder eine Textstelle der *Geheimen Offenbarung:* »*... Wer ein Ohr hat, der höre, was der Geist den Gemeinden sagt: Dem Sieger werde ich geben vom verborgenen Manna und werde ihm geben einen weißen Stein und auf den Stein geschrieben einen neuen Namen, den niemand weiß, als der ihn empfängt ... Der Sieger wird so bekleidet werden mit weißen Gewändern, und nimmermehr werde ich austilgen seine Namen aus dem Buch des Lebens ... Und ich sah inmitten des Thrones und der vier Lebewesen und inmitten der Ältesten ein Lamm stehen wie geschlachtet. Es hatte sieben Hörner und sieben Augen; das sind die sieben Geister Gottes, ausgesandt auf die ganze Erde ... und in den Tagen der Stimme des siebenten Engels, wenn er zu posaunen beginnt, wird vollendet werden das Geheimnis Gottes, wie er es verkündet hat seinen Knechten, den Propheten ...!*«

Lange hatte Martin gezögert, alle Möglichkeiten und Gefahren bedacht, schließlich hatte er allen Mut zusammengenommen und Michaels Ring aufgebrochen: Eine weiße, porige Perle kullerte hervor.

Als der Mann an ihr leckte, schmeckte er eine Süße, wie er sie noch nie erlebt hatte: *Göttliches Manna?* Nachdenklich drehte er sie zwischen den Fingern, heller Staub blieb haften; fast schien es, als zerbröckle die Perle. Plötzlich fauchte Sturmwind in Martins Ohren, Farben sprühten grell vor seinen Augen, Streicheln und Kribbeln huschte über die Haut, Süße stieg von Mund und Nase auf und durchdrang Martins Kopf bis in den hintersten Winkel. In seinem Gedärm rumpelte es, ein Krampf zog seinen Leib zusammen. Schweißgebadet krümmte er sich, fiel zu Boden, rollte keuchend hin und her. Immer schneller wechselten die Sinneseindrücke: Er hörte Sphärengesang, Farborgien durchschwirrten das Blickfeld, dumpfe Schläge hallten als ferner Widerhall. Süßes wurde von Saurem abgelöst, nie gerochene Düfte hüllten Martin ein. In gleißendem Licht schwebten Frauen:

Martin erkannte neben der Schultheißtochter *Maria Magdalena* die zweite von ihm ausgewählte Jungfrau: *Mirjam.* Dann: *Magdalene Grundland*, geborene Emmerich – die Schneiderin aus Cölln. Zwei Mädchen, eine weizenblond, die andere kohlschwarz: *Hildegard* und *Maria!* Eine weitere Schwarzhaarige: Leo Regerlis *Mechthild.* Schließlich als letzte: *Amalie!* Die geliebte Amalie – wie ein Schleier umhüllte sie ihr goldgelbes Haar.

*Es sind sieben!* durchfuhr es Martin. *Es sind wirklich sieben Gralshüterinnen!*

Plötzlich trat Bruder Michael aus Goldglanz hervor – eine durchscheinende Gestalt, trotz Falten sonderbar jung und kraftvoll, umgeben von heller Aureole; unter dem Arm trug er das Buch seiner Aufzeichnungen.

»Du hast alles gelesen!« Die Stimme des Mönchs glich zartem Schellenklingeln. »Ich bin dein Begleiter durchs Visionäre, Auserwählter! Folge mir, *Johannes!*«

Magdalene, deren Bauch prall war in guter Hoffnung, trug die Schale mit dem abgeschlagenen Kopf; Martin brauchte nicht näher hinzusehen, um zu wissen, daß es sein eigener war. Plötzlich drang Raunen und Kreischen an seine Ohren. Er sah ein Blutgerüst. Asmus hob das Schwert, ein wuchtiger Schlag folgte. Matthias rannte zwischen Beinen durch, packte den Kopf an den Haaren und hob ihn hoch: *Martins Kopf!*

»*Die Letzte Prüfung!*« Eine fremdartige Stimme donnerte. »*Erst*

503

*mit diesem Opfer wird der Heilige Gral errungen, nachdem der Widersacher vernichtet ist.*«

»Du fragst dich, was mit dir geschieht, seit du vom herrlichen *Manna* gekostet hast?« Michael lachte verständnisvoll. »Schon *Ezechiel* hat Vergleichbares beschrieben; der Herr sprach zu ihm: ›*Menschensohn, was du vor dir hast, iß; verzehre diese Schriftrolle da; dann mache dich auf und rede zum Hause Israel*... *Menschensohn, lasse deinen Leib essen, und erfülle dein Inneres mit dieser Schriftrolle, die ich dir reiche!*‹ *Ich aß sie auf, und sie ward in meinem Munde süß wie Honig*...«

Martin tauchte durchs Glühen: Aus klobiger Lade, mit Goldschmuck verziert, stiegen Schwaden, die zum mächtigen Haupt emporwuchsen, aus dessen Mund weißes Manna quoll. Der Gekreuzigte schluckte die göttliche Nahrung, an seiner Seite kniete Maria Magdalena – ihr Bauch war unter faltenreichem Gewand weit gewölbt. Blut rann aus der Seitenwunde, aus den Malen an Händen und Füßen und den Verletzungen, die Geißeln und Dornenkrone geschlagen hatten. Maria Magdalena stand auf – an ihrer Hand hielt sie ein Kind; langsam gingen sie fort, verschwanden in Nebel und gleißendem Licht; das Blut des Gekreuzigten füllte eine Schale. Ein Berg, von Wolken und Schwaden eingehüllt, erzitterte unter Donner und Blitzen und einem Schmettern, das Posaunenstößen glich. Wetterleuchten huschte durch brodelnde Schwärze, weit gabelten sich Lichtbahnen von blendender Helligkeit. Rollen und Krachen, pfeifender Sturm, weitere Blitze, und die Ahnung eines Körpers, groß, fremd, erhaben, mitten in dem Toben und Brausen. Leuchten, das einer riesigen Saphirplatte glich, erschien und durchzog die Wolken.

Michael rief: »Und der Herr sprach: ›*Verfertige eine Lade aus Akazienholz, zweieinhalb Ellen lang, eineinhalb Ellen breit und eineinhalb Ellen hoch. Überziehe sie mit lauterem Gold von innen und außen und befestige eine Leiste aus Gold ringsum*... *Verfertige sodann eine Deckplatte aus reinem Gold*... *Stelle zwei Goldcherubim als getriebene Arbeit her, indem du sie aus den beiden Enden der Deckplatte herausarbeitest*... *Setze die Deckplatte auf die Lade und lege das Zeugnis hinein, das ich dir geben werde. Dortselbst will ich mich offenbaren von der Deckplatte aus*...‹ *Und Moses nahm das Zelt und schlug es außerhalb des Lagers in einiger Entfernung*

*von ihm auf; er nannte es Zelt der Begegnung… Das Volk sah die Wolkensäule am Zelteingang stehen…«*
Für Augenblicke taumelte Martin durch Finsternis. Funken blitzten auf und erloschen. Eine Unzahl Menschen schwebte vorbei: Geschundene und Geschlagene, mit allem Leid der Welt Beladene. Aus wabernden Wolken formten sich winzige Gestalten. Kobolde keckerten, Fratzen segelten vorbei, kamen näher und verschwanden wieder. Reihen von goldenen Perlen wurden zu durcheinanderquirlenden Splittern, die Nebelschwaden durchstießen, die ihre Gestalt und Farbe ständig änderten. Lichtblitze und Funken stoben auf, Kometen jaulten langschweifig vorbei, leuchtende Fragmente tanzten wie geisterhafte Irrwische. Wesen, in denen Martin körperlose Geister zu erkennen glaubte, wankten in langer Prozession vorüber, verschmolzen zum Punkt, der im nächsten Augenblick zur blauweißen Riesenkugel anschwoll und auf einer kochenden Wassersäule tanzte wie ein Ball. Aus ineinander verlaufenden Farbklecksen entstanden verschnörkelte Figuren, die einander umkreisten, plötzlich zerplatzten und zu faserigen Strängen wurden, die schlangengleich zuckten. Vor Martin erschien die goldene Lade. Schwaden stiegen auf und formten ein Ding mit hochragender Wölbung, das hell wie die Sonne leuchtete. Aus der Unterseite entsprang zwischen Buckeln, die an Brunftkugeln erinnerten, ein Zumpf, von dem weiße Perlen in eine Schale fielen: *Manna!*
»Im Brief an die Hebräer schreibt Paulus…« Der Franziskaner erschien neben Martin, lächelte und hob die Arme über den Kopf, ehe er die Hände faltete. *»Hinter dem zweiten Vorhang war das Zelt, das man ›das Allerheiligste‹ nennt. Es enthielt den goldenen Rauchopferaltar und die von allen Seiten mit Gold belegte Bundeslade, in der ein goldener Krug mit dem Manna, der grünende Stab Aarons und die Bundestafeln sich befanden und darüber die Cherubim der Herrlichkeit, die den Versöhnungsschrein überschatteten.«*
Martin sah langbärtige Männer in schlichten Gewändern und Frauen mit offenem Haar. Magdalene, die Cöllner Schneiderin, das graue Haar kurz geschoren, kniete vor einem Altar, auf dem Martins Kopf lag. Ein Kind stand neben ihr; ein Junge: er hatte Augen wie Smaragde, und an seinem Hals zog sich eine blaue Linie entlang. Der Raum war ein düsteres Kellergewölbe, Fackelschein riß

Säulen aus Schatten und Dämmer. Eine lautlose Stimme erklang, gab Magdalene Anweisungen; es schien, als spreche der Kopf zu ihr. Der Junge lächelte. Später lag das Haupt in einem Reliquienschrein. Staub lagerte sich fingerdick ab, Spinnengewebe wucherte. Menschen kamen ins Gewölbe; Martin blickte in Gesichter, die er noch nie gesehen hatte. Auch die Kleidung wirkte fremd. Immer wieder sprach der Kopf, dessen Haut uraltem, rissigem Pergament glich. Die Augen waren nun wirklich Smaragde, der Halsstumpf lag auf Samtpolster. Dezennien mußten vergangen sein, vielleicht sogar viele hundert Jahre. Trotzdem kamen Mitglieder der Gemeinschaft an den sonderbaren Ort. An Ringen und Ketten glitzerte das Zeichen der Templer, das Tatzenkreuz. Martin glaubte zu verstehen, daß die Besuche und Handlungen im verborgenen stattfanden. Immer wieder kam ein Kind, an dessen Hals sich die blaue Stigmalinie entlangzog. In schneller Folge wechselten nun die Bilder, schüttelten Martin und warfen ihn hin und her:

Särge klappten auf, Grabkreuze fielen um: Bleiche Wesen in zerrissenen Totenhemden entstiegen aufbrechender Erde, wanderten über schottrige, öde Landschaft auf ein helles Licht zu, das das Ende der Finsternis markierte – und sich als matte Laterne herausstellte, woraufhin die Gestalten zu pulvrigem Staub zerfielen.

Ratten, Mäuse und Äffchen öffneten Käfige, wuchsen auf Menschengröße an und schlachteten Männer in weißen Kitteln, stürmten hinter Flüchtenden her und trieben sie in eine Ruinenlandschaft.

Gebilde, die an metallische Armbrustbolzen erinnerten, stoben auf Feuerstrahlen zum Himmel, kehrten um und zerfetzten Metallgitter mit sich ausdehnenden Glutbällen, die als totenstarre Augen aufstiegen, bis Wolken sie umhüllten, die an knorrige und faltige Hände erinnerten und sich zum Gebet falteten.

Baumansammlungen ohne Blätter tauchten auf, Skeletten ähnlich, die ihre Wurzeln aus dem Erdreich zogen und auf ihnen zu Städten rannten, wie sie Martin noch nie gesehen hatte: Riesige Häuser ragten auf, Fassaden blitzten im Sonnenschein wie kostbares Geschmeide, auf breiten Straßen mit schwarzem, glattem Belag rasten pferdelose Wagen dahin. Plötzlich brannten Häuser, die Wagen wurden zu Glutbällen; immer mehr Bäume stapften herbei, zerdrückten Menschen mit ihren Ästen. Zurück blieben stinkende Schwaden, dunkle Wolken und schlammige Fluten von über die Ufer getretenen Flüssen; Fische trieben mit hellen Bäuchen an der Oberfläche, schnappten krampfhaft nach Luft. Ein kirchlicher Würdenträger im prächtigen Ornat sah entsetzt einer Menge dickbäuchiger, runzliger Kinder entgegen, die auf dürren Beinchen näher kamen, langsam und schleppend, die kraftlosen Ärmchen flehend ausgestreckt; eine unübersehbare Zahl, die über den Würdenträger hinwegstapfte, ihn erdrückte – nicht einmal Erstaunen erschien auf den ausgezehrten Gesichtern, als nackte Füße das kostbare Gewand berührten und … *zurück blieb das Haupt: Dunkle und geschrumpfte Haut umgab den Schädel, das Haar war gelichtet, eingetrocknete Lippen hatten Zähne entblößt, und auf den Schleifflächen der Smaragde tanzte Licht, das zu blendenden Kreuzen auswuchs und Martin blendete.*

Mit gellendem Aufschrei erwachte er aus den erschreckenden Visionen, seine Hand umkrampfte die weiße Perle.

Tage reihten sich zu Wochen, in denen Martin von Haus zu Haus zog. Christi Himmelfahrt, Pfingsten, das Dreifaltigkeitsfest, Fronleichnam: Nachts kümmerte er sich um die Jungfrauen, tags predigte er und versuchte die Menschen für sich zu gewinnen – und die Vision zu vergessen. Alles, was er erzählte, kannten die Brennaburger aus religiösen Überlieferungen, aber Martin wußte so packend zu schildern – geschult durch Mönch Michael und dessen Wissen –, daß der Dorfpfaffe bald mit Steinwürfen vertrieben wurde. Nachts erlebte Martin stets aufs neue den Albdruck. Die weiße »Manna«-Perle trug er als Amulett in einem Lederbeutel am Hals, und er genoß den von ihr ausströmenden süßen Duft: Oft fühlte Martin sich entrückt, glaubte auf Wolken zu schweben – aber seine Gedanken waren klar wie selten zuvor.

Am Ende des Weidemonats bildete sich eine Gruppe von zwölf Männern – die Hälfte ehemalige Geißler –, die in Martin einen neuen Messias sahen, ihn als Großen Verkünder bewunderten und sich als seine Jünger betrachteten.

»Unser Herz ist Gottes Tempel. Gott will keine steinernen Häuser, denn Er durchdringt jedermann. Schert euch nicht darum, was die Kleriker sabbern – ihr Herz ist schwarz und voller Falschheit.«

Martins Heilkünste sprachen für sich – sie überzeugten die Menschen ebenso wie die Predigten. Man glaubte seiner Heilsbotschaft, und sogar Zweifler, die die Auserwähltheit anfänglich bestritten, brauchten nur den Schultheiß-Jungen anzusehen, um überzeugt zu werden. Man riß sich fast darum, den »Verkünder« bewirten zu dürfen, auch wenn es keine jungfräulichen Töchter gab. Er nahm die Einladungen an, sprach mit allen, heilte Wunden und gewann immer größeren Einfluß; Kranke und Gebrechliche dankten ihm durch bedingungslose Gefolgschaft. Geld wurde gesammelt und den »Auserwählten« überreicht. Martins Grundsätze fanden Zuspruch: *Anderen Gutes tun, nicht nach Reichtum streben, sondern von Almosen leben.* Er teilte alles mit allen, die sich ihm anschlossen; nur die auserwählten Jungfrauen beanspruchte er für sich, um sie in ihre Aufgabe einzuweisen – was durch eindringliches Zureden bei Bilsenkrautsitzungen geschah, gefolgt von zärtlichem Füßeln. Die engsten Anhänger lernten von Martin die Heilkunst und den richtigen Gebrauch von Heil- und Giftpflanzen. Verzweifelte und Geschundene gesundeten. Im großen Troß zog man von Brennaburg zum benachbarten Dorf, von dort aus weiter zum nächsten.

Irgendwann im Herbst trafen sie einen zerlumpten Haufen armseliger Menschen: sie waren vor der Pest geflüchtet, hilflos und verwirrt umhergeirrt. Unter ihnen entdeckte Martin die Schneiderin Magdalene – sie weinte, als sie Martin erkannte und ihm ihr Leid unter vielen Tränen berichtete: Peter Grundland war ermordet worden – Wegelagerer hatten ihnen aufgelauert und den Mann gräßlich zugerichtet, weil er ein mit Brandeisen Gezeichneter war. Die Kerle fielen über Magdalene her, benutzten ihren Körper, wie es ihnen gefiel, und ließen die Frau halbtot am Wegesrand zurück. Mühsam schleppte sie sich fort, schloß sich den Flüchtenden an, die dem Schwarzen Tod zu entkommen versuchten. Martin sprach beruhigend auf Magdalene ein, verband ihre Wunden und schmierte ihren Leib mit Salbe ein, bis sie unter den sanften Händen seufzte. Martin tröstete die grauhaarige Schneiderin auf seine Weise – und ernannte sie zur dritten »Gralsjungfrau«: *Aus Vision wurde Wirklichkeit!*

Bald war Magdalene nicht wiederzuerkennen: sie hatte sich das Haar fingerkurz geschoren, trug einen weißen Schleier und vermied es, ihr Humpeln zu deutlich zu zeigen. Neben Martin wurde sie die *Hohe Priesterin* der Gemeinschaft, war in alles eingeweiht, erfuhr ihrerseits Visionen – und mit der Zeit lernte sie wieder zu lächeln: Sie wurde zu Martins treuester Anhängerin.

»Peter war ein braver Mann«, sagte sie einmal, »nie hab ich die Losheirat bereut, aber das Schicksal meinte es nicht gut mit ihm und mir. Ich denk oft an ihn, und ich weiß, daß weder ich noch eine andere ›Auserwählte‹ deine Amalie ersetzen kann. Trotzdem ...«

Sie saß nackt neben Martin und sah versonnen in die Ferne. Fältchen entsprangen ihren Augenwinkeln, Kerben zogen sich von den Nasenflügeln bis zum Mund, das Kinn erschien Martin noch spitzer, als er es in Erinnerung hatte, und die eisgrauen Augen blickten meist kühl. Aber der Hals, lang und schlank, begeisterte den Mann, je länger er ihn betrachtete.

»Sie scheint mir heut näher denn je!« Süße stieg vom Amulettbeutel in Martins Nase; für Augenblicke glaubte er die Dünste sogar zu sehen. Neben Magdalenes Kopf erschien Amalies Gesicht, umgeben von goldgelbem Haar, das aus dem Rußgekräusel der Kerze zu entstehen schien; sie lächelte zustimmend, hauchte Martin eine Kußhand zu. »Sie ist immer da, begleitet mich – Amalie ist die siebente Gralsjungfrau!«

»Du sagst es immer wieder, Verkünder.« Magdalene wandte ihm ihr Gesicht zu. »Was ich noch nicht verstehe – wie soll sie den Heiligen Gral tragen, wo sie doch ...?«

Er schwenkte den Beutel mit der »Manna«-Perle. »Ich werde wissen, wann's soweit ist und wie es vor sich gehen wird, wenn die Zeit reif ist. Eine letzte, große Vision.«

»Und dann?« Ihr Blick wirkte verschleiert; Martin wußte genau, woran sie jetzt dachte, und sagte ernst: »Das letzte Opfer – zum Nutzen unserer Gemeinschaft und fürs Heil der ganzen Welt.«

»Hochmut kommt vor dem Fall!« Ein Seufzer hob die Brust und ließ pralle Epfelin wippen, während Haut über Rippen spannte. Magdalene war hager, grau, ein Fuß verkrümmt – keine Schönheit: Sogar Martin hatte ihre innere Wärme erst mit der Zeit entdeckt, der unbändige Wunsch nach Geborgenheit, verbunden mit der Bereitschaft, ebensoviel – oder noch mehr – Zuneigung und Vertrauen zu schenken.

»Es ist die Botschaft meiner Visionen – nicht mein Wille.« Martins Finger folgte der Linie ihres Halses, von den grauen Haarspitzen hinter dem Ohr bis zur Kuhle des Schlüsselbeins; er sah, daß Gänsehaut mit Tausenden Hügelchen entstand, legte die Hand flach auf ihre Brust und fühlte das schneller pochende Herz. »Du weißt es, hast selbst schon den herrlichen Duft des Mannas genossen und die Gesichte erlebt!«

»Ja – und ich hab Angst, fürchterliche Angst. Auch dich werd ich verlieren…«

»Aber einen Sohn empfangen!«

»Gezeichnet mit dem Stigma deines Todes… Mich fröstelt, Verkünder!«

»Du wirst die Gemeinschaft weiterführen. Sie wird weiterbestehen, aller Unbill zum Trotz. Und ich werde immer bei euch sein.«

Unter Martins reibender Handfläche wuchs die Knospe und wurde hart; er umfaßte die Brüste, hob und knetete sie. Magdalene drängte sich an ihn, heiße Lippen suchten seinen Mund, öffneten sich zum verlangenden Kuß; Hände umfaßten Martins Gesicht, er umfingerte die Lustspalte und zog den warmen Leib an sich. Sie rollten durchs Stroh der Scheune, ihre Hand führte ihn zum Liebeshof, leidenschaftlicher wurden die Bewegungen, Muskeln bebten, und heftiger Atem wurde zum Keuchen.

II.

---

*Wie immer alles durch Gewohnheit an Wert verliert und wie die
stets neuerungssüchtige Volksseele das Unbekannte mehr
anstaunt, so schätzte man uns, mit denen man schon längst
verkehrte, nicht mehr, während man jene, die etwas Neues und
Außergewöhnliches an sich hatten, nicht für Menschen,
sondern für Engel, nicht für Fleisch, sondern für Geist hielt…*
Bericht des Hersfelder Mönchs Lambert, 11. Jahrhundert

## 9. Weidemond, Anno Domini 1350

Kaufmann Sebastian Zirner, von Freunden und Verwandten Bastian
gerufen, kniete beim Grab auf dem Friedhof der Nikolaikirche.
Mehr als ein Jahr hatte er es vermieden, den Spuren seines Bruders
zu folgen, obwohl er wußte, daß Joseph nach dem Ausbruch der
Pest zur Doppelstadt an der Spree geflüchtet war. Auf Umwegen
war ihm später die Nachricht zugetragen worden, daß der Bruder
tot sei, begraben in Berlin.

»Mir wurde mitgeteilt, daß sein Freund Martin Stockmann alles
versucht habe«, murmelte Bastian, bekreuzigte sich und stand auf.
»Er hat mir viel von diesem Mann erzählt: Wo finde ich ihn, Herr
Ratsmeister? Ich möchte ihm danken.«

Tile Wardenberg, der das Gesicht beim Klang des Namens verzog, hob die Schultern. »Niemand weiß es, Kaufmann. Als die Pest
wütete, wurde seine Frau von Vogelfreien ermordet. Das muß ihn
endgültig um den Verstand gebracht haben!«

»Euer Ton zeigt Bitterkeit und Ablehnung.« Bastian runzelte die
Stirn. »Das klingt ganz anders als das, was ich von Joseph weiß: Er
verdanke Stockmann sein Leben, sagte er stets, lobte den Mann in
höchsten Tönen. Vor allem seine Heilkünste.«

Während sie an der Kirche vorbei zur Spandauer Straße gingen,
von Schellenklingen umgeben, machte Wardenberg eine unbestimmte Geste und antwortete zunächst nicht. Die Miene hatte sich
verdüstert, mit raschen Seitenblicken musterte er den Kaufmann.
Bastian Zirner glich seinem Bruder sehr: auch er war klein, drahtig,
besaß wasserblaue Augen und rötliches Haar. Schließlich sagte

Wardenberg: »Ich lad Euch zum Bier in den Ratskeller ein und erzähl Euch alles, einverstanden?«

»Gut.« Nachdem die Krüge gebracht waren, betrachtete der Ratsmeister lange die blankgescheuerte Tischplatte. »Ist schon eine merkwürdige Geschichte. Wie Ihr sicher wißt, war Stockmann zunächst der Scharfrichter«. Bastian vermied es standhaft, beim Lispeln des Mannes zu grinsen; er wußte, daß Wardenberg in Cölln-Berlin ein maßgeblicher Patrizier war. »Aber er strebte nach mehr, sah in der Schinderarbeit nur Mittel zum Zweck. Euer Bruder und andere Fürsprecher unterstützten ihn. Auch ich zeitweise, wie ich eingestehen muß. Stockmanns Heilkünste sahen vielversprechend aus, und unsere Stadt hätte einen guten Hospitalmeister gebraucht. Trotzdem kamen mir Zweifel. Schinderarbeit und Heilen – wie sollte sich das vertragen? Ich fürchtete, daß der Mann irgendwann zusammenbrechen oder ihm das Wohlwollen zu Kopf steigen würde. Wie auch immer – ich behielt recht!«

»Mein Bruder hat anderes erzählt!« Bastian hob den Krug, setzte ihn dann aber ab, ohne getrunken zu haben. »Immerhin wart Ihr es doch, der Stockmann zum *Hospitalmeister* vorschlug.«

In Wardenbergs Augen blitzte ein grimmiger Funke. »Nur weil Stulzing – Gott sei seiner Seele gnädig – mir zusetzte und keine Ruhe ließ. Gleiches betraf andere Ratmannen oder auch Ratsmeister Ryke.« Er leerte den Krug, strich mit dem Zeigefinger über den Rand. »Daß Stockmann nicht länger Blutvogt sein sollte, davon war zunächst keine Rede! Die Stimmung war aufgestachelt damals: der falsche Woldemar, beschuldigte und verdächtigte Patrizier, die Machenschaften von Brole und Kremer – alles kam zusammen. Schließlich gar der Brand, bei dem fast die ganze Stadt vom roten Hahn gekrönt worden wäre. Mir scheint heut, daß kaum jemand noch klar denken konnte.«

»Außer Euch selbst?« Bastians Stimme besaß spöttischen Klang. *Ich glaub nicht*, dachte er mißmutig, *daß ich nochmals hierher reisen werde. Joseph hatte recht, als er von bösartigem Tuscheln und dergleichen nach seiner letzten Reise sprach. Wardenberg versucht mit allen Mitteln, Stockmann schlecht zu machen. Was ist nur genau geschehen?*

»Ihr vergreift Euch im Ton, mein Herr«, sagte der Ratsmeister.

»Stockmann war ein Emporkömmling, ungebührlich in seinen Ansprüchen und Zielen. Zuerst wurde er Bürger, das reichte ihm nicht. Wir machten ihn zum Hospitalmeister... *Hospitalmeister* – Ha! Als er wirklich gebraucht wurde, war's vorbei mit seiner Kunst!« »Niemand kennt ein Mittel gegen den Schwarzen Tod!« warf Bastian ein, inzwischen um Beherrschung ringend. Ihm gefiel ganz und gar nicht, was der Ratsmeister sagte, vor allem nicht, *wie* er es sagte: fast haßerfüllt, hochnäsig, triefend vor Bitterkeit. »Wenn Ihr Unmögliches verlangt, muß der beste Mann versagen!« »Der beste Mann?« Wardenberg lachte rauh. »Ein Wahnsinniger! Ihn scherte weder Rang noch Stand noch Geblüt! Stets hing er mit diesem Mönch zusammen, dem manche teuflisches Wirken nachsagten und dessen Herkunft niemand kannte. Man hat erzählt, Michael sei früher *Tempelritter* gewesen: Das sagt doch alles! Der Orden wurde vernichtet, die Führer wegen Ketzerei verbrannt, das Vermögen den Johannitern zugesprochen.«

Bastian zwang sich zur Ruhe. »Aber Stockmann half beim Mühlenunglück und vielen Leuten! Mein Bruder...«

»Teufelswerk!« zischte der Ratsmeister. »Schlimme Mittelchen und verbotene Dinge und Beschwörungen! Wir hätten ihn anklagen sollen, statt ihn zu fördern. Es gab viele, die ihm Zauberei und Schlimmeres vorwarfen! Der Schelm raffte nur, hat selbst nichts gegeben ...«

*Ah*, dachte Bastian, *langsam wird's klarer! Wardenberg sah in Stockmann wohl ein braves Zugpferd für den eigenen Zweck, aber der Mann ließ sich nicht vor den Karren spannen.*

»... weigerte sich sogar, als ich ihn im Winter mal um Aderlaß nachsuchte! Statt dessen wollte er mir Blätter für Aufgüsse andrehen. Hab's sofort fortgeworfen, dieses Gift!« Wardenberg stieß den Krug fort, daß er fast vom Tisch fiel. »Mag sein, daß Ihr von Eurem Bruder anderes gehört habt, mein Herr, aber ich hab den Kerl durchschaut: falsche Versprechungen, wirres Zeug im Kopf, letztlich sogar eine Gefahr für uns alle! Es ist besser so, daß er verschwunden ist. Soll sich ja nie mehr hier blicken lassen! Seine Zeit als Hospitalmeister wär ohnehin vorbei gewesen!«

Ohne Gruß ging der Ratsmeister, während Bastian murmelte: »Auch Ihr gehabt Euch wohl.«

Er bestellte einen zweiten Krug und reckte die Schultern. Als

Händler wußte er nur zu gut, daß man mehr auf das lauschen mußte, was Leute nicht aussprachen, sondern zwischen den Zeilen andeuteten. So konnte Bastian eins und eins zusammenzählen: Erzählungen Josephs ergänzten Wardenbergs Aussagen zum eigentlichen Bild.

Als Blutvogt gemieden, hatte Stockmann zwar seine Wünsche umzusetzen versucht, aber offenbar nicht jene Anerkennung erlangt, die seinen Leistungen angemessen gewesen wäre. Wardenberg hatte zwar nach einem Hospitalmeister Ausschau gehalten, keineswegs aber Stockmann von seiner Aufgabe als Blutvogt entbinden oder gar seine Stellung erhöhen wollen. Für Patrizier und Stadtobere blieb Stockmann der einfache Mann, nur so lange gefördert, wie es nützlich erschien.

*Joseph hat Stockmann als klug beschrieben, fast sogar als durchtrieben,* dachte Bastian. *Er wußte, wo's langgeht. Ihm ist bestimmt nicht entgangen, welche Rolle man ihm eigentlich zudachte. Als es um die Bekämpfung der Verschwörung ging, wurde er gebraucht, danach waren seine Dienste in dieser Form nicht mehr vonnöten. Aber er hat Widerstand geleistet, die Fürsprache für sich genutzt, den besten Preis herausgehandelt. Bemerkenswert! Aber dann kam die Pest, der Tod von Freunden, der Frau ...*

»Das alles« – Bastian flüsterte im Selbstgespräch – »hätte ganz andere überfordert und zerstört! Monatelang trauerte ich um Joseph und seine Familie! Stockmann tat vermutlich das einzig richtige: Er ging, bevor man ihn fallenlassen konnte!«

Er bezahlte das Bier, trank aus und ging zum Kramhaus. Bastian war fest entschlossen, die Waren möglichst schnell zu verkaufen, um die Stadt verlassen zu können. Hier hielt ihn nichts und niemand.

Als er zwei Tage später mit seinen Leuten aufbrach, blieb nur das Bedauern, Martin Stockmann nicht persönlich kennengelernt zu haben. Von einem Besuch der letzten Freunde hatte Bastian abgesehen; er wollte durch Nachfragen keine Wunden aufreißen, die ohne Zweifel vorhanden sein mußten.

Für die Rückreise nach Lübeck wählte der Kaufmann einen Weg, der über Kloster Lehnin und Magdeburg nach Stendal und Schwerin führen würde: Langsam rumpelten die Wagen spreeabwärts bis zur Einmündung in die Havel, wo am anderen Ufer Spandau lag, hoch überragt vom Bergfried der Wasserburg der Askanier. Am Rand des Spandauer Forsts ging es weiter nach Süden, auf der gegenüberliegenden Seite der zum See ausgedehnten Havel blieben die Fischerdörfer Gatow und Kladow zurück.

Später bog der Kaufmannszug, als er das Dorf Stolpe durchquerte, nach Südwesten ab und erreichte nach einem Tagesritt das Zisterzienserkloster Lehnin: Schon von weitem war der hochragende Kuhbier-Turm an der Südwestecke der abweisenden Backsteinmauer zu sehen, getreu der Regel, daß beim Mönchtum Askese und Arbeit miteinander verbunden werden sollten und es Mönchen wie Laienbrüdern ermöglicht war, unter einem Dach zu leben, zu arbeiten und zu beten. Beim Kirchenbau zeigte sich das zisterziensische Ordensideal: statt eines Turms gab es nur einen Dachreiter.

Nachdem der Kaufmann Aufnahme und Verweildauer besprochen hatte, ratterten die Wagen durch das dreipfortige Klostertor im Osten, vorbei an der kleinen Kapelle hinüber zum Gästehaus und dessen Stallungen. Die Mönche gaben Speis und Trank, die Tiere wurden mit Hafer und Wasser gefüttert. Im Speisesaal – dem Refektorium der Laien, denn das der Mönche lag auf der anderen Seite der Kirche – saßen Bastian und seine Leute neben Bettlern und Krüppeln, die die Almosengabe hinunterwürgten. Kloster Lehnin war reich: es gab eine Küferei, eine Schmiede, und nordöstlich der Kirche erhob sich das Kornhaus mit spitzem Giebel.

Später wurde der Kaufmann beim Rundgang auf dem Weg zur Klosterkirche von einem Laienbruder angesprochen:»Joseph Zirner? Seid Ihr's?«

Bastian schluckte.»Nein. Der Bruder. Sebastian Zirner. Joseph ist tot, im Winter Anno Domini neunundvierzig-fünfzig der Pest erlegen.«

Der Laienbruder – ein kräftig-untersetzter Mann mit Stiernnakken – nickte und faltete die Hände, um ein Gebet zu murmeln. Ohne kirchliche Weihe, waren es Leute wie er, die vor allem die praktischen Arbeiten auszuführen hatten; Patres, die sich Herren nennen durften, legten auf Abstand und Trennung großen Wert – in der Kirche schied eine Schranke beim Chorgestühl den Mönchs- vom Laienchor. Erst nach einer Weile sah der Mann auf und sagte:»Ihr gleicht Eurem Bruder sehr, mein Herr. Ich bin Engelbert, komme aus Berlin. Ich kannte Euren Bruder.«

An den Ostbau der schlichten Klosterkirche schloß sich die Klausur mit Sakristei, Kreuzgang und Kapitelsaal an. Das Abthaus befand sich an der Westfront der Kirche. Empfangs- und Wirtschaftsgebäude, eine Schule, Handwerks- und Siechenhäuser im westlichen Klosterbereich waren ebenso wie der Garten mit seinen großkronigen Bäumen von der Klostermauer umgeben. Beim Gespräch mit dem Türsteher hatte Bastian erfahren, daß knapp drei Dutzend Mönche hier lebten; neben Abt Hermann, Prior und Subprior, einem Senior und dem Cellarius waren es Patres und Fratres – Mönche, Novizen, Laien.

*Engelbert?* Bastian runzelte die Stirn. *Doch nicht etwa...?*

»Joseph hat mal von einem Engelbert Rathenow erzählt – nichts gutes und...«

»Mein schändliches früheres Leben!« Der Mönch gab sich demütig. »Ich war Ankläger beim Gericht, war grobschlächtig und voller Zorn. Vor allem auf den Herrn Vater. Und diese Wut ließ ich an anderen aus. Einmal ganz schlimm. Der Blutvogt zeigte mir meine Grenzen, und der Herr Vater schickte mich fort. Hier im Kloster lernte ich, den Kopf zu senken, fand Ruhe und Seelenheil. Ich muß dem Blutvogt dankbar sein.«

»Ihr sprecht von Martin Stockmann?«

»So war sein Name, ja. Habt Ihr ihn gekannt?«

»Leider nicht. Nur aus den Erzählungen meines Bruders. Herr Stockmann ist aus Berlin verschwunden. Die Ratmannen, vor allem Ratsmeister Wardenberg, sind auf ihn nicht gut zu sprechen.«

Mönch Engelbert lachte leise. »Ich kann's verstehen! Der Blutvogt war stets sein eigener Herr. Noch heut glaub ich, seine Schläge zu spüren. Sie gemahnen mich weiterhin zu Demut und ehrfürchtigem Gebet. Stockmann wollte anderen helfen, und als Blutvogt tat er's auf seine Art.« Er lachte erneut. »Soll später, wie ich hörte, Hospitalmeister geworden sein.«

Sie betraten die geräumige Kirche von kreuzförmigem Grundriß. In Nischen gab es Seitenaltäre, ewige Lichter flackerten. Beim Blick das Längsschiff entlang sah Bastian den halbrunden, hohen Chor mit doppelreihigen Fenstern. Dort vorn, eingelassen in den Boden, unscheinbar im Aussehen, erhob sich der Stumpf jener Eiche, unter der Markgraf Otto, der askanische Klostergründer, den entsprechenden Traum gehabt haben soll. Zum Altar hin waren

Grabsteine weiterer Askanier zu sehen, auch der »Gralstein«
Markgraf Ottos IV., der Anno 1303 als Mönch starb. In den Seiten-
schiffen waren die Leichensteine der Äbte zu finden, geschmückt
mit bischöflicher Mütze und Krummstab

»Man nimmt Stockmann übel«, sagte Bastian und kniete zum
Gebet nieder,»daß er bei der Pest nicht half.«

»Diese Narren! Niemand widersetzt sich Gottes Strafgericht.«
Engelbert bekreuzigte sich.»Obwohl es immer wieder Leute gibt,
die sich für was Besseres halten. Habt Ihr schon gehört, daß sonderbare Leut durch die Mark ziehen und vom Paradies auf Erden
predigen? Sie sollen ganz in der Nähe sein, in der Stendaler
Gegend, angeführt von einem Wahnsinnigen, der sich als Auserwählter bezeichnet. Er will den Widersacher bekämpfen, behauptet, Gottes Wort zu verkünden. Nun, in dieser Zeit gibt es viele
Irrgeleitete: Schwärmer und Geißler, Laienprediger, alles Bubenvolk, das sich über die Gebote der Heiligen Mutter Kirche hinweg-
setzt.«

»Sollten mir die Leut begegnen, seh ich sie mir genau an.« Bastian
senkte den Kopf und dachte: *So sehr hast du dich nicht geändert,
mein Lieber. Vom Ankläger beim Gericht schwingst du dich nun zum
Wächter über Glauben und Seelenheil auf. Mir deucht, da gleichst
du sehr dem hiesigen Abt, dem auch eine schwarze Vergangenheit
nachgesagt wird.* Nachdem Ludwig von seinem Vater mit der Mark
belehnt worden war und es zum Zwist mit Papst Johannes XXII.
kam, hatten sich auch in Kloster Lehnin die Mönche in zwei Lager
gespalten; die stärkere,»loburgische« Partei hielt zu den Bayern:
Nacheinander erhoben sich Theodorich von Harstorp, Nikolaus
von Lützow und Hermann von Pritzwalk zu Äbten. *Zur Zeit von
Abt Nikolaus soll dann ein benachbarter Adliger, Ritter Falko genannt, beim Nachtlager im Kloster mitsamt seiner Begleitung ermordet worden sein, und es folgte eine Fehde von mehr als einem
Dezennium. Anführer sei der damalige Laienbruder Hermann gewesen, der sich wie seine beiden Vorgänger, entgegen Gesetzlichkeit
und Wahlmodus, zum Abt aufschwang und weiterhin ein wenig
gottgefälliges Leben führte. Im vergangenen Jahr gab's sogar eine
Bannbulle des Papstes, in der dem Kloster seine Hinneigung zum
bayrischen Haus vorgeworfen wurde, denn noch immer lastet das
Interdikt auf den Wittelsbachern.*

Tage später begegnete der Kaufmannszug tatsächlich den Leuten, und Bastian ließ anhalten, vom Anblick sonderbar berührt. Die Männer der Gemeinschaft trugen Bärte und Haar sehr lang, wie die Frauen kleideten sie sich in schlichte Kutten und liefen barfuß. *Sie singen, sind fröhlich,* dachte Bastian erstaunt. *Aber das Glänzen ihrer Augen erinnert mich an Fieberkranke! Es müssen drei oder vier Dutzend sein.*

Dieweil die Menschen in Gruppen vorbeigingen oder sich an den beiden Fuhrwerken festhielten, die in ihrer Mitte rumpelten, drehte der Kaufmann sich im Sattel und hielt nach dem Anführer Ausschau: Er war der einzige, der ein Pferd am Zügel führte und sich am Schluß hielt – von kräftigen Anhängern unterstützt, half er Zurückbleibenden weiter, verteilte Kräuter und Pulver und sprach auf die Schwachen mit ruhiger Stimme ein, bis sie neue Kraft zu schöpfen schienen und weiterliefen.

Der Mann, langbärtig und -haarig, die Augen von leuchtendem Grün, schien für Augenblicke zu erstarren, als er Bastian sah, dann kam er näher und deutete eine Verbeugung an. »Ich bin Johannes«, sagte er. »Euer Blick, Herr Kaufmann, zeigt mir, daß man Euch von uns berichtet hat. Nichts Gutes, wenn ich Eure Miene recht deute.«

Bastian stellte sich gestenreich vor. *So humorvoll sich dieser Johannes auch gibt,* zuckte es durch seinen Kopf, *so hart und unbeugsam bleibt sein Blick. Dieser Mann weiß genau, was er will, und ihn schert's wenig, daß er dazu die Leut benutzt, die ihm offensichtlich bedingungslos folgen.* »Ich will Euch nicht zu nahe treten, mein Herr, aber ich frage mich, welche Ziele Ihr wirklich verfolgt. Eure Anhänger...«

»Jeder folgt aus freien Stücken.« Johannes' Lächeln blieb kühl. »Im Gegensatz zum Zwang der großen Mutter Kirche, von der wir uns losgesagt haben: Was nutzt das Versprechen vom jenseitigen Paradies, ergänzt durch die geschürten Ängste vom Fegefeuer und ewiger Verdammnis, wenn's hier auf Erden von Leid und Elend überquillt?«

»Ihr wollt demnach ein irdisches Paradies errichten?« Bastian wiegte den Kopf. »Als Kaufmann weiß ich viel zu gut, daß Ihr unerfüllbaren Träumen nachhängt. Die Herrschenden werden sich ihre Pfründe nicht nehmen lassen, und um in Saus und Braus leben zu können, bedarf es viel Geld. Woher wollt Ihr's nehmen, wenn nicht stehlen?«

Der Verkünder lachte schallend. »Es kommt drauf an, wie man das *Paradies* umschreibt. Wir haben da unterschiedliche Auffassungen. Tägliches Waschen, Reinlichkeit in allen Dingen und abwechslungsreiches Essen gehören zu den Grundsätzen, die ich verkünde«, sagte er. »Alle meine Anhänger haben die Pest überlebt und erkranken nur noch selten. Unsere Gemeinschaft ist im Zustand von Zufriedenheit und Glück, und wenn wir auf unserem Weg Flüchtlinge treffen, die dem Schwarzen Tod zu entkommen versuchen oder bei ihrer Flucht in die Wildnis verschlagen worden sind, nehmen wir sie gern auf ...« Fast war Bastian bereit, das Gute anzuerkennen, als Johannes nach einer Pause jene Worte sprach, die ihn in des Kaufmanns Augen als Narren und Schwärmer entlarvten: »Und wenn wir den *ewigen Widersacher* gerichtet haben, sind wir unserem Ziel ganz nahe. Wir erringen den Heiligen Gral!« Erneut lachte der Mann. »Ich seh, Euch gefällt's nicht, was ich sage, Kaufmann Zirner. Nun, das ist Eure Angelegenheit. Gottes Segen begleite Euch dennoch auf allen Wegen. Gehabt Euch wohl.«

*Er scheint tatsächlich zu glauben, was er sagt*, dachte der Lübekker. *Das macht's um so schlimmer. Schlau eingefädelte Betrügerei wär schon schlimm, doch könnt ich's verstehen: wenn die Leut auf ihn reinfallen, sind sie selbst schuld. Auch Händler mit schlechten Waren bringen's Zeug an den Mann oder das Weib. Der Kerl ist aber tatsächlich von dem überzeugt, was er verkündet, und das macht ihn ebenso gefährlich wie unausstehlich! Ich mag ihn nicht, und von seinen Sprüchen will ich nichts hören.*

Bastian winkte und ließ die Fuhrwerke wieder anfahren. Auch die absonderliche Gemeinschaft war ohne innezuhalten weitergezogen, nur ein verschleiertes, schwangeres Weib wich dem Verkünder nicht von der Seite. Leder knirschte, als Johannes die Zügel seines Pferdes fester packte. »Euer Bruder«, rief er Bastian hinterher, »war aufgeschlossener! Leider konnte ich ihm nicht helfen – er hatte sich aufgegeben und alle Hoffnung verloren. Ich hielt ihn, als er das Leben aushauchte ...«

Bastians Pferd richtete sich wiehernd auf, so hart zügelte er das Tier und riß es auf der Hinterhand herum. »Was habt Ihr da gesagt?

Ihr kanntet mein... Allmächtiger, dann... dann müßt Ihr Stockmann sein! Martin Stockmann!«

Der Mann lachte und schüttelte den Kopf. »Ich bin Johannes, Verkünder und Prophet des Grals! Nur das zählt und ist hier und jetzt!«

Er ergriff die Hand der Frau und ging, ließ einen fassungslosen Kaufmann zurück, dem alle Farbe aus dem Gesicht gewichen war. Noch lange starrte er den Leuten hinterher, bis sie zwischen Bäumen verschwanden. *Stockmann! Der Blutvogt!* dachte er und fühlte ein stärker werdendes Zittern. *Ratsmeister Wardenberg hat doch recht gehabt! Dieser Mann muß den Verstand verloren haben. Wenn man nicht genau hinschaut, scheint er gütig und hingebungsvoll zu handeln. Aber die Augen verraten ihn! Mich schaudert's. Dieser frostige Blick, und dann dieses Reden vom »ewigen Widersacher«... Der Kerl wiegelt die Leut auf, wird sie alle in Tod und Verderben führen. Ein falscher Prophet! Joseph, Joseph – diesem Mann hast du vertraut? Ihn gefördert und geschätzt? Ich kann's kaum glauben. Du mußt blind gewesen sein! Nur weil er dein Leben gerettet hat, ist's doch kein Heiliger!* Rasch hob er die Hand zum Kreuzzeichen, Kälte kroch ihm die Wirbelsäule hoch und zog die Kopfhaut zusammen. *Und in den Armen dieses... dieses... bist du gestorben? Armer Bruder!*

Die Wintermonate hatte die Gemeinschaft in Brennaburg verbracht, im Frühjahr zog der Troß wieder los, auf der Suche nach weiteren Gralsjungfrauen und dem *Widersacher*. Was das erstere betraf, krümmte sich Martin häufig innerlich vor Lachen, wenn er Frauen bei einer täglichen »Audienz« empfing. Hinsichtlich *Markus Kremer* war ihm nicht zum Lachen, sondern todernst. Er würde ihn finden! »Manna«-Visionen hatten Martin zunächst nur unbestimmte Hinweise gegeben, Nachfragen bei allen Leuten, die sie unterwegs immer wieder trafen, lieferten dann aber die Bestätigung: Es gab in der Tat eine Gauklertruppe, die mit zwei Wagen umherzog und deren Anführer ein Mann war, dessen Beschreibung – sofern er nicht verkleidet auftrat – ziemlich unverwechselbar war: Kahlheit, Ohren und Zähne ergaben ein Bild, das den meisten im Gedächtnis blieb. Anfang des Weidemonats verdichteten sich Visionen und Berichte zur Gewißheit, daß Markus in der Nähe von Stendal sein mußte.

Die Begegnung mit Joseph Zirners Bruder strich Martin rasch aus dem Gedächtnis; dieser Bastian war nicht aus demselben Schrot und Korn wie der alte Freund, schon nach wenigen Worten war sich Martin dessen sicher, zumal er in Bastians Augen nicht Josephs Listigkeit und Neugier entdeckt hatte. *Es ist das letzte Mal gewesen, daß ich mein früheres Leben offenbarte*, dachte Martin betrübt. *Fortan gibt's nur noch Johannes!*

»Und du bist sicher« – Magdalene sah Martin zweifelnd an –, »daß wir bald auf Markus treffen werden?«

Er lächelte kalt. »So sicher, wie alle meine Visionen sind, mein Herz!«

Das Süße der »Manna«-Perle bekam plötzlich etwas Stechendes, feurige Nadeln schienen Martin im Kopf zu bohren, und er wußte augenblicklich, daß das das Zeichen war: *Der Widersacher! Das Werkzeug des Bösen! Markus Kremer ist ganz in der Nähe!*

Schon seit einiger Zeit folgten sie dem Verlauf des Elbufers, linker Hand mußte Stendal liegen. Auwald, unterbrochen von Schilf oder flachsteinigen Bereichen, säumte das in der Sonne glitzernde Wasser. In der Ferne waren Fischerkähne und ein Großfloß zu sehen, ungezählte Vögel lärmten.

Nahe dem Wasser, etwas abseits des Treidelpfades, entdeckte Martin zuerst die Wagen, als sie um eine Baumgruppe bogen. Über dem Feuer summte ein Kessel, Frauen wuschen im Fluß Kleider, zwei Männer hackten Holz, andere jonglierten Gegenstände oder wühlten in Truhen, die auf die heruntergelassene Seitenwand des Gauklerwagens geschoben waren.

»Markus Kremer gehört mir allein!« flüsterte Martin, während er und seine Leute sich hinter Gebüsch duckten und die Vagabunden beobachteten. »Er ist der Widersacher, nur ich kann ihn vernichten!«

»Wir werden die anderen ablenken und verhindern, daß sie helfen oder eingreifen«, sagte Magdalene.

»Einverstanden. Wir tun harmlos, gehen rüber. Ihr greift auf mein Zeichen zu. Sag's weiter. Behaltet die Kerle im Auge: Da ist mancher dabei, dem der Basilard rasch zur Hand geht!«

»Kümmer du dich um Markus, und überlaß uns den Rest.«

»Gut.«

Der zweite Wagen der Truppe war ein vierrädriger offener Käfigkarren, in dem ein zusammengerollter Tanzbär lag, angekettet und
mit Maulkorb versehen – eine geschundene Kreatur, die ganz zu
Markus' Art paßte. In Martins Kopf verstärkte sich das Stechen, für
Augenblicke verschwamm sein Blick: Markus Kremer und ein
zweiter Mann führten Pferde heran und spannten sie vor den Bä-
renwagen.

*Sie wollen wohl bald aufbrechen?! Ich muß handeln, er darf nicht
noch mal entkommen!* Martin winkte, richtete sich auf und zog den
Wallach ums Gebüsch. Langsam, ohne sich etwas anmerken zu lassen, näherten sie sich den Gauklern, die mißtrauisch aufsahen, dann
aber, beim näheren Blick auf Martins Begleiter, breit zu grinsen
begannen. *Ihre Überheblichkeit werden sie bereuen! Ah, Markus
kommt. Er erkennt mich nicht!*

»Grüß Euch, Ihr Herren und Damen«, sagte Martin und hob den
Arm; der Wallach schnaufte und riß den Kopf hoch. »Gestattet, daß
wir ebenfalls hier lagern?«

Markus entblößte seine Zähne und nickte, obwohl seine Augen
zusammengekniffen waren: Jede Bewegung musterte er mit einem
Gemisch aus Skepsis und heiterer Selbstsicherheit.

*Er fühlt sich nicht gefährdet.* Während die Wagen heranrollten,
sich Frauen und Männer verteilten, überlegte Martin, wie er am besten losschlagen konnte.

»Solange Ihr uns nicht stört«, sagte Markus und winkte betont
großzügig, »seid Ihr uns willkommen. Ihr seid ein sonderbarer
Haufen. Wohl die Schwärmer, von denen man erzählt?«

Martin lächelte. »Ich bin Johannes, der Verkünder. Das sind
meine Anhänger.«

»Und was« – Markus schlug einem Gaukler lachend auf die
Schulter – »verkündest du, Mann? Wird nur wirres Zeug sein, denk
ich mir.«

Die Gaukler kicherten, schienen nicht zu bemerken, daß Martins
Leute sie im Halbkreis zwischen Wagen und eigenen Fuhrwerken
einschlossen.

»Ich verkünde das kommende Paradies auf Erden«, sagte Martin
leise, sein Lächeln wurde frostig. »Wir erringen den Heiligen Gral,
dessen Trägerinnen die auserwählten Jungfrauen sind ...«

»Hab's gehört!« Markus und seine Freunde krümmten sich vor

Lachen. »Vielweiberei nennen's manche! Ist ein prächtiger Einfall, der auch mir sehr gefallen könnt. Was meinst du, Verkünder, nimmst du uns auf in deine Gemeinschaft?«

»Wenn du den zweiten Teil unserer Mission erfährst – glaub ich kaum: Wir suchen den *ewigen Widersacher* und werden ihn richten!«

»Stimmt, mit solchem Unsinn kann ich nichts anfangen.« Markus' Augen verengten sich wieder, die veränderte Anrede mißfiel ihm sichtlich.

*Es stachelt seinen Jähzorn an!* »Müßtest du aber: denn du, Markus Kremer, bist der *Widersacher! Ich hab dich endlich gefunden!«*

»O Gott, du ...«

»Ich hab geschworen, daß wir uns wiedersehen! Du erinnerst dich?«

Markus wurde bleich, für Augenblicke stand er ebenso erstarrt wie die Gaukler.

»Jetzt!« rief Martin – und seine Anhänger stürzten vor. Bevor die Gaukler zur Gegenwehr kamen, waren sie überwältigt und wurden gefesselt. Nur Markus, fast bis zum Käfigkarren zurückgewichen, war noch frei und starrte auf Martins gezogenes Messer; Licht funkelte auf der Klinge. Martin ließ Markus keinen Augenblick aus den Augen. Trotzdem wurde er überrascht, denn Markus hechtete zur Seite, rollte geschickt ab und sprang mit einem gewaltigen Satz zum Karrenbock hinauf, griff nach Zügeln und Peitsche und brüllte mit sich überschlagender Stimme. Zwei Hiebe knallten Martin um die Schultern, dann sprangen die Pferde an und rissen den Wagen mit.

»Du gehörst mir!« schrie Martin, bändigte den tänzelnden Braunen und trieb ihn vorwärts, ehe er ganz im Sattel saß. Wagenräder polterten übers Gestein des Treidelpfades, vereinzelt warfen die Felgen lange Sandfahnen auf. Markus schlug wild auf die Pferde ein, der Wagen wurde schneller, und im Käfig tobte der Bär, richtete sich auf.

Martin lenkte den Wallach zur linken Wagenseite, mußte aber ausweichen, weil Markus die Pferde herumriß: das Peitschenende knallte dicht vor Martins Gesicht, das Wagenheck schlitterte über Geröll und brach aus, die rasend drehenden Hinterräder trafen fast die Wallachflanke. Martin ließ sich etwas zurückfallen und näherte sich dann im zweiten Versuch von der anderen Seite. Markus sah über die Schulter, wieder wirbelte und knallte die Peitsche, ohne zu treffen. Wasser spritzte von den Felgen, als der Wagen durch einen seichten Totarm schoß. Der Bär, im Käfig hin und her geschleudert, brüllte dumpf; Tatzen griffen zwischen Gitterstäben und Quereisen durch. Im nächsten Augenblick streckte sich das Tier und krachte dann schwer auf die Bretter: Mit einem Satz war der Wagen über einen Hügel gesprungen, die Räder bohrten sich tief in feuchten Sand, von den Pferdehufen wirbelten Erdbrocken.

Einen erneuten Hieb wehrte Martin ab, der knapp in Höhe des Bocks galoppierte, indem er blitzschnell zufaßte und zerrte. Markus wurde die Peitsche entrissen und er selbst halb vom Wagen geschleudert. Er brüllte entsetzt, schaffte es, sich abzustützen, und Martin nutzte die Gelegenheit: Er trieb den Wallach näher an den Wagen, stellte sich mit wippenden Knien auf den Sattel und sprang. Markus kreischte, zog an den Zügeln. Martin klammerte sich ans Gitter, verlor fast das Gleichgewicht und zischte einen Fluch, weil seine Beine zwischen Vorder- und Hinterrad baumelten. Durchdringendes Wiehern erklang; aus den Augenwinkeln sah Martin, daß der Braune, vom Rad getroffen, einknickte und sich überschlug. Die rasende Fahrt ging weiter, Bärentatzen knallten gegen den Käfig. Das Tier fauchte und brüllte dumpf. Martin wich über Metall kratzenden Krallen aus, hing plötzlich nur an einem Arm und zog die Beine an, um sie nicht von der Hinterradfelge zerfetzt zu bekommen. Am Gitter pendelnd, von Markus' Zickzackfahrt mal fortgetrieben, dann wieder an den Käfig gepreßt, zog sich Martin keuchend nach oben. Vor und unter ihm polterte der Bär, verlor das Gleichgewicht und stellte für eine Weile keine Gefahr mehr dar. Von Markus kam ein ebenso enttäuschtes wie betroffenes Zischen, als er blitzschnell nach hinten blickte und Martin gebeugt auf dem Käfigdach kauern sah.

Die Zügel klatschten in rascher Folge auf Pferderücken, wieder holperte der Wagen über eine Bodenwelle, warf Martin fast ab. Er klammerte sich an die Stäbe, kroch langsam nach vorn und wehrte mit dem Unterarm die Basilardklinge ab. Haare wehten im Fahrtwind, Flüche erklangen. Der Wagen schlitterte im Viertelkreis, von den Rädern kam durchdringendes Wimmern, und Funken sprühten, als die Felgen an einem großen Findling entlangschrammten. Martin schwang herum, sein Fuß wirbelte an Markus' Kopf vorbei, ohne allerdings zu treffen. Markus seinerseits stach heftig um sich, streifte Martins linken Unterschenkel und keuchte, als ihn ein Tritt nach vorne warf. Im Umdrehen blitzte die Klinge und ritzte Martins Knöchel, dann wirbelte die Waffe davon, vom kraftvollen Tritt aus der Hand geprellt. Martin warf sich ohne Rücksicht auf Leib und Leben nach vorn, faßte nach Markus' Hals. Beide Männer hingen halb vom Bock, Pferdeschweife peitschten ihnen ins Gesicht. Im Versuch, Halt zu finden, tastete Markus nach Riemen und traf mit dem Handrücken Martins Nase. Für Augenblicke sah er Funken und lockerte den Griff. Markus wälzte sich zur Seite und bohrte sein Knie in Martins Unterleib.

Stöhnen und Ächzen, ratternde Felgen, trommelnder Hufschlag, Wiehern, knirschender Wagen: Die Geräusche wurden zum wilden Gemisch. Die Männer rangen verbissen in harter Umklammerung, vereinzelt trafen Fäuste, Blut floß aus Platzwunden an Lippen und Augenbrauen. Zügellos preschten die Pferde weiter, flockiger Schaum wehte von den Mäulern. Der Wagen geriet ins Schlingern, stieg an einem Hügel hoch und krachte schwer auf, neigte sich zur Seite. Der Bär prallte gegen das Gitter, brachte das rasende Fuhrwerk endgültig aus dem Gleichgewicht. Die Männer, scheinbar von unsichtbarer Hand ergriffen und in die Luft geschleudert, wirbelten davon, derweil die Pferde weiterzogen, vom umstürzenden Wagen mitgerissen wurden und aus dem Takt gerieten. Hufe fuhren durchs Leere, Gestein prasselte, von Rädern aufgeworfen: Der Wagen riß eine Furche ins Elbufer, Holz zerbrach, die Deichsel splitterte, von den Wagenachsen kam Wimmern. Unter fürchterlichem Kreischen rutschte der Käfig, nachdem er einem Pferd die Beine zerquetscht und sich zweimal überschlagen hatte, über Kies; Stangen zerbrachen wie dürres Geäst, bogen sich und rissen unter lautem Knallen, nur vom Brüllen des Bären übertönt, der an mehreren Stellen aufgespießt wurde.

Während das Fuhrwerk zum wirren Trümmerberg zerschellte, die Pferdeleiber zerschmetterten, Steine durch die Luft zischten, Bretter aufflogen, ein Rad sich mehrmals überschlug und die Achsen lanzengleich in den Boden fuhren, klatschten die Männer ins Wasser, rollten und kugelten weiter und versanken in aufgewühlt-schäumender Woge. Martin, benommen vom Aufprall, wußte kaum, wo oben und unten war. Die Lungen gierten nach Luft, aber der Schlag hatte sie leergepreßt. Hustend und spuckend durchstieß Martin die Oberfläche, fand festen Stand und stierte wutbebend nach allen Seiten: Wenige Ellen entfernt tauchte Markus auf. Sofort stürzten die Männer aufeinander los, wehrten Fausthiebe ab, duckten sich, rissen einander an der Kleidung, versanken, kamen wieder hoch, schnauften, ächzten und keuchten. *Er ist der Widersacher! Ich werd dich vernichten!* Martin kannte nur ein Ziel, fühlte keinen Schmerz und keine Schwäche. *Vernichten! Vernichten!*

Markus kämpfte stumm und verbissen, aber bald erschien in seinen Augen ein fiebriges Flackern; er schien die Niederlage zu ahnen, verstärkte noch einmal seine Anstrengungen, aber Martin deckte ihn mit einem Fausthagel ein, der Trommelwirbel glich. Mit jedem Hieb und Treffer wurde Markus weiter zurückgetrieben. Er krümmte sich, hatte kaum noch Kraft, sich aufzurichten. Das Gesicht schwoll langsam zu, Blut, Schweiß und Wasser mischten sich zur rötlichen Maske. Wie von Sinnen prügelte Martin auf den *Widersacher* ein. Ein kraftvoller Tritt ließ Markus einknicken. Nochmals rammte Martin Markus das Knie in den Leib, sein Ellenbogen traf den Nacken. Markus rollte herum, Wasser spritzte. Zwei Schläge warfen Martin zurück. Markus watete zum Ufer und versank, als Martin sich auf ihn warf, den Kopf unter Wasser drückte und gellend schrie.

Im letzten Augenblick riß Martin Markus hoch, hämmerte ihm mehrmals die Faust ins Gesicht, bis der Körper erschlaffte und knurrte: »So nicht! Das wär zu leicht, Schelm! Du wirst unter Qualen sterben! Genau wie ich's mir geschworen hab!«

Er schleppte den Ohnmächtigen an Land, zitterte, versetzte Markus drei wütende Fußtritte und wartete auf die Ankunft seiner Anhänger, die dem erbitterten Kampf mit Schaudern und aus aufgerissenen Augen aus der Ferne zugesehen hatten.

Kurz darauf runzelte Magdalene die Stirn und wies auf Markus. »Was tun wir mit ihm?«

Martin sagte kalt: »Ihr macht die Schöffen, ich führe den Vorsitz des Gerichts. Zuerst sollten wir den *Widersacher* einer peinlichen Befragung unterziehen und ihn zwingen, alle seine Untaten zu gestehen.«

Magdalene wiegte den Kopf und musterte den Reglosen. »Eigent-

lich will ich die Fratze nicht länger ansehen. Verurteilen wir ihn, und Schluß!«
»Du hast recht! Bringen wir's hinter uns.«
Die »Gerichtsverhandlung« dauerte nicht lange, das Todesurteil stand fest. Furcht blitzte in Markus' Augen, als Martin die Strafe mit eisigem Ton aussprach:»Du bist ein Vogelfreier und wirst in ein Tuch gewickelt und verscharrt! Ein Schilfrohr gibt dir Luft, und alles weitere kommt von selbst... Die Vagabunden werden gestäupt und vertrieben!«
Martin ballte die Hände, sein Gesicht war starr wie eine Totenmaske. Sie trieben den Burschen fort, um eine Grube auszuheben. Die Gaukler wimmerten unter den Rutenhieben und rannten wenig später, so schnell ihre Beine sie forttrugen. Martin höchstselbst fesselte Markus an Armen und Beinen und wickelte ihn in die Stoffbahn ein. Markus wehrte sich verzweifelt, strampelte, erschlaffte aber, nachdem ihm Martin mit einem Knüppel auf den Kopf schlug. Niemand störte sich an den schrillen Schreien; der Kerl rutschte in die Grube. Martin steckte ihm das Schilfrohr in den Mund, überzeugte sich davon, daß es lang genug war und das Atmen ermöglichte – und dann schaufelten die Männer das Loch wieder zu: Der *Widersacher* war besiegt!

Mehrere Tage betrachtete Martin das Schilfrohrende. Noch war der Atem des lebendig Begrabenen zu vernehmen. Martin stand das entsetzliche Bild der toten Amalie vor Augen: *der aufgeschlitzte Leib, das verstümmelte Ungeborene...*
Haßerfüllt dachte er an den *Widersacher*, der nun in seinem Grab lag, krampfhaft durch das Schilfrohr atmete und genau wußte, daß das Ende unaufhaltsam näherkam. *Es ist die gerechte Strafe, die Welt ist gereinigt*, dachte Martin und malte sich in aller Deutlichkeit das Ende des Burschen aus, das langsame Sterben: schon nagte Hunger im Gedärm, gewaltiger Durst plagte die Kehle. Vielleicht leckte er feuchte Erde, schlürfte Tautropfen aus dem Schilfrohr. Der Schelm würde verdursten und elendig krepieren. Nach dem langsamen Tod begann die Zersetzung des Körpers; Augäpfel würden einfallen, der Leib austrocknen. Würmer konnten das Fleisch durchwühlen, und irgendwann gab es nur noch morsche Knochen...

Ein kaltes Grinsen erschien auf Martins Gesicht, als er sich abwandte und seine Leute zum Aufbruch zusammenrief. Nur langsam setzte sich das Gefühl von Genugtuung durch, aber der fade Beigeschmack blieb. Amalie war tot, und daran änderte auch Markus' Sterben nichts. Nur die Bilder seiner Visionen halfen Martin; stets aufs neue zeigte sich, daß sie mehr als jene aus Belseräucherungen waren. *Sie werden wahr, genau wie jener Traum Michaels, der mich und meine Ankunft im Traum sah, ehe ich Berlin erreichte.* Er atmete tief ein und aus. *In einigen Tagen müßte es dann soweit sein: Zwei weitere Gralsjungfrauen werden zu uns stoßen! Ich hab's genau gesehen. Hildegard und Maria!*

Und wie Martin es »geträumt« hatte, so stieß Leonore Seltzer mit ihren »Töchtern« tatsächlich zu der Gruppe, ohne in Martin den ehemaligen Blutvogt zu erkennen.

»Es ist uns eine große Ehre, daß wir dem Verkünder und Wunderheiler so nahe sein dürfen«, sagte Leonore einschmeichelnd, während die Maiden Martin ansahen, als sei er der Heilige Geist. »Meint Ihr, die beiden seien auserwählt? Los, los, Kinder, zieht euch aus ... Zeigt dem Verkünder eure Ehrerbietung!«

Martin grinste, während die jungen Frauen taten, wie ihnen befohlen. Bevor er etwas tun konnte, schmiegten sich die Nackten an ihn, zogen ihm die Kleider vom Leib und streichelten ihn. Zwei weitere Gralsjungfrauen! Martin gab Magdalene ein Zeichen; sie lachte, stand auf, zog Leonore aus dem Zelt und sagte halblaut: »Der Verkünder wird sich um die Kleinen kümmern, gute Frau, und sie sich um ihn. Sicher seid Ihr hungrig? Kommt mit. Wir teilen alles, eßt und trinkt mit uns ...«

»An uns soll's nicht liegen!« rief die dunkelhaarige Maria und knabberte an Martins Ohrläppchen, während Hildegard sich seinem Gemächt zuwandte und flüsterte: »Du magst viele Jungfrauen beglückt haben, Verkünder, aber nur mit uns wirst du dein großes Ziel erreichen. Wir haben viel von dir gehört, und wenn's eine Möglichkeit gibt, dir zu helfen – wir werden es tun!«

Martin ergab sich ohne Gegenwehr – erstmals seit Amalies Tod erlebte er die Fleischeslust wieder im vollen Sinnesrausch; die beiden »Waisen«, vermutlich Hillig Kurtzrocks Töchter, von Lorenz Steppers verführt und durch Leonore Seltzers Schule gegangen, verdrängten alle schlechten Erinnerungen: Tüttlin schwangen, Haare kitzelten – ein Gemisch von Weizenblond und Kohlschwarz –, Zungen leckten feucht und warm, Fingernägel glitten über Haut, Zähne neckten, Münder saugten. Keuchen, Stöhnen, schweißglänzende Leiber, Schnurren wie liebestolle Katzen, zügellose Bewegungen. Helles und dunkles Gekräusel, pralle, gereckte Hinterteile, rosige Kerben – eine unwiderstehliche Verlockung. Eingehüllt in den Duft der »Manna«-Perle füllte Martin die Kachelchen der Hübschen und jubelte – ein gellender Schrei zwischen Wollust und Triumph.

# EPILOG

*Gleich anderen Tieren läßt der Mensch sich schlachten,*
*wird eingesperrt, muß im Gefängnis schmachten,*
*muß Widerwärtigkeit und Siechtum dulden,*
*und wahrlich oftmals ohne sein Verschulden.*
*Was für Vernunft ist in dem Regiment,*
*das Folterqual der Unschuld zuerkennt?*

CANTERBURY-ERZÄHLUNGEN: *Die Erzählung des*
*Ritters*, v.; Geoffrey Chaucer

Scharfes Pfeifen durchzog die Finsternis, vereinzelt raschelte fau-
lendes Stroh. Ein kurzer Schmerz fuhr dem Mann von der Wade
durch den ganzen Leib. Fluchend trat er um sich, das Pfeifen der
Ratten steigerte sich noch, als sie getroffen und fortgewirbelt wurden. Ketten klirrten, es war feucht und kalt im Verlies; die abgestandene Luft machte jeden Atemzug zum peinigenden Rasseln.
Der Mann fühlte sich schwach und hilflos, sein Schädel schien zu
bersten. Tobendes Stechen wühlte im Magen; ihm war unbeschreib-
lich übel. Glühende Hitze wechselte mit Frösteln: Schon kamen die
Ratten wieder näher. Der Mann leckte ausgedörrte Lippen, er-
wischte einen fiependen Nager am Schwanz und schmetterte ihn
gegen die Wand. Augenblicklich verstärkte sich das Rascheln und
Kreischen; Dutzende Leiber huschten durch die Zelle, sprangen
übereinander, wichen zurück. Mehrere verbissen sich in Beine und
Füße des Mannes, der wild um sich schlug und die Tiere mit bloßen
Händen zerriß.
»Die letzte Prüfung!« keuchte er. »Auch das muß ich überstehen.
Der *Heilige Gral* wartet. Herr im Himmel, hilf und gib mir Kraft.
Ich muß stark sein; ich, Johannes, der *Verkünder des Grals!*«
Er schloß die Augen, versuchte in sich selbst hinabzusteigen, um
Ruhe und Gleichmut zu sammeln. Für die Dauer einiger Wimpern-
schläge entschwand die Last; der Mann empfand nichts mehr von
klammer Kühle, Gestank, Ratten und Ungeziefer, alle Schmerzen
schienen überwunden.
»Thomas von Aquino sagt im *De duobus praeceptis caritatis*« –
fast glaubte er, über sich zu schweben, den eigenen, abgemagerten
Leib zu erkennen, der im winzigen Kerkerraum lag; keine noch so
dicke Mauer, keine Ketten, kein Gerichtsbüttel oder Stadtknecht
konnten den Mann wirklich bändigen: Der Körper ließ sich drang-
salieren, aber der wahre Geist war ungebunden, strebte zu Höhe-
rem –, »ein Dreifaches ist dem Menschen notwendig zum Heile: zu
wissen, was er glauben soll, zu wissen, wonach er verlangen, und zu
wissen, was er tun soll!«
Johannes schauderte, als ihm neue Eindrücke zugetragen wurden
und die Schwärze mit Bildern erfüllten.
Eine Frauenstimme verwehte zum Hauch, ihr Gesicht verblaßte,

fröhliches Lachen wurde zum wilden Kichern und Keifen, überdeckt vom Brüllen und Schreien Gefolterter und dem Raunen der Menge, wenn das Richtschwert genau traf. Unzählige Tote schienen aus dem Rauch zu treten, Schwaden formten geschundene Leiber, deren Flammenarme nach dem Mann griffen und ihn ins Fegefeuer zu zerren versuchten: Das Kloster brannte, Ratsherren zogen in stummer Prozession vorüber, Gesichter verwandelten sich in Totenschädel. Dann blendete ihn Licht, die gleißende Form wuchs zum *Heiligen Gral,* schien vom Kelch zur goldenen Lade zu werden, formte ein Haupt mit vielen Gesichtern.

*»Johannes – das ist nun dein Name, Auserwählter!«* Die Stimme glich Donnergrollen; immer wieder hatte er sie vernommen.

Blut des Gekreuzigten schwoll zum roten See, an dessen Ufer Maria Magdalena stand. Wer war das Kind an ihrer Hand? Reiter in Kettenhemden und Waffenröcken, geschmückt mit rotem Tatzenkreuz, sprengten vorbei und wurden zu Rauchfahnen. Schrilles Wiehern verklang. Ein Mönch kniete und bekreuzigte sich, seine Augen glühten wie Holzkohle; die ausgestreckte Hand wies auf ein Buch, dessen Seiten, von unsichtbarer Hand bewegt, immer schneller umblätterten, bis Feuer aufloderte und das Pergament in Ascheflocken verwandelte.

Johannes glaubte die fleckige Glatze, die Runzeln des Gesichts zu sehen. Heiser, fast kraftlos, oft keuchend, die Augen fiebrig und von innerem Feuer erfüllt, hatte der Mönch von Geheimnissen des Orients gesprochen, vom letzten Großmeister, der auf dem Scheiterhaufen verbrannte, vom Gral und seinen Hütern, denn viele Templer entgingen den Häschern. Von ihm hatte Johannes viel gelernt, jedes Wort, wenn er aus den Büchern zitierte, hatte sich in sein Gedächtnis gebrannt; auch das, was Dante Alighieri *Über die Monarchie* zu Pergament brachte:

*»O Menschheit, von welchen Stürmen und Verlusten, von welchen Schiffbrüchen mußt du heimgesucht werden, seitdem du ein vielköpfiges Ungeheuer geworden bist, auseinanderstrebst und deine Einsicht, die eine und die andere, daniederliegt und demgemäß auch der Trieb!«*

Ein schmerzhafter Rattenbiß riß den Mann aus der Versunkenheit; seine Faust traf zielsicher, und von dem Tier kam ein schrilles

Quieken, das nach dem zweiten Hieb erlosch. In die Augenblicke völliger Ruhe mischte sich ein neues Geräusch:

Vor der Zelle erklang ein *Tock-tock-tock;* weil Schlüssel klimperten, wußte der Mann, daß der Kerkerwärter zu ihm kam. Die Tür wurde aufgerissen, und Johannes kniff im Licht der Laterne die Augen zusammen.

»Mann, wie hältst du's hier aus?« Leo Regerlis Stimme klang gepreßt. »Komm hoch.«

»Der Allmächtige ist an meiner Seite«, antwortete Johannes und stemmte sich in die Höhe. Schweiß tränkte den verdreckten Kittel, Muskeln begannen zu zittern; aus einem halben Dutzend Wunden floß Blut. »Ist's nun soweit, Leo?«

»Richtig.« Er winkte, und Stadtbüttel Dietrich Stüber, muskulös und groß, packte die Kette und zerrte an ihr; Johannes wankte aus der Zelle und stützte sich, schwer atmend, an die schimmlige Wand. Sein Hustenanfall wurde vom Kettenrasseln übertönt. Leo Regerli hob die Laterne und sagte heiser: »Der Tag deiner Hinrichtung, *Verkünder.* Du wirst gewaschen, Haar und Bart werden geschoren, die Mechthild wartet oben, das Henkersmahl ist bereitet, und dann ...«

Johannes senkte kurz den Kopf und atmete tief ein und aus; als er wieder aufsah, blitzten seine Augen wie Smaragde. »Ich kenn das Urteil. Es wird ein qualvoller Tod.«

Leo wich Johannes' durchdringendem Blick aus, versuchte im hageren Gesicht zu lesen. Struppig und verklebt reichte der Bart bis zur Brust, Haare hingen auf die Schultern; Wangen waren eingefallen, tiefe Kerben gingen von Mund- und Augenwinkeln aus. »Ich versteh nicht, daß du's so ... ruhig und gefaßt nimmst. Die *Feme* wurde einberufen und bezichtigte dich besonders schwerer Straftaten: Gotteslästerung, Aufwiegelung zum Aufruhr, Vielweiberei, *crimen magiae* und *keczerey.*«

»Gott ist mit mir.«

Leo winkte ärgerlich ab. »Narr! Du wirst brüllen wie alle anderen, die auf dem Blutgerüst landen, und den Tag deiner Geburt verfluchen.«

»Mag sein. Auch unser Herr flehte um Beistand, als er am Kreuz hing. Aber Gott war bei ihm und nahm ihn auf.«

»Blasphemie! Ich will's nit hören. Los, los, beeile dich, die Badekufe ist gefüllt.«

Von Stübers Stoß getroffen, torkelte Johannes drei Schritte und fiel auf die Knie.

»Der menschlichen Seele Ziel und äußerste Vollendung ist: erkennend und liebend die ganze Ordnung der geschaffenen Dinge zu durchschreiten und vorzudringen zum ersten Urgrund, welcher Gott ist«, sagte er dumpf. »Das hat Thomas von Aquino geschrieben; *Summa contra gentes!*«

Der Büttel zerrte an der Kette, trieb den Verkünder die Wendeltreppe hinauf und riß ihm den Kittel vom Leib. Das *Tock-tock-tock* des Holzbeins drang Johannes bis ins Mark; zitternd vor Erschöpfung und schweißüberströmt kletterte er in die dampfende Kufe, neben der die schwarzhaarige Frau stand und beim Anblick des Mannes die Nase rümpfte. Das heiße Wasser raubte ihm für einen Augenblick den Atem. Er sank in sich zusammen, wurde aber aufgeweckt, als ihm Leo einen Eimer mit kaltem Wasser über den Kopf schüttete. Johannes prustete, hart kratzte die Bürste über seinen Rücken. Im flackernden Fackelschein tanzten absonderliche Schatten über die Wände der Folterkammer; Daumenschrauben, eine Streckbank, Ketten, Schnüre, Halseysen, Räder, Äxte und Nadeln tauchten für Augenblicke ins Licht und versanken in Dämmerung. Eine auf Schragen gelegte Platte war mit Köstlichkeiten überhäuft; Brot, Fleisch, Geflügel, dicke Brühe, Brezeln, Äpfel, Birnen, Pflaumen, dazu ein Krug mit Wein. Nachdem Stüber ihm einen Becher reichte, trank Johannes wie ein Verdurstender. Er riß einen Hähnchenschenkel ab, griff nach Brotscheiben, aß und hielt den Becher in die Höhe. Der Büttel grinste; rot gluckerte Wein aus der Kanne.

Mechthild schärfte unterdessen das Messer, schnitt Haare und Bart ab, und als Leo, die Laterne anhebend, ins geschorene Gesicht sah, erstarrte er. Johannes begann gellend zu lachen, seine Hand klatschte ins Wasser. Immer lauter, fast sich überschlagend wurde das Kichern. Der Kerkerwärter wich zurück, das *Tock-tock* wurde vom irren Kreischen des Verkünders fast übertönt. Mechthild, halb über die Kufe gebeugt, stand wie erstarrt da, ein glucksender Ton entrann ihrer Kehle. Der Finger zitterte, als sie auf Johannes wies, dann wich sie zurück, stolperte über ein Rad und schlug lang hin. Poltern durchzog die Folterkammer, Dietrich Stübers Fluch hallte im Gewölbe.

»Allmächtiger!« Leos Stimme klang hohl; er setzte sich auf die Streckbank und barg das Gesicht in den Händen. »Das kann doch nicht wahr sein. Ich muß träumen.«

»Ich bin Johannes, der *Verkünder des Grals!*« brüllte der Mann in der Kufe, schlug aufs Wasser und lachte noch lauter. »Was erschüttert dich so, Leo Regerli? Was hast du, schöne Mechthild? Mann, Dietrich, warum bist du so grau im Gesicht? Das Gericht hat gesprochen, heut ist der Tag meiner Hinrichtung. Nicht mehr, nicht weniger. Wie's Thomas von Aquino sagte: Die Vorsehung ist nichts anderes als das Bild der Ordnung der Dinge, wie es im Geiste Gottes lebt. Das Schicksal aber ist die Entfaltung jener Ordnung in der Wirklichkeit selbst.«

»Laß mich mit diesem Thomas in Ruh', Mann... Du... du... bist...«

Ketten rasselten, als Johannes abwinkte. »Wen kümmert's? Kommt, helft mir. Wir wollen den Scharfrichter nicht warten lassen!« Er lachte gellend. »Gefällt dir die Weisheit Franz von Assisis besser, Leo? Er sagte: Gepriesen sei mein Herr um unsres Bruders willen, des leiblichen Todes, welchem kein lebender Mensch entrinnen mag. Wehe dem, welcher in einer Todsünde verstirbt. Selig diejenigen, welche ruhen in Deinem allerheiligsten Willen...«

Johannes bog den Kopf nach hinten, schloß die Augen. Bilder stiegen aus der Dunkelheit, gewannen Farbigkeit und Leben. Der Mann fühlte Gänsehaut am ganzen Leib, die Erinnerungen ließen ihn schaudern.

Flammen fauchten mannshoch in die Nacht, Funken sprühten von ihren Spitzen. Es knackte und prasselte, als Scheite zusammensanken, ein weiterer Funkenregen stob auf. Grillenzirpen durchzog die laue Luft, in flackerndem Lichterspiel schienen die Troßwagen zwischen Helligkeit und Dämmer zu tanzen. Ein Ochse brüllte, Pferde schnaubten. Im weiten Kreis saßen die Mitglieder der Gemeinschaft ums Feuer, vereinzelt krochen Räucherschwaden umher.

»Sie werden kommen, noch heute nacht«, rief Martin mit lauter Stimme. »Ihr wißt, was ihr zu tun habt, wir haben alles besprochen.«

Ein Mann antwortete grimmig: »Niemand wird dich verraten, Verkünder. Wir stehen zu dir. Und mir gefällt's nicht, daß wir...«

Martin lächelte. »Es gab schon mal jemanden, der erschrak fürchterlich, als der Hahn zum dritten Mal krähte! Also geht, bevor es zu spät ist. Es muß sein.«

Der Mann senkte den Blick und schwieg betreten. Die Gemeinschaft, durch regen Zulauf ständig gewachsen, hatte den Berliner Ratmannen Kopfzerbrechen bereitet. Vom Großen Sterben geschüttelt, genügte ein Funke, um die Doppelstadt endgültig aus den Fugen zu bringen. In den Monaten nach Absetzung des »falschen« Woldemar, vom Nürnberger Hofgericht als Betrüger geächtet, hatte es – während der Schwarze Tod weiterhin seine Opfer in der Mark Brandenburg fand – bewaffnete Auseinandersetzungen zwischen Adligen gegeben; viele wollten sich mit der Herrschaft der Wittelsbacher nicht abfinden. Dörfer brannten, Menschen starben. Im Brachet und Heuert belagerten Truppen sogar die Doppelstadt, bis es zunächst zum Waffenstillstand und am zweiundzwanzigsten Tag des Heuert Anno Domini 1351 zum Friedensschluß und der Aussöhnung mit den Wittelsbachern kam.

Handwerksgesellen und Tagelöhner verließen die Mauern, um sich dem Verkünder anzuschließen, Bürgerinnen schwärmten in höchsten Tönen nach einem Besuch. Das Gericht ordnete an, daß die Bewegung zu zerschlagen und der Anführer festzusetzen sei: Die Kunde drang auch zu Martin, aber er lehnte jede Flucht ab; er wußte aus den Visionen, daß das *letzte Opfer* zu erbringen war. Er fürchtete sich vor den Qualen, aber es mußte sein.

»Mein Entschluß steht fest!« sagte er grimmig und betrachtete die Gralsjungfrauen, die zu seinen Füßen saßen, nackt und halb im Belserausch versunken. Maria Magdalena, Mirjam, Maria, Hildegard, Magdalene. Die Mädchen umringten die Hohe Priesterin, streichelten den prallen Bauch unter schweren Brüsten: Keine zwei Wochen, und das Kind würde geboren sein. *Sein Sohn!* Martin öffnete den Amulettbeutel, schabte mit dem Messer Pulver von der Perle und hielt den Frauen die Hand entgegen. Nacheinander leckten sie die Krümel, zuletzt nahm der Verkünder seine Prise – fast augenblicklich hatte er das Gefühl, im Zentrum der Sonne zu stehen. Hitze und blendendes Licht umgaben ihn, der Körper verkrampfte in immer heftigeren Wellen. Martin kniff die Augen zusammen, nur langsam ebbte die Helligkeit ab, machte einem überirdischen Gleißen Platz. Eine Gestalt in schwarzer Kutte kam näher, ohne mit den Füßen den Boden zu berühren. Schlanke Hände teilten das Tuch – knisternd fiel das Gewand von den Schultern, glitt aufregende Formen entlang, entblößte schwellende Brüste, den Schwung der Hüften, lange Schenkel: Martins Stachel regte sich, wurde zum harten Klöppel.

Zittern durchlief den bleichen Leib. Die Frau ging drei Schritte – auch das ein sonderbares Schweben. Die Arme ausgebreitet, verbeugte sie sich, dann folgte eine rasche Körperdrehung. Die Fußspitze fuhr den Unterschenkel hinauf, Arme wurden emporgereckt, auf den Zehenspitzen stehend, das rechte Bein angewinkelt, begann eine weitere Drehung. Schattig zeichnete sich die Furche der Wirbelsäule ab. Ein Sprung zur Seite fing den Schwung auf, aus trippelnden Schrittchen wurde ein rasender Tanz. Bewegungen, die von den Zehen bis zu den Fingerspitzen reichten. Arme wanden sich wie Schlangenleiber, Füße wippten; weite Sprünge, die die Gestalt durchs Feuer trugen, dessen Hitze sie nicht zu bemerken schien. Goldhaar umpeitschte den Kopf, hüllte das Gesicht in einen Schleier. Für einen Augenblick verharrte die Frau, warf den Kopf in den Nacken und sah Martin durchdringend an. Hitze wechselte in ihm mit Kälte, erst jetzt bemerkte er die zarte Aureole, die den Leib einhüllte wie eine zweite Haut.

Ihr Blick aus wasserblauen Augen – er kannte jeden Zoll dieses Körpers. Sie nahm Anlauf, rannte ihm entgegen, sprang. Er fing sie auf, ihre Arme umschlangen seinen Nacken, die Schenkel den Leib. Heiß und schleimig wurde er umhüllt. Feurige Stöße, zuckend, dampfend, plötzlich zögernd, ein Augenblick des Innehaltens, die Grenze – dann gab es nur noch Licht, und Martin drückte seine *Amalie* an sich, so fest er konnte, roch ihre Ausdünstungen, fühlte Schweißperlen, hörte den Herzschlag…

*Fern schien das Licht am Ende der Finsternis. Menschengleich, aber doch ohne Festigkeit des Körpers, schwebte die leuchtende Gestalt vor Martin, eine Hand winkte. Nebelhafte Schwaden umwaberten den durchscheinenden Leib, formten ein Gewand aus Wolkensubstanz, Haare flatterten im unfühlbaren Wind; im Blau der Augen las der Mann Glück, Zufriedenheit, Zuversicht und Aufmunterung. Es waren keine Worte, und doch hörte er die Botschaft, verstand ihren Sinn. In rascher Folge erschienen Bilder und versanken wieder: Amalie, Martins enthaupteter Leib, der als Reliquie aufgebahrte Kopf, Magdalene, das Kind. Zeit wurde bedeutungslos, Jahre rauschten wie Wimpernschläge vorbei. Die Gemeinschaft würde fortbestehen, aus dem geheimen handeln, Kontakte zu anderen Geheimnisträgern knüpfen, das Erbe der Templer wahren. Plötzlich schwebte der Mann in wohliger Dunkelheit, seine Gedanken waren träge. Druck entstand, ein Quetschen und Zerren. Das Licht am Ende der Finsternis wurde größer, heller, blendender. Angst! Zerfließende Gedanken, nur noch einfache Bedürfnisse. Plötzlich durchdringende Kälte, der Blick auf gewaltig Ragendes, fürchterlicher Lärm. Verloren war die Geborgenheit, dann gellte der erste Schrei.*

Als Martin zu sich kam, waren die Troßwagen der Gemeinschaft verschwunden, die Gralsjungfrauen ebenfalls. Er nickte zufrieden; sie hielten sich an die Abmachung, auch wenn sie sie nicht ganz verstanden. Allein lag er neben dem Feuer, ins Templerhabit gehüllt. Nachtkühle ließ den Mann frösteln, der Stoff war klamm und klebte an der Haut. Müdigkeit durchzog den Körper, machte die Glieder bleischwer. Martin setzte sich auf, sah in die Flammen und wartete.

Irgendwann näherten sich Geräusche: Hufpochen, knirschendes Leder, das Schaben von Schwertscheiden auf Kettenhemden, Schnaufen, ein helles Wiehern, dann rauhe Kommandos, knappe Antworten. Martin lächelte bitter. Sie kamen mit mächtiger Schar, bis an die Zähne bewaffnet. Wie groß mußte ihre Angst sein? Diese rasende Furcht vor einem einzigen Mann, der predigend durchs

Land zog und Anhänger um sich sammelte. Die Kremerschen hatten Woldemar bekämpft, weil es um Macht ging, die Kirche verfolgte Ketzer, der Orden der Templer wurde vernichtet – Macht, Einfluß, die Wahrung der Pfründe, von Einfluß und Herrschaft. Wehe dem, der an diesen Grundfesten rüttelte, die festgefügte Ordnung anzweifelte, neue Wege gehen wollte, Grenzen überwinden, den Blick hinter den Horizont wagen.

Martin lachte leise und reckte die Schultern. Mit erhobenem Haupt erwartete er die Häscher, ein Dutzend Spieße richteten sich auf seine Brust, Männer sprangen von Pferden, Ketten klirrten. *Bald!* dachte Martin. *Das letzte Opfer!*

»Martin Stockmann!« Mechthilds Stimme klang heiser; wie Leo und Dietrich starrte die Frau den Mann in der Kufe fassungslos an. »Martin – *du* bist ...?«

Martin lachte; es klang nicht fröhlich. »Ich bin der Verkünder des Grals. Ich bin Johannes. Was früher war, ist nicht wichtig. Weißt du, hibsche Maid, daß auch du zu den sieben Auserwählten, den Gralshüterinnen zählst? Ich hab's in einer Vision gesehen! Erinnerst du dich daran, daß du meine Schlafbuhle warst? Damals wurde dein Siegel geöffnet. Du wirst wissen, was du tun mußt, wenn die Zeit reif ist!«

»Du bist irre!« Leo ächzte. »Man wird dich umbringen!«

»Ich weiß.« Martin hob die Schultern, von den Erinnerungen geplagt: Er hatte sich ohne Gegenwehr der gerüsteten Schar ergeben, die von den Ratsherren ausgeschickt worden war. Martin wurde nach Berlin gebracht und in den Kerkerturm gesperrt. Nicht mal Leo Regerli und Asmus Ursus erkannten in ihm den früheren Blutvogt. Die *Feme* tagte unter Ausschluß der Öffentlichkeit, weil Martins Wunderheilungen und missionarische Tätigkeiten in aller Munde waren: Mütter mit ihren jungfräulichen Töchtern belagerten den Kerkerturm und versuchten, eine Besuchserlaubnis zu bekommen; alle schienen am Missionswerk teilhaben zu wollen, die Schreckenszeit der Pest war noch zu frisch im Gedächtnis, auch das Morden und Brandschatzen in der Mark zwischen Adligen, die in Fehde lagen. Martin seufzte, stieg aus der Kufe. »Heut ist der Tag der Hinrichtung! Das letzte Opfer muß gebracht werden.«

*Magdalene schrie. Immer rascher kamen die Schmerzwellen. Sie fühlte Schweiß aus allen Poren rinnen, wand sich im Bett, knirschte mit den Zähnen. Ihr Bauch glich einer überreifen Frucht, und manchmal hatte sie das Gefühl, der Leib müsse bersten. Für eine Weile sank sie in sich zusammen, hechelte; Mirjam tupfte ihr die Stirn ab. Die Hebamme schüttelte den Kopf, als Magdalene sie fragend ansah: Noch war es nicht soweit. Die nächste Wehe kam, schüttelte die Frau, ließ sie aufbrüllen.*

Als Martin vor den Kerkerturm geführt wurde, bildeten seine offenen und heimlichen Anhänger eine Gasse bis zum Schafott. Raunen begleitete den Schinderkarren, immer mehr Stadtbewohner erkannten den Mann. Das Stimmengesumm schwoll zum Brausen an, als Martin mit auf dem Rücken gefesselten Armen das Blutgerüst betrat und einem Henkersknecht gegenüberstand, den er noch nie gesehen hatte.

Der Mann war betrunken. Einen Pfaffen als Begleitung lehnte Martin ab; Pfarrer Konrad war ja ebenfalls der Pest erlegen: Es schien eine Ewigkeit her zu sein. Asmus stand im Hintergrund und erstarrte, als er in Martins Augen sah; er wechselte einen Blick mit Brunhilde, eilte zu den Schöffen, brüllte und gestikulierte, schüttelte den Kopf – und trat zurück, die Arme vor der Brust verschränkt. Martin lächelte matt – Asmus weigerte sich offenbar, das Urteil zu vollstrecken. Fast unverständlich die Worte: *»Ich kan's nit doin und darf's nit doin!«*

Das Volk, sonst in ausgelassener Stimmung, hielt von der Hinrichtung nichts. Martin kniete nieder und musterte die wenigen noch lebenden alten Patrizier der Doppelstadt – und ihre Nachfolger. Armbruster umringten das Blutgerüst, Spießknechte drängten die Menschen zurück. Vereinzelt wurden Fäuste geschwenkt, Flüche erklangen. Als der Stadtknecht nach dem Stabbrechen Martin an die Pflöcke band, ging ein aufgebrachtes Zischen durch die Zuschauer; das Hemd wurde ihm vom Leib gerissen: Martin biß die Zähne zusammen, trotzdem brüllte er, als das Rad seine Arme *zerknirschelte.* Rotglühende Brandeisen wurden mit Zangen herbeigeschleppt; Haut zischte, scharfer Gestank breitete sich aus. Martin wurde schwarz vor Augen, sein Kopf sank zur Seite; mit letzter Kraft richtete er sich wieder auf. Zittern durchfuhr den Körper. Ruten wurden zur Ausstäupung gehoben; das Brüllen der Zuschauer steigerte sich zum ohrenbetäubenden Geräusch. Martin wurde losgebunden, seine Unterarme lagen auf schartigem Richtblock. Der Schinderknecht wankte, als er die Axt zum Abhacken der Hände über dem Kopf schwenkte.

Der erste Schlag ging fehl: Mit der Breitseite krachte die Axt auf Martins Schulter, der das Schlüsselbein splittern fühlte und – von der Wucht getragen – nach vorn geschleudert wurde. Lautes Aufschreien begleitete die Mißrichtung, was den Stadtknecht noch unsicherer machte. Rasch schlug er ein zweites Mal zu, streifte aber nur den Richtblock und taumelte; die Axt entglitt schweißfeuchten Fingern, die Schneide bohrte sich in die Planken des Schafotts. Nun tobten die Zuschauer, bedrohlich rückten die ersten Reihen näher. Der Stadtknecht blickte verstört zu Vogt Tyle Brügge.

»Nimm die Säge, du Stümper!«

Umstehende schrien entsetzt, während der Stadtknecht vom Schafott wankte, um die Säge eines Zimmerers aufzuheben. Immer lauteres Brüllen erklang. Sogar die übrigen Stadtknechte, die eigentlich für einen ordnungsgemäßen Ablauf der Hinrichtung sorgen sollten, wandten sich angewidert ab. Die wütende Menge, durchsetzt von Martins aufgebrachten Anhängern, stürmte los und überrannte den Stadtknecht, ehe dieser mit der Säge zu Martin treten konnte. Aus den Augenwinkeln, halb betäubt vor Schmerz, bekam er mit, daß der Mann förmlich zerrissen wurde: Dutzende Hände packten zu, zerrten, drehten.

Martin kniete, mit mehrfach gebrochenen und zersplitterten Armen auf den Richtblock gestemmt, halb aufrecht da. Schmerzwellen rasten durch seinen Körper; kaum daß er noch die Beine fühlte. Haut hing in Fetzen von Brust, Schultern und Rücken. Schweiß brannte in den Wunden. Schwarz verkohlte Flecken bedeckten die Brust. Mühsam hob der Mann den Kopf, suchte nach Asmus, der mit schleppenden Schritten die Stufen hinaufstieg.

»Großer, bitte!« Seine Stimme klang heiser. »Es muß sein… Bitte! Du hast mal gesagt, du würdest alles für mich tun! Bitte! Asmus! Das Schwert!«

Asmus blieb stehen, blickte vom Schwert zu Martin. Er nickte, keine Regung zeigte sich auf seinem Gesicht. Ein Schrei gellte: »Nein!«

*Magdalene hatte das Gefühl, von einer Woge überrollt und fortge-*
*tragen zu werden; eine Woge aus Qualen, Schmerzen, brennenden*
*Stichen und grausamem Reißen. Die Hebamme kauerte zwischen*
*ihren Beinen, drängte die Schenkel auseinander. Wann endete das*
*Elend endlich? Allmächtiger, es tut so weh. Gewaltsam bahnte sich*
*das Kind einen Weg, winzig und schwach würde es sein, aber in die-*
*sen Augenblicken glaubte die Frau, einen Riesen gebären zu müs-*
*sen, dessen gewaltiger Kopf ihr das Becken zerfetzte.*

Hildegard und Maria stürmten aufs Blutgerüst, warfen sich schützend vor Martin; sie zerrissen ihre Kleider, betupften die Wunden.
Martin sah mit wirrem Blick umher, sein Kopf dröhnte. Mühsam
leckte er die Lippen, setzte mehrfach zum Sprechen an und ächzte
schließlich:»Laßt... Es muß sein! Ich hab's gesehen! Asmus,
bitte!«

Asmus schwang das Schwert, während die jungen Frauen zurückwichen. Mit wuchtigem Hieb schlug er Martins Kopf vom
Rumpf: Der Körper sank zur Seite, das Haupt flog im hohen Bogen
fort, landete vor Matthias' Füßen.

*Der Körper erschlaffte, unvermittelt verschwanden Druck und*
*Schmerzen und die Spannung der Bauchwölbung. Für Augenblicke*
*umwaberte Finsternis Magdalenes Blick; schweißnaß klebte graues*
*Haar an der Stirn. Ein Klatschen! Als das kraftvolle Brüllen anhob,*
*schauderte die Frau, fühlte eine Welle von Wärme und Zuneigung,*
*streckte die Arme aus. Feucht und runzlig wurde Magdalene das*
*Neugeborene an die Brust gelegt; die Augen waren zusammenge-*
*kniffen, der zahnlose Mund weit aufgerissen. Tränen verschleierten*
*ihren Blick, als sie den bläulichen Streifen am Hals des Kindes ent-*
*deckte. Martin... – Magdalene fühlte, daß sich alles in ihr ver-*
*krampfte. Das Kind öffnete die Augen, groß und leuchtend grün*
*blickten sie der Frau entgegen. Da wußte sie, daß der Verkünder*
*das letzte Opfer gebracht hatte: Martin Stockmann war tot. Win-*
*zige Fäustchen trommelten Magdalene vor die Brust, der Kleine*
*kreischte durchdringend – fast war es ihr, als wolle der Junge wider-*
*sprechen. Martin – war er wirklich tot? Von ewiger Jugend hatte der*
*Verkünder nach seinen Visionen gesprochen; eine unbestimmte*
*Ahnung stahl sich durch Magdalenes Gedanken, plötzlich glaubte*

*sie zu wissen, was wirklich damit gemeint war. Versonnen wiegte sie*
*das Neugeborene im Arm; ein winziges Händchen grabschte nach*
*dem Amulettbeutel mit der »Manna«-Perle.*

Ohne recht zu wissen, was er tat, griff Matthias ins Haar, hob den
Kopf, starrte in Martins Gesicht und ließ ihn angewidert fallen.
Asmus stieß ein tierisches Brüllen aus und rammte mit aller Kraft
das Richtschwert in die Planken. Mit hängenden Schultern wankte
der Hüne die Stufen hinab, Tränen rannen ihm übers Gesicht. Er
sah kaum, daß sich Mechthild von Leo losriß und zum Blutgerüst
stolperte, neben Matthias niederkniete und Martins Kopf anstarrte.
Vor Brunhilde, die die Hände vor den Mund hielt, um nicht lauthals
zu schreien, blieb der Mann stehen, tappte verlegen von einem Fuß
auf den anderen.

»Er wollte es!« schluchzte er. »Er hat's gesagt ... Ich konnte doch
nicht seinen Wunsch ... Allmächtiger; er war mein Freund! Und ich
hab ...«

Brunhilde warf sich an seine Brust, streichelte seinen Nacken,
weinte ebenso wie Asmus. Ringsum wütete die Menge in rasender
Wildheit. Sofern sie es noch konnten und nicht ebenfalls überrannt
wurden, flohen die Hohen Herrschaften der Stadt. Viele wurden
niedergeprügelt, bis sie kein Lebenszeichen mehr von sich gaben.
Nachdem die erste Wut verraucht war, zerstreute sich auch das Volk,
aus dem Blutrausch plötzlich erwachend, ganz schnell. Martins Anhänger blieben noch und trugen den Körper vom Schafott; auf
Mechthilds Händen lag Martins Haupt wie eine Trophäe – ein sonderbares Glitzern stand in den Smaragdaugen.

Zurück blieb nur das Richtschwert; es stak aufrecht im Holz, und
die Klinge spiegelte grell das Sonnenlicht, das durch eine Wolken-
lücke brach – fast sah es aus wie ein großes, leuchtendes Kruzifix, an
dessen Fuß sich eine Blutlache ausdehnte.

*Mir ist wie einem, der im Schlafe schaut,*
*und nach dem Traume bleibt ihm die Erregung*
*im Geist, indes das Bild nicht wiederkehrt.*
*So ist's in mir. Es schwinden die Gesichte*
*fast ganz, doch immer lebt die Seligkeit,*
*die sie mir brachten, tief im Herzen.*
*So löst der Schnee sich an der Sonne auf,*
*und so verloren sich, in Wind und Blättern*
*flüsternd, die Weisheitssprüche der Sibylle…*
LA DIVINA COMMEDIA,
*Die Göttliche Komödie, Paradiso;* Dante Alighieri

ENDE

# ANMERKUNGEN

## PRIMUM: ANTE PESTIS
## KAPITEL I:

*Launing:* Auch Gauchmond, Grasmonat, Ostermond = April; weitere Monats-
bezeichnungen: *Hartung* (auch Schnee- / Eismond = Januar), *Hornung* (auch
Feber, Schmelz- oder Taumond, der Reinigungs- und Sühnemonat = Februar),
*Lenzing* (auch Lenzmond = März), *Weidemonat* (= Mai), *Brachmond* (auch
Brachet, Johannismond = Juni), *Heuert* (auch Heuet, Heumond = Juli), *Ernte-
monat* (auch Ernting, Ährenmonat = August), *Herbstmond* (auch Holzmonat =
September), *Gilbhart* (auch Weinmonat = Oktober), *Nebelung* (auch Schlacht-
monat, Windmond = November), *Christmond* (auch Julmond = Dezember).

*geschwänze Gugel:* Am breiten Schulterkragen befestigte Kapuze; allgem. zu
Kleidung: *Nuschenmantel, Schecke* (französisch »jaque« od. »jaquette«), tiefsit-
zender Gürtel (der *Dupsing*), *Beinlinge* (oft mit Ledersohlen), *Schnabelschuhe*
= Kleidung feinerer Herren (ausgestattet mit zackigen Säumen = Zaddelung,
Knöpfen und Schellen – letztere hielten sich bei der *Narrenkleidung*); bäuer-
liche Tracht: weite, kurze *Tunika* bzw. Kittel. Frauenkleidung: Kleider mit
Schleppen, neben enganliegenden Obergewändern auch ärmelloses *Surkot,* die
*Cotte* als Unterkleid, dazu Nuschenmantel oder kurze *Heucke* (Kapuzenjacke), ebenfalls Schnabelschuhe, aber kürzer; *Hauben,* z. T. mit Schleier, oft er-
gänzt durch *Rise* (bedeckte manchmal die ganze untere Gesichtshälfte und behinderte das Sprechen!), *Hörnerhauben* oder zuckerhutförmige *Hennin* (gegen
Ende des 14. Jh.); Bäuerinnen: *Hemdkleid* mit Schürze.

*Gevatter:* ahd. *gifatero,* Lehnübertragung von kirchenlat. *compater,* »Tauf-
pate«; Nachbar, Freund, Verwandter – als Anrede verwendet.

*Doppelstadt:* Zur Mitte des 14. Jh. lebten etwa 4000–5000 Einwohner in
CÖLLN-BERLIN, deren Größe nach der Häuser- bzw. *Kochstellenzahl* gemessen
wurde (= ca. 800). Von der Stadtmauer (aus Feld- und Backsteinen, durch
Türme und Weichhäuser verstärkt, ca. 7 m hoch, 2 m dick) umschlossener Bereich: Berlin 47 ha (ca. 950 x 500 m), Cölln 30 ha (ca. 800 x 370 m). Um 1450 gab
es in Berlin 724 Häuser und Zinsbuden, in Cölln 312; 160 davon wurden von
sog. Erben mit *Braurecht* bewohnt, trotzdem hauptsächlich *Ackerbürger:* im 14.
Jh. waren die meisten Bürger Berlins noch Bauern mit eigenem Grundbesitz
(Bewirtschaftung der Felder durch Hintersassen, Hörige usw.); die »arme lude«
(Leinweber, Tagelöhner, Dienstboten) hatten kein freies Eigentum und durften
es auch nicht erwerben – als *Zinsleute* wohnten sie in gemieteten Buden (kleine
Holzhäuser). Die Stadtbefestigung begann in BERLIN mit einem Turm in der
Paddengasse, führte spreeaufwärts bis zum Stralauer Tor, im Bogen zum Oder-

berger Tor und zur Spree zurück, wo ein Eckturm (Mönchsturm) den Schutz übernahm (hier sperrte als Grenzmarkierung der sog. »Unterbaum« den Zutritt zur Stadt auf dem Wasserweg), dann am Ufer entlang bis hinters Heiliggeisthospital mit Abschluß in einem weiteren Rundturm. Auf CÖLLNER Seite reichte die Mauer fast von der Langen Brücke bis zu einem Eckturm (als »Grüner Hut« später in den Schloßbau einbezogen), dann schräg hinüber zum Spreegraben (außerhalb der sumpfige Werder, als Gemeindewiese genutzt; Mitte des 17. Jh. wurde ein Teil des Spreegrabens zugeschüttet und ein neuer Durchstich angelegt, so daß für die Anlage des Lustgartens die heutige Museumsinsel entstand; zwar erst aus dieser Zeit belegt, kann vermutet werden, daß es auch schon früher eine *Spreegrabenschleuse* gab) bis zur Spree in Nähe der Fischergasse, wo oberhalb der »Oberbaum« den Flußlauf von Köpenick her sperrte; an ihrem Ende lag der städtische *Wursthof*. Neben der Langen Brücke (auf der das gemeinsame Rathaus stand) gab es als (ältesten) Flußübergang den Mühlendamm (zwischen den Hügeln, auf denen in Cölln die Petri- und in Berlin die Nikolaikirche errichtet wurden, verengte sich die Spree; das Wasser wurde abgedämmt und betrieb vier Mühlen. Ernst Fidicin dazu in der »Berlinischen Chronik«: »Die Mühlen dürfen mit Sicherheit zu den ältesten Anlagen der Stadt gerechnet werden … daß sogleich diejenigen vier Mühlen erbaut wurden, welche man später die Berliner, Klipp-, Mittel- und Cöllnische Mühle nannte … Nach der Vollendung der Mühlen diente der Damm vor derselben als Übergang, aus welchem die Brücke ›zum Mühlendamm‹ entstand …« Alle in der Umgebung waren verpflichtet, dort mahlen zu lassen; Verwaltung im *Mühlenhof* an Südseite des »Alten Markts« = heute *Molkenmarkt* beim Nikolaiviertel). Kirchen in Berlin: St. Nikolai (Feldsteinbasilika, 3schiffig in Kreuzform mit rechteckigem Chor, urspr. nur eintürmig, ca. 56 m lang), Marienkirche am »Neuen Markt« (Backsteinbau, 3schiffige Halle mit fünfseitigem Chor), Heiliggeistkapelle (gotischer Backsteinbau mit Sterngewölbe) sowie die Kirche des Franziskanerklosters (»Graues Kloster«, benannt nach dem grauen Arbeitskleid der Mönche; 52 m lange, flach gedeckte Saalkirche, urspr. als Basilika errichtet, um 1290 wurde ein polygonales Chorhaupt hinzugefügt); in Cölln: St. Petri (3schiffiger Feldsteinbau) und Kirche des Benediktinerklosters (»Schwarzes Kloster«). 5 Tore: Stralauer, Oderberger und Spandauer Tor in Berlin, Teltower und Köpenicker Tor in Cölln. Vor Stralauer und Spandauer Tor: Ziegeleien und Kalkbrennereien; vor Köpenicker Tor (heutiges Märkisches Ufer): Holzstapelplatz und eine weitere Ratsziegelei. Baum-, Kohl- und Hopfengärten umgürteten die Doppelstadt; im Anschluß dann die *Stadtfreiheit* oder *Hütung* und abwechselnd Wiesen und Äcker der städtischen *Feldmark* – ca. 120 Hufen (ahd. *huoba;* Bezeichnung für die zur Lebenshaltung einer bäuerlichen Familie ausreichende Hofstätte, 7–15 ha) zu je 60 Morgen = rund 1800 ha groß, als *Allmende* im städtischen Eigentum, d. h. jeder Hausbesitzer hatte entsprechenden Anteil –, die bis Lietzow, Schöneberg und Tempelhof reichte; die Trennung in das Pankowsche, das Mittelfeld und das Lichtenbergische Feld verweist auf Nutzung in

Dreifelderwirtschaft (im Herbst Wintergetreide, Roggen und Weizen, beim zweiten Drittel im Frühjahr Sommergetreide, Hafer, Gerste, Erbsen, Linsen und Bohnen, und der Rest als Brache). In weiterer Entfernung wurde das Weichbild (mhd. *wich* »Siedlung«, *bilida* »Recht«; urspr. das Städten und Märkten eigene Ortsrecht, später auch der Geltungsbereich dieses Rechts) um die Heiden der Doppelstadt abgeschlossen (Bereich der *Bannmeile,* in der kein Fremder Handel und Gewerbe treiben durfte); auf Berliner Seite von der Panke bis zur Jungfernheide, die cöllnische begrenzt von Treptow und dem heutigen Tiergarten.

*... bietet viel Geld als Genugtuung:* In den meisten strafrechtlichen Fällen konnte die peinliche Strafe durch Geldzahlungen abgewendet oder zumindest ihre Milderung erreicht werden; Voraussetzung war allerdings das Einverständnis des Geschädigten (bzw. seiner Familie) und die Zustimmung des Gerichts.

*Antoniusfeuer:* Eine furchtbare, zu Gliederbrand und Tod führende Vergiftungskrankheit durch verdorbenes Getreide (Mutterkornvergiftung), bei der der heilige *Antonius Eremita* angerufen wurde.

*Olderlude:* Altermänner – von *seniores electi:* Rats- oder Bürgermeister, lat. »magister consulum«; z. T. auch allgemein für Ratmannen, später auch für Vorsitzende der Zunftmeister verwendet.

*Pater noster...:* »Vater unser...«

*klafterweit:* Längenmaß – Spannweite der Arme; regional verschieden (1,7 bis 2,5 m).

*... alles und jeden abhielt:* Die Tabuisierung des Henkers verstärkt sich zwar im 14. Jh., aber erst ab dem 15. Jh. wird aus dem »heiligen Mann« mit hohem heil-(magischem) Prestige – der *die leut ohne sünd wol peinigen und tödten* (mag, und) *thut daran ein Gottes werck* – ein mit Abscheu, Entsetzen und Furcht vor Befleckung betrachteter, ängstlich gemiedener Mann, dessen Name verschwiegen und in Listen und Dokumenten nur als N.N. *(nomen nescio)* aufgeführt wurde. Grundsätzlich tabu war allerdings »henkersmäßiges Arbeitsgerät«, vor allem natürlich das Richtschwert.

*Theriak und Bilsenkraut: Theriak* war ein beliebtes Arzneimittel, v. a. gegen Vergiftungen und Seuchen (Pest), zusammengesetzt aus mehr als 60 Bestandteilen (hauptsächlich getrocknete pflanzliche Drogen und Gewürze, darunter Baldrian und Opium, aber auch Dinge wie Schlangenfleisch u. ä.). *Bilsenkraut.* (auch: *Belse*) *Schwarzes Bilsenkraut* (Hyoscyamus niger), giftiges Nachtschattengewächs, dessen Alkaloide Wahnvorstellungen und Halluzinationen erzeugen (angeblich schon beim Orakel von Delphi: Rauch glimmender Bilsenkrautkörner). *Alraun(e)*, Wurzel der *Mandragora Officinarum:* stark giftiges

Nachtschattengewächs, als Heil- und Zaubermittel (Liebeszauber) verwandt. Hauptwirkstoffe Hyoscyamin und Atropin: einerseits erregend, andererseits von dämpfender Wirkung; anfängliche Erregung, Rede- und Lachlust, dann Verwirrungszustände und Sinnestäuschungen bis zu Tobsuchtsanfällen und Krämpfen; Körpertemperatur sinkt, Bewußtlosigkeit bis narkosegleichen Schlaf; u. U. sogar Atemlämung; atropintypische Glanzaugen, starke Pupillenerweiterung, Übelkeit, heiße Haut, Sprach- und Schluckstörungen. Insbesondere bei Alraune: Bewußtseinstrübung mit Realitätsverkennung; die optischen Phänomene werden als *Wirklichkeit* erlebt; für *Suggestionen* leicht zugänglich. Bilsenkraut wurde z. T. zur Verstärkung des Biers benutzt (weil Alkoholgehalt niedrig); man bringt epidemische *Tanzwut* im MA. damit in Zusammenhang; Benutzung der »Pilsensamen« in Backstuben. Die Gefährlichkeit des Bilsenkrauts machte es zum bevorzugten Mittel von Giftmischern: Kleinste Mengen reichten, um den Atem bis zum Tod zu lähmen, begleitet von Speichel- und Schleimfluß.

*... Abschreckung von Hinrichtungen:* Hierzu aus dem *Buch der Übertretungen*, der vierten Abteilung des *Berliner Stadtbuchs* (auf Grundlage des vom anhaltinischen Schöffen Eike von Repchow um 1224/25 verfaßten *Sachsenspiegels*): »Den Dieb soll man hängen. Dasselbe Gericht ergeht über unrechtes Maß, unrechtes Wiegen, falschen Kauf. Alle Mörder und alle, die Pflüge rauben oder Mühlen, Kirchen und Kirchhöfe bestehlen, alle Verräter und Mordbrenner soll man rädern. Wer einen Mann schlägt oder beraubt oder verbrennt oder ein Weib oder eine Maid notzüchtigt oder wer den Frieden bricht oder beim Ehebruch angetroffen wird, dem soll man das Haupt abschlagen. Welch Christenmensch aber mit Zauberei umgeht oder mit Giftmischerei, den soll man auf dem Herde verbrennen. Fälscher soll man in einer Kufe sieden. Stehlen Frauen, so begräbt man sie lebendig. Begehen sie aber Zauberei und Vergiftung, so muß man sie verbrennen.« In den 57 Jahren von 1391 bis 1448 gab es in Berlin-Cölln bei einer Einwohnerzahl von 6000-8000 insgesamt 114 Hinrichtungen: gehängt (46), enthauptet (22), verbrannt (20), gerädert (17), lebendig begraben (9 Frauen).

*... und Blutvogt:* Auch Martins Zweitname *Stockmann* (Henkersknechte = Stockwärter) dürfte auf solch verschleiernde Bezeichnung zurückzuführen sein, mit dem sich aber – durch Übertragung von Großvater auf Vater und Sohn – schon eine familiäre Tradition verband. Allgemein: Noch im 13. Jh. gab es meist nur *Rufnamen,* die später dann durch Anfügung von *Herkunftsnamen* (de Colonia, von Kiwe), *Berufsnamen* (Brauer, Müller, Meier, Schäfer) oder *Übernamen,* die von Körperteilen, Tieren und Pflanzen (Bart, Blanke, Nagel, Hahn, Eber) oder auch persönlichen Eigenschaften (Langenmantel, Ehrlicher, Spieler, Stolze) abgeleitet waren, zu »Familien«-Namen erweitert wurden.

*zweiundfünfzig Jahre:* Ein biblisches Alter in einer Zeit, da viele kaum die vierzig erreichten.

*Johanniswein:* Am 27. Dezember geweihter Wein, der bei Hochzeiten, Sterbenden und auch zum Tode Verurteilten gereicht wurde.

*Tempelhofer Johanniter:* Urspr. Gründung der *Templer*, ging nach Auflösung des Ordens etwa 1312 in den Besitz der Johanniter über; Hochmeister und Statthalter der Mark Brandenburg und des Wendenlandes war Hermann von Werberg(e).

*Domine, exaudi...:* »Herr, erhöre mein Gebet. Lasset uns beten. Erhöre uns, Herr, Heiliger Vater, allmächtiger Gott ...«

## KAPITEL II:

*Schoße:* Steuer.

*Basilard:* Im MA weitverbreiteter Dolch, durch besondere I-Form des Heftes gekennzeichnet (»Was immer einer ist oder was ihm widerfahrt, er hat besser einen Basilard.«).

*...ein guter Handelsplatz:* Es waren vor allem die *Zollfreiheitsprivilegien*, ergänzt durchs *Niederlagerecht,* die samt den Gebühren für die Benutzung des Kaufhauses und des Marktes den Cölln-Berlinern förderlich war (Markgraf Otto V. verkaufte 1298 das Zollrecht über das durch Köpenick geflößte Holz für 220 Talente brandenburgischer Münze und bestätigte den Ratmannen von Berlin und Cölln die ihnen von den »alten Fürsten der Mark« verliehenen Freiheiten, darunter das Marktstandrecht, den Zins von den Ackerhufen, Haus- und Gartenstellen sowie das Niederlagerecht, wonach für alle nach Berlin gebrachten Güter Abgaben zu entrichten waren), zumal die Schiffahrt durch den Mühlendamm behindert war und zum Umladen zwang. Von großer Bedeutung war die *Schiffergilde* der Doppelstadt; von ihr wurden Unterhavel und Elbe bis Hamburg befahren – als Haupthandelsprodukte wurden Berliner Roggen *(siligo de Barlyn, Berlinensis siligo)* und *wagenscott* (Wagenschott: geschnittenes Eichenholz) genannt.

*... Adlerschild der Askanier:* Aus alemannisch-fränkischem Raum stammendes Geschlecht (mythische Anknüpfung an Äneassohn *Ascanius*); um 1060 Vorstoß über die Saale nach Osten; planmäßige Ostbesiedlung unter Albrecht I., »dem Bären« (Markgraf der Nordmark ab 1134, von Brandenburg 1140; getragen von gestaffeltem Lehnssystem – viele junge Adlige waren nach Brandenburg gefolgt, wurden mit Land belehnt und durften Burgen bauen, um ihre Wirtschaften zu schützen; im Laufe der Zeit Etablierung von ca. 50 maßgebenden Familien); seit 1226 askanische Linien in Brandenburg (Stendal und Salzwedel), Lauenburg und Wittenberg; die brandenburgischen Güter fielen 1319 nach dem Tod von Woldemar und seines minderjährigen Nachfolgers Heinrich an die Wittelsbacher.

*Keks* (auch *Kaak*): Schandsäule, Pranger – Pfahl oder Stein, an dem Missetäter öffentlich zur Schau gestellt wurden.

*offene Gerichtslaube:* Genau wie der Strafe eine möglichst große Öffentlichkeit gegeben wurde, war es das Bestreben im MA, diese Öffentlichkeit, zum Schutz gegen ungerechte Verurteilung, auch beim Gerichtsverfahren zu erhalten.

*Offiziant:* Aus den Reihen der Ratmannen Beauftragte (Beamtete) mit besonderen Aufgaben / Verantwortung, meist auch Schöffen (Schöffenurkunde in besonderer Truhe – *Rotulus* – aufbewahrt, auch Schreinrolle genannt); neben dem *Sekretarius* (Stadtschreiber; Stadt-, Dorf- und Hofrechte in sog. »Weistümern« festgehalten) waren es: *Rentmeister* (Stadtkämmerer), *Kirchenmeister, Hospitalmeister, Baumeister, Schützenmeister* und der *Flurschütz* (Aufsicht in Feld und Wald: Zahl der Tiere, nicht berechtigtes Vieh auf Gemeindeweide usw.); *Münz- und Mühlenmeister* waren landesherrliche Beamte. Dazu auch Ernst Fidicin in der »Berlinischen Chronik«: »Zu den Geschäften des Stadtrats gehörte außer der Verwaltung der Kämmerei und des Abgabenwesen der Stadt, die Erteilung des Bürgerrechts, die Markt-, Bau- und Feuerpolizei, die Beaufsichtigung der… Gewerbe, als: Bäcker, Schlächter, Tuchmacher, und überhaupt die Aufsicht über die Gewerke (Innungen) …«

*Berlinisches Rathaus:* Ein Rechteckbau mit vorspringender Gerichtslaube an der Ecke Spandauer und Oderberger Straße, an letzterer lag der *Ratskeller*, wo Bier ausgeschenkt werden durfte; ein 36 m langer Festsaal diente dem Rat für Versammlungen und den Kaufleuten z. T. als Kaufhaus. Anfang des 15. Jh. folgten als Erweiterungsbauten ein Seitenflügel und der Uhrturm (*Seiberturm* genannt), der nach einem Brand 1583 umgebaut wurde: Im Bodengelaß war fortan das städtische Gefängnis, der »Krautgarten«.

*Cölln-Berliner Propstei:* Am 19. April 1319 wurde Cölln in allen geistlichen und kirchlichen Angelegenheiten durch Verfügung des Bischofs von Brandenburg der Propstei von Berlin unterstellt, so daß die Pfarrkirchen der Doppelstadt eine ungeteilte *Pfründe* (dem Priester zur Verwaltung und Nutzung übertragenes Vermögen einschließlich der Stiftungen) darstellten. Kennzeichen der Pfarreien waren: *Taufstein, Friedhof* und *Zehntrecht* (auf jedem Haus lastende Zahlungspflicht, von der Kirche ab dem 6. Jh. mit Berufung aufs 3. Buch Mose 27,30 gefordert und ab dem 8. Jh. von weltlicher Gesetzlichkeit unterstützt; unterschieden in *Großzehnt* – Getreide, Großvieh – und *Kleinzehnt* – Feldfrüchte, Kleinvieh. Als *Papstzehnt* – Peterspfennig – hatten die Diözesen den zehnten Teil des jährlichen Pfründeeinkommens an den Heiligen Stuhl abzugeben.). *Priesterweihe* (Ordination) mit 7 Graden: 4 niedere, ohne Zölibatsgebot (Ostiarius, Lektor, Exorzist, Akoluth), und 3 höhere (Subdiakon, Diakon, Priester) mit den Voraussetzungen: männliches Geschlecht, freier Stand, sittliche Lebensführung und ein Alter bei Priestern von mindestens 30 Jahren.

*Got hêrre...:* »Vater unser...«, Versform, von Meistersinger Marner im 13. Jh. verfaßt.

*... das Badehaus aufgesucht:* Trotz Anrüchigkeit standen Badstuben unter besonderem Recht und Frieden: Baden in Gesellschaft, weil schon das Beheizen für Einzelpersonen zu teuer gewesen wäre; kein Anlegen von Badehemden, weil sie an der Haut klebten; gemeinsames Singen, Scherzen, Essen und Trinken. Musikanten spielten auf, Bader und kaum gewandete Bademägde waren zu Diensten, wuschen, trockneten ab und waren auch – weil häufig Gelegenheits- wie Berufsdirnen – zu mehr bereit. *Badern* kam auch (neben Barbieren und diversen »Quacksalbern«, die häufig zu den Fahrenden Leuten zählten) eine »medizinische Grundversorgung« zu: Aderlaß (Setzen von Schröpfköpfen und Blutegeln), Behandlung offener Wunden usw., so daß der Kontakt mit eitrigen, blutigen und absterbenden Teilen des menschlichen Körpers sie in die Nähe des »Henkersmäßigen« rückte.

*Post coitum omne animal triste:* lat. »Nach dem Geschlechtsverkehr ist jedes Lebewesen traurig« = Trauer des *Sündigen!*

*... Erfahrung der Straße hinter sich hatten:* Die meisten Straßenmädchen stammten vom Land, oft fast noch Kinder, die in der Stadt als Dienstmädchen Anstellung fanden, dann aber, vom Herrn oder Gesell verführt, aus Leichtsinn, Geldnot und Armut, zu *gemeyn doichter* wurden. Viele Mägde nahmen auch den »Hemdschilling« als Entgelt, ließen sich lieber bezahlen als vergewaltigen, in der Hoffnung, nicht als Dirne verachtet zu werden.

*Magdeburger Recht:* Seit ca. 1170, 1188 aufgezeichnet, im MA weit verbreitet (allgemeines Stadtrecht) und von großer Bedeutung für Ostbesiedlung. Grundlage war der *Sachsenspiegel,* in dem durch Gerichtsgebrauch überliefertes Gewohnheitsrecht in Form von Lebensregeln wiedergegeben wurden (daher »Spiegel«) – vor allem das Landrecht als Recht der freien Leute (Grundstücks- und Erbrecht, Ehegüter-, Nachbar-, Straf- und Gerichtsverfahrensrecht) sowie das Lehnrecht (Heerschildordnung, Lehenspyramide, Lehensgericht) – und bald gesetzesgleiches Ansehen erlangte.

*... Fehde:* Seit Mitte des 12. Jh. mit Regeln versehen zur Bestimmung, was »rechte« Fehde war: rechtzeitige Ansagung, Einhaltung von Wartefrist u. ä.; bestimmte Zeiten wie Fest- und Feiertage und Örtlichkeiten waren als fehdefrei erklärt; Hintersassen sollten nach Möglichkeit von Fehdehandlungen verschont bleiben – meist ohne Erfolg; als Rechtsmittel durch das Reichsgesetz von 1495 über den »Ewigen Landfrieden« abgeschafft und zur verbotenen Eigenmacht erklärt. In Städten schworen sich die Bürger gegenseitig einen *Friedenseid,* so daß »persönliche« Fehde zwischen Mitbürgern nur mit Aufgabe des Bürgerrechts zulässig war und eine Fehdeansage der Zustimmung der Gemeinde bedurfte; bei Verletzung und Tötung war sofort das Hochgericht zuständig, im Falle von Beleidigungen und Schimpfreden konnte, ohne Hinzuzie-

hen eines Richters, auch ein *bürgerliches Sühnegericht* auftreten (ähnliches auch bei den Zünften, Innungen, Gilden). – Kaufmann Zirner verwendet hier den Begriff mehr im übertragen-allgemeinen Sinne, zumal Vogt wie Münzmeister dem Landesherrn direkt unterstellt waren und Surber, als weiterer pikanter Aspekt, das Bürgerrecht gar nicht besaß …

… *eine Mark wiegen:* Edelmetallgewicht als Zähleinheit; als Norm ab Mitte des 12. Jh. die *Kölnische Mark*, unterteilt in 8 Unzen = 16 Lot = 64 Quentchen = 246 Pfennig = 512 Heller → etwa 233 bis 234 Gramm Silber. (Silber-)Pfennig *(denarius)*; (Silber-)Groschen *(grossus denarius* = »dicker Pfennig«; blieb bis zur Einführung des *Talers* für rd. 200 Jahre das wichtigste Silbernominal) = 12 Pfennig – entsprechend dem *Schilling (Solidus* – als Rechnungseinheit); im Fernhandel die (Gold-)Gulden (nachgeprägter florentinischer *florenus* bzw. *Fiorino d'oro* – nach Münzbild der Lilie = *flos*). Eigenschaften nach Gewicht *(Schrot*, Rauhgewicht als tatsächliches Gewicht) und Edelmetallgehalt von Silber und Gold *(Korn*, Feingewicht) bestimmt.

*der Schwarzenburg bald stirbt…:* Graf Günther v. Schwarzburg, \*1304, ab 30. 1. 1349 Gegenkönig, dankt – todkrank – am 26. 5. 1349 ab und stirbt am 14. 6. 1349 in Frankfurt a. M.

*carmina burana:* Vagantenlieder und je ein szenisches Weihnachts- und Osterspiel, als Sammelhandschrift in erster Hälfte des 13. Jh. im oberbayerischen Kloster Benediktbeuren erstellt; nach ihr schuf Carl Orff »seine« *Carmina Burana.*

… *darf Bier brauen:* Die sog. *Braugerechtigkeit* war eng mit dem *Bürgerrecht* verbunden; dieses hatten die Reichen – Grundbesitz, Haus und Hof waren notwendig, ebenso persönliche Freiheit. Die Aufnahme in die Bürgerschaft erfolgte gegen ein *Bürgergeld* von 10 Schilling (für besondere Verdienste konnte es auch geschenkt werden; das Bürgerrecht war auch von Frauen zu erwerben!), der Eid wurde vor dem Bürgermeister abgelegt. Pflichten: dem Rat und der Gemeinde Gehorsam geloben, dem Ruf des Rates jederzeit nachzukommen, rechtes Maß und Gewicht halten, das Achten auf die Rechtfertigkeit der Handlungen und die Ehrbarkeit des Lebenswandels. Bürgern standen Waffen und Spieße zu, damit jeder bereit sei, auf die Mauer zu eilen und die Stadt zu verteidigen, und jedermann war verpflichtet, einen Eimer Wasser bereitzuhalten. Mit der Aufnahme in die Gemeinde verbunden war der Mitbesitz an der *Allmende* (Weide und Wasser), der *Nießbrauch* der städtischen Privilegien (Niederlagezwang, Zollfreiheit), der *Rechtsschutz* (Bürger waren nur vom Stadtgericht zu belangen) sowie ein Anteil an der *städtischen Feldmark*. Erst nach Einbürgerung gab es eine Aufnahme in Zünfte, Innungen und Gilden; sie hatten feste Nachbarschaft und Heiratskreise, traten gemeinsam bei Festen und Prozessionen auf. Auch Bettler und Buben, Müßiggänger, Vagabunden, Aussätzige und Leute »unehrlicher« Berufe unterstanden Marktfrieden und Hochgericht. Arme durften innerhalb der Stadtmauer in Zinsbuden wohnen, besaßen aber keine Feldmark-Anteile. Außerhalb des Bürgerrechts blieben dagegen auch viele städtische Bedienstete niederen Ranges (Torschreiber, Stadtknechte, Bierzapfer, Ziegelknechte) und z. T. sogar Verordnete und Stadtschreiber (u. a. weil Stadtschreiber ursprünglich Geistliche niederer Weihen waren, diese aber nicht zu den Bürgern zählten).

*Fähnlein-Hauptmann:* Bei der Unterteilung der Stadt in Viertel *(Quartiere)* rekrutierte sich aus jedem Stadtbezirk ein Verteidigungsfähnlein, dem bestimmte Stadtmauerabschnitte zugeteilt waren; Fähnleinführer (»Hauptmann«) und seine »Offiziere« waren Ratsmitglieder, »Gefreite« (= Wachhabende) stellten die Zünfte, gleiches galt für die Bannerherren (= militärische Führer). Aufgabe war die Sammlung aller *manbaren* (Verteidigungstüchtigen), die Einteilung von Mauerpatrouillen *(Rondengänger)*, die Bekämpfung von Bränden, das Sauberhalten der Brunnentröge und das Verwahren des Feuers (immer ein Nachbar für eine Nacht, an dessen Herd die anderen ihren Span oder die Fackel anzünden durften); nur Krankheit befreite vom Dienst, die Mitgliedschaft in der Nachbarschaft war Zwang, aber auf Hausbesitzer beschränkt.

*genotzert:* genotzüchtigt.

*vierzehn Nothelfern:* Achatius, Ägidius, Barbara, Blasius, Christopherus, Cyriacus, Dionysius, Erasmus, Eustachius, Georg, Katharina von Alexandria, Margarete von Antiochia, Pantaleon und Vitus. Als weitere Schutzpatrone wurden u. a. angerufen: Petrus (Fischer), Abraham (Gastwirte), Joseph (Handwerker), Hubertus (Jäger), Paulus (Weber), Hieronymus (Gelehrte).

*Wasenmeister:* auch Kleemeister, Schinder, Kafiller = Abdecker.

*... viele Patrizier nicht vergessen:* Erst im Sommer 1351 kam es zur Aussöhnung der Wittelsbacher mit Cölln-Berlin unter Wiederherstellung der bis 1346 bestehenden Ordnung einschließlich der vollen städtischen Autonomie.

*nicht wendisch:* Formulierung der Zugewanderten, nicht zur slawischen Bevölkerung zu gehören; besonders in hansischen Ostseestädten von großem Wert. *Wenden* = herablassende Bezeichnung; im Havel-Spree-Gebiet ursprünglich germanische Semnonen, die vor den Slawen (auch Wilzen und Lutizen genannt) zurückwichen; im Havelgau saßen die Heveller.

*Malter:* Trockenmaß, 1 Malter = 8 Sümmer (1 Sümmer ca. 21 Liter).

*Morgen Land:* Auch Joch, Juchart, Tagewerk; Ackerfläche, die am Vormittag gepflügt werden konnte; regional verschieden (ca. 0,255 ha).

*Graues Kloster/Franziskanerkleidung:* Bezeichnung des Klosters nach Arbeitskleidung der Franziskanermönche; heute offiziell »brauner Habit mit Kapuze, weißem Strick und braunem Umhang«. Im 14. Jh. wohl aus ungebleichtem Tuch gemacht, ungefärbt und unveredelt; d. h. im »graubraunen« Naturton (grau – ahd. grao, eigentl. »schimmernd, strahlend«).

*Gabir ibn Hayyan as-Sufi:* 702 bis 765 (?), galt als Schüler eines Prinzen der Omaijaden-Dynastie, der sich mit dem Studium der Alchimie befaßte; wird von manchen als »Vater der Alchimie« bezeichnet; der Beiname *as-Sufi* (»der Mönch«) stammt vermutlich aus späterer Zeit. Nicht alle ihm zugeschriebenen Bücher wurden wirklich von ihm verfaßt; angeblich war er auch Lehrer an der Hochschule von Sevilla.

*... zitierte:* In Zeiten, da mündliche Überlieferung überwog und Bücher meist noch auf Klöster beschränkt blieben, war die *Gedächtnisleistung* unserer Vorfahren nicht zu unterschätzen; oftmals konnten ganze Texte wortgetreu rezitiert werden!

*Dirham:* Altes arabisches und türkisches Gewicht (ca. 3,2 g).

*Arnaldus von Villanova:* * etwa 1235, † 1312 od. 1314; katalanischer Arzt, Alchimist und Mystiker, Leibarzt der Päpste Bonifatius VIII. und Clemens V.; von ihm stammt angeblich der – heute noch bekannte – Ratschlag: »Nach dem Essen sollst du ruhn, oder tausend Schritte tun.«


KAPITEL III:

*Scharren:* Verkaufsstände auf Straßen und Gassen.

*oratores, bellatores, laboratores:* Stände von (»betender«) Geistlichkeit und (»kriegerischem«) Adel mit ihren (»arbeitenden«) Hintersassen (Bedienstete, Gesinde, Hörige, Leibeigene); durchs Aufkommen des *Patriziats* (Stadtadel; Kaufleute – *mercatores* – und Handwerker: Zünfte, Entwicklung der Städte und des Bürgertums) um den sog. »dritten Stand« erweitert.

*... seit fünf in der Früh:* Das Tagesleben, das sich ohnehin auf Straßen und Gassen und nicht in verräucherten, dunklen Häusern abspielte, begann und endete früh; im Sommer wurden die Tore um 4 Uhr, im Winter um 5 Uhr geöffnet; die Ratmannen kamen im Sommer um 6 Uhr, im Winter um 7 Uhr zusammen, gleiches galt für die Morgensprachen der Zünfte und Innungen; eine Morgensuppe gab es zwischen 7 und 8 Uhr, die »Mittags«-Mahlzeit wurde schon gegen 10 Uhr eingenommen, und das Abendessen stand gegen 16 Uhr auf dem Tisch.

*Keine Frau soll an Spangen...:* Zirner zitiert frei nach einer Verordnung gegen Kleiderluxus und Wohlleben vom 24. September 1334: »Zum ersten wollen wir, daß keine Frau noch Jungfrau an Armspangen oder Geschmeide mehr tragen darf, als eine halbe Mark wiegen mag, und von echten Perlen sollen sie nicht mehr tragen, als eine halbe Mark wert ist. Auch soll keine Frau oder Jungfrau golddurchwirkte Tücher oder goldene Schleier tragen. Keine Jungfrau soll auch einen Kranz tragen von über einer Mark Wert. Ferner wollen wir, daß keine Frau oder Jungfrau Zobel oder Borten tragen soll an ihren Kleidern oder ihrem Mantel. Auch wollen wir, daß ein jeder, es sei Frau oder Mann, bei geschworenen Eiden zu ihren Hochzeiten nicht mehr von den Bürgern als zu vierzig Schüsseln setzen soll an ihren Tischen und zehn Schüsseln für die Dienerschaft und drei Schüsseln für die Spielleute. Der Spielleute soll man sechs annehmen und nicht mehr; und fünf Gerichte darf man bei der Hochzeit geben. Ferner wollen wir, daß niemand nach der letzten Glocke im Wirtshause bleiben oder Bier schenken darf. Falls man das entdeckt, soll man den Wirt mit den Gästen pfänden. Nach der letzten Glocke darf auch niemand auf der Straße tanzen, es sei Mann oder Frau. Auch soll niemand höher oder mehr kegeln oder würfeln als um fünf Schilling. Zum letzten wollen wir, daß, wenn jemand außerhalb unserer Stadt eine Frau oder Jungfrau nähme und diese Frau oder Jungfrau brächte viel Geschmeide in unsere Stadt, sie dies tragen darf einen Monat, das sind vier Wochen, und nicht mehr. Und diejenigen, welche diese Statuten brechen, sollen den Ratmannen zehn Mark bezahlen, und der für sie bittet, der soll auch so viel bezahlen.«

*... kan men nit richten:* Grundlegendes Rechtsprinzip dieser Zeit: *Wo kein Kläger, da kein Richter!*

*Niedergerichtsbarkeit:* Im Gegensatz zum *Hoch-* oder *Halsgericht*, dem schwere Verbrechen oblagen, entschied die *niedere Gerichtsbarkeit* über bürgerrechtliche Streitigkeiten (Klagen um Grund und Fahrnis, Marktfrieden) und leichtere Straftaten (Verleumdungen, Beleidigungen); die *Büttel* übernahmen hierbei polizeiliche Aufgaben und halfen beim gerichtlichen Untersuchungsverfahren, zu dem auch die *peinliche Befragung* (= Folter, Tortur) gehörte, die der Henker meist seinen Knechten (Stockwärter) überließ. Als dritte Komponente ist das *Synodal-* oder *Sendgericht* zu nennen, das Strafen für Verstöße gegen das göttliche und kirchliche Recht verhängte – bei gleichzeitiger Verletzung des weltlichen Rechts kam es so zur doppelten Strafe.

*Krüppel:* Krankheit und körperliche Mißbildung galten als äußeres Zeichen von Sünde und göttlichem Zorn, damit Behaftete als gottverflucht; letztlich alle Kranken zählten zu den Ausgestoßenen, »Behinderte« waren nicht rechtsfähig!

*Münzregal: Regalien* von lat. *jura regalia* »königliche Rechte«; im bes. Rechte, die Abgaben einbrachten. Neben dem *Münzregal* (Recht zur Münzherstellung, Münzhoheit) waren es: *Zollregal* (Recht zur Zollerhebung), *Marktregal* (Marktzoll, Standgelder – verbunden mit besonderer Friedensgarantie), *Geleitregal* (Sicherheit im Überlandverkehr), *Straßen- und Stromregal* (Fischerei, Nutzung von Mühlen usw.), *Forst- und Jagdregal* (Rodung, Jagdrecht) und das *Bergregal* (Gewinnung von Bodenschätzen). Wie alle Regalien war auch die *Münzhoheit* ursprünglich dem König vorbehalten, ging an die Fürsten über, die als *Münzherren* dieses Recht auch anderen verleihen konnten: Die *Münzmeister* waren dann die Leiter von Münzstätten und ihrem Herrn gegenüber für die ordnungsgemäße Ausbringung der Münzen verantwortlich. Wurde die Münzstätte in eigener Regie geführt, war damit die Verpflichtung verbunden, einen Teil des *Schlagschatzes* abzuliefern (= der bei der Produktion erzielte

Reingewinn als Differenz zwischen Metallwert plus Herstellungskosten und Nennwert der Münze; war für den Münzherrn eine wesentliche Einnahmequelle und führte, um möglichst hohen Schlagschatz zu erzielen, immer wieder zu *Münzverschlechterungen*, d. h. Verringerung des Edelmetallgehalts – dem *Feingewicht* bzw. *Korns* – oder, aber seltener, durch Reduzierung des *Rauhgewichts* bzw. *Schrots*, also dem tatsächlichen Münzgewicht); hinzu kamen Wechselgewinn und der eigentliche Münzverkauf. Häufig arbeiteten die Münzmeister eng mit Geldwechslern, Kaufleuten und Edelmetallhändlern zusammen.

*Münzverrufung:* Münzerneuerung – Zwangsumtausch umlaufender Münzen gegen neue Prägungen mit verändertem Münzbild, verbunden mit hoher »Kapitalsteuer« (für vier alte nur drei neue Pfennige = 25 %); ein- bis zweimal jährlich durchgeführt, von den Städten bekämpft, weil ein erhebliches Handelshindernis. Gegen einmalige hohe Zahlung versuchten Städte das Recht zur Münzverrufung aufzukaufen und schlugen dann *Ewige Pfennige*, die nicht verrufen wurden.

*Kloster Zinna:* südlich von Berlin im *Fläming* gelegen (von im 12. Jh. von Albrecht dem Bären angesiedelten Flamen); Zisterzienserkloster, 1171 durch Erzbischof Wichmann von Magdeburg gegründet; nach Verwüstung wurde um 1220 die Klosterkirche errichtet (frühgotische, kreuzförmige Pfeilerbasilika mit rechteckigem Chor); zweigeschossiges Konventshaus am Kreuzgang; Anfang des 14. Jh. ein Gäste- und Siechenhaus (Backsteinfassade mit eleganten Staffelgiebeln). Zur Blütezeit gehörten 40 Dörfer, Mühlen und die *Rüdersdorfer Kalksteinbrüche* (östlich von Berlin im *Barnim*) zum Kloster, das den im Tagebau abbrechbaren Stein lukrativ verkaufte.

*vierzehn Städte des Berliner Münzbereichs:* 1280 wurde die landesherrliche Münze in Berlin gegründet und entwickelte sich zur bedeutendsten Prägeanstalt in der Mark; zum Münzbereich gehörten Berlin, Cölln, Frankfurt an der Oder, Spandau, Bernau, Eberswalde, Landsberg, Strausberg, Müncheberg, Drossen, Fürstenwalde, Mittenwalde, Wriezen und Freienwalde.

*Lehns- und Thronstreit:* Nach der *Heerschildordnung* lehnsrechtlich gegliederte Adelsgesellschaft: König an der Spitze, weltliche und geistliche Fürsten im zweiten und dritten Heerschild, dann Grafen, freie Herren und einfache Adlige (nur noch passiv lehnsfähig); Anfang des 14. Jh. zunehmend *Lehnsbriefe* zur Dokumentation und beweiskräftigen Beurkundung.

*Ewige Pfennige… nicht leisten können:* Erst am 24. Juni 1369 verkaufte Kurfürst und Markgraf Otto das Münzrecht an die Städte des Berliner Münzbereichs für 6500 Mark »brandenburgischen Silbers und Gewichts«. In der Vertragsurkunde heißt es: »Die Ratmannen unserer Städte… sollen für ewige Zeiten die Befugnis haben, eine ihnen gemeinschaftliche Münzstätte zu errichten und dort Pfennige zu prägen, mit einem Stempel nach ihrem Gutdünken, so oft und wann sie wollen und es den Städten und Landen dienlich ist.« Um das bedeutende Kaufgeld aufzubringen, wurde den Städten eine zweijährige Befreiung von Steuern und anderen Abgaben gewährt. Am 27. August 1373 bestätigt Karl IV.: »Endlich sollen sie noch den Ewigen Pfennig, den sie erkauft haben, für alle Zeit ohne Schädigung behalten.«

*Schragen:* Gestell aus kreuzweise verbundenen Stäben, z. B. zur Auflage einer Tischplatte.

*Kanzlei:* von lat. *cancelli* »Gitter«, »Schranken«; schon bei den merowingischen und langobardischen Königen waren ihr Leiter *(Referendarius)* und mehrere Schreiber (*Cancellarii* oder *Notarii*) für die Erledigung der Schreibgeschäfte zuständig; im MA wichtig für den Aufbau der Landesherrschaft – ab dem 13. Jh. war die Kanzlei als »Behörde« in weltlichen wie geistlichen Territorien vorhanden und der Kanzler (ahd. *Kanzellari*) als Vorstand Vertrauter im Rat des Landesherrn.

*Berliner Jahrmarkt:* Die Berliner Jahrmärkte fanden im Mai und September, der Cöllner im November statt.

*Nach der Ermordung des Propstes:* Ein Zeitgenosse beschrieb es so: »… Viele Bewohner beider Städte und mehrere Fremde, die wegen des Markttages dahingekommen waren, hegten den Verdacht, daß er ihre Feinde begünstigte. Sie stürmten, von teuflischem Geist besessen, mit Waffengewalt die Propstei, zerrten Nikolaus heraus und verbrannten ihn mit dem Ungestüm der Wut öffentlich auf dem Scheiterhaufen, nachdem sie ihn vorher niedergeschlagen und getötet hatten …« – Obwohl der Wittelsbacher Markgraf durch Vergünstigungen und Zuwendungen die wirtschaftlichen Folgen für die Bürger abzuwenden versuchte, wurde der Kirchenbann erst 22 Jahre später endgültig aufgehoben. Fortan blieb das Verhältnis von Berlinern und Geistlichkeit getrübt; im »Berliner Stadtbuch« heißt es: »Pfaffen und Laien werden leider selten gute Freunde, das kommt von der Pfaffen Gierigkeit und Unkeuschheit« (auf kaum 6000 Einwohner kamen mehr als 200 Geistliche und Mönche).

*… mit hohem Lösegeld:* Der Bischof von Brandenburg, markgräfliche Beamte und städtische Bevollmächtigte bereiteten in einer nach dem Tode Papst Johannes XXII. abgeschlossenen Vereinbarung vom 1. Juli *1335* die Aufhebung des Kirchenbanns vor; den Bürgern wurde aufgetragen, für die Seele des ermordeten Propstes einen Altar in der Marienkirche zu stiften, ein steinernes Kreuz zum Gedenken zu errichten und ein Lösegeld von *750 Mark* an den Bischof von Brandenburg zu zahlen. Obwohl die Bürgerschaft diese Bedingungen erfüllte, folgte die Aufhebung des Banns erst am *18. August 1347*, nachdem für die Abhaltung von Seelenmessen weiteres Geld gezahlt worden war.

*Kalandshaus: Kalandsbrüder* = aus Geistlichen und Laien bestehende Gemeinschaft (sog. »Elendsgilde«, 1540 wurde die Brüderschaft aufgehoben), seit 13.

Jh. ansässig; sorgten für verarmte und vertriebene Geistliche, wurden durch Spenden und Bettelei allmählich recht wohlhabend. Monatliche Zusammenkünfte (»Liebesmähler«) arteten oft zu recht üppigen Gelagen aus und führten zur Redensart:»Trinkt wie ein Kalandsbruder.«

*Halseysen:* Halseisen; eiserner Ring, mit dem der Verurteilte öffentlich ausgestellt wurde.

*Stadthaus des Lehniner Abts . . .: Kloster Lehnin* war das erste Zisterzienserkloster in der Mark Brandenburg und lag südlich von Brandenburg in der *Zauche*; die Klosterkirche stammt von ca. 1262; wie die Bischöfe von Havelberg und Lebus besaßen die Lehniner Äbte in Cölln-Berlin ein Stadthaus.

*irs meitungs erwert:* Die Jungfernschaft genommen.

*Schelm:* Eine tödliche Beleidigung!

*Aula Berlin:* auch »Hohes Haus« – ein stattlicher frühgotischer Bau, bei Abriß des Stadtviertels 1931 durch Baurat Julius Kohte rekonstruiert: Rechteck von 19,70 m an Straßenfront zu 17,50 m Tiefe; auf 2,45 m hohem Sockel-/»Keller«-Geschoß mit Einfahrt für kleine Wagen das 5,32 m hohe, dreischiffige Haupt-/»Erd«-Geschoß, zu dessen Spitzbogenportal eine hölzerne Freitreppe hinaufführte (in den Seitenbögen Fenster mit darüber angeordneten Kreisblenden), sowie das 5,15 m hohe Obergeschoß. In der Südostecke des Mittelschiffes führte eine Steintreppe ins Untergeschoß, die Seitenschiffe, unterschiedlich breit, waren durch Spitzbogenarkaden abgetrennt. Hinter dem Haus lag ein Garten, von Nebengebäuden und einer Mauer umgeben; durch schmalen Weg von eigentlicher Stadtmauer getrennt.

*in nomine Dei summi:* Im Namen des höchsten Gottes.

*Große Litanei:* »Herr, erbarme Dich unser. Christus, erbarme Dich unser. Herr, erbarme Dich unser. Christus, höre uns. Christus, erhöre uns. Gott Vater im Himmel, erbarme Dich unser. Gott Sohn, Erlöser der Welt. Gott, Heiliger Geist. Heilige Dreifaltigkeit, ein einiger Gott . . .«

*Nägelein:* Gewürznelken.

*. . . ganzes Haus für uns allein:* Auch in Zunft- und Patrizierhäusern schlief man nahe beieinander; gegenseitige Überwachung durch die Hausgemeinschaft war die Folge, bei der das kleinste Bedürfnis intimer Zweisamkeit neugierigen Augen und Ohren ausgesetzt war.


## KAPITEL IV:


*te deum laudamus:* lat. »Dich, Gott, loben wir«; feierlicher Lob-, Dank- und Bittgesang, an Feiertagen zum Schluß der *Matutin* (Mette) gesungen.

*... Aderlaß, damit die Fäulnis ausfließt ... schwächt es ihn noch mehr:* Schon *Hildegard von Bingen* (Mystikerin, \*1098, † 17.9.1179; Äbtissin der Benediktinerinnen von Rupertsberg; Visionen des »lebendigen Lichts«; verfaßte in lat. Sprache Schriften zur Kosmologie, Natur- und Heilkunde; heiliggesprochen) schrieb in *Causae et curae* über den Aderlaß: »Ein übermäßiger Aderlaß schwächt nämlich den Körper gerade so wie ein Regenguß, der ohne Maß auf die Erde stürzt und diese schädigt ... Jene Blutentziehung aber, die das richtige Maß einhält, nimmt die schlechten Säfte weg und hält den Körper gesund ...« Aderlaß blieb derart Hauptmittel im MA (Medizinischer Blutegel), u. a. neben Abführmitteln auch zur Gewichtsreduktion, daß später *Paracelsus* (eigentlich Philipp Aureolus Theophrastus Bombastus von Hohenheim; 11.11.(?)1493 bis 24.9.1541, Arzt, Naturforscher und Philosoph) deftig wetterte: »Hau Händ und Füss ab, so hast du gewiss etliche Pfund weniger«, »Purgieren und Aderlassen ist nicht mehr Nutz, als wenn man auf die Kirchweih die Gassen fegt« und »Dem Blut ist es nit alle Stund gelegen, hinauszugehen.«

*keczerey unnd zawberlich sach: (crimen magiae)* Beschuldigung der Magie / Zauberei; Ketzerei (abgeleitet von Katharer; Häresie – griech. hairein: »wählen, geistig ergreifen« – von der Kirchenlehre abweichend, Irrlehre) – in enger Verbindung mit *Hexerei:* Im Dienst widergöttlicher Mächte stehend und/oder Glaube an Pakt und Buhlschaft mit Dämonen, Teufel; als heidnisch verdammt; bes. *Hexenverfolgung* vom 14. Jh. an von Spanien aus.

*Vir est caput mulieris:* lat. »Der Mann ist des Weibes Haupt.« (Epheser 5,23) – Frauen waren die öffentlichen Ämter verwehrt und wurden sexuell als Objekt ge- wie mißbraucht (»niedere Minne«), andererseits war die Frau Schicksalsgefährtin des Mannes und seines Standes, Stadtrechte sprachen oft von »Söhnen und Töchtern«, Meisterwitwen waren in der Zunft zugelassen, und es gab sogar Frauenzünfte (Garnmacherinnen, Gold- und Seidenspinnerinnen usw.), und *haußfrawen* (Ehefrau = »Hausfrau«; Verprügeln erlaubt, solange keine Arme und Beine gebrochen wurden ...) aufgrund von Heiratsverträgen in den seltensten Fällen die Geliebte, soweit es nicht um Nachwuchs ging: mittelalterliche Ambivalenz, wie bei so vielem, auch hier.

*Spießbürger:* Nichtberittene Stadtbürger niederen Standes (»gemeine Bürger« = allgemeine Bürgerschaft), nur mit einem Spieß bewaffnet – erst später wurde mit diesem Begriff ein engstirniger, geistig unbeweglicher und kleinlicher Mensch umschrieben.

*... Hexen, deren Haut dick eingesalbt war:* Wirkstoffe gelangten durch die Haut in den Blutstrom; »Tierverwandlungsphänomene«: evtl. zurückzuführen auf das Aconitin des Blauen Eisenhuts, das zunächst sensible Nervenenden der Haut erregt und dann lähmt (kann durchaus als Gefühl des Wachsens von Federn oder eines Fellkleides gedeutet werden); als Wirklichkeit erlebte Halluzination noch verstärkt dadurch, daß sich die »Hexe« beim Er-

wachen todmüde und zerschlagen fühlte (wie als Bestätigung der erlebten »Ausfahrt«).

*nit inheimisch:* Verreist, außerhalb der Stadt.

*... bekennen in diesem Brief:* Gerhard Rathenow, zusammen mit Otto von Buch 1331 in einer Urkunde als *Ratsmeister* genannt, zitiert hier aus einem Siegelbrief Ludwigs vom 2. Juni 1328: »Wir Ludwig, von Gottes Gnaden Markgraf zu Brandenburg und zu Lausitz, Pfalzgraf bei Rhein, Herzog zu Bayern, und Oberster Kämmerer des Heiligen Römischen Reiches, bekennen in diesem Brief, daß wir um der Liebe und Treue unserer Bürger von Berlin und Cölln willen, denselben unsern Bürgern gegenwärtigen und zukünftigen, in diesem Brief alle ihre Freiheiten, alle ihre Lehen, all ihr Erbe, alle ihre Rechte, all ihren Besitz, geistlichen wie weltlichen, alle ihre guten Gewohnheiten, alle die Gnaden und alles, was sie an Feldern und Marken, auf dem Lande und in der Stadt zu Recht besitzen, bestätigt haben. Auch bestätigen wir ihnen alle rechtmäßigen Sonderheiten, die sie mit alten oder neuen, ihnen von den Fürsten von Brandenburg verliehenen Brief zu beweisen vermögen. Ferner erklären wir sie frei von allem unrechtmäßigem Zoll und Geleit zu Wasser und zu Lande. Weiter gestatten wir ihnen, bei der Einigung, die sie mit dem Lande und den Städten in der Mark unter sich gelobt und geschworen haben, zu verbleiben. Auch wollen wir alle Schlösser niederreißen, die nach des Markgrafen Woldemars Tod im Lande gebaut sind, und wollen das mit Rat und Hilfe der Städte im Lande tun.« – Besonders das letztere dürfte die Feindschaft der märkischen Adligen gegenüber den Wittelsbachern noch verstärkt haben.

*... beißt er auf Mühlstein:* Im wörtlichen wie übertragenen Sinne – einerseits, weil Mühlsteine aus hartem Basalt waren, zum anderen, weil beim Mahlen immer Gesteinsstaub ins Mehl gelangte und mit der Zeit die Zähne abrieb und schädigte.

*Floß:* Für größere Holztransporte wurden die Stämme, gekappt und gekantet, zu Flößen verbunden, deren Größe von der Schiffbarkeit des jeweiligen Flusses abhängig war. *Großflöße* auf dem Rhein erreichten z.B. das beachtliche Ausmaß von 200 m. In Abhängigkeit vom Wasserstand konnten die Flöße bis zu 3 m dick sein und eine Mannschaftsstärke von 900 Mann erreichen.

*Staber-Mühlrad:* = Schaufeln zwischen äußerem und innerem Reifen (Doppelfelge), im allgemeinen bei unterschlächtigen Rädern, d.h. das Wasser fällt unten an das im Mühlgerinne hängende Mühlrad und treibt es rückwärts um.

*Heiliggeisthospital:* Die Spitäler gehörten zu den weitläufigsten »öffentlichen« Baukomplexen einer Stadt, weil sie neben der Kranken- und Armenversorgung (*officium hospitale pauperum* = Armenspital; *Ladenpfründerer* waren z.B. arme Frauen und Männer, denen durch den »Laden« des Spitals die tägliche Suppe gereicht wurde) oft auch die Funktion einer *Pilger-* und *Fremdenher-*

*berge* und natürlich auch als *campus leprosum* die Betreuung von Leprosen (*tamquam mortui* – »wie (lebende) Tote«), Feldsiechen und Aussätzigen aller Art, einschließlich der Krüppel und Waisen, übernahmen. Grundlage der Hospitäler war das *Almosen*-Geben, das im MA mit *Gebet* und *Fasten* zu den Hauptbestandteilen der Buße gehörte; *Armenspeisungen* dienten neben den Opfergaben einer Totenmesse (Kerze, Brot und Spende) dem Seelenheil Verstorbener.

*… die Eiterung gehört:* Nach der Säftelehre (seit Hippokrates: vier *Kardinalsäfte* entspr. den vier Elementen Feuer, Wasser, Erde und Luft), von Alfano (1058 bis 1083; gilt als Wegbereiter für medizinische Literatur im MA) im Werk *De quatuor humoribus corporis humanis* (»Über die vier Säfte im menschlichen Körper«) beschrieben, bedeutete das ideale Verhältnis der vier Körperflüssigkeiten – Blut, Schleim, schwarze und gelbe Galle – Gesundheit, Aderlaß half gegen schlechte Säfte; maßvolles Leben verhieß sanftes Sterben ohne große Schmerzen, sündhafter Lebenswandel ließ schlimmen Tod erwarten. Unterschieden wurde zwischen reinem, hellgelblichem Eiter, der wieder gesund machte, und dem übelriechenden Eiter, an dem man elendig starb; die Wundärzte sprachen deshalb vom guten und löblichen Eiter. Da jede Wunde zu eitern hatte, behalf man sich oft bei fehlender Eiterung damit, daß Haarsträhnen in die offene Wunde gelegt wurden.


KAPITEL V:

*Urfehde:* Friedensgelöbnis, durch Eid bekräftigt, um Fehde (als erlaubte Selbsthilfe zur Wiederherstellung von Friede und Recht) zu beenden. Bürger – und ggf. auch ihre Verwandten und Freunde – leisteten Urfehde bei der Entlassung aus Straf- oder Untersuchungshaft bzw. vor Antritt schärferer Strafen, um zu versichern, daß sie sich wegen erlittener/noch zu erleidender Schäden nicht rächen, (Stadt)Verweisungen beachten und keine (Gegen-)Klage anstrengen wollten. Diente vor allem auch dem Schutz von Richtern, Schöffen und Scharfrichter samt seinen Bütteln.

*der Große ebenaere:* Großer Gleichmacher = personifizierter Tod (vgl. Pfeilmann).

*Cujus anima requiescat in pace:* lat. »In Frieden ruhe seine Seele.«

*Pfeilmann:* Der Tod als Person wurde zunächst meist mit *Pfeil* dargestellt, erst zu späterer Zeit mit *Sense.*

*Auspochen der Dörfer:* »Ritterliche Art der Kriegführung« – beim Kampf der Adligen untereinander war der Sieger, der von den unglücklichen Bauern die reichste Beute heimtrug.

*Muntmannen:* Vielen Patriziern standen Hintersassen und Hofhörige zur Verfügung, weiterhin von ihnen abhängig waren (*Munt* – ahd. »Schutz«, »Vor-
mundschaft«; auftretend bei der Vater-Mund, der Ehe-Munt, der Haus-Munt
und der Schutz-Munt) freie Leute niederer Volksschichten, auch Handwerker, die, eidlich oder durch Treuepflicht gebunden, Dienstleistungen übernahmen, während der Muntherr den Schutz übernahm. Häufig bezog sich die
»Dienstleistung« auf »miliärische Dinge«, so daß die Patrizier durch große
Muntmannengefolge ihre politische Stellung stärkten, zumal sie die Muntleute
– selbst bei *verbotenen* Diensten – in Schutz nahmen und Straflosigkeit zusi-
cherten. In den Kämpfen der Patrizier untereinander spielte die Größe des
Muntmannengefolges also eine beträchtliche Rolle. Die meisten Städte be-
kämpften deshalb die Muntleute, die als *Friedlose* von jedem getötet werden
durften; war die Stellung der Patrizier stark, wie z. B. in Köln, kam eine Ab-
schaffung der Muntleute aber nicht in Frage, obwohl diese, wie es der Mainzer
Landfriede von 1235 aussprach, eigentlich grundsätzlich verboten waren.

KAPITEL VI:

*diagnosis ex urina:* griech. »unterscheidende Beurteilung, Erkenntnis«, davon
abgleitet frz. *Diagnose;* lat. »aus/von Wasser (Urin)« = Uroskopie (Harnschau
auf Farbe, Geruch, Ablagerungen usw.), schon im alten Rom bekannt. Harn-
untersuchung gehört zu den ältesten Verfahren ärztlicher Diagnose, gleichzeitig diente Urin auch als Heilmittel.

*niemands eigen:* = Persönliche Freiheit.

*umb deshalven nit verschemt zu bleiben:* Um deshalb nicht den guten Ruf zu
verlieren.

*scholastici vagantes:* Fahrende Scholaren.

*… der barbirer iren geiz stachelt:* = Den Neid/Geiz der Barbiere weckt/ansta-
chelt.

*… sei was seir hitzich und brannt:* = Hohes Fieber.

*triakel:* Theriakmedikamente.

*Amfrew:* Hebamme.

*weibercuram:* Frauenheilkunde.

*Occamisten:* Abgeleitet von *Wilhelm von Occam:* um 1285 (?) bis 9. 4. 1349 (?);
englischer Scholastiker, Franziskaner; befaßte sich mit logischen und erkennt-
nistheoretischen Problemen, führte alle Erkenntnis auf die (äußere und innere)

Erfahrung zurück; Trennung von Glaube und Wissen, von Philosophie und Theologie; wurde wegen Häresie vor dem päpstlichen Gerichtshof in Avignon angeklagt, floh mit Michael von Cesena am 26. 5. 1328 nach München zu Kaiser Ludwig und blieb bis zu seinem Tod dessen kirchenpolitischer Verteidiger gegen die Päpste (vor allem Johannes XXII.); förderte die Entwicklung der formalen Logik (»Occams Messer«: Die einfache Erklärung ist stets der komplizierten vorzuziehen).

*Erfarne wontarzt... snider gebrochener lude...:* Erfahrener Wundarzt... Bruchschneider.

*widem heubtfinster:* Weiter Ausschnitt / Dekolleté.

*schöngefärbt:* Grobes, billiges Tuch behielt die graue Naturfarbe; die *Schwarzfärber* gaben besserem Tuch schwarze und blaue Töne, und die *Schönfärber* hatten eine ganze Skala anderer Farben.

*Bürger griffen beherzt zu...:* Entspr. der per Eid versprochenen *Hilfepflicht* der Bürger untereinander; wagte ein Fremder einen Angriff gegen einen Bürger, konnte ihn jeder Mitbürger *straflos* verletzen, weil der Angriff als gegen die Gemeinde gerichtet galt – diese Hilfepflicht ging so weit, daß Bürger, die dem *Fremden* Hilfe leisteten, hart bestraft werden konnten!

*Beuteln:* »Schütteln« – Clauß Dreher scheint hier den Bau eines *Beutelwerkes* zu versuchen, weil es bei Getreidemühlen zwei Arbeitsgänge gab, Mahlen und Beuteln; der *Mehlbeutel* aus feinem Gewebe (*Beuteltuch:* in Dreherbindung gewebt, daß kleine quadratische Öffnungen zwischen Kette und Schuß die rundlichen Mehlkörnchen durchlassen, nicht aber die länglichen Kleieteile) war im *Mehlkasten* ausgespannt und wurde von einem durch die Zacken der Mühlspindel in Bewegung gesetzten Hebelsystem ständig geschüttelt, so daß das Mehl »gesiebt« wurde und der Rest in den *Kleyenkasten* gelangte.

*... rysen, klein menlin...:* Riesen und kleine Männer

*Ego conjungo vos in...:* »Ich verbinde euch zur Ehe im Namen des Vaters und...«

*... speellude myt seyden, pijffen, fleuten und bongen:* Spielleute mit Saiten(instrumenten), Pfeifen, Flöten und Trommeln.


KAPITEL VII:

*Joseph von Arimathia* (auch Arimatäa): Mitglied des Hohen Rates in Jerusalem, heimlicher Anhänger Jesu, dessen Leichnam er von Pilatus erbat, um ihn in dessen Familiengrab zu bestatten (Joh 19). Insbesondere erwähnt im (nichtkanonischen) Nikodemus-Evangelium. Ging angeblich nach Britannien (Glastonbury): Die mit den Sagen um König Arthus verbundene Gral-Schale (-Becher) war jene, die Jesus beim letzten Abendmahl benutzte und mit der J. v. A. das Blut aus Jesu Seitenwunde auffing. Andere Legenden sprechen davon, daß Maria Magdalena die Schale mitbrachte bzw. daß sie in Begleitung von J. v. A. reiste.

*Stein der Weisen:* lat. *lapis philosophorum,* auch Elixier; seit der Spätantike Bezeichnung für die wichtigste feste oder flüssige Substanz der Alchimie – u. a. zum Wandel unedler Metalle in Gold oder auch mit verjüngender und heilender Wirkung.

*Tempelhofer Berg:* 66 m hoher Berg – heute: *Kreuzberg.*

*... das sult rauschen wie ein wassermull:* Soll rauschen wie eine Wassermühle.

*tjost:* mhd. *tjost(e),* von altfrz. *jouste* »mit Lanzen kämpfen« – mittelalterliches Reiterkampfspiel im Turnier.

*Sterbelitanei:* Nach Möglichkeit wurde die Fürsprache für die Aufnahme der Seele in den Himmel vom Kranken selbst geleistet *(commendatio animae);* war in jedem Fall unerläßlich und nötig – Tote wurden nicht als Leblose, sondern nur als Schlafende empfunden und nicht für wirklich tot gehalten (»entschlafen«!), deshalb war die Hilfe für die im Fegefeuer (ab dem 13. Jh.) schmachtende Seele so wichtig, d. h. dem Ableben folgte bis zum Jüngsten Tag, der Wiedervereinigung von Körper und Seele, ein Zwischenzustand. Trat der Tod im Zustand der Todsünde ein, folgte ewige Verdammnis.

*Viatikum:* lat. »Wegzehrung« – Kommunion und Letzte Ölung.

*Der Tod war auszugrenzen...:* Es kam durchaus zu »heidnischen« Gesängen, rituellen Tänzen, Beschwörungen, Essen- und Trinkgelagen und »ausgelassenem Treiben«.

*... segnete Konrad den Leichnam aus:* Durch *Leutpriester* vollzogen, d. h. die Entlassung aus dem Pfarrverband.

*Exequien:* Die kirchlichen Totenfeiern. Umfang und Kosten entsprachen dem gesellschaftlichen Ansehen des Toten sowie den wirtschaftlichen Möglichkeiten: Prozessionen waren teuer (Wachspenden, Kerzen, Bußgelder, Legate, Totenopfer, Stolgebühren für die Amtshandlung des Priesters und seinen Beistand, Vergabungen für das Totengedenken, die Messe, Glockengeläute; Totengräber als städt. »Angestellte« erhielten keinen Lohn, hatten aber das Recht, Gebühren für ihre Arbeit zu verlangen), deshalb waren außer dem Leutpriester meist kaum höhergestellte Geistliche dabei bzw. durften nach der Aussegnung Bettelorden die weiteren Exequien übernehmen. Begüterte Laien wurden im Kirchenschiff aufgebahrt, der Sakristan entzündete Kerzen, das Totenamt wurde gleich am Beerdigungstag zelebriert.

*Miserere:* lat. »erbarme dich« – lat. Liturgie, nach seinem Anfangswort benannter Bußpsalm (Ps. 51).

*Responsorien:* Wechselgesänge.

*Requiem aeternam dona…:* »Ewige Ruhe schenke ihnen, o Herr, es leuchte ihnen das ewige Licht. Dir, o Gott, gebühret Lobpreis auf Sion; Dir werden Gelübde eingelöst zu Jerusalem. Erhöre mein Gebet, alles Fleisch kommt zu Dir…«

*ins Grab hinab…:* Bei einfachen Pfarreiangehörigen erfolgte die Grablegung in liturgisch weniger bedeutsamer Lage »hinter« der Kirche (statt z. B. im Kreuzgang bzw. im Schiff/Kirche selbst); die Gräber wurden nur kurze Zeit mit schlichtem Kreuz, einem Holzpflock oder dem »Totenbrett« markiert. Fremde und Spitalarme wurden an der Friedhofsmauer begraben. Bei Selbstmord, Hinrichtung wegen Ketzerei oder Sodomie gab es keine Beerdigung im geweihten Boden, sondern nur das Verscharren ohne Zeremonie auf der Richtstätte unter dem Galgen (bzw. Verbrennen oder Ins-Wasser-Werfen). Durch die Nähe der Kirchhöfe zu den Märkten, wurden sie vielfach auch profan genutzt: als Spiel- wie Vergnügungsstätte, Treffpunkt, Ort des Asyls, als Werkplatz – auch in diesem Sinne wurde der Glaube ans Weiterleben ausgelebt.

*in consortium et communionem:* (Aufnahme) in die Genossenschaft und Gemeinschaft (der Bürger).

*jus concivium:* Recht der Bürger(schaft)/Gemeinschaft.

## SECUNDUM: INTRICARE
## KAPITEL I:

*INTRICARE:* lat. »verwickeln, in Verwirrung/Verlegenheit bringen« – davon abgeleitet *Intrige.*

*Komplet und Matutin:* Stundengebete der Ordensleute; Matutin: Nachtgottesdienst/Mette; Laudes (3 Uhr), Prim (6 Uhr), Terz (9 Uhr), Sext (12 Uhr), Non (15 Uhr), Vesper (18 Uhr), Komplet (21 Uhr): *Officium divinum/Horae canonicae* – die im Brevier zusammengestellten Orationen, Antiphonen, Psalmen, Responsorien, Hymnen und Lektionen.

*Mondfinsternis:* Totale Mondfinsternis in der Nacht vom 1. auf 2. Juli 1349.

*materia medica, chirurgia et diaeta:* = Pharmazie, Chirurgie und Diätetik

*… Macht und Reichtum der Templer:* Es gab Kontakte und Beziehungen zu Moslems und Juden (z. B. arabische Sekretäre, bei Finanzierungen Juden) sowie den *Katharern* des Languedoc (Bertrand de Blanchefort, vierter Großmeister

der Templer, kam aus katharischem Elternhaus); in den Albigenserkriegen blieben die Templer neutral und beobachtend, gleichzeitig gab es einen Zustrom von Katharern in den Orden bis in höchste Ordensränge. Templer verbesserten das Vermessungswesen, waren im Straßenbau und der Schiffahrt aktiv und besaßen eigene Häfen und Werften (!); als Folge des Kriegshandwerks: Kenntnisse der Krankenheilung und der Arzneimittel (der Orden besaß eigene Hospitäler und Ärzte) – moderne Prinzipien von Hygiene fanden Anwendung, u. U. war sogar die Wirkung von *Antibiotika* bekannt (es wurden nämlich Schimmelpilzextrakte verwendet!).

... *verleugneten Christus:* Bei aller Vorsicht hinsichtlich erzwungener Geständnisse unter der Folter: Die Leugnung/Schmähung von Jesus und dem Kreuz könnten durchaus realen Hintergrund gehabt haben, da die arabischen Kontakte Zugang zu entsprechenden Quellen eröffneten. Im *Koran* wird Jesus zwar »Bote Gottes« und »Messias« genannt, bleibt aber sterblicher Prophet; es wird sogar behauptet, Jesus sei nicht am Kreuz gestorben (Koran 4,158): »... doch ermordeten sie ihn nicht und kreuzigten ihn nicht, sondern einen ihm ähnlichen...« Islamische Kommentatoren beriefen sich hierbei auf Basilides (alexandrinischer Gelehrter, wirkte zwischen 130 und 140; vertraut mit hebräischen Schriften und christlichen Evangelien – zu dieser Zeit noch nicht im *Kanon* reglementiert! – und schrieb 24 Kommentare dazu), nach dem Simon von Zyrene Jesu Stelle eingenommen habe.

*Templerschatz ... verschwand ...:* Es fehlen in der Tat die Ordensprovinzial-Archive, das General- oder Staatsarchiv, die gesamte Korrespondenz mit dem Heiligen Stuhl, den Königen, Fürsten, anderen Großwürdenträgern, der Verwaltung und des kaufmännisch-bankmäßigen Verkehrs! Jean de Chalons, Mitglied der Templer aus Nemours in der Diözese Troyes, gab zu Protokoll: »... Ich habe am Abend vor der Verhaftung, am Donnerstag, den 12. Oktober 1307, selbst drei mit Stroh beladene Wagen gesehen, die kurz vor Einbruch der Nacht den Tempel von Paris verließen, und Gérard de Villers und Hugo de Chalons, die dazu fünfzig Pferde führten. Auf den Wagen waren Truhen verborgen, die den gesamten Schatz des Generalvisitators Hugo de Pairand enthielten. Sie nahmen Richtung auf die Küste, wo sie an Bord von achtzehn Schiffen des Ordens ins Ausland gebracht werden sollten ...«

*Christusorden:* Vasco da Gama war ein Christusritter, Heinrich der Seefahrer sogar Großmeister des Ordens, und als Christoph Kolumbus – verheiratet mit der Tochter eines früheren Christusordenritters – aufbrach, zierte das *Tatzenkreuz* der »Templer« seine drei Karavellen. – In diesem Zusammenhang: Es blieb unklar, was aus der *Flotte* der Templer wurde ...

*ich wil iu künden ...:* W. v. Eschenbachs PARZIVAL; Vers 469, 2–8: Ich will Euch künden, wovon sie leben:/sie leben von einem Steine,/der von ganz reiner Art ist./Wenn Ihr ihn nicht kennt,/so soll er hier genannt werden./Er heißt Lapsit exillis. [= Stein der Weisen; auch Stein aus dem Himmel]/Der Stein wird auch der Gral genannt.

*ouch wart nìe ménschén sô wê...:* W. v. Eschenbachs Parzival; Vers 469, 12–28: Auch wenn es einem Menschen noch so schlechtgeht,/so wird er, sollte er eines Tages den Gral/sehen,/die Woche darauf nicht sterben./Auch bleibt sein Aussehen dasselbe,/das er hatte, als er den Stein erblickte,/und zwar so, wie er/Mann oder Frau/in seiner besten Zeit aussah./Und wenn sie den Stein zweihundert Jahre sähen,/nur das Haar würde ergrauen./Solche Kraft gibt den Menschen der Stein,/daß Fleisch und Gebein/sofort Jugend empfangen./Der Stein wird auch der Gral genannt.

*Lebenselixier... quinta essentia:* Im alchimistischen Umkreis häufig mit dem *Stein der Weisen* (»Stein, der kein Stein ist«; *materia prima*) verbunden / gleichgesetzt – angestrebte Ziele: höchste Weisheit, Gesundheit / Allheilmittel, Jugendfrische bis Unsterblichkeit, die Erzeugung eines *homunculus* in der Retorte, Goldmachen (*aurum nostrum non est aurum vulgi:* »Unser Gold ist nicht das Gold der Menge«); häufig mit Bezug auf den sagenhaften »Ahnherrn« der *al chymie* Hermes Trismegistos (»der dreifach größte Hermes«) und die ihm zugeschriebenen Smaragdtafel(n).


KAPITEL II:

*Spandauer Forst:* Seit 1542 *Grunewald* – nach Kurfürst Joachims II. Jagdschloß »Zum grünen Wald«; in Amtssprache aufgenommen erst seit dem 19. Jahrhundert.

*Orvedia dicitur votum...:* Urfehdeeid von Cölln-Berlin: »Als Orvedia bezeichnet man einen feierlichen Schwur, der zu deutsch Urfehde heißt und diejenigen schwören, welche durch die Gnade der Richter und die Hilfe der Verwandten aus dem Kerker entlassen werden. Man nennt den Entlassenen bei seinem Namen und läßt ihn sodann nachsprechen: ›Alles was uns an Unannehmlichkeiten widerfahren und geschehen ist, daran will ich nimmermehr im Haß denken und weder durch Fehde oder Rache noch mit Straftaten oder mit einem Gerichtsverfahren gegenüber den Städten Berlin und Cölln, gegenüber den Ratsmännern, den Bürgern und dem niederen Volk noch gegen irgendwelche anderen Leute vorgehen. Und das, was durch die Gnade der Richter gefügt worden ist, soll auch von den Verwandten und anderen fremden Leuten anerkannt werden. Dieses will ich geloben vor euch und unseren Verwandten, vor denen, die geboren sind und denen, die geboren werden, und es stets einhalten mit der wahrhaftigen Hilfe unseres Gottes und seiner Heiligen.‹« – Nach erfolgter Bestrafung wurden die Übeltäter vor das Stadttor geführt, um zu schwören, sich wegen der erlittenen Mißhandlungen nicht gegenüber der Stadt zu rächen. Unter Teilnahme von Zeugen und ohne Zwang – *ungedwungen, ledich und los* – erfolgte die Eidleistung; sie wurde ebenso von Verwandten abgelegt, die – wie im geschilderten Fall von Berthold Clementh – *uß der statt gedryven* wurden. Es gab auch einen gesonderten *Urfehdeeid,* den Leute dem Büttel (Henker) schworen, welche den Stein getragen hatten, die geschlagen worden waren, denen man die Augen ausgestochen bzw. die Ohren abgeschnitten hatte sowie solche, die gebrandmarkt worden waren.

*... Selbstschätzung des Allodiums auf Eid...: Allodium* = Eigentum. Bei der Steuerpflicht war die Leistungsfähigkeit des einzelnen maßgebend; die Bürger waren verpflichtet, alle notwendigen Angaben zu machen und die Steuerschuld selbst einzuschätzen. Wer Steuern hinterzog, indem er sein Vermögen zu gering einschätzte, wurde als meineidig erklärt, verlor das ganze Vermögen und wurde zeugnis-, rats-, amts- und eidesunfähig. Neben der direkten Besteuerung gab es die indirekte – als sog. *Ungelt* oder *accisa* – vor allem auf Lebensmittel.

*... formelhaften Wortlaut:* Buch- und Kontoführung (Konto: italien.»Rechnung«, von spätlat. *computus*»Berechnung«) waren im MA, trotz chronologisch und sachlich gegliederter Rechnung, meist sehr unübersichtlich, weil nicht in Tabellenform angelegt, die Belegsammlung steckte noch in den»Kinderschuhen«; hinzu kam, daß es sogar bei Kaufleuten z.T. nicht weit her war mit den»Rechenkünsten«. – Paul Reitzensteins Vorhaben einer genauen»Buchprüfung« dürfte deshalb ein kaum zu realisierendes Unterfangen gewesen sein.

*Fuder:* mhd. *vuoder* = Wagenlast / Fuhre; urspr. soviel wie Ladung eines zweispännigen Wagens, auch Fläche einer Wiese, die 1 Fuder Heu lieferte. Als Raummaß regional unterschiedlich, als Flüssigkeitsmaß zwischen 8 und 15 hl, als Faßmaß meist um die 10 hl (1000 l). Beim Zollfuder entspr. anteiliger Zollzuschlag, wobei Menge und Preis vom Rat festgesetzt wurden.

*Erzkämmerer:* Die Kurfürsten (bis zur *Goldenen Bulle* alle Reichsfürsten, dann nur noch sieben – die Erzbischöfe von Mainz, Trier und Köln und die vier Weltlichen) waren Inhaber von Erzämtern; der Pfalzgraf war *Erztruchseß,* der Herzog von Sachsen *Erzmarschall* und der König von Böhmen *Erzschenk.* Der *Erzkämmerer* saß ganz außen zur Linken Seite des Kaisers, reichte diesem das Wasser zum Waschen der Hände und trug das Zepter.


KAPITEL III:


*Matthias von Neuenburg:* Chronist, † zwischen 1364 und 1370. Seine Chronik gilt als zuverlässige Quelle der Reichsgeschichte von 1245 bis 1350/55.

*Lübars:* 1247 erstmals urkundlich erwähntes Rundlingsdorf im Norden Berlins; lag so versteckt, daß es im Dreißigjährigen Krieg nicht entdeckt wurde. Noch heute im Winter ein »Kälteloch«: Lübars hat die tiefsten Temperaturen von Berlin.

*Waibel:* In Heeren des MA herausgehobene Dienstgrade für Ausbildung und Beaufsichtigung sowie für den Troß; davon abgeleitet *Feldwebel.*

*weißes Kleid und schwarzes Skapulier:* lat. »Schulterkleid«, über dem Hauptgewand getragene Tuchstreifen, die über Rücken und Brust bis zu den Knöcheln reichen; aus den Arbeitsschürzen der Benediktiner entwickelt.

*geboeffs:* Bubenvolk.

*Panke:* Rechter Spree-Nebenfluß, entspringt südlich von Bernau, 26 km lang, mündet in Berlin.


## KAPITEL IV:

*Archipoeta:* »Erzdichter« – so genannt nach der Überschrift einiger Verse; weder der richtige Name noch sein Todesdatum sind bekannt – geboren vermutlich um 1130, nach Studium der Theologie und später der Medizin Hofdichter – aber kein Höfling – bei Reinald von Dassel, dem Kanzler Kaiser Friedrichs I. »Barbarossa«; führte ein Vagantenleben und lehnte, ganz im Sinne der Vagantenlyrik, christliche Askese ab.

*Refektorium:* Speisesaal.

*Dormitorium:* Schlaftrakt.

*latrinarium:* Abtritt / Latrine, »Donnerbalken«.


## KAPITEL V:

*... dem weltlichen Arm zur Bestrafung übergeben ...:* entspr. dem Grundsatz *Ecclesia abhorret a sanguine* – »Die Kirche verabscheut Blutvergießen« –, d. h. die Urteilsvollstreckung war Sache des Weltlichen. – Im übrigen zeigt das Zitat des Pegnas, das nicht nur für Inquisition/Ketzer Gültigkeit besaß, einen schwer zu überbietenden Zynismus.

*... rechtmäßige Ansage zur Fehde:* Drei Tage vor Beginn unter Angabe von Gründen öffentlich erklärt, so daß sich der Beschuldigte auf den Angriff vorbereiten konnte, war die Fehde zur Ahndung wirklicher oder vermeintlicher Rechtsverstöße als Selbsthilfe durchaus Rechtens; beendet war sie, wenn der Befehdete sich bereit erklärte, sich dem Schiedsspruch eines Gerichts zu unter-

werfen. Bei Weiterführung galt die Fehde dann als unrechtmäßig. – In der Auseinandersetzung Woldemar gegen Wittelsbacher war es also weniger der Kampf an sich als vielmehr das verschwörerisch/verdeckte Element, das die verdächtigten Kremer und Brole zu Schurken machte.

*gepinget:* Gepeinigt.

*extra torturam:* lat. »nach/außerhalb der Folter«.

*revocavit:* lat. »Widerruf«.

*Torquierung:* Folterung/quälen/peinigen, abgeleitet von lat. *torquere* »drehen, verrenken, quälen, plagen«.

*Hora primus ante meridiem:* lat. »erste Stunde vor Mittag«.

*absque intervallo:* lat. »ohne Pause«.

*capistrum:* Halfter, lederner Maulkorb.

*Feuerwaffen:* Wie die *Genter Annalen* zeigen, wurde schon 1313 Schießpulver als Treibmittel für Geschosse verwendet: »In dit jaer [1313] was aldereerst ghewonden in Duutschland het ghebruuht der bussen [Büchsen] von einem muenninch.« Als Erfinder des *Schwarzpulvers* wird häufig der Mönch *Berthold Schwarz* (lat. *Bertholdus Niger*) genannt, allerdings ist als historische Persönlichkeit um 1380 nur ein *nyger pertoldes* belegt, der die *chunst aus püchsen zu scheyssen* verbessert habe. *Schießpulver* wurde um 1250 in Europa bekannt, jener Feuerwerkssatz, der durch Salpeterzusatz nicht nur brannte, sondern durch offene Flamme explodierte.

*Salpetrum, Sulfur, Holzkohl, auch Scheidewasser…:* Salpeter (hier Kalisalpeter = Kaliumnitrat), Schwefel, Holzkohle als Hauptbestandteile des *Schwarzpulvers* (Anteile 75 %, 10 %, 15 %), entzündbar bei 270°C, Reaktion nicht brisant (Entzündungsgeschwindigkeit ca. 400 m/s) zu Gasen und den den *Pulverdampf* bildenden Feststoffen. Im Gegensatz dazu *Schießpulver:* raucharm verbrennende Nitrocellulose (als Feuerwerkskörper bei den Chinesen schon ab dem 8./9. Jh. bekannt, bei den Europäern ab etwa 1300), hergestellt durch Nitrierung von Cellulose mittels Salpetersäure (*Scheidewasser* genannt, weil sie Silber auflöst und von Gold trennen kann; schon im 12. Jh. aus Salpeter, Alaun und Kupfervitriol hergestellt).

*Friederich von Schondorff:* fiktiv! Woldemar starb sechs Jahre nach seiner Absetzung im Frühjahr 1350 in Dessau, seine wahre Identität blieb bis heute unbekannt!

*Barfüßers:* lat. *discalceati* »Unbeschuhte«, Bezeichnung für Franziskaner und andere Bettelorden, deren Mönche und Nonnen aus Askese und Demut barfuß gehen bzw. nur Sandalen tragen.

KAPITEL VI:

*cooptatio honoris causa:* lat. »Hinzuwahl ehrenhalber«.

*vox vulgi:* »Sprache der Menge / des Volkes«.

*Niemand wird mir die Ämter nehmen:* Der Berliner Bürger *Tyle Brügge* ist eine historische Person. Am 7. Juli 1345 wurde ihm durch markgräflichen Erlaß das Oberste Gericht in Cölln-Berlin übertragen, wodurch die Rechtsprechung in wesentlichen Teilen der Bürgerschaft überlassen war; am 5. April 1356 bestätigte Kurfürst Ludwig »dem Münzmeister und Vogt zu Berlin, Tyle Brügge«, das Recht, Silberpfennige zu prägen, und erst am 25. Februar 1391 (!) verkaufte er für 356 Schock Groschen »das Schultheißenamt von Berlin und Cölln mit dem obersten und niedersten Gericht«. Bertholt Schulze dazu in der *Heimatchronik Berlin:* »... die wertvollste Erwerbung, die Berlin überhaupt im Mittelalter gemacht hat ... Als Berlin 1391 dem Tilo Brügge das Gericht abkaufte und von dem ewig geldbedürftigen Markgrafen Jobst auch die Belehnung damit erhielt, da hat es nicht allein das den Schultheißen zustehende Drittel, sondern auch die dem Landesherrn zustehenden weiteren zwei Drittel gewonnen...« Weitere historische Personen unter den Ratmannen: Am 19. November 1331 werden Otto von Buch und *Gerhard Rathenow* in einer Urkunde als Ratsmeister genannt; am 23. April 1344 wird das Schulzengut von Marienfelde mit allen Nutzungen und Rechten *Johannes Ryke* übertragen; am 4. Februar 1354 werden *Merkelyn Pletner* das Gericht in Schmargendorf und ein Teil der gerichtlichen Befugnisse in Wilmersorf durch Markgraf Ludwig zugesprochen; Ratsmeister *Tile Wardenberg* gilt als Schlüsselfigur der Berliner Geschichte zwischen 1363 und 1382; ein *Heise Krämer* (oder *Kremer*) ist im Jahr 1280 nachgewiesen.

*Constantini Africani:* Constantinus, genannt der Afrikaner. Medizinischer Gelehrter, der, um 1020 in Karthago geboren und 1087 in Montecassino gestorben, für viele Jahre den Orient bereiste, 1075 an die medizinische Schule von Salerno kam und sich dann als Mönch ins Kloster Montecassino zurückzog; viele Übersetzungen arabischer Schriften ins Lateinische; gilt als einer der ersten Vermittler griechisch-arabischen Wissens.

*Schädeltrepanationen:* urspr. griech. *trypān* »durchbohren« zu frz. *trépan* »Bohrgerät«; operative Öffnung der Schädeldecke für chirurgischen Eingriff oder zur Senkung des Innendrucks (z. B. wegen Geschwülsten); vermutlich schon in jüngerer Steinzeit durchgeführt, evtl. auch mit kultischer Bedeutung.

*Skrofeln:* Lymphknoten.

*Heinrich Cornelius Agrippa von Nettesheim:* Arzt, Schriftsteller und Philosoph, \*14.9.1486, † 18.2.1535; lehrte eine von Neuplatonismus, Alchimie, Astrologie, Magie und Kabbalistik beeinflußte Philosophie.

*Laudanum:* im MA Bezeichnung für jedes Beruhigungsmittel, insbesondere aber Opium.

*Aulus Cornelius Celsus:* römischer Enzyklopädist, von um 25 v. Chr. bis um 50 n. Chr.; von den mehr als 20 Büchern sind nur acht über die Medizin erhalten.

*Adstringentia:* lat. *ad* »an, hin zu«, *stringere* »zusammenziehen, -schnüren« – zusammenziehendes, blutstillendes Heilmittel.

*Claudius Galen:* römischer Arzt, \*129 (?) – † 201 (?); in Pergamon geborener Gladiatorenarzt, später Arzt von Septimius Severus und Caracalla; neben Hippokrates bedeutendster Arzt der Antike, seine Aufzeichnungen bestimmten über Jahrhunderte die Heilkunde.

*Nikolaus Myrepsos:* 1227–1280, byzantinischer Arzt, Hauptwerk »Über die Medikamente«; z. T. verwechselt / gleichgestellt mit Nicolaus genannt Salernitanus bzw. anderen Autoren namens Nikolaus, weil das *Antidotarium* des »Nicolaus« (griech. *Antidot* »Gegenmittel«) der Pariser Universität nicht genau zugeordnet werden kann.

*Pietro d'Abano:* 1250–1315, Gelehrter an der Schule von Padua, befaßte sich mit Medizin, Philosophie, Astronomie, Botanik und Mathematik; viele Reisen, u. a. nach Konstantinopel; früher Anhänger der wissenschaftlichen Objektivität, vertrat die Absicht, daß Vertrauen des Patienten zum Arzt wesentlich für Behandlungserfolg und Genesung sei. Zu Lebzeiten von der Inquisition verschont, wurde ihm wegen seiner Schriften (Hauptwerk: *Conciliator differentiarum, philisophorum et praecipue medicorum* – »Der Versöhner aller Streitbarkeiten zwischen Philosophen und Ärzten«, z. T. der Häresie verdächtigt) noch 40 Jahre nach seinem Tod der Prozeß gemacht.

*Mechthild von Magdeburg:* um 1210 im Erzbistum Magdeburg geboren, wahrscheinlich aus einer adeligen Familie stammend, erlebte sie schon als junges Mädchen eine erste mystische Entrückung. Zwanzigjährig zog sie sich zurück, um ganz für Gott zu leben, und lebte für mehr als drei Jahrzehnte nach der Regel des heiligen Dominikus als Begine in Magdeburg, später im Zisterzienserinnen-Kloster Helfta. Ihre Aufzeichnungen wurden vom Dominikaner Heinrich von

Halle zu den sechs Büchern des »Fließenden Lichts der Gottheit« zusammengefaßt. † 1282 (?).


## KAPITEL II:

*Astrologen:* Guy de Chualiac, Medizinlehrer aus Montpellier und Leibarzt Papst Clemens', erklärte 1363 den Ausbruch der Pest mit der im März 1345 eingetretenen Konjunktur der Planeten Saturn, Jupiter und Mars im Sternbild des Wassermanns.

*Sauberkeit....:* Der Pestbazillus – *Pasteurella pestis* –, von Ratten und ihren Flöhen in die Blutbahn übertragen, führte rasch zum Anschwellen der Lymphgefäße und zur Pestsepsis des Blutes; über die Atemluft entwickelte sich die Krankheit zur *Lungenpest.* Einzige Sicherheit bot die körpereigene Abwehrkraft, die auch heute noch nicht medizinisch genauer erklärt ist. Es überlebten schließlich die Immunstarken.

*... stank vom verbrannten Pestpulver:* Ursprung der Redensart: »Stinkt wie die Pest.«

## QUARTUM: POST PESTIS
### KAPITEL I:

*Menschensohn, was du ...:* Ezechiel 3,1 – 3.

*Saphirplatte:* nach Exodus 24,10.

*Verfertigt eine Lade aus...:* Exodus 25, 10 und 11, 17 und 18, 21 und 22.

*Moses nahm das Zelt...:* Exodus 33, 7 und 10.

*Hinter dem zweiten Vorhang...:* Paulus-Brief an die Hebräer 9, 3 – 5.


## KAPITEL II:

*Hersfelder Mönch Lambert:* auch Lampert von Hersfeld, Geschichtsschreiber, *vor 1028, † nach 1081; schrieb mit den *Annalen* einen Abriß der Weltgeschichte, wegen des Detailreichtums und trotz seiner negativen Einstellung zu Heinrich IV. die wichtigste Quelle für dessen Frühzeit und den Investiturstreit.

# EPILOG:

*Feme:* mhd. *veme* = Strafe; Gerichte, die mit dem Blutbann (Blutgerichtsbarkeit) beliehen waren zur Aburteilung besonders schwerer Straftaten (todeswürdige Verbrechen); Vorsitz führte Freigraf oder Stuhlherr, Freischöffen als Beisitzer (verpflichtet, ihnen bekannte Verbrechen zur Anzeige und Anklage zu bringen: amtliche Rügepflicht); meist in geheimer Sitzung (Stillgericht) zur Verurteilung von Verrätern oder politischen Gegnern. Folgte der Beschuldigte nicht der Ladung, war er *verfemt* (geächtet) und durfte von jedermann getötet werden.

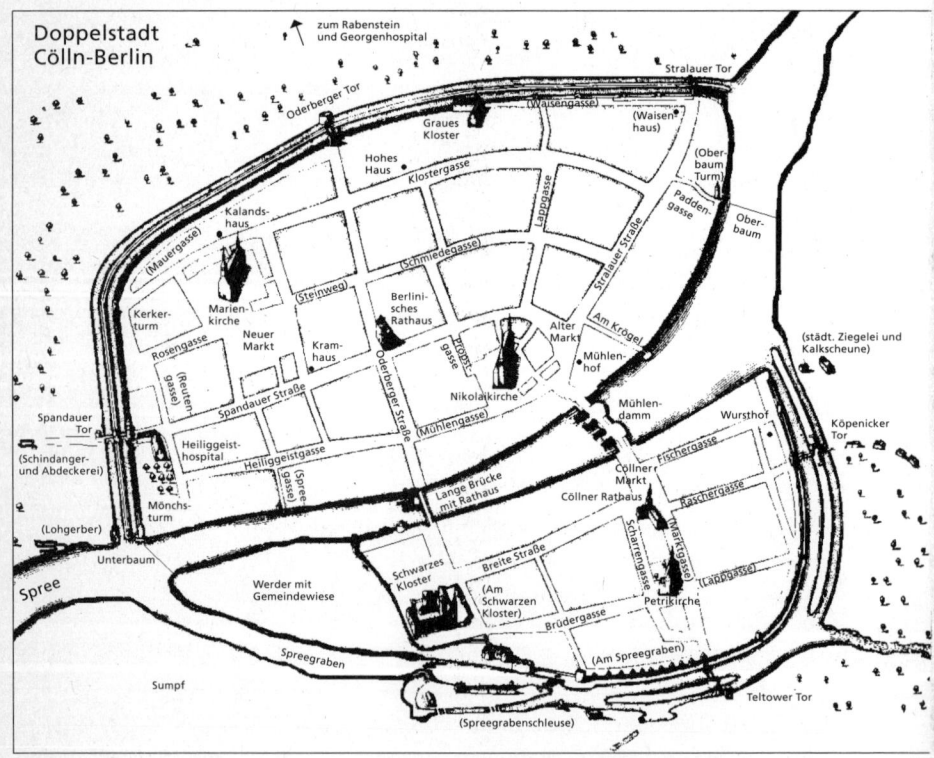

*Karte erstellt auf Basis des ältesten Berliner Stadtplans von*
*Johann Gregor Memhardt, 1652.*